KB048583

모방 독자

모방 독자

막스 세크

한정아 옮김

청미래

역자 한정아
서강대학교 영문학과와 한국외국어대학교 통역번역대학원 한영과를 졸업했
다. 한양대학교 국제어학원에서 재직했으며 현재 전문 번역가로 일하고 있다.
주요 번역서로는 마이클 코넬리의 「블랙박스」, 「드롭 : 위기의 남자」, 「다섯 번
째 증인」, 「나인 드래곤」, 「혼돈의 도시」, 「클로저」, 「유골의 도시」, 「엔젤스 플라
이트」, 「보이드 문」 등이 있으며, 그 밖에 「다음 사람을 죽여라」, 「헛된 기다림」,
「소피의 선택」, 「속죄」 등이 있다.

모방 독자

저자 / 막스 세크
역자 / 한정아
발행처 / 도서출판 청미래
발행인 / 김실
주소 / 서울시 용산구 서빙고로 67, 파크타워 103동 1003호
전화 / 02 · 739 · 1661
팩시밀리 / 02 · 723 · 4591
홈페이지 / www.cheongmirae.co.kr
전자우편 / cheongmirae@hotmail.com
등록번호 / 1-2623
등록일 / 2000. 1. 18
초판 1쇄 발행일 / 2021. 10. 25

값 / 뒤표지에 쓰여 있음

ISBN 978-89-86836-75-2 03850

윌리엄,

너는 한참 뒤에야 이 책을 읽게 되겠지.

마침내 그때가 오면,

아빠가 이 책에서 보여주는 것만큼

그렇게 미친 사람은 아니었다는 것을 꼭 알아다오.

차례

모방 독자 _ 9

1

바람이 거세지고, 유리와 콘크리트로 지은 저택의 모서리가 불안한 듯 울고 있다. 지붕에서 들리는 톡톡 소리는 점점 더 강해지고, 벽난로에 서는 장작이 타닥타닥 타들어가는 소리가 들린다. 테라스에 쌓여 있던 흰 눈이 순식간에 사라지는 것을 보면 바람이 얼마나 센지 가늠할 수 있다. 마리아 코포넨은 카디건을 허리에 단단히 묶고 커다란 유리 창 너머의 어둠을 응시한다. 얼어붙은 바다와 불 켜진 무릎 높이의 마당 조명등에 드러나는 부둣길을 물끄러미 바라본다. 한 해 중 이맘때가 되면 바다는 광활한 들판처럼 보인다.

마리아는 넓은 거실 바닥을 거의 다 덮은 푹신한 카펫 안으로 발가락을 깊이 파묻고 있다. 집 안은 고치 속처럼 아늑하다. 그런데도 그녀는 왠지 불안하고, 오늘따라 이상하게 사소한 일에도 신경이 거슬린다. 이를테면, 엄청나게 비싸면서 작동은 제대로 안 되는 마당의 조명등 같은 것들.

마리아는 음악이 멈춘 것을 깨닫고 몽상에서 깨어난다. 벽난로를 지나 거대한 서가로 걸어간다. 거기에는 남편이 수집한 400장에 가까운 레코드판이 다섯 줄에 걸쳐 질서정연하게 꽂혀 있다. 지난 몇 년 동안 마리아는 이 집에서는 음악을 스마트폰으로 듣지 않는다는 사실에 차츰 익숙해졌다. **레코드판 음질이 훨씬 좋은데 왜.** 수년 전 마리아가 처음으로 이 앞에 섰을 때 로저가 말했다. 그땐 지금보다 100장이 적어서 300장이 조금 넘는 정도였다. 그들이 함께 사는 동안에는 소장한 레코

9

드판의 수가 비교적 느리게 증가했다는 사실에 생각이 미치자, 마리아는 남편이 자신을 만나기 전에 얼마나 화려한 삶을 살았을지 상상이 된다. 마리아가 로저 이전에 함께 산 남자는 한 명밖에 없었다. 고등학교 때 만난 남자친구와 곧바로 결혼했고, 그녀가 유명 작가를 만나면서 파경을 맞았다. 로저와는 달리, 마리아는 독신 생활을 즐겨본 적이 한 번도 없었다. 그래서 무책임하고 방종한 생활과 자아 찾기와 하룻밤 연애를 경험해볼 기회가 없었다는 것이, 자유를 누려보지 못했다는 것이 아쉬울 때가 가끔 있다.

마리아는 로저가 자신보다 열여섯 살이나 많다는 사실에 조금도 신경이 쓰이지 않는다. 그러나 어느 날 왠지 모를 불안감에 잠에서 깨게 될 것 같다는 생각이 그녀를 괴롭히기 시작했다. 그 미지의 감정에 여러 번 빠져보기 전에는 결코 무뎌지지 않을 그 느낌. 로저는 마리아를 만나기 전에 이미 그런 생각을 해봤을 것이다. 눈보라가 휘몰아치는 2월의 밤, 해변가 대저택의 거실을 홀로 서성이는 마리아에게 이런 생각이 처음으로 위협적으로 느껴진다. '그들의 관계'라는 배가 진짜 폭풍의 눈 속으로 흘러 들어간다면, 이런 경험의 불균형이 그 배를 휘청이게 만들 것 같다.

마리아는 레코드플레이어의 바늘을 들어 거치대에 올려놓고, 손끝으로 레코드판을 집어들어 앨범 커버에 조심스럽게 밀어넣는다. 앨범 커버에는 갈색 스웨이드 재킷을 입고 흑백 체크무늬 스카프를 두른 젊은 아티스트가 자신감 넘치고 도전적인 표정으로 카메라를 바라보고 있다. 밥 딜런의 "블론드 온 블론드"이다. 마리아는 그 레코드판을 제자리에 꽂아놓고 알파벳순으로 정렬된 레코드판의 끝부분에서 아무 앨범이나 한 장을 꺼낸다. 잠시 후 바늘이 지직거리는 소리가 나더니, 스티비 원더의 달콤하고 따뜻한 목소리가 스피커에서 흘러나온다.

그리고 그때 마리아는 또 그것을 본다. 이번에는 시야의 가장자리에서. 해변과 가장 가까이에 있는 마당 등이 1초 동안 꺼졌다가 다시 켜진다.

조금 전에 그랬던 것처럼 아주 잠깐 어두워졌다가 다시 밝아진다. 마당 등의 전구를 크리스마스 전에 교체했다. 전기기술자가 터무니없이 부풀려서 청구한 공사 대금을 결제한 사람이 마리아였기 때문에 똑똑히 기억하고 있다. 그래서 이런 사소한 문제에 더 짜증이 나는 것이다.

마리아는 휴대전화를 집어들고 로저에게 문자 메시지를 보낸다. 그러면서도 왜 이런 일로 남편을 귀찮게 하는지 모르겠다고 생각한다. 게다가 지금 남편은 무대에서 독자들을 만나고 있다는 것을 알면서. 갑자기 몰아닥친 외로움과 불안감과 가당치도 않은 질투심까지 한데 어우러진 것이 그 이유인 것 같다. 마리아는 보낸 메시지를 잠깐 쳐다보면서 메시지가 읽음 표시로 바뀌기를 기다리지만 바뀌지 않는다. 로저는 휴대전화를 보지 않고 있다.

그 순간, 레코드판이 튄다. 내가 이제. 내가 이제. 내가 이제……. 아름다운 멜로디이지만 중간에서 멈추니까 원더의 목소리가 불안하게 느껴진다. 로저의 음반 중에는 이렇게 상태가 안 좋아서 소장할 가치가 없는 것이 꽤 있다. 이놈의 집구석에서는 뭐 하나 제대로 작동하는 게 없네!

그리고 그때 마리아는 온몸에 소름이 쫙 끼친다. 그녀가 방금 깨달은 사실을 곱씹어볼 시간을 가지기도 전에, 유리문 밖을 내다보던 그녀는 원래 그 자리에 없었던 것이 그곳에 있는 것을 본다. 한순간 윤곽선이 유리에 비친 그녀의 윤곽선과 겹친다. 그러다가 곧 그 형체가 움직이더니 따로 떨어져 나와 독립된 개체로 변신한다.

2

로저 코포녠은 거칠고 두꺼운 천을 씌운 의자에 앉아서 눈을 찡그린다. 컨벤션 센터 대강당의 천장에 달린 스포트라이트 불빛이 무대에 있는 사람들의 눈을 곧장 비춘다. 그는 강렬한 불빛 때문에 눈앞이 하얘지면서, 자신과 다른 동료 작가 2명 앞에 400명의 호기심 어린 독자들이 앉아 있다는 사실을 잠깐 잊는다. 그들은 좋아하는 작가들이 자신들의 최신작에 관해 이야기하는 것을 듣기 위해 강당을 가득 메우고 있다.

로저는 이 행사가 그의 책 홍보에 중요하다는 사실을 알고 있다. 자신이 왜 이 폭설을 뚫고 400킬로미터를 달려와 사본린나 중앙 광장에 있는 허름한 호텔에 묵으면서, 테이블보와 테이블 서비스(종업원이 주문받고 음식을 가져다주는 서비스/옮긴이)는 제공하지만 음식 맛은 그저 그런 1층의 레스토랑을 이용해야 하는지도 이해한다. 그러나 사본린나의 점잖은 시민들이 이렇게 날씨가 궂은 밤에 굳이 여기에 와서 앉아 있는 이유는 정말 알다가도 모르겠다. 그의 소설이 전 세계적으로 수백만 권이 팔리기는 했지만, 그는 환호하는 팬들에게 둘러싸인 아이돌이 아니다. 가수와 작가가 매우 유사한 일—내용물은 똑같은데 포장만 다른 것—을 한다고 생각하는 사람도 거의 없고, 오직 가수만이 중년의 여자들을 흥분시켜서 무대를 향해 팬티를 던지게 만들 수 있다. 그런데도 사람들이 이만큼이나 모이다니. 대다수가 노년층이고, 그들은 고개를 천천히 이리 갸우뚱 저리 갸우뚱하고 있다. 작가들이 자기 작품에 대해서 스포츠캐스터처럼 진부하고 시시한 말로 수박 겉핥기식의 분석을 해대는 소리를 듣는 것이 지겹지도 않나? 강당이 꽉 차고 빈 자리가 하나도 없는 것을 보니 그렇지 않은가보다.

작년 봄에 출간된 로저의 최신 심리 스릴러는 선풍적인 인기를 끌고 있는 『마녀 사냥』 3부작의 최종작이다. 그의 작품들은 비교적 잘 팔렸 지만, 『마녀 사냥』 시리즈는 정말 대박이 났다. 이런 엄청난 성공은 아 무도 예상하지 못한 일이었다. 『마녀 사냥』 시리즈 출간에 회의적이었던 그의 에이전트와 이 시리즈에 관한 확신이 없는 것을 확인하고 로저가 제1부를 출간하기 전에 결별을 선택한 이전 출판사의 편집자는 정말 상상도 못 했을 일이다. 2-3년 사이에 이 3부작 번역권이 30개국에 팔 려나갔고 지금도 다수의 협상이 진행 중이다. 예전에도 로저와 마리아 는 풍족하게 살았지만, 이제는 원하는 것은 무엇이든 살 수 있게 되었 다. 갑자기 모든 사치와 향락이 가능해졌다.

행사는 예상대로 흘러갔다. 로저는 출간 기념으로 진행된 독자와의 만남을 하러 다니면서 비슷한 질문들을 수백 번은 들었고 그 질문에 4 개 국어로 대답했으며, 간간이 억양과 어조와 사소한 내용을 바꾸기도 했는데, 그것은 순전히 눈부신 스포트라이트와 억지웃음 속에서 계속 깨어 있기 위해서였다.

"작가님 작품들은 상당히 폭력적인데요." 한 독자가 말하지만, 로저 는 벌써 세 번째인지 네 번째인지 컵에 물을 따르면서 물 주전자에서 눈을 떼지 않는다. 이런 말을 많이 들었고, 부인할 수도 없다. 잔혹한 살인, 가학적인 고문, 성폭행, 이상심리로의 아찔한 타락이 그의 작품 에 무서울 정도로 생생하게 묘사되어 있기 때문이다.

"브렛 이스턴 엘리스의 작품이 연상되고요. 근데 엘리스는 폭력을 상 세하게 묘사하는 글을 써서 자신의 불안을 해소한다고 했거든요." 독자가 말한다. 이제야 로저는 고개를 들고 강당 중간쯤에 마이크를 들고 앉아 있는 남자를 바라본다. 로저는 컵을 입으로 가져가면서 남자의 질문을 기다린다. 그러나 질문은 나오지 않고, 남자가 생각을 정리하는 동안 어색한 침묵이 길게 이어진다.

"두려우십니까? 그래서 글을 쓰는 건가요?" 마침내 남자가 단조로운 고음의 목소리로 묻는다. 로저는 컵을 내려놓고 대머리 허수아비처럼 생긴 남자를 꼼꼼히 뜯어본다. 놀랍고 흥미로운 질문이다. 무례하기까지 하다. 이제까지 한 번도 들어본 적 없는 질문이다.

로저는 윗몸을 숙이고 테이블에 놓인 마이크에 입을 가까이 댄다. 무슨 이유에서인지 갑자기 극심한 허기를 느낀다. "두렵냐고요?"

"작가님 자신이 갖고 있는 두려움을 작품으로 쓰신 겁니까?" 질문을 마친 남자가 마이크를 무릎에 내려놓는다. 로저는 잘난 척하는 그의 질문이 신경에 거슬린다. 그는 그의 명성이 가져다준 독자들의 존경심 어린 눈길과 말투에 익숙해졌는데, 이 독자에게서는 그런 눈길이나 말투를 전혀 찾아볼 수 없다.

"그렇죠." 로저는 이렇게 대답하고는 미소를 지으며 생각한다. 그는 그 질문을 던진 독자에게서 고개를 돌려 다른 독자들을 쭉 둘러본다. "저는 작가의 생각이 항상 작품에 녹아든다고 생각합니다. 자신이 아는 것, 자신이 안다고 생각하는 것을 글로 쓸 수밖에 없으니까요. 두려움, 희망, 트라우마, 하지 못한 일, 그리고 물론 자신이 저지르고 너무도 쉽게 정당화하는 일까지……."

"제 질문에 대한 답이 아닌데요." 그 비쩍 마른 남자가 다시 마이크를 들고 말한다. 로저는 처음으로 놀라움과 불쾌감을 느낀다. 뭐 하는 거야, 지금? 취조라도 하는 거야? 여기가 어떤 자리든 간에 이런 말 같지 않은 소릴 듣고 있을 필요가 있나?

"좀더 구체적으로 말씀해주시겠습니까?" 이 행사를 기획하고 사회를 맡은 저명한 문학비평가 파베 코스키넨이 끼어든다. 그는 사회자 역할을 충실히 하고 있다고 생각하겠지만, 사실 세 권의 세계적인 베스트셀러를 쓴, 요즘 가장 인기 있는 스릴러 작가가 화를 낼까봐 걱정하는 것이다.

그러나 로저가 손을 들어 나서지 말라는 시늉을 하면서 자신감 있는 웃음을 짓는다. "죄송합니다. 제가 질문을 잘 이해하지 못한 것 같네요. 제가 가장 두려워하는 것에 대해 글을 쓰느냐고 물으셨습니까?"

"아뇨, 그 반댄데요." 남자가 왠지 차가운 어조로 말한다. 앞줄에 앉은 사람이 미친 듯이 기침을 한다.

로저는 혼란스러운 마음을 바보 같은 웃음 뒤에 감춘다. "그 반대라고요?"

"그렇습니다, 로저 코포넨 작가님." 남자가 기계적으로 말한다. 그가 로저의 이름을 부르는 어조에서 비웃음과 차가움이 느껴진다. "작가님이 쓰신 것이 두려우신가요?"

"제가 쓴 책을 제가 왜 두려워하죠?"

"진실이 허구보다 더 섬뜩하니까요." 홀쭉한 얼굴의 남자는 대답하더니 의자에 등을 기댄다. 강당에 어색한 침묵이 흐른다.

10분 후에 로저는 로비에 있는, 흰 천으로 덮인 긴 테이블 뒤에 앉아 있다. 로비는 사람들의 말소리로 활기가 넘친다. 사인을 받으려고 줄을 선 독자들 중 첫 번째 팬은 파베 코스키넨이다. 놀랍지 않다.

"고맙네, 로저. 고마워. 그리고 아까 그 멍청이 일은 미안하네. 아름답게 정리를 해주더군. 불행히도 모든 인간이 그런 대인 기술을 가진

15

건 아닌데······."

로저가 미소 짓는다. "괜찮아요, 파베. 어딜 가든 그런 사람이 꼭 한 명씩은 있잖아요. 우리가 이 세상에서 유일하게 책임져야 하는 건 자신의 행동이죠." 파베는 3부작 세 권 모두에 사인을 받겠다고 테이블에 내려놓는다. 로저는 책 제목이 적힌 페이지에 자신의 이름과 함께 겉치레의 인사말을 멋들어지게 갈겨쓰면서, 슬쩍 고개를 들고 뱀처럼 구불구불 이어지는 줄을 훑어본다. 홀쭉한 얼굴의 괴짜는 보이지 않는다. 다행이다. 직접 얼굴을 보고 도발을 하면 아까처럼 세련되게 대처할 자신이 없다.

"고맙네, 로저. 고마워. 9시에 호텔 식당 예약해놨어. 거기 양갈비구이가 아주 끝내주지." 파베는 좋아하는 작가에게 사인을 받고 흥분한 여학생처럼 책을 꼭 끌어안고 미소를 지으며 로저 앞에 서 있다. 로저는 천천히 고개를 끄덕이고는 테이블을 내려다본다. 방금 징역형을 선고받은 피고인이 된 기분이다. 파베는 로저가 방에 들어가서 쉬고 싶어 한다는 것을 알아차리기가 그렇게 힘들까? 로저는 억지로 와인을 마시면서 책 매출에는 아무런 영향을 미치지 않을 시시한 잡담이나 하는 자리를 경멸하게 되었다. 그러나 초대를 딱 잘라 거절하면 반사회적인 개자식으로 낙인찍힐 것이다.

"그거 좋죠." 로저가 지친 목소리로 말하며, 얼굴 근육을 애써 움직여 미소를 만들어낸다. 파베 코스키넨은 크라운 치료를 받아 새하얘진 이를 드러내며 만족스럽게 고개를 끄덕인다. 그는 자기 자신에 대해 확신이 없는 사람처럼 보인다.

마침내 코스키넨이 옆으로 물러서며, 구불구불한 지네처럼 줄을 서 있는, 책을 꼭 끌어안은 독자들을 위해서 자리를 비켜준다.

3

제시카 니에미 경사는 어깨까지 내려오는 검은 머리를 뒤로 넘겨 하나로 묶고 가죽 장갑을 낀다. 그녀가 조수석 문을 열자 삑하는 밝은 신호음이 들린다. 시동은 계속 걸려 있다.

"태워줘서 고마워요."

운전대를 잡은 남자가 하품을 한다. "누가 태워줬는지 남들은 모르는 게 좋겠어."

두 사람은 키스를 기대하는 것처럼 잠깐 서로를 바라본다. 그러나 누구도 먼저 나서지 않는다.

"아, 진짜, 이러면 안 되는 거였는데."

제시카가 차에서 내려 눈을 가늘게 뜬다. 매서운 바람이 얼굴을 때린다. 폭설이 내렸고, 제설차가 학교에 쌓인 눈을 치우느라 아직 해변까지는 오지 못했다. 제시카는 차 문을 닫고, 앞에 우뚝 서 있는 현대식 저택을 바라본다. 작은 앞마당, 눈높이로 잘 다듬어져 있는 측백나무 산울타리, 단철 대문. 대문 앞 도로에 경찰 승합차 두 대가 서 있고, 멀리서 들리는 사이렌 소리로 판단하건대, 경찰차가 더 오고 있다.

"저기요." 상하의가 붙은 파란색 경찰 작업복을 입은 남자가 승합차 뒤에서 걸어 나와 제시카에게 다가온다. "코이부아호 순경입니다."

"제시카 니에미예요." 그녀가 경찰 배지를 보여주지만, 순경들은 이미 그녀를 알고 있다. 그녀는 이쁜이 형사, 라라 크로프트(영화와 비디오게임 「툼레이더」 속 여전사 캐릭터/옮긴이), PILF('professor, I like to fuck'의 줄임말로, 성적인 매력이 있는 사람을 이르는 말이다/옮긴이) 등의 별명으로 불리고 있다.

"무슨 일이에요?" 제시카가 묻는다.

"하, 정말……." 코이부아호가 짙은 감색의 경찰 모자를 벗고 대머리를 문지른다.

제시카는 순경이 마음을 가다듬을 때까지 참을성 있게 기다린다. 그러면서 집을 쓱 훑어본다. 현관문이 약간 열려 있는 것이 보인다.

"10시 15분에 출동 명령을 받았어요. 타스키넨 순경과 제가 현장 가까이에 있어서 제일 먼저 출동했죠." 코이부아호가 제시카에게 대문을 통과해서 따라오라는 손짓을 한다. 제시카는 그를 따라가면서 승합차 근처에서 내기 중인 순경들에게 고개를 살짝 숙여 인사를 한다.

"상황실에서 뭐라고 했는데요?"

"이 주소지에서 자살을 할 거라는 협박 전화가 왔다더라고요." 현관을 향해 계단을 올라가면서 코이부아호 순경이 말한다. 판석이 깔린 현관 앞 바닥에 눈이 녹아 물웅덩이가 생겼다. 바람이 잠시 잦아들고, 코이부아호가 말을 잇는다. "문이 열려 있어서 그냥 들어갔어요."

환한 현관 등 밑에 서 있는 지금에야 제시카는 건장한 순경의 눈에서 극심한 공포를 본다. 그녀는 아픈 두 손을 쥐었다 폈다 하면서, 조금 전 전화로 전해 들은 얼마 안 되는 정보를 바탕으로 집 안의 상황을 그려본다.

"그래서 집 안에 다른 사람은 아무도 없어요?" 아무도 없다는 것을 이미 알고 있으면서도 묻는다.

코이부아호는 엄숙하게 고개를 가로젓더니 양모 경찰 모자를 다시 쓴 다음 잡아당겨 귀까지 푹 눌러 쓴다. "1, 2층 다 확인했어요. 솔직히 심장이 이렇게 벌렁거린 건 처음이에요. 게다가 스피커에서 나오는 빌어먹을 음악 때문에 더…….”

“음악이요?”

“그게, 그러니까, 상황에 안 어울려서요……, 너무 감미로운 노래라서.” 코이부아호는 제시카에게 장갑과 마스크, 일회용 덧신 등 기본 방호 장비를 건넨다. 제시카는 허리를 굽히고 검은 운동화에 파란색 비닐 덧신을 신는다. 권총집이 바닥 쪽으로 살짝 미끄러져 내려온다.

“시신은 어디 있죠?”

“최대한 현장을 오염시키지 않고 그대로 보존하려고 했어요.” 말을 마친 코이부아호가 주먹에 대고 기침을 한다. 제시카는 이마로 흘러내린 축축한 머리카락 한 가닥을 뒤로 넘긴 후, 바다를 향해 나 있는 전면 창으로 걸어간다. 파우더룸과 부엌을 지나서 거실로 들어간다. 거실의 벽은 모두 유리로 되어 있다. 거대한 유리창 밖에서 깜박이는 경광등의 푸른 불빛 때문에 그녀의 심장박동에 맞추어 가구의 맥박이 뛰고 있는 것처럼 보인다. 거실은 꼭 수족관 같아서 편안한 휴식 공간으로 보이지는 않는다. 테이블 상석에 앉아 있는 사람을 보는 순간, 제시카는 거실을 미학적인 차원에서 평가하던 것을 멈춘다.

제시카는 걸음을 멈추고, 의자에 꼿꼿하게 앉아 있는 여자를 바라본다. 왜 저렇게 부자연스러워 보이는지 모르겠다. 여자를 향해 몇 걸음 다가가던 제시카의 가슴이 철렁 내려앉는다.

“저렇게 기괴한 장면 본 적 있어요?” 코이부아호가 뒤에서 묻지만, 제시카의 귀에는 그 말이 들어오지 않는다. 죽은 여자가 얼굴을 일그러뜨리고 신경질적인 표정으로 웃고 있다. 심지어 눈도 웃고 있다. 그 표정은 조금 전 그녀가 목숨을 잃었다는 사실과 극명한 대조를 이루고 있다. 여자는 목선이 깊게 파인 검은색 이브닝드레스를 입었고, 두 손은 X자로 겹쳐져 테이블 위에 놓여 있다. 테이블에는 아무것도 없다. 휴대전화도, 무기도, 다른 어떤 것도.

"맥만 짚어보고 그 이상은 안 건드렸어요." 코이부아호가 말한다. 그 소리에 제시카가 그를 돌아본다. 그러고는 여자에게 조심스럽게 다가가 허리를 굽히고, 부자연스럽게 일그러진 얼굴을 살펴본다.

"도대체 어떻게……." 제시카가 중얼거린다. 목소리가 아주 작아서 그 말을 들을 수 있는 사람은 피해자밖에 없다. 여자가 아직 살아 있다면 말이지만. 제시카의 눈이 여자를 쭉 훑어 내려간다. 의자 밑에 있는 여자의 맨발이 역시 X자로 겹쳐져 있고, 의자 옆 바닥에는 무광의 검은색 지미 추 하이힐 한 켤레가 가지런히 놓여 있다. 여자의 발톱과 손톱 모두에 반짝이는 검은색 매니큐어가 칠해져 있다.

"코이부아호 순경?" 제시카가 억지스러운 행복감을 보이는 여자의 얼굴을 다시 바라보면서 순경을 부른다.

"네?"

"살인 사건이라고 보고를 했던데요. 전형적인 자살로 보이지는 않지만, 그렇다고……."

"허, 참." 코이부아호가 침을 꿀꺽 삼키더니 테이블을 향해 몇 걸음 다가온다. 그의 이마에서 땀 한 방울이 울퉁불퉁한 관자놀이를 타고 귀 뒤로 흐르더니 두꺼운 목과 작업복 깃 사이로 사라진다. 그는 생명이 빠져나간 여자와 눈을 마주치지 않으려고 애를 쓰면서 주저하는 목소리로 말을 잇는다. "상황실에서 얘기 안 해요? 응급 구조 센터로 전화를 한 건……."

제시카는 마음이 급해진다. "전화를 한 건?"

"여자가 아니었어요." 코이부아호가 잠시 말을 멈추고 바싹 마른 입

술을 핥는다. 제시카는 그의 입에서 어떤 말이 더 나올지 알았지만, 그
런데도 그 말을 들으니 오싹하고 몸서리가 쳐진다.

"남자가 전화를 했더랍니다."

4

로저 코포넨이 칼바도스가 담긴 잔을 다시 들고 조심스럽게 잔을 돌리며 향을 맡아보지만, 사과나 배의 향은 전혀 나지 않는다. 싸구려 술이다. 그러나 음식은 상당히 괜찮았는데, 이 식사에 대한 감사 인사는 행사 기획자들이 아니라 사본린나의 어느 서점 주인인 알리사에게 해야 한다. 30대인 알리사는 날씬하게 유지한 몸매와 아름다운 얼굴과 음악 같은 웃음소리를 무기로 삼는 여자가 분명하다. **크로스핏.** 알리사가 아까 그 단어를 언급했는데, 전 남자친구가 3층에 있는 자신의 아파트 열쇠를 깜빡하고 가지고 나가지 않아서 정원에 있는 가구들을 쌓아놓고 올라갔다는 이야기를 하면서였다. **누가 궁금하대?** 로저는 이야기를 건성으로 들으면서, 립스틱을 공들여 바른 입술이 움직이는 것을 지켜보았다. 그녀가 한 말의 요지는 몇 개월 전, 그 이야기의 주인공인 남자친구가 그의, 혹은 그녀의, 혹은 둘 다의 결정에 따라 "전(ex)"이라는 접두사를 얻었다는 것이다.

알리사는 영원한 젊음을 누리고 싶은 마음과 커져가는 번식욕 사이에서 갈등하는 30대 독신 여성이 최고로 멋진 남자를 유혹하는 눈빛으로 로저를 바라보고 있다. 로저는 그런 관심을 즐긴다. 젊은 시절 로저는 여성들에게 인기가 있었던 적이 한 번도 없었다. 사실 그 반대였다. 사춘기에 시작된 이성 교제는 비참한 결말을 맞았고, 청년기에 느꼈던 절망감을 극복하기까지 약 20년이 걸렸다. 청년 로저는 같은 또래 여성들이 보기에는 너무 괴상한 남자였다. 그가 자신의 외모와 매력에 대해서 진정으로 자신감을 가지기 시작한 것은 40대에 접어들면서부터였다. 그래서 요즘에는 테이블에 마주 앉은 여자가 뒤에 서서 사과향이 나는 술을 따르고 있는 샤이아 러버프(미국의 영화배우/옮긴이)처럼 생긴 웨이터가 아니라 자신을 향해 눈을 깜박이고 있다는 사실을 받아들일 수 있었다.

로저는 나이가 들어가면서 성공과 부와 자신감을, 그리고 무엇보다도 카리스마를 얻었다. 카리스마는 스프레이 태닝을 한 피부와 탄탄한 복근과 풍성한 머리숱으로 만들어낼 수 있는 것이 아니다. 여자들은 그를 원한다. 습관적으로 귀리씨를 뿌리는 사람들처럼, 그는 자신에게 맞는 여자를, 공략해서 실패한 적이 없는 유형의 여자를 찾아낸다. 마리아도 결국에는 이 '행복한 여자들 클럽'에 가입했다. 그리고 서점 주인 알리사도 곧 이 클럽에 가입할 것이다.

"이 중에서 『마녀 사냥』 시리즈를 안 읽은 사람은 저뿐인가요?" 알리사가 웃으면서 묻는다. 테이블에 둘러앉은 아첨꾼들이 나무라듯 한마디씩 하면서 유쾌하게 웃는다. 알리사는 와인을 한 모금 마시고는 와인 잔 뒤에서 장난스러운 눈초리로 로저를 쳐다본다. 그러고는 마치 자신이 로저의 뒤통수에 눈덩이라도 던진 것마냥 미안하다는 듯이 어깨를 으쓱한다. 그녀가 도발을 하고 있다. 로저는 그 모습이 참으로 섹시하다고 생각한다. 그는 발기가 되는 것을 느끼고 일어서서 화장실에 갈까 생각해본다. 알리사가 그를 따라올 것이다. 분명히 그럴 것이다. 화장실에서 이 서점 주인과 한 번 할 수 있을 것 같다. 그럼 나중에 그의 호텔 방 침대에서 옆에 누워 있는 모습을 보지 않아도 된다. 이야깃거리도 없는데 사적이고 심오한 화제를 생각해내려고 애쓰지 않아도 된다.

"당신 같은 사람은 소수야, 알리사." 알리사 옆에 앉은 파베 코스키넨이 다 녹은 아이스크림을 숟가락으로 뜨면서 말한다. "다들 그 3부작을 읽은 것 같거든. 탐정 소설을 안 읽는 사람들도."

로저는 칼바도스 잔을 테이블에 내려놓고, 파베를 보며 미소 짓는다. 자신이 가식적인 웃음으로도 혐오감을 숨기지 못했다는 것을 알고 있다. 저 멍청한 노인네는 아부 근성을 못 버려서, 그리고 개탄스러울 정도로 사회적인 통찰력이 부족해서, 알리사의 도발이 일종의 짝짓기 춤이라는 것을 알아차리지 못하고 그 도발로부터 스타 작가를 구하려고 애쓰고 있다. 그나마 남아 있던 위엄마저 스스로 던져버린 것이다.

"화장 좀 고치고 올게요." 마치 그렇게 하는 것이 예의라는 듯이, 알리사가 냅킨으로 입가를 톡톡 치더니 자리에서 일어선다. 그녀가 한발 앞섰다. 로저의 눈이 하이힐을 신고 테이블을 돌아서 걸어가는 그녀를 쫓아간다. 그녀가 로저의 등을 슬쩍 스치고 지나간다. 불필요한 몸짓이다. 뭘 원하는지 안 그래도 다 아니까. 테이블에 둘러앉은 공룡들을 보던 로저는 파베만이 은근한 눈빛으로 알리사를 쫓고 있는 것을 본다. 그러니까 당신도 끌리는 거네, 파베. 로저는 칼바도스 잔의 손잡이 부분을 만지작거리면서 이제 어떻게 행동할지 생각한다. 마지막으로 사고를 친 지 6개월이 넘었다. 그 이후로 다시는 마리아 모르게 여자를 만나고 돌아다니지 않겠다고, 적어도 발각될 위험이 유혹을 능가하는 상황에서는 그러지 않겠다고 수도 없이 다짐했다. 그런데 이건 애매한 경우이다. 젊은 여자의 눈에 담긴 이글거리는 욕망은 로저의 호기심을 돋우었고, 저녁 식사를 하면서 지켜보니 그녀도 더 깊은 관계를 기대하지 않는 것 같았다. 그는 섹스 한번 하고 마는 관계로 족했다. 그에게 필요한 것은 단 몇 분의 시간이다.

로저는 의자를 뒤로 밀고 들뜬 한숨을 내뱉고는 자리에서 일어선다. 휴대전화로 시각을 확인하다가 모르는 번호로 부재중 전화 3통과 마리아에게서 온 왓츠앱 문자 메시지를 발견한다. 두 시간 전. **마당 등이 또 말썽이야!** 그 밑에 우는 이모티콘과 화가 나서 얼굴이 붉어진 이모티콘이 있다.

로저는 양심의 가책을 느낀다. 그가 자신의 행동에 대해 양심에 찔려 한다고 해서 개자식이라는 자책감이 줄어들지는 않는다. 자기 여자를 다른 남자가 건드리는 것을 원하지 않는다는 이유만으로 그가 마리아에게 충실한 것은 잘못된 일이었다는 생각이 갑자기 든다. 어떤 중년 남자라도, 마리아 같은 여자 옆에서 늙어가기 위해서라면 콩팥 하나라도 기꺼이 내어주리라는 것을 로저는 알고 있다. 그런데도 그는 지금 서점 주인을 쫓아가고 있다.

신경 쓰지 마. 내가 내일 해결할게. 로저는 마리아가 메시지를 읽는지 보려고 잠깐 기다리지만, 읽지 않자 휴대전화를 주머니에 집어넣는다.

"잠깐 실례할게요." 로저는 어디 간다는 말도 없이 일어나 자리를 뜬다. 그가 룸을 나가고 나서야 파리들이 윙윙거리기 시작한다. 행사가 성황리에 끝나서 다행이라고, 로저도 만족스러워할 거라고 한마디씩 한다. 이들을 제외하고는 식당에 손님이 한 명도 없다. 로저는 텅 빈 홀을 가로질러 화장실로 향한다. 카운터 앞을 지나가면서 전화를 받고 있는 종업원에게 고개를 끄덕여 인사를 하고 여자 화장실 문을 바라본다. 문이 살짝 열려 있다. 가슴이 두근거리기 시작한다. 곧 자신이 검은색과 흰색이 섞인 칵테일 드레스를 허리까지 밀어 올리고 팬티를 내린 후 젊은 여자의 몸속으로 들어가는 모습이, 그녀가 교성을 질러 다른 손님들의 호기심을 불러일으키는 것을 막기 위해 한 손으로 그녀의 입을 막는 모습이 눈앞에 그려진다.

그러나 그가 화장실 문 손잡이를 향해 손을 뻗는 순간 뒤에서 그를 부르는 소리가 들려 멈칫한다. 파티에 가려고 몰래 집을 빠져나가다가 어머니에게 들킨 십대 소년이 된 기분이다. 그러나 그를 부른 목소리는 비난하는 어조가 아니라, 왠지 미안해하는 어조이다. 카운터에 있는 여종업원의 목소리이다.

"저기요, 혹시 로저 코포넨 씨인가요?" 여종업원이 카운터에 서서 묻는다.

"그런데요." 로저가 대답한다. 문에 붙은 양치기 소녀 그림을 양치기 소년으로 잘못 봤다고 핑계를 댈지 말지 망설인다.

"코포넨 씨를 찾는 전화가 왔는데요."

여종업원이 걱정스러운 표정을 짓고 있다. 전화? 타이밍이 끝내주네. 로저가 대답하기 전에 여종업원이 덧붙인다. "경찰이랍니다."

"뭐라고요?" 로저가 자신도 모르게 퉁명스럽게 반문한다. 놀랍기도 하고 실망스럽기도 하다. 하이힐 또각거리는 소리가 여자 화장실 쪽에서 들린다.

"경찰에서 전화가 왔는데요, 누가 이리로 오는 중이라는데요."

"왜, 무슨……."

"부인이요. 부인에 관한 일이랍니다."

5

제시카 니에미는 검은 가죽 장갑을 벗고 얇은 라텍스 장갑으로 갈아 꼈다. 장갑을 잡아당겨 끼고 있는데, 상관인 에르네가 했던 말이 떠오른다. 장갑은 수사관으로부터 증거를 보호해줄 뿐만 아니라, 증거로부터 수사관을 보호해주기도 하지. 지금 상황에 딱 맞는 말이다. 변사체를 검안하는 것만으로는 피해자의 사인을 특정할 수 없다. 외상이나 교살의 흔적, 그밖의 다른 단서가 전혀 보이지 않는다. 테이블이, 아니 거실 전체가 육안으로는 보이지 않는 독성 물질에 오염되어 있을 수도 있다.

"감식팀 왔어요." 유수프 페플 경장의 목소리이다. 제시카가 돌아보니 유수프가 열린 현관문을 향해 고갯짓을 한다. 제시카가 있는 곳에서 도로는 보이지 않지만, 차가 공회전하는 소리와 승합차의 옆문이 닫히는 소리는 들린다. 유수프는 제시카보다 2년 후배이자 눈이 크고 건장한 청년으로, 그의 뿌리는 에티오피아에 있는 것이 분명하다. 그렇지만 유수프는 그 나라를 한 번도 본 적이 없다. 그는 헬싱키 외곽의 주거지역인 시포에 있는 쇠데르쿨라라는 한적한 동네에서 태어나고 자랐다. 그는 아직도 순박한 촌놈처럼 행동하는데, 과하다 싶을 때도 가끔 있다.

"남편하고는 아직 연락 안 됐어?" 제시카가 물으면서 눈을 감는다. 바람이 대저택을 신음하게 만든다. 마치 무슨 일이 일어났는지 말해주려는 것 같다.

"사본린나 경찰이 연락했대요. 그가 묵는 호텔로 누가 가고 있고요. 우리가……."

갑자기 날카롭게 울리는 휴대전화 벨소리가 유수프의 말을 막는다. 제시카가 눈을 뜨고 거실을 둘러본다.

"어디서 나는 거야?" 제시카가 중얼거린다. 유수프가 거실을 가로질러 소파로 걸어간다.

"여기 리모컨 옆에 있네요. 쿠션 사이에 끼어 있어서……."

"잠깐!" 제시카가 외친다. 의도치 않게 날카롭게 말이 나왔다. 제시카가 성큼성큼 걸어간다. 소파에 놓인 아이폰에서 어디서 들어본 듯한 멜로디가 흘러나오고, 액정 화면에는 남자의 사진이 떠 있다. **라우저♡**.

"라우저?"

"로저. 로저 코포넨." 제시카가 말하면서 허리를 굽히고 휴대전화를 내려다본다.

"어디서 많이 본 얼굴인데……."

"평소에 책 잘 안 읽지?" 제시카가 바닥을 내려다보면서 묻는다. 유수프가 화면에 뜬 중년 남자의 웃는 얼굴을 1분 정도 쳐다보더니 누군지 알겠는지 표정이 밝아진다. 제시카가 마스크를 내리고, 오른쪽 장갑을 벗은 후, 집게손가락 가운데 마디로 통화 버튼을 누르고 스피커를 켠다.

"여보세요?"

짧은 침묵 후에 단호하지만 두려움에 찬 목소리가 말한다. "마리아?"

"로저 코포넨 씨?" 제시카가 휴대전화 화면 가까이로 얼굴을 가져다 대면서 묻는다.

"누구시죠?"

"헬싱키 경찰청 제시카 니에미 형사입니다." 제시카가 말을 마친 뒤 잠깐 숨을 고른다. 상대편 남자는 아무 말도 하지 않는다. 그러나 제시카는 그가 그렇게 주저하는 것으로 보아 나쁜 소식을 이미 전해 들었다는 사실을 알아차린다. "이런 일이 생겨서 유감입니다."

"근데……어떻게 된 일이죠?" 로저 코포넨의 목소리가 갈라지지는 않았지만, 억양 없이 단조롭다.

"죄송하지만 집으로 빨리 와주셔야 할 것 같습니다." 제시카는 아내를 잃은 남편의 마음에 공감이 되어 목이 메는 것을 느낀다. 경찰 생활을 하면서 이런 대화를 할 기회는 많지 않았다. 유족에게 피해자의 사망 사실을 고지하는 책임이 그녀에게 맡겨진 경우는 몇 번 되지 않았다. 하지만 횟수가 중요한 것이 아니다. 동료들은 그 일은 아무리 여러 번 해도 결코 수월해지지 않는다고 말한다. 세상에서 가장 듣고 싶지 않은 말을 누군가에게 하는 일이 어떻게 쉬워질 수 있겠는가?

제시카는 자신이 그 말을 누구에게, 언제 처음 들었는지 기억을 되살려본다. 응급실 의사한테서 들었나? 아니면 티나 이모?

제시카가 마른 목을 적시려고 침을 꿀꺽 삼킨 후 다시 입을 여는 순간 전화가 툭 끊긴다. 코포넨이 전화를 끊은 것이다. 때마침 바람이 울음을 멈춰서, 집 밖에서 수사관들이 하는 이야기가 선명하게 들린다.

"피해자 남편이 사본린나에 있다고?" 제시카가 고개를 들지 않은 채 묻는다. 휴대전화의 액정 화면이 꺼진다. 제시카가 다시 켜려고 하지만, 비밀번호를 입력하라는 요청이 떠서 시도가 무산된다. 휴대전화가 쓸모없는 고철 덩어리로 변한다.

"네, 그렇다네요."

"빌어먹을." 제시카가 낮은 소리로 욕을 내뱉어 동료를 긴장하게 만

29

든다. 무슨 이런 사건이 다 있나. 현재 핀란드 제일의 수출 역군인 스릴러 작가 로저 코포넨의 아내가 상당히 의심스럽게 죽었다. 그런데 그 남편은 때마침 국토의 절반은 떨어진 곳에 가 있어서, 통계적으로 가장 개연성이 높은 시나리오를 배제하게 만든다. 그리고 마리아 코포넨을 살해한 범인이 조금 전 응급 구조 센터로 신고할 때 사용한 휴대전화가 지금 바로 그들의 코앞에 있다. 신고 후 범인은 몹시도 춥고 세찬 바람이 부는 어둠 속으로 사라졌다. 범인은 멀리 가지 못했을 것이다. 그러나 그때 제시카는 자신이 성급하게 결론을 내리고 있다는 사실을 깨닫는다.

"신고 전화가 이 번호로 걸려왔어?" 제시카가 묻는다. 그녀는 소파 너머의 마리아 코포넨이 히스테리컬하게 웃고 있는 곳을 보고 싶은 강렬한 욕구를 느낀다. 마리아 코포넨의 모습은 마치 사진 속의 한 장면 같다. 과장된 유쾌함. 그러나 사진이 아니다. 이 방에 있는 다른 모든 것은 이 순간에도 살아 있다. 푸른 불빛의 전등, 바람, 유수프, 밖에서 흔들리는 잎사귀 하나 없는 나무들. 그러나 마리아 코포넨은 죽어 있다.

"모르겠는데요." 유수프가 외투의 지퍼를 내리면서 말한다. 열린 문으로 얼음처럼 찬 공기가 들어오지만, 거실은 후덥지근하다.

"전화해서 알아봐줄래, 당장?"

제시카가 말하는 동안, 흰색 방호복을 입은 세 사람이 거실로 천천히 걸어 들어온다. 마치 영원한 잠에 빠진 공주를 깨우지 않으려고 조심하는 것 같다. 제시카는 과학수사대원들이 각자의 일을 시작하는 것을 지켜본다. 다들 일을 척척 알아서 해서, 마치 식기 세척기에서 그릇을 꺼내는 것 같은 평범한 집안일을 하고 있는 듯 보인다. 어떤 기준에서 보더라도, 방호복으로 꼭꼭 싸맨 이 인간 부리토들은 많은 것을 보았고, 본 것들을 마음에서 떨쳐내기 위해서는 많은 노력을 해야할 것이다. 그렇기는 하지만 그들은 내색 없이 차례로 시신을 훑어보고, 잭 니컬슨의 조커를 상기시키는 광기 어린 미소를 띤, 아름다운 얼굴을 살펴본다.

"첫 번째 거는 여기까지 하고." 대원 한 명이 방호복 후드와 마스크 안에서 중얼거린다. 조금 전에 복도에서 발소리가 났던 것으로 보아 그는 2층에서 내려온 듯한데, 지금은 제시카 앞에 서서 달리 할 일이 없는 것처럼 거실을 빙 둘러보고 있다. 다른 대원 세 명은 완전히 몰입해서 시신을 살펴보고 있다. 제시카는 그 대원을 쳐다보면서 눈을 가늘게 뜨고 무슨 말인지 모르겠다는 표정을 짓는다. 그녀는 이 과학수사 대원들의 숙련된 기술을 전적으로 신뢰한다. 이제까지 범죄 현장 감식 때 그녀가 참견해야 했던 적은 단 한번도 없었다.

"뭐라고요?" 제시카가 묻지만, 그 대원은 벌써 돌아서고 있다. 제시카는 그가 복도로 사라지는 모습을 지켜본다.

제시카는 테이블을 지나서 레코드판이 가득 꽂혀 있는 서가로 향한다. 장갑을 낀 손끝으로 앨범 커버의 윗부분을 하나하나 훑으면서 지나간다. 수십, 수백 장의 앨범. 이 집 부부는 아날로그 음악을 사랑하는 것이 틀림없다. 음악이 가득한 작가의 서가. 제시카는 레코드플레이어 앞에 멈춰선다. 이 집 레코드플레이어는 최신 기기로, 아마도 무선 음향 장치와 연결되어 있는 것 같다. 바늘이 거치대에 올려져 있고, 레코드판은 커다란 플래터 위에서 꼼짝도 하지 않고 쉬고 있다. 45회전의 싱글판. 앨범 커버는 플레이어 옆에 있는 보조 테이블에 놓여 있다. 존 레논이 둥근 선글라스에 눈을 숨긴 채 카메라를 보고 있는 흑백사진이 보인다. "이매진(Imagine)." 영국 최초 싱글 출시. 제시카는 앨범 커버를 집어들고 뒤집어본다. 양면 레코드판이고, 한 면에 한 곡씩 총 두 곡이 수록되어 있다. 두 곡 모두 "이매진"이다. 제시카가 이곳에 도착했을 때 코이부아호 순경이 한 말이 떠올라 온몸에 소름이 돋는다. 빌어먹을 음악 때문에. 순찰대가 도착했을 때 노래가 흐르고 있었다면, 경찰이 집에 도착하기 직전에 누군가가 바늘을 레코드판에 내려놓았다는 이야기가 된다.

제시카는 앨범 커버를 보조 테이블에 떨어뜨리고 외투 주머니에 손을 넣는다. 자신의 생각이 어떤 의미를 가지는지 서서히 깨닫는다. 그녀는 글록 권총의 손잡이를 쥐고 돌아서서, 검시를 하고 있는 백의의 천사들을 바라본다. 세 명이다. 여기에는 계속 이 세 명만 있었고, 이들 중 2층에 올라갔다 내려온 사람은 없다.

6

제시카는 현관문을 향해 짧은 복도를 서둘러 걸어간다. 권총집을 풀고 권총을 몸 쪽으로 약간 기울이면서 잠금장치를 해제한다. 관자놀이에서 힘줄이 팔딱팔딱 뛰고 심장박동도 점점 더 거세지면서 아드레날린이 솟구치는 것을 느낀다. 마치 몸이 자동운행 모드로 움직이는 것 같다. 현관문 앞에 서니 경찰복을 입은 순경 세 명과 경찰 승합차 두 대, 과학수사대 승합차 한 대, 그리고 방금 도착한 영구차가 보인다. 출동했던 구급차는 필요가 없어서 현장을 떠나고 있다. 응급 구조 차량들이 뿜어내는 파란색과 빨간색의 번쩍이는 경광등 불빛이 조용한 전원주택 마을의 밤 풍경을 요란하게 물들이고 있다. 이 불빛에 깨어난 이웃 주민들이 호기심으로 불을 밝히는 창문이 점점 더 늘고 있다. 순경들은 제시카가 입을 열기도 전에 심상치 않은 분위기를 감지한다.

"무슨 일이……?"

"어디로 갔어요?" 제시카가 외친다.

"누가요?"

"그 과학수사 대원이요!"

"아, 그 사람……." 순경 한 명이 손가락으로 언덕을 내려가는 도로를 가리킨다. "방금 저기로……."

"뛰어갔어요?"

"걸어가던데요."

"한 명은 나랑 같이 가요, 당장!" 제시카는 도로를 뒷걸음질로 몇 걸음 내려가며 순경에게 지시한다. 불이 켜진 가로등이 바람에 흔들리고 있다.

"그 사람이 뭐……."

"그리고 상황실에 연락해서 살인범이 조금 전 현장에서 도주했다고 알려요. 지원 병력도 빨리 와달라고 요청하고요!" 제시카는 단호하게 말하면서 권총집에서 권총을 꺼낸다. 그 극적인 몸짓을 보고 수염을 기른 순경이 따라나선다. 제시카가 진심이라는 것을 알았다는 듯이.

그들은 눈 덮인 도로를 걸어 내려간다. 도로에는 트램이 지나간 것처럼 타이어 자국이 깊게 파여 있다. 인도에는 최근에 생긴 발자국이 촘촘히 선명하게 보인다. 흰색 방호복을 입은 남자는 정말로 걸어서 도망갔다. 뛰어갔다면 보폭이 훨씬 더 넓을 것이다. 그가 경찰이 금방 따라오리라고 예상하지 못하고 있다면 그를 따라잡을 수 있을 것이다. 그럼에도 불구하고, 발자국이 이끄는 대로 길모퉁이를 향해 가는 몇 초 동안 제시카의 머릿속은 혼란스러워진다. 살인범은 그들이 쫓아오리라는 사실을 알고 있다. 아니, 쫓아오기를 바랐다. 조금 전 그는 아무도 모르게 집을 빠져나갈 수 있었는데도 굳이 제시카에게 다가와서 입을 열었다. 그때 그가 과학수사 대원이 아니라는 사실을 알았다면……. 제시카는 온몸에 소름이 돋는 것을 느낀다. 마리아 코포넨을 살해한 범인을 직접 본 것이다. 그의 눈을 보았다. 그리고 지금 그 망할 자식은 여기 어딘가를 의기양양하게 돌아다니고 있다.

"멀리는 못 갔을 겁니다." 순경이 말한다. 육중한 덩치에도 불구하고 숨 가쁜 기색 하나 없이 잘 따라오고 있다. 제시카는 권총을 두 손으로 잡고 교차로로 다가간다. 그녀가 향하고 있는 교차로 쪽은 눈이 소복하게 쌓인 키 큰 가문비나무 산울타리에 막혀 잘 보이지 않는다. 제시카가 산울타리 주변을 둘러보자, 양쪽으로 주차된 차들만 쭉 늘어서 있는 빈 도로가 나타난다.

"개자식." 제시카가 중얼거리면서 주변을 두리번거리며 발자국을 찾는다. 발자국이 하나도 보이지 않는다. 제설차가 도로의 눈을 다 치운 상태여서, 도주자가 도로 한가운데를 걸었다면 쉽게 식별될 수 있는 흔적을 남기지 않고서도 자기 길을 갈 수 있었을 것이다. 순찰차 사이렌 소리가 점점 더 가까워진다. 제설차가 덜커덕거리며 눈 치우는 소리가 저 멀리서 희미하게 들린다.

"차 뒤에 숨어 있지 않을까요? 아니면 차 밑에." 순경이 자신 있게 속삭이더니 가까이 있는 차들을 향해 침착하게 걸어간다.

제시카는 목소리를 낮추지 않고 대답한다. "서둘러서 숨어야 한다면 그렇게 하겠죠."

"그럴 필요가 없나요?"

제시카는 대답하지 않는다. 그녀는 경찰이 봉쇄한 범죄 현장을 범인이 두 발로 걸어 나갔다는 사실을 너무 늦게 깨달은 자신을 탓한다.

"여기에 차를 세웠을 수도 있지 않을까요?" 순경이 말한다. 터무니없는 생각은 아니다. 그러나 언뜻 보기에는, 주차 공간이 자동차 열기에 녹아 있는 곳이나 타이어 자국이 주행 차선으로 이어지는 흔적은 어디에도 보이지 않는다.

"이름이 뭐죠?" 제시카가 주차된 차를 조심스럽게 확인하며 걸어가면서 순경에게 묻는다.

"할비크요. 라세 할비크."

"그래요, 라세. 차들을 확인해줘요. 경계 태세 늦추지 말고요. 곧 지원 병력이 올 거니까요." 제시카는 이 말을 하고 가로등이 환하게 켜진 긴 도로를 뛰어가기 시작한다.

"혼자서 잡으러 가는 건 아니죠?"

제시카는 대답하지 않는다. 대신 한 손으로는 권총을 들고 다른 손으로는 휴대전화를 꺼내 귀로 가져간다. 그녀는 할비크가 적어도 이 정도까지는 지켜봐줄 것이라고 확신하면서 도로 한복판으로 뛰어든다. 도로 양쪽에 차들이 늘어서 있다.

"여보세요?" 에르네 믹손이 긴장한 목소리로 전화를 받는다. 그는 30분 전에 이 사건의 수사 책임자로 임명되었다.

"상황실에서 연락받으셨는지 모르겠지만, 쿨로사리 대교로 이어지는 나들목을 폐쇄해야 돼요. 빨리요." 제시카는 자신의 목소리에서 긴장감을 느낀다.

"어떤 상황인데 그래?"

"살인범을 도보로 쫓고 있어요."

"누구하고?"

"혼자서요."

"제시카!"

"조금 전에 이쪽으로 갔는데……, 금방 따라왔는데 안……, 하, 잠시만요……." 제시카가 휴대전화를 외투 주머니에 밀어넣고, 글록 권총을 다시 두 손으로 모아쥔다. 한순간 그녀는 땅바닥에 사람이 누워 있다고 확신한다. 그러나 도로에 누워 있는 흰색 방호복은 비어 있다. 그 모습이 마치 칼에 찔린 미쉐린맨(미쉐린 타이어의 마스코트 캐릭터. 흰 붕대를 칭칭 감은 모습이다/옮긴이)처럼 보인다. 다리 한 개가 바람에 펄럭이는데, 방호복 주인이 이쪽으로 갔다고 알려주는 것 같다. 제시카는 뒤를 돌아본다. 100미터쯤 떨어진 곳에서 할비크가 자동차 사이에 쭈그리고 앉아 있다. 제시카는 엄지와 검지를 입으로 가져가 휘파람을 불어 그를 부른다.

"라세! 차가 여기로 지나가지 않게 해줘요!" 제시카가 외친다. 맞바람에 대고 소리쳤기 때문에 할비크가 들었는지 확신이 없다. 할비크가 일어서서 빠르게 걸어온다. 제시카는 계속 도로를 걸어 내려가면서 다음 행동을 고민한다. 사이렌 소리가 점점 더 커진다. 어떤 형언할 수 없는 본능이 그녀를 멈춰 세우고 그녀에게 불행한 진실을 속삭인다. 놈을 잡지 못할 것이다. 적어도 오늘 밤에는. 제시카가 깊은 한숨을 내쉬자 폐가 뭔가에 찔린 듯이 아프다. 그녀는 외투 주머니 속으로 다시 손을 집어넣는다.

"경감님?"

"도대체 뭐 하는 거야, 제시카! 무슨 일인지……."

"제가 일을 망쳤어요, 경감님."

제시카는 상관의 목소리를 듣지만, 마음은 벌써 돌고 있는 회전목마에 올라탔다. 운행되는 동안에는 새로운 생각이 올라탈 여지가 없는 회전목마. 생명이 빠져나간 마리아 코포넨의 얼굴에 웃음을 새겨놓은 그 범인이 지금 이 순간에도 저 깊은 어둠 속에서 자신을 지켜보고 있을 것만 같다. 어디에도 그의 흔적이 보이지는 않는다. 하지만 그는 모든 곳에 있다.

7

에르네 믹손 경감은 지독한 독감에 걸려 2주가 넘게 고생했지만, 그럼에도 그의 차 내부에서 나는 독특한 냄새가 그의 막힌 코를 뚫고 들어온다. 마지팬(아몬드 가루, 설탕, 달걀 흰자로 만드는 말랑말랑한 과자/옮긴이)과 오래된 가죽과 타버린 클러치의 냄새. 희미하게 삐 소리가 나자 겨드랑이에서 디지털 체온계를 빼서 확인한다. 37.4도. 빌어먹을……. 파실라에서 출발하기 전에 쟀을 때보다 0.3도가 높다. 에르네는 손목시계를 흘끗 본 후, 주머니에서 작은 수첩을 꺼내 방금 확인한 체온을 적는다. 몇 년이나 사용한 이 두꺼운 수첩은 이제 몇 장 안 남았다.

낡은 BMW 3의 조수석 문이 벌컥 열리자 에르네는 깜짝 놀란다. 검은 머리의 서른세 살의 여성이 차에 올라탄다. 굳은 표정과 어두운 조명 때문에 갸름하고 예쁜 얼굴이 지나치게 각이 져 보인다. 두 사람은 한동안 물끄러미 앞만 바라본다. 집 앞 도로에 십여 대의 차량들이 100미터에 걸쳐 늘어서 있다. 가까이에 있는 경찰 승합차가 도로를 가로막고 있고, 파란색과 흰색이 섞인 헬싱키 경찰청의 폴리스라인까지 쳐져 있어, 접근 금지라는 분명한 메시지를 전하고 있다.

"쿨로사리에 서커스단이 온 것 같네." 에르네가 수첩을 가슴 주머니에 넣으면서 말한다. 그는 니코틴 껌을 꺼내 껍질을 벗기고 입에 넣는다. 10분 전 창문을 조금 열어놓고 피웠던 담배의 진정 효과는 사라지고 없다. 사실 늦은 감이 있지만, 지금이라도 줄여야 한다. 아니면 끊든가. 그래 봤자 큰 도움은 안 되겠지만.

"안 들어가실 거예요?" 제시카가 조용히 묻고는, 머리를 조수석 머리받이에 기댄다.

"응. 들어갈 필요가 있나?" 에르네가 하품을 한다. 그는 창문을 조금 내린다. "남자, 40대, 보통 체격, 비교적 넓은 어깨, 키는 180센티미터, 그리고……, 날씨에 비해 가벼운 옷차림?"

"두꺼운 외투를 입었다면 방호복이 안 들어갔겠죠."

"인상착의에 맞는 용의자는 여섯 명인데, 전부 두꺼운 외투를 입고 있어. 한 명은 거리에서 찾았고, 세 명은 쇼핑센터 안에 있는 펍에서, 두 명은 고속도로 버스 정류장에서 찾았어. 그 시간 동안 놈이 걸어서 갈 수 있을 만한 거리를 바탕으로 반경을 설정하고 그 안에서 용의자를 찾은 거야. 5분 더 길어졌다면 반경을 헤르토니에미 해변까지 확대해야 했겠지. 그럼 인력이 부족했을 거고." 에르네가 제시카를 돌아보며 말을 잇는다. "모든 걸 매뉴얼대로 잘한 거야, 제시카."

제시카는 상관의 말에 끙 하고 앓는 소리를 낸다. 그의 말이 전혀 위로가 되지 않는다. 에르네는 축구 경기 전반전이 끝나고 교체당한 어린 선수를 위로하는 코치처럼 말한다. 그의 동정 어린 어조가 경기장 안에서의 모든 일이 뜻대로 되지 않았다는 사실을 바꾸지는 못한다.

"말해보세요, 경감님." 제시카가 소리가 들릴 정도로 침을 꿀꺽 삼킨 후 말을 잇는다. "강력계에 얼마나 계셨죠? 그 천년의 세월 동안, 사건 현장에서 살인범을 만나 얘기까지 나누고도 놓친 형사를 몇 명이나 보셨어요?"

"그런 식으로 생각하면 마음만 괴롭지."

"그럼 어떤 식으로 생각해야 돼요?"

"예를 들어, 자네가 의심하기 시작했다면 놈이 총을 빼서 모두를 쏠 수도 있었어. 누구도 미리 대응하지는 못했을 거야." 에르네가 라디오 소리를 줄인다. 제시카의 표정을 보니, 그의 말이 일리가 있다고 생각하는 듯하다. 집 안에 있던 경찰들은 자신들이 안전하다고 생각했지만, 놈은 누구라도 쉽게 해칠 수 있었을 것이다. 마리아 코포넨뿐만 아니라.

"용의자가 여섯이라고요?" 제시카가 외투 지퍼를 내리면서 묻는다.

"방호복의 섬유 조직과 그 사람들의 DNA를 대조해볼 거야."

"마스크는요?"

"못 찾았어. 어디 쓰레기통에 던졌나 본데. 아니면 갖고 갔거나."

"그건 말이 안 되죠." 제시카가 부드럽게 말한다.

"방호복은 길바닥에 버리고 갔으니까?"

"네."

"이봐, 제시." 에르네가 쉰 목소리로 말하며, 더 이상의 무의미한 추측을 차단한다. 그러면서 길 건너에서 열린 대문 안으로 들어가는 남자를 주시한다. 유수프가 남자에게 들어오지 말라고 손을 내젓고 있다. 참견하기 좋아하는 이웃들이 썩어가는 살 냄새를 맡았나 보다. "놈의 목소리를 들으면 알 수 있겠어?"

수사관 한 명이 그 이웃 남자에게서 진술을 받고 있다. 남자는 잠옷 바지에 파카를 입고 목이 낮은 부츠를 신고 있다.

"그럼요. 근데 장담컨대 그 용의자들 중에는 범인이 없을 거예요."

"비관론자는 지치지도 않는구나." 에르네가 뒷좌석으로 팔을 뻗어 가죽 가방을 가져와 태블릿 PC를 꺼내서 제시카에게 건네준다. "동영상 여섯 개가 있어. 같은 문장을 여섯 번 말하게 했고." 첫 번째 거는 여기까지 하고.

제시카는 짧은 동영상 속에서 범인을 찾아낼 수 있기를 바라면서 목소리에 귀를 기울이고 용의자의 눈을 유심히 살펴본다. 불과 45분 전 마리아와 로저 코포넨 부부의 거실에서 제시카 앞에 서 있던 범인이 이 중에 있을까? 용의자 동영상에 있는 남자들 중 두 명은 술에 취한 것이 분명하고, 화면 아래쪽 설명에 적힌 음주 측정 결과도 같은 이야기를 하고 있다. 한 명은 특별히 의심스러울 정도는 아니지만 놀라울 정도로 여유만만하고, 다른 세 명은 짜증이 난 표정이다. 그렇다고 그들을 비난할 수는 없다. 밝은 조명을 받고 서서 영문도 모른 채 경찰이 시키는 대로 한 문장을 반복해서 읽어야 한다면, 누군들 화가 나지 않겠는가? 그러나 제시카가 예상했던 대로, 동영상 속 남자들 중에는 범인이 없다.

"없어요." 제시카가 태블릿 PC를 에르네에게 건네주면서 말한다.

"확실해?" 에르네가 되묻지만 대답을 기대하지는 않는다. 잠깐의 침묵이 흐른 후, 그는 숱이 많은 백발을 쓸어넘기며 목소리를 내기 위해서 잔기침을 한다. 그러나 목구멍 깊은 곳에서 올라오는 쌕쌕거림은 기침으로도 사라지지 않는다.

"여기. 마리아 코포넨에 관한 모든 관련 정보를 라스무스가 모아놓은 거야." 에르네가 제시카에게 자료 한 장을 건네면서 말한다. 죽은 여자의 이력서. 방해받은 삶의 주요 내용. 제시카는 종이를 들고 찬찬히 읽기 시작한다.

"나이:37세……, 최종 학력:약학 박사……, 경력:뉴로팜 제약의 상품 개발 담당 부사장……."

"거기에 쓸모 있는 정보가 있을 것 같지는 않아."

"그건 두고 봐야죠." 제시카가 말하고는, 종이를 잘 접어서 주머니에 넣는다. 흰 토끼 한 마리가 도로를 가로질러 뛰어간다. 저 토끼도 조사해봐야 할 것 같다.

"난 보도자료 준비하러 사무실에 들어간다." 에르네가 말한다.

"부럽네요."

"상황이 상당히 특이해. 시민들에게 경고할 필요가 있어."

"어떻게요? 수사관이 와도 문 열어주지 마세요, 살인범일지 모르니까?" 제시카가 손가락 마디를 어루만지면서 퉁명스럽게 말한다. 에르네는 영혼 없는 웃음소리를 낸다. 블랙 유머를 구사하는 형사들이 많은데, 제시카는 그중에서도 최강자이다. 그들은 한동안 잠자코 앉아서 각자의 생각을 정리한다.

"수사를 확대해야겠어. 그리고 로저 코포넨도 조사하고." 에르네가 창문을 올리면서 말한다. "그건 내가 맡을 테니까, 자넨 지금부터 저 집 안에서 도대체 무슨 일이 있었는지 알아내는 데에 집중해줘. 이웃 주민 탐문은 이미 시작된 것 같은데, 목격자가 한 명이라도 있겠지."

"알겠습니다." 제시카가 조수석 문을 연다. "심장마비 조심하세요, 다보스 경(조지 마틴이 쓴 『얼음과 불의 노래』의 등장 인물/옮긴이)."

"심장마비 일으키게 할 사람은 자네밖에 없어, 아리아(조지 마틴이 쓴 『얼음과 불의 노래』의 등장 인물/옮긴이)."

8

로저 코포넨은 테이블 앞에 앉아서 빈 컵을 두 손으로 감싸쥐고 맞은 편에 앉아 있는 여자의 이마를 멍하니 보고 있다. 사회복지사는 옆 방에서 대기하고 있을 테니 사건에 대해서 궁금한 부분이 있으면 불러달라고 말한 뒤 조금 전 방을 나갔다. 사본린나 경찰서의 산나 포르카 경감은 물 주전자를 들고 로저의 컵에 물을 더 따라준다. 포르카는 42세의 독신 여성으로, 핀란드 동부에 있는 이 도시에서 평생을 살았고, 그녀의 삶은 경찰 일과 사냥, 오리엔티어링(지도와 나침반만 가지고 정해진 길을 걸어서 찾아가는 스포츠/옮긴이), 늙은 핀란드 사냥개 암컷 세 마리를 중심으로 돌아간다.

"아무래도 헬싱키로 가야겠어요." 로저가 말한다. 그의 멍한 눈은 천장과 벽이 만나는 지점에서 꼼짝도 하지 않는다.

"작가님 마음 이해합니다." 산나가 말하더니 의자에 등을 기댄다. "하지만 그 전에 음주 측정부터 하셔야겠는데요. 저녁 드시면서 술을 드신 걸로 아는데……."

"지금 나랑 장난해요?" 로저가 믿어지지 않는다는 표정으로 발끈 화를 낸다.

"사실 저희는 작가님이 원래 계획대로 사본린나에서 오늘 밤을 묵고 가시는 게 낫다고 생각합니다."

"왜죠?"

"작가님이 방금 들은 소식은 누구에게나 큰 충격일 테니까요. 이렇게 험악한 날씨에 운전을 오래 하셔야 하고, 그리고 오늘 밤 헬싱키에 가더라도 작가님이 하실 일은 아무것도 없을 거예요."

"그러네요. 그리고 좀 늦은 것도 같고." 로저는 혼잣말을 하듯 중얼거린다. 애써 웃음을 짓지만, 입만 웃고 있다. 입만 빼고는 고통스러운 표정이다. 산나는 피해자 가족들이 충격 때문에 이상 행동을 보일 때가 종종 있다는 것을 알고 있다. 그들의 반응에서 유용한 정보를 추론해낼 수 있을 거라고 생각하면 안 된다. 그러나 움직이지 않는 멍한 눈과 창백한 피부, 가빠진 숨결은 진심으로 고통스러워한다는 증거가 틀림없다.

"놈을 잡았답니까?" 로저가 좀더 단호한 목소리로 묻더니, 떨리는 두 손으로 컵을 들어 입으로 가져간다. 산나는 피해자의 남편에게 정보가 어느 선까지 제공되었는지 알아보려고 메모를 재빨리 훑어본다. 아내가 헬싱키 쿨로사리 지역에 있는 자택에서 사망했다는 소식과, 경찰이 이 사건을 살인 사건으로 의심할 만한 상당한 근거를 확보했다는 사실을 알고 있는 것이 분명하다. 그러자 그녀의 생각은 로저 코포넨의 질문에 다시 초점을 맞춘다.

"실례지만, 범인이 남자라고 추정할 만한 무슨 이유가 있나요?" 신문하는 형사의 말투를 피하려고 애쓰면서 산나가 묻는다. 이 시점에서, 경찰은 로저 코포넨이 아내의 사망에 어떤 역할을 했다고 추정할 근거를 전혀 확보하지 못했다. 하지만 조사 과정에서 경솔한 실수를 하면, 남편이 아내의 죽음에 관련이 있을 가능성을 완전히 배제하기가 훨씬 더 어려워질 것이다. 사실 산나 포르카는 이 수사에서 맡은 역할이 없다. 불과 한두 시간 전에 아내를 잃은 유명 작가를 감시하는 것이 그녀가 맡은 유일한 임무이다. 그런데도 그에게 몇 가지 기본적인 질문을 던져보고 싶다는 유혹이 너무 강하다.

"아뇨. 하지만 그럴 가능성이 높지 않을까요?" 로저가 천천히 말하더니, 컵을 테이블에 내려놓는다. 자신의 판단력이 자랑스러운지 눈빛이 약간 반짝거린다. 산나는 입술을 꼭 다물고 고개를 끄덕인다. 이 문제를 통계적인 관점에서 보면, 그의 말이 옳다. 핀란드에서 발생하는 살인 사건의 90퍼센트는 범인이 남자이다. 범인과 피해자가 서로 모르는 사이인 경우에는 그 비율이 훨씬 더 높아진다.

"범인을 잡는 게 우리의 유일한 목표예요, 작가님. 그리고 헬싱키 경찰은, 작가님이 가장 큰 도움을 주실 수 있는 장소는 이 컴퓨터 앞이라고 생각하고요. 여기, 사본린나 경찰서 컴퓨터 앞이요. 작가님이 편안하게 계시도록 저희가 최선을 다할 거니까요. 이렇게 지치고 충격받은 상태로 차를 몰고 헬싱키로 돌아가시는 건 위험합니다. 작가님뿐만 아니라 도로의 많은 운전자에게 큰 위협이 될 수 있어요." 산나가 다시 입술을 앙다문다. 충분히 공감하고 있다는 인상을 주었기를 바라는 마음이다. 잠시 후 그녀는 노트북 컴퓨터의 비밀번호를 입력한다.

로저가 얼굴을 찌푸린다. "컴퓨터 앞에서 내가 무슨 쓸모가 있다는 거죠?"

"헬싱키의 수사 책임자인 에르네 믹손 경감이 작가님과 이야기를 나누고 싶어하세요. 화상 전화를 연결할 겁니다." 산나가 차분하게 말하고는 테이블에 두 손을 겹쳐 올려놓는다. 로저는 이 제안이 대단히 어리석다고 생각하는 것처럼 눈을 두세 번 껌벅거린다. 그러나 반대 의사를 분명하게 표현하지는 않는다.

"화상 전화요?" 로저가 중얼거린다. 이 아이디어에 대해 곰곰이 생각하는 눈치이다.

"아까도 말했지만, 우리의 유일한 목적은……."

"**목표**요."

"네?"

"조금 전에는 내 아내의 살인범을 잡는 게 당신들의 유일한 **목표**라고 했어요. **목적**이 아니라." 로저가 손톱으로 눈썹을 긁자, 죽은 피부 껍질이 둥둥 떠다니며 테이블로 내려와 컵 옆에 사뿐히 내려앉는다.

"네, 맞아요, 그랬죠." 산나는 너그럽게 웃으려고 노력한다. 로저가 혼자서 마음을 가라앉힐 수 있게 시간을 주어야 할까 고민해본다. 그러나 그럴 시간이 없다. 불과 30분 전에 전해 들은 바에 따르면, 용의자가 아직도 잡히지 않았다. 정사각형의 벽시계에 붙어 있는 분침이 오른쪽으로 한 칸을 움직여 12라는 숫자 위에서 잠시 휴식을 취한다.

"잠깐 실례해도 될까요?" 산나가 묻는다. 2-3초 후 로저 코포넨이 고개를 끄덕인다.

복도로 나간 산나는 문을 닫고 당직 순경에게 그 방을 감시하라고 손짓으로 지시한다. 그러고는 커피 머신 앞에 서 있는 젊은 사회복지사를 흘끗 쳐다보고는 자기 사무실로 향한다. 커피 머신에서 커피 가는 소리가 요란하게 들린다.

"코포넨 씨는 준비됐어요?" 수화기 저편에서 에르네 믹손이 지친 목소리로 묻는다. 자동차 엔진 소리가 배경으로 들린다.

"충격이 큰 것 같아요."

"얘기를 들어봐야 하는데."

"그러게요." 산나가 창가로 걸어간다. 어둠 속에 서 있는 자작나무들이 따뜻한 실내를 향해 헐벗은 가지를 흔들며 인사를 건넨다.

"물론 직접 얼굴을 보고 얘기하는 게 더 좋죠." 에르네가 말한다. 포장지를 부스럭거리는 소리가 들린다. 에르네가 껌 씹기에 집중하는 동안 잠깐 침묵이 흐른다. 잠시 후, 쉰 목소리가 말을 잇는다. "조금 전에 아내를 잃은 남자에게 화상 전화로 얘기를 하자는 게 좀 실례인 것도 같고. 하지만⋯⋯가능한 빨리 최대한 많은 정보를 얻어야 돼요."

"그러니까요." 산나는 그렇게 대꾸하고 보니 자신이 어른들의 언어를 알고는 있지만 어떻게 사용하는지는 모르는 십대 청소년이 된 듯한 기분이 든다.

"15분 후에 화상 전화 연결할게요. 그동안 잘 좀 보살펴줘요."

"죄송하지만 한 가지 할 얘기가 있어요." 헬싱키에 있는 동료가 전화를 끊기 전에 산나가 서둘러 말한다.

"뭐죠?"

"코포넨 씨가⋯⋯, 아내를 보고 싶다고 하네요. 현장에서 찍은 사진이라도⋯⋯."

"물론." 잠깐 말이 없던 에르네가 대답한다. 자동차 엔진 소리가 멎고 침 뱉는 소리가 들린다. 그러고는 문이 쾅 닫히고 라이터를 켜는 소리가 나더니, 에르네가 담배 연기를 깊게 들이마셔 폐로 보내는 소리가 들린다. "물론 보고 싶겠죠. 하지만 내 판단을 믿고 당분간은 좀 말려줘요."

9

제시카는 덧신과 흰색 방호복, 라텍스 장갑, 마스크 등 방호 장비를 새로 받아 착용한다. 그녀가 범인을 맞닥뜨린 이후 집 안을 철저히 수색하고 확인했는데도, 집 안에 있는 것이 갑자기 불안하게 느껴진다. 다시 거실로 들어가 보니, 과학수사대원들이 증거 수집 범위를 확대해 테이블 이외의 다른 곳을 살펴보고 있다. 마리아 코포넨은 여전히 실성한 것 같은 웃는 얼굴로 의자에 꼿꼿하게 앉아 있다. 마치 이 집의 여주인만이 살인 사건이 일어났다는 소식을 전해 듣지 못한 것 같다.

보통의 경우에는 지금쯤 시신이 이송 가방에 담겨져 부검실로 옮겨졌을 테지만, 이 사건에는 아직 너무나 많은 의문이 남아 있고 시신을 이송하면 그 해답을 찾기가 상당히 힘들어질 수 있기 때문에 그대로 남겨둔 모양이다.

"뭐 좀 알아냈나요? 여기서 무슨 일이 있었던 건지?" 제시카가 묻는다. 그녀는 현장 감식 책임을 맡은 과학수사 대원을 손짓해 부른다. 이번에는 신원을 확실히 확인한다. 변장한 살인범 때문에 신경이 곤두서 있다.

하르유라는 이름의 잘생긴 과학수사 대원은 제시카를 안심시키려는 듯이 푸근한 눈빛으로 그녀를 바라본다. 그는 한숨을 쉬고 마스크를 벗는다. "아주 조금요."

"그럼 알아낸 게 거의 없다는 거네요?"

"확실한 건 범인이 침입한 게 아니라는 사실뿐이에요. 거실에 있는 전면 유리문을 열고 들어왔어요. 들어온 다음에 닫았고. 잠겨 있지 않았어요. 사실 아직도 잠겨 있지 않고."

"잠겨 있지 않았다……." 제시카가 중얼거린다.

"아니면 피해자와 범인이 아는 사이여서 피해자가 문을……."

"그건 좀 믿기 어렵네요. 범인은 흰 방호복을 입고……." 제시카가 하르유 옆을 지나가면서 말을 잇는다. "여기 이 예술 작품을 창조하는데 필요한 도구를 갖고 있었어요. 그게 무엇이든 간에."

"피해자 얼굴이 돌처럼 단단해요."

"네?"

"인위적으로 이런 상태를 만든 것 같아요. 정확히 어떻게……."

"얼굴에 뭔가를 주입한 건가요?" 제시카가 눈을 가늘게 뜨고 시신을 바라본다. 이제 보니 피해자의 고개가 살짝 기울어져 있다. 계속 이런 상태였던 것이 틀림없다.

"그렇게 추측하고 있어요. 하지만 부검이 끝나봐야 확실히 알겠죠."

"또다른 이상한 점이 나오면 즉시 알려주세요."

"그럼요."

"고마워요." 제시카가 복도를 향해 돌아선다. 복도 끝에 있는 현관문이 아직도 열려 있어서, 수많은 불빛과 소리를 맞아들이고 있다. 집안이 끔찍하게 춥다. 흰 벽에 걸려 있는, 흰 캔버스에 붓질 몇 번 한 미니멀리즘 그림들은 온기를 뿜어내는 대신, 오히려 그 반대로 차가운 분위기를 강조한다. 레코드판이 가득 꽂힌 서가를 지나 복도로 간 제시카는 널찍한 부엌에 처음으로 발을 들여놓는다. 검은색 수납장과 서랍들 사이에 대리석 판 하나로 이루어진 아주 긴 조리대가 놓여 있다. 제시카는 라텍스 장갑을 낀 손을 차가운 돌 위에 내려놓는다. 모든 것이 얼룩 하나 없이 깨끗하고 반짝반짝 윤이 난다. 포겐폴. 이 집의 심장 역할을 하는, 대리석과 고급 목재로 된 이 명품 주방가구의 가격은 순경 평균 연봉의 두 배가 넘는다. 제시카의 아파트 부엌에도 이와 거의 똑같은 포겐폴 주방가구가 있어서 잘 안다. 그 가구는 제시카가 아끼는 것이고, 동료들을 그녀가 실제로 사는 집에 초대할 수 없는 수십 가지 이유들 중의 하나이다.

제시카의 시선이 서향으로 난 창문에서 미끄러져 벽난로를 지나서 서가로 옮겨간다. 커다란 책장에 수많은 이야기와 사상을 담은 책들이 가득 꽂혀 있다. 제시카가 처음 받은 인상은 문학적 취향이 놀랄 정도로 편향적으로 보인다는 점이다. 모든 책등에 똑같은 사람의 이름이 적혀 있다. 크기와 색상은 저마다 다르지만, 모두 한 사람이 쓴 것이다. 로저 코포넨. 좀더 자세히 들여다본 후 제시카는 책이 이렇게 많은 것은 작가가 다작을 했기 때문이 아니라는 사실을 깨달았다. 대다수의 책이 번역본이다. 『위치 헌트(*Witch Hunt*)』, 『학시야크트(*Haxjakt*)』, 『헥센야크트(*Hexenjagd*)』, 『카치아스 알리 스트레게(*Caccias alle streghe*)』. 제시카는 코포넨의 스릴러 소설이 세계 여러 나라에서 두터운 독자층을 형성하고 있다는 사실을 알고 있다. 그 덕분에 코포넨 부부에게 이 모든 것이 가능해졌다. 해변의 고급 주택, 독일산 고급 세단 가격에 맞먹는 명품 주방가구를 포함한 다양한 현대식 가구와 기기들. 제시카는 관자놀이에서 날카로운 통증을 느낀다. 마치 무엇이 이 부부의 성을 쌓아올렸는지가 아니라, 무엇이 조금 전에 그들의 성을 허물어뜨렸는가를 알아내는 것이 그녀의 임무라는 사실을 상기시키려는 것처럼.

냉장고에서 딸각 하는 소리와 함께 공기압축기가 자동으로 작동하기 시작하더니, 웅웅거리는 작은 소리가 주방을 가득 채운다. 제시카는 책장에 있는 책들 중에서 눈높이에 꽂혀 있는 영어판을 꺼내 표지를 살펴본다. 검은 옷을 입은 여자가 화형대에 묶여 있는 이미지와 그 위로 『위치 헌트』라는 고딕체의 단어가 활모양으로 적혀 있는 것이 마치 헤비메탈 그룹의 포스터를 연상시킨다. 제시카는 책을 뒤집는다. 전 세계 200만 권 이상 판매. 제시카는 자기 집 서랍장 위에 놓여 있는 핀란드어 문고판 『마녀 사냥』을 떠올린다. 몇 년 전에 친구에게 선물받은 책이지만, 읽을 시간이 없고 여력도 없어서 지금까지도 읽지 못하고 있다. 뿐만 아니라 제시카는 소설에 대해 편견을 가지고 있다. 독서는 새롭고 유용한 정보를 얻기 위해서 하는 행위인데, 누군가의 상상력에서 우러나온 이야기를 읽는 것은 이 바쁜 세상에서 시간을 낭비하는 일이라고 생각한다.

제시카의 손가락 끝이 라텍스 장갑 안에서 땀을 흘리고 있다. 마녀들을 뒤쫓는……연쇄살인범. 뒤표지에 나온 줄거리 요약에 왜 이렇게 마음이 끌리는지 모르겠다. 잠시 후 그녀는 책을 다시 뒤집어 앞표지에 나온 그림을 물끄러미 바라본다. 책이 바닥으로 쿵 하고 떨어진다. 제시카가 일부러 떨어뜨린 것이 아니라, 그 책의 다른 판들을 살펴보는 동안 손에서 미끄러져 떨어진 것이다. 일본어, 폴란드어, 키릴 문자. 모든 국가의 모든 출판사가 각기 다른 그림을 사용한 듯이 보이지만, 거의 모든 표지가 고통받는 마녀 그림을 싣고 있다. 하얗게 얼어 있는 핀란드 만(灣)의 겨울 바다 풍경을 담은 표지도 몇 개 있지만, 그 풍경들도 거의 다 비슷해 보인다. 노르딕 느와르. 그러나 대다수의 표지가 화형당하는 마녀의 모습으로 꾸며져 있다. 활활 타오르는 불길. 검은 옷을 입은 젊은 여자가 고통에 몸부림치는 모습. 독일어판인 『헥센야크트』의 표지는 화려한 옷과 보석으로 치장한 피해자가 형틀에 두 팔목과 발목이 묶여 있는 그림을 싣고 있다. 그 그림 속의 여자를 자세히 살펴보던 제시카는 조금 전 고통받고 있다고 이해한 표정이 실은 상상할 수 있는 가장 기괴한 웃음이라는 사실을 알아차린다. 그 웃음에서 광기와 강요된 거만함이 느껴진다. 제시카는 귀에서 맥박이 팔딱거리고 심장이 빨리 뛰는 것을 느낀다.

에르네가 전화를 받는다. 제시카는 충격을 받은 몇 초 동안 자신이 본능적으로 상관에게 전화를 걸었다는 사실을 깨닫는다.

"제시카? 과학수……."

제시카가 숨을 헐떡이며 그의 말을 막는다. "저기, 코포넨의 책을 읽어보셨어요?"

"글쎄, 안 읽은……."

"경감님, 살인범은 읽은 것 같아요."

10

로저 코포넨은 창가에 서서 어두운 바깥을 내다보고 있다. 블라인드가 약간 내려와 있지만, 창틀에 기대어 있는 기다란 막대기를 돌려서 블라인드를 굳이 다 열지는 않는다.

"자, 이제 시작할까요." 산나 포르카 경감이 로저의 눈치를 살피면서 말하더니, 그를 위해서 탄산수 한 잔을 따라놓는다. 물이 미지근하다. 어떤 바보가 물을 냉장고에 넣지 않고 휴게실에 놓아둔 것이 틀림없다. 로저는 아직도 창밖을 보고 있다.

"저기, 수사 책임자와 전화 연결이 돼 있거든요." 산나가 다시 말하자, 로저가 천천히 뒤를 돌아본다.

"그럼, 시작합시다." 로저가 말한다. 그러고는 다시 고개를 돌려 눈 덮인 나무 꼭대기를 바라본다. 그렇게 창가에 서서 뒷짐을 지고 허공을 응시한다. 충격을 받은 그의 마음이 이 쓰라린 고통 뒤에 숨은 의미를 찾아내려고 애쓰고 있는 것 같다. 산나는 로저의 태도가 지하 벙커에 숨어서 다음 행동을 고민하는 독재자를 연상시킨다고 생각한다. 잠시 후 그는 돌아서서 고뇌에 찬 표정으로 천천히 테이블로 돌아온다. 마치 독재자가 빨간 헤드폰을 끼고 핵무기 발사 단추를 누르기로 결심한 것 같은 표정이다.

로저가 다시 입을 연다. "수사 책임자라고요?" 처음으로 그의 목소리에서 언짢은 기색이 느껴진다. 이 사람을 여기에 붙잡아두는 것이 시간이 갈수록 힘들어지고 있다.

"네, 에르네 믹손 경감님이에요." 산나가 말한 후, 마우스를 두세 번 클릭해서 화상회의를 시작한다. 로저는 이름이 거슬리는지 의심스러운 표정을 지으며 얼굴을 찌푸린다. 로저는 에르네의 말투에서 에스토니아어 억양을 느낄 수 있는데, 그것을 들으니 탈린으로 크루즈 여행을 갔던 일과 배에서 면세 쇼핑을 홍보하던 장면이 어렴풋이 기억이 난다. 산나는 노트북 화면을 로저 쪽으로 돌리고 의자에서 일어서서 서로가 잘 보이는지 직접 확인한다.

"로저 코포넨 씨." 에르네의 목소리가 말한다. 그의 얼굴이 화면에 나타나고 몇 초가 지나서야 흐릿한 이미지가 참아줄 만한 정도로 초점이 맞춰진다. 목소리는 이미지보다 0.5초쯤 뒤에 들린다. "우선 부인이 돌아가신 것에 대해 깊은 조의를 표합니다."

마리아의 죽음을 "부인이 돌아가신 것"이라고 한 표현이 로저에게는 매우 우스꽝스럽게 들리지만, 간결하게 고맙다고 말하고 입을 다문다.

"저는 에르네 믹손 경감이고, 수사 책임을 맡고 있습니다."

"그렇다고 들었습니다." 로저가 라즈베리 향이 나는 탄산수를 한 모금 마신다. 음료가 미지근한데도 로저가 아무런 표정 변화를 보이지 않자, 산나는 안도의 한숨을 내쉰다.

"불행히도 현재까지 밝혀진 사실은 별로 없습니다만. 최선을 다해서 범인을 꼭 잡도록 하겠습니다."

"어떻게요?" 로저가 묻는다. 혀가 잠깐 목 안에 붙어 있는 것 같은 소리가 난다. 곧 그는 침을 꿀꺽 삼킨 후 말을 잇는다. "마리아는 어떻게 된 거죠?"

"순찰대의 출동 보고서는 곧 받아보실 수 있게 하겠습니다. 사망 원인은 부검을 해야 밝혀질 텐데, 부검은 지체 없이 실시될 예정이고요."

"빌어먹을." 로저가 성난 목소리로 말한다. 단 몇 초 사이에 그는 자동차 전조등 불빛에 겁을 먹은 사슴에서, 송곳니를 드러내고 으르렁거리는 야수로 변신한다. "마리아의 시신은 물론 보셨겠죠?"

"네, 하지만……."

"그럼 마리아에게 무슨 일이 있었는지 말씀해보세요."

"아직은……."

"제발 좀! 무슨 말이라도 해봐요! 어떻게 된 건지 말해보라고요! 마리아가 총에 맞았습니까? 목이 졸렸어요? 아니면……." 로저가 떨리는 목소리를 낮추고, 떨리는 두 손을 꽉 모아쥔다. "성폭행을 당했습니까?"

"말씀드렸듯이 사인은 아직 밝혀지지 않았습니다. 성폭행의 흔적도 발견되지 않았고요. 하지만 현장에 출동한 수사관이 유사점을 발견했는데……."

"어떤 것 하고의 유사점을요?"

"선생님이 쓰신 『마녀 사냥』 시리즈의 한 권하고요." 에르네가 말을 멈추고, 로저에게 이 정보를 처리할 시간을 준다. "아니 한 권 이상일 수도 있고요. 저는 잘 모르겠어요, 불행히도 제가……."

"도대체 무슨 유사점이요!" 로저가 고함을 친다. 산나는 테이블 맞은편에 앉아서 그의 분노가 폭발하는 모습을 지켜보고 있다. 코포넨이 있는 그대로의 진실을 알 권리가 있는데도, 헬싱키에 있는 동료는 수수께끼 같은 말을 하고 있다.

"지금 사진을 한 장 보내겠습니다. 사진이 좀……충격적일 거예요. 하지만 범인이 영감을 받은……, 범인이 선생님 소설에 나온 방법을 모방했다고 의심할 만한 충분한 이유가 있다는 걸 알게 될 겁니다."

로저는 화면에서 에르네가 키보드로 손을 내리는 것을 본다. 로저는 아무 대답 없이 거칠게 숨을 몰아쉬며 기다린다. 잠시 후, 경쾌한 차임벨 소리가 울린다. 첨부 파일을 여는 것을 돕기 위해서 의자에서 일어서려던 산나는 로저가 한 손으로 입을 막는 모습을 보고 그럴 필요가 없다는 사실을 깨닫는다.

"뭐야, 저게?" 코포넨의 눈이 찻잔 받침만큼 커진다. 입을 막고 있던 손이 위로 올라가 코를 만지더니 더 위로 올라가 주름진 이마를 짚는다. 산나는 그 사진을 보지 못했지만, 호기심을 충족시키기 위해서 테이블을 돌아서 보러 가는 것은 예의가 아니라는 생각이 든다. 그 여자가 어떻게 죽었는지는 곧 알게 될 것이다.

"이런 사진을 보여드리게 되어 유감입니다. 하지만 작가님이 쓴 『마녀 사냥』 3부작 중 1부에서 여성 피해자의 모습을 정확히 이런 모습으로 묘사한 게 맞는지 확인해주실 수 있을까요?"

"마리아……, 마리아가 검은색 드레스를 입고 있나요?" 로저가 묻는다. 조금 전 창가에서 암울한 2월의 어둠을 바라보고 있던 조심스럽고 겁 많은 남자로 어느새 돌아가 있다.

"네." 에르네가 대답한다.

"손톱과 발톱에 검은색 매니큐어가 칠해져 있고요?" 이제 로저의 목소리는 마음을 굳게 먹기로 결심한 사람처럼 단호하다. 그의 눈은 범죄 현장에서 찍은 죽은 아내의 사진에 고정되어 있다.

"네."

"빌어먹을." 로저가 중얼거리면서 한 손으로 머리카락을 움켜쥐더니 또다른 손이 머리카락을 잡아당기기라도 하는 것처럼 고개를 뒤로 젖힌다. 그러나 곧 자세를 바로하고 앉아서 두 손으로 컴퓨터 화면 양쪽을 잡는다. 목울대가 순간적으로 턱까지 올라갔다가 내려간다. "해변은……, 해변에는 가봤어요?" 로저가 묻는다. 얼굴이 아까보다 더 창백하다.

"해변이요?"

"그래요, 해변! 가봤냐고……."

"저희 쪽 수사관이 범인의 흔적을 발견했고요. 저희는 범인이 얼어 있는 바다 쪽에서 집으로 들어갔다고 믿고……."

"빌어먹을, 당신들 중에는 내 소설을 읽어본 사람이 아무도 없어요?"

모두가 입을 다문 채 시간이 째깍째깍 흘러간다.

"해변에서 어떤 일이 생기는 거죠?"

"그 망할 자식이 책에 묘사된 대로 현장을 재구성하기를 원했다면, 마리아 혼자만은 아닐 거라는 말이에요."

"무슨 뜻이죠? 마리아 혼자만은 아닐 거라니요?"

"책에는 마녀가 두 명 등장해요. 그리고 그중 한 명은 얼음 밑에 묻혀 있고."

11

삼가 조의를 표합니다. 제시카의 머릿속에서 이 말이 선명하게 울려퍼
진다. 진짜로 소리 내어 말한 것 같은 느낌이 들 정도이다. 그녀는 야외
납골당 앞에 앉아 있는 올리브색 피부를 가진 남자 옆을 지나간다. 그
는 무릎을 꿇고 앉아 비탄에 잠긴 눈으로 납골함의 흰 돌문에 새겨진
이름을 뚫어지게 바라본다. 그러다가 고개를 숙이고 조용히 흐느끼더
니 눈물에 젖은 눈을 엄지손가락의 구부러진 부분으로 꾹꾹 누른다.
하나로 묶은 그의 검은색 머리카락 밑으로 문신을 한 목이 보이고, 티
셔츠의 헐거운 목선 밑으로 태양에 그을린 근육질의 어깨가 언뜻 보
인다. 그의 시선이 자신의 무릎에서 납골함으로 향하고, 그의 손끝이
고인이 재가 되어 쉬고 있는 납골함 앞의 꽃으로 장식된 문을 만진다.
제시카는 납골당 사이의 포장된 길을 거닐다가 멀리서 그를 발견하고
그가 있는 쪽으로 다가가 곁을 지나면서 그를 관찰한다. 굉장한 미남
이다.

유감이에요. 이번에도 말이 목구멍에 걸려서 나오지 않는다. 제시카
가 그 남자 옆을 지나가지만, 남자는 그녀를 돌아보지 않을 뿐만 아니
라 그녀의 존재조차 알아채지 못한다. 제시카는 어깨 너머로 그를 흘
끗 돌아보고, 남의 일에 참견하려는 충동을 억누른 것에 안심한다. 참
견하는 행동은 굉장히 부적절했을 것이다. 그러나 그녀는 자신이 뭔가
를 갈망하고 있다는 사실을 깨닫는다. 남자의 눈. 그의 옆모습만큼 세
련되고 아름다울 것 같지만, 정작 그의 눈을 보지는 못했다. 갈색이고

슬픔에 잠겨 있을 것 같다.

너무 더워 숨이 턱턱 막힌다. 제시카는 공기 중에 전기가 흐르고 있음을 느낀다. 피부에 습한 기운이 느껴진다. 멀리서 몰려오는 것을 보니 곧 천둥과 번개를 동반한 소나기가 내릴 것 같다. 20분 전에 제시카는 바포레토(소형 증기선라는 뜻으로 베네치아의 수상 버스를 부르는 말/옮긴이)의 난간에 기대서 먹구름이 잔뜩 낀 수평선을 바라보며, 100여 개의 섬으로 이루어진 이 도시가 비가 와서 더욱 아늑한 느낌이라고 생각했다.

무라노에서 베네치아로 가려던 여행의 일정은 바포레토가 산 미켈레에 잠깐 멈춰섰을 때 바뀌었다. 제시카가 충동적으로 배에서 내려 벽돌벽과 사이프러스 나무로 둘러싸인 묘지 섬의 부두에 올라섰기 때문이었다.

제시카는 보는 것마다 감탄하면서 거대한 묘지 섬을 느긋하게 걸어 다니고 있다. 산 미켈레에서는, 고인이 또다른 고인 위에 누워서 쉬고 있다. 납골당 중에는 9층이나 되는 것도 있다. 그곳에 누운 고인들은 마치 콘크리트 아파트 건물의 입주민들 같다. 거의 모든 꽃병에 꽃다발이 꽂혀 있고, 돌문에는 영정 사진이 끼워져 있다. 사진들 중 대부분은 엄숙한 표정이다. 특히 흑백사진은 엄숙함의 결정판이다. 하지만 웃는 얼굴도 많다. 억지로 찍은 듯 어색한 표정의 사진도 군데군데 눈에 띄는데, 그 사진의 주인은 죽어서도 약간 창피하고 슬플 것만 같다. 그러나 유족들은 사랑하는 가족의 기억하고 싶은 모습을 담은 사진을 골랐을 것이다. 어쩌면 고를 사진이 충분하지 않았을 수도 있다.

우르릉거리는 천둥소리가 들리기 시작하고, 제시카는 따스한 바람이 뺨에 닿는 것을 느낀다. 계단 몇 개를 올라가니 모랫길이 나온다. 그 앞에는 무덤들이 반원형으로 배열되어 있고 무덤들 사이에 나무들이 서 있다. 나뭇잎이 거센 바람에 춤을 추고 있다. 제시카는 사이프러스 나무와 소나무와 하늘을 향해 뻗어 있는 야자수를 사랑한다. 야자수를 보면 부모님과 남동생이 생각난다. 운동화 밑에서 모래가 부스러지는 소리가 들리지만, 걸음을 멈추면 작은 광장에 완벽한 고요가 찾아온다. 조금 전까지만 해도 보이지 않는 곳에 숨어서 구구거리던 비둘기조차 입을 다물어버렸다.

제시카는 묘지 입구에 붙어 있던 표지판의 문구를 기억한다. 비에타토 포토그레파레, 베레 에 만지아레(사진 촬영과 취식 금지). 주위를 돌아보니 아무도 없다. 숄더백에 넣어온 과자는 이따가 베네치아로 가는 바포레토에서 먹으면 되지만, 이 독특한 섬의 풍경은 사진으로 남기고 싶다. 그녀는 목에 건 카메라를 들어 매력적인 빈터와 그곳을 에워싸고 있는 납골당을 몇 장 찍는다. 그러고 나서 카메라를 내려 목에 건 다음 곡선의 묘지 건축물을 천천히 돌아보면서 개방된 묘들을 조심스레 들여다본다. 모든 것이 관리가 잘 되어 있고 세월의 손길이 더해져 기품 있어 보인다.

묘지 건축물 출입구로 들어가던 제시카는 그 건물 안에 있는 실물 크기의 성모 마리아상을 발견한다. 가슴 앞에 모아 쥐고 있는 두 손 밑으로 가시관이 보인다. 성모 마리아는 슬픈 눈을 내리깔고 살짝 옆을 보고 있다. 마치 어려운 질문에 대한 대답을 생각하는 것 같다. 이 성모님의 눈에는 사람을 잡아끄는 힘이 있다. 제시카는 그 방으로 들어가 성모님의 뺨을 어루만지고 따뜻한 생각과 차가운 현실 사이의 극명한 대조를 느끼고 싶은 강렬한 열망을 느낀다. 그녀는 조심스럽게 안으로 들어간다. 두꺼운 돌벽 안의 공기는 바깥 공기보다 차갑다. 제시카는 입고 있는 얇은 재킷을 꽁꽁 여미고, 흰 대리석 벽으로 다가간다.

그곳에는 고인들의 이름이 금으로 도금되어 새겨져 있다. 사망일이 최근인 고인도 여러 명 있고, 사망일이 새겨지지 않은 이름도 꽤 있다. 사랑하는 사람 옆에 자신의 자리를 예약한 사람들이다. 그 마음이 애틋하고 아름다우면서도 섬뜩한 느낌도 든다.

제시카는 손을 내밀어 성모 마리아의 손가락을 살짝 만진다. 매니큐어를 칠한 손톱이 성모님의 새하얀 피부를 긁어 생채기를 내지 않도록 조심한다. 한순간 그녀는 두 개의 완전히 다른 세계와 세월이 만난 것처럼 소속감을 느낀다. 슬픔을 함께 나눌 때만 받을 수 있는 위로를 느낀다. 이제 제시카는 성모님의 손을 감싼다. 대리석으로 된 손가락이 차갑게 느껴지지 않는다. 그녀가 오랫동안 상상해온 그대로이다. 성모님의 손가락이 주는 지지와 위로는 솔직하고 꾸밈이 없다. 성모님과의 친밀한 순간이 약이 된다. 강력한 주먹으로 내리친 것처럼, 멀리서 밀려오는 폭풍우의 번개처럼, 제시카의 의식을 깨운다. 그것이 어떤 느낌인지 아무도 모를 것이다. 제시카를 위로해줄 수 있는 사람은 아무도 없다. 위로는 지금 여기에 있다.

제시카는 깊은 한숨을 내쉰 뒤, 성모 마리아의 손을 천천히 놓고, 손등으로 성모님의 부드러운 뺨을 어루만진다. 고마워요, 성모님. 그리고 무단침입한 것 용서해주세요.

그 순간 밖에서 불길한 고함 소리가 들린다. 제시카가 서둘러 나가지만 아무도 보이지 않는다. 화난 목소리가 이탈리아어로 말하는 소리가 다시 들린다. 제시카는 그 소리가 어디에서 나는지 알아내려고 애를 쓴다. 그러다가 묘지 스피커에서 나오는 소리라는 것을 알아차린다. 확성기로 울려퍼지는 말을 들으니 왠지 간담이 서늘해진다. 제2차 세계대전을 다룬 영화의 장면들이, 대형을 이루어 행진하는 군인들과 나치식의 경례를 하면서 들어올린 손들이 떠오른다. 제시카는 겁먹은 눈으로 주위를 둘러본다. 어쩌면 그녀가 묘지 건축물에 들어간 것이 규칙을 위반한 것인지도 모른다. 그러나 찬찬히 들어보니, 스피커가 터질 듯이 울려퍼지는 소리는 묘지가 곧 문을 닫는다는 내용의 녹음방송이다. 다음 바포레토가 마지막 배임이 틀림없다.

12

제시카는 서둘러 묘지를 빠져나가 부둣가로 향한다. 그녀는 남쪽에서 먹구름이 몰려오는 것을 보면서 카메라를 숄더백에 넣는다. 멀리서 바포레토가 물결을 가르며 다가오면서 물마루를 만들어 무라노를 가리는 것을 보고, 조금 천천히 걷는다. 따뜻한 산들바람에 머리카락이 흩날려 자꾸 눈을 찌른다. 머리카락을 쓸어넘기던 제시카의 심장이 갑자기 철렁 내려앉는다. 바포레토 선착장의 천막 밑에 그 남자가 서 있다. 혼자이다. 그녀가 애써 마음에서 내쫓았던 아름다운 옆모습을 가진 남자가 그녀 앞에 다시 나타났다. 기분 좋은 기대감과 흥분감이 밀려온다. 제시카는 누군가에게 쉽게 빠지는 성격이 아니지만, 이 남자는 마음을 사로잡는 매력이 있다. 아마도 슬픔에서 비롯된 여린 감성이 그에게서 느껴지기 때문인 것 같다.

남자가 고개를 돌려 각진 턱과 갈색 눈을 처음으로 보여준다. 눈은 울어서 빨갛게 충혈되어 있다. 제시카가 상상했던 것처럼 다정하고 우수에 찬 눈빛이다.

"부오나 세라(안녕하세요)." 그가 제시카를 보면서 인사한다. 그러고는 눈물이 남아 있는지 확인하려는 것처럼 두 눈을 닦는다. 목소리가 굉장히 젊고 기분 좋은 저음이다.

제시카는 조심스러운 미소로 인사를 대신하고 천막 밑으로 들어간다. 남자는 두 손으로 허리를 짚은 채 다시 바다를 보고 있다. 한동안 그들은 가까이 서서 조용히 바다를 바라본다. 이 남자는 한때 사랑했지만 지금은 세상을 떠난 사람을 만나러 왔는데, 제시카는 순전히 호기심에서 기념사진이나 찍으려고 묘지에 왔다는 사실이 부끄럽다. 카메라를 가방에 넣어두어 다행이다. 슬쩍 곁눈질을 해보니 그가 왼쪽 넷째 손가락에 반지를 끼고 있는 것이 보인다.

수평선에 있는 바포레토가 산 미켈레로 접근하고 있다. 남자가 제시카를 돌아본다. "스타 페르 피오베레." 그가 엷은 미소를 지으며 말한다. 비가 올 것 같네요. 그는 두 사람이 마치 같은 배에 탄 것처럼 공감 어린 눈빛으로 제시카를 바라본다. 잠시 후면 문자 그대로 같은 배를 탈 것이다. 제시카는 숄더백을 고쳐 멘다.

"시, 푸르트로포(맞아요, 안타깝게도)." 제시카가 대꾸한다. 그녀의 억양이 외국인임을 폭로했다는 사실을 알고 있다. 제시카의 남부 유럽식 스타일과 짙은 색 피부, 검은색 머리카락, 밝은 초록색의 눈은 그녀를 현지인처럼 보이게 할 수도 있었다. 고등학교 때 이탈리아어에 흥미를 느껴 공부한 덕분에 그 언어를 유창하게 할 수 있게 되었지만, 그렇더라도 완벽하게 구사한다고는 말할 수 없었다. 남자는 깜짝 놀라더니 곧 고개를 끄덕인다. 이번에는 시선이 바다로 돌아가지 않는다. 그는 아직 물어보지 못한 질문에 대한 답을 찾으려는 듯이 그녀를 머리끝부터 발끝까지 훑어본다. 그러나 그 슬픈 눈으로 하는 조사가 제시카에게 불쾌하게 느껴지지는 않는다. 오히려 자신이 이제야 그의 눈에 띈 것 같은 느낌이 든다.

"여기는 참 아름답네요." 제시카가 침묵을 깨기 위해 이탈리아어로 대화를 이어간다.

남자가 다시 고개를 끄덕이더니 두 손으로 머리를 쓸어넘긴다. 구릿빛으로 그을린 손등에 굵은 힘줄이 툭 불거져 있다. 팔뚝의 근육이 흰 티셔츠 소매를 팽팽하게 만들고 있다. 소매가 올라가면서 피부에 새겨진 문신이 더 드러난다.

"그렇죠." 그가 대답하더니 고개를 숙이고 자신의 신발 끝을 바라본다. 공은 그에게로 넘어갔다. 이 우연한 만남이 자연스럽게 이어지려면 그가 말을 하는 방법밖에는 길이 없다. 그러나 남자는 아무 말도 하지 않는다. 얼굴에는 아직도 슬픔이 어려 있다. 그 슬픔과 싸우고 또 싸워야 하는 모양이다.

침묵이 흐르는 동안, 제시카는 바포레토가 다가오는 모습을 지켜본다. 배가 오는 것이 싫으면서도 반갑다. 선장이 배의 속력을 줄이기 위해서 엔진을 역회전시키고, 엔진의 우르릉거리는 소리가 천둥소리를 한 차례 묻어버린다. 바포레토가 서투르게 부두에 닿으면서 옆면이 부두에 부딪친다. 청록색 폴로셔츠를 입은 젊은 여자 선원이 올가미를 만든 밧줄을 말뚝에 던져 고정하고 밧줄을 잡아당겨 바포레토를 부두 쪽으로 끌고 간다. 벤베누토(어서 오세요). 공회전을 하고 있는 배의 엔진이 끓고 있는 죽처럼 거품을 뿜어댄다. 디젤의 악취가 공기 중에 쫙 퍼진다.

남자의 손이 몰래 제시카의 어깨로 다가와서는 그녀를 바포레토의 갑판 쪽으로 부드럽게 민다.

"먼저 타세요." 남자가 영어로 말한다. 배 위로 올라가는 제시카의 가슴은 다시 두근거리기 시작한다. 성모 마리아의 흰 손이 그녀를 어루만지는 것 같고, 그들을 둘러싼 공기에 전기가 흐르는 듯한 느낌을 받는다.

13

바포레토는 거의 비어 있다. 남자는 복도를 사이에 두고 제시카의 건너편 자리에 앉는다. 나란히 앉았다면 어색했을 것이다. "콜롬바노." 남자가 툭 내뱉더니 관자놀이에서 땀을 닦는다.

"네?"

"내 이름이에요." 그가 악수를 청한다.

제시카는 그의 손가락 마디의 갈라진 피부와 그 위에 글자로 새겨진 문신을 바라본다. 그러고는 그의 손을 잡으면서 자신의 이름을 어릴 때 배운 대로 영어식으로 발음한다.

"제시카. 아름다운 이름이네요."

"고마워요."

"베네치아에는 처음이에요?"

제시카는 고개를 끄덕이고는 고개를 돌려 창밖의 바다를 바라본다. 콜롬바노가 옆에 있으니 왠지 부끄러운 느낌이다. 그의 태도는 그녀가 여름밤에 카이보후오네(헬싱키에서 가장 오래된 나이트클럽/옮긴이) 테라스에서 만나는 불안정하고 덩치만 큰 청소년들의 태도와는 완전히 다르다.

그곳에 두 어른이, 낯선 두 남녀가 앉아 있다. 그들 중 한 명은 다른 한 명보다 훨씬 더 성숙해 보인다. 그리고 실제로도 그렇다. 콜롬바노는 제시카보다 적어도 열 살은 더 많은 것이 틀림없다.

콜롬바노가 침묵을 깬다. "혼자 여행하는 거예요?"

"아뇨." 제시카가 말한다. 거짓말을 하니 몸에 소름이 돋는다. "친구들이 무라노에 있어요. 피곤하대서……."

"묘지에 함께 못 온 거예요? 요즘 젊은 사람들은 진짜 이상하다니까." 콜롬바노가 환하게 웃는다. 제시카는 사실대로 말하지 않은 것을 후회한다. 갑자기 그의 표정이 어두워진다. 제시카의 대답 때문이 아니라, 롤러코스터를 타는 그의 감정이 그를 어두운 터널로 처박아버렸기 때문이다.

누구를 잃고 그렇게 슬퍼하는 거예요, 콜롬바노? 제시카는 생각한다. 열린 창문으로 물보라가 날아와 그녀의 얼굴에 튄다. 콜롬바노에게 차분히 마음을 가라앉힐 시간을 주기 위해서 그녀는 숄더백을 열고 수첩 크기의 관광 안내 책자를 꺼내 책장을 넘긴다.

한 시간 전에 제시카가 무라노의 호텔을 나설 때에는, 주요 관광 명소를 다 둘러볼 계획이었다. 대운하와 리알토 다리는 물론이고, 두칼레 궁전과 산 마르코 대성당까지. 그런데 즉흥적으로 산 미켈레에서 내리면서 계획이 엉망이 되었다.

제시카는 앉아 있는 긴 의자가 흔들리는 것으로 보아, 선장이 속도를 줄이고 있다는 사실을 알아차린다. 그녀는 안내 책자를 덮고 숄더백에 도로 집어넣는다.

"내려요?" 콜롬바노가 묻는다.

"네, 아마도." 제시카가 말하고는 입술을 깨문다.

"아마도?"

"그러니까……. 이 도시를 잘 몰라서……."

"이해해요. 난 이 도시를 아주 잘 아는데도, 헷갈릴 때가 있으니까."

"뭐가요?"

"여기가 내가 내려야 하는 곳인지." 콜롬바노가 웃더니 깊은 한숨을 내쉰다.

"아, 네." 제시카가 대답한다. 발바닥이 화끈거리고 아프다. 그녀는 어깨에 가방을 메고 일어선다. "여기서 내리세요?"

도대체 무슨 일이 일어나고 있는 것인지 모르겠다. 그런 의도는 아니었지만 마지막 질문은 마치 추파를 던지는 것처럼 들렸다. 제시카는 갑자기 얼굴이 화끈거리는데 뺨까지 붉어졌을까봐 걱정이 된다.

"아뇨." 콜롬바노가 잘라 말한다. "난 좀더 가야 돼요."

제시카는 목이 콱 막히는 느낌이 든다. 누군가가 자신의 계획을 다 망쳐버린 듯한 기분이다. 제시카는 대화를 어떻게 끝내야 할지 몰라서, 콜롬바노를 물끄러미 바라본다. 창밖으로 부두가 보인다. 다시 우르릉거리는 엔진 소리가 나더니 바포레토가 부두에 쿵 하고 부딪친 다음 기우뚱한다.

"아리베데르치, 알로라(그럼, 안녕)." 제시카는 미소를 지으며 인사한 후, 갑판으로 올라가는 계단을 향해 돌아선다. 도대체 무슨 생각을 하고 있었던 것인가? 남자는 아내가 있거나, 아내를 잃은 사람이다. 도대체 무슨…….

"제시카?"

제시카는 남자의 목소리를 듣고 걸음을 멈춘다. 콜롬바노가 따라왔다. 돌아서는 제시카에게 애프터셰이브 로션의 짙은 향기가 훅 하고 밀려온다.

"당신과 친구들이 클래식 음악을 좋아하는지 모르겠지만." 콜롬바노가 제시카에게 광고지를 건넨다. "비발디의 '사계'예요. 오늘 밤엔 내가 공연해요."

제시카가 놀란 눈으로 광고지를 쳐다본다. 현악 사중주단의 사진이 있다. 잘생긴 남자가 건장한 두 팔로 바이올린을 들고 가운데에 서 있다. "치……, 친구들에게 물어볼게요."

"두 명한텐 공짜 표를 줄 수 있어요. 나머지는 돈을 내야 하고."

"고마워요." 제시카가 미소 지으면서 광고지를 두 번 접는다. 그러고는 돌아서서 배에서 내린다. 공기는 그 어느 때보다 습하고, 숨은 턱턱 막히고, 티셔츠는 등에 난 땀 때문에 달라붙었다.

그런데도 제시카는 그 어느 때보다도 가볍고 상쾌한 기분이다.

14

경찰관들이 든 고성능 손전등의 빛줄기가 마당을 훑고 해변으로 내려간다. 헬리콥터 두 대가 저 멀리 바다 위를 날면서 얼음에 난 발자국을 찾고 있다.

"한 줄로 서서 가고 발 조심해요!" 제시카가 신경을 곤두세우고 앞쪽을 노려보면서 외친다. 경찰관들이 집 마당의 왼쪽 끝을 따라서 해변으로 걸어 내려가고 있다. 1차로 해변에 갔을 때도 이용했던 경로이다. 족적이 커다란 마당 한가운데에 난 길을 따라서 해안까지 나 있다. 추가 조사를 위해서 사진을 찍고 본을 떠놓았다.

얼어붙은 바다에 다다르자 제시카는 손을 높이 들어서 다른 사람들을 멈춰 세우고 자신도 걷는 속도를 늦춘다. 해변에는 눈이 덮여 윤곽이 뭉개진 족적이 이리저리 혼란스럽게 찍혀 있다. 아마도 용의자의 족적일 것이다. 과학수사대의 보고서에 따르면, 족적은 코포넨의 집 앞 해변에서부터, 얼음 바다 위로 100미터를 더 간 곳에 있는 장거리 스케이트 트랙까지 이어지고 있다.

"여기 어딘가에 무슨 기계가 있을 거예요. 그게 떠내려가지 않게 붙잡아두는 무슨 장치 같은 거요." 제시카가 얼음 끝에 멈춰 서서 말한다.

라세 할비크 순경이 제시카 옆에 멈춰 선다. 얼굴이 평화롭다. 오늘 밤 근무에선 범인과 마주할 일이 없으리라는 사실을 확실히 알게 된 사람처럼.

"기계요?" 할비크가 긴 손전등의 끝부분을 어깨에 기대어놓으면서 묻는다.

"로저 코포넨이 그러더군요. 그런 게 없다면 못 찾을 거라고."

"뭘 찾는데요?"

"두 번째 시신이요." 제시카는 얼음처럼 차가운 공기를 폐부 깊숙이 들이마신다. 그러고는 해변을 둘러본다. 해안가 한가운데에 나무로 된 부두가 서 있다. 바닷물이 얼어붙는 바람에, 부두에서 몇 미터 떨어진 곳에 있는 눈 쌓인 빨간색 부표 두 개가 꼼짝없이 갇혀 있다. 용의자의 족적이 남쪽에서 직선으로 다가와 부두를 지나고 부두의 가장자리를 따라간 다음 해안으로 올라온다. 그러고는 해안선 10미터 반경 안에서 이리저리 어지럽게 찍혀 있다.

"여기서 기다려요." 제시카가 얼어붙은 바다로 발을 내디디며 말한다. 얼음 위에 눈이 쌓여 있는데, 해변에서 3미터 떨어진 곳에 사람이 남긴 흔적이 1제곱미터쯤 있다.

"어우, 진짜." 제시카가 중얼거리면서 그곳을 향해 조심스럽게 다가간다. 함정인가 생각하며 가까이 가보니 얼음에 구멍이 나 있고 그 구멍을 얼음 덩어리로 다시 막아놓았다. 코포넨의 소설에서는 마녀가 얼음에 묻혀 있어, 아까 에르네가 한 말이 기억에 생생하다.

"할비크." 제시카가 순경을 부르면서, 허리를 굽히고 이제는 녹아서 질척해진 눈을 살펴본다. 얼음을 톱으로 잘라내서 만든 구멍은 반경이 비치볼 크기만 하다. 할비크가 다가오는 소리가 들리지만, 제시카는 기다릴 수가 없어서 먼저 행동을 취한다. 구멍을 덮고 있는 얼음 덩어리와 그 구멍을 에워싼 얼음 바다 사이에 손을 집어넣어보려고 애를 쓴다. 그러나 둘 다 꽁꽁 얼어붙어 있어서 어림도 없다.

"이걸 써봐요." 할비크 순경이 허리춤에서 멀티 툴을 떼어내 숙련된 솜씨로 순식간에 칼로 변신시킨다. 그러고는 제시카 옆에 무릎을 꿇고 앉아서 그 칼로 얼음을 힘껏 내리치기를 반복한다. 잠시 후 뚜껑처럼 생긴 얼음 덩어리가 떨어져 나온다.

"헉." 할비크가 숨을 헐떡인다. 충격과 공포에 휩싸인 표정이다.

제시카는 침을 꿀꺽 삼킨다. 등줄기를 타고 전율이 흐른다. 할비크는 들고 있는 얼음 덩어리에 박혀 있는 계류(繫留) 장치를 바라본다. 두꺼운 밧줄에 묶인 플라스틱 조각이 얼음 덩어리에 박혀 있다. 제시카는 구역질이 난다.

"사람들 불러요." 제시카가 조용히 말한다. "얼음 위로 끌어올리려면 도움이 필요하니까."

할비크는 멀티 툴을 접어서 허리띠에 달린 케이스에 다시 집어넣고 계류용 밧줄을 단단히 잡는다. 그러고는 일어서서 밧줄을 제시카에게 건넨다.

"여기, 누가 와서 좀 도와줘요." 제시카는 할비크가 외치는 소리를 듣는다. 밧줄은 젖어 있고 얼음처럼 차갑다. 제시카는 장갑을 낀 손에 밧줄을 두르고 얼음에 난 구멍을 들여다본다. 물이 검은색이다. 그것은 액체 형태의 어둠이다. 아마도 죽은 여자는 저 얼어붙은 바다 밑 어딘가에서 쉬고 있을 것이다. 제시카와 그 여자를 연결하는 것은 밧줄뿐이다. 삶과 죽음을 잇는 다리. 오리털 파카를 입었음에도 불구하고, 제시카는 자신이 떨고 있음을 깨닫는다.

"그거 내가 잡을까요?" 할비크가 제시카를 몽상에서 불러낸다. 돌아서서 그에게 밧줄 끝을 건네준 그녀는 밧줄이 불길하게 팽팽해지는 모습을 본다. 정말로 저 밑에 시신이 있는 것이다. 제시카가 일어선다. 얼음에 무릎을 꿇고 있느라 감각이 사라진 무릎에서 피가 나기 시작했는지 얇은 청바지에 피가 묻어 있다. 할비크와 다른 순경이 밧줄을 물에서 끌어올린다. 사방에서 손전등 불빛이 그 작업을 비추고 있다. 그 모습을 보니 물에서 게잡이용 덫을 끌어올리던 일이 떠오른다. 밧줄은 길다. 먼저 1미터의 밧줄이 얼음 위로 올라오고, 또 1미터가 올라온다. 그리고 마침내, 해조류처럼 생긴 검은 덩어리가 얼음 위로 모습을 드러낸다.

여자의 머리는 마리아 코포넨과 마찬가지로 새까만색이다.

15

제시카는 거센 바람에 눈발이 회오리가 되어 날리는 바닷가에 서서 시신 가방이 들것에 실려 구급차로 옮겨지는 장면을 지켜본다. 지친 눈을 잠시 감아보지만, 여자의 커다란 갈색 눈과 창백한 피부가 제시카의 망막에 불로 지진 듯이 새겨져 있다.

"정말 굉장한 밤이네요." 제시카 뒤에 있던 유수프가 말하더니 담배에 불을 붙인다. 유수프는 한가할 때는 디비전 2 게임을 하지, 담배를 피우지는 않는다. 극심한 스트레스에 시달릴 때만 빼고.

"나도 한 대만." 제시카가 말한다. 담배를 입에 문 유수프가 고개를 가로젓더니, 경찰 승합차 앞에서 담배를 피우고 있는 순경들을 고갯짓으로 가리킨다. 그러고는 한 모금을 빨더니 피우던 담배를 제시카에게 건넨다.

"됐어." 제시카는 한숨을 쉬고 두 손을 파카 주머니에 깊숙이 찔러넣는다.

"경감님한테서 소식 있어요?" 유수프가 담배를 뻐끔뻐끔 피우면서 묻는다.

"지금 코포넨과 얘기 중이야. 그의 책에 묘사된 살인을 다 훑고 있어. 범행 방법, 범행 장소……."

"빌어먹을. 몇 건이나 되는데요? 살인이?"

"몰라. 이 두 건은 1부 초반에 나온 거래."

"세상에." 유수프가 재킷 지퍼를 끝까지 올리면서 말한다. "그럼 다음은 뭐죠?"

"곧 전화하실 거야." 제시카가 유수프에게 호기심에 찬 눈길들을 피해 옆으로 비켜서라고 손짓한다. 자정이 넘은 시각이지만 경찰 봉쇄선 너머에는 기자들과 구경꾼들이 몰려와 있다. 순경 대여섯 명이 폴리스 라인을 침범하는 사람을 막기 위해 경계 근무를 하고 있다. 공기 중에 팽팽한 긴장감이 느껴진다. 저녁에 일어난 예기치 못한 사건들 때문에 현장에 있는 사람들 모두 신경이 잔뜩 곤두서 있다.

"지금 우리가 할 일은 별로 없어." 제시카가 유수프와 함께 코포넨의 집 울타리 앞으로 걸어가면서 낮은 목소리로 말한다. "우리가 확실히 아는 건 범인이 스케이트 트랙에서 이 집으로 접근했다는 사실이야."

"그럼 놈이 어느 쪽에서 왔는지 알아낼 방법이 없네요?"

"불가능한 건 아니지만, 아주 힘들겠지. 저녁 내내 눈이 내리고 있으니까. 과학수사대가 지금 스케이트 트랙을 살펴보고 있어."

"구조대는 뭐래요? 익사래요? 아니면……."

"곧 알게 되겠지." 제시카는 이렇게 말하면서 유수프의 콧구멍에서 담배 연기가 빠져나와 차가운 공기 속으로 사라지는 것을 바라본다.

유수프는 휴대전화를 열심히 들여다본다. "실종 신고 들어온 건 하나도 없는데."

"아직 없는 거겠지. 피해자는 신중하게 선택됐어. 외모만 보면 마리아 코포넨의 쌍둥이 자매라고 해도 다들 믿을 거야."

유수프가 담배꽁초를 바닥에 떨어뜨리더니 갑자기 긴장한 표정으로 제시카를 쳐다본다. "있어요?"

"뭐가? 쌍둥이 자매? 아니."

헬리콥터가 천둥 같은 소리를 내며 다가온다. 제시카는 저택의 외관

75

을 바라보며 한숨을 쉰다. 그녀도 마치 작은 호텔처럼 저렇게 방이 많은 집에서 자랐다. 검은색 승용차의 뒷좌석에서 나는 가죽 냄새, 철로 된 높은 담장, 뚱뚱하고 친절하며 경찰처럼 제복을 입었던 보안회사 직원 아저씨가 떠오른다. 핀란드에는 그런 담장이나 경비원이 없다. 외부인의 출입을 제한하는 주택단지는 전국 어디에도 없다. 누구라도 어렵지 않게 남의 집 초인종을 누를 수 있다. 쿨로사리 해안가는 핀란드에서 가장 비싼 동네 중 하나인데도, 누군가가 남의 눈에 띄지 않고 코포넨의 집에 들어가서 마리아 코포넨을 살해했다.

"형사님?" 제시카는 유수프가 부르는 소리에 퍼뜩 정신이 든다. 그가 고갯짓으로 가리키는 곳을 바라보니, 길 위쪽으로 한참 올라간 곳에서 순경이 그들을 손짓해 부르고 있다. 파카를 입은 노부인이 순경 옆에 서 있다.

그들은 서둘러서 그곳으로 간다.

"니에미 형사입니다." 제시카가 자신을 소개하면서 노부인에게 손을 내민다. 악수를 하면서 보니 노부인의 손은 뼈만 앙상해서 조금만 힘을 더 주면 부러질 것 같다. 주름진 얼굴 곳곳에 검버섯이 피어 있고 말은 느릿느릿 하지만 눈빛만은 날카롭다. 그 작은 눈이 제시카 옆에 서 있는 유수프를 의심에 찬 눈초리로 노려본다.

"일찍 나와보지 못해서 미안해요." 여자가 작은 소리로 말하더니, 코포넨의 집을 걱정스럽게 쳐다본다. "곤하게 자다 보니까……."

"미안해하실 필요 없어요, 부인." 제시카가 말한다. 그녀는 초록색 철대문과 그 뒤로 가파른 오르막의 진입로를 보면서, 노부인이 미끄러지거나 넘어지지 않고 어떻게 저기를 걸어 내려왔을까 생각하며 놀라워한다. 제시카는 노부인에게 생각을 정리할 시간을 준다. 그러면서 약간 실망한 표정을 짓고 있는 유수프를 흘끗 쳐다본다. 그럴 만도 한 것이, 몇 분 전까지 곤히 자고 있었던 노부인이 살인 사건이 발생한 시각에 뭔가 관련 있는 것을 목격했거나 들었을 가능성은 거의 없기 때문이다.

"너무 이상한 일이야." 마침내 노부인이 말하더니, 파카 속에 있는 어깨를 으쓱거린다. 마치 떨고 있는 거북 같다. 노부인의 눈에 갑자기 공포가 서린다.

제시카가 한 걸음 다가간다. "무슨 일인데요, 부인?"

"나하고 같이 가봐요. 난 기억을 다……." 노부인이 그들에게 따라오라고 손짓한다. 제시카와 유수프는 당혹스러운 눈길을 주고받은 뒤, 조심스럽게 땅을 골라 발을 디디는 노부인을 따라간다. 유수프는 순경에게 그대로 대기하라고 손짓으로 지시한다.

"혹시 싱크대가 막혔거나 뭐……." 유수프가 속삭인다.

제시카는 쉿 하고 주의를 준 뒤 유수프와 함께 가파른 진입로를 천천히 걸어 올라간다. 커다란 언덕 위에는 아담한 목조 주택이 있고, 2층 창문 하나에 불이 켜져 있다. 저녁 때 충격적인 사건들이 일어났고 매섭게 추운 날씨임에도 불구하고 노부인은 현관문을 열어놓았다.

"위층으로 올라가야 하는데." 노부인이 형사들을 집 안으로 들이면서 말한다. 노부인은 벽에 걸린 옷걸이에 파카를 걸고, 제시카와 유수프가 눈이 묻은 신발을 힘들게 벗자, 벗을 필요 없다는 듯이 손을 내젓는다. 걸음을 내디딜 때마다 니스 칠을 한 마룻바닥이 삐걱거린다. 입구 복도에서는 오래된 나무 냄새와 눅눅한 냄새가 난다.

"위에 뭐가 있는데요?" 노부인이 첫 번째 계단에 발을 내려놓자 제시카가 조급하게 묻는다. 다양한 가능성을 재빨리 떠올려보지만, 수사와 관련된 유용한 정보를 이 노부인의 집 2층에서 발견하리라고는 상상하기 어렵다.

"와서 직접 봐요." 노부인이 중얼거리더니, 계단을 천천히 그러나 단호하게 올라간다. 제시카가 유수프를 흘끗 쳐다보자, 그는 어깨를 으쓱한다.

계단을 다 올라가자 복도가 나온다. 복도 벽에는 흑백의 인물 사진 수십 점이 걸려 있다. 대개가 단체 사진인데 젊은 여성이 어린이와 청소년 십여 명과 함께 카메라를 보고 있다. 노부인은 과거에 교사였던 듯하다.

복도 끝에 있는 열린 문 안에서 불빛이 나오고 있다. 그들은 노부인을 앞세우고 그곳으로 걸어간다.

"여기가 내 침실. 미안해요. 침대를 정돈할 시간이 없었어요." 문지방을 넘어가면서 노부인이 말한다.

제시카는 이해한다는 표정으로 미소를 지으면서 방 안을 둘러본다. 침대, 거울, 책상, 안락의자, 페르시아산 카펫, 작은 샹들리에. 모든 것이 제자리에 멀쩡하게 잘 있다. 노부인이 창가로 걸어가더니 그들에게 등을 보이며 그곳에 선다. 제시카는 손목시계를 슬쩍 쳐다본다. 유수프의 말이 옳았다는 생각이 든다. 노부인이 나이가 많아서 현실감이 떨어졌나 보다.

제시카는 눈에 젖은 머리카락을 이마에서 쓸어 넘긴다. "보여줄 게 있다고 하셨잖아요, 부인."

노부인이 천천히 돌아선다. 갑자기 그녀의 입에서 차갑고 기계적인 목소리가 나온다. "말레우스 말레피카룸(Malleus Maleficarum : 마녀들의 망치. 15세기 말에 작성된 마녀 색출과 근절 방법을 다룬 문서. 이 문서의 등장과 함께 유럽에서

"네? 뭐라고요?" 제시카가 얼굴을 찌푸리며 방 안으로 더 들어선다. 노부인이 같은 말을 반복한다. 발음을 들어보니 라틴어 같다. 노부인의 입술이 악령에 사로잡힌 것처럼 그 말을 불쑥 내뱉는다. 노부인은 혼란스럽고 두려운 표정이다. 제시카의 손이 본능적으로 권총집을 찾아간다. 몸이 즉각 경계 태세에 돌입한다.

"내 나이가 되면 기억력이 감퇴하기 시작해요." 노부인이 부드럽게 말한다. "하지만 시력은 아직 멀쩡하지." 그녀가 창밖을 가리킨다.

제시카와 유수프는 조심스럽게 창가로 걸어간다. 그들은 언덕 꼭대기에 지어진 2층 주택의 2층에 서 있다. 해변에 있는 다른 주택들보다 훨씬 더 높은 곳에 있는 것이다. 제시카는 노부인이 도로에서는 절대로 볼 수 없는 장면을 가리키고 있다는 사실을 깨닫는다.

"어머나, 저게……?"

말레우스 말레피카룸. 코포넨 저택의 눈 덮인 지붕에 커다란 글씨로 적혀 있다. 제시카는 휴대전화를 귀로 가져가면서 유수프를 흘끗 쳐다본다. 조금 전까지만 해도 동료의 얼굴에 떠올라 있던 비웃음이 온데간데가 없다.

지금 유수프는 귀신을 본 것 같은 표정을 짓고 있다.

16

에르네 믹손 경감은 의자에 등을 기대고 앉아서 손목을 문지른다. 책상에는 출력한 인터넷 자료가 어지럽게 널려 있다. 말레우스 말레피카룸에 관해 급하게 검색해서 모은 글과 이미지이다. 그 용어는 프랑스의 블랙메탈 그룹의 이름일 뿐만 아니라, 15세기에 출판된 마녀 사냥에 관한 책의 제목이기도 하다. 「마녀들의 망치」. 위키피디아에 따르면, 이 논란의 여지가 많은 안내서는 하인리히 크라머라는 종교재판관이 방대한 정보를 수집해서 집필한 것으로, 마녀로 의심되는 여자들을 심문하고 고문하고 처벌하는 방법에 관해 자세히 설명하고 있다. 좀더 검색해보니까 핀란드어판도 있어서, 현재 그 번역본을 수소문 중이다.

조금 전 에르네는 그의 상관과 통화했는데, 통화가 끝나갈 때쯤 상관은 내일 아침에 수사팀 인력을 우선적으로 보강해주겠다고 약속했다. 지붕에 적혀 있었던 메시지가 두 건의 살인 사건을 더 깊은 미궁에 빠져들게 했다. 로저 코포넨의 소설에서는 그런 메시지에 대한 언급이 전혀 없었기 때문이다. 이 말은 두 살인 사건이 코포넨의 소설을 충실히 모방했지만, 범죄 현장이 된 집의 지붕에 적혀 있는 메시지는 즉흥적으로 던진 농담 같은 느낌이 든다는 뜻이다.

에르네는 니코틴 껌 한 개를 꺼내 입에 넣는다. 과일 향은 금방 사라지고, 목 안이 따가운 느낌이 더 강해진다. 마침내 바람이 잦아들어서, 벽 없이 탁 트인 공간으로 설계된 사무실이 불안할 정도로 조용하게 느껴진다.

"제시." 에르네는 제시카를 부르고 나서, 침을 꿀꺽 삼켜 목이 따가운 것을 재차 확인한다.

휴대전화 스피커를 통해서 들려오는 목소리는 지쳐 있지만 단호하다. "뭐 새로운 소식 있어요?"

"이 전화 끊고 바로 로저 코포넨과 다시 통화할 거야. 우린 코포넨이 즉시 헬싱키로 돌아오는 게 가장 좋겠다는 결론을 내렸어. 사본린나에서 누가 태워서 올 거야."

"알겠습니다."

"내일 아침에 인력이 확충될 거야." 에르네는 젊은 형사가 초조해한다는 것을 느낄 수 있다. 그는 자신의 원칙을 어기고 새로운 일도 없으면서 부하 직원에게 전화를 걸었다.

"잘됐네요."

"둘 다 빨리 퇴근해. 내일 아침 일찍부터 나와야 하니까. 오늘 밤에는 순찰대가 경찰견과 함께 용의자 찾기에 집중할 거야. 그 망할 자식을 잡아야지."

"잡힐 거라고 생각하세요?"

"물론이지." 에르네가 자신 있게 말하더니 출력한 그림들 중 한 장을 집어 든다. 양식을 보면 중세 때 그림이 분명한데, 평범한 사람들이 머리에 뿔 달린 괴물들과 대화를 하는 그림이다. 뿔 달린 괴물은 악마나 악령인 듯하다. 그 옆에 있는 그림은 더 현실적인 기법으로 그려져 있다. 두 발목이 묶인 여자의 두 팔이 교수대에 묶여 매달려 있고, 검은색 수도복을 입은 엄한 눈초리의 남자들이 그 여자에게 무슨 말을 하고 있다. 독단적인 종교재판이나 고문을 묘사한 그림이 분명하다. 그림 속의 여자는 공포에 질린 표정이다.

제시카의 목소리가 끔찍한 장면들 속에서 에르네를 불러낸다. "경감님이 그렇게 말씀하신다면."

"뭘?"

"집에 가서 좀 자고 오겠다고요."

"그래, 내일 아침에 보도록 하지." 에르네는 건성으로 말하고는, 제시카가 전화를 끊는 소리를 듣는다. 그는 컴퓨터 화면을 클릭해서 마리아 코포넨과 두 번째 피해자 여성을 찍은 사진을 연다. 과학수사대는 두 번째 피해자에게 '얼음 공주'라는 오싹하면서도 적절한 별명을 붙여주었다. 얼음 공주의 창백하고 아름다운 얼굴은 평온하기까지 하다. 마치 100년 동안 자고 있는 듯한 모습이고, 언젠가는 꼭 깨어날 것만 같다.

에르네는 화형당하는 여자들의 모습을 그린 중세의 그림을 몇 장 집어든다. 환호하는 군중. 거센 불길. 극도의 고통. 모든 것이 낯이 익다. 로저 코포넨의 소설 표지에 이와 매우 유사한 그림들이 실려 있다.

이 모든 범죄는 가톨릭 교회가 이단에 맞서 싸우기 위해서 설립한 종교재판소가 자행했다. 에르네는 등골이 서늘해진다. 물론 마녀는 존재하지 않았지만, 그런데도 이 모든 일이 실제로 일어났다. 아무 죄 없는 여자들이 종교재판소의 명령에 따라서 죽임을 당했다. 그리고 지금 누군가가 이 가공할 범죄들을 모방하기 시작했다. 중세의 작품과 로저 코포넨의 스릴러에서 살인의 테마를 발견한 사디스트일까? 아니면 범인이 너무 큰 망상에 빠진 나머지 자신이 마녀를 없앰으로써 이 세상을 위해서 착한 일을 하고 있다고 믿는 것일까?

에르네는 깊은 한숨을 쉬며 눈을 감는다. 체온계에서 삐 소리가 난다. 37.7도. 그 정보만으로도 관자놀이에서 식은땀이 난다. 그는 지난 몇 달 동안 거의 강박적으로 체온을 쟀다. 최악일 때는 한 시간에 서너 번씩 체온계를 겨드랑이에 밀어넣었고, 하루에 50번 이상 체온을 잰 기록을 수첩에 적기도 했다. 돌이켜 생각해보니, 그 모든 것이 아무 의미 없는 일이었다. 아무짝에도 쓸모없는 일이었다. 의사는 조직 검사 결과를 내일 전화로 알려주겠다고 말했다. 심각한 일로 전화하는 것이면서도 더 구체적인 시간 약속은 불가능하다는 듯이, 평일 아무 때나 전화하겠다고 말했다.

잘난 척하는 돌팔이 새끼.

17

유수프는 퇴윌랭카투와 무세오카투의 교차로에서 차를 세운다. 도시의 가로등 불빛과 달빛까지 받고 있는 국립 박물관의 종탑은 검은 하늘을 배경으로 보니 마치 고담 시의 고층 건물처럼 초현실적으로 보인다. 바람에 흩날리며 떨어지는 작은 눈송이들 덕분에 세상이 아름다운 점묘화로 변한다.

"내일 아침에 제일 먼저 마리아 코포넨의 동료들과 상사를 만나야 한다고 나한테 말 좀 해줘." 제시카가 말한다.

유수프가 고개를 끄덕인다. "아침에 태우러 갈까요?" 자동차의 히터가 뜨거운 바람을 뿜어내고 있다.

"고맙지만 사양할게. 내가 알아서 출근할게. 잠을 최대한 많이 자둬. 내일도 긴 하루가 될 테니까." 제시카는 차의 중앙에 붙어 있는 시계를 흘끗 본다. 새벽 1시 47분. 차 문을 열자 따뜻한 차 안으로 칼바람이 몰려 들어온다.

"이따 봐요, 그럼."

"8시. 태워줘서 고마워." 제시카는 외투 지퍼를 끌어올린 후 차에서 내린다. 아래쪽 택시 정류장에 택시 한 대가 공회전을 하며 서 있다. 2월의 화요일 새벽 이 시각에 어느 길 잃은 영혼이 나타나서 택시를 탈 일도 없을 텐데.

제시카는 유수프의 폭스바겐 골프가 우회전을 해서 만네르헤이민티에로 사라지는 모습을 지켜본다. 그리고 나서 휴대전화를 꺼낸다. 후부가 아직 깨어 있을까? 제시카는 지칠 대로 지쳐 있지만 쉽게 잠들 수 없으리라는 사실을 안다. 마리아 코포넨과 얼음에 묶여 있던 여자를 머릿속에서 지울 수가 없다. 완전히 다른 방식으로 자행된 살인. 검은 머리카락의 아름다운 두 여인.

제시카는 따스한 기운이 손가락까지 퍼져나가는 것을 느낀다. 피가 혈관을 타고 힘차게 돌고 있다. 피가 흐르는 소리가 들리는 것 같다. 그녀는 여기 있고, 살아 있다.

"제시?" 나른한 남자 목소리가 놀란 듯이 그녀의 이름을 부른다.

"자고 있었어?"

"자냐고? 무슨 소리. 자기를 맞을 준비를 하고 있지."

"난……." 제시카는 휴대전화를 귀에 대고 한숨을 쉬면서 횡단보도를 건넌다. 가로등이 바람에 흔들린다.

"무슨 일 있어?" 후부가 이제는 심각한 목소리로 묻는다. 제시카의 목소리가 평상시와는 다르다는 사실을 감지한 것이 분명하다.

"정말 끔찍한 밤이었어."

"그 얘기 하고 싶어?"

"하고 싶어도 할 힘이 없어." 제시카는 주머니에서 집 열쇠를 꺼낸다. 수화기 너머로 변기 시트가 쿵 하고 떨어지는 소리가 들린다. 후부의 너저분한 집 안이 떠오르고, 퀴퀴한 침대 시트에 밴 섹스와 향수의 악취가 나는 것 같다. 그녀의 것만이 아니라 다른 여자의 냄새도 묻어 있다. 제시카는 남자와 살을 섞고 싶다. 남자가 자신의 몸속에 들어오기를 바란다. 그녀가 더 못 견딜 정도로 세게 오래 하는 남자, 그녀가 너무 지친 나머지 스르르 잠들어버리게 하는 남자. 곤히 자고 아침에 일어나서 다음을 기약하지 않은 채로 태연히 그곳을 나오고 싶다.

85

"이쪽으로 건너 올래?" 잠깐 침묵이 흐른 뒤 후부가 묻는다.

"가고는 싶은데, 다섯 시간 후에 일어나야 돼."

"잠을 안 자면 되지." 후부가 변기 물을 내리는 소리가 들린다. 제시카는 헐렁한 팬티를 입은 그가 침대에 풀썩 쓰러져 눕는 모습을 상상한다. 지금 당장 그녀에게 필요한, 따뜻하고 안전한 느낌을 주는 장면이다. 그러나 그녀의 생각은 곧 섬뜩하게 웃고 있던 마리아 코포넨의 얼굴과 완벽한 화장, 이브닝드레스, 매니큐어를 칠한 손톱으로 돌아간다. 오싹한 한기가 밀려든다.

"내일 갈게. 전화 받아줘서 고마워." 제시카가 말하고, 자신이 사는 건물의 공동 현관문을 연다.

"언제라도, 형사님."

18

제시카는 5층에서 내려서 구닥다리 엘리베이터의 문을 닫는다. 니에미라고 적힌 황동 명패가 붙은 문의 잠금장치에 열쇠를 넣고 돌린다.

그녀는 오피스텔형 아파트 안으로 걸어 들어가 불을 켠다. 이곳의 창문은 모두 건물 안뜰 쪽을 향해 나 있다. 그녀는 신발을 벗고, 외투를 걸고, 우체부가 우편물 투입구로 밀어넣은 잡다한 우편물을 집어든다. 그러고는 방 한가운데에 서서 집 안을 둘러본다.

어떤 밤에는, 특히 정말로 피곤할 때는, 이 공간에서 잔다. 일종의 상황극 같은 건데, 어떤 실질적인 위험에 빠지지 않은 채 모든 안락함을 잠시 포기하고 뒷마당에 텐트를 치고 자는 것과 비슷하다.

제시카가 이곳에서 마지막으로 잤던 때는 2주 전이었다. 후부가 밤늦게 찾아온 날이었다. 후부는 술에 엄청 취한 상태였지만 여느 때와 마찬가지로 매력적이었고, 그녀에게 **인생 최고의 섹스**를 선물하고 싶다고 했다. 말은 그렇게 거창하게 해놓고, 실제로는 가장 형편없는 섹스를 했다. 결국 제시카는 기절하듯 잠이 든 손님에게 담요를 덮어주고, 그의 손에서 미끄러져 깨져버린 와인 잔을 치우는 것으로 만족해야 했다.

제시카는 우편물을 테이블에 내려놓고 열쇠고리에서 두 번째 열쇠를 찾는다. 집 안으로 들어와서 오른쪽에 있는 벽에, 벽을 오목하게 파놓은 공간 바로 옆에 또 하나의 현관문이 있다. 이렇게 작은 아파트에 출입문이 두 개 있는 것은 드물게나마 그녀를 찾아오는 손님들에게 늘 유쾌한 웃음거리가 되어주었다.

제시카는 이 현관문을 열고 스타킹을 신은 발로 또다른 계단통으로 나간다. 여기에는 엘리베이터가 없고, 아래층과 바깥의 발코니와 위쪽의 다락까지 모두 계단으로 연결되어 있다. 층계참에 또 하나의 문이 있는데, 이 문에는 아무런 표식도 붙어 있지 않다. 제시카는 계단통의 전등을 켤 필요가 없다. 뒤에서 오피스텔의 문이 닫히는 소리가 난다. 초록색 고무줄이 표식처럼 묶여 있는 열쇠가 잠금장치 구멍에 쏙 들어간다. 또 한 번 밝은 빛이 어두운 계단통에 쏟아진다. 이번에는 제시카가 보안 시스템 비밀번호까지 누른 후 문을 열고 들어가 긴 복도를 걸어간다. 그녀는 커다란 방으로 들어간다. 밖으로 돌출된 전면 창밖으로 도시의 풍경이 파노라마처럼 펼쳐져 있다. 앞쪽에 공원이 있고 그 건너에 만(灣)이 있으며, 남쪽 저 멀리에는 의회 건물이 있고, 그 너머에는 밝은 조명이 수를 놓은 듯이 아름다운 만네르헤이민티에가 있다. 집 안에는 고미술과 현대미술 작품은 물론이고 최신 유행의 가구와 고가구가 자연스럽게 어우러져 있다. 등받이와 팔걸이가 없는 긴 소파 두 개를 붙여놓은 곳 뒤쪽의 긴 벽에는 명화 여섯 점이 화려하게 장식된 액자에 담겨 걸려 있다. 문스테르흐옐름, 셰르프벡, 에데펠트의 작품들은 저마다의 화풍이 다르지만 서로 완벽한 조화를 이루고 있다.

제시카는 거실을 통과하고, 2층으로 이어지는 나선형의 계단을 지나, 커다란 부엌으로 들어간다. 전기 커피포트에 불을 켜고 수납장에서 흰 머그컵을 꺼내어 식탁에 내려놓은 뒤, 조리대에 기대선다. 포겐폴. 수납장의 마감 부분만 빼고는, 코포넨의 집에 있는 것과 똑같다. 3년 전, 가구와 설치 비용을 합해서 총 6만3,000유로가 들었다.

크롬으로 된 커피포트의 물이 끓기 시작한다. 제시카는 조리대 위에 있는 노트북을 켜고 비밀번호를 입력한 후, 검색 엔진에서 말레우스 말레피카룸을 입력한다. 한 시간 전만 해도 「마녀들의 망치」는 그녀에게 아무런 의미가 없었다. 그러나 코포넨의 저택 지붕에 적힌 그 문구를 보고 나니, 구글에서 찾아보지 않을 수가 없다. 그 책과 그 책에 얽힌 역사를 조사하는 임무는 제시카에게 맡겨지지 않았다. 에르네는 그 임무를 강력계의 브레인인 니나와 미카엘에게 맡겼다. 그 둘은 지금 로저 코포넨의 작품 전체와 밤중에 구할 수 있는 「마녀들의 망치」에 관한 자료는 모두 구해서 미친 듯이 읽고 있을 것이다. 니나와 미카엘은 수사에 필요한 대단히 중요하고 세세한 정보를 찾아내는 능력이 출중하다. 그리고 그들이 직장 밖에서 몰래 만난다는 사실을 제시카는 알고 있다. 하지만 그들은 교제 사실을 누구에게도 인정한 적이 없었다. 제시카는 가슴이 아프다. 니나는 더 나은 남자, 더 좋은 친구를 만날 자격이 있는 여자이다.

제시카는 영어로 된 위키피디아 기사를 클릭해서 연다. 이것이 핀란드어판보다 더 포괄적인 정보를 제공하고 있고, 다양한 살인 방법을 상세하게 묘사하는 중세의 그림을 여러 장 싣고 있다. 그녀는 문서를 꼼꼼히 읽는다. 가슴을 철렁 내려앉게 하는 문장이 더러 있다. 의심받는 여자가 마녀라고 자백할 때까지 고문하는 것이 허용되었다. 자백을 받아내기 위해서 심리적, 물리적인 폭력을 행사하는 것이 특이한 현상이 아니라는 점은 알지만(오늘날까지도 많은 독재국가에서 그런 일이 일어난다), 마술을 범죄로 몰아가는 것은 너무도 불합리하다. 가톨릭교회의 눈에 이교도로 보인다는 이유만으로 얼마나 많은 무고한 사람들이 그런 끔찍한 고통을 겪어야 했을까? 말을 잘못했거나, 끔찍한 소문이 돌았거나, 날씨를 정확하게 알아맞혔다는 이유로, 피에 굶주린 군중이 환호성을 질러대는 가운데 화형대에서 불길에 휩싸여야 했다니, 어떻게 그런 일이 가능했을까?

제시카는 에르네에게서 받은 자료를 꺼낸다. 검색 엔진에 마리아 코포넨이 근무하던 회사 이름을 입력하고, 뉴로팜이라는 업체의 잘 꾸며진 웹사이트를 둘러본다. 신경이완제의 위탁 제조업체. 무슨 뜻인지 모르겠다. 강력계의 컴퓨터광인 라스무스에게 더 조사해달라고 부탁해야겠다고 생각한다.

커피포트 속 물이 팔팔 끓기 시작한다. 제시카는 컴퓨터에서 멍한 눈을 들고 머그컵에 티백을 넣은 후 뜨거운 물을 붓는다. 머그컵이 뜨거워지고 손끝의 감각이 없어진다. 아주 오래 전부터 그녀는 손가락뿐만 아니라 몸속 모든 세포의 감각이 없어지기를 바랐다.

제시카는 노트북을 덮고 두 눈을 비빈다. 빨리 수사에 달려들고 싶은 마음은 굴뚝 같은데, 뇌는 휴식을 필요로 한다. 그녀는 뜨거운 차가 든 컵을 들고 거실로 간다. 거실은 그녀가 해마다 조금씩 새롭게 단장해온 박물관 같다. 오래된 그랜드 피아노는 처분했고, 100년 전부터 조상 대대로 내려왔다는 커피 테이블 세트도 같은 운명을 맞았다. 백합색 벽지는 연회색 페인트로 대체되었다. 그런데도 이 아파트는 두 가지 인격을 가지고 있는 것 같다. 자신이 서른 살인지 여든 살인지 헷갈려 하는 이 집 주인처럼. 무슨 이유에서인지 이런 생각이 요즘 제시카를 괴롭히고 있다.

그녀는 온 몸에 한기를 느낀다. 바깥의 바람이 몸 속으로 파고든 듯하다. 그녀는 후부에게 가지 않은 것을 후회한다. 아주 오래 전 제시카가 태어난 이 집은 항상 안전하게 느껴졌고, 결코 너무 크지도, 황량하지도, 외롭지도 않았다.

그러나 오늘 밤에는 잠을 이룰 수 없을 것만 같다.

19

속삭임. 근처 어딘가에서가 아니라 너무 멀어서 도저히 현실일 수 없는 곳에서 들려온다. 그래서 너무 낯설게 느껴진다. 제시카가 눈을 뜬다. 거실이 캄캄하다. 케이블 박스에 찍힌 시각을 보니 새벽 3시 30분이다. 밖에서 포효하는 바람 때문에 창문이 덜그럭거린다. 그런데도 집 안은 숨이 턱턱 막힐 정도로 덥다.

속삭임. 제시카가 일어나 앉는다. 거기 누구예요? 제시카는 속삭이는 목소리가 엄마의 목소리라는 사실을 알면서도 묻는다. 그 목소리는 한때 세상에서 가장 아름다운 목소리였다. 햇빛이 감은 눈꺼풀을 뚫고 들어오듯이, 그 목소리를 느꼈던 것이 기억난다. 그녀를 안아 올리던 그 섬세한 두 손을 기억한다. 코를 비비며 에스키모식으로 인사하던 일도 기억한다.

속삭임. 엄마는 제시카가 깨어 있다는 사실을 알 것이다. 그런데 왜 아직도 속삭이고 있을까? 왜 그래, 엄마? 엄마는 대답하지 않는다. 제시카에게 등을 돌린 채로 긴 식탁에 앉아 있다. 내가 아침 식사에 늦어서 화났어? 화내지 마, 엄마.

속삭임. 제시카는 천천히 일어선다. 발이 깃털처럼 가볍다. 무릎은 평소의 아침보다 더 튼튼하다. 아픈 데가 하나도 없다. 그녀는 힘들이지 않고 미끄러지듯 걸어서 부엌 식탁으로 향한다.

"엄마?" 제시카가 말한다. 자신의 목소리가 아닌 것 같다. 아이가 아니라 어른의 목소리이다. 그러나 엄마는 돌아보지 않는다. 엄마의 검은색 머리카락이 맨 어깨까지 내려와 있다. 파티에 가는 옷차림이다. 멋진 스파이크 힐이 의자 옆에, 엄마의 맨발 옆에 가지런히 놓여 있다. 첫 시상식 축하 파티에 갈 때 입었던 검은색 이브닝드레스를 입고 있다.

속삭임. 제시카는 엄마가 외국어로 말하고 있는 것을 깨닫고 미소를 짓는다. 제시카는 학교에서는 영어로 말하고, 집에서 엄마와는 스웨덴어로, 아빠와는 핀란드어로 말한다. 그러나 오늘 아침 엄마가 속삭이는 언어는 낯선 언어이다. 그 말이 무슨 뜻인지 모르겠고, 엄마는 불길할 정도로 기계적인 어투로 말하고 있다. 마치 종이에 적힌, 엄마도 모르는 내용을 읽고 있는 듯하다. 갑자기 두려움이 제시카의 마음속으로 기어든다. 등을 보이고 앉아 있는 저 여자가 엄마가 아니면 어떡하지? 목소리는 엄마 목소리 같은데. 제시카는 아직도 그 여자의 얼굴을 볼 수가 없다. 어깨는 석고처럼 하얗고 매끈하다. 창문으로 들어오는 달빛이 엄마가 앉아 있는 의자까지 긴 빛의 다리를 만들고 있다.

"엄마?" 제시카가 식탁으로 다가가면서 부드럽게 말한다. 엄마가 몸을 돌려서 아름다운 미소를 보여주면 좋겠다. 두 팔 벌려 안아주면 좋겠다. 제시카는 다시 아이가 되고 싶다. 세상을 여섯 살짜리 아이의 눈으로 보았던 그때로 돌아가고 싶다.

스피커에서 존 레논의 "이매진"이 흘러나온다. 부엌에서 시큼한 냄새가 난다. 아빠가 가끔 싱크대에 붓는 것의 냄새와 비슷하다. 그러나 오늘 아침에는 아빠의 모습이 보이지 않는다.

속삭임. 말이 이 사이로 새어 나오듯이 쉭 소리를 내며 나온다. 상당히 억눌린 공격성이 느껴지는 말이다. 제시카는 이제 엄마의 뒤에 있다. 엄마의 맨 어깨를 만진다. 그러자 엄마가 천천히 고개를 돌린다. 진짜로 엄마이다. 그러나 그 미소는 제시카가 바라던 미소가 아니다. 엄마가 딸을 깨울 때 자주 보여주었던 그 미소가 아니다. 행복한 미소가 아니다.

제시카는 공포가 밀려오는 것을 느낀다. 움직일 수가 없다. 비명을 지르고 싶지만 나오는 것은 헉 하는 숨소리뿐이다. 엄마가 천천히 의자에서 일어선다. 움직임이 경직되어 있고 부자연스럽다. 마치 누군가가 엄마 몸의 뼈를 모두 부순 다음 아무렇게나 풀로 다시 붙여놓은 것처럼. 제시카가 뒷걸음치려고 하지만, 발이 바닥에서 떨어지지 않는다. 그 자리에 달라붙어 있다.

"거울을 봐." 엄마가 속삭이며 두 팔을 벌리고 제시카를 향해 한 걸음 내딛는다. 손가락이 독수리 발톱처럼 굽어 있고 제시카의 머리를 찍어 누를 준비가 되어 있는 것처럼 보인다.

그리고 그때 제시카는 소파에서 떨어지는 바람에 잠에서 깬다. 그녀는 담요를 꽉 붙들고 있다. 소파 커버가 땀으로 젖어 있다.

거실이 깜깜하다. 타이머 때문에 텔레비전이 꺼져 있다. 케이블 박스에 있는 시계는 새벽 3시 30분을 가리킨다. 밖에서는 바람이 거세게 불고 있다. 창문이 계속 덜그럭거린다.

20

테이블 뒤에 앉은 광대뼈가 도드라진 중년 여자가 제시카를 위아래로 쓱 훑어본다. 조금 전 제시카는 콜롬바노의 손님으로 왔다고 말했다.

"당신 이름으로 예약된 표가 두 장 있네요." 여자가 이탈리아어로 말한다.

"난……, 난 혼잔데요."

"물론 그렇겠죠." 여자가 가식적으로 웃으면서 말한다. "환영해요."

제시카는 입장권과 프로그램이 적힌 종이를 핸드백에 넣고, 매표소를 지나간다. 뒷덜미에 꽂히는 매표소 직원의 날카로운 눈길이 느껴진다.

실내는 쾌적하게 시원하다. 공간이 성당처럼 장식되어 있지만 성상이나 성화는 보이지 않는다. 사람들이 하나둘씩 작은 연주회장으로 들어와 자리를 채운다. 폴로셔츠에 반바지 차림인 사람들도 있고, 오페라 갈라쇼에 가는 것처럼 차려입은 사람들도 있다. 천장이 높은 공연장에 언어의 교향곡이 울려퍼진다. 관객 대다수가 관광객인 것이 분명하다. 거리에서 보았던 포스터에 따르면, 입장료가 몇십 유로에 불과했다. 그러니까 제시카가 세계적인 수준의 공연을 보러 들어와 있는 것은 아닌 듯하다.

제시카는 짙은 감색 원피스를 입고 굽이 뾰족한 하이힐을 신고 있다. 자신이 아름다워 보인다는 사실은 알지만, 연주회에 가려고 신경 써서 차려입은 것인지, 콜롬바노를 위해서 차려입은 것인지는 잘 모르겠다. 호텔 방에서 화장을 하는데 갑자기 모든 것에 자신이 없어지고 불안해졌다. 흐느껴 울던 콜롬바노와 그가 왼쪽 넷째 손가락에 끼고 있던 반지가 떠올랐다. 제시카를 위해서 표를 두 장 준비해주었다는 것은 그가 제시카와 단둘이 있기를 바라지 않는다는 뜻일 것이다. 혼자 가면 이상할까? 혼자 가면 친구들이 있다고 한 말이 거짓말이었음이 들통날까? 콜롬바노는 관객 속에서 제시카를 알아볼까? 제시카에게 인사를 건넬까? 공연이 끝난 후 몇 마디 나눌 기회가 있을까?

제시카는 티켓을 다시 꺼내 살펴본다. 좌석 번호가 지정되어 있지 않다. 앞쪽 몇 줄은 이미 자리가 차 있다. 관객 대다수는 장년층이나 노년층 같지만, 젊은 커플도 간혹 보인다. 제시카는 중간쯤에 있는 가장자리 좌석에 앉아서 핸드백을 무릎에 올려놓는다. 무대에는 현악기 네 대가 놓여 있다. 베이스와 첼로는 지지대에 기대 세워져 있고, 바이올린 두 대는 의자에 놓여 있다.

입에서 신맛이 난다. 이곳에 오기 전에 카페에 들러 프로세코 와인 한 병을 주문해서 두 잔을 홀짝홀짝 마시고는, 거의 한 병 그대로를 황혼에 물든 베네치아의 카페에 놓아두고 왔다. 진실한 친구가 어깨에 손을 얹어 위로해주듯이, 술기운에 속이 따뜻하고 마음이 차분해진다.

마지막 관객이 입장할 때까지 15분이 더 흐른다. 곳곳에 빈자리가 눈에 띄는 것을 보니 매진은 아닌 모양이다. 마침내 스피커에서 차임벨이 울린다. 이와 동시에 누가 스위치를 끄기라도 한 듯이 조명이 약간 어두워지고 관객들의 말소리가 잦아든다. 객석 뒤에서 걸음 소리가 들린다. 정장을 입은 남녀 연주자들이 제시카 옆을 지나 무대로 향한다. 무대에 오르는 즉시 자신의 자리로 걸어가 붉은빛이 감도는 나무로 만든 악기를 집어든다.

악기를 조율하는 소리가 고요한 연주회장에 울려 퍼진다. 콜롬바노는 무대에 없다. 제시카는 객석 뒤쪽에 있는 문을 돌아보지만, 문은 모두 닫혀 있다. 무슨 일이지? 그녀의 이름이 초대 손님 명단에 있었으니까, 잘 찾아온 것은 틀림없다. 그리고 콜롬바노는 자신이 공연을 한다고 말했다.

제시카는 핸드백에서 프로그램이 적힌 종이를 꺼낸다. 사진 속에는 자신이 있는 곳과 똑같은 연주회장이 있다. 악단 단원들 중 일부는 사진 속 연주자들과 동일한 사람인 듯하다. 그런데 콜롬바노는 왜 안 보이지? 무슨 일이 있나?

이제 연주자들이 악기를 단단히 잡는다. 활이 공중으로 올라간다. 연주자들이 서로를 바라보며 고개를 끄덕이더니 말총으로 만들어진 활로 팽팽하게 당겨진 현을 켜기 시작한다. 활이 절도 있게 앞뒤로 움직이며, 매우 밝은 음조의 멜로디를 빚어낸다. 제시카는 소름이 돋는다. 프로그램을 확인한다. J. S. 바흐, "G선상의 아리아". 멜로디가 너무나도 아름다워서 제시카는 숨죽여 듣고 있다. 눈을 감는다. 수많은 꽃다발에 둘러싸인 무덤이 눈앞에 나타난다. 제시카는 무덤가에 서 있다. 사람들이 그녀 주위에 서 있고 티나 이모가 그녀의 어깨를 어루만진다. 눈물이 두 뺨을 타고 흘러내린다. 화환은 흰 꽃으로 이루어져 있다. 흰색은 엄마가 좋아하는 색이었다.

그 곡은 겨우 4-5분 지속되지만, 제시카에게는 과거로의 가슴 벅찬 여행이고, 순식간에 지나가는 영원이다.

잠시 후 곡이 끝난다. 관객들이 다시 손뼉을 친다. 제시카는 잠시 마음을 가다듬은 뒤 사람들을 따라서 박수를 친다. 박수 소리가 점차 잦아들고, 다음 곡을 연주할 준비가 시작된다. 그리고 한 남자가 바이올린을 들고 활짝 웃으면서 제시카 곁을 지나 무대로 향한다. 콜롬바노. 그는 독주자이다. 연주회의 주인공.

　제시카는 다리를 꼬고 앉아서 치맛단을 잡아당겨 내린다. 마음이 가벼워진다. 그녀는 두 손을 모아 무릎에 올려놓고 잘생긴 독주자가 무대에 올라 바이올린을 턱에 괴고 관객들을 향해 미소 짓는 모습을 바라본다.

　콜롬바노는 관객 중에서도 제시카를 보며 웃고 있다.

21

산나 포르카 경감은 운전대를 꽉 붙잡고 눈앞에 펼쳐져 있는 졸음을 유발하는 풍경을 노려본다. 상향등의 밝은 불빛 속에서 눈발이 거센 바람에 회오리를 일으키며 춤을 춘다. 쐐기 모양의 불빛이 도로의 가장자리로 치워진 눈더미뿐만 아니라, 끝도 없는 어둠을 뒤에 숨기고 있는 벌거벗은 나무의 밑동을 비추고 있다. 폭설을 뚫고 벌써 한 시간을 달려왔지만, 헬싱키까지 가려면 앞으로 세 시간을 더 쉼 없이 달려가야 한다. 아까 통화할 때, 헬싱키에 있는 그녀의 동료 믹손 경감은 서두를 필요가 전혀 없다고 강조했다. 내일 아침에 조사를 시작할 수 있도록 로저 코포넨을 헬싱키까지 안전하게 데려오기만 하면 된다고 했다.

산나는 계기판에 붙어 있는 내비게이션을 흘끗 쳐다본다. 유바를 지나자마자 미켈리행 5번 고속화도로를 타야 하고, 그곳에서부터는 라흐티를 경유해서 헬싱키까지 쭉 달리기만 하면 된다. 헤이놀라까지 가야 도로가 고속도로로 바뀔 것이다. 도로가 비었다고 해도, 피곤한 상태로 고속도로를 운전하는 것은 위험한 일이다. 이제까지 그들은 이따금씩 반대 방향에서 오는 대형 트레일러 트럭과 마주쳤을 뿐이다. 같은 방향으로 가는 차량은 단 한 대도 없었다.

"잠깐 쉬었다 가고 싶으시면 말씀하세요." 산나가 백미러를 보면서 말한다. 차에 탄 이후로 산나와 코포넨은 한마디도 하지 않았다. 작가가 아우디의 뒷좌석에 너무 조용히 앉아 있어서 산나는 그가 잠이 든 것이 아닌가 하고 생각할 정도였다. 그러나 코포넨은 눈 한 번 감지 않

98

았다. 그는 단조로운 슬라이드 필름처럼 점멸하며 지나가는 숲을 멍한 눈으로 바라보고 있다. 호텔 미니바에서 가져온 엄지손가락 크기의 술병 몇 개가 코포넨의 여행 동무가 되어주었다.

"쉬었다 가고 싶으면?" 코포넨이 말하면서 고개를 돌려 운전석을 바라본다. 그의 숨에서 위스키 냄새가 훅 풍긴다.

"네, 원하시면……."

"새벽 1시 30분인데, 쉬었다 갈 필요가 있겠어요?" 코포넨이 중얼거리듯 말하면서 주름진 이마를 만지작거린다.

산나는 대답을 하려다가 그만둔다. 친절하게 대하려고 애를 썼는데, 이제는 그만하고 싶다. 이런 상황에 처한 사람에게서 완벽히 정상적인 태도를 기대하는 것은 무리이다. 이 남자는 충격을 받은 상태임이 틀림없다. 집에 돌아가서 아내와 함께 소파에 앉아서 다들 얼마나 미쳐가고 있는지 이야기하고 싶을 것이다. 그러나 마리아 코포넨은 죽었다. 로저 코포넨과 헬싱키의 동료가 하는 이야기를 산나도 들었다. 믹손 경감이 보낸 사진을 그녀도 보았다. 죽은 마리아 코포넨의 희열에 찬 표정이 산나의 망막에 아로새겨져 있었다. 전조등 불빛에 반짝이는 눈송이들 속에서도 그 표정이 보이는 것만 같다.

"미안합니다." 로저 코포넨이 한숨을 쉬더니 말한다. 코르크 마개가 톡 하고 열리는 소리가 산나를 상상 속에서 불러낸다. 속도계를 보니 100킬로미터를 훌쩍 넘었다. 제한속도를 넘었고, 전천후 타이어라고 해도 기상 조건을 고려하면 너무 빠르다. "무례하게 굴 생각은 없었어요." 그가 지친 목소리로 말하고는 위스키 병을 입으로 가져간다. 술을 마시는 것이 현 상황에서 코포넨에게 최선인지 산나는 잘 모르겠다. 하지만 술을 마시면 마음을 가라앉힐 수 있고, 잠을 잘 수도 있을 것이다. 믹손 경감은 구체적인 지시를 하지 않았다. 그냥 코포넨을 그의 차에 태워서 헬싱키로 데려오라고만 했다.

"괜찮아요." 산나는 어깨 너머로 그를 흘끗 돌아보면서 말한다. 너무 잠깐 쳐다봐서 어둠 속에 있는 코포넨의 얼굴을 확인하지 못했지만, 화해를 원하는 표정이었다고 생각하고 싶다.

산나는 가속 페달에서 발을 뗀다. 아우디의 보닛 속에서 붕붕거리는 V6 엔진이 회전속도를 줄인다. 그녀는 무늬가 새겨진 가죽으로 덮인 운전대를 어루만진다. 멋진 차이다. 언젠가는 자신도 형편에 맞는 차가 아니라 원하는 차를 살 수 있으면 좋겠다는 생각이 든다.

"아무리 빨라도 4시 반은 돼야 헬싱키에 도착할 거예요." 산나가 말하면서, 혀 끝으로 스누스 담배(스웨덴식 씹는 담배/옮긴이)를 밀어서 윗잇몸과 윗입술 사이로 넣는다. 로저는 아무 반응도 보이지 않고, 곧 고개를 뒤로 젖혀 머리받이에 기댄다.

산나는 헬싱키에 굉장히 오래 전에 다녀왔고, 이번에도 꼭 필요한 시간만큼만 머물 생각이다. 그러나 오늘은 어차피 근무일이고, 근무일에는 어디서 시간을 보내든 별 상관이 없다. 사본린나 경찰서에 있든, 몇 시간 전에 아내를 잃은 베스트셀러 작가를 태우고 운전을 하든 말이다. 게다가 신형 고급 승용차를 운전할 기회가 자주 있는 것도 아니다.

"내 소설 읽어봤어요?"

"아뇨." 산나가 재빨리 대답한다. 핑계를 대면 이상할 것 같다.

코포넨은 깊은 한숨을 내쉰다. "소설에서는 미친 일들이 많이 일어나는데······만약에 그 모든 일이······휴, 상상도 하기 싫네."

"헬싱키에 도착하면 그 얘기를 할 기회가 있을 거예요." 산나가 침착하게 말한다. 한참 동안 침묵이 흐른다. 그러다가 갑자기 뒤에서 흐느

끼는 소리가 들린다. 산나는 코포넨이 울음을 터뜨린 이유가 이제야
아내의 죽음을 실감해서인지, 아니면 소설 속에서 자신의 상상력이 창
작한 공포들을 조용히 되살려보고 있기 때문인지 잘 모르겠다. 어느
병적인 인간에게 영감을 주어 그의 아내를 살해하게 만든 소름끼치는
판타지. 산나는 그를 위로하고 싶지만 적절한 말이 떠오르지 않는다.
떠오르는 말마다 이미 그에게 한 말이다. 뒷좌석까지의 거리가 1광년
보다 더 멀게 느껴진다.

대형 트레일러 트럭이 요란한 소리를 내면서 지나가고, 그 트럭이 만
들어낸 기류에 아우디가 기우뚱한다. 눈이 아스팔트로 쏟아져 내리고,
바람에 뒤섞여 마구 흩날린다. 그리고 그때 산나는 눈부시게 밝은 불
빛이 백미러로 기어드는 것을 본다.

22

위스키가 들어가자 목이 타들어가지만, 감각을 마비시키지는 못한다. 충분하지 않다. 운전대를 잡은 경감은 전방을 주시하고 있다. 로저는 혈관을 돌고 있는 피가 뜨겁게 끓어오르는 것을 느끼지만, 어딘가에서 갑자기 멈춰버렸는지 손끝은 얼음처럼 차갑다. 창밖으로 휙휙 지나가는 단조로운 숲 풍경, 눈을 뒤집어쓴 침엽수가 끝도 없이 이어지는 지루한 풍경을 보고 있자니 구역질이 날 것 같다. 경감의 제안을 받아들여서 차를 세우라고 하고 싶은 마음이 굴뚝 같다. 숲으로 달려가서, 수초가 가득한 연못으로 다이빙하는 물새처럼 나무들 사이로 뛰어들고 싶다. 진창 속으로 사라져서 땅에 납작 엎드리고 눈 속에 자신을 묻고 싶다. 곰처럼 동면에 들어가서 다가오는 봄은 생각하지 않고 영원히 잠들고 싶다.

이것은 모두 그의 잘못이다. 그가 마리아를 살해한 것이다. 그 생각이 그의 안에 있던 봇물을 터뜨린다. 눈물이 두 뺨을 타고 흘러내리고, 입술을 씰룩이며 누구도 위로할 수 없는 울음을 토해낸다. 그는 원하던 것들을 다 이루었다. 문학적으로 성공을 거두었고, 해변에 있는 대저택에서 그를 기다리고 있는 아름다운 아내도 얻었다. 그러나 이제는 모든 것이 다 끝난 느낌이다. 그가 마치 오로지 마리아를 위해서 살았고 그녀를 위해서 글을 썼던 것처럼, 그녀의 반응을 통해서 모든 것을 판단했고, 그녀의 관점에서 자신을 바라보았던 것처럼. 어느 순간에라도 마리아의 관점에서 자신을 바라보며 존경했던 것처럼. 그런데 이제 그 마리아가 사라졌다. 영원히.

그가 마리아를 사랑했나? 그런 것 같다. 적어도 그 나름대로는. 그녀를 풍족하게 살게 해줄 준비가 되어 있었다. 그것이 사랑이었나? 사랑이 아니라면 어항을 깨끗하게 관리하면서 물고기에게 먹이를 풍족하게 주었던 것뿐이었는가? 로저는 그 의문에 대한 답을 알지 못하고, 그래서 죄책감에 목이 조여오는 것 같다. 그러나 이제는 그 답을 알아낼 수 없게 되었다. 잃어버린 행복이 그런 기억들을 영원히 금빛으로 빛나게 할 테니까.

대형 트럭이 그들 곁을 지나간다. 아우디가 흔들리고, 자동 와이퍼가 록 콘서트에서 미친 듯이 흔들어대는 관객들의 손처럼 몇 초간 열심히 창문을 닦는다. 이 자동차는 출고된 지 6주밖에 되지 않은 최신형이다. 액세서리와 가죽 커버에 이르기까지 모든 사양을 작년에 신중하게 골라두었다. 그러나 그 차가 이제는 새로운 시작의 냄새를 풍기지 않는다. 죽음의 냄새가 난다. 340마리의 말이 끌고 가는 관 같다.

"제기랄, 좀 꺼라."

"네?" 로저가 코를 훌쩍이며 묻고는 위스키 병을 입으로 가져간다.

경감이 백미러를 쳐다본다. 밝은 불빛이 차의 뒤쪽 창문을 뚫고 들어오고 있다. "뒤차가 상향등을 켜서요." 경감이 말하더니 백미러를 아래로 내린다.

로저는 옷소매로 눈가를 닦고 뒤를 돌아본다. 그 순간 눈이 너무 부셔서 눈을 찡그린다.

"뭐야, 이거……." 로저가 중얼거리며 재빨리 고개를 돌린다. 금방 고개를 돌렸지만, 그 차가 겨우 수십 미터 떨어져서 따라오고 있는 모습은 보았다.

잠시 후, 그 차의 불빛이 약간 어두워진다.

"어이고, 이젠 추월하시려고요?" 경감이 운전대를 두 손으로 꽉 붙들고 운전하면서 중얼거린다.

로저는 옆으로 다가오는 차량을 건너다본다. 경감이 속도를 줄여서 이제 80킬로미터도 되지 않는 속도로 달리고 있지만, 그 차는 추월하지 않는다. SUV의 보닛이 아우디의 뒤 창문과 나란하게 일정한 속도를 유지하면서 가고 있다.

"뭐 하는 거야, 도대체?" 경감이 고개를 돌려 창밖으로 그 차를 흘끗 쳐다본다. 조수석에는 휴대용 경광등이 놓여 있다. 전원이 연결되어 있어 언제라도 쓸 수 있다. 만일의 경우에 대비해 경감이 가지고 온 것이다. 그녀가 경광등을 켜면 옆에서 달리고 있는 SUV의 미친놈도 금방 멈출 수밖에 없을 것이다.

로저는 계기판을 바라본다. 속도가 이제는 70으로 떨어졌다. SUV는 오토바이 옆에 달린 사이드카처럼 그들에게 딱 달라붙어 가고 있다. 그들 앞에 펼쳐진 긴 도로에는 다른 차량이 한 대도 없다.

경감이 조수석으로 손을 뻗어 경광등을 더듬어 찾는다. 그녀는 경광등을 계기판 위에 올려놓고 전원을 켠다. 띠 모양의 푸른 불빛이 옆에서 그들을 따라오며 괴롭히는 차량의 창문을 핥는다. 잠시 후, SUV의 뒤 창문이 내려간다. 미니 코냑 병이 로저의 손에서 미끄러져 떨어진다. 열린 창밖을 내다보는 저 갸름한 얼굴이 낯이 익다. 저 검은 목 안에서 기어나왔던 질문이 생각난다.

작가님이 쓰신 것이 두려우신가요?

23

전화벨 소리가 꿈속으로 밀려든다. 에르네가 겨우 눈을 뜨고 낡은 가죽 소파에서 몸을 일으켜 앉기까지 1분 정도가 걸린다. 에어컨이 얼굴로 찬바람을 불어대고 있어서 목이 따끔거린다. 열이 더 올라간 것이 분명하다. 액정 화면에서 깜박이는 번호는 사본린나에서 로저 코포넨을 태워서 헬싱키까지 데려오기로 한 산나 포르카 경감의 전화번호이다. 지금은 새벽 3시 15분이고, 탁 트이게 설계된 강력계 사무실은 비어 있다.

"여보세요?" 에르네는 목소리가 잘 나오지 않고, 기침이 나오는 것을 막을 수가 없다.

"레스피케 인 스페쿨로 레스플렌덴트('빛나는 거울을 봐라'라는 뜻의 라틴어/옮긴이)." 여자 목소리가 말한다. 경감 같기는 한데, 힘없이 느리고 떨리는 목소리이다.

"뭐요?"

침묵. 바스락거리는 소리가 배경으로 들린다. 그리고 여자가 흐느껴 우는 소리도 들린다. 에르네는 무슨 상황인지 이해하려고 애를 쓴다. 그러나 자다가 깬 지 얼마 되지 않아서 머릿속이 혼란스럽다.

"포르카?"

"레스피케 인 스페쿨로 레스플렌덴트."

"무슨 말인지 모르겠네." 에르네가 중얼거리면서 허리를 똑바로 펴고 앉는다. 정신이 없어서 무슨 일인지 파악이 되지 않는다. "무슨 일이죠?" 휴대전화를 쥐고 있는 손에 저절로 힘이 들어간다. "코포넨은 어디 있습니까?"

그 순간 고함 소리가 들리더니 전화가 끊어진다. 에르네는 잠시 전화기 화면을 멍하니 쳐다보다가, 최근 통화 목록으로 들어가서 산나 포르카의 번호로 전화를 건다.

지금 거신 번호는 당분간 사용이 중지된 번호입니다.

빌어먹을. 에르네는 두 시간 전에 로저 코포넨의 전화번호도 저장해 두었지만, 그 번호로도 연결이 되지 않는다. 뭔가 심각한 일이 벌어지고 있는 것이다. 에르네는 얼굴을 마구 비비며 자신의 사무실로 걸어 들어간다. 통화 목록에 있는 다음 번호를 선택해서 통화 버튼을 누른다.

"사본린나 경찰섭니다." 남자가 전화를 받는다. 새벽인데도 잔뜩 긴장한 목소리이다.

"헬싱키 경찰청 강력계 믹손 경감입니다. 포르카 경감과 코포넨 씨는 몇 시에 사본린나를 떠났죠?"

"잠시만요……."

"몇 시에 헬싱키로 출발했냐고요!" 에르네가 다그친다. 자판 두드리는 소리가 수화기 너머로 들린다. 고통스러운 10초가 흐른다.

"근무 일지에는 새벽 1시 3분에 서를 떠난 걸로 나와 있는데요. 하지만 코포넨 씨의 차를 타고 가기로 되어 있지 않았습니까?"

"맞아요. 왜요?"

"호텔 주차장으로 가서 코포넨 씨의 차로 바꿔 타야 했을 테니까, 헬싱키로 출발하기 전에 시간이 많이 지체됐을 겁니다." 당직 경찰관이 말한다.

컴퓨터를 노려보고 앉아 있는 에르네는 목에서 맥이 팔딱팔딱 뛰는 것을 느낀다.

"포르카 경감님이 전화를 안 받으십니까?" 당직 경찰관이 묻는다.

"안 받아요."

"하지만……, 도로에서 무슨 일이 생겼다면 저희 쪽으로 연락이 왔을 텐데……."

"사고가 났다면 그랬겠죠."

"그거 말고 또 뭐가 있습니까?"

"무슨 소식 들으면 바로 전화해줘요." 에르네가 말하고 전화를 끊는다. 귀에서 피가 힘차게 흐르는 소리가 들리는 것 같다. 자작나무의 맨가지들이 창문을 긁는다.

에르네는 컴퓨터 화면에서 지도를 불러낸다. 포르카와 코포넨은 사본린나를 떠나기는 했을까? 새벽 1시 3분……, 거기에 20분이 더 걸렸다 치고……, 그럼 최대 두 시간 동안 달려왔을 거고……. 에르네는 사본린나의 소코스 호텔에서부터 길을 따라 커서를 끌고는 미켈리와 헤이놀라 사이에 와서 커서를 멈춘다.

"미치겠네." 에르네는 투덜거리면서, 응급 구조 센터를 찾아본다. 다시 전화기를 귀에 대면서, 조금 전 포르카가 했던 말을 기억해내려고 애를 쓴다. 레스피……, 빌어먹을. 무슨 말인지 도통 알 수가 없다.

응급 구조 센터의 야간 상담원이 전화를 받지만, 에르네는 말을 더듬는다. 자신이 무엇을 필요로 하는지 설명하기가 어렵다. 갑자기 소름이 돋는다.

포르카는 라틴어로 말하고 있었다.

24

제시카는 소파 끝에 걸터앉아 멍한 눈으로 식탁을 바라본다. 소파 옆에 있는 전기 스탠드를 켰더니, 이제는 어둠이 상상력을 한껏 달리게 만드는 경주 트랙이 되어 있다.

제시카는 이와 비슷한 일을 경험해본 기억이 전혀 없다. 꿈이 이렇게까지 생생했던 적이 없다.

제시카가 현재 맡고 있는 사건은 특이한 점이 있다. 살인범의 기괴한 범행 방식이 그것인 것 같다. 아니면 몇 시간 전에 범죄 현장에서 범인을 직접 대면한 것 때문에 생각보다 더 큰 정신적인 충격을 받은 것인지도 모른다. 어쩌면 둘 다일 수도 있다.

제시카는 무릎을 쭉 펴고 일어선다. 관절이 아프고, 한쪽 골반뼈에서도 날카로운 통증이 느껴진다. 이 통증을 그대로 두고 봐야 하나 고민이 될 때도 가끔 있지만, 병원에 갈 만큼 심하지도 않다. 통증이 너무나 오랫동안 그녀를 따라다녀서 이제는 그녀의 일부가 되었다. 머리는 과거에 일어난 일에 대한 정산을 오래 전에 끝냈지만 몸은 그러지 못했다. 그녀는 몸이 필요로 하는 만큼 시간을 줄 생각이다. 그 정도로 많은 빚을 몸에 지고 있다.

제시카는 꿈에서 엄마가 앉았던 의자를 지나간다. 눈가로 흘끗 쳐다보자 순식간에 그 괴로웠던 악몽으로 돌아간다. 그 여자는 엄마를 닮았지만, 엄마가 아니다. 거울을 봐.

발밑에서 마룻바닥이 삐걱거린다. 제시카는 가슴이 철렁해서 부엌문 앞에 멈춰 선다. 뭐지?

몸속에서 아드레날린이 솟구친다. 검은색 목욕 가운이 조리대 앞에 놓인 높은 의자의 등받이에 걸려 있다. 제시카가 샤워하고 나서 걸어둔 그대로이다. 부엌에는 아무도 없고, 목욕 가운만 있다. 아무리 생각해 봐도 이 목욕 가운이 어둠 속에서 대단히 효과적인 착시 현상을 일으킨 것 같다. 제시카는 목욕 가운을 둘둘 말아서 조리대 위에 툭 던져놓는다. 자신의 거친 숨소리가 들린다.

커피포트의 전원을 켠다. 시계가 달린 라디오가 현재 시각을 알려준다. 새벽 3시 46분. 좀더 자야 한다. 그렇지 않으면 하루가 너무너무 길 테니까.

제시카는 고개를 돌려 창문을 바라본다. 창문에 부엌이 반사되어 보인다. 부엌 한가운데에 서 있는 자신의 모습도 보인다. 추리닝 바지에 티셔츠를 입고, 검은색 머리카락은 뒤로 넘겨서 하나로 묶고 있다. 창문에 비친 모습에서는 얼굴의 특징이 잘 보이지 않는다.

거울을 봐.

마리아 코포넨은 제시카가 범죄 현장에서 보았던 것과 똑같은 옷을 입고 똑같은 자세로 제시카의 꿈에 나타났다. 그러나 얼굴은 제시카 엄마의 얼굴이었다. 제시카는 심리 상담을 받으면서 어쩔 수 없이 꿈 이야기를 할 때가 가끔 있지만, 그것을 해석하려고 애써본 적은 없다. 그런데도 엄마가 꿈에서 한 말이 어떤 의미가 있는 말이라는 생각을 지울 수가 없다.

배에서 꼬르륵 소리가 난다. 전날 늦은 점심을 먹고 나서 먹은 것이 없다. 제시카는 빵 바구니에서 식빵 두 장을 집어들고 토스터에 넣은 후 온도를 높게 해서 켠다. 필요한 시간보다 단 1초라도 더 기다리고 싶지 않다. 커피포트에서는 물이 끓고 있다. 노트북이 아직도 조리대 위에 놓여 있다. 제시카는 수납장에서 흰 머그컵을 새로 꺼낸다. 컵에 물을 따르는데, 추리닝 주머니 속에 있는 휴대전화에서 진동이 울린다. 맥박도 덩달아서 빨리 뛰기 시작한다. 에르네는 아주 심각한 일이 아니면 한밤중에 전화하지 않는다.

"경감님?"

"깨어 있었네."

"네."

"미안. 아까 말한 거 진심이었어. 잠 좀 자두라고 한 거……."

"무슨 일이에요?"

"피해자가 두 명이 더 나왔어."

"그렇군요." 제시카는 에르네가 전한 소식이 끔찍하기는 하지만 놀라지는 않는다. 어느 정도 예상했던 일이기 때문이다. 제시카는 에르네가 말을 고르는 동안 조용히 기다린다. 오랫동안 그의 거친 숨소리만 들린다.

마침내 에르네가 말한다. "유수프한테 전화해서 태우러 오라고 해."

제시카는 부엌 창문을 향해 다가간다. 한 걸음 한 걸음 다가갈수록, 유리창에 비친 자신의 모습이 더 뚜렷하고 더 익숙해진다. 묘하게도 안도감이 느껴진다. 마치 유리창이 보고 싶지 않은 장면을 보여줄까봐 두렵기라도 했던 것처럼.

"어떻게 된 거죠, 경감님?"

"유바에 있는 살라예르비 호수 근처 숲속에서 변사체 두 구가 발견됐어. 사본린나에서 서쪽으로 60킬로미터쯤 떨어진 곳에서……."

"사본린나……." 제시카가 조용히 중얼거린다. 손가락으로 창문을 짚는다. 유리가 차갑게 느껴진다. 얼음처럼 차가운 바람이 유리를 뚫고 들어와 몸속까지 파고드는 듯하다.

제시카는 에르네가 무슨 말을 할지 알 것 같지만, 그래도 그의 이야기를 조용히 듣는다. 버려져 있는 코포넨의 아우디. 포르카 경감의 휴대전화. 에르네가 받은 이상한 전화. 에르네가 과장되게 한숨을 쉰다.

"이 모든 정황으로 보아 변사체 두 구는……."

"그게 무슨 뜻이에요? '이 모든 정황으로 보아'라뇨? 시신이……."

"제시카. 시신의 신원을 확인하기가 쉽지 않아. 불에 타버렸거든."

"이런 세……."

그 순간 퍽 하는 날카로운 폭발음이 부엌에서 들려서, 제시카의 가슴이 철렁 내려앉는다. 휴대전화가 타일 바닥으로 떨어진다.

탄 냄새가 진동을 한다. 제시카는 조금 전에 검게 탄 식빵 두 조각을 토해낸 토스터를 쳐다본다.

25

마지막으로 실내 흡연이 허락된 시기는 2000년대가 시작될 때쯤이었음에도 불구하고, 회의실에서는 담배 냄새가 난다. 이른 아침, 바람은 잦아들었지만 밖은 아직도 캄캄하다. 창밖으로는 파실라 조차장(여객차와 짐차의 분리와 연결을 조절하는 곳/옮긴이)을 둘러싸고 있는 거대한 건설 공사장이 보인다. 공사장은 대낮같이 환하게 불을 밝혀놓았지만, 인부는 한 명도 없다. 하늘 높이 솟아 있는 타워크레인이 마치 서서 잠자는 공룡처럼 보인다.

제시카는 차가 든 머그컵을 두 손으로 감싸 들고 입으로 가져간다. 에르네를 제외한 수사팀 전원이 참석해 있다. 유수프, 니나, 미카엘, 라스무스. 라스무스한테서는 늘 그렇듯이 땀 냄새가 진동을 한다. 라스무스가 쓰는 데오도란트는 사상 최악의 친구라는 농담이 경찰청 안에 돌 정도이다. 왜냐하면 날마다 그를 배신하기 때문이다. 이런 농담이 아직까지도 그의 귀에 들어가지 않은 것이 놀랍다. 들었다면 무슨 대책이라도 세웠을 텐데. 제시카와 동갑이고 살아온 날짜까지 거의 같은 라스무스 수시코스키는 직업은 변호사이지만 변호사로 일해본 적은 단 하루도 없다. 그럼에도 불구하고 날카로운 관찰력과 해박한 지식 덕분에 그동안의 많은 수사에서 자신의 가치를 훌륭히 입증했다.

니나 루스카는 휴대전화 키패드를 열심히 두드리고 있다. 마치 전송버튼을 누르기 전에는 경찰청 본부의 회의실로, 동화보다 더 잔인한 현실로 절대로 돌아갈 수 없다는 듯이 문자 보내기에 집중하고 있다.

나이는 마흔 살쯤 되었고 이목구비가 뚜렷하고 주근깨가 많다. 청바지에 후드티를 유니폼처럼 날마다 입고 다니지만, 항상 아름답다. 미카엘 카리니에미는 나나 옆에 앉아서 신나게 껌을 씹고 있다. 미케는 나나와 동갑이고, 얼마 전부터는 탈모와의 전쟁을 포기했다. 놀랍게도 항상 깔끔하게 다림질된 셔츠를 입고 다닌다. 그가 한쪽 눈을 치켜뜨며 제시카를 바라보자, 그녀는 재빨리 고개를 돌린다.

"안녕." 에르네가 회의실 문을 닫으면서 인사한다. 참석자 다섯 명이 저마다 인사말을 중얼거린다. "8시에 기자 브리핑이 있어. 그때까지 우린 사건 개요를 간단하게나마 정리해야 돼."

에르네가 리모컨으로 비디오 프로젝터를 켠다. 그러자 천장에 매달린 프로젝터가 작동하면서 부드럽게 윙윙거리는 작은 소리가 방 안을 가득 채운다.

"라스, 자네부터 말해봐." 에르네가 말하고는 테이블에 몸을 기댄다.

몸에서 고약한 냄새가 나는 수사관은 목청을 가다듬은 후 집게손가락으로 안경을 코 위쪽으로 밀어올려 단단히 고정한다. 그러고는 다른 사람들을 쓱 훑어보더니 머뭇거리면서 입을 연다. "코포넨의 3부작을 다 읽고, 다시 읽기 시작했습니다. 처음에 놓친 부분이 있나 살펴보려고요. 총 여덟 건의 살인 사건을 찾았는데, 그중 일곱 건은 종교의식처럼 행해졌더라고요. 지금 수사 중인 살인 사건은 전부 코포넨의 소설에서 그와 유사한 사건들을 찾을 수 있고요."

라스무스의 보고는 방 안에 퍼져 있던 긴장감을 깨뜨린다. 그의 이야기는 모두가 이미 알고 있는 내용이 사실임을 확인시켜준다.

"소설 속의 범죄들이 현실과 똑같은 순서대로 일어나고 있나?" 에르네가 팔짱을 끼면서 놀랄 정도로 차분한 목소리로 묻는다. 제시카는 상관을 흘끗 쳐다보고는 자신의 옆에 앉아 있는 라스무스를 돌아본다.

"아뇨." 라스무스가 안경다리를 만지작거리면서 말한다. "같은 순서로 일어나진 않았던데요. 아니 처음 두 사건은 순서대로 일어난 게 맞는 것 같은데, 오늘 새벽에 일어난 살인 사건 두 건을 화형으로 본다면……, 알기 쉽게 정리해서 뽑아왔어요."

라스무스가 출력된 종이 몇 장을 테이블 가운데로 밀어놓자, 다들 그것을 한 장씩 집는다. 제시카는 목록을 보면서 얼굴을 찌푸린다.

로저 코포넨의 『마녀 사냥』 시리즈에 나온 살인 사건

1부

여자, 익사(얼음 밑)

여자, 독살(시신이 마리아 코포넨의 시신과 똑같은 자세를 취하고 있음)

남자, 돌에 맞아 죽음

2부

남자, 칼에 찔려 죽음

남자, 화형

3부

여자, 압사(무거운 돌에 눌려 서서히)

여자, 화형

"잠깐만." 에르네가 종이에서 고개를 들고 말한다. "마리아 코포넨의 사인이 독살로 확인이 됐어?"

"확인은 안 된 걸로 아는데요." 라스무스가 재빨리, 그러나 확신이 없는 어조로 대답한다. "하지만 다른 피해자들의 경우에는, 범죄가 책에 묘사된 것과 일치합니다. 외모도 일치하고요. 검은색 머리카락을 가진 아름다운 여자."

"그렇군." 에르네가 말한다. 그러고는 테이블에 있던 종이를 집어들고 눈 가까이로 가져간다.

"그리고 이 **화형당한** 사람 두 명이……." 유수프가 입을 열자, 에르네가 무겁게 고개를 끄덕이는 것으로 대답을 대신한다.

방 안이 쥐 죽은 듯이 고요해진다. 다들 자료를 읽고 또 읽는 것처럼 보인다. 제시카는 로즈힙 차를 홀짝인다. 차에서 쇳내가 난다.

"범인 혹은 범인들이 목록에 나온 범죄를 모두 저지를 계획이라고 가정한다면, 앞으로 세 건이 더 남았군."

"범인들이요?" 니나가 되묻는다. 그러고는 자신의 종이 위쪽 여백에 뭔가를 쓴다. 미카엘이 그녀를 흘끗 보더니 그녀가 써놓은 것을 본다. 그 커플을 보던 제시카는 니나가 기억을 돕기 위해서 메모를 한 것인지, 아니면 미카엘에게 하려는 말을 그곳에 써놓은 것인지 궁금해진다. 둘은 심각한 표정이다.

"유바의 살인범은 코포넨의 집에서 도주한 범인과는 다른 사람일 가능성이 높아." 에르네는 비디오 프로젝터가 만들어낸 푸른빛의 직사각형을 피해 고개를 숙이면서 말한다. "확실한 건 아니고. 쿨로사리의 범인은 밤 11시 4분에 사라졌어. 난 새벽 3시 15분에 산나 포르카의 전화를 받았고. 범인이 즉시 차를 타고 쿨로사리에서 출발해서 사본린나를 향해 달렸다면……, 유바 인근에 도착해서 숨어서 기다리다가 코포넨의 차를 공격할 수도 있었겠지. 궂은 날씨긴 했지만.”

“어쨌든 쿨로사리를 떠난 건 현명한 선택이었던 것 같네요.” 유수프가 약간 쉰 목소리로 말한다.

“그래도 난 같은 놈이 아니라고 생각해.”

“왜요?”

“그 시나리오에는 근본적인 결함이 하나 있거든. 코포넨이 헬싱키로 올 거라는 걸 범인이 어떻게 알았을까? 그리고 몇 시에 온다는 건 또 어떻게 알았지?” 에르네가 유수프를 보면서 말한다. 유수프는 생각에 잠긴 표정으로 천천히 고개를 가로젓는다. “놈이 자신의 차를 타고 무작정 출발해서 달려가다가 유바에 이르렀다, 근데 거기서 코포넨이 탄 아우디가 맞은편에서 달려오는 걸 우연히 봤다, 그래서 차를 돌려 아우디를 따라갔다? 그렇게 믿기는 좀 어렵잖아. 게다가 어젯밤에는 폭설이 내리고 있었어. 시야가 형편없었을 거라고.”

에르네가 자리에 앉는다.

“어쨌든 누군지는 몰라도 숲에서 캠프파이어를 했네요.” 제시카가 자료를 뚫어지게 쳐다보면서 부드럽게 말한다.

아무도 웃지 않는다. 웃기는 것이 목적이었다는 뜻은 아니다. 도로에서 사이렌 소리가 요란하게 들린다. 제시카는 그 소리를 듣자 후부가 생각난다. 후부는 구급차의 사이렌 소리를 들을 때마다 겁을 집어먹는다. 사건 사고가 많은 헬싱키 동부 지역에서 살면서도 그는 그 소리에 아직도 적응하지 못하고 있다.

“누군가가 사본린나에서부터 그들을 미행했다는 게 좀더 가능성이 있는 시나리오겠지. 경찰의 움직임을 미리 다 알고 있었던 거야. 그 시각에 코포넨을 데리고 헬싱키로 출발하겠다는 결정은 자정 무렵에야 내려졌거든." 에르네의 목울대가 파르르 떨린다. 제시카에게는 너무나 익숙한 모습이다. 그 결정은 에르네가 내린 것이다. 코포넨을 데리고 오면서 적절한 보호조치를 취할 필요가 있었다고 사건이 벌어진 후에야 말하기는 쉽다. 에르네는 그들에게 일어난 일에 대해 자책하고 있을 것이 틀림없다. 적어도 마음속으로는.

"몇 가지 주목할 게 있어." 에르네가 심각하게 말한다. "첫째, 산나 포르카는 총을 소지하고 있었어. 그런데도 범인들에 대항해서 방어하지 못했지. 왜 못했을까? 범인들도 무장을 했나? 화력이 더 셌나?"

비디오 프로젝터에서 나는 웅웅거리는 소리를 제외하고는, 회의실 안에서 아무 소리도 들리지 않는다. 심지어 껌을 열심히 씹어대던 미카엘의 턱도 잠시 휴식을 취하고 있다.

"둘째, 코포넨의 아우디는 사건 현장에서 멀쩡한 상태로 발견됐어." 에르네는 말을 하니까 괴롭다는 듯이 얼굴을 잔뜩 찌푸리면서 말한다. "그러니까 차들끼리의 충돌은 없었던 거고, 강제로 도로에서 벗어난 것도 아닌 거지. 포르카 스스로 흙길로 들어섰거나, 그때쯤에는 다른 사람이 차를 운전했던 거야. 누굴까? 마지막으로, 현장에서는 딱 한 종류의 족적만 발견됐어. 다시 말해서, 범인이 여러 명이라면 모두가 280 사이즈의 신상 군화를 신고 있었던 거지. 현장에 나 있는 족적의 수를 보면 사람들이 많았을 가능성이 커."

"하지만 쿨로사리의 족적은……."

"똑같았어. 하지만 아까도 말했듯이 난 그 사건의 범인은 다른 사람이라고 생각해."

"잠깐만요." 미카엘이 대머리가 된 정수리를 비비면서 끼어든다. "유바에 다수의 범인이 있다. 거기에 쿨로사리의 범인까지 있다. 그렇다면 범인이……."

"맞아." 에르네가 말하고 나서 숨을 깊이 들이쉰다. "모든 정황이 범인이 세 명이거나 그 이상이라고 말하고 있어."

제시카는 종이에서 시선을 옮겨 따뜻한 머그컵을 내려다본다. 티백이 물을 빨갛게 물들였다. 입안에서 쇳내가 난다. 왠지 자신이 피를 담은 컵을 들고 있는 듯한 느낌이다. 한순간 모든 것이 빨갛다. 벽도, 회의실 앞쪽의 스크린도, 테이블도, 테이블에 둘러앉은 사람들의 얼굴도 모두 빨갛다.

제시카는 토할 듯이 매스꺼운 느낌이 든다.

26

제시카는 세면대 가장자리를 꽉 잡고, 깊게 심호흡을 한다. 구역질은 너무 피곤하고 스트레스가 심해서 생긴 증상이고, 토한다고 해서 기분이 나아지지는 않으리라는 사실을 안다. 수도꼭지에 입을 대고 물을 받아 마신 후 고개를 든다. 거울 속에 비친 눈은 지쳐 보이고, 간단하게나마 화장을 했는데도 근심스러운 표정은 가려지지 않는다. 그녀는 거울에 비친 자신의 모습을 가만히 들여다본다. 어제부터 그 모습이 이상하게 낯설다. 자신이 아닌 것만 같다. 그녀는 거울을 향해서 몸을 기울인다. 얼굴이 더 선명해지고, 동공이 확대된다. 거울 속에서 엄마가 그녀를 보고 있다. 비틀린 입으로 사악하게 웃으면서.

"제시?" 에르네의 걱정스러운 목소리가 문밖에서 들려온다. 곧이어 골초의 마른기침 발작이 시작된다. 에르네는 몇 달 전부터 만성적으로 기침을 하고 있다.

"저 괜찮아요." 제시카가 말하고는 두루마리 종이 타월을 큼지막하게 뜯어내 눈을 닦는다. 그러면서 한 번 더 거울을 들여다본다. 기괴한 웃음은 사라지고 없다. 제시카는 눈을 감는다. 섬뜩하게 웃는 얼굴이 망막에 새겨진다. 깊은 심호흡을 몇 번 더 한다. 그러고는 문을 연다.

"진짜로 괜찮아?" 에르네는 벽에 기대서 있다. 제시카가 걸음을 멈추지 않자 따라오면서 손으로 입을 막고 기침을 한다. "평소하고 다른······."

"뭐가 다른데요, 평소하고?" 제시카가 걸음을 멈추고 홱 돌아서는 바람에 에르네는 그녀와 부딪칠 뻔한다.

"그런 모습이 낯설어서……." 에르네가 말을 더듬는다.

"어떤 모습이요? 약한 모습?"

"아니, 약한 게 아니고……."

"그럼 뭐요? 이젠 오전에 아프면 경찰청 규정 위반이에요?" 제시카가 뒷짐을 진 채로 날카롭게 받아친다. 그러다가 에르네의 심상치 않은 눈초리가 의미하는 바를 알아차린다. "뭐예요, 진짜. 아니에요. 임신 아니라고요." 그녀는 회의실을 향해 성큼성큼 걸어간다.

"제시카!" 에르네가 날카롭게 외친다. 어느새 짜증 섞인 말투로 바뀌었다. 제시카는 걸음을 멈춘다. 에르네가 다가와서 그녀의 팔을 잡는다. "자네가 헛구역질을 하든 말든, 세쌍둥이를 임신했든 안 했든 내 알 바 아니야. 하지만 자네가 정신을 똑바로 차렸으면 해. 알겠어?"

"네."

"맹세해."

"정신 똑바로 차릴게요."

"한 번 더."

"뭐 하시는 거예요, 진짜. 여기가 뭐 록 콘서트장이라도 돼요? 소리소리 질러서 다들 쟤 미쳤구나 생각하라고요?"

"됐어, 그럼." 에르네가 평소처럼 불안한 미소를 지으면서 옆으로 물러선다.

제시카는 그 미소를 보는 순간, 발끈 성질을 부린 것이 후회가 된다. 무슨 이유에서인지 요즘 들어 에르네가 거의 날마다 화를 내는데, 제시카는 그에게 1분 이상 화를 낼 수가 없다. 에르네가 부하 직원을 지나치게 챙길 때는 참기 힘들지만, 그의 넓은 마음을 생각하면 참고 넘어가게 된다. 항상 딸을 갖고 싶어했던 에르네는 제시카를 딸처럼 걱정하고 챙긴다.

"지금 우리 책상에 올라와 있는 사건은 이제까지 맡은 것들 중에서 가장 특이한 사건이야. 사건을 빨리 해결하라고 엄청난 압력을 받고 있어, 자넨 상상하기 힘들 정도로." 에르네가 말한다.

"물론 그렇겠죠."

"결과가 빨리 나와야 돼. 그러니 모든 걸 고려해야만 해. 내 수사팀 원들의 신체적, 정신적 건강까지 포함해서 모든 걸 신경 써야 된다고, 나는."

"알았어요."

"사건의 규모가 어느 정도인지 파악할 시간도 없었어. 어젯밤에 차에서 얘기할 땐 피해자가 한 명이었는데."

"지금은 네 명이죠."

"그리고 라스무스가 파악한 내용이 정확하다면, 조만간 세 명이 더 생길 거고……."

그때 복도 끝에 있는 문이 열리고 절도 있는 걸음 소리가 조용한 복도에 울리자, 에르네는 말끝을 흐린다. 치마 정장을 입은 여자가 경찰 간부의 제복을 갖춰 입은 키 큰 남자와 함께 회의실로 들어간다.

"국립 경찰위원회의 륀크비스트야. 완전 멍청이지." 에르네가 낮은 목소리로 말한다. "기자 브리핑에 참석하려고 왔을 거야. 옆에 있는 여자는……."

"이미 피해자가 일곱 명인 거면 어떡하죠?" 제시카는 에르네의 셔츠에 있는 채우지 않은 단추를 보면서 조용히 묻는다.

"무슨 말이야?"

"살인이 순서대로 벌써 다 일어났는데, 다른 시신들을 아직 찾지 못한 거라면 어떡하냐고요." 상관의 눈빛을 보니 그런 생각은 한 번도 해보지 않은 모양인데, 억지스러운 생각은 아니라고 생각하는 눈치이다.

"어느 쪽이든 곧 알게 되겠지." 에르네가 말한다.

"유수프를 데리고 마리아 코포넨이 일했던 제약 회사에 가볼까 하는데요."

"부검의가 금방 올 거야. 그때까지 기다려줘."

"어젯밤에 누가 당직 부검의였어요?"

"누구일 것 같아?"

27

유수프는 의자에 등을 기대고 앉아서 제시카와 에르네가 돌아와 자리에 앉는 것을 지켜본다. 바닷속에서 건져올린 시신을 찍은 사진들이 스크린에 비춰지고 있다. 이전 사진들은 위협적인 어둠이 배경이었는데, 지금 나오는 사진들은 부검실의 차가운 알루미늄 테이블과 흰 시트가 배경으로 보인다. 여자의 얼굴은 창백하고 고요하다.

유수프는 카디건의 지퍼를 내린다. 방 안의 공기가 후덥지근해졌다. 회의 참석자들이 더 많아졌다. 과학수사대원 두 명과 국립 경찰위원회에서 나온 남자와 부검의 시시 사르빌린나가 와 있다.

"부검 결과, 사인은 익사로 확인이 되었지만……." 사르빌린나가 말하면서 리모컨을 클릭해서 다음 슬라이드 사진으로 넘긴다. 레이저 포인터가 스크린 위에서 쉴 새 없이 움직인다. 유수프는 사르빌린나와 초면인데, 그녀가 냉정하고 굉장히 직설적이며 특이한 블랙 유머를 보여줄 때도 있지만 재미라고는 눈곱만큼도 없는 사람이라고 들은 적이 있다. 옷까지 종교적이고 보수적으로 입고 있어서, 진지하고 사무적인 부검의의 전형으로 보인다.

유수프는 눈을 가늘게 뜨고 슬라이드 속 피해자의 얼굴을 바라본다. 죽은 사람이 어떻게 저렇게 평화로워 보일 수 있는지 도무지 믿어지지 않는다. 질식사했다면 얼굴에 두려움과 공포의 흔적이 남았을 것이다.

"……돌말을 분석해봤더니 다른 곳에서 익사한 거더라고요." 사르빌린나는 사람들의 깜짝 놀란 표정을 쓱 훑어본다. 마치 미스터리를 다음 단계로 이끌고 가는 것이 그녀의 기쁨인 것 같다. 그 정보에도 놀라지 않은 사람은 미카엘과 니나뿐이다.

"그러고 나서 얼음 아래에 묻힌 거군." 에르네가 속삭인다. "화상 회의에서 코포넨이 그런 말을 했을 때만 해도 설마설마했는데."

"폐에 담수가 가득 차 있었어요." 에르네의 방해는 무시하고 사르빌린나가 설명을 계속한다. "정확히는 수돗물이요."

"사망 시각은요?"

"저녁 6시에서 9시 사이로 추정됩니다. 그리고 이건 거의 확실한데, 피해자가 최대 두 시간 가까이 얼음처럼 차가운 물 속에 있었어요."

"그러니까 어제 저녁에 어딘가에서 익사한 후 곧바로 코포넨의 집 앞 해안으로 옮겨졌다는 거네요." 제시카가 정리한 내용을 메모하면서 말한다.

"범인이 얼음을 드릴로 뚫고, 시신을 물속에 떨어뜨린 다음, 얼음 뚜껑을 덮고 눈으로 덮고 나서, 코포넨의 집 마당을 가로질러 집 안으로 들어가 마리아 코포넨을 죽인 거네요?" 유수프가 자기 대답에 자신이 없는 학생처럼 반신반의한 표정으로 부검의를 쳐다보면서 말한다.

사르빌린나는 그의 말을 들은 척도 하지 않는다. 대신 지루한 표정으로 자신이 차고 있는 손목시계를 흘끗 본다. 형사들의 추측을 확인시켜주는 것이 그녀의 업무는 아니다. 그녀는 사실을 전달하려고 여기에 온 것이다. 냉혹하고 엄연한 사실.

"소설에서는 어떻게 죽었어요?" 제시카가 묻자, 호기심 가득한 얼굴들이 일제히 미카엘을 돌아본다. 그는 파란색 작은 비닐봉지를 뒤져서 껌 한 개를 꺼내 입에 넣는다. 그러고는 니나를 한번 쳐다본 뒤 대답한다. "책에서는 마녀로 의심받는 여자가 두 팔목과 발목이 묶인 채로 연못에 던져지지. 그게 중세 때 누가 마녀인지 아닌지를 시험하는 방법이었어. 혹은 야만적인 재판 방식이기도 했고. 어느 쪽인지는 알아서들 생각하시고. 묶여서 던져졌는데도 용의자가 물 위로 떠오르면, 마녀라는 확실한 증거로 간주되어 즉시 사형선고가 내려지지."

제시카가 믿을 수 없다는 듯이 고개를 가로젓는다. "도대체 무슨 근거로요?"

"그 질문에 대한 대답은 두 가지가 있어. 우선 마녀들이 악마의 무리에 합류한 뒤에는 세례를 거부했기 때문에, 물이 마녀들을 거부해서 마녀를 밀어낼 거라고 믿는 사람들이 많았어. 또 물이 순결을 상징하기 때문에 마녀를 쫓아버린다고 믿는 사람도 있었고. 제일 황당한 건 피해자가 연못 바닥으로 가라앉아 익사하면, 논리적으로 그렇게 될 가능성이 가장 큰데, 그럼 의심에서 벗어날 수 있었다는 거야. 어느 쪽이든 필요한 증거를 얻기 위해서 시험을 해봐야 했던 거지. 진짜 말도 안 되는 황당한 일이기는 한데, 실제로 그런 일들이 벌어졌다더라고."

유수프는 땀이 밴 손바닥을 청바지에 닦는다. "허. 진짜 말도 안 돼."

"그러니까 우리의 피해자가 그런 시험을 받다가 죽었다는 건가?" 에르네가 묻는다.

"그럴 가능성이 있죠. 범인들이 코포넨의 소설을 모방한 거라면. 그 책에서는 범죄가 그렇게 일어나거든요."

"피해자의 몸에 그 시나리오를 뒷받침하는 자국이 있어요. 손목과 발목에 묶인 흔적이 있거든요." 사르빌린나가 말하더니 리모컨을 클릭해서 피해자의 얼굴을 클로즈업한 사진을 불러낸다.

"이 재판이 어디에서 있었어요? 그러니까, 소설에서는?" 제시카가 묻는다.

"수석 종교재판관의 집에서." 니나가 말한다. 니나와 미카엘은 서로 눈길을 주고받으며 거의 동시에 한숨을 쉰다. 곧 질문이 쏟아지리라는 사실을 아는 것이다. "수사관들은 모두 이 3부작 읽어봐야 해요. 유사점들도 있지만……." 니나가 눈을 감는다.

미카엘은 니나의 말을 이어받는다. "유사점들도 있지만, 어느 정도까지라고요."

"저기……, 이 시점에서 한 가지는 확실히 해둘게요." 니나가 허리를 펴고 꼿꼿하게 앉으면서 말한다. "코포넨의 소설은 판타지적인 측면이 많이 있어요. 초자연적인 일들이 일어나죠. 마녀로 의심받는 여자들이 있고, 진짜 마녀들도 있어요. 예를 들어서, 코포넨의 소설에서는, 식탁 앞에 앉아 있는 여자가 이미 살해됐는데도, 식탁 상석에 다시 나타나요. 옷을 잘 차려입고 얼굴에는 섬뜩하고 기괴한 웃음을 띤 채로."

"그러니까 범인들이 책에 나온 살인 사건을 똑같이 모방한 건 아니라는 얘기야? 그냥 영감을 얻는 정도?" 에르네가 묻는다.

경찰위원회에서 나온 남자가 회의실 뒷벽에 기대서서 눈썹을 주무른다.

니나가 묶고 있던 금발을 풀었다가 다시 묶는다. "그런 것 같아요."

에르네가 작은 수첩에 메모를 한다. "유바에서 희생된 사람들은?"

"소설에서는 두 사건이 완전히 별개의 사건으로 나와요. 어젯밤 살인 사건하고의 유사점은 살해 방식을 빼면 피해자가 남자와 여자라는 사실밖에 없어요." 미카엘이 혀로 껌을 빙빙 돌리면서 말한다.

"유바의 피해자들이 포르카와 코포넨이라고 확실히 밝혀진 건가요?" 니나가 묻는다.

제시카가 손을 든다. "그건 제가 대답할게요. 피해자 중에서 남성은 무슨 이유에서인지 치아가 몽땅 제거되고 없었어요. 아마도 신원 확인을 방해할 목적인 것 같습니다. 하지만 DNA 검사를 통해서 이미 피해자들의 신원을 확인했어요. 코포넨의 집에 있던 물건에서 채취한 DNA가 남성 변사체에서 채취한 DNA와 일치하는 것으로 밝혀졌고요."

한동안 아무도 말이 없다. 로저 코포넨의 사망이 공식적으로 확인된 것이다.

"얼음 공주 이야기로 돌아가서." 제시카는 많은 사람들 앞에서 그 섬뜩한 별명을 사용한 것을 바로 후회한다. "피해자의 신원에 대해서는 아직 밝혀진 점이 아무것도 없다는 얘기죠?"

"없어. 그 인상착의와 일치하는 실종자 신고가 들어온 것도 없고."

"일치하지 않는 실종자 신고는 있었어요?"

"범인들이 자기들 원하는대로 피해자에게 화장을 하고 옷을 입혔을 수도 있겠지만, 91세의 치매 환자를 찾을 필요는 없지 않을까. 어떻게 생각해?"

"그렇죠. 마리아 코포넨은요? 어떻게 살해된 거예요?"

"외상이 전혀 없어요." 사르빌린나가 가슴에 팔짱을 끼면서 말한다. "독살일 가능성이 90퍼센트 이상이에요. 확실한 결과가 나오기까지는 시간이 좀 걸릴 거고요."

"근데 그 미소는 어떻게 된 거죠?" 에르네가 묻는다.

사르빌린나는 마리아 코포넨의 슬라이드 사진을 불러낸다. 그다음, 또 그다음으로 넘어간다. 계속 사진을 넘기면서 아주 작은 부품들로 이루어진 장치를 찍은 사진을 찾아낸다.

"뺨 속에서 찾아낸 플러그예요. 머리를 휘감은 미세한 전선에 연결되어 있었어요. 전선은 육안으로 잘 보이지 않았어요. 전선 위로 화장을 진하게 하고, 얼굴이 석고처럼 굳는 효과를 내기 위해 밀폐제를 발라 놨기 때문에." 사르빌린나가 귓불을 긁으면서 설명한다.

"미쳤군." 에르네가 말한다. 다음 10초는 다들 고개를 가로젓는 가운데 흘러간다.

제시카는 경찰 고위 간부의 제복을 차려입은 키 큰 남자가 손목시계를 보더니 에르네에게 손짓으로 바깥을 가리키는 것을 본다. 에르네가 의자에서 천천히 일어서서 남자와 함께 복도로 나간다.

제시카는 상관이 스트레스를 받고 있음을 느낄 수 있다. 수사 책임자 역할은 결코 쉬운 일이 아니다. 몇 시간 만에 변사체가 네 구나 발견된 것은 아무리 생각해봐도 드문 일이다. 연쇄살인범. 강력계 형사들은 핀란드에서는 연쇄살인 사건이 극히 드물다는 사실을 알고 있다. 핀란드 범죄의 역사를 다 뒤져봐도 '고의에 의한 분명한 행동으로 실행된 두 건 이상의 살인'이라는 범주에 들어맞는 연쇄살인 사건은 소수에 지나지 않는다. 심지어 이번 경우에도 연쇄살인범이라는 용어를 사용할 수 있을지 의문이다. 지금까지 확인한 사실들을 종합해보면, 쿨로사리에서 일어난 사건들과 유바에서 일어난 사건은 분명히 유사성을 가지고 있지만 각기 다른 개인들이 저지른 것으로 보이기 때문이다.

"1차 부검 감정서는 앞으로 몇 시간 안에 보내드릴게요." 사르빌린나는 가죽가방에서 두꺼운 서류철을 꺼낸다. "이미 알고 있는 사실은 전부 이 안에 있고요. 그리고 내가 어디 있는지는 다들 아실 거고."

다들 옆 사람하고 작은 소리로 이야기를 나누고 있는데 에르네가 돌아온다. 그의 상관의 질책은 짧지만 강렬했던 듯하다. 얼굴에 스트레스가 한가득이다. 다들 입을 다문다.

유수프는 휴대전화에서 신문 앱을 연다. 확인해봤자 괴로움만 커질 것을 알면서도. 기자들이 얼마나 혼란스러워하는지 기사 제목만 보아도 알 수 있다. 그들은 어디서부터 시작해야 하는지 잘 모르는 것 같다. 경찰. 베스트셀러 작가. 부인.

잠시 후 사르빌린나가 회의실을 나가고 문을 닫자 천장의 형광등이 깜박거린다.

28

이른 아침, 경찰청 본부 대강당은 평소와는 다른 모습이다. 늘 칙칙하고 어두운 관공서 강당의 모습이었는데, 조명이 환한 상태에서 많은 사람들이 앉아 있으니 생기 넘치는 공연장 같다. 에르네는 긴 테이블의 가장 바깥쪽 의자에 앉는다. 비어 있는 자리가 거기뿐이다. 푸른색 제복을 자랑스럽게 차려입은 유카 루스카넨은 친구 에르네를 알은척도 하지 않고 정면만 응시하고 있다. 모두에게 긴장되는 상황이기는 하지만, 루스카넨은 예전부터 오만하고 냉담했다. 경찰대학 시절에는 허물없이 웃고 떠들며 친하게 지냈지만, 그후로 너무 오랜 세월이 흘렀나 보다.

각양각색의 마이크와 녹음기가 테이블 곳곳에 놓여 있다. 그 너머로 관객석이 보이는데, 지친 모습이지만 눈은 반짝이는 기자들이 자리를 차지하고 앉아 있다. 플래시가 꺼진다. 실시간으로 중계방송을 하기 위해서 인터넷 방송과 텔레비전 방송사의 대형 카메라가 줄줄이 설치되어 있다. 에르네는 마지막으로 이 강당에 이렇게 사람이 가득 찼던 적이 언제였는지 기억이 나지 않는다. 그만큼 이 사건은 사람들의 관심을 끌 만한 요소를 많이 가지고 있다. 에르네는 기침을 한다. 목이 마른데, 테이블에는 물이 준비되어 있지 않다. 그가 코를 쓱 만지자 5분 전에 피운 담배 냄새가 훅 들어온다.

"자, 여러분, 8시군요. 시작하겠습니다." 루스카넨이 말하자 수군거리던 소리가 잦아든다. 카메라 플래시가 일제히 켜져 강렬한 불빛을 뿜어낸다. 마치 행사가 시작되니 무대에 앉은 경찰관들이 갑자기 더 잘생겨지기라도 한 것처럼.

"헬싱키 경찰청장 유카 루스카넨입니다. 제 왼편에 계신 분들은 옌스 오라넨 부청장과 국립 경찰위원회에서 오신 요나스 뢴크비스트 씨고요." 루스카넨은 말을 멈추고 자신의 앞에서 열심히 셔터를 눌러대는 카메라들을 쳐다본다. 한순간, 에르네는 루스카넨이 자신의 존재를 잊었다고 확신한다. 그러나 그때 루스카넨이 에르네를 돌아보면서 말을 잇는다. "그리고 제 오른편에 계신 분은 헬싱키 경찰청 강력계 살인 사건 전담 팀장이자 이 사건 수사 책임자인 에르네 믹손 경감입니다."

카메라가 일제히 에르네를 향해 고개를 돌리고 맹렬히 찍어댄다. 이제 에르네는 수사와 앞으로 있을지도 모르는 실수들과 부실한 수사 결과의 공식적인 상징이 된다. 플래시 불빛이 그의 얼굴에 깊이 팬 주름살을 보여주면서 그 안에 축적되어온 세월을 강조한다. 에르네는 자신이 노쇠하고 아파 보인다는 것을 알고 있다. 세월이 자기 할 일을 다 했기 때문이겠지만, 그가 수년째 피워온 에스토니아산 독한 담배인 룸바의 공도 크다. 그동안 순수한 산소보다 더 많은 양의 룸바 연기를 폐에 쏟아부었을 것이다.

루스카넨은 어젯밤과 오늘 새벽에 발생한 사건들을 요약해서 설명하기 시작한다. 에르네의 등줄기에 땀이 흐르고, 겨드랑이는 흠뻑 젖었다. 그는 크고 검은 눈처럼 자신을 쳐다보고 있는 렌즈를 보기 싫어서 고개를 돌려 루스카넨을 바라본다.

로저 코포넨……, 아내……, 경찰……. 루스카넨은 간결하게 말한다. 에르네는 그의 말을 듣고 있지 않다. 그 자세한 사항들은 눈을 감고도 줄줄 외울 수 있기 때문이다. 대신 그는 루스카넨의 왼쪽에 앉은 사람들을 관찰한다. 두 사람 모두 경찰 고위 간부가 입는 남색 제복을 입고 있다. 단체로 무도회에라도 갈 모양이다. 무대에 앉아 있는 사람들 중에 검은색 청바지에 셔츠, 낡은 트위드 재킷을 대충 걸쳐 입고 나올 만큼 자유로운 영혼은 에르네밖에 없다. 그런 옷이 그에게는 제복이다. 에스토니아 출신 심부름꾼 소년의 작업복. 그리고 이들 중에서 기자회견이 끝난 후 기자들로부터 전화를 받아야 하는 사람도 에르네밖에 없다. 나머지 세 명은 실제 경찰 업무와는 무관한 정치공작과 그외 활동들로 돌아갈 것이다. 옌스 오라넨은 에르네보다 나이가 적은 것이 분명하지만, 다른 두 지휘관은 에르네와 동년배이다. 사람들은 에르네가 어느 순간에 성공 가도에서 이탈해, 중간 간부직에 발이 묶였다고 생각할지도 모르겠다. 그러나 에르네는 항상 자신이 원하는 대로 살아왔다. 나이 쉰에 그는 정확히 자신이 원하는 곳에 있고, 어릴 때부터 꿈꾸던 일을 하고 있다. 그렇더라도 지금과 같은 순간에는 초라한 느낌이 드는 것은 어쩔 수가 없다.

"……그리고 수사에 관한 질문은 수사 책임자가 받도록 하겠습니다." 루스카넨이 인사말을 마친다. 그가 말을 마치기도 전에 여기저기서 손이 올라간다.

"현재 용의자가 특정되었습니까?" 앞줄에 앉은 여자가 묻는다. 에르네는 그녀가 공영방송 기자라는 사실을 안다. 늘 그렇듯이 질문은 가장 뻔하고 분명한 것에서 시작되지만, 브리핑이 진행될수록 점점 더 대답하기 곤란한 질문들이 나온다는 점을 에르네는 경험으로 알고 있다.

"쿨로사리에서 발생한 살인 사건의 용의자는 인상착의를 파악한 상태입니다. 현 시점에서 확실하게 말씀드릴 수 있는 것은, 용의자가 백인 남성이며 핀란드에서 나고 자란 사람이라는 사실입니다." 말을 마친 에르네는 고개를 숙이고 마이크를 내려다본다. 이 정도의 정보는 풀라는 지시를 받았다. 내무부 장관은 외국인 테러리스트의 소행이라는 추측이 난무하기 전에 아예 싹을 잘라버리고 싶다는 뜻을 분명히 했다.

"그럼 용의자는 아직 없는 거네요?"

"말씀드렸다시피, 인상착의를 파악한 상태입니다. 이 사건과 관련해서 체포된 사람은 아직 없고요. 수사를 진행하면서 수집하는 정보를 토대로 이 용의자에 대한 추적을 계속할 겁니다." 에르네가 주먹을 꽉 쥔다. 천장의 할로겐 등이 더 밝아지는 느낌이 든다.

"유바에서 발생한 경찰관 살해 사건은요? 범인이 다른 사람이라고 확신하시나요?"

"거리를 고려해보면, 그럴 가능성이 매우 높습니다."

"공범이 함께 범행하는 것일 수도 있지 않을까요?"

"그럴 가능성이 전혀 없다고 보지는 않고 있습니다."

"로저 코포넨이나 그의 아내가 과거에 협박을 받은 적이 있습니까?"

"그 부분에 대해서는 아는 바가 없습니다."

"쿨로사리에서 발견된 피해자들은 어떻게 살해됐죠?"

에르네는 눈을 몇 번 깜박인다. 그 악명 높은 포커페이스를 불러내야 할 때가 되었다. "수사상의 이유로, 자세한 내용은……."

"유바 외곽의 숲에서 자행된 살해 사건의 방법과 유사합니까?"

"말씀드렸다시피 자세한 내용은……."

"살해 방법이 로저 코포넨의 작품을 바탕으로 하고 있다고 의심하고 계신가요?"

드디어 나왔다. 범죄의 자세한 내용은 철저히 비밀에 부치려고 그렇게 애를 썼는데도, 불가피한 질문이 결국 나와버렸다.

"현재로서는 이 일련의 살인 사건에 사용된 범행 방법에 대해서 어떤 입장을 취할 수도 없고 취하고 싶지도 않습니다."

에르네는 자신이 한 말이 질문에 대한 답이 아니라는 점을 알고 있다. 청중들은 커브볼을 던지는 것을 생계 수단으로 삼고 있는 전문가들이어서 그 대답에 만족하지 못한다.

"시신들이 숲에서 불태워졌습니까?"

에르네의 손에서 진땀이 난다. 벌써 소문이 난 것이다. 루스카넨이 에르네의 옆구리를 쿡 찌르더니, 오라넨에게로 몸을 기울이고 그의 귀에 대고 무슨 말을 속삭인다. 그리고 나서 에르네를 돌아보며 고개를 끄덕인다.

"네, 그렇습니다. 피해자들은 불에 탄 시신으로 발견됐습니다." 에르네가 말한다. 컵을 집으려고 손을 뻗다가 물이 준비되어 있지 않다는 사실을 깨닫는다. 말을 할 때마다 목이 아프다. 다음 몇 초 동안, 사진 찍는 소리와 노트북 자판을 두드리는 소리, 사람들이 수군거리는 소리가 한데 어우러져 점점 더 커진다.

"코포넨의 소설에서도 사람들이 화형을 당하잖아요. 그럼 이 사건과 아주 유사한 것 아닌가요?"

"현재 수사관들이 로저 코포넨의 작품을 살펴보고 있습니다. 실제 사건들과 소설 내용 사이에 관련이 있다고 판단되면, 그 연관성을 찾아내서 수사에 참고할 겁니다."

"코포넨의 작품에 쿨로사리 살인 사건과 유사한 사건이 있습니까?"

"그 질문에 대한 대답은 조금 전에 제가 말씀드린 것으로 대신하겠습니다."

"연쇄살인범이 등장한 건가요?"

"현재로서는 연쇄살인범의 기준에 부합하지 않는다고 판단하고 있습니다."

"범인이 다시 범행을 저지를 거라고 믿을 만한 이유가 있습니까?"

"아뇨."

루스카넨과 오라넨이 다시 작은 목소리로 무슨 말을 주고받는다. 기자들에게 질문을 부추기는 사람이 없는데도, 기자들이 계속 손을 든다. 에르네를 위해서 쉽게 끝내줄 것 같지는 않다.

"경찰은 왜……."

턱수염이 난 기자가 질문하다가 말을 멈춘다. 기자회견이 시작되고 처음으로 강당 안이 조용해졌다. 그 기자가 자신의 노트북 화면을 뚫어지게 바라보고 있고, 다른 기자들도 마찬가지이다. 곧이어 기자들이 도저히 믿지 못하겠다는 표정으로 수군거리기 시작하더니, 그 소리가 점점 더 퍼지고 커져서 강당 안이 아수라장이 된다. 기자들이 휴대전화를 집어들고 키패드를 두드리기 시작한다. 무슨 일인지 아직 파악하지 못한 사람들은 좌석 등받이 너머로 근처에 있는 노트북 화면을 훔쳐본다. 충격에 빠지고, 믿지 못하겠다는 얼굴들을 하고 있다. 심지어 흥분하기도 했다. 초반의 지치고 나른한 기색은 온데간데없다.

루스카넨은 아랫입술을 깨물며 갑자기 분위기가 바뀐 것에 대한 설명을 요구하는 표정으로 주위를 두리번거린다. 에르네가 휴대전화를 꺼내서 확인한다. 팀원에게서 들어온 메시지가 하나도 없다.

"거기 무슨 일입니까?" 루스카넨이 으르렁거리듯 말한다. 목소리를 들으니 무슨 일인지 자신만 모르고 있는 것에 화가 단단히 난 것 같다.

"조금 전에 로저 코포넨의 유튜브 계정에 동영상 하나가 업로드됐어요." 아까 질문한 공영 라디오 방송의 기자가 큰 소리로 말한다. "그의 아내를 찍은 동영상이요."

에르네가 두꺼운 마이크를 두 손으로 감싸쥔다. 그가 눈을 감자 얼굴을 일그러뜨리며 부자연스럽게 웃고 있는 여자의 모습이 눈앞에 나타난다.

29

말레우스 말레피카룸. 말레우스 말레피카룸. 말레우스 말레피카룸.

제시카는 자신의 책상 앞에 앉아 있다. 유수프는 옆에 앉아서 몸을 기울이고 그녀의 컴퓨터 화면을 보고 있다. 화면에는 로저 코포넨의 유튜브 채널이 열려 있다. 조금 전 그 계정에 충격적인 동영상이 올라왔다. 약간 흔들리는 화면 속의 동영상은 휴대전화로 촬영된 것이 분명했다. 동영상은 기괴한 미소를 지으면서 긴 테이블의 상석에 앉아 있는 마리아 코포넨의 모습을 보여준다. 배경음악으로 "이매진"이 흐르고, 굵고 낮은 남자 목소리로 단조롭게 읊조리는 소리가 약간의 잡음과 함께 계속 들린다. 말레우스 말레피카룸. 그 목소리는 단조로운 어조로 그 말을 반복한다. 영상은 60초짜리인데, 보이는 것이라고는 죽은 여자의 얼굴뿐이다. 범인이 경찰에 신고하기 몇 분 전에 찍었거나 아니면 신고하고 나서 찍은 것으로 추정된다.

"와, 진짜. 목소리 으스스하네. 녹음된 거예요?" 유수프가 묻는다.

"그런 것 같아."

"유튜브 본사에서 이 영상을 내리기까지 시간이 얼마나 걸릴까요?"

"그건 중요하지 않아. 이미 영상을 보고 사방에 퍼다 나른 사람들이 많은데, 뭘." 제시카는 입을 굳게 다물고 화면을 아래로 내린다. 코포넨은 세계적으로 성공을 거둔 작가이지만, 그의 유튜브 채널은 팔로워가 수천 명밖에 되지 않는다. 그러나 동영상은 들불처럼 번졌고, 그 밑에 수백 개의 댓글이 달렸다.

휘파람 비슷한 소리가 유수프의 입에서 나온다. "빌어먹을. 경감님은 폭풍우 속으로 걸어 들어갈 각오를 하라고 말씀하시더니, 이건 예상 못하셨나 보네요."

"이런 걸 어떻게 예상할 수 있겠어?"

제시카는 침을 꼴깍 삼킨다. 섬뜩한 장면이다. 댓글을 단 사람들은 대개가 그 동영상을 장난으로 보고 있다. 늦었지만 핼러윈을 축하하는 영상이나, 작가의 책 홍보 영상이라고 생각한다. 그러나 1분이나 되는 동영상은 뭔가가 엄청나게 잘못되었다는 것을 느끼게 하기에 충분하다. 마리아 코포넨이 숨을 쉬지 않고 있다. 게다가 그녀는 형언할 수 없는 죽음의 분위기를 풍긴다. 그런 분위기는 조작할 수 있는 것이 아니다. 그런데도 댓글에서 동정과 공감은 찾아볼 수 없다. 사람이 이렇게 잔인할 수 있다니. 그리고 어리석다. 민주주의에 반대하는 가장 강력한 논거는 일반 유권자와의 짧은 대화라고 한 윈스턴 처칠의 말이 생각난다. 요즘에는 유권자와의 짧은 대화를 소셜미디어의 댓글 창 확인으로 바꿀 수 있겠다.

"어떡하죠?" 유수프가 묻는다.

"전산팀에 전화해. 범인이 코포넨의 유튜브 계정에 로그인하려고 사용한 IP 주소를 알아내야 해."

"그럴게요." 유수프가 한숨을 쉬고 방을 나가는데 제시카가 그를 돌아본다.

"유수프……, 뉴로팜에 가는 게 왠지 시간 낭비일 것 같아. 국립 수사국이 돕겠다고 했다니까, 우리 대신 국립 수사국 대원 한 명을 보내라고 경감님한테 말해줄래?"

유수프는 고개를 끄덕이고는 사무실을 나간다.

제시카는 화면을 스크롤해서 맨 위로 올라가서 동영상의 다시 보기 버튼을 누른다. 이미 세 번이나 보았고, 다시 본다고 새로운 장면이 보일 것 같지도 않다. 화면은 비교적 안정된 상태이지만 살짝 흔들리는 것으로 보아 카메라가 테이블에 놓여 있지 않고, 찍는 사람 손에 들려 있었음이 분명하다. 말레우스 말레피카룸. 말레우스 말레피카룸. 그 말을 반복하는 목소리가 소름 끼치게 무섭지만, 제시카는 소리를 줄이지 않는다. 그 말을 반복해서 들어야 한다. 그 집에 침입한 남자가 자신의 행동과 동영상을 통해서 무슨 이야기를 하려고 했는지를 알아내야 한다. 제시카는 활짝 웃는 상태로 얼어붙은 여자의 얼굴을 바라본다. 여자의 눈은 도움을 간청하면서도 동시에 악의에 가득 차서 제시카를 비웃고 있는 것처럼 보인다.

30

관객들이 모두 연주회장을 나간 후에도 제시카는 그대로 앉아 있다. 세월이 흘러도 변함없이 아름다운 비발디의 선율이 아직도 그녀의 귓가에 흐르고 있다. 열성적인 클래식 애호가는 아니지만, 오늘 연주된 베네치아 출신 작곡가의 바이올린 협주곡은 그의 가장 유명한 곡으로, 제시카에게 쉽게 잊히지 않을 깊은 감명을 주었다. 물론 이 연주회가 잊지 못할 경험이 된 데에는 독주자의 존재도 한몫했다. 콜롬바노는 매혹적이고 신비롭고 아름다웠을 뿐만 아니라, 명바이올리니스트이기도 했다.

콜롬바노는 제시카에게 기다리라고 하지 않았다. 무대에서 내려와 공연장 뒤쪽에 있는 문을 향해 걸어가면서 흘끗 쳐다보았을 뿐이다. 그럼에도 불구하고 제시카의 마음속 목소리가 그냥 앉아 있으라고 충고했다. 공연이 끝난 뒤에 따로 인사할 생각이 전혀 없었다면 연주회에 초대했을까? 그러나 공연장에 있는 조명이 하나둘씩 꺼지자, 콜롬바노가 데이트에는 전혀 관심이 없었다는 생각이 들기 시작한다. 단지 자신의 연주회에 더 많은 관객이 와주기를 바랐던 모양이다.

"문 닫을 건데요." 여자의 목소리가 이탈리아어로 말한다.

제시카는 깜짝 놀라서 얼굴을 붉힌다. "네, 알겠습니다." 그녀가 핸드백의 가죽끈을 두 손으로 잡는다. 그러고는 고개를 돌려 광대뼈가 톡 튀어나온 여자를 바라본다. 얼굴이 꼭 독수리처럼 생겼다. 그러나 공연이 시작되기 전에 보여주었던 냉담한 표정은 공감과 연민의 표정으로 바뀌어 있다. 그 표정이 말하는 것 같다. 사적인 감정이 있다고 착각하지 말아요. 당신이 처음이 아니야. 당신이 유일한 여자도 아니고.

"이제 나가줘야 해요." 여자가 어깨를 으쓱거리며 말한다.

제시카는 실망감에 가슴이 내려앉는다. 일어서서 여자에게 고개를 끄덕여 인사를 대신한다. 여자는 객석의 열 사이를 걸어 다니면서 관객이 놓고 간 프로그램이 소개된 종이를 모으고 있다. 제시카의 걸음 소리가 공연장 안에 울린다. 다리가 무겁게 느껴진다. 스파클링 와인이 준 진정 효과는 공연 중에 모두 사라졌고, 공허감이 그 자리를 채운다. 허기 때문인지 실망감 때문인지 아니면 둘 다가 원인인지도 모르겠다.

육중한 문을 밀고 나가보니 비가 다시 내리기 시작했다. 보슬비가 조용히 내리고 있다. 습기를 가득 머금은 산들바람에서는 바다 냄새가 나고 쇳내와 소변 냄새도 희미하게 느껴진다. 익숙한 멜로디를 노래하는 테너의 목소리가 산 마르코 광장 쪽에서 들려온다.

제시카는 젖은 자갈길로 내려서다가 미끄러지면서 균형을 잃을 뻔한다. 발목이 삐끗하고, 신경종말을 괴롭히는 통증이 갑자기 다시 나타난다. 통증이 발목 위에서 시작되어 무릎까지 올라오면서 다리를 콕콕 찌른다. 뼈에다 얇은 못을 대고 망치로 쾅쾅 박는 것 같다.

제시카는 돌아서서 육중한 문의 손잡이를 잡고 문에 기댄 후 미끄러지듯 조심스레 앉아서 통증이 사라지기를 기다려야 한다는 것을 알고 있다. 그러나 자존심 때문에 그렇게 할 수가 없다. 오늘 밤 그녀에게 치욕과 실망감을 안겨준 이 화려한 연주회장을 빨리 벗어나고 싶다.

걸을 때마다 통증이 더 심해진다. 제시카는 길 건너편에 분수가 있는 것을 보고, 다리가 긴 사슴이 살얼음판을 걸어가듯이 뒤뚱거리면서 그곳을 향해 걷기 시작한다. 못이 늘어난다. 종아리에 한 개, 넓적다리에 또 한 개. 결국 통증은 참을 수 없을 지경에 이른다. 그 다리로는 돌 조각상으로 장식된 분수까지 갈 수 없겠다는 생각이 든다. 그녀는 쭈 그리고 앉아서 젖은 자갈길을 한 손으로 짚는다.

바로 그때 누군가가 그녀를 붙잡는다. 힘센 한 팔이 그녀의 허리를 받치고 다른 팔이 어깨를 감싸 일으켜 세운다. 바위처럼 단단한 두 팔의 감촉이 느껴진다. 포옹이 부드럽지는 않다. 주저함이 없고 단호하다. 그녀는 아무런 사과도 하지 않는 강력한 품 안에 안겨 있다.

"제시카." 그녀를 부축해서 분수까지 마지막 몇 미터를 걸어가면서 콜롬바노가 부드럽게 말한다.

콜롬바노가 분수 가장자리에 제시카를 앉힌다. 그녀는 허리를 굽히고 신발을 벗은 후 길바닥의 움푹 파인 곳에 생긴 물웅덩이에 맨발을 담근다. 그러고 나서야 고개를 들고 구세주를 바라본다. 그가 여기 있다. 그녀만을 위해서.

눈물이 뺨을 타고 흘러내린다. 고통과 안도의 눈물이다. 기쁨과 수치심의 눈물이기도 하다.

"왜 그래요?" 콜롬바노가 묻는다. 그는 제시카의 뒤쪽 어딘가를 주의 깊게 쳐다본다. 길 가던 다른 사람들도 그녀가 휘청거리며 주저앉은 모습을 보고 걱정했는지 모른다. 하지만 그녀를 도우려고 달려온 사람은 없었다. 오직 콜롬바노만이 와주었다.

"바이올린은 어디에다 버리고요?" 제시카가 묻는다. 농담으로 한 말이 아닌데, 농담처럼 들린다. 콜롬바노는 안심된다는 듯이 미소를 짓는다. 그러고는 다시 심각한 표정으로 입술을 적시더니 고개를 들어 하늘을 올려다본다. 마치 하늘에서 내리는 보슬비를 더 잘 느끼고 싶은 것처럼. 제시카는 눈을 감는다. 그녀가 눈을 떴을 때는, 콜롬바노가 다시 그녀를 보고 있다. 그녀에게 조금 더 다가와 있다.

"왜 먼저 나갔어요?" 콜롬바노가 묻는다.

한동안 두 사람은 서로를 바라보기만 한다.

"어땠어요? 공연?"

"왜 나를 초대했어요?" 제시카는 다리의 통증이 처음 느껴졌을 때와 마찬가지로 사라질 때도 빠르게 사라졌다는 사실을 깨닫는다. 남은 것은 짜릿한 긴장감과 당혹감뿐이다.

콜롬바노가 온화하게 웃는다. 웃으니 눈썹이 활처럼 구부러지고 입이 벌어지면서 안쪽에 있는 흰 이까지 모두 보인다.

"탄테 도만데, 제시카, 마 네수나 리스포스타(질문은 너무 많은데 대답은 하나도 없네요, 제시카)."

31

유수프는 제시카가 중얼거리는 소리를 듣고 스위트롤 빵에서 그녀에게로 관심을 돌린다. "뭐라고요?"

제시카는 휴대전화에서 고개를 들고 무슨 소리냐는 표정으로 유수프를 쳐다본다. 그녀는 손에 들고 있는 볼펜으로 테이블을 톡톡 치고 있다. 깊은 생각에 빠질 때마다 습관적으로 하는 행동이다.

"이젠 라틴어도 해요? 도만데……, 리스포스타……."

"아니……." 제시카가 중얼거린다. 그녀는 목을 가다듬는다. 정말 그 말을 소리 내어 한 건가? "라틴어가 아니라 이탈리아어야. 질문은 너무 많은데 대답은 하나도 없다는 뜻이고."

"와, 멋지다. 훌륭한 금언이네요." 유수프가 고개를 끄덕이며 말한다. 그러고는 앞에 놓인 간식으로 다시 관심을 돌린다.

오전 시간이 정신없이 흘러갔는데도 니나는 잠시 짬을 내어 동네 슈퍼에 가서 스위트롤을 사왔다. 티타임이 유익한 대화 시간이 된다는 점을 깨달은 후부터, 이는 강력계 살인 사건 전담팀 형사들의 정기적인 의식이 되었다. 이 팀이 수사하는 범죄의 성격을 고려할 때, 이런 티타임 전통이 외부에서는 마냥 한가하고 느긋한 짓거리로 보일 수도 있다. 사실 그렇게 보이려고 티타임을 가지는 것이다.

제시카는 손바닥에서 설탕을 털어서 종이 접시에 조심스럽게 모은다. 테이블에 둘러앉은 형사들은 아무 말 없이 스위트롤을 먹고 있다. 미카엘이 화이트보드에 사진 네 장을 붙여놓았다. 전날 밤 시신으로 발견된 사람들의 사진이다. 로저와 마리아 코포넨 부부, 산나 포르카 경감, 그리고 얼음에서 건져낸 아름다운 흑발의 백인 여자. 이 여자의 신원은 아직 밝혀지지 않았다.

문이 열리고 에르네가 태블릿 PC를 겨드랑이에 끼고 들어온다. 조금 전에 환기를 한 방에 독한 담배 냄새가 확 풍긴다. 라스무스가 스위트 롤 빵 남은 것을 한입에 털어넣는다. 먹다가 걸리면 혼날까봐 겁이 나는 아이 같다.

"앉지, 모두." 에르네가 말하면서 테이블을 돌아 상석으로 간다. 허리를 굽히고 두 손으로 테이블을 짚고 서서 갈라진 손톱으로 목재 테이블의 표면을 톡톡 두드린다. 제시카가 그를 바라본다. 두 사람은 알고 지낸 지 오래되었고, 어려운 일도 많이 함께 겪었지만, 에르네가 이렇게 스트레스를 받은 모습은 처음 본다. 이 사건에 쏟아지는 언론과 대중의 관심과 윗선의 압력이 이렇게나 심하게 그를 괴롭히고 있는 것일까? 아니면 지나치게 센 남자의 독감(man flu : 감기나 사소한 질환에 걸린 남성이 자신의 병을 과장되게 판단하는 것을 일컫는 말/옮긴이)에 걸린 것일까?

"이 회의는 제시카가 주재하지." 에르네가 말한다. 다들 고개를 끄덕인다. 당직이었던 제시카가 사건 현장에 가장 먼저 출동했고, 따라서 그녀가 회의를 주재하는 것에 대해서 이견이 없었다. 에르네가 다른 결정을 내렸다면 제시카를 신임하지 못한다는 명백한 증거가 되었을 것이다.

에르네의 청바지 주머니에서 휴대전화의 진동이 느껴지지만, 그는 신경 쓰지 않는다.

"벌써 타블로이드 매체들이 낚시성 기사를 써대기 시작했어. 이 살인 사건들이 종교의식 차원에서 행해진 거라고 규정했고, 앞으로 나올 피해자들에 대해서도 추측을 하고 있는 것 같아." 에르네가 주머니에 두 손을 찔러넣고 테이블 중앙으로 걸어가더니, 팔을 뻗어 마지막 스위트 롤을 집어든다. "다들 언론에 대해서는 잊어버려. 그쪽은 내가 맡을 테니까. 빠른 돌파구를 마련할 기회가 우리에게 많이 있어. 동부 지역 경찰청이 도와주겠다고 나섰고, 피해자 한 명이 경찰관이기 때문에 국립수사국도 뛰어들 수밖에 없고."

"하지만 수사 책임은 우리가 맡는 거죠?" 제시카가 묻는다.

"물론이지. 사건들이 서로 관련이 있는 것으로 추정되고 있어. 국립수사국과 동부 지역 경찰청이 유바 사건을 맡을 건데, 우리가 뭔가를 물어보면 다 대답할 거고 수사 진행 상황에 대해서 계속 우리에게 알려줄 거야."

"알겠습니다." 제시카가 말한다. 손끝이 찌릿찌릿하다. 이런 초대형 사건을 책임 수사관으로서 그녀가 해결해야 하는 것이다.

"뭐 새로운 소식 없어, 제시?" 에르네가 스위트롤 빵을 우적우적 씹어 먹으며 입가에 묻은 설탕을 닦아내면서 묻는다.

제시카는 허리를 곧추세우고 똑바로 앉아서 최대한 단호한 태도를 보여주려고 노력한다. "우선 오늘 아침, 로저 코포넨의 유튜브 계정에 로그인할 때 사용된 기기가 뭔지 알아내야 해요. 불에 탄 남자의 시신 근처에서 휴대전화가 발견되지 않았기 때문에, 그 동영상이 코포넨 본인의 휴대전화로 업로드되었을 가능성이 있고, 심지어 개연성도 높은 것 같아요."

"통화 기록은?"

"휴대전화 신호가 마지막으로 잡힌 곳이 유바의 사건 현장 근처에 있는 기지국인 것으로 밝혀졌어요. 오늘 아침에 휴대전화의 전원이 다시 켜졌는지 여부는 앞으로 30분 안에 알게 될 거고요."

"동영상이 코포넨의 휴대전화에서 업로드된 걸로 밝혀지면, 쿨로사리와 유바의 살인범들이 공범이라고 추정할 근거들이 더 많아지는 셈이군." 에르네가 말한다.

모두가 고개를 끄덕인다. 에르네는 의자 등받이에 걸린 모직 재킷으로 손을 뻗는다. 움직임이 왠지 뻣뻣하고 느린데, 꽤 오래 전부터 저랬던 것 같다.

"좋은 소식은, 우리가 범인들과의 소통 전략을 마련할 필요는 없다는 거야. 범인들이 먼저 나서서 소통을 해주고 있으니까." 에르네가 문을 향해 걸어가면서 말한다. "언론과 시민들은 이 사건에 대해서 나름의 결론을 내리겠지. 우린 더 놀랄 일이 있을 것 같으니까 마음 단단히 먹자고."

제시카도 일어선다. "용의자를 특정해야 해요. 그것도 빨리."

"출판사부터 조사해봐."

"왜요?"

아주 오랜만에 에르네의 얼굴에 조심스러운 미소가 번진다. "내가 알기로는, 이 난리통에 이득을 본 유일한 사람들이니까. 기자 브리핑을 할 때 얼핏 들었는데, 코포넨의 『마녀 사냥』 시리즈가 한두 시간 만에 모든 북유럽 국가의 인터넷 서점에서 전부 매진됐대."

32

제시카는 통화를 끝내고 전화기를 가슴에 댄다. 뉴로팜에 갔던 국립수사국 요원들이 마리아 코포넨의 상관과 동료 몇 명을 만나봤는데, 특이한 점은 없었다고 한다.

제시카는 다시 컴퓨터 앞에 앉아서 어두운 화면을 바라본다. 마우스를 클릭해서 화면을 전환하려고 하는데, 손이 움직임을 멈춘다. 그녀는 컴퓨터 화면에 비친 자신의 희미한 모습을 바라본다. 머리 윤곽은 보이지만, 이목구비는 잘 보이지 않는다. 창문에 비친 자신의 모습을 바라보았던 어젯밤 일이 반복되는 것 같다. 유리창 반대편에서 누군가가 그녀를 바라보고 있는 것 같다. 춥고 어두운 우주에서 온 낯선 사람이 그녀에게 넌 아직 세상에서 제자리를 찾지 못하고 있다고 말하는 것 같다. 경찰공무원으로 일하고, 경찰청이 매달 꼬박꼬박 통장에 넣어주는 월급으로 사는 척하지만, 넌 절대로 평범한 삶을 살 수 없을 거라고 말하는 듯하다. 가짜. 거짓말쟁이. 위선자. 사기꾼 본 헬렌스.

"경사님!" 유수프가 개를 부르듯이 날카롭게 외친다. 그러나 칸막이 위로 나타난 얼굴은 동정 어린 표정이다. 그는 부드럽게 말하지만 흥분한 기색이 역력하다. "휴대전화 접속 기록 나왔어요."

제시카는 마우스를 클릭해서 컴퓨터 화면을 활성화한 후, 칸막이를 돌아 유수프의 자리로 간다. 유수프의 책상은 늘 그렇듯이 난장판이다. 커피 얼룩이 묻은 더러운 머그컵이 적어도 예닐곱 개는 되어 보인다. 단언컨대 그의 집 부엌에는 깨끗한 접시가 한 개도 없을 것이다. 두꺼운 서류 뭉치 뒤에 트로피가 두 개 놓여 있다. 경찰청이 주최하는 고 카트 경주대회의 우승 트로피인데, 그 자리에 두고 지나가는 사람들에 게 자랑하는 것이 그의 낙이다.

"오늘 아침 8시 2분에서 8시 9분 사이에 로저 코포넨의 휴대전화가 켜져 있었어요." 유수프가 가슴에 팔짱을 낀 채로 말한다.

"어디서?"

"헬싱키 중앙역이요. 기차역 말고 아마 지하철역인 것 같아요."

제시카가 손톱으로 유수프의 의자 덮개를 꾹 누른다. "사람이 바글 바글할 텐데, 거기……."

"CCTV 돌려봐야죠." 유수프가 말하더니 자신의 휴대전화로 번호를 누른다. 제시카는 똑바로 서서, 쉬지 않고 일하는 에어컨이 뿜어내는 퀴퀴한 공기를 들이마신다. 진공청소기 먼지 봉투의 냄새와 쇳내가 섞 인 것 같은 냄새가 난다. 제시카는 두 손목을 문지르고, 맥을 짚는다. 어젯밤 살인 사건 이후로 맥이 계속 빠르게 뛰는 것 같다. 살인범과 마 주친 일을 머릿속에서 지울 수가 없다. 방호복에 달린 모자를 뒤집어 쓴 얼굴과, 색은 기억나지 않지만 그의 눈이 머릿속에 깊이 각인되어 있다. 그리고 아직도 이해가 되지 않는 말도. 첫 번째 거는 여기까지 하 고. 제시카는 첫 번째 것이 경찰이 생각도 하지 못한 뭔가를 의미한다 는 생각이 자꾸만 든다 경찰이 알아내주기를, 아니 더 정확히 말하자 면, 경찰이 추측해주기를 범인이 바라고 있는 그 무엇.

"경사님?" 헬싱키 중앙역의 CCTV 카메라가 컴퓨터와 원격으로 연결 되어 CCTV 화면이 모니터에 나타났다. "시간이 꽤 걸리겠는데요." 유 수프가 말한다. "테이프를 다 돌려보려면."

"다른 사람한테 맡길까?"

"잉꼬 커플한테요?" 제시카가 놀라는 표정을 짓자 유수프가 씩 웃더니 고개를 가로젓는다. "왜요? 니나와 미케 형사님이 그렇고 그런 사이라는 거 내가 모를 줄 알았어요? 경감님이 모르실 거라고 생각해요?"

"무슨 사이든 관심 없어. 그 둘한테 보라고 해." 제시카가 유수프의 책상에 놓인 파카를 집더니 유수프의 무릎으로 던진다. "우린 나가보자."

"어디로요?"

"쿨로사리. 낮에는 어떤 모습인지 보고 싶어."

33

수정같이 빛나던 하얀 눈이 녹아서 길이 질퍽한 진창으로 변해 있다. 마치 어젯밤에 있었던 끔찍한 사건들로 엉망이 된 제시카의 마음 같다.

유수프는 동부 고속도로의 진입로로 올라간다. 제시카는 차창 밖으로 건설 공사장에서 쑥쑥 올라가는 고층 빌딩을 바라본다. 완공되면 핀란드에서 가장 높은 주거용 건물이 될 것이라고 한다. 제시카는 이 마천루의 설계도를 본 적이 있는데, 도면에서는 반짝이는 흰색의 첨탑 같은 건물이 하늘을 뚫을 듯이 높이 솟아 있었다. 그러나 현실 속 건물은 칙칙한 회색이다. 날씨 때문일 수도 있겠고, 건축자재가 설계자의 컴퓨터 화면에서 더 멋있게 보이는 것일 수도 있겠다.

"경감님은 괜찮으신 거죠?" 유수프가 묻더니 라디오 볼륨을 낮춘다.

"왜?"

"요즘 경감님이 왠지⋯⋯."

"스트레스를 많이 받으시는 것 같다고?"

"꼭 그것만은 아니고요. 몸이 많이 안 좋으신 것 같던데."

"신체적으로?"

"네." 유수프가 곧바로 대답한다.

제시카는 유수프가 운전하는 것을 잠깐 지켜보다가 고개를 돌려 창밖을 본다. 물론 그녀는 유수프가 무슨 이야기를 하는지 알고 있다. 에르네에 대해서는 이 수사팀의 누구보다도 그녀가 더 잘 알고 있다. 그녀가 에르네의 행동과 태도에서 이상을 느낀 적은 꽤 오래되었다. 말하는 데에 힘이 하나도 없고 얼굴에도 병색이 완연하다. 그러나 에르네에게 건강에 대해서 묻는 것은, 그냥 추측만 하고 있는 것보다 훨씬 더 쓸데없는 일이다. 거의 죽어가는 상태라고 해도, 그 완고한 에스토니아 남자는 자신은 지금 젊은이처럼 팔팔하다고 주장하면서, 쓸데없는 걱정을 한다고 상대방을 비난할 것이다. "경감님이 어디가 안 좋으면, 부고를 통해서 알게 될 거야." 제시카가 말한다. 자신도 에르네를 걱정하고 있으면서 그 사실을 왜 숨겨야 한다고 생각하는지 이유를 모르겠다.

"경감님 진짜 대단하세요. 어떤 것에 대해서도 불평을 안 하시잖아요. 마치……."

"어쩌면 불평할 거리가 없는 것일 수도 있지. 모르는 일이야." 제시카는 라디오 볼륨을 한 단계 높이고 창밖을 내다본다. 기온이 올라서 무스티카마 섬을 담요처럼 덮고 있던 흰 눈이 녹아 곳곳에 초록색의 얼룩이 보인다. 제시카는 얼굴을 찌푸린다.

"유수프?"

"네?"

"바다가 얼지 않았다면 범인은 어떻게 했을까?"

"꽁꽁 얼 때까지 기다렸겠죠."

"하지만 로저 코포넨이 멀리 지방에 가 있고 마리아 코포넨이 집에 혼자 있는 때로 범행 시각을 맞추고 싶었다면? 로저 코포넨은 1월과 2월을 통틀어서 이날 하루만 집을 비웠다고 했거든."

"2월 중순까지는 바다가 얼어 있을 것 같은데요." 유수프가 쿨로사리 출구로 나가면서 말한다. "게다가 로저 코포넨도 살해됐잖아요. 집에 있었다면, 집에서 살해됐겠죠. 아내와 함께. 근데 우연히 책 홍보차

출장을 가게 된 거고.”

"우연히 출장을 가게 됐다? 책 홍보차?" 제시카는 아랫입술을 깨문다. 코포넨의 책이 모든 것의 열쇠이다. 책과 관계된 어떤 것도 우연이 아니다.

우연일 수가 없다.

34

니나 루스카는 빈 목캔디 상자를 구겨서 쓰레기통으로 던진다. 조금 전, 그녀는 노트북과 모니터 두 대가 놓인 자신의 책상 앞에 앉았다. 중앙의 모니터에는 동영상 파일 목록이 나와 있다. CCTV 한 대당 1개씩 총 45개의 파일이 있다. 누구를 찾아야 할지도 모르는 상황이라 처음에는 거의 불가능한 임무로 느껴졌다. 그러나 제시카가 7분간이라고 시간대를 좁혀준 덕분에 작업이 훨씬 더 쉬워졌다. 게다가 로저 코포넨 휴대전화의 블루투스가 전송한 위치 정보가 그 기기의 정확한 좌표를 제공한다.

"7분이라." 미카엘이 의자를 끌어와서 앉으면서 말한다.

"그 시간 안에 그가 동영상을 받아서 유튜브에 업로드했어."

"카메라 몇 대가 남았지?"

"범위를 좁힌 후에 남은 건 아홉 대. 귀찮네, 정말. 그자가 지하철역 플랫폼에 서 있었을 것 같은 느낌이 강하게 들어. 그럼 정말 찾아낼 희망이 없는 거지."

"왜?" 미카엘이 차가 든 머그컵에 티스푼으로 휘휘 저으면서 묻는다.

"그자는 우리가 CCTV로 휴대전화를 들고 있는 사람을 찾을 거라는 사실을 알잖아. 그러니까 수많은 사람들이 다닥다닥 모여 있는 곳을 찾아가겠지."

"거의 모두가 휴대전화를 쳐다보고 있는 곳으로."

"거의 모두가 아니라 모두가." 니나가 마우스를 클릭해서 파일 하나를 연다. "이것 좀 봐. 정말 우울하지 않아, 이 장면? 다른 사람과 함께 플랫폼을 걷는 사람들조차도 모두 자기 손을 내려다보고 있어."

"진짜 암울한 모습이기는 하다."

"우리가 찾는 사람이 분명히 저기 어딘가에 있을 거야. 문제는 누군지 알 수가 없다는 거지. 저 플랫폼에 있는 사람이 적어도 100명은 되는 것 같은데."

"언제부터 그렇게 회의적인 사람이 됐어?" 미카엘이 니나의 손에서 마우스를 뺏으며 말한다. "게다가 이치에도 맞지 않고."

"뭐가 이치에 안 맞는다는 거야?"

"휴대전화 위치 추적을 당할 수 있다는 걸 그자가 알고 있었다고 했잖아. 그런데도 그자는 이 나라에서 CCTV가 가장 집중적으로 설치된 곳에서 휴대전화를 켰어. 그 말이 무슨 뜻일 것 같아?"

"그 말은⋯⋯." 니나가 깊이 한숨을 쉬더니 미소를 짓는다. "자기를 봐주기를 바란다는 거네."

"봐주기를 바라지만 반드시 알아봐주기를 바라는 건 아니고." 미카엘이 윙크를 하며 덧붙인다.

니나는 의자에 등을 기대고 앉아 미카엘을 바라본다. 여러 해 전에 그녀는 그가 뿜어내는 흔들림 없는 자신감에 매력을 느꼈다. 심지어 자신만만할 이유가 없을 때도 그는 언제나 자신감이 넘쳤다. 어쩌면 그래서 처음에 그녀가 먼저 다가갈 수 없었던 것인지도 모른다. 그녀는 그의 시원시원하고 냉담한 태도가, 독신 생활에 만족하고 누군가가 옆에 있는 것을 좋아하지 않는다는 뜻이리라고 생각했다. 연애를 원한다고 해도, 일주일에 다섯 번씩 유도로 땀을 쫙 빼는 친한 직장 동료하고 할 생각은 없으리라고 단정했다. 그런데 다섯 달 전 직장에서 아주 힘들게 하루를 보낸 날, 미카엘이 먼저 그녀에게 다가왔다. 둘은 바에 앉아서 영업이 끝났다고 할 때까지 술을 마시며, 직장에서는 한 번도 해보지 않았던 많은 분야들에 관한 이야기를 나누었다. 그러면서 서로가 잘 어울린다는 것을 깨닫게 되었고, 오래 전부터 끌리고 있었다는 사실을 확인하게 되었다.

"그러니까 일종의 심리전이네?" 니나가 말한다.

"맞아. 처음부터 그랬어. 범인은 우리를 비웃고 있어. 시신을 일정한 방식으로 배열해서, 별로 훌륭할 것도 없는 소설을 수사팀 전체가 달려들어 읽게 만들고 말이야. 범죄 현장에서 형사와 직접 대면하고 이야기까지 나누고. 경찰이 추적할 것을 알면서도 피해자의 휴대전화로 동영상을 인터넷에 업로드하기도 하고." 미카엘이 머그컵을 들어 입으로 가져간다.

니나가 다음 파일을 클릭해서 연다. "생각만 해도 섬뜩하네."

"뭐가?"

"범인이 의도적으로 남긴 흔적을 우리가 따라가고 있다는 사실이. 마치 쥐덫 안으로 머리를 들이미는 것 같잖아. 아니면 피라냐가 가득한 어항에 성기를 담그는 것 같기도 하고……."

"하지만 지금으로선 그게 우리가 알고 있는 전부야. 그리고 보물 지도가 아무리 잘 그려졌다고 해도, 그린 사람이 실수를 했을 수도 있어. 세상에 완벽한 사람은 없으니까. 그리고 현대의 발전된 과학수사 기법을 범인이 다 알고 있지도 못할 테고."

니나가 미소를 짓는다. "정말 그렇게 생각해?"

"아니." 미카엘이 한참 침묵하다가 대답한다. "어쩌면 범인이 국립 경찰위원회 소속인지도 모르지."

"룀크비스트? 그 사람이 사악한 백인 마법사라고?"

"아니면 경찰위원회 위원들 전부?"

"빙고!"

"세상에는 마녀들이 진짜 많아." 미카엘이 말하더니, 머뭇거리며 손을 내려 니나의 허벅지를 만진다.

니나가 그 손을 찰싹 때린다. "동영상에나 집중하세요."

35

제시카와 유수프는 코포넨의 집 앞에 차를 세우고 내린다. 통제구역은 축소되었고, 순찰대 한 조만 남아서 주민들의 진입을 막고 있다. 세상의 종말이 온 듯했던 어젯밤의 혼돈은 이제는 희미한 기억으로 남아 있다.

제시카는 차가운 공기와 그 속에 스며 있는 미세한 습기를 들이마시며 주위를 둘러본다. 눈을 치우지 않은 도로에는 진창이 된 눈 속에 타이어 자국이 나 있고, 키 큰 소나무들은 점점 더 무거워지는 젖은 눈을 힘겹게 머리에 이고 서 있다. 제시카는 고개를 들어 언덕에 있는 목조 주택과 그곳의 2층 창문을 올려다본다. 코포넨의 집 지붕에 적힌 문구를 내려다보았던 곳이 그곳이었다. **말레우스 말레피카룸.**

지난밤 과학수사대원들이 집 안을 바닥에서부터 천장까지 샅샅이 살펴보고 갔지만, 제시카와 유수프는 덧신을 신는다. 유수프와 집 안으로 들어가던 제시카는 어젯밤 순찰대가 출동했을 때 흐르고 있었던 음악이 갑자기 기억난다. 존 레논의 "이매진". 그 노래가 꿈에까지 나왔다. 제시카는 현관 입구에 대형 거울이 걸려 있는 것을 보고, 거울을 들여다보지 않고 지나가고 싶다는 강한 충동을 느낀다. 그렇게 하면 보고 싶지 않은 모습을 보지 않을 수 있을 것 같다. 그런데도 그녀는 곁눈질로 거울에 비친 자신의 모습을 흘끗 본다. 거울 속 모습은 그녀 같은데 모든 것이 거꾸로이다. 감정과 동기와 의도까지 모두. 거울 속에서 휙 지나가는 것은 껍데기이다. 형사처럼 옷을 입은 밀랍 인형. 너야. 제시카는 칼로 찌르는 듯한 목의 통증을 느낀다. 손끝으로 목을 꾹 누르며 집중하려고 애를 쓴다.

집 안이 춥다. 어젯밤부터 오늘 꼭두새벽까지 현관문이 계속 열려 있었으니까 그럴 만도 하다. 이렇게 추운 공기가 이 집의 분위기와 잘 어울린다. 집 안 전체의 색상과 차가운 분위기의 인테리어 때문에 집이 커다란 아이스박스 같다는 느낌이 든다.

제시카는 두 손을 주머니에 찔러넣고 복도를 가로질러서 거실로 간다. 이제 테이블에는 아무도 앉아 있지 않다. 그러나 우아하게 옷을 입고 신경질적으로 웃고 있던 여인의 모습이 그녀의 의식 속에 너무 깊이 새겨져 있어서, 아직도 그곳에 그 여인이 앉아 있는 것만 같다.

"제 말 못 들었어요?" 유수프가 말한다. 제시카는 입을 다물고 침을 꿀꺽 삼킨다. 제시카가 오랫동안 테이블을 물끄러미 쳐다보고 있으니까, 유수프는 주의를 환기할 필요를 느꼈나 보다. "범인이 지붕에는 어떻게 올라갔을까요?"

"사다리. 집 옆면으로 올라갔겠지." 제시카가 말한다. 그러고는 젊은 동료를 돌아본다.

유수프가 외투 주머니에서 사진 뭉치를 꺼낸다. 그중 한 장은 노부인의 집 창가에서 찍은 것이다. 환한 조명과 가로등이 지붕 위에 적힌 그 문구를 비추고 있다. "불필요한 발자국이 단 한 개도 없어요. 눈을 밟아서 문구를 썼고요. 한 발 한 발 밟아서." 유수프가 말한다. "글자 간격이 고르고 여백도 균일하고. 철자의 길이도 모두 똑같고."

"잘 썼지. 인정. 거기서 뭐 특이한 것 있었어?"

"제가 술에 취해서 들판이나 우리 집 사우나 지붕에 씨발이라든가 메롱 같은 말을 써놨다면……." 제시카가 싱긋 웃자 유수프는 만족스러운 표정을 짓는다. "행글라이더 타는 사람이 비슷하게라도 알아봐준 다면 기쁠 것 같은데요."

"결론이 뭐야? 범인이 술에 취하지 않았다는 거야? 아니면 훌륭한 예술가라는 뜻이야?"

"아뇨. 어느 쪽이든, 글자를 이 정도로 잘 쓰려면 시간이 엄청나게 많이 들었을 거라는 뜻이에요. 근데 그건 사건의 연속성을 고려해볼 때 불가능하잖아요. 그럼 누군가가 미리 써놓은 거라고 생각해볼 수 있겠죠. 그리고 그 누군가는 코포넨의 집 지붕의 너비와 길이를 정확히 알고 있었고." 유수프가 말하면서 그 사진을 제시카에게 건네준다.

"즉흥적으로 썼다고 생각하지는 않아. 모든 걸 미리 계획했을 거야, 분명히."

"범인이 미리 써놓은 게 아닐까요? 시간 제약이 없을 때……."

"아냐, 어젯밤에 쓴 거야. 과학수사대가 지난 며칠간의 강설량과 눈의 단층을 확인했어." 제시카가 테이블을 향해 걸어간다. 테이블에 아무도 없어서 그런지 어제보다 더 길어 보인다.

"좋아요. 하지만 뭐 그런 건 중요치 않고. 누군가가 그런 문구를 적는 걸 연습했다면, 다른 곳에도 같은 문구가 적혀 있지 않을까요?"

제시카는 턱을 들고 가슴에 팔짱을 낀다.

"정확히 똑같은 크기로요." 유수프가 약간 안도한 표정으로 말을 잇는다.

제시카는 얼굴을 찌푸리며 유수프를 바라본다. 정말 찾아볼 가치가 있겠다는 생각이 든다. 그것이 논리적으로 맞는 말이라서가 아니다. 현재로서는 논리적으로 맞는 일이 아무것도 없다. 다만 이 미친 연쇄살인 사건을 해결하려면, 좀더 창의적이고 미친 아이디어에 의존해야 할 것 같기 때문이다.

"그럼 어떻게 할까?" 제시카는 이렇게 물으면서 동료의 아름다운 눈이 열정으로 타오르는 모습을 바라본다. 유수프는 항상 섹시하지만, 제시카는 의도적으로 그를 친구나 남동생으로 취급한다. 그것은 제시카가 유수프를 처음 봤을 때 그는 이미 약혼녀가 있는 몸이었기 때문이다. 유수프와 약혼녀 안나는 항상 서로를 순수하게 사랑하는 듯해서 유수프를 남자로 보기 시작하는 것만으로도 큰 죄가 될 것 같다. 안나와 유수프기 함께하는 한, 그들에게는 희망이 있다.

유수프가 뒷짐을 지고 서서 생각을 정리한다. "헬리콥터를 띄워서 이 동네를 샅샅이 살펴봐야 하지 않을까요? 아니면 드론을 띄우거나. 최악의 경우에는, 헬리콥터가 한두 시간 헛수고를 하겠죠. 하지만 일기예보에 따르면 내일은 눈이 더 온다고 하니까, 어두워지기 전에 찾아보려면 서둘러야 할 것 같은데요."

유수프는 어깨를 으쓱거리고, 제시카는 깊은 한숨을 쉰다. 그때 그녀의 휴대전화가 울린다.

"안녕하세요, 미카엘 형사님."

"바지에 쉬 지릴 준비됐어?"

"인사말 좋네요. 이렇게 말을 예쁘게 하는데 텔레마케팅 일은 왜 짤렸나 몰라."

"됐고. 지금 진짜 희한한 일이 벌어지고 있어. 니나와 내가 헬싱키 중앙역 CCTV 카메라 영상을 죄다 찾아봤거든. 근데 우리가 찾고 있는 친구를 찾은 것 같아."

"동영상 화면만 보고 그 사람을 알아보는 게 가능해요?"

"응. 그리고 그게 진짜 섬뜩해." 미카엘이 말하더니 기침을 한다.

"왜요?" 제시카가 묻는다. 유수프가 호기심 어린 표정으로 한 걸음 다가온다.

"그 사람이……, 그 사람이 로저 코포넨이랑 똑같이 생겼거든."

"뭐라고요?"

"어젯밤에 유바 외곽의 숲에서 불에 타 감자칩이 된 시신이 로저 코포넨이 맞다고 DNA가 확인해주지 않았다면, 우린 이 친구가 코포넨이라고 장담했을 거야."

36

에르네 믹손은 커피를 후후 불지만 마시지는 않는다. 담배를 두세 모금 빨아들이자, 3분의 1이 훅 줄어든다. 기온은 올랐지만 아직도 무척 춥고, 매서운 바람 때문에 습한 냉기가 더욱 견딜 수 없게 느껴진다. 이상하게도 몇 년 전 12월의 어느 날, 프랑스 남부의 카르카손 요새에 갔을 때가 떠오른다. 당시 그는 간편하게 옷을 입고 당시의 아내와 함께 성벽에 서 있었다. 얼음처럼 차가운 비가 그의 얼굴을 때렸고, 나뭇가지와 지붕 홈통에서 눈덩이가 푹푹 떨어지고는 했다. 신발이 다 젖었고, 목이 아팠다. 당시에는 지나가는 독감이었지만, 지금은 더 많은 증상이 나타난다. 이 빌어먹을 기침. 마지막 한 모금을 빨자 폐가 찢어질 듯이 아프다. 폐도 갈 데까지 간 것이다. 그는 너무도 오랫동안 몸의 저항력을 시험해왔다. 젊었을 때는 자신은 죽지 않으리라는 객기에서 그랬고, 나중에는 순전히 습관 때문이었다. 알코올이 건강에 큰 타격을 가했지만, 이 숫기 없는 남자에게 많은 도움을 주기도 했다. 에르네는 다른 사람들과 함께 있는 시간은 물론이고, 혼자서 사색에 젖는 시간조차도 즐겨본 적이 없었다. 그런 경우 모두 술이 도움이 되었다. 아이러니하게도, 지금 그를 죽이고 있는 그 독약은 그가 그토록 오랫동안 풍요로운 삶을 살 수 있게 해주었다. 돌이켜보면, 인생 초반에는 가난하고 초라했지만 그런대로 잘 살아왔다. 잘 자라서 듬직한 성인이 된 두 아들이 있고, 경찰이라는 훌륭한 직업을 가졌으며, 동료들도 그런대로 괜찮은 사람들이다. 그중에서도 제시카가 제일 가깝고 애정이

가는 부하 직원이다.

담배꽁초가 흡연실 문 옆에 붙어 있는 재떨이로 들어가지 않고 바닥으로 떨어진다. 비어 있는 재떨이를 본 에르네는 죄책감을 느낀다. 방금 비워졌나 보다. 아니면 이제 경찰청에서 흡연자는 에르네밖에 없거나. 그는 전자이기를 바란다.

에르네는 좋았던 옛 시절이 사무치게 그립다. 어쩌면 이 갑작스러운 향수는 비벼 끈 담배와, 담배 연기가 사라진 경찰청 건물 때문인지도 모르겠다. 어쩌면 지난 몇 달 동안 자신이 곧 죽을 것이라는 생각에 익숙해졌기 때문인지도 모른다. 노년기의 시작과 그에 따라오는 신체의 노화 현상은 실제로 경험하기 전까지는 저 멀리 있는 귀신에 지나지 않는다. 에르네는 이제 쉰 살인데, 그의 아버지는 쉰 살까지도 살지 못하고 돌아가셨다. 에르네는 작년 11월에 쉰 살 생일을 맞고 나서부터 아버지보다 오래 사는 남자에게선 뭔가 근본적으로 바뀌는 것이 있다는 생각을 줄곧 해왔다. 에르네는 이 행성에서 아버지보다 더 오래 살았고, 그것은 이제 그가 더 성숙하고 더 현명해져야 한다는 의미이다. 마치 장인에서 달인으로 발전하는 것처럼. 그의 아버지가 어떤 형태로든 아직 존재한다면, 이제는 그의 아버지가 그에게 충고와 삶의 지혜를 구할 것이다. 그리고 그렇게 되면, 세상 모든 것이 거꾸로 가게 될 것이다.

체온계가 다시 삐 소리를 낸다. 37.3도. 재앙은 아니지만 걱정스러울 정도로 높다.

에르네는 체온계를 주머니에 넣고 문을 잡는다. 그 순간 문이 힘차게 열린다. 문간에 미카엘이 나이트클럽 기도처럼 서 있다.

"경감님, 왜 전화를 안 받으세요?"

"무슨 말이야?" 에르네가 말한다. 휴대전화를 책상에 두고 온 것이 기억난다. 10분만 혼자 있고 싶었다. "무슨 일인데?"

37

에르네는 팔짱을 끼고 회의실 테이블 옆에 서 있다. 대형 텔레비전 화면을 보고 있는데, 조금 전 미카엘이 CCTV 영상을 재생하기 시작했다. 니나는 테이블 앞에 앉아서 주스를 마시고 있다. 후드티를 벗고 있어서, 반팔 티셔츠 밑으로 탄탄한 팔이 드러나 보인다.

"뭔가 앞뒤가 안 맞지 않아?" 에르네가 부하 직원들을 번갈아 쳐다보면서 말한다.

미카엘은 지하철역 플랫폼 가장자리에서 휴대전화를 들고 서 있는 남자를 다시 확대한다. 로저 코포넨과 놀라울 정도로 똑같이 생긴 그 남자가 고개를 돌리고 카메라를 똑바로 쳐다본다. 화질이 선명해서 의심의 여지가 없다. 신중하면서도 침착한 표정이다.

"아, 빌어먹을, 빌어먹을, 빌어먹을." 에르네가 이마를 비비면서 말한다. 잠시 후 그가 고개를 들었고, 어깨가 흔들리기 시작한다. 처음에는 미세하게 흔들리다가 갈수록 심해진다. 입에서는 웃음이 터져 나온다.

미카엘과 니나가 서로 눈길을 주고받는다.

"아, 정말." 에르네가 찔끔 나온 눈물을 닦으면서 말한다. 그러더니 갑자기 심각한 표정으로 바뀐다. "완전 망했다, 그렇지? 이건 또다른 문제인데."

"붐비는 지하철 안에서 코포넨을 알아본 승객이 있을 거예요." 미카엘이 머뭇거리면서 말하더니 에르네를 조심스럽게 쳐다본다. "어쨌든 유명 인사잖아요. 그리고 그의 사망 소식이 출근 시간에 뿌려지는 무가지에는 실리지 않았다고 해도, 인터넷에는 이미 쫙 퍼졌거든요."

"휴대전화로 어느 유명인의 사망 기사를 읽다가 고개를 들었는데, 그 유명인이 맞은편 자리에 떡 하니 앉아 있다고 상상해보세요." 니나가 빈 머그컵을 내려놓으면서 말한다. "나라면 기절하겠다."

"그래, 어쨌든 진짜 똑같이 생겼네. 쌍둥이가 있나 보네, 진짜로." 에르네가 말한다.

"불탄 시신에서 채취한 DNA를 로저 코포넨이 쓰던 물건에서 채취한 DNA와 대조했는데, 일치했기 때문에요?" 미카엘이 묻는다.

"응."

"쿨로사리 사건 범인이 마리아 코포넨을 살해한 후에 면도날이나 칫솔, 데오도란트 같은 것들을 바꿔치기 해놓은 건 아닐까요?" 미카엘이 손가락 마디를 쓸어내리면서 말한다. "무슨 이유에서인지는 몰라도 유바의 시신이 로저 코포넨이라고 믿게 만들고 싶었던 거죠. 어쩌면 그 과학수사대 옷을 입은 놈이 위층에서 그 일을 하고 내려온 건지도 모르죠."

에르네의 눈이 화면에 보이는 귀신에 꽂혀 있다. "어디에서 내려?"

"라스무스가 지금 찾고 있어요."

"좋아." 에르네가 말한다. 그러고는 테이블로 몸을 숙이자 재킷 속에 있던 더러운 갈색 넥타이가 살짝 삐져나온다.

니나는 미카엘이 껌을 씹다가 멈추는 모습을 본다. 조용한 방 안에서는 에르네의 거친 숨소리만 들린다. 에르네는 생각에 잠긴 얼굴로 백발의 턱수염을 어루만진다.

"로저 코포넨이 어젯밤에 죽지 않았고, 완벽하게 건강한 상태로 헬싱키에 도착해서, 지하철을 기다리면서 죽은 아내를 찍은 그 기괴한 동영상을 유튜브에 올렸다면……? 그럼 코포넨이 악마라는 거잖아."

"한 가지 이해가 안 되는 게 있어요." 니나가 머리를 뒤로 넘겨 하나로 모아 묶을 것처럼 들어올렸다가 다시 떨어뜨린다. "범인이 범행을 저지르고 몇 시간 후에, 바쁜 출근 시간에 로저 코포넨이 휴대전화를 들고 지하철역에 나타날 것을 알았다면, 뭐하러 수고스럽게 로저 코포넨이 사망한 것처럼 일을 꾸몄겠어요?"

"코포넨도 한통속일 수 있지."

"그래도 문제는 여전히 남아 있어요." 니나가 말한다. 방 안에 침묵이 흐른다.

"제시카도 이 사실을 알아?" 에르네가 묻는다.

"네. 유수프와 쿨로사리에 갔어요. DNA 샘플을 더 채취하려고 과학수사대도 불렀고요. 진짜 코포넨의 DNA 샘플이요."

38

제시카는 진눈깨비가 달라붙어 있는 전면 유리창의 바깥에 서서 눈앞에 펼쳐진 마당을 훑어본다. 범인은 한밤중에 시신을 바닷물 속에 빠뜨린 후 마당을 가로질러 걸어와 집 안으로 들어왔다. 그러고는 현관문을 통해서 집을 떠났다. 그때 마당에는 밝은 조명들이 켜져 있었고 수사관들과 경찰견들이 왔다 갔다 하고 있었다. 제시카는 오싹한 한기를 느낀다.

"과학수사대 왔어요." 유수프가 다가온다. 담배 냄새가 난다. 모두가 스트레스를 받고 있지만, 스트레스에 대처하는 방식은 저마다 다르다.

제시카가 목을 스트레칭한다. "우리가 얘기한 것들 그 사람들한테 말해줘."

"경사님은 뭘 하실 건데요?"

"마당으로 내려가보려고."

제시카는 코로 들어오는 매서운 바닷바람을 들이마신다. 미닫이 유리문을 잡아당겨서 닫고는 유리문 손잡이와 잠금장치를 바라본다. 침입은 없었어. 범인이 이 문을 열고 걸어 들어왔지. 짐작하건대 범인은 마리아 코포넨이 아는 사람이었을 것이다. 코포넨의 집 식탁에서 함께 식사를 하고, 소파에서 텔레비전을 보고, 손님 방에서 자고 간 사람일 수 있다. 언젠가 사다리를 타고 지붕에 올라갔을 수도 있다. 겨울밤에 테라스에서 나타날 이유를 가지고 있던 사람, 마리아가 기다리던 사람이었을 수도 있다.

밝은 낮에 보니 마당이 어젯밤에 보았던 것보다 더욱 커 보인다. 제시카는 마당을 에워싸고 있는 산울타리와 나무 그루터기와 키 큰 소나무 두 그루를 바라본다. 소나무는 탁 트인 바닷가 전망을 확보하기 위해서 다른 나무들이 다 잘려나갈 때에도 살아남았다. 해변에서 테라스까지 이어지는 길은 파란색과 흰색이 섞인 폴리스라인으로 봉쇄되어 있다.

제시카는 검은 쇠난간을 잡고 몇 개 되지 않는 계단을 조심조심 내려간다. 눈이 녹아서 질척거린다. 그녀의 테니스화는 어젯밤 영하의 날씨에는 멀쩡했는데, 기온이 올라가고 눈이 녹아 진창이 되자 신발이 물을 흡수해서 발이 얼었다.

제시카가 코포넨의 집을 돌아보니 유수프가 과학수사대원들과 이야기를 나누고 있다. 그녀는 로저 코포넨이 살아 있을지도 모른다는 소식을 듣고 혼란에 빠졌다. 피해자로 추정되던 사람이 갑자기 용의자가 된 것이다. 코포넨이 죽은 아내를 찍은 동영상을 유튜브에 올리고 지하철을 탔다고? 그렇게 냉혹할 수 있을까? 현재 그가 어디 있는지는 아무도 모른다. 어쩌면 집으로 오는 중인지도 모른다.

소나무 가지를 흔들던 바람이 약해졌다. 갑자기 제시카의 휴대전화가 울린다. 모르는 번호가 떠 있다.

"제시카 니에미입니다."

"안녕하세요, 파베 코스키넨입니다. 사본린나에서 전화하는 건데요, 아니다, 지금 투르크로 돌아가고 있으니까……."

"무슨 일 때문에 그러시죠?" 제시카가 차갑게 물으면서, 까마귀 두 마리가 한 소나무의 꼭대기에서 다른 소나무의 꼭대기로 날아가는 모습을 바라본다. 까마귀가 발톱으로 나뭇가지를 꽉 움켜잡으면서 내는 할퀴는 듯한 소리가 들리는 것 같다. 까마귀가 거칠게 숨을 쉬며 날개를 연속으로 파드닥거리면서 깃털에서 물방울을 털어내고 있다. 까마귀들도 제시카를 바라본다.

잠깐 망설인 후, 그 목소리가 말한다. "수사 책임자한테서 전화번호를 받았어요. 미켈손 경······."

"믹손 경감님이세요."

"그래요, 믹손 경감. 내가 지금 충격이 너무 커서. 로저 코포넨은 대단한 작가였죠. 어젯밤 행사를 마치고 식사도 함께했는데 이런 일이 생기다니, 믿어지지가 않네요. 사본린나 홀에서 독자와의 만남을······."

"제가 무엇을 도와드릴까요, 선생님?" 제시카는 벌써 두 번째로 말을 끊으면서도, 무례한 느낌을 주지 않으려고 노력한다. 그녀는 눈을 감는다. 태엽을 너무 빡빡하게 감아놓은 시계가 된 느낌이다. 신경이 예민해질 대로 예민해져 있다. 그녀는 고개를 들고 까마귀를 찾아보지만, 빽빽한 나뭇가지 속에서 까마귀의 모습을 찾을 수가 없다. 어쩌면 처음부터 환청을 들은 것인지도 모른다.

"그게······, 로저 코포넨 부부의 살인 사건과 관련이 있을 수도 있을 것 같아서 말이죠. 실제로 도움이 될지는 잘······."

"어떤 거라도 도움이 될 수 있습니다."

"살인 사건이 일어나지 않았다면 기억을 못 했을 텐데······."

"무엇인가요?" 제시카는 초조한 마음을 더 이상 감출 수가 없다. 이제야 까마귀들을 찾았다. 까마귀들은 소나무의 가장 낮은 가지에 나란히 앉아서 머리를 신경질적으로 까닥이고 있다.

"어젯밤 독자와의 만남에서 청중 한 명이 좀 이상한 질문을 했어요.

그 독자는 자신감이 넘쳤고 다소 공격적이기까지 했죠. 돌이켜 생각해 보니까, 약간 위협적이기도 했고. 뭘 물어봤냐면…….”

전화를 한 남자는 생각을 정리하는지 잠깐 말을 멈췄고, 제시카는 그에게 시간을 주기로 한다. 이런 상황에서는 재촉을 해도 별 소용이 없다.

“아, 조금 전까지만 해도 생각났는데…….”

“천천히 하세요. 가능한 한 정확하게 기억해내는 것이 중요하니까요.”

“우선, 질문을 던진 사람은 남자였어요. 중년에, 대머리고, 홀쭉하고……, 왠지 반사회적인 분위기를 풍기고, 섬뜩하게 생겼고.” 코스키넨이 말하는 동안 제시카는 전화기를 귀에 대고 어깨로 받친 다음 주머니에서 펜과 수첩을 꺼낸다. 이제 그녀는 코스키넨의 이야기에 온전히 집중하고 있다.

“그 독자가 뭘 물어봤나요?” 제시카가 볼펜 끝을 딸각거리면서 묻는다.

“뭐냐면……, 로저에게 그가 쓴 책을 두려워하는지 물었어요.”

“작가가 자신의 책을 두려워하느냐고요?”

“맞아요. 아주 이상한 질문이었죠. 그래서 로저도 그 질문을 완전히 이해하지 못했고요. 어떻게 대답할지 난감해한 것도 그 때문인 듯하고. 적어도 처음에는.”

“또 뭘 물어보던가요?”

“똑같은 질문을 두세 번 합디다. 조금씩 다른 표현을 썼지만 똑같은 질문이었죠.”

“선생님 생각에는, 소설 속의 이야기가 실현되는 것을 코포넨이 두려워해야 한다는 의미로 물어본 것 같습니까, 그 독자가?” 제시카는 질문을 하자마자 후회한다. 유도 질문을 한 티가 너무 났다. 그녀는 고개를 돌리고 코포넨의 저택을 바라본다. 마당에서 보니 도로에서 볼 때보다 집이 훨씬 더 커 보인다. 어젯밤 어둠 속에서는 그 집의 윤곽조차 제대로 보이지 않았었다.

"그래요, 그런 것 같네요……. 정말 그렇게 들렸어요. 그리고 끔찍한 사건들이 일어나고 나니까, 그 질문이 협박이 아니었나 하는 생각도 들더군요." 파베 코스키넨의 목소리가 떨리고 있다.

"그 행사를 기록한 동영상이나 녹음 기록이 혹시 있을까요? 행사에 기자들이 참석했나요?"

"아마 없을 거예요. 기자가 참석했는지는 모르겠고. 한두 명 왔을 수도 있겠죠. 난 그냥 사회자였어요."

"그랬군요. 어떻게 생각하세요……. 코스키넨 선생님 맞으시죠?"

"그래요. 파베 코스키……."

"사진을 보면 그 독자를 알아볼 수 있으시겠어요?"

"글쎄요. 아마도. 그래요, 알아볼 수 있을 것 같군요. 좀 특이하게 생긴 사람이었거든."

"네, 그럼 부탁 하나 드려도 될까요, 코스키넨 선생님? 오늘 하루는 휴대전화를 끄지 말아주세요. 제가 전화드릴게요."

제시카는 전화를 끊고 나서 통화한 번호를 불러낸다. 그 번호와 코스키넨의 이름을 수첩에 적은 후, 필기도구를 외투 주머니에 넣는다. 사본린나 홀이나 그 근처에 CCTV 카메라가 있다면, 그 청중을 찾아낼 가능성이 있다. 질문 그 자체로는 누군가가 범인이라는 증명을 하지 못한다. 그러나 코스키넨의 이야기를 들어보니 그럴 가능성이 충분히 있는 것 같다.

제시카는 비니를 귀까지 푹 눌러쓴다. 바보가 된 기분이다. 사건에 대해서 경찰이 알고 있는 모든 사실은 힘들이지 않고 얻은 것들이다. 그러나 용의자들이 경찰에게 던져준 부스러기는 대개가 먹을 수 없는 것들이라는 점을 그녀는 경험으로 알고 있다. 그 부스러기에는 항상 독이 묻어 있다. 그렇지 않다면 애초에 경찰에게 던져주지 않았을 것이다.

독자와의 만남에서 이상한 질문을 했던 빼빼 마른 청중과 "말레우스 말레피카룸"이라는 문구를 다른 곳—아마도 눈 위에 적혀 있을 것이다—에서도 찾을 수 있을지 모른다는 유수프의 가능성이 희박한 가설을 제외하면, 불행히도 다른 방향으로 가볼 만한 단서가 거의 없다. 제시카는 에르네에게 전화하고 싶지만, 사무실에 가서 그를 만날 때까지 기다리기로 한다. 에르네는 세상에서 가장 부드러운 남자이지만, 어떻게 된 일인지 통화할 때는 정나미 떨어지게 말을 한다. 에르네의 인간적인 온기가 전화를 통해서는 전달되지 않아서 통화하다가 기분이 상한 적이 한두 번이 아니다. 에르네를 좋아하기 위해서는 그를 직접 만나야 한다.

제시카는 해변까지 수십 미터의 질퍼덕거리는 진창을 힘겹게 걸어가서 선창에 멈춰 선다. 까마귀들이 뒤에서 깍깍 소리를 지른다. 선창 양쪽에 눈을 뒤집어쓴 부표가 꽁꽁 언 바다 위에 튀어올라와 있다. 선창 왼쪽으로 어젯밤 얼음 공주를 건져낸 구멍이 보인다. 구멍은 아직 얼지 않았고, 그 차가운 심장은 기름처럼 까맣다.

제시카는 직선으로 100미터쯤 더 간 곳에 있는 장거리 스케이트 트랙을 바라본다. 어젯밤 용의자는 저 스케이트 트랙을 걸어와 코포넨의 집에 접근했다. 크루누부오리와 카이탈라티의 바위 절벽이 그 너머로 우뚝 솟아 있다. 그녀는 10대 때 그곳에서 친구들과 술을 마시며 시시

덕거리고 놀았던 기억이 있다.

제시카는 오른쪽을 돌아본다. 몇백 미터 떨어진 얼음 바다 위, 스케이트 트랙과 라야살로 섬들 사이에, 사람의 형체 하나가 서 있다. 개나 얼음낚시 도구는 보이지 않는다. 아마도 카메라와 50센티미터 렌즈를 든 열정이 넘치는 기자일 것 같다.

제시카는 갑자기 오싹한 한기를 느낀다. 해변에 혼자 나온 것이 후회가 된다.

제시키는 눈을 가늘게 뜨고 그 형체를 바라본다. 사람으로 보이는 형체의 어깨에서 뭔가가 솟아오르기 시작한다. 제시카는 한순간 그가 두 손을 천천히 들어올리고 있다고 생각한다. 그러나 곧 그것은 손이 아니라 뿔이라는 사실을, 그 뿔이 계속 그곳에 있었다는 사실을 깨닫는다. 그 형체가 고개를 든 것이다. 그러고는 제시카가 서 있는 부두 쪽을 본다.

제시카는 토사와 소금이 섞인 듯한 베네치아 운하의 악취를 맡는다.

그녀는 권총 손잡이를 움켜쥐고, 마비된 듯이 꼼짝도 하지 않고 서서 낯선 생명체를 노려본다. 그 생명체에게 움직이지 말라고 소리 지르며 달려가서 확인하고 싶다. 유수프와 도로에 있는 순경들을 소리쳐 부르고 싶은 생각이 굴뚝 같지만, 입이 떨어지지 않는다. 그 형체가 오른손을 든다. 마치 손을 흔들려는 듯하다. 그러나 손은 움직이지 않는다. 제시카가 권총집에서 총을 빼 들고 얼음을 가로질러 걸어가기 시작하자, 이상한 소리가 들린다.

소리가 더욱 커진다. 제시카의 뒤에서 나는 소리이다. 마치 물이 끓기 시작하듯이 얼음 구멍 속에서 공기 방울이 보글거린다.

"이건 또……."

제시카의 입에서 말이 나오다가 그대로 얼어붙는다. 마치 공포 영화의 예고편 같은 장면이 눈앞에 펼쳐진다. 얼음 구멍에서 동물의 비명소리가 나더니, 사람의 머리가 솟아오른다. 윤기 나는 머리카락이 얼굴에 달라붙어 있다. 곧이어 푸른빛이 도는 두 손이 올라와 녹아서 질척해진 눈을 마구 긁는다.

39

콜롬바노가 프랑스식 발코니의 문을 열자, 햇빛이 아파트 안으로 쏟아져 들어온다. 좁은 운하를 가르며 나아가는 보트의 선외 모터가 우르릉거리는 소리와 청소용 방망이로 러그를 두들기는 소리도 따라 들이온다. 톡 쏘는 찐내기 풍기고, 간조 때 드러나는 운하의 진흙 냄새도 난다.

"이거 알아, 제시카?" 콜롬바노가 발코니 문을 향해 걸어가면서 말한다. "우리가 비발디의 사계(Le quattro stagioni)라면, 오늘 아침 이 순간은 '라 프리마베라'일 거야. 봄."

제시카가 미소를 짓는다. "좋은 거예요?"

"물론 좋은 거지, 바보 아가씨. 그 말은 우리가 새로운 뭔가를 시작하려고 하고, 더 좋은 일들이 기다리고 있다는 뜻이니까. 우리에게는 고대할 여름이 있잖아."

"하지만 곧 가을이 오잖아요. 겨울도 오고."

"'르 인베르노(겨울).' 불가피한 일이지. 하지만 좋은 사람과 함께 있으면 겨울도 멋질 수 있어." 콜롬바노가 말하면서 발코니 창문 밖을 내다본다. "오늘 내가 뭘 하고 싶은지 알아?" 콜롬바노가 제시카를 돌아보며 말한다. 힘센 두 손을 들어 문틀을 잡고, 가슴을 젖혀 등 위쪽을 스트레칭한다. 쏟아져 들어오는 햇빛이 울룩불룩한 어깨 근육을 밝게 비춘다. 제시카는 빼어난 솜씨로 인체의 비례를 묘사한 다빈치의 인체비례도(L'uomo vitruviano)를 보고 있는 듯한 느낌이 든다.

제시카는 시트를 더 끌어당기고 눈을 찌르는 머리카락을 옆으로 넘긴다.

"물에 나가보고 싶어." 콜롬바노가 돌아선다. 그의 벗은 몸에는 십여 개의 문신이 선명하게 새겨져 있다. 그러나 문신 때문에 그가 위협적으로 보이지는 않는다. 오히려 권선징악의 교훈이 있는 동화에 나올 법한 삽화를 모아놓은 작품집처럼 보인다. 제시카는 손끝으로 그 진초록의 윤곽선을 따라가면서 문신들을 눈여겨보았다. 무슨 이야기인지 물었고 십여 가지의 이야기를 들었다.

"물에 나가보고 싶다고요?" 제시카가 호기심 어린 눈으로 콜롬바노를 보면서 되묻는다. 베네치아에서는 물이 어디에나 있어서 물을 구체적으로 언급하는 것이 오히려 이상하게 들린다. 이곳에서는 보트가 교통수단이고 도구이다. 그들은 우주 정거장에 있고, 콜롬바노는 제시카를 로켓에 태워서 우주여행을 떠나고 싶어한다.

"응. 그럼 안 돼?" 콜롬바노는 제시카가 지난 며칠에 걸쳐서 알게 된 표정으로 그녀를 바라본다. 입을 일그러뜨리며 웃는 웃음은 다정한 웃음이 아니라, 약간의 적의를 담고 있는 웃음이다. "실내에서는 실컷 놀지 않았어, 제시카?" 콜롬바노는 성큼성큼 두 걸음을 걸어와 침대로 뛰어들어 제시카를 끌어안는다. "우리 북극 공주님은 만족을 모르시나?"

"아니. 물에 나가봐요, 우리." 제시카가 미소를 지으며 눈을 감고 콜롬바노와 긴 키스를 나눈다. 두 연인의 입술과 혀와 이가 만난다. 이 키스가 백만 번째쯤 될 것 같지만, 여전히 첫 키스 같은 느낌이 든다.

"좋아. 물에 나가야 한다는 느낌이 들어. 지금 당장." 콜롬바노가 너무 빨리 몸을 일으키는 바람에 제시카는 여전히 키스를 하고 있다고 생각하며 잠깐 혼자 누워 있다. "나한테 보트가 있어." 잠시 후 콜롬바노가 화장실에서 소리친다. 그가 샤워기 수도꼭지를 튼다. "20마력짜리. 바다의 페라리지."

제시카는 두 손을 쫙 뻗어서 얇은 시트를 걷어낸다. 이 아파트에서 이틀을, 아니 정확히 말하자면 세 밤을 보냈다. 낮에는 걷거나 곤돌라를 타고 시내 구경을 다녔다. 곤돌라를 타고 수백 개의 운하를 탐험했다. 곤돌라 사공이 긴 노를 젓는 동안, 둘은 꼭 끌어안고 있기도 했고, 서로에게 등을 맞대고 앉아서 조용히 경치를 감상하기도 했다. 제시카의 삶은 세상에서 가장 진부한 이야기로 변했다. 혼자서 외로이 여행하던 중에 갑자기 주인공 역할을 맡아 예상치 못했던 러브스토리를 찍고 있다.

이성을 마비시키는 황홀경의 와중에도 잠깐씩 정신이 번쩍 드는 순간이 있는데, 그럴 때면 제시카는 산 미켈레에서 바포레토를 기다릴 때 보았던, 콜롬바노가 왼쪽 넷째 손가락에 끼고 있던 반지를 떠올린다. 반지는 이제 그 자리에 없다. 반지가 있던 곳에 옅은 피부색의 띠 모양이 남아 있을 뿐이다. 그것도 반지가 거기에 있었다는 사실을 알고 보니까 겨우 보이는 것이다.

갑자기 죄책감이 밀려온다. 제시카는 자신이 다른 여자의 자리를 침범했음을 알고 있다. 그 여자가 누구인지는 모르겠지만, 지금 여기에 없다. 아마도 죽은 것 같다. 콜롬바노는 묘지에서 그녀 때문에 눈물을 흘리고 있었던 것일 테다. 제시카는 자신이 뻔뻔한 욕심쟁이라는 생각이 든다. 자신이 도둑은 아니라는 점을 알고 있다. 누군가가 콜롬바노를 돌려달라고 요구하면, 즉시 돌려주고 제 갈 길을 갈 것이다. 그러나 그런 일이 일어나지 않기를 진심으로 바란다. 제시카는 젊고, 자유롭고, 사랑의 열병을 앓고 있다.

"나 오늘 호텔 체크아웃해야 하는데." 제시카가 큰 소리로 말하지만, 샤워기 물소리 때문에 콜롬바노는 듣지 못한다. 비누 향이 침실까지 풍긴다.

공연을 본 날 밤 이후로 제시카는 옷을 가지러 무라노의 호텔에 딱 한 번 갔다 왔다. 그때도 콜롬바노는 제시카가 갑자기 사라진 것에 대해서 친구들이 어떻게 생각하더냐고 묻지 않았다. 어쩌면 친구들이 없다는 사실을 알고 있는지도 모른다. 궁극적으로 그것은 아무런 문제가 되지 않는다.

시간이 쏜살같이 흘렀다. 이야기하고, 먹고, 마시고, 도시를 탐험하고, 사랑을 나누는 사이에. 제시카는 어젯밤, 어둠 속에서 잠이 깨어 콜롬바노의 코 고는 소리를 들으면서, 그제서야 그에 대해서 아는 점이 별로 없다는 생각을 했다. 중대한 의미를 지닌 질문을 묻는 것은 진정 어렵다. 연애 초기에는 꼬치꼬치 캐묻는 행동이 주제 넘어 보이고 때 이르게 느껴져서, 황홀한 며칠을 보낸 후에는 잘못 물어봤다가는 잃을 것이 너무 많아서 어쩔 수 없이 말을 신중하게 가려서 하게 된다.

제시카는 일어나 앉아 햇살에 점령당한 방 안을 둘러본다. 콜롬바노의 아파트는 그다지 크지 않다. 사실 굉장히 좁고, 낡은 중부 유럽식이다. 가구가 오밀조밀 붙어 있고, 어디에나 세간살이가 잔뜩 있다. 여유공간이라고는 한 뼘도 없다.

알몸으로 침대에서 일어선 제시카는 낡은 널빤지로 된 마룻바닥의 감촉을 느끼면서 고풍스러운 책상으로 걸어간다. 콜롬바노는 샤워를 하면서 이탈리아 유행가 같은 노래를 부르고 있다. 제시카가 책상에 놓인 아름답게 장식된 액자들을 어루만지자, 진득한 먼지가 손끝에 묻어나온다. 사진이 십여 장 있다. 서너 장의 빛바랜 흑백사진 속에 있는 사람들은 콜롬바노의 조부모인 듯하다. 다른 사진들은 좀더 일상적인 모습을 담고 있다. 별다른 준비 없이 즉흥적으로 찍은 사진이 분명하다. 콜롬바노와 현악 합주단, 콜롬바노와 바이올린, 콜롬바노와 남자들, 뺨을 맞대고 있는 콜롬바노와 여자. 제시카는 손을 뻗어 가장 뒤쪽에 놓인 액자를 조심스럽게 집어든다. 반짝이는 푸른 바다와 이글거리는 태양을 배경으로 아름다운 두 남녀가 카메라를 향해 포즈를 취하고 있다. 사진 속의 남자는 제시카가 지난 며칠 동안에 알게 된 남자보다 더 젊어 보이지는 않는다. 제시카 외에 다른 여자는 없고 이제까지도 없었다는 듯이 그녀를 바라보는 남자가 거기 있다.

산 미켈레의 묘지에서 울고 있던 콜롬바노의 모습이 다시 떠오른다. 사실 그녀가 그의 모든 것을 알 수는 없다는 생각이 든다. 며칠 전에 처음 만나 서로를 알아가기 시작했으니 당연하지 않은가. 어쩌면 모든 것이 시작처럼 급작스럽게 끝날 수도 있다. 어쩌면 제시카가 원래 계획했던 대로 오늘 밀라노행 기차를 탈 수도 있다.

샤워기의 물소리가 멈춘다. 노래는 계속된다. 제시카가 액자를 내려놓는데, 비좁은 책상에서 액자가 쓰러지면서 도미노 효과를 일으켜 다른 액자들도 차례로 쓰러진다. 제시카는 당황한 나머지 얼굴이 확확 달아오른다. 그녀는 맨 앞의 액자가 바닥으로 떨어지는 것을 가까스로 막는다.

제시카는 콜롬바노의 걸음 소리를 듣고, 입꼬리를 올려 미소를 지으며 사과의 말을 준비한다. 그러나 무슨 말을 하기도 전에 그가 그녀의 어깨를 잡더니 휙 돌려세운다. 예상하지 못했던 거친 손길이다. 그의 손가락이 그녀의 어깨를 아프게 꽉 누른다.

"미안해요……." 놀라서 떨리는 목소리가 나온다.

콜롬바노가 한 손에 수건을 쥐고 책상 앞에 서서, 액자들을 하나씩 똑바로 세운다. 아무 말도 하지 않고, 제시카를 쳐다보지도 않는다. 젖은 몸에서 물이 뚝뚝 떨어진다. 행동에 화가 묻어 있다. 손을 펴자 수건이 바닥으로 떨어진다. 그가 제시카를 향해 돌아선다. 제시카는 어느새 침대로 돌아가 시트로 몸을 대충 감싸고 있다.

"너를 어떻게 할까?"

"네?" 제시카가 더듬거린다. 한순간 그녀는 자신이 다른 곳에 있어야 한다고, 다음 목적지로 가는 기차를 타고 있어야 한다고 생각한다.

그러나 콜롬바노는 더 이상 화난 표정이 아니다. 제시카가 조심스럽게 그를 바라본다. 그의 눈길에 불안한 열정이 들어 있다. 그가 무엇을 느끼고 있는지 말하기는 어렵다. 어쩌면 사랑일지도 모르겠다.

"너를 어떻게 할까?" 콜롬바노가 차분하게 같은 말을 반복하더니 제시카를 향해 천천히 걸어와서, 그녀의 목덜미를 거칠게 감싸쥔다.

"무슨 말이에요, 그게?" 제시카가 묻는다. 진한 비누 향이 콧속으로 진격해 들어온다. 콜롬바노의 근육질 가슴에 뒤엉켜 있는 진초록의 비둘기들이 그녀의 얼굴로 다가온다.

콜롬바노는 제시카의 이마에 입술을 대고 꾹 누른다. 그의 젖은 숨결이 귀를 간지럽힌다. 그의 손이 그녀의 목을 더 세게 움켜쥐자, 시트가 떨어지고, 그의 손가락이 그녀의 사타구니 속으로 밀고 들어간다. 제시카는 비명을 지른다. 이제까지 콜롬바노가 보여준 부드러움은 전혀 찾아볼 수 없지만, 그 거침없는 손길에 황홀한 느낌이 든다. 그가 그녀를 침대로 밀어 엎드리게 하고 누르자, 그녀는 고개를 돌려 화장실 문 옆에 걸린 거울 속에서 자신의 모습을 본다. 헝클어진 검은색 머리카락이 얼굴을 덮고 있고, 검은색 매니큐어를 칠한 손톱이 시트를 꽉 움켜잡고 있다. 벌어진 입술에서는 신음이 새어 나온다. 그녀의 엉덩이 위에서 콜롬바노의 근육질의 배가 리듬을 타며 움직인다. 그녀는 거울 속에 비친 모습은 자신이 아닌 것 같다고 생각한다. 처음 보는 낯선 여자가 거기에 있다. 잠시 후 오르가슴에 다다른 그녀는 쾌락과 고통의 경계선이 얼마나 가느다란지 생각한다.

그후 바닥이 보이지 않는 불안과 두려움과 외로움이 제시카를 엄습한다.

40

한순간 얼어붙은 듯이 서 있던 제시카는 자신이 보고 있는 것이 뭔지 알아차리기 시작한다. 물속에 사람이 있다. 여자. 제시카가 뛰기 시작한다. 선창을 가로질러 달려가 얼음 바다로 뛰어내린다.

"유수프!" 제시카가 있는 힘껏 소리를 지르고는 허우적거리는 여자 옆에 무릎을 꿇는다. 도저히 이해할 수 없는 이 상황에서 자신이 할 수 있는 일을 생각해보고 정신을 가다듬는 데 몇 초가 걸린다. 새파랗게 질린, 충격으로 일그러진 여자의 얼굴에 검은색 머리카락이 달라붙어 있다. 여자는 폐까지 들어간 얼음물을 기침으로 토해내고 고래고래 비명을 지르는 것을 연거푸 한다.

해안가에서 누군가가 달려오는 발소리가 들린다. 제시카는 여자의 팔을 잡고 젖 먹던 힘까지 쥐어짜서 그녀를 잡아당긴다. 여자가 허우적거리는 바람에 물속에서 꺼내기가 너무 힘이 든다. 물은 얼음처럼 차갑다. 손이 미끄러워서 여자를 놓칠 것만 같다.

힘에 부쳐서 곧 손을 놓칠 것만 같은 순간, 여자가 마치 스스로 튀어오르 듯이 불쑥 물 밖으로 나온다. 그러고는 뭍에 오른 물고기처럼 경련을 일으키기 시작한다.

"뭐예요!" 유수프가 달려오면서 소리친다.

제시카가 파카를 벗어서 떨고 있는 여자를 감싼다. "뭔가가 여자를 밖으로 밀어냈어! 느껴졌어……. 얼음 밑에 누가 있었다고!" 제시카가 권총을 쥐고 일어선다.

유수프는 물을 뚝뚝 떨어뜨리면서 비명을 지르고 있는 여자를 두 팔로 감싸안는다. "빨리 따뜻하게 해줘야 해요!"

제시카가 얼음 구멍과 여자의 얼굴을 번갈아 쳐다본다. 검은색 곱슬머리의 여자는 공포에 사로잡힌 눈으로 뒤를 돌아다본다. "다이버……. 얼음 밑에 사람이 있다니까!" 제시카가 소리치며 얼음 구멍을 가리킨다.

유수프는 놀란 제시카를 잠깐 쳐다보더니 여자를 안고 해변을 향해 빠른 걸음으로 걸어가기 시작한다.

"다이버가 그 여자를 이리로 데려온 거야."

"거기에서 비켜요." 유수프가 걸음을 멈추고 돌아서서 말한다. 처음에는 침착하게 이야기하더니 여자가 다시 비명을 지르기 시작하자 목소리를 높인다. "거기서 물러나라고요, 경사님! 금방 들여다볼 테니까. 이 여자부터 안으로 데리고 가야 해요." 그가 코포넨의 집을 향해 돌아선다.

제시카는 권총으로 얼음 구멍을 겨누고 구멍 주위를 돈다. 총으로 얼음 아래에 잠긴 상상의 경로를 따라가다가, 조금 전 뿔이 있는 형체를 보았던 곳을 향해 총을 들고 겨눈다.

그 형체는 사라졌다.

41

에르네는 매트에 조심스럽게 발을 닦는다. 그러면서도 의미 없고 불합리한 행동이라고 생각한다.

"제시카는?"

"거실에요." 유수프가 대답한다. 그러고는 현관 입구에 서 있는 상관을 빙 돌아서 걸어간다. 에르네는 복도를 성큼성큼 지나서 거실로 들어간다. 거실에는 어젯밤만큼이나 많은 사람들이 있다. 제시카는 긴 테이블의 상석, 마리아 코포넨이 마지막으로 앉았던 의자에 앉아 있다. 불끈 쥔 두 주먹을 테이블에 올려놓고 심각한 표정을 짓고 있다.

에르네가 그녀에게 다가간다. "괜찮아?"

"누구요, 저요?" 제시카가 테이블을 노려본다.

에르네는 창밖을 내다본다. 경찰 특공대원 대여섯 명이 자동소총을 들고 해변에서 경계 근무를 하고 있다. 다른 대원 대여섯 명은 얼음 바다로 나가 주변을 샅샅이 수색하고 있다.

"이건 평범한 살인 사건이 아니에요, 경감님." 제시카가 주먹을 천천히 펴면서 말한다.

"그건 어젯밤부터 분명했잖아." 에르네가 팔을 뻗어서 제시카의 손을 어루만진다. 그녀가 그의 손을 바라보지만 여전히 무표정한 얼굴이다.

"우리를 갖고 놀아요……, 저를 갖고……. 제가 해변에 있을 때 그런 일이 일어난 건 우연이 아니에요."

"특정 개인을 겨냥한 게 아니야. 우리 중 누구라도 해변에 나갈 수 있었어. 유수프나 나나……, 순경이나…….”

“아닌 것 같아요. 정말 기이한 일이 일어나고 있어요……. 자꾸 그런 생각이 들어요.”

“그렇게 생각하지 마. 자꾸 그러면 수사에 차질이 생겨.”

“그게 잘 안 돼요.” 제시카가 에르네의 손아귀에서 자신의 손을 천천히 빼면서 말한다.

에르네가 일어서서 미닫이 유리문 쪽으로 걸어간다. “그 여잔…….”

“그 여잔……?”

“비교적 안정된 상태야. 의사 말로는 저체온증이고 정신적인 충격이 크지만 생명에는 지장이 없대.”

“언제 만날 수 있죠?”

“조만간. 퇴뢰 병원에 입원했어.”

“경호원은…….”

“붙여놨어. 누구도 그 여자한테 함부로 접근하지 못해.” 말을 마친 에르네가 거실을 둘러본다. 제시카는 작은 소리로 욕을 하면서 고개를 가로젓는다.

“그 뿔 달린 괴물은 도대체 뭐였지…….”

에르네가 한숨을 쉰다. “제시카…….”

할 말이 떠오르지 않는다.

“경감님은 제 말 못 믿으시겠죠?”

에르네는 대답하지 않는다. 이런 문제로 논쟁을 벌이는 것은 아무런 의미가 없다. 그는 제시카가 지금과 같은 상태에 빠진 모습을 15년 전에 딱 한 번 보았다. 그리고 그 이후로 두 사람 모두 달라졌다.

“그렇죠?” 제시카가 끈질기게 대답을 재촉한다.

"지금 그 주변을 샅샅이 수색하고 있어. 현재까지는 그 근처에서 그런 인상착의를 가진 사람을 발견하지는 못했고."

"멋지네요. 그러니까 뿔 달린 사람이 그 근처를 헤매는 모습을 본 사람이 없다는 거네요."

제시카가 한숨을 쉬자, 에르네는 끙 하는 신음 소리를 내뱉는다.

"다이버가 피해자와 함께 물로 들어갔을 다른 구멍도 찾지 못했어. 그 부분에 대한 수색은 해안 경비대가 맡았고."

제시카가 이마를 문지른다. 유수프가 외투를 입으면서 걸어 들어온다. 에르네가 그에게 제시카 옆에 와서 앉으라고 손짓하자, 그가 지시에 따른다.

"둘 다 잘 들어. 아주 특이한 사건이기는 하지만, 그렇다고 기가 죽어서 두 손 두 발 다 들고 포기할 순 없어. 피해자가 벌써 다섯 명이나 나왔어. 마지막 피해자는 목숨은 건졌지만……."

"왠지는 모르겠지만, 그 여자를 죽이고 싶지는 않았던 거예요." 제시카가 손가락으로 테이블에 8자를 그리면서 말한다.

"조금 전에 상부와 통화했는데 인력을 보강해줬어. 유수프, 국립 수사국 사람들과의 조율은 자네가 맡아."

"네." 유수프가 가슴에 팔짱을 낀 채로 말한다.

"CCTV 영상에서 본 남자는 어떻게 됐어요?" 제시카가 묻는다. "이젠 진짜 로저 코포넨일 것 같은데요. 도저히 믿어지지는 않지만."

"언론 대응 전략은 뭐지?"

"지금 정하고 있을 거예요."

"코포넨이 이제 주요 용의자인가?"

"그것부터 최대한 빨리 결정해야죠."

42

제시카는 현관문을 당겨서 닫는다. 집 앞 도로에 서 있는 유수프의 차에서 시동이 걸리는 소리가 들린다. 코포넨의 저택 앞마당은 할리우드 영화 세트장처럼 보인다. 수많은 사람들과 장비들이 대형 트럭에 실려와 있다. 서커스단이 왔다가 짐을 싸서 떠났다가 쿨로사리로 되돌아왔다. 앙코르.

제시카는 입고 있는 외투의 지퍼를 올린다. 그녀의 옷이 아니다. 그녀의 파카는 바닷속에서 올라온 여자를 감싼 채 구급차를 타고 병원으로 달려갔다. 그 말은 제시카의 지갑과 휴대전화, 사본린나에서 전화한 남자의 이름을 적어놓은 수첩도 병원에 있다는 뜻이다.

손가락이 뻣뻣하고 관절이 욱신거린다. 두 손을 아주 잠깐 바닷물에 담갔을 뿐인데, 아직도 피가 제대로 통하지 않는 느낌이다.

유수프가 코포넨의 집 대문 앞에 차를 대자, 제시카가 터벅터벅 걸어가서 조수석 문을 연다. 그녀는 차에 오른 뒤 그 집을 한 번 더 돌아본 다음, 문을 닫는다.

"퇴뢰 병원이요?"

"응." 제시카가 말하고, 고개를 뒤로 젖혀 받침대에 목을 기댄다. 엷은 구름이 태양을 가리고 있는데도 아까보다는 많이 환해졌다.

"와, 진짜, 이런 사건은 처음 보네요." 유수프가 말하면서 중앙의 콘솔 박스를 닫는다. 닫히기 전 제시카는 그 속에 있는 빨간색 담뱃갑을 흘끗 본다. "그거 내 거 아니에요."

"내가 누나도 아닌데 왜 그래."

"피부색이 다르니까 그건 헷갈릴 일이 없죠."

유수프가 싱긋 웃더니, 폴리스라인 앞에서 외부인의 접근을 막고 있는 순경에게 손을 흔들어 인사를 한다.

"담배 피우고 싶으면 피워. 플로어볼(floorball : 스웨덴에서 시작된 실내 하키형 게임/옮긴이) 코트 한쪽 끝에서 다른 쪽 끝까지 달릴 수 있으면." 제시카가 말한다. 그러고는 조수석 창밖으로 보이는, 경찰 비니를 눌러쓰고 있는 대머리인 듯한 홀쭉한 얼굴의 남자를 쳐다본다.

차는 어젯밤 과학수사대원으로 가장한 살인범이 걸어서 도망간 길을 따라 내려간다. 제시카는 미친 듯이 뛰던 심장과 폐부를 찌르던 매서운 바람이 선명하게 기억난다. 도로 한가운데서 펄럭이던 방호복. 두려움과 실망감. 두려움이 잦아든 다음에 밀려든 분노. 범인은 분명히 그녀와 게임을 하고 있었다. 제시카는 범인이 같은 사람이라고 확신한다. 어젯밤에는 집 안에서 그를 마주쳤고 오늘은 얼음 위에서 그를 본 것은 결코 우연이 아니다. 그는 제시카에게 자기를 보여주고 싶어한다. 잘됐다. 다음번에는 보는 것에 그치지 않고 총으로 쏴버릴 것이다.

"차 좀 세워봐." 유수프가 사거리에서 우회전하려고 할 때 제시카가 말한다. 그녀가 얼음 바다에서 뿔 달린 형체를 마주하기 직전에 받았던 전화가 갑자기 생각났다. 중년 남자. 대머리. 홀쭉한 얼굴.

제시카가 차 문을 연다.

"또 뭐예요?" 유수프가 묻는다. 그러나 제시카는 벌써 사라지고 없다.

제시카는 코포넨의 집으로 서둘러 돌아가면서 권총을 들어 사격 준비를 한다. 그녀의 뒤에서 차 문이 닫히는 소리가 들리고 얼마 후 유수프가 뛰어온다.

"저기요!" 제시카가 집 앞에서 접근을 통제하고 있는 순경들을 향해 외치고는 휘파람을 분다. 얼굴이 홀쭉하고 비니를 눌러 쓴 순경의 모습이 보이지 않는다. 제시카는 신경이 곤두서는 것을 느낀다. **어디로 갔지?**

"뭘 잊어버리셨나?" 한 순경이 묻는다. 말투에서 빈정거림과 거부감이 느껴진다.

제시카가 그의 눈을 쳐다보다가 고개를 돌려 그의 파트너를 바라본다. 유수프가 숨을 헐떡이며 달려와 당황한 표정으로 제시카를 쳐다본다.

"다른 순경은 어디 있어요?" 제시카가 묻는다. 긴장감이 그녀를 괴롭힌다. "키 크고 호리호리한 순경은 어디 있냐고요?"

"네?"

"조금 전까지 통제선 앞에 서 있던 순경이요!" 제시카가 날카롭게 말하자 순경들은 재미있다는 듯이 서로 눈길을 주고받는다.

"어딨냐니까요?" 제시카가 끈질기게 묻는다. 유수프가 한 걸음 다가와서 무슨 말인가를 하려고 입을 열다가 바로 다문다. 제시카는 뒤에서 나는 기침 소리를 듣는다.

"날 찾는 건가요, 형사님?"

제시카가 홱 돌아선다. 조금 전에 유수프의 차가 통제선 밖으로 나갈 수 있도록 허락해준 순경이 코포넨의 집 현관문 앞에 서 있다.

"어, 형사님……, 내가 무슨 잘못이라도 했나요?" 그가 두 손을 들어 진정하라는 시늉을 하면서 말한다.

순경 한 명이 웃음을 터뜨린다. 그제야 제시카는 자신이 오른손에 권총을 쥐고 있다는 사실을 깨닫는다. 그녀는 권총을 권총집에 넣는다. "경찰 배지 좀 보여주실래요?"

"그럼요." 그가 느긋하게 가슴 주머니를 열면서 말한다.

"근데 왜 나한테 눈을 부라려요?"

"죄송하지만, 무슨 말씀이신지……."

제시카가 배지를 받아든다. 그녀의 눈이 배지에 적힌 이름과 사진과 그녀 앞에 있는 얼굴 사이를 바삐 옮겨 다닌다.

"소변 좀 보고 왔는데 갑자기……."

제시카가 배지를 돌려준다. "가자, 유수프."

제시카는 차를 향해서 걷기 시작한다. 뒤에서 부드러운 웃음이 들불처럼 번진다. 미친 거 아냐?

"도대체 무슨 일인지 말해줄래요?" 유수프가 말하면서 기어 변속을 하지만 이번에도 너무 늦었다. 그가 불쌍한 엔진을 자꾸만 괴롭혀서 제시카는 짜증이 난다.

"아까 뒷마당에 나와 있을 때 전화를 받았어. 그러니까……, 그 일이 있기 직전에."

"누구한테서요?"

"사본린나에서 전화했다고 했어. 어젯밤에 로저 코포넨을 인터뷰했다나 뭐라나. 청중 한 명이 코포넨에게 **자신이 쓴 책을** 두려워하냐고 물었대."

"그동안 일어난 일들을 보면 꽤 의심스러운 발언이기는 하네요."

"대머리에, 홀쭉하고, 섬뜩하게 생겼고……중년이라고 했어." 제시카가 말하면서 유수프에게 의미심장한 눈길을 던진다.

유수프는 한숨을 쉰다. "이번 사건이 경사님을 정말 힘들게 한다는 거 알아요. 사실 우리 모두에게 힘든 일이죠, 하지만……."

"하지만 뭐? 너도 나를 의심하는 거야?"

"네?"

"아까 얼음 바다에 뿔이 달린 남자가 있었어. 그 남자는 나 때문에 거기에 있었던 거야."

"알았어요. 그렇다고 쳐요. 하지만 난 못 봤어요."

한동안 그들은 말없이 앉아 있다.

"그래, 못 봤지. 그래서 그 의미를 모르는 거야."

"의미가 뭔데요?"

"우리가 코포넨의 집에 오지 않았다면, 그 여자는 애초에 바다에 들어가지 않았을 거라는 거."

43

니나 루스카의 눈길이 총경 제복을 입고 강력계 사무실 안을 거만하게 걸어가는 남자를 쫓아간다. 그는 책상 앞에 앉아 있는 형사들에게 인사말 한마디 건넬 의향도 없어 보인다. 오후 1시가 다 되어가고 있고, 에르네가 경찰청 고위 간부들을 위해서 브리핑을 준비하고 있다.

니나는 손끝으로 책상을 톡톡 두드리면서, 미카엘이 작은 주방에서 컵에 뜨거운 물을 따르고 인스턴트 커피 두 숟갈을 타는 모습을 지켜본다.

"커피부터 넣는 게 낫지." 니나가 말한다.

"모르는 소리. 커피를 나중에 넣으면, 커피가 녹아들며 물과 섞이기 전에 공기와 만나는 시간이 생겨요. 그래서 더 향기로운 인스턴트 커피가 된다고."

"자기도 안 믿잖아, 그 얘기."

"진짜로 믿어지지 않는 건 내가 커피와 물을 어떤 순서로 넣는지 자기가 이렇게 신경을 쓴다는 사실이야."

"최고로 단순한 요리법도 제대로 따라 할 줄 모르는 얼간이들이 어딜 가나 꼭 있다니까." 미카엘이 옆에 와서 앉는 것을 보면서 니나가 말한다.

"생각해봤는데." 미카엘이 커피를 저으면서 말한다.

"설마 어떻게 하면 더 맛있는 커피를 탈 수 있을까 생각해본 거야?"

미카엘이 주위를 슬쩍 살피더니 목소리를 낮춘다. "이제 우리 공개

연애를 하는 것도 재밌겠다는 생각이 들었어."

"진짜?"

"응. 그럼 몰래 데이트하느라고 신경 쓸 필요가 없잖아. 이게 뭐야, 같이 영화 보러 가는 것도 눈치 보여서 못 가고."

니나가 슬그머니 미카엘의 허벅지를 만진다. "몰래 하는 데이트가 재 밌는 거 아니었어?"

"재밌었지. 뜨거울 땐. 하지만 무슨 일이든 시간이 지나면 좀 시들해 지잖아."

"그게 나라도?" 니나가 손을 거두고는 과장되게 분노한 표정으로 미 카엘을 쏘아본다.

"응, 자기라도. 크리스마스 파티에서 아호넨이 자기한테 작업 거는 모습을 한 번 더 봐야 한다면 못 참을 것 같아. 그걸 가만히 구경만 하 는 건 내 스타일이 아니거든. 난 자기를 갖고 싶어. 아호넨이 수작을 부리면 자기는 내 거라고 말하면서 아호넨을 걷어차버리고 싶다고." 마지막 말은 니나의 귀에 대고 속삭인다.

"날 갖고 싶다고? 자기 폭군이야, 뭐야?" 니나가 미카엘에게서 몸을 뒤로 빼면서 말한다. 귀에 닿는 그의 따뜻한 숨결 때문에 그녀의 몸속 에서 피가 힘차게 흐르고 심장이 쿵쾅거리기 시작한다.

미카엘이 그녀의 손을 잡아 다시 자신의 허벅지에 올려놓는다. "난 자기를 원해."

"난 내 일을 잃고 싶지 않아." 니나가 말한다.

"내가 알아서 할게. 내가 기동순찰대로 나가면 되잖아. 자기는 이 일 계속하고."

"근데 이런 얘기를 왜 지금 하는 거야, 미케?" 니나의 손길이 미카엘의 허벅지를 쓰다듬다가 무릎으로 내려가서는 꾹 누른다. 이렇게 하면 미카엘이 좋아한다는 것을 그녀는 알고 있다.

"모르겠어. 이 마녀 사건 때문에 정신이 번쩍 든 것 같아. 세상은 정말 미친놈들이 천지라는 생각이 들어. 자기를 가까이에 두고 싶어. 자기를 더 잘 돌보고 싶다고."

"나 안 돌봐줘도 돼. 나 유도 유단자야."

"그래서 걱정이라고. 아무한테나 헤드락 걸고 다닐까봐."

"행동 똑바로 안 하면 확 메다꽂아버릴 거야." 니나는 번지는 웃음을 참을 수가 없다. "그 얘기는 나중에 해."

"언제?"

"이 사건 종결하고 나서."

"오케이. 약속한 거다." 미카엘이 니나에게서 물러난다. 그때 니나의 휴대전화가 울린다.

"자 이제 업무 시작. CCTV 영상 봐야 돼."

"무슨 CCTV?"

"사본린나 홀 주차장 CCTV."

44

제시카는 입으로 숨을 쉬면서, 마른 붕대와 소독약 냄새를 맡지 않으려고 애를 쓴다. 그 냄새를 맡으면 죽음이 떠오르고, 20여 년 전에 병원에서 홀로 여러 달을 입원해 있었던 기억이 떠오른다. 엘리베이터에는 사람이 가득한데, 그중에는 환자복을 입은 사람들도 있다. 엘리베이터 문 가장 가까이에는 산소통을 매단 휠체어에 중년 여자가 앉아 있다. 조금 전에 병원 밖에서 담배를 피우던 여자이다.

제시카와 유수프는 6층에서 내려 바닥에 붙어 있는 빨간색 테이프를 따라 걷는다. 복도 끝에, 남색 운동복을 입고 한쪽 귀에 이어폰을 꽂은 근육질의 남자가 서 있다. 제시카는 그를 알아본다. 몇 년 전에 경호원 일을 함께했던 남자이다. 그리고 근무시간 이후에도 종종 만났다. 제시카의 오피스텔형 아파트에서.

"안녕, 테오." 제시카가 악수를 청한다.

"형사님들." 테오가 목이 쉰 듯한 목소리로 말하면서 두 사람과 악수를 한다. 그 목소리는 테오가 나이트클럽 경비 일을 할 때 후두를 다쳤기 때문이라는 사실을 제시카는 알고 있다. 불만이 있던 고객이 와인 병으로 그의 목을 후려쳤다고 들었다.

"이쪽은 유수프 페플. 둘이 언제 만난 적이 있을 것 같은데."

"그런가요?" 유수프가 테오를 무심히 쳐다보면서 말한다.

테오는 무섭게 생긴 전형적인 보디가드 스타일이다. 그의 웃음도 진심에서 우러나온 웃음이 아니라 어떤 수업에서 배운 것이다. "아닌 것 같은데. 어떻게 지내, 제시카?"

"당신이 듣고 있는 음악의 베이스 소리처럼 낮게. 납작 엎드려서. 90년대 랩이야?"

"잘 아네."

두 사람이 피곤한 표정으로 씩 웃는다. 유수프는 놀란 눈으로 그들을 바라본다. 그러나 친한 사람들끼리의 농담에서 생겨난 향수의 순간은 금방 지나가고, 두 사람은 금방 진지한 표정이 된다.

"주치의는 어디 있어?" 제시카가 묻자 테오는 복도를 울리는 발소리가 나는 쪽을 고갯짓으로 가리킨다. 키가 크고 턱수염을 기른 남자가 겨드랑이에 태블릿 PC를 끼고 걸어오고 있다. 흰 의사 가운 안쪽으로 청록색 수술복이 보인다.

"알렉스 쿠즈네초프입니다." 의사가 말한다. 제시카가 그를 바라본다. 전에 어디서인가 본 적이 있는 것 같다.

"제시카 니에미 형사입니다."

"유수프 페플입니다."

"병실에 들어가기 전에 환자 상태에 대해 몇 가지 의논을 좀 하고 싶은데요."

"물론이죠." 제시카가 말한다. 테오는 사려 깊게 옆으로 물러선다.

"환자는 자신의 이름이 로라 헬미넨이라고 했어요. 불러준 사회보장번호를 조회해봤는데 그것과도 일치하고요."

"가족한테 연락하셨어요?"

"아직이요."

"상태가 어떤데요?"

"전반적으로 안정된 상태입니다. 저체온증으로 목숨이 위태로울 만큼 물속에 오래 있지는 않았던 것 같더군요." 쿠즈네초프가 콧잔등을 긁으면서 말한다. "환자가 물속에 얼마나 있었는지 아세요?"

"아뇨, 선생님이 추정 시간을 말씀해주시기를 바랐는데요." 제시카가 손목시계를 흘깃 본다. 시간이 전력 질주를 하는 것 같다. 벌써 저녁이 다 되었다.

"체온이 내려가는 속도는 물의 온도 외에도 다양한 요인들로부터 영향을 받아요. 환자의 신체 상태, 나이, 체형, 사건 전에 찬물에 노출된 적이 있었는지에 따라 달라지죠. 예를 들어 얼음 수영 같은 것을 통해 찬물에 대한 저항력을 길렀느냐 하는 거요. 수온은 빙점에 가까웠고, 환자는 스물다섯 살의 젊은 나이에 건강한 상태로 보이기 때문에, 물속에 있었던 시간은 15분 이하일 겁니다, 틀림없이. 그보다 더 길었다면 의식을 잃었을 테니까. 환자가 수면으로 올라올 때 소리를 지르고 허우적댔다는 건 물속에 있었던 시간이 그보다 더 짧았을 수도 있다는 걸 시사하고요."

"폐는 어땠어요? 폐에 물이 차 있었나요?"

"많지는 않았어요. 환자 말로는 스노클을 끼고 있었다고 하더라고요." 쿠즈네초프가 호기심 어린 표정으로 제시카를 바라본다. "정말 궁금해서 묻는 건데, 정확히 무슨 일이 있었던 거죠?"

"마우스피스와 산소통 같은 다이빙 장비가 사용된 것 같네요." 유수프가 말한다.

쿠즈네초프가 사람을 평가하는 눈으로 오랫동안 유수프를 쳐다본다. "그렇군요."

"환자가 또 무슨 말을 했죠? 어쩌다 물에 들어가게 됐는지 얘기하던가요?"

의사가 고개를 가로젓더니 가슴에 팔짱을 낀다. "말을 할 수 없었어요. 하지만 지금은 좀 나아졌을 겁니다. 충격이 기억에 영향을 미칠 수 있어요. 무슨 일이 있었는지 기억이 서서히 떠오르고 있을 거예요."

"그럼 들어가서 만나봐도 될까요?"

"말씀드렸다시피, 환자가 신체적인 부상에서는 회복하고 있지만, 정신적인 충격이 크거든요. 우리 병원 정신과 의사가 입회한 상태에서 조사를 진행하는 게 좋을 것 같군요."

"요령껏 잘할게요." 제시카가 말한다.

"그렇게 못 할 거라는 말이 아니고요."

"정신과 선생님은 어디 있죠?"

"30분 내로 올 겁니다."

"불행히도 그렇게 오래는 못 기다려요. 이 사건이 현재 진행 중인 연쇄 범죄의 일부라고 믿을 만한 근거가 있거든요. 이 여성이 범인을 봤을 수도 있어요."

"그 말은 그럼……."

"추가 범죄를 막기 위해서는 지금 당장 환자를 만나야 한다는 뜻이에요."

"좋습니다." 쿠즈네초프가 제시카를 향해 한 걸음 다가가면서 말한다. "하지만 환자가 이 일을 감당할 상태인지 확인해야 하니까 내가 먼저 대화를 시작할게요."

제시카는 입을 꾹 다문다. 신발 끝을 내려다보다가 고개를 끄덕인다. 그러고는 돌아서서 테오가 열어놓은 문을 향해 걸어가는 의사를 따라간다.

45

제시카는 뒤에서 문이 닫히는 소리를 듣는다. 병실 안을 재빨리 둘러보지만, 한 시간 전 오들오들 떠는 여자를 감싸주었던 자신의 외투는 보이지 않는다. 세면대 옆의 옷걸이는 비어 있다. 간호사실에 있나 보다. 아니면 구조대원들이 구급차에 두고 내렸거나.

유수프는 뒷짐을 지고 제시카와 함께 문 앞에 서 있다. 닥터 쿠즈네초프가 침착하게 환자를 향해 걸어간다. 로라 헬미넨은 활력징후를 측정하는 기계들과 정맥주사액 주머니를 건 스탠드에 둘러싸인 채 침대에 누워 있다. 눈을 감고 입을 약간 벌리고 있는데, 소파에서 텔레비전을 보다가 잠이 든 듯한 모습이다. 의사가 주먹을 쥔 자신의 손에 작게 기침을 하자 로라가 눈을 뜬다.

"좀 어때요?" 쿠즈네초프가 턱수염을 어루만지면서 부드러운 목소리로 묻는다.

의사가 형사들을 흘끗 쳐다본 후 고개를 돌려 수액이 떨어지는 주삿줄과 모니터를 살펴보는 동안, 환자가 자신의 입을 움직여본다. 제시카는 침대에 누워 있는 여자를 바라보다가 쿠즈네초프를 돌아본다. 의사의 얼굴이 왜 이렇게 낯이 익은지 이제야 알겠다. 빈센트 반 고흐의 "탕기 영감". 로댕 박물관에 걸려 있는 초상화.

"기분이 좀 나아졌어요?"

"어……, 아직도 느낌이 좀 이상해요……, 근육이 쭉 늘어난 것 같기도 하고, 딱딱해진 것 같기도 하고……."

"환자분 같은 경험을 한 사람에게 흔히 있는 일이에요. 근육이 얼었다가 녹은 거니까 며칠은 통증도 있고 단단하게 긴장된 상태일 수 있어요." 19세기 말 파리의 상점 주인과 똑같이 생긴 의사가 말한다. 그러고는 태블릿 PC를 의사 가운 주머니에 넣는다. "여기 형사님들이 오셨어요. 환자분 상태가 괜찮다면 몇 가지 물어보고 싶다고 하시는데."

로라 헬미넨이 지친 표정으로 의사를 바라본다.

"오래 안 걸릴 거예요." 쿠즈네초프가 그녀의 어깨를 가볍게 두드리며 말한다.

"기억이 나기 시작했어요⋯⋯." 로라가 말한다. 아랫입술이 파르르 떨기 시작한다. 그녀가 두 눈을 질끈 감는다. 쿠즈네초프가 고개를 가로젓더니 비난의 눈초리로 제시카를 바라본다. 마치 로라가 병원에 누워 있게 된 것이 제시카의 잘못이라도 되는 듯이. 그때 그 끔찍한 생각이 제시카의 마음속에 다시 떠오른다. 그런가? 이 모든 일이 제시카 자신 때문에 일어나고 있는 것일까?

"좋은 징조군요. 기억이 되살아나고 있다는 건 좋은 일입니다." 의사가 문을 향해 돌아선다. 그는 형사들 앞에서 걸음을 멈춘다. 제시카가 그의 눈을 보기 위해서는 턱을 들어야만 한다.

"딱 5분입니다. 환자는 휴식이 필요해요."

제안이 아니라 주치의의 지시이다. 이 지시를 무시하면 경찰에 크게 곤란한 일이 생길 수 있다. 제시카는 의사의 눈에서 턱수염으로, 셔츠 깃에서 흰 의사 가운과 이름표로 천천히 시선을 내린다. 의사가 이렇게 바짝 다가서는 것으로 권위를 강조할 필요를 느꼈다는 것이 이상하게 느껴진다.

"쉬시는데 방해해서 죄송합니다." 제시카가 의사 옆을 지나쳐 침대로 걸어가면서 말한다. "하지만 무슨 일이 있었는지 꼭 들어야 해서요."

로라는 작게 흐느껴 울다가 손등으로 눈물을 닦더니 제시카를 향해 고개를 든다. 그녀는 촬영 대상과의 적절한 거리를 찾으려는 카메라 렌즈처럼, 한동안 초점을 맞추려는 듯이 보인다. 그러더니 슬픔과 충격이 순식간에 사라지고, 갑자기 공포로 얼굴이 일그러진다. 제시카가 무슨 반응을 보이기도 전에, 귀청이 찢어질 듯한 비명소리가 그 작은 병실을 가득 채운다.

"왜⋯⋯." 제시카가 무슨 일이냐고 물어보려는데, 쿠즈네초프가 그녀를 지나쳐 환자에게로 달려간다.

로라의 비명 소리가 점점 더 커지고, 그녀가 침대에서 떨어지자 링거 스탠드도 함께 쓰러진다. 그녀는 허둥지둥 병실 한구석으로 기어가더니 두 손을 들어 얼굴을 가린다.

"저 여자예요!" 로라가 소리친다.

제시카가 유수프를 흘끗 보니, 그도 제시카만큼 어안이 벙벙한 표정이다. 그들 뒤에서 테오가 병실 문을 연다.

의사가 바닥에 웅크리고 있는 여자 옆으로 몸을 수그리고는 환자를 진정시키려고 애를 쓴다.

"저 여자예요! 저 여자가 악마라고요!" 여자가 제시카를 가리키며 악을 쓴다. "저 얼굴이었다니까요!"

제시카의 혀에서 쇳내가 난다. 병실이 빙빙 돌기 시작한다.

46

에르네 믹손은 남자 화장실 거울에 비친 자신의 모습을 보면서, 넥타이를 매만진다. 셔츠의 깃이 연약한 림프절을 누르고 있지만, 이런 불편함은 감수해야 한다. 이 하늘색 셔츠는 예전에는 꽤 잘 어울렸는데. 이 셔츠는 그가 맞춤 양복점에서 주문한 세 장 중의 하나이다. 에르네가 정기적으로 세탁소에 세탁을 맡기는 옷은 바지 몇 벌을 제외하고는 이 셔츠 세 장밖에 없다. 아름답고 비싼 셔츠였는데, 잔인한 세월의 손길에도 잘 견뎌주었더라면 좋았을 것을. 짙은 남색 실로 E. M.이라고 이름의 머리글자를 수놓은, 이제는 해진 소맷동을 갈색 재킷 소매 속에서 빼지 않고 그대로 둔다.

에르네가 문을 밀어서 열다가 미카엘과 부딪칠 뻔한다. "미카엘?"

"드디어 찾았네요."

"내가 실종됐었어?"

"조금 전에 유수프한테서 전화가 왔는데, 어젯밤 사본린나 홀에서 열린 독자와의 만남에 이상한 독자가 있었대요. 키가 크고 마른 남자가 코포넨에게 이상한 질문을 했다고 하더라고요."

"그 얘기는 어디서 들었대?"

"파베 코스키넨이라는 남자한테서요. 그 행사 사회자였대요. 동부 지역 경찰청이 이 의문의 독자를 찾기 시작했는데, 그를 아는 사람이 아무도 없다고 하더라고요." 미카엘이 의미심장한 미소를 지으며 말을 끝맺는다.

"근데?"

"그 건물 밖에 녹화 기능을 장착한 보안 카메라가 있어요."

"그리고 이 독자가 영상에 등장하고?" 에르네가 침을 꿀꺽 삼키지만, 목 안에 있는 덩어리는 사라지지 않는다.

미카엘이 고개를 끄덕인다. "심지어 그 사람이 탄 차도 보여요. 차 번호판도 보이고."

"대박이군."

"물론 기뻐하기는 아직 좀 이르고요. 우리가 아는 바로는, 그 독자가 한 일은 이상한 질문 몇 개 던진 것밖에 없거든요. 그리고……."

"그래서 그 차는 누구 이름으로 등록되어 있는데?"

"토르스텐 카를스테트, 에스포에 살고요." 미카엘은 혀를 입천장에 대고 끌끌 차더니 아직 온기가 남아 있는 출력지를 에르네에게 건넨다. 카를스테트의 여권 사본이다. 그러나 사진 속의 남자는 홀쭉하지도 않고, 대머리도 아니며, 아무리 봐도 무섭게 생기지는 않았다.

"그 독자가 아니네?"

"아니에요. 하지만 운전은 카를스테트가 하고 있었을 것 같아요. 녹화된 동영상을 보면 대머리 독자가 차 뒷좌석에 타거든요."

"그러니까 차가 대머리를 기다리고 있었던 거야?"

"12분 동안이나요."

"흠. 이게 중요한 단서가 될 수도 있겠는데. 제시카한테 전화했어?"

"했죠. 유수프와 병원에 가는 중이더라고요."

"좋아. 라스무스한테 토르스텐 카를스테트에 관한 모든 걸 찾아내라고 해. 필요하다면 지원 인력 붙여주고."

"불러다가 조사해볼까요?"

"아직은 아냐. 정보 수집부터 먼저 하자고. 실제로 그를 범죄와 연결시킬 수 있는 건 아무것도 없잖아. 오히려 그 반대지. 마리아 코포넨 살인 사건과 관련해서는 누구라도 바라 마지않을 최고의 알리바이를 갖고 있잖아. 그래도 누구라도 시켜서 소재 파악은 해봐. 도망가게 내버려둘 수는 없으니까."

47

복도에서 키 큰 간호사가 온몸을 붕대로 칭칭 감은 나이 많은 환자가 누운 침상을 밀고 간다. 바퀴가 바닥 이음매에 부딪힐 때마다 침상이 덜컹거린다.

제시카는 복도를 서성거리고 있다. 유수프는 닥터 쿠즈네초프와 나중에 뛰어들어온 간호사와 함께 상황을 정리하기 위해서 로라 헬미넨의 병실로 돌아갔다.

"괜찮아, 제시카?" 테오가 가슴에 팔짱을 끼고 서서 묻는다.

"모르겠어." 제시카는 벽에 등을 기댄다. 수십 개의 의문이 마구 튀어나와 머릿속이 복잡하지만, 마음을 진정시켜야 한다.

"환자가 충격이 너무 컸나봐. 바닷속에서 일어난 일 때문에……."

"그만해. 제발 그만." 제시카가 손을 들어 거부 의사를 표시한다. "그렇게 위로 안 해도 돼."

"알았어." 테오가 약간 침울한 목소리로 말하더니 이어폰을 다시 낀다. 어쩌면 헬미넨의 발작이 끝나서, 아니 그보다는 제시카의 거부로 대화가 어색하게 끝나서 의기소침해진 모양이다.

복도가 쥐 죽은 듯이 조용하다. 제시카는 고개를 가로젓다가 바닥에서 고개를 든다. "미안해, 테오. 내가 신경이 좀 예민해져서."

"이해해. 당신이 하는 일에 비하면 경호원 일은 스트레스라고 할 것도 없지."

"그렇지 않아. 경호원 일도 스트레스 엄청 받는다는 거 나도 알아."

테오가 뚱한 목소리로 말한다. "상황마다 다른 것 같아. 다 다르지."
엘리베이터 문이 열리자, 테오가 갑자기 긴장한다. 간호사가 침상을 엘리베이터로 밀어넣는다.

"정말 오랜만이네, 제시."

제시카는 테오와 눈이 마주치지 않도록 피한다. "그러게. 어떻게 지냈어?"

테오는 마치 엘리베이터에서 헬미넨의 병실 문 앞까지 뛰어가는 사람이 아무도 없음을 확인하려는 것처럼 복도를 두리번거린다. "잘 지냈지. 아주 잘 지냈어." 그가 반지 낀 손가락을 들어 보이며 판에 박힌 대답을 한다. "결혼해서 쌍둥이 딸도 있어. 이제 5개월 됐지."

제시카가 깊은 심호흡을 한다. "와……, 진짜 잘 지냈네."

테오는 한숨을 쉬더니 고개를 보일 듯 말 듯 살짝 흔든다. "솔직히 말하면 좀 피곤해. 아기들 때문에 피곤한 거 말고. 애들은 아직 어리니까……. 그런 거 말고, 이 일 말이야. 이 벌이로는 생활비는 턱도 없어. 가끔 경비 일도 해야 돼. 지난주에는 에이라에서 지붕에 쌓인 눈을 치우는 아르바이트도 했어. 내가 무슨 말하는지 알지?"

공감조의 말을 하려던 제시카는 갑자기 이상한 느낌에 사로잡힌다. 테오가 알고 있는 것은 아닐까? 혹시 아는가, 아는 사람이 있을지. 어쩌면 경찰관 중에 백만장자가 있다는 이상한 소문이 이 업계에서 끈질기게 돌고 있는지도 모른다. 자신이 부자라는 것을 숨기기 위해서라면, 향후 50년 동안 자신의 연봉은 물론이고 경찰청 직원 전체의 연봉을 줄 수도 있을 만큼 어마어마한 부자라는 사실을 숨기기 위해서라면, 무슨 짓이든 하는 경찰관이 있다는 소문이 돌고 있는지도 모른다. 입이 가벼운 세무 공무원이나, 자산 관리사, 변호사, 혹은 정신과 의사한 명만 있으면 그런 소문은 금방 퍼진다. "벌어먹일 입이 많으면 많을 수록……."

"다시 복권을 사기 시작해야 할까봐." 테오가 쓸쓸하게 웃는다.

제시카는 얼굴을 찌푸린다. 자신의 직감이 맞다는 사실을 깨닫는다. "그러게 말이야."

"당신도 있어?"

"뭐, 애기?" 제시카는 갑자기 웃음이 나오면서 경계심이 좀 풀어진다. 정말 오랜만에 들어보는 질문이다. "아니, 아니, 없어."

테오는 고개를 끄덕이고는 어깨를 몇 번 돌린 후 자세를 똑바로 하고 선다. 예전에 제시카는 그의 그런 습관을 좋아했다.

제시카는 다시 손목시계를 확인한 후, 테오에게 손을 흔들고 엘리베이터를 향해 걸어간다. "저기, 내 동료한테 아래층 카페에서 기다린다고 전해줘."

"몸 조심해, 제시."

"당신도."

말 나온 김에 하는 말인데, 당신 가족이나 잘 돌봐. 나한텐 신경 끄고.

48

카페 테이블마다 환자들과 문병객들로 가득 차 있다. 제시카가 머그컵에 담긴 차를 다 마셔갈 때쯤, 유수프가 어찌할 바를 모르는 표정으로 나타나 제시카의 맞은편 의자에 앉는다.

"이제 나도 용의자야?" 제시카가 머그컵을 감싸쥔다. 컵은 비어 있지만 온기는 남아 있다.

"로라 헬미넨은 어젯밤 라야살로에 있는 자신의 집에서 납치됐어요. 마리아 코포넨이 살해되기 불과 몇 시간 전에. 소파에 앉아 텔레비전을 보고 있는데 초인종이 울렸대요. 그다음에 기억이 끊어졌고요. 정신이 들었을 때는 어둡고 퀴퀴한 냄새가 나는 곳이었대요. 그리고 거기에 다른 여자도 있었고요."

"다른 여자라니? 얼음 공주?"

"맞아요. 헬미넨이 사진을 보고 확인해줬어요. 자기가 아는 여자는 아니래요."

"또 뭐래?"

"턱수염 의사 선생님이 좀 쉬었다가 조사를 이어가라고 하더라고요. 헬미넨이 범인들의 인상착의를 설명할 수 없기 때문에……."

"아무것도?"

"확실한 건 납치범이 두 명 이상이라는 것뿐이래요. 목소리로 판단컨대, 남자고."

"근데 왜 나를 보고 그렇게 무서워했대?"

유수프가 잠시 침묵하면서 일회용 식탁보를 만지작거린다. "헬미넨이 깨어나서 그 방 벽에 걸린 그림을 봤대요."

"그림이라니?"

"흑발의 여자 초상화였대요."

"그 그림 속의 여자가……, 나라고?"

유수프가 싱긋 웃는다. "경사님까지 왜 그래요. 그 여자는 지금 정신이 온전하지 않아요. 아직도 충격이 가시지 않은 상태라고요. 생각을 좀 해봐요."

"망할, 진짜로 나라면 어떡해? 피해자들에게 내 사진을 보여준 거라면? 이 모든 일이 나를 위해 계획된 일일 수도 있잖아. 누군가가 나한테 복수하려고."

"전혀 그럴듯하지 않네요." 유수프가 팔을 뻗어 제시카의 손을 가볍게 톡톡 친다. "빨리 이 사건 해결합시다. 이 미친놈들 다 잡아들이자고요. 그럼 이 일이 경사님하고는 아무 상관 없는 일이었다는 걸 알게될 테니까."

"경감님한테 나를 수사에서 제외해달라고 할까봐."

"왜요?"

"이런 느낌 진짜 오랜만인데, 더는 못 버티겠다는 느낌이 들기 시작했어." 제시카가 고개를 들고 천장의 형광등을 올려다본다. 청각이 예민해져서 수은이 증발하는 소리까지 들리는 것 같다. 뺨은 확확 달아오르고, 눈은 자꾸만 깜박이게 된다.

"진정해요, 경사님. 우린 경사님 없으면 안 되니까." 유수프가 주머니에서 담뱃갑을 꺼내면서 일어선다. "한 대 피우고 와서 로라 헬미넨 건마저 처리할게요."

"그래. 너 혼자 처리하는 게 나을 것 같아."

"그래요. 경사님은 휴대전화 찾아봐요. 경사님이랑 연락이 안 된다고 다들 나한테 전화하고 있어요."

"새로운 소식이 있어?"

"잉꼬 커플이 사본린나 홀에 있는 보안 카메라에서 단서를 발견했대요. 그 으스스한 대머리 남자랑 관련된 건가봐요."

"알았어. 나 놔두고 가면 안 돼."

"안 그래요."

"아 그리고, 내 지갑도 외투 속에 들어 있는데 어떡하지? 지금 주문한 차는 친구가 오면 결제하겠다고 했고."

유수프는 툴툴거리면서 지갑을 꺼내더니 현금 카드를 테이블에 내려놓는다. "비밀번호는 알죠? 여기 있는 거 다 사 먹으면 안 돼요." 유수프가 말하더니 엘리베이터를 향해 바삐 걸음을 옮긴다.

49

"똑똑."

에르네가 고개를 드니 라스무스 수시코스키가 문 앞에 서 있다. 라스무스는 회색 폴라티를 입고 노트북 컴퓨터와 자료 한 뭉치를 들고 있다.

"들어와, 라스."

"희한한 게 바깥 날씨는 어제보다 더 따뜻해졌는데, 사무실 안은 더 추워진 것 같네요." 라스무스가 어색하게 웃으면서 의자에 앉는다. 에르네는 라스무스의 입이 움직이는 것을 보고 있지만, 그 입에서 나오는 평범한 인사말이 머릿속으로 입력이 되지는 않는다.

"그래, 무슨 일이야, 라스?"

"제시카는 어디 있어요? 몇 번이나 전화했는데……."

"휴대전화가 혼자 도망 다니고 있어. 유수프한테 전화하면 제시카한테 연결이 될 거야."

"네." 라스가 고개를 끄덕이더니 가져온 선물을 책상에 펼쳐놓기 시작한다. 라스무스의 두꺼운 스웨터가 땀 냄새 억제에 놀랄 정도로 효과가 있는데도 불구하고, 에르네는 코를 찡그린다. 저절로 그렇게 된다. 라스를 볼 때마다 악취를 맡게 되기 때문이다. 방금 샤워를 하고 나와도 그런 냄새가 날 것 같다.

"우선, 일이 상당히 순조롭게 진행되고 있어요. 드디어 충분한 지원 인력이 확보되었거든요. 항상 이렇게 도움의 손길이 많다면……."

"그리고 두 번째는?" 에르네가 성마르게 끼어든다.

"네, 그래서 제가 지금 두 가지 일을 하고 있는데요, 우선⋯⋯."

"우선은 이미 지나갔잖아."

"로저 코포넨으로 추정되는 남자가 아침 8시 8분에 헬싱키 중앙역에서 멜룬메키행 지하철을 탔어요. 몇 분 후에 휴대전화 전원이 꺼졌고요. 이게 지하철 객차에 달린 CCTV의 영상이에요." 라스무스는 노트북을 돌려서 에르네에게 화면을 보여준다. "맨 아래 첫 번째 문이요." 그가 열리는 지하철 문을 가리키며 말한다.

에르네는 목에 걸고 있던 돋보기를 쓰고 노트북 쪽으로 몸을 숙이며 동영상을 주시한다. 잠시 후 로저 코포넨이 지하철에 탄다. 화질이 선명하고 카메라와 아주 가까운 위치에서 찍혀서, 그 남자의 신원에 대해서는 의심의 여지가 없다. 그가 코포넨의 일란성 쌍둥이가 아니라면, 로저 코포넨이 맞다. 그리고 그들이 아는 바로는, 코포넨에게 쌍둥이 형제는 없다.

"이럴 수가⋯⋯. 근데 아무도 못 알아보네."

"웃기는 게 작가들은 계속 텔레비전에 나오지 않으면, 아무도 못 알아본다는 거예요. 책이 수천만 권 팔린 작가라도 말이죠. 유튜브에서 화장기 없는 J.K. 롤링을 보면 알아보실 수 있겠어요?"

"누구?"

"아니에요. 잠깐만요." 라스무스가 화면을 클릭한다. 그러자 영상이 빨리 재생이 된다. 다음 몇 초 동안 문이 서너 번 열렸다가 닫히고, 사람들이 일개미처럼 종종거리며 지하철에 타기도 하고 내리기도 한다. 그러나 로저 코포넨은 계속 그 자리에 서 있다.

"8시 16분에 내려요."

"어느 역에서?"

"쿨로사리 역이요."

"미치겠군. 진짜로 집에 가는 중이었나?"

"적어도 그 근처에라도 가는 거였겠죠. 근데 불행히도 지하철역 플랫폼을 나서는 순간부터 CCTV에서 사라져요."

"거기 주차장에 차를 세워놨나 보지?"

"아뇨. 그랬다면 우리가 발견했겠죠."

"빌어먹을."

"하지만 어젯밤부터 순경들이 코포넨의 집 밖에서 경계 근무를 서고 있으니까, 로저 코포넨이 나타났다면 바로 반응을 보였겠죠. 그리고 그는 왜……자신이 살아 있다는 걸 알리려고 했을까요?"

"글쎄……." 에르네가 말끝을 흐리며 두 손에 얼굴을 묻는다. "어쩌면 자기가 죽었다는 걸 아직 모르고 있을 수도 있지."

"네?"

"어쩌면 뉴스를 못 본 건지도 몰라. 아이고, 나도 모르겠다. 이 문제는 신중하게 생각해야 돼. 수고했어, 라스. 이제 통화 좀 해야겠다." 에르네는 의자를 뒤로 밀고 앉아서 창밖을 바라본다. 비행기가 날아가는 것이 보인다.

"아직 할 얘기 남았는데요. 토르스텐 카를스테트 건이요." 라스무스는 노트북을 덮고, 에르네는 호기심 어린 표정으로 그를 돌아본다.

라스무스가 손끝에 침을 묻혀서 종이를 짚는다. "진짜 흥미로워요. 핀란드인이고, 나이는 50세. 전과는 없어요. 베스트엔드에 살고, 어린 자녀가 셋 있고요. 토르스 10 주식회사의 최고 경영자이자 이사장이자 단독 주주더라고요. 그 회사는 매출액이 240만 유로나 되고, 그중 절반 가까이가 순이익이에요."

"사본린나에서 발견된 자동차는 그 사람 소유가 맞고?"

"네, 포르쉐 카이엔, 2018년, 최신형이요."

"조금 전에 흥미롭다고 했는데. 지금까지 들은 바로는 보통의 부유한 기업가 같은데……."

"아뇨, 절대 아니에요. 카를스테트는 신비주의 전문가 같아요. 신비주의에 관한 책을 두 권 냈더라고요. 그 책들은 비밀 결사와 밀교, 신비주의, 심지어 마법까지 다루고 있고요. 그 책들을 출간한 출판사가 로저 코포넨의 3부작을 출간한 바로 그 출판사고요."

"좀 차근차근 설명해봐." 에르네가 말한다. "신비주의란 게 초자연적인 것과 같은 거야?"

"간단히 말하면, 맞아요. 신비주의라는 용어는 '숨겨진'이라는 뜻을 가진 라틴어 '오쿨투스(occultus)'에서 유래됐어요. 신비주의는 매일의 현실 바깥에 있는 세상을 탐험하죠. 현실과 현실 사이에, 우리의 일상 세계와 숨겨진 세계 사이에 다리를 놓는 것이 신비주의의 목표예요. 이 목표를 이루기 위해서, 신비주의를 행하는 자들은 다양한 의식과 물건들을 사용해요. 부적이나, 토끼 발 같은 것들이요. 심지어 주문과 마법을 사용하기도 하고."

"그 무시무시한 얘기의 요점이 뭐야?"

"소수의 사람들만 알고 있는 비밀 지식이 온갖 종류의 놀라운 잠재력을 갖고 있다는 거예요. 신비주의자들이 삶의 의미를 이해할 수 있도록 그 비밀 지식이 도와준다는 거죠. 삶의 경로에 영향을 미치기도 하고요. 심지어 죽음을 정복할 수도 있다고들 해요."

"그래서 신비주의의 목표는 긍정적인 거다?"

"마술은 엄청 다양해요. 착한 마술의 목표는 긍정적이지만, 흑마술의 목표는……"

"부정적이다? 알겠어. 그러니까 지금 우리가 얘기하는 것은 일종의 종교 같은 거네?"

"비슷한 점이 많이 있죠. 하지만 신비주의와 주요 종교 사이에는 근본적인 차이점이 하나 있어요. 신비주의가 매력적으로 느껴지는 게 그 때문이기도 하고요."

"그게 뭔데?"

"원하기만 한다면 누구라도 신을 믿을 수 있잖아요. 종교는 신자를 모으려고 경쟁을 하죠. 선교 사업과 독단주의적인 태도로 사람들에게 믿음을 강요하기도 하고. 하지만 비밀 지식은, 이름에서도 알 수 있듯이 배타적이에요. 다른 말로 하자면, 소수의 선택된 사람들에게만 정보가 제공된다는 거예요."

에르네는 입술을 꽉 다물고 라스무스를 쳐다본다. "그래서 신비주의 전문가인 토르스텐 카를스테트는 동일한 주제를 다루는 로저 코포넨의 소설과 관련하여 그 작가의 말을 직접 듣기 위해 사본린나까지 몸소 찾아갔다?"

"그건 아닌 것 같아요. 로저 코포넨은 지난주에 헬싱키에서도 독자와의 만남을 세 차례나 가졌거든요. 카지노 헬싱키, 푀르시탈로, 파시토르니에서요. 똑같은 이야기를 들으려고 네 시간이나 차를 몰아서 사본린나까지 달려갈 필요가 있을까요?" 라스무스가 중얼거린다.

"카를스테트가 헬싱키 간담회에는 참석을 못했나 보지. 아니면 코포넨의 열성적인 팬이거나."

"코포넨은 다음 주에도 헬싱키의 지역 서점 몇 군데에서 간담회를 하기로 일정이 잡혀 있었어요."

"코포넨이 곧 죽는다는 걸 카를스테트가 알았다면 그 간담회가 마지막이라는 것도 알았겠지."

"아니면 코포넨이 진짜로 죽지는 않으리라는 걸 알았거나요."

"젠장, 헷갈려 죽겠네. 카를스테트가 사본린나로 갔다가 돌아오지 않았다면? 아직도 사본린나에 있을 수 있잖아."

"차가 베스트엔드에 있는 그의 집 밖에 주차되어 있거든요."

"그래도 그가 유바 외곽의 방화 살인 사건과 관련이 있을 수는 있지. 가능하잖아, 적어도 거리와 시간이라는 관점에서는."

"그렇죠." 라스무스가 심호흡을 몇 번 한다. 행동이 이전보다 더 편안해 보인다. 수사에 진전이 있어서 마음이 여유로워진 것 같다. "아까 말씀드렸다시피, 카를스테트가 책을 두 권 썼거든요." 그는 종이 두 장을 책상에 놓는다. 각 장마다 책의 표지 사진이 있다.

토르스텐 카를스테트 『신비주의란 무엇인가』(2002)
토르스텐 카를스테트, 카이 레티넨 『밀교는 과학이다』(2007)

"카이 레티넨은 또 누구야?"

"그 사람에 관해서는 정보를 많이 모으지 못했어요. 제가 아는 한, 그가 쓴 책은 이 책이 유일해요. 출간된 다른 책은 없어요. 출판사에 전화해서 레티넨에 관한 정보를 요청했더니 자기네도 잘 모른다고 하더라고요. 그래도 사회보장 번호는 받았어요." 라스무스가 종이 뭉치의 맨 밑에 있는 종이를 끄집어낸다. 다소 위협적인 외모를 가진 대머리 남자의 사진이 보인다. 노려보는 두 눈은 예측할 수 없고 통제할 수 없는 뭔가를 숨기고 있는 듯하다.

"카이 '칼레' 레티넨, 48세. 공사현장 감독이고, 반타에 살고, 독신입니다."

"그러니까 이 친구가 코포넨에게 이상한 질문을 던지고 나중에 카를스테트의 차에 탄 사람이라는 거야?"

"이 사진을 파베 코스키넨에게 보냈더니 90퍼센트 확신한다고 하더라고요."

"수고했어, 라스. 생각 좀 정리하게 10분만 시간을 줘." 말을 마친 에르네가 휴대전화를 향해 손을 뻗는다.

50

엘리베이터 문이 열리자 6층 복도가 나타난다. 제시카는 자신을 바라보는 시선을 느낀다. 테오가 아직도 로라 헬미넨의 병실 밖에 서 있는 것이 틀림없다. 제시카는 간호사실로 걸어간다. 그녀가 창구 유리를 두드리기도 전에 창문이 스르르 열린다.

"네?"

"헬싱키 경찰청의 제시카 니에미 경사인데요."

두꺼운 안경을 낀 얼굴이 넓적한 여자가 의심스러운 눈초리로 제시카를 쳐다본다. 제시카는 목에 건 경찰 배지를 스웨터 속에서 꺼내 벗는다. 배지를 창구로 밀어넣자, 간호사가 자세히 들여다본다. 물론 그렇게 하는 것이 그녀의 의무일 것이다.

"14호실 로라 헬미넨 환자요. 두 시간 전에 구급차로 실려온 환자."

제시카가 배지를 다시 목에 걸면서 말한다.

"네……, 응급실에서 바로 우리 병동으로 왔는데요."

"환자의 소지품이 어디 있는지 알고 싶은데요. 옷과 그밖에 물건들이요."

"옷이요?"

"체온 유지를 위해 내 외투를 빌려줬거든요."

"잠깐만요." 간호사는 창구 창문을 닫는다. 제시카가 스테이플러와 마커 등을 훔쳐갈까봐 걱정이 되는 모양이다. 간호사가 의자에서 천천히 일어서더니 뒤에 있는 방으로 느릿느릿 걸어 들어간다.

제시카는 주위를 둘러보다가, 충동적으로 손 소독제를 몇 번 짜서 손에 꼼꼼히 바른다. 세균 공포증이 있지는 않지만, 직업 특성상 병원과 영안실에서 보내는 시간이 많았다. 그러나 지금은 아무것도 하지 않는 것이 두려워서 손 소독제라도 바르는 것이다. 가만히 서서 손가락이나 꺾으면서 기다리는 것이 두렵다. 어제부터 벌거벗은 느낌, 약해진 느낌, 표적이 된 느낌이 든다. 멈추고 싶지 않고, 계속 움직이고 싶은 것도 그 때문이다. 움직이는 표적은 맞히기 힘드니까. 피해자들 모두가 여러 면에서 제시카를 닮았다. 그 여자들 모두가 비교적 젊고, 머리카락이 검고, 호리호리한 몸매를 가졌다. 게다가 제시카는 자신에게 적이 많음을 알고 있다. 지난 10월 그녀는 살인 사건을 수사하면서 오토바이 폭주족 두 명을 살인 혐의로 체포했고, 그로 인해서 언론의 주목을 받았다. 그러나 생각을 거듭할수록, 이 마녀 사냥꾼들의 배후가 누구인지는 몰라도 원한을 품은 폭주족이나 제시카가 감옥에 보내서 원한을 품은 사람이 아니라는 확신이 커진다. 얼음 바다에서 뿔이 달린 형체를 보고 나니 15년 가까이 잊으려고 애써온 사건이 또렷이 되살아난다.

"동료 말로는 그 외투는 벌써 누가 찾아갔다는데요."

그 말이 제시카의 의식 속에 천천히 들어와 자리를 잡고, 그녀가 생각을 말로 형상화하기까지 몇 초가 걸린다.

"네? 누가요?"

"어떤 남자가……."

"그걸 왜 다른 사람한테 줬죠?" 제시카는 목소리가 잘 나오지 않음을 느낀다.

"잠깐만요. 다시 물어……."

"그 동료 좀 불러줘요. 지금 당장!" 제시카가 카운터에 몸을 기대고 외친다. "그리고 창구 창문 닫지 말아요!"

깜짝 놀란 간호사가 이번에는 벌떡 일어나서 뒤에 있는 방으로 다시 사라진다. 손 소독제의 강한 화학약품 냄새가 제시카의 콧속으로 쑥 밀고 들어온다. 그 냄새를 맡으니 뻔질나게 병원을 드나들던 시절이 생각난다. 엑스레이, MRI, 코르티손 주사, 나사, 부목, 신경학적 검사, 접골 요법, 침술.

"도대체 내 외투는 어디 간 거야?" 제시카가 주먹으로 카운터를 쾅 하고 내려치며 고함을 지르며 외친다.

"여기 있어요, 경사님! 내가……대신 찾아놨는데."

제시카가 뒤를 돌아보니 유수프가 놀란 얼굴로 그녀를 바라보며 서 있다. 제시카의 외투를 겨드랑이에 끼고 휴대전화를 손에 들고 있다. 복도 저 끝에서 테오가 지켜보고 있다.

51

자동차 창문에 맺힌 미세한 물방울은 기온이 오르고 있다는 표시이다. 제시카가 차 문을 쾅 닫자, 유수프는 시동을 건다. 그들은 아무 말 없이 주차장까지 걸어왔다. 제시카는 휴대전화에 뜬 부재중 전화 목록을 확인한다.

"전 그냥 돕고 싶었어요." 유수프가 말한다.

"알아. 이해해. 나도 그렇게 흥분할 생각은……."

와이퍼가 힘차게 팔을 휘저으며 창문을 닦지만, 닦이지 않고 남아 있는 물방울도 있다. 오른쪽 와이퍼 날이 낡은 것 같다.

"헬미넨이 뭐래?" 제시카가 이마로 내려온 머리카락을 뒤로 넘기면서 묻는다.

"같이 들어봐요." 유수프가 말한다. 그러고는 주머니에서 녹음기를 꺼낸다.

유수프 페플 : ……우선, 니에미 형사가 그 범죄와 어떤 식으로도 관련이 없다는 건 확실히 말할 수 있어요.

로라 헬미넨 : 그 여자였어요……. 그들이 그랬어요, 그 여자가 모든 일의 배후라고. (흐느끼는 소리)

유수프 : (긴 침묵) 그 이야기는 이따가 다시 하죠. 내 말 믿어도 됩니다. 당신은 지금 완벽하게 안전한 상태예요. 저 문밖에 아주 힘센 경호원이 지키고 있죠. 누구도 당신한테 나쁜 짓을 할 수 없어요. 알겠어요?

로라 : (흐느끼는 소리)

유수프 : 무슨 일이 있었는지 말해줄래요? 맨 처음부터 시작할까요?

로라 : 기억이 안 나요…….

유수프 : 기억을 잃기 전에 맨 마지막으로 기억나는 건 뭐죠?

로라 : 내가 집에 있었어요……. 초인종이 울렸고…….

유수프 : 혼자 있었어요?

로라 : 혼자 살아요.

유수프 : 문 앞에 누가 있었어요?

로라 : 기억이 안 나요……. 기억하는 건 그게 전부예요. 정신이 들었을
　　때는 음침한 곳이었어요. 지하실이나 뭐 그런…….

유수프 : 창문이 없었어요?

로라 : 안이 어두웠어요. 퀴퀴한 곰팡내 같은 게 났고.

유수프 : 좋아요. 지금 잘하고 있어요. 거기서 또 뭘 봤죠?

로라 : 내가 입고 있는 옷이요. 근데 내 옷이 아니었어요.

유수프 : 검은색 이브닝드레스였나요?

로라 : 맞아요. 난 그런 옷이 없거든요. 내 옷이 아니었어요.

유수프 : (침묵) 또 더 기억나는 거는요?

로라 : 거기 지하실에 (흐느끼는 소리) 다른 여자도 있었어요. 처음 보
　　는 여자였는데, 그 여자도 검은색 이브닝드레스를 입고 비싼 구두를
　　신고 있었어요.

유수프 : 두 사람이 똑같은 옷을 입고 있었던 거네요.

로라 : 그리고 그 남자가 들어왔어요. (울음을 터뜨리는 소리)

유수프 : 어떤 모습이었는지 설명해줄 수 있어요?

로라 : 뿔이 달려 있었어요……. 동물 같았어요. 염소나 양…….

제시카가 유수프를 바라본다. 녹음기에서는 우는 소리와 달래는 소리가 들린다. 그러고 나서 걸음 소리가 난다. 닥터 쿠즈네초프가 뭔가를 말한다.

유수프 : 그다음에는 무슨 일이 있었어요?

로라 : 그 남자가 라틴어로 말했어요⋯⋯. 학교 다닐 때 라틴어 수업을
한 학기 들은 적이 있어서 라틴어라는 걸 알았어요.

유수프 : 무슨 말인지 이해했어요?

로라 : 아뇨⋯⋯. 너무 무서웠어요. 그리고 그때⋯⋯잠시 후에 그가 춤
을 추기 시작했어요⋯⋯. 지팡이 같은 걸 흔들면서. 기괴한 무슨 의
식 같았어요. 다른 여자와 나는 너무 무서워서 제정신이 아니었죠.
그러고 나서 또다른 남자가 들어왔어요. 그 남자도 뿔 달린 가면을
쓰고 있었고요.

유수프 : 계속해주세요.

로라 : 그 남자들이 벽에 걸려 있던 천을 끌어 내렸어요. 거기에 그림이
있었어요. 마녀 그림. 조금 전에 이 방에 있었던 그 마녀였어요. (흐
느끼는 소리)

유수프 : (긴 침묵) 그 남자들이 뭐라고 했어요?

로라 : (흐느끼는 소리)

유수프 : 로라, 지금 집중해야 돼요. 범인들을 잡으려면 정보를 최대한
많이 모아야 돼요.

로라 : 그들이 우리를 옆방으로 끌고 갔어요. 거기에는 커다란 나무 욕
조가 있었어요. 나무로 된 온수 욕조와 비슷했는데, 어마어마하게
컸어요. 남자 하나가 손으로 물을 튀기는 소리가 들렸어요. 그들이

그러더라고요. 시험할 시간이 되었다고. 그리고 우리가 숨기는 게 없다면 겁낼 필요 없다고. 그리고……. (긴 침묵) 기억나는 건 그게 전부예요.

유수프 : 그들이 당신을 얼음 밑 어디로 데려갔는지 기억해요? 이게 중요해요, 로라.

로라 : 물속에서 정신이 든 것 같아요……. 마치 누가 나를 끌고 얼음 물 속을 헤엄쳐가는 것 같았어요. (흐느끼는 소리) 하지만 어쩌면 헛것을 본 건지도 모르죠. (작게 흐느껴 우는 소리)

알렉스 쿠즈네초프 : 좋아요. 이쯤에서 끝내는 게 좋을 것 같군요. 들어보니 중요한 질문은 다 한 것 같은데.

유수프 : 알겠습니다. 고마워요, 로라. 그리고 또 기억나는 게 있으면 여기 의사 선생님한테 말해요. 어떤 거라도 괜찮아요. 그럼 의사 선생님이 우리한테 전화할 거고……(침묵) 그럼 내가 다시 올게요. 약속한 겁니다? 좋아요.

유수프가 녹음기를 끈다. 와이퍼가 창문을 닦는 소리가 들린다. 병원 지붕에서 무거운 눈덩이가 떨어진다. 눈덩이가 땅에 퍽 하고 닿는 소리가 차 안까지 들린다.

"수고했어, 유수프. 더 얻어낼 것도 없이 다 끌어냈네."

"이거 참 힘든 일이네요." 유수프가 멍한 눈으로 제시카를 바라본다. "병실에 있을 때는 정보 수집에만 골몰해서 잘 몰랐는데, 녹음한 걸 들어보니까 이 여자가 얼마나 공포에 떨었을지 알겠어요." 유수프가 눈을 감는다.

제시카가 유수프를 돌아본다. 유수프가 그녀의 옆에 앉아서 두 손가락으로 코를 꽉 잡고 있다. 제시카는 그가 얼마나 섬세한 사람인지 가끔 잊을 때가 있다. 그는 시신이나 피나 창자 같은 것에는 별 반응을 보이지 않는다. 그러나 인간의 비극, 사랑하는 사람들의 고통, 끔찍한 폭력에서 살아남은 이들이 겪는 트라우마 같은 것에는 마음이 무너지는 사람이다. 작년에는 여덟 살 소녀가 살해된 사건을 수사하고 나서 몇 주간 병가를 내기도 했다. 소녀는 아버지에게 살해되었다. 유수프는 그 사실을 받아들이기 힘들어했고, 지금까지도 그 이야기를 하는 것을 좋아하지 않는다. 하긴 그래야 할 이유도 없지만.

"로라 헬미넨은 시험을 통과한 거네." 잠시 후 제시카가 말한다.

"근데 그게 말이 안 되지 않나요? 마녀면 물에 뜨고, 마녀가 아니면 가라앉는다고 하지 않았나?"

"그래, 미케가 그렇게 말했어."

"이 불쌍한 여자들이 실제로 물에 떴을 것 같지는 않은데."

"나도 그렇게 생각해."

"그럼 헬미넨은 다른 이유로 살려둔 거네요?"

"얼음 공주는 운이 없었고." 제시카가 말한다. 유수프는 운전을 시작하여 다른 차들 사이로 끼어든다.

52

37.5도. 일 평균 : 37.4도.

에르네 믹손은 긴 테이블에 앉아서 라스무스가 내려준 연한 커피를 마시고 있다. 그러면서 사진들과 자신의 갈라진 손가락 마디를 관찰하고 있다. 세월이 흐르면서 손가락이 갈수록 앙상해지고 있다.

"제시카와 유수프도 지금 오고 있어요." 미카엘이 자리에 앉으면서 말한다. 니나와 라스무스도 와 있다. 라스무스는 자신이 발견한 것들로 인해서 갑자기 에너지가 충만해졌다. 그 어느 때보다도 열정적이고 활기찬 모습이다.

"문제가 뭐야?" 에르네는 계속 자신의 손을 들여다보면서 묻는다. 그는 경찰 생활을 수십 년 하면서, 분위기 변화를 감지하는 데 대가가 되었다. 사소한 것들, 몸짓, 말. 지금 그의 수사팀이 부정적인 에너지를 뿜어내고 있다. "뭔데? 말해봐, 미케."

"그 두 남자를 지금 당장 불러서 조사해야 된다고 생각해요." 미카엘이 껌으로 풍선을 불었다가 터뜨린다. 가슴에는 팔짱을 끼고 있다.

"그래, 알겠어." 에르네는 조금도 놀라지 않는다.

"그들이 로저 코포넨과 산나 포르카를 사본린나에서부터 뒤쫓다가 불에 태워 죽인 게 분명해요. 상당한 근거가 있으니까 연행해서……."

"로저 코포넨은 살아 있잖아."

"그래서요?"

"카를스테트와 레티넨이 진짜로 포르카 경감이 모는 차를 사본린나에서부터 미행하다가 유바에서 차를 세우고 두 사람을 죽였다면, 우리가 확보한 새로운 정보를 감안해볼 때 그중 한 사람의 신원은 우리가 아직 밝혀내지 못한 거야. 로저 코포넨은 이후에 그 두 명과 함께 헬싱키로 돌아온 거고."

"그렇죠."

"그 말은 코포넨이 용의자라는 뜻이지. 그리고 코포넨을 찾고 싶으면 한동안 카를스테트와 레티넨을 주시해야 한다는 뜻이고."

"그리고 감청도 해야 하고요." 라스무스가 손가락으로 공중을 가리키며 말한다.

"그건 해결했어. 조금 전에 법원에서 수색영장 받아냈어. 라스, 그건 자네가 맡아. 모든 통화 내용을 듣고 있다가 조금이라도 사건과 관련이 있거나 이상하다 싶은 내용이 있으면 보고하도록. 그리고 기지국 정보를 이용해서 그들의 휴대전화가 사본린나에서 헬싱키까지 이동했는지, 그리고 방화 살인 사건이 난 현장 근처에서 한동안 멈춘 적이 있는지 알아보고."

"알겠습니다." 라스무스가 만족스럽게 웃으면서 말한다. 에르네는 그가 도전을 좋아한다는 사실을 경험으로 알고 있다.

"그리고, 미케, 그 두 사람 중 누구도 우리 시야에서 사라지는 일이 있어서는 안 돼. 감시에 틈이 생기지 않게 하라고. 어리석은 실수도 안 되고." 에르네가 말한다.

니나가 손을 들자, 에르네는 고개를 끄덕여서 그녀에게 발언권을 준다. "저도 경감님 말씀에 동의해요. 현명한 접근법이라고 생각하고요……." 그녀가 손가락으로 테이블 위에 보이지 않는 사각형을 그리면서 말한다.

"하지만?"

"하지만 오늘 제시카가 몇 번이나 주의를 환기했던 내용에 대해서 깊이 고민해봐야 한다고 생각해요. 불행히도 우리가 범인들보다 한 발짝 뒤져 있다는 사실이요. 사실 처음부터 쭉 그랬고요."

"계속해." 에르네가 니나를 우울하게 쳐다보면서 말한다.

"우리가 발견한 모든 것이……, 우리가 발견하기를 범인들이 바랐던 것들이라는 생각이 들어요."

"자네의 관점은 알겠어. 하지만 달리 생각해보자고." 에르네가 좀더 날카로워진 어조로 말한다. "우리가 이자들의 지적 능력과 우리를 호도하는 능력을 과대평가하고 있는 건지도 몰라. 그러니까 한 발짝 뒤로 물러서 생각해보자고. 우리가 범인들이 던져주는 정보 부스러기를 받아먹는 듯한 느낌이 드는 이유는 뭘까?"

"왜냐면 용의자들이 저지른 '실수들'이……." 니나는 "실수들"이라는 단어를 말하면서 허공에 손가락으로 따옴표를 찍고 잠깐 말을 멈춘다. 에르네는 그녀의 이런 습관이 매우 거슬린다. "……굉장히 어리석은 것들이니까요. 로저 코포넨이 다음 날 아침에 120개의 CCTV 카메라가 설치된 곳에서 살해된 아내의 동영상을 업로드할 생각이었다면, 그는 왜 자신을 죽은 것처럼 보이게 했을까요? 휴대전화와 다른 스마트 기기들이 쉽게 추적당할 수 있다는 건 누구나 다 아는 사실인데. 이 괴짜들은 우리가 자기들을 봐주기를 바란 거예요."

"그래서 그자들을 지금 당장 연행해와야 한다는 거예요." 미카엘이 끼어들어 단호하게 말한다.

"그 사람들은 사본린나 홀에 카메라가 설치되어 있다는 점도 분명히 알고 있었을 거예요. 그런데도 레티넨은 청중 속에서 질문을 던졌죠.

그것도 참석자 모두가 주목하게 만드는 이상한 질문을. 그러고 나서는 카메라 앞으로 유유히 걸어 나와서, 번호판을 가리려는 노력도 하지 않고 최신형 포르쉐에 올라타죠. 어이없는 실수를 계속하는 거예요. 그 도발적인 질문이 없었다면 우린 이 신비주의자들의 이름조차 파악하지 못했을 텐데 말이죠."

"그래, 그러네, 정말." 에르네가 일어선다. "그러니까 우린 바보 멍청이고, 놈들이 우리 목에 목줄을 씌워서 마음대로 끌고 다니고 있다는 거네?"

"맞아요." 미카엘이 말한다.

다른 사람들도 고개를 끄덕인다.

"이게 다 빌어먹을 쇼예요. 우리가 말하려는 게 그거예요, 경감님. 이젠 이 가학적인 살인자들의 장단에 맞춰 놀아나는 거 그만하고, 선제공격을 해야 돼요." 미카엘이 휴지에 껌을 탁 뱉는다.

에르네는 회의 테이블에 둘러앉은 수사관들을 둘러본다. 그는 반대 의견이 전혀 불편하지 않다. 사실 그는 항상 팀원들에게 비판적으로 생각하라고 독려해왔다. 그의 수사팀의 사건 종결률이 평균보다 높은 것도 그 때문일 것이다. 그는 재킷의 맨 위쪽 단추를 채우고 재킷 소매를 끌어내려 낡은 셔츠의 소맷동을 덮는다. "각자의 생각을 솔직하게 말해줘서 고마워. 근데 제시카의 의견도 듣고 싶어. 그때까지는 그 두 명의 작은 움직임이나 전화 한 통도 놓치는 일이 없게 신경쓰도록."

그러고 나서 에르네는 회의실을 나간다.

53

헬싱키에 또다시 어둠이 내린다. 한 해 중 이맘때는 회색 구름을 뚫고 태양이 어슴푸레 비치는 시간이 너무 적어서, 마치 누군가가 빛의 강도를 조절하는 조광기를 처음에는 시계 방향으로 돌렸다가 나중에는 시계 반대 방향으로 돌리기를 반복하는 것처럼 느껴진다.

제시카와 유수프가 파실라에 있는 경찰청 본부 주차장에 도착하여 차에서 내리는데, 제시카의 휴대전화가 울린다.

"니에미 경사입니다. 네. 네. 좋은 소식이네요. 감정서를 보내주시겠어요? 네, 좋아요. 감사합니다."

유수프는 상관의 간결한 통화를 흥미롭게 지켜본다. 제시카가 휴대전화를 귀에서 내린다. "부검의 사르빌린나 박사. 얼음 공주의 신원을 확인했대."

유수프가 차 지붕에 두 팔꿈치를 기댄다. "잘됐네요."

"이름은 레아 블롬크비스트. 나이는 스물아홉."

"신원을 누가 확인해줬대요?"

"남동생인가봐. 오늘 아침에 실종 신고를 했대."

"그 남동생 아직 시신 안치실에 있대요?"

"응. 지금 당장 만나봐야 해."

"경감님은 본인부터 만나고 가길 바라실 걸요." 유수프가 차 문을 쾅 닫으면서 말한다.

"그럼 그러지, 뭐."

문이 열려 있어서 제시카와 유수프는 노크 없이 에르네의 좁은 사무실로 들어선다.

"바빴겠네, 오늘." 에르네가 컴퓨터 화면을 뚫어질 듯이 쳐다보면서 말한다. 집게손가락으로 마우스를 톡톡 치고 있다.

"진짜 엄청 바빴어요." 제시카가 외투 지퍼를 내리면서 조용히 말한다. "사르빌린나 박사가 경감님한테도 전화했어요?"

"응. 자네와 통화하려고 했는데 전화를 안 받더래."

"휴대전화가 잠시 내 손을 떠나 있었어요."

"그런 줄 알았어."

"그럼 얼음 공주의 신원이 확인된 거 경감님도 들으셨겠네요."

에르네가 얼굴을 찌푸린다. "응? 그 별명 좀 안 쓰면 안 될까?"

"우리도 좋아서 쓴 건 아니에요. 신원이 확인됐으니 이젠 쓸 필요 없겠네요." 제시카가 말한다. 유수프는 구석에 있는 의자에 앉는다.

"그래서 유바에서 죽은 남자 빼고는 피해자 전부 신원이 확인된 거지?" 에르네가 마우스를 놓으면서 말한다.

"넵." 제시카가 무릎을 가볍게 마사지한다. 무릎이 기분 나쁘게 욱신거린다. 다친 지는 몇 달 됐는데, 며칠 동안 자신을 꼼짝도 못 하게 했던 그 끔찍한 통증이 아직도 생생히 기억난다.

"이제 뭐 할 건데?" 에르네가 묻는다.

"헬미넨과 블롬크비스트의 가족들을 만나보려고요. 가능하면 마리아 코포넨과 친했던 친구들도 만나보고요."

"왜?"

"세 여자 사이에 무슨 연결고리가 있을 것 같아서요. 어느 미친놈이 마녀라고 생각했다는 사실 말고도 또 뭐가 있을 것 같아서."

에르네가 웃는다. 제시카는 에르네의 웃음 3종 세트의 의미를 잘 알고 있다. 지금 본 웃음은 만족을 뜻한다.

"훌륭해." 에르네가 발작적으로 기침을 한다. 제시카는 걱정스러운 얼굴로 그를 바라본다. 이 양반이 언제 이렇게 늙고 쇠약해졌나?

제시카는 에르네의 기침 발작이 잦아들기를 기다렸다가 말을 잇는다. "헬미넨과 블롬크비스트는 약에 취해 정신을 잃은 후 지하실로 끌려갔어요. 거기서 범인들이 똑같은 옷을 입혔고요. 그런 다음에는 두 여자에게 마녀 시험이 행해진 게 분명해요. 미케가 말했던 시험이요. 여자들이 큰 나무 욕조 혹은 물탱크에 담가졌어요."

"이 얘기는 모두 헬미넨한테서 들은 거야?"

"네. 그리고 헬미넨은 납치범들이 동물 마스크 같은 것을 쓰고 있었다고 주장했어요. 오늘 제가 꽁꽁 언 바다에서 본 괴물처럼요." 말을 마치고 나서 제시카는 에르네를 물끄러미 쳐다보며 그의 반응을 관찰한다. 얼음 바다에 서 있던 뿔 달린 남자가 제시카의 상상의 산물이 아니라는 사실을 에르네가 전에는 믿어주지 않았지만, 이제는 믿을 수밖에 없을 것이다.

"그럼 자넨 헬미넨을 신뢰할 수 있다고 생각하는 거야?"

제시카는 몸서리를 친다. 그녀의 생각이 틀렸다. 에르네는 헬미넨의 진술도 믿지 못하는 것이다. "그게 무슨 말씀이세요? 헬미넨을 신뢰할 수 없는 이유를 모르겠는데요."

"그런 충격적인 일을 겪고 난 후에는, 상상력이 온갖 것들을 만들어 낼 수 있잖아."

청바지 뒷주머니에 있던 제시카의 두 손이 화가 나면서 꽉 쥐어진다. 그러고는 단호하게 말한다. "아까도 말씀드렸지만, 헬미넨의 진술은 전체 그림과 완벽하게 들어맞아요." 그녀가 유수프를 바라보자, 그는 자신도 거들어야 한다는 사실을 깨닫는다.

"맞습니다, 경감님." 유수프가 말하지만 목소리에 확신이 없다. 강력계에서 일한 지 2년밖에 되지 않아서 그런지 몰라도, 그는 아직도 상관의 심기를 건드리는 말을 하기가 두렵다.

그러나 에르네는 사람 좋은 얼굴로 싱긋 웃는다. "맞습니다, 경감님." 유수프의 말을 작은 목소리로 따라 하더니, 책상에 놓인 서류로 관심을 돌린다. 제시카는 책상 한쪽에 쌓여 있는 두꺼운 자료 묶음을 바라본다. 코포넨의 책들과 카를스테트의 『신비주의란 무엇인가』를 출력해놓은 것이다. 파일을 어디에서 용케도 구했나 보다. 에르네가 다시 말한다. "피해자들이 날씬한 몸매에 머리카락이 검다는 거 말고 다른 연관성이 있으리라는 생각에는 나도 동의해. 그게 좋은 공격 각도가 될 것 같아."

"오늘 얼음 바다에서 있었던 일에 대해서 미케 형사와 이야기를 나눌 시간이 없었어요⋯⋯." 제시카가 말하는데, 갑자기 배가 고파 위가 쓰린 느낌이 든다. 오늘은 뭔가를 먹을 시간이 없었다.

"그 일이 코포넨의 책과 무슨 관계가 있는지 알고 싶은 거지?"

"네."

"책에서도 거의 똑같은 일이 일어나고 있어. 마녀로 의심받은 여자들 중 한 명이 시험에 통과하지. 물에 뜨지 않고 가라앉은 거야. 종교재판관들이 그 여자를 물에서 끌어내서 풀어줘. 로라 헬미넨이 이 끔찍한 드라마에서 그 불쌍한 여자 역할을 맡은 것 같아."

"이상하지 않아요? 책에서 일어나는 범죄 중 어떤 사건들은 복사라도 한 듯이 똑같이 일어나고, 또다른 사건들은 이게 그건가 싶을 정도로 연관성이 피상적인 수준에서 그치고. 로라 헬미넨 건도 그렇잖아요."

"그러게. 하지만, 이 집단이 코포넨의 책에 나온 사건들을 모방하고 있다고 추정하는 쪽은 우리야. 그게 사실이라고 해도, 범인들이 그 책의 내용을 그대로 따라야 한다는 규칙은 없잖아."

"그거야 그렇죠." 제시카가 말한다. 그러고는 외투 주머니에서 수첩을 꺼내 메모를 한다. 한동안 그들은 조용히 앉아 있다. 방 안에서 들리는 소리는 에르네의 거친 숨소리뿐이다.

"책임 수사관인 자네의 의견을 듣고 싶은 일이 하나 있어, 제시." 에르네가 말한다. 그러고는 느릿느릿 의자에서 일어선다. "카를스테트와 레티넨 말인데. 어젯밤 카를스테트의 차가 어디로 이동했는지에 관해서는 아무런 정보가 없어. 이론적으로 그 두 사람은 유바에서 발생한 방화 살인 사건과 어떤 식으로든 관련이 있을 수 있어. 그리고 정말 관련이 있다면, 그 둘이 로저 코포넨과 협력하고 있을 가능성을 배제할 수 없고."

"근데 구체적인 증거가 없다? 레티넨이 이상한 질문을 했다는 사실 말고는?" 제시카가 볼펜 끝을 누르면서 말한다.

"바로 그거야. 지금 둘 다 계속 감시하고 있어. 베스트엔드와 반타에 있는 둘의 승용차도 감시하고 있고. 두 사람의 휴대전화 감청 영장도 받았고. 근데 그렇더라도 니나와 미케는 그자들을 즉시 연행해서 신문해야 한다고 생각하더라고."

"제 생각을 알고 싶으세요?"

"그래, 꼭 알고 싶어."

"우리의 주요 목적 중 하나는 로저 코포넨을 찾는 거 아닌가요? 그러니까 잠깐 두고 보면서 둘 중 누구라도 코포넨에게 연락하기를, 아니면 반대로 코포넨이 둘 중 누구에게 연락하기를 기다리는 편이 낫지 않을까요?"

"내 말이 그 말이야." 에르네가 약간 안도하는 표정으로 말한다.

"하지만 코포넨에게만 집중하고 있으면 안 되죠. 그자가 사본린나에 있었다는 알리바이가 확실하잖아요. 마리아 코포넨과 얼음 공주가 살해될……."

"이젠 이름이 있잖아, 제시카." 에르네가 책상 뒤로 걸어가서 창밖을 내다본다.

"……레아 블롬크비스트가 쿨로사리에서 살해될 시각에."

에르네가 손끝으로 유리창을 꾹 누른다. "그러니까 코포넨을 찾아낸다고 해도, 살인범은 여전히 잡히지 않은 상태일 거다?"

"그렇죠." 제시카가 숨을 깊이 들이마셨다가 내쉰다. "그러니까 카를스테트와 레티넨을 지금 잡아들이는 건 완전 어리석은 짓이라는 거죠."

"경사님은 얼음 위에 서 있는 뿔이 달린 남자를 봤어요." 유수프가 생각에 잠긴 얼굴로 입을 연다. "같은 시각에 얼음 밑에서는, 누군가가 로라 헬미넨과 같이 있다가 그녀를 구멍으로 밀어올렸고요."

"그래서?"

"카를스테트와 레티넨이 그 시각에도 감시를 받고 있었나요?"

"아니. 하지만 그 일이 발생한 직후에, 카를스테트가 베스트엔드에 위치한 자신의 집에 있는 것을 확인했고, 레티넨은 키비스퇴에 있는 직장에 있는 걸 확인했어. 그러니까 그들이 그 시각에 쿨로사리에 있었다는 것이 이론적으로는 가능하지만, 현실적으로는 불가능에 가깝다는 얘기지. 반면에 로저 코포넨은 아침 8시 16분에 쿨로사리 지하철역에서 내렸어."

제시카는 고개를 숙인다. 몸이 걷잡을 수 없이 부들부들 떨리기 시
작한다.

54

제시카는 에르네의 사무실 뒷벽에 기대서 있다. 미케와 니나, 라스무스도 이 좁은 사무실에 들어와 있다. 라스무스가 바로 앞에 서 있는데도 어찌된 일인지 제시카는 숨을 참을 필요를 느끼지 못한다. 누가 그에게 개인위생에 신경 쓰라고 충고하는 익명의 메시지를 전달한 것이 분명하다.

"그럼, 그 얘기는 끝." 미카엘이 손뼉을 치면서 말한다. 조금 전 에르네가 카를스테트와 레티넨을 즉시 연행해서 신문해야 한다는 미카엘의 의견을 깔아뭉갰지만, 미카엘은 기분 나쁜 기색이 조금도 없다. 그는 이렇게 시원시원한 성격이다. 미카엘은 거의 모든 일에 대해서 자신의 의견을 내지만, 상급자가 결정하면 군말 없이 따른다. 결정을 내리는 사람이 그 결과에 대한 책임도 진다는 사실을 잘 알고 있다.

"그리고 다른 일도 몇 가지 있어." 에르네가 말을 잇는다. 사무실 안에서 그만 유일하게 앉아 있다. "우선, 유수프와 제시카가 헬리콥터를 띄워서 '말레우스 말레피카룸'이라는 문구가 다른 곳에도 있는지 찾아보자고 제안했어."

"사실 그건 유수프의 아이디어였어요." 제시카가 말한다. 예의상 확실히 해둔 것인지, 허튼소리일 경우 책임을 모면하기 위해서 한 말인지 자신도 잘 모르겠다는 생각이 든다.

"그건 왜요?" 니나가 유도로 단련된 어깨를 손으로 꾹꾹 누르면서 묻는다.

"코포넨의 집 지붕에 발로 밟아서 쓴 그 문구를 범인들이 다른 곳에서 미리 연습을 해봤을 수도 있으니까. 아니면 다른 곳에 더 써놨을 수도 있고. 우리를 위해 단서를 더 남겨놨을지도 모른다는 거지." 에르네가 설명한다.

미카엘이 고개를 가로젓는다. "우리를 위해 단서를 더 남겨놨을지도 모른다. 그러니까 그 망할 자식들이 벌이는 게임에 계속 끌려가자는 거네요."

"예를 들어 그 망할 자식들이 새로운 피해자가 있는 위치를 그런 식으로 표시해뒀을 수도 있잖아. 그런 경우에는 위치를 찾아내는 게 우리에게 득이 되는 거고." 에르네가 날카롭게 말한다. 단호하고 확고한 어조로 말하는 모습에서, 사족 달기를 허용하지 않던 예전의 모습이 언뜻 보인다.

에르네는 책상에 올려놓은 두 손을 깍지 낀다. "둘째, 로저 코포넨이 살아 있다는 사실을 당분간은 언론에 알리지 말자고. 우리가 아는 사실을 마녀 사냥꾼들이 모르고 있을 가능성이 아주 희박하기는 해도 있기는 있으니까. 이대로 가자, 오늘 밤까지만이라도. 셋째, 피해자의 가족들과 친구들을 만나보는 일은 즉시 시작할 거야. 제시카와 유수프가 그 일을 맡을 거고. 두 사람은 필요하다면 국립 수사국에서 나온 사람들에게 지원 요청해. 인력이 더 필요하거나 새로운 시각으로 봐줄 사람이 필요하면 망설이지 말고 요청하라고." 에르네는 국립 수사국 수사관들이 앉아 있는 것처럼 빈자리를 손으로 가리키며 말한다.

"넷째, 라스무스, 이 마녀 사냥꾼들이 코포넨의 책에 나오는 범죄를 모두 저지르기로 결심할 경우, 앞으로 일어나리라고 예상되는 모든 사건을 보고서로 작성해줘. 살인 사건만이 아니라 전부. 살인 사건도 아직 세 건이 더 남은 걸로 아는데……."

라스무스가 고개를 끄덕이더니 손가락으로 세면서 말한다. "한 여자는 바위에 깔려 죽고, 한 남자는 돌에 맞아 죽고, 또다른 남자는 칼에 찔려 죽죠."

"……범죄 요건을 충족하는 다른 사건들도 모두 포함시켜. 납치, 폭행, 강간 등등. 전부 다. 책에 나온 일은 모두 어떤 식으로든 일어날 수 있으니까."

한순간 침묵이 흐른다.

"니나와 미카엘은 라야살로와 그 근방에 있는 건물 중에서 지하실이 있는 건물을 모두 찾아봐. 로라 헬미넨의 진술을 들어보면, 아파트에 있는 자전거 보관소 같은 곳은 아닌 것 같아. 누구라도 우연히 발견할 수는 없는 그런 공간이어야 돼. 이웃이 경찰에 신고할 걸 걱정하지 않고 마음대로 소동을 벌일 수 있는 공간. 방공호나 개인 창고나 주택의 지하실 같은 곳. 그리고 욕조 수입 회사에 연락해서 나무 욕조를 누구한테 팔았거나 배달한 적이 있는지 알아봐. 그리고 기념품 가게 같은 곳을 뒤져서 그 뿔 달린 가면에 대해서도 알아보고. 지금은 아주 작은 실마리라도 귀중한 가치가 있어. 그리고 제시카, 국립 수사국 사람들을 지원 인력으로 잘 활용해. 그 사람들은 자네의 지시를 기다리고 있어."

방 안에 있는 모두가 고개를 끄덕인다. 노동 분업이 효율적이고 분명하게 이루어졌다. 에르네는 하루에 한 번 지시를 내리고, 그후에는 각자 자기 할 일을 하도록 참견하지 않고 내버려둔다.

미카엘이 마지막 발언을 요청하는 것처럼 손가락 하나를 들자 에르네가 고개를 끄덕인다. "로라 헬미넨이 욕조가 진짜 컸다고 말했다는데 그게 무슨 뜻일까요?"

"진짜 큰 나무 욕조라고 하면 얼마나 큰 걸 말하는 건지 묻는 거예요?" 제시카가 고개를 들어 천장을 올려다보면서 묻는다.

"응."

"한 사람이 들어가서 다리가 바닥에 닿지 않고 뜰 수 있으려면……, 다시 말해, 그 안에서 익사하는 것이 가능하려면…….."

"2,000에서 3,000리터는 돼야 하지 않을까요?" 라스무스가 끼어든다. "저희 어머니가 한코에 있는 집 테라스에 1,500리터짜리 온수 욕조를 들여놓으셨는데, 그 안에서 익사하는 건 거의 불가능하거든요."

"그걸 어떻게 알아? 엄마가 안 볼 때 튜브 안 끼고 놀다가 큰일 날 뻔한 적이 있는 거야?"

미카엘의 농담에 당황한 라스무스는 안경다리를 만지작거린다. 에르네가 미카엘에게 눈짓으로 경고한다. 그만해.

"자네 생각은 어때, 미케?"

"일련의 범죄 행각이 어제부터 시작됐다고 추정한다면 최근에야 욕조에 물을 채우지 않았을까요? 부검 감정서를 보니까 수돗물이라고 나와 있던데."

니나의 얼굴에 미소가 피어오른다. "무슨 말인지 알겠다. 핀란드의 한 가정에서 평균적으로 물을 얼마나 쓰지?"

"하루에 150리터쯤?"

"그럼 2인 가구에서 그렇게 큰 욕조를 채운다면 물 소비량이 1,000퍼센트 급증한다는 뜻이 되겠네."

"찾을 수 있을까?"

"내가 수자원공사에 전화해볼게."

"우선 쿨로사리와 라야살로를 중심으로 찾아봐달라고 해. 그리고 필요하다면 헬싱키 전 지역으로 확대하라고 하고." 미카엘이 만족스럽다는 듯이 손뼉을 친다.

"좋아! 결과가 나오면 다들 제시카에게 보고하도록." 에르네가 말한다. 그러고는 재킷의 가슴 주머니를 더듬는다. 표정을 보니 아직도 거기에 담배를 넣고 다니는 것이 틀림없다. "그리고, 아, 맞다." 말이 높은 어조로 나와서 에르네가 당황스러운 표정을 짓는다. "시시 사르빌린나 박사가 작성한 마리아 코포넨과 얼음 공주에 대한 부검 감정서에 따르면……."

"이제는 이름이 있잖아요." 제시카가 에르네에게 눈을 찡긋하면서 말한다.

"……레아 블롬크비스트. 주여, 그녀의 영혼이 편히 쉬게 하소서." 에르네가 제시카를 짐짓 죽일 듯이 노려보면서 말한다. 그러고는 돋보기를 끼고 테이블에 놓인 종이 한 장을 집어든다. "어쨌든 두 피해자의 혈액에서, 오용하거나 다량 투여할 경우 치명적인 결과를 가져오는 특정 물질이 검출됐어. 티오펜탈, 브롬화물 판쿠로늄, 그리고 염화 칼륨. 게다가 피해자들이 정신을 잃게 하려고 클로로포름이 사용된 것으로 보이고."

수군거리는 소리가 곳곳에서 들린다.

"죽음의 칵테일이네요. 얼마 전에 읽은 『함무라비의 천사들』이라는 소설에서도 살인범이 똑같은 합성물질을 사용했는데." 미카엘이 호기심 가득한 표정으로 말한다. "범인들이 로저 코포넨 책만 읽은 게 아니네요."

니나가 얼굴을 찌푸린다. "그래서 작업 방식이 뭐랄까……, 인도적이었다고 해야 되나?"

"인도적이지는 않은 것 같고. 그래도 고통은 없었겠네요." 제시카가 태블릿 PC를 다시 꺼내면서 말한다.

"로라 헬미넨도 클로로포름에 취해 정신을 잃었어. 피해자들이 의식을 잃은 상태에서 욕조에 던져진 것 같아. 그 말은 익사도 고통 없이 이루어졌다는 뜻이겠군." 에르네가 말한다.

핀 한 개가 떨어지는 소리도 들릴 만큼 갑자기 사무실 안이 조용해진다.

"그 얘기를 들으니 그나마 위로가 되네요." 라스무스가 두 손을 주머니에 찔러넣으면서 말한다.

"어쨌든 하나씩 밝혀지니 다행이야. 니나와 미카엘, 헬싱키에서 이런 유독물을 구할 수 있는 곳을 모두 알아봐줘."

"네."

"그럼 회의는 이 정도로 끝내자고. 다들 수고했어." 에르네가 말한다. 다들 옆 사람과 수군수군 이야기를 한다. 제시카는 수첩을 펼쳐 맨 마지막 페이지에 적어놓은 이름과 전화번호를 바라본다. 파베 코스키넨. 그 밑에 아까 에르네와 따로 회의하면서 적어놓은 메모도 있다. 에르네가 언급한 유독물을 써놓으려고 페이지를 넘기는데, 펜이 미끄러져 바닥으로 떨어진다. 살 떨리는 전율이 다리에서부터 밀려 올라온다. 갑자기 시야가 흐려진다. 자신의 거친 숨소리가 크게 들린다. 다른 사람들의 목소리는 아득히 먼 곳에서 나는 것처럼 아주 작게 들린다.

이럴 수가.

"왜 그래, 제시?" 에르네가 다가와 있다. 제시카는 어깨에서 그의 손길을 느낀다.

"이럴 수가……." 제시카가 중얼거리면서 수첩을 꽉 쥐고 가슴에 댄다.

유수프가 수첩을 잡는다. "보여줘요." 제시카가 수첩을 놓고 두 손으로 뒷덜미를 만진다.

"그거 내가 쓴 거 아니에요……."

유수프의 표정이 모든 것을 말한다. 말레우스 말레피카룸.

55

아, 산들바람이 너무 좋다.

물기를 머금은 따뜻한 산들바람이 분다. 도시의 동쪽, 리도 모래 해변의 철썩이는 파도에 배가 한가롭게 흔들린다. 그들 앞에는 길이가 2킬로미터는 족히 되어 보이는 백사장이 펼쳐져 있다. 제시카는 엄마의 말을 떠올린다. 엄마의 입에서 한 번 이상 나왔다고 기억하는, 몇 가지 되지 않는 말 중의 하나이다. 벨 에어의 집 수영장에서 산들바람이 시원하게 느껴졌던 때는 제시카가 수영장에서 나와 젖은 몸으로 서 있을 때뿐이었다. 아빠가 대형 타월로 그녀의 몸을 감싸주기 전의 한순간. 산들바람은 보통 따뜻했다. 무겁고 정체된 공기만큼 따뜻했다. 하지만 무더운 여름날에는 상쾌하게 느껴졌다. 제시카는 키 큰 야자수의 길게 갈라진 잎들이 바람에 흔들리던 장면과 나무 몸통이 바람에 무섭게 흔들리면서도 부러지지는 않던 모습을 기억한다. 그녀는 두 손으로 귀를 막고 야자수를 지켜보면서 부러지기를 기다리곤 했다.

"무슨 생각해?" 제시카는 귀 밑에서 콜롬바노의 목소리를 느낀다. 그의 손가락이 그녀의 머리카락 속으로 파고 들더니 두피를 꾹꾹 눌러 마사지한다. 가끔 명치가 콕콕 찌르듯 아플 때와 느낌이 비슷하다.

"아무것도 아니에요." 제시카가 고개를 돌려 콜롬바노가 끼고 있는 보잉 선글라스에서 비치는 자신의 모습을 본다. 바닷물에 화장이 지워지고 머리카락이 얼굴에 달라붙어 있기는 하지만 여전히 그녀는 아름답다.

제시카가 밀라노행 기차를 타기로 되어 있었던 날로부터 8일이 지났다. 그녀는 예전의 삶을 뒤에 남겨두고 대체 현실(alternate reality)로 뛰어들었다. 이 대체 현실에는 토리노, 알프스 산맥에서 타는 스키, 그르노블까지의 기차 여행, 마르세유 해변에서 즐기는 휴가가 차지할 자리는 없다. 여름은 중부 유럽의 여름이 가장 아름답고, 서둘러 집으로 돌아갈 이유도 없다. 게다가 그녀에게 집이 있기나 한가? 안전하다고, 사랑받고 있다고 느꼈던 곳이 한 군데라도 있었나? 마음이 있는 곳이 집이다. 지금은 콜롬바노의 곁이 그녀의 집이다.

제시카는 콜롬바노의 곁에서 훨씬 더 오랜 시간을 함께해온 듯한 느낌이 들 때가 가끔 있다. 연주회장의 푹신한 의자에 앉아 비발디의 "사계"를 들을 때, 함께 아침 식사를 준비하거나 시내를 산책할 때, 콜롬바노의 아파트에 홀로 앉아서 그가 돌아오기를 기다릴 때, 그와 키스를 하고, 사랑을 나누고, 서로의 몸을 만질 때, 산 마르코 광장에서 비둘기에게 먹이를 줄 때, 평생 지속될 것 같던 무심함이 마침내 사라지고 편안하고 차분한 느낌이 들 때.

"수영하러 갈까?" 콜롬바노가 제시카의 뺨을 어루만지면서 말한다.

"그래요." 제시카가 웃으면서 일어나 앉아, 선글라스를 벗고 눈을 가늘게 뜬다. 광활한 하늘에서 태양이 이글거린다. 그녀는 거기서 쉬고 있는 동안, 등 아래쪽에 닿아서 배기던 바가지를 집어서 뱃머리 쪽으로 던진다. 이 배는 특별한 것 하나 없이 평범하다. 고급스러움과는 거리가 멀다. 이곳은 제시카가 작년에 프랑스 리비에라의 해변에서 몇 주를 보내면서 잠시 누렸던 생트로페의 화려함하고도 거리가 멀다. 그래서 더 완벽하게 느껴진다.

제시카는 콜롬바노가 흰 티셔츠를 벗고 고래처럼 자연스럽게 물로 뛰어드는 모습을 바라본다. 콜롬바노가 뛰어내리자 작은 배가 흔들의자처럼 앞뒤로 흔들린다. 그의 근육질의 몸이 수정 같은 바다를 미끄러지듯이 가르며 나아간다. 잠시 후 몇 미터 떨어진 곳에서 그의 머리와 어깨가 수면 위로 떠오른다.

"어서 들어와, 공주님." 눈을 찌르는 젖은 머리카락을 뒤로 넘기면서 콜롬바노가 외친다.

"알았어요, 들어갈게요." 제시카가 일어선다. 콜롬바노는 수중 발레 선수처럼 물 위에 떠 있다가, 다시 물속으로 사라진다. 제시카는 물속으로 뛰어내리려고 뱃전에 선다. 그때 뒤꿈치에 날카로운 통증을 느끼고 주저앉는다. 발바닥을 들여다보니 뒤꿈치가 반지에 찍혀 살갗이 찢어졌다. 반지를 집고서는 조심스레 살펴본다. 장식이 화려한 금반지인데, 한때 다이아몬드가 박혀 있을 법한 왕관 모양의 틀 안에는 아무것도 없다. 이제 왕관의 가장자리는 강꼬치고기의 작고 날카로운 이빨처럼 보인다.

제시카는 바닥에 앉아서 한 손으로는 부서진 반지를 만지작거리고 다른 손으로는 찢어진 뒤꿈치를 마사지한다. 흐르는 피가 물과 땀과 피부에 바른 선크림과 섞인다. 콜롬바노가 시끄럽게 첨벙거리는 소리가 들린다.

"어서 들어와!"

제시카가 반지를 요리조리 돌려가며 살펴본다. 안쪽에 글씨가 새겨져 있다.

"제시카?"

페르 이트 미오 아모레, 키아라.

"갈게요, 바노."

2003. 2. 20 ― 2103. xx. xx.

제시카는 필기체로 새겨진 문구를 바라본다. 내 사랑, 키아라. 아마도 결혼기념일인 것 같은데, 반지에 새겨진 날로부터 이제 겨우 1년 몇 개월밖에 지나지 않았다.

갑자기 배가 기우뚱하더니, 강한 손이 뱃전을 잡는다. 제시카가 반지를 놓치는 바람에, 반지는 배에 고인 더러운 물 속으로 굴러 들어간다. 콜롬바노가 팔꿈치를 뱃전에 대고 몸을 지탱하고 있다.

"왜 그래?" 콜롬바노가 묻더니 고개를 쭉 빼고 제시카가 두 손으로 잡고 있는 발을 바라본다.

"뭘 밟았어요." 제시카가 불쑥 내뱉는다.

"피 나?" 콜롬바노가 얼굴을 찌푸리며 제시카의 손가락을 가리킨다. 손가락 끝이 빨갛다.

"그런 것 같아요." 제시카가 조심스럽게 일어선다.

"집에 갈래?" 콜롬바노가 다시 물속으로 내려간다. 이제 그는 하늘을 보며 누운 자세로 물에 떠서 그녀를 보고 있다. 제시카는 햇볕이 어깨에 따갑게 내려앉는 것을 느낀다. 조금 전까지만 해도 얇은 리넨 스카프를 어깨에 두르고 있었는데 어디 갔는지 모르겠다. 배 주위의 바닷물이 아름답게 반짝인다. 그 물이 그녀를 서늘하게 감싸 안아줄 것 같다. 그녀는 바닷물 냄새와 혀에서 느껴지는 짠맛을 사랑한다. 그런데 왠지 자꾸 망설여진다.

콜롬바노의 눈길이 제시카를 망설이게 한다.

"좀 이따가요." 제시카가 말한다. "근데 오늘은 별로 수영할 기분이 아니에요."

"왜?" 장난기가 싹 가신 목소리로 콜롬바노가 묻는다.

"그냥 별로 내키지 않아요."

"뛰어들어."

"난⋯⋯."

"뛰어들어, 제시카." 콜롬바노가 다시 뱃전을 잡는다. 제시카는 얼음처럼 차가운 손이 자신의 발목을 잡는 것을 느낀다. 콜롬바노의 얼굴에 의심이 가득하다.

"싫어요." 제시카는 자신의 목소리가 떨리는 것을 느낀다. 그녀의 발목을 쥔 손에 힘이 들어간다. 배가 흔들리기 시작한다. 처음에는 천천히 흔들리다가 갈수록 빨라진다. 배 위로 물보라가 튀어 날아온다. 제시카의 피부에 물방울이 맺힌다. 제시카는 불안함에 숨을 헐떡인다.

그때 콜롬바노의 표정이 다시 바뀐다. 천천히 퍼지는 그의 알겠다는 표정은, 얼음 같은 바닷물에 던져진 인명 구조용 튜브 같다. "알았어. 그냥 장난친 거야."

콜롬바노가 제시카의 발목을 놓고, 배로 올라오는 사다리가 있는 선미를 향해 헤엄친다.

제시카는 거무스름한 물 웅덩이를 바라본다. 그녀는 그 웅덩이가 반지를 영원히 숨겨주기를 바란다.

56

"어떻게 된 걸까?" 에르네가 묻는다. 그는 문을 닫는다. 에르네의 사무실에는 그와 제시카 둘만 남았고, 다들 각자의 자리로 돌아갔다.

"수첩은 계속 내 외투 주머니에 있었어요." 제시카가 에르네의 책상에 세워진 파란색과 흰색이 섞인 우승기를 노려보며 말한다. 우승기가 미세하게 흔들리고 있다. "누가 구급차나 병원에서 내 수첩에 손을 댄 게 틀림없어요."

에르네는 어찌할 바를 모르겠다는 표정으로 뒷짐을 진 채 문에 기대서 있다.

"유수프가 간호사실에서 외투를 찾아줬어요. ……구급대원들이 간호사실에 맡긴 걸로 알고 있고요."

"휴대전화도 외투 주머니에 같이 들어 있었잖아. 누군가가 수첩을 건드렸다면 전화기도 건드렸겠지."

"휴대전화는 비밀번호가 걸려 있잖아요."

"그래도 미케하고 얘기해봐. 난 이런 일에는 문외한이라, 이 휴대전화를 계속 사용하면 위험한지, 아예 새 걸로 바꿔야 하는지 어떤지 전혀 모르거든."

"도대체 어떻게 된 건지……."

"누가 자네 소지품에 손을 댔다면, 병원 CCTV로 확인할 수 있을 거야. 라스한테 찾아보라고 할게."

"'손을 댔다면'이라뇨? 이거 안 보이세요?" 제시카가 라틴어 문구가 선명히 적힌 페이지를 펼쳐 보이면서 날카롭게 말한다. 그녀는 다른 문구는 적혀 있지 않은지 확인하기 위해서 페이지를 계속 넘긴다. 다른 페이지는 깨끗하다.

"내 말은 그러니까······." 에르네가 코를 비비면서 말한다. "······병원에 가기 전에 누군가가 더 일찍 그 수첩을 건드렸을 가능성도 있다는 얘기지. 그리고 의도적으로 중간에 빈 페이지를 몇 장 남기고 맨 뒤에다가 썼을 수도 있고. 한참 지나고 나서 그 문구를 발견할 수 있게 말이야."

"모르겠어요, 경감님. 진짜 모르겠어요. 그냥 제가 이 미친 게임의 인질이 된 듯한 느낌이 들어요. 생각해보세요. 전 살인범을 두 번이나 직접 봤어요. 어제 코포넨의 집에서 한 번, 오늘 얼음 바다에서 한 번. 그리고 이젠 범인이 제 수첩에 메시지까지 남겼고요."

"그렇다고 해서 이 사건이 자네와 개인적인 연관성이 생기는 건 아냐. 자넨 이 사건의 책임 수사관이잖아. 그 메시지는 책임 수사관을 향한 걸 수도 있어. 제시카 니에미라는 개인을 향한 게 아니라." 에르네가 천천히 책상을 돌아가서 의자에 앉는다. 제시카는 그의 노쇠해진 모습을 슬쩍 훔쳐본다. 에르네는 아프다. 자신의 건강 상태에 관해서 이야기하기를 꺼리지만, 심지어 제시카한테도 말하지 않으려고 하지만, 아프다는 사실만큼은 확실하다.

"그뿐만이 아니에요, 경감님. 시간이 없어서 병원에 갔던 일에 대해서 말씀을 다 못 드렸는데, 로라 헬미넨이 저를 보자마자 발작을 일으켰어요." 제시카가 에르네를 쳐다보며 말한다. 에르네가 긴장한 표정을 짓는다.

"그게 무슨 말이야?"

"헬미넨이 지하실에서 본 그림 속에……."

"그림 속에 뭐?"

"제가 있었대요."

에르네는 무슨 말을 하려다가 말고, 얼굴을 찌푸린다.

"그림 속의 여자가 저였대요. 확실하대요."

"로라 헬미넨은 정신적인 충격을 받았잖아. 그럴 만한 이유가 있었고……."

"하지만 지금까지 일어난 다른 일들까지 모두 고려해보면, 완전히 황당한 얘기는 아니잖아요. 제가 표적이에요."

"그럼 다른 사람들이 끔찍한 범죄를 저지르도록 사주하는 배후 인물이 자네라고?"

"아니면 왜 그 망할 자식들이 지하실에 제 초상화를 액자까지 해서 걸어놨겠어요?"

에르네는 한숨을 쉰다. 제시카는 계속 구시렁거려봤자 아무 소용없다는 걸 알고 있다. 이 상황은 지금 누구에게나 혼란스럽기 때문이다.

"그들이 알고 있어요, 경감님. 제가 무슨 짓을 했는지 알고 있는 거라고요."

"무슨 얘기를 하는 거야, 제시카?" 에르네가 이마를 찡그리며 묻는다. 그러나 곧 무슨 이야기인지 알아차린다. "아냐, 제시카. 그건 자네의 피해망상이야. 그 일에 대해선 다시는 생각도 하지 말고, 말도 하지 마."

"하지만……."

"검은 머리의 아름다운 여자. 유수프와 헬미넨이 그 그림 속의 여자를 그렇게 묘사했어. 그래, 그 묘사가 자네에게 적용되는 거 맞아. 하지만 그건 마리아 코포넨과 레아 블롬크비스트, 로라 헬미넨에게도 적용

되지. 이 도시에 사는 수천 명의 다른 여자들에게도 적용되고." 에르네가 설득력 있게 말한다. 그것이 그의 강점이다. 제시카는 그 사실을 여러 해 전에 깨달았다.

"알았어요." 제시카가 한숨을 쉬고 방을 나가려고 돌아선다.

"하지만 그렇다고 해도……." 제시카가 문 손잡이를 잡는데 에르네가 말한다. "시도해보고 싶은 게 있어."

"뭔데요?" 제시카는 에르네가 의자에서 일어서서 뒷짐을 진 채 천천히 다가오는 모습을 바라본다. 그의 표정이 심각하다.

"자네의 가설을 시험해보고 싶어."

"어떻게요?"

"잠깐 수사에서 물러나 있어. 내일까지만이라도."

제시카는 에르네의 책상에 놓인 우승기를 노려본다. 이제는 우승기가 눈에 띄게 펄럭인다. 에어컨이 켜져 있는 것이 분명하다. 에르네의 제안은 그녀에게 안도감과 분노를 동시에 가져다준다. 에르네는 분명히 그녀를 걱정하고 있다. 이는 제시카 자신만 그렇게 생각하는 것이 아니라는 의미이다. 그리고 그 사실이 반드시 좋은 일도 아니다.

"내일까지요? 그럼 저는 뭐 해요? 암벽 등반이라도 갈까요?"

"실내에 머물러 있어. 냉정과 침착함을 유지하고. 통제력을 잃지 말란 말이야. 휴대전화와 노트북은 가까이에 두고."

"그럼 이제 퇴근하라고요?"

"응."

"경감님? 저를 수사에서 배제하실 거예요?"

"그럴 리가 있나!" 에르네는 우습다는 듯이 코웃음을 치더니 어설픈 거짓말쟁이가 남을 욕하다가 들킬 때 하는 것처럼 눈을 크게 뜨고 과하게 반응한다. 하지만 에르네는 어설픈 거짓말쟁이도, 남을 욕하는 사람도 아니다. "자넬 수사에서 배제하는 게 아니야. 오히려 그 반대지. 자네 생각이 맞는지 틀린지 확인을 해보자는 거야."

"범인들이 저를 쫓아다니고 있는지 보고 싶은 거예요?"

"자네도 보고 싶잖아."

"근데 제 생각이 맞으면 어떡하죠?"

"자네 생각이 맞고 마녀 사냥꾼들이 정말로 자네의 관심을 끌고 싶은 거라면, 그들은 살인을 멈추거나 혹은 어떤 식으로든 자네에게 접근하겠지."

"그럼 저는 미끼인 거네요?"

"뭐 그렇게 볼 수도 있고. 표적보다는 미끼가 낫잖아. 집에 있으면 안전하고. 비밀경찰이 감시 장비를 설치한 차량을 타고 퇴월랭카투에 출동해서 자넬 지켜보게 할게."

제시카는 상관을 뚫어지게 쳐다본다. 마치 그렇게 쳐다보기만 해도 상관의 마음을 바꿀 수 있다고 생각하는 것처럼.

"아, 진짜, 기분 더럽네요, 경감님."

"집에서 일하고 있어. 인력이 많이 충원됐으니까 유수프가 자네 없이도 조사를 무리 없이 진행할 수 있을 거야. 아침마다 회의하면서 진전 상황을 평가할 거고." 에르네가 말한다. 그는 제시카의 어깨를 잡으려고 손을 내밀다가 포기한다. 지금은 가만히 내버려둘 때라고 생각하는 것이다. 대신 그는 자신의 손가락 마디를 비빈다. "자네도 알잖아, 이게 옳은 판단이라는 거."

제시카는 고개를 가로젓는다. 그리고는 문을 활짝 열어젖히고 복도로 나간다.

57

제시카는 팔짱을 끼고 견고한 사무실 의자에 앉아 있다. "조용한 방"이라고 불리는 이 공간에는 창문이 없고, 철제 책꽂이가 모든 벽면을 차지하고 있으며, 회의 테이블과 의자 몇 개가 놓여 있다.

"멀쩡한데." 미카엘이 제시카의 권총을 테이블에 내려놓으면서 말한다.

제시카는 권총을 벨트에 찬 권총집에 넣는다. "다행이네요. 그러니까 제가 얼음 구멍에서 그 여자를 건져내는 동안 총알을 뺀 사람은 없었다는 거죠?"

"경감님은 위험을 무릅쓰고 싶지 않은 거야. 왜 아니겠어?" 미카엘이 씹고 있던 껌으로 풍선을 분다. "그리고 점검도 했으니까 걱정하지 마."

"만세!"

"그리고 휴대전화에는 비밀번호 잘 걸어놨어?"

"네, 그럼요."

"너 말고 비번 아는 사람이 있어?"

"비번 잘 걸어놨다고 방금 말했는데, 비번 아는 사람이 또 있다고 하면 말이 되나요?"

"그러니까 없단 얘기지?"

"그렇죠."

"좋아. 근데 비번 좀 풀어줄래?" 미카엘은 눈에 보이지 않는 먼지까지 다 씻어내려는 것처럼 손을 문지른다. 제시카는 시키는 대로 한 다음 휴대전화를 미카엘에게 건네준다. 그러고는 그가 휴대전화를 집중해서 톡톡 두드리는 모습을 지켜본다.

"휴대전화 보안이 언제 마지막으로 뚫렸는지 알아내기는 정말 어렵지만 다른 건 확인해볼 수 있어……설정……일반……." 미카엘이 제시카의 휴대전화 화면을 누르면서 말한다. "저장 공간……오케이. 이제 네가 최근에 무슨 앱을 사용했는지 여기 앉아서도 다 볼 수가 있어. 내가 봐도 돼? 아니면……."

"보세요. 설마 틴더 앱을 보고 기절하지는 않겠죠?"

"아, 너도 가입했구나……. 그거 좋……."

"미케 형사님, 그냥 누가 내 전화기를 사용했는지 확인만 해주시면 안 될까요?"

"그래, 지금 틴더가 중요한 게 아니지." 미카엘이 웃으면서 휴대전화 화면을 두드린다.

제시카는 손목시계를 흘끗 본다. 지금 그녀가 가장 하고 싶지 않은 일은, 좁은 사무실 안에서 필요한 시간보다 단 1초라도 더 길게 미케와 단둘이 있는 것이다. 그와 하룻밤을 보낸 것은 처음부터 좋은 생각이 아니었다. 하루가 지난 지금, 세상에서 가장 큰 실수를 저지른 듯한 느낌이다. 제시카에게 끔찍한 도덕적 후유증을 남겨준 일시적인 일탈. 니나가 미케를 바라볼 때의 모습은 그렇게 행복해 보일 수 없던데.

미카엘이 휴대전화를 제시카에게 건네준다. "봐봐, 똑같아?"

제시카는 화면에 떠 있는 아이콘과 날짜들을 하나하나 살펴본다.

모든 것이 제자리에 있는 듯하다. 사실 그녀가 틴더를 마지막으로 사용한 시기는 지난 크리스마스이다. 그때 후부가 틴더를 통해서 그녀의 삶 속으로 들어왔다.

"네, 똑같아 보이는데요."

"다행이군. 하지만 앞으로 사용할 땐 보낸 문자 메시지와 발신 통화 내역부터 확인하고 사용해." 미카엘이 휴대전화를 테이블에 놓고 제시카 쪽으로 민다. "집에 혼자 있을 때 또다른 '말레우스 말레피카룸'을 발견하면 안 되니까."

"네. 고마워요, 미케 형사님." 제시카가 일어선다. "그리고 미케 형사님……."

"괜찮아, 잊어버려. 쿨하게 지내자고, 제시."

58

유수프는 그동안 수도 없이 차를 세웠던 횡단보도 앞 바로 그 자리에 차를 세운다.

"저기 승합차 보이죠?" 그가 진회색의 낡은 토요타 승합차를 가리키며 말한다. 차 옆면에 이사 업체 로고를 붙인 토요타 하이에이스이다.

"기발하네. 소독 업체 로고를 붙이지 않은 게 놀랍다."

"저 안에 경찰 두 명하고 카메라가 있어요. 그리고 순찰대가 2분 거리에 있고."

"잘 지낼 수 있으니까 걱정하지 마."

"예방 조치예요. 놈들을 잡아야 하니까." 유수프가 말하면서 운전석 문을 연다.

"어디 가게?"

"경감님하고 약속했어요, 경사님 현관문 앞까지 데려다주겠다고."

"집에 들어가서 침대 밑에 괴물이 숨어 있진 않은지 확인도 해주지 왜?"

"원하신다면." 유수프가 무뚝뚝하게 말하더니, 담배를 입가에 물고 불을 붙인 후, 한 모금을 길게 빤다. "한 대 피우실래요?"

제시카가 고개를 가로젓는다. "별로 좋아 보이지 않는데, 플로어볼 챔피언."

"담배 피우는 모습이 좋아 보이는 사람 딱 한 명만 대봐요."

3층에 사는 여자가 갈색 개를 품에 안고 엘리베이터에서 내린다. 그녀가 안고 있는 에델바이스는 열 살이 된 테리어인데, 산책을 싫어해서 주인이 아침 산책을 데리고 나갈 때마다 높은 음조로 짖어대고, 그 소리가 계단통을 타고 온 건물에 울려 퍼진다. 여자는 환하게 웃는 얼굴로 제시카에게 인사하더니 의심스러운 눈초리로 유수프를 노려본다. 유수프는 사나운 눈초리로 화답하는 대신 정중하게 미소를 짓는다.

"저 여자는 경사님이 경찰이란 거 알아요?" 여자가 1층 현관문을 나가 어스름한 황혼 녘의 거리로 사라지는 모습을 보면서 유수프가 묻는다.

"그럼. 이웃들이 뭔가 좀 불법적이다 싶으면 얼마나 나를 붙잡고 불평을 하는데. 택시 정류장에서 누가 소란을 피운다든가 할 때. 왜?"

"저 여자가 저를 보는 눈초리가, 경사님이 경찰이란 걸 모른다면, 경찰을 불렀을 것 같아서."

제시카와 유수프는 싱긋 웃는다.

제시카는 엘리베이터 문을 잡아당겨 닫은 후, 꼭대기 층 버튼을 누른다. 오래된 엘리베이터는 천천히 씩씩거리며 올라가다가, 층계참을 지날 때마다 불길하게 쿵쿵거린다.

"제가 경사님 집에 언제 마지막으로 왔죠?"

"노동절 날?"

"아, 맞다, 같이 샴페인 마시고……."

"그래." 제시카가 거울 속에 비친 자신을 흘끗 바라본다. 아침에 봤을 때보다 훨씬 더 피곤해 보인다. 별난 하루가 미친 타격이 이렇게 크다.

엘리베이터가 꼭대기 층에 이르자 쉭 하는 소리가 난다. 제시카는 섬뜩함을 느낀다. 침대 밑에 숨어 있는 괴물이니 뭐니 하는 얘기는 하지 말았어야 했다.

제시카는 유수프를 위해서 엘리베이터 문을 잡고 있다가 잠시 후에 오피스텔의 문을 연다. 바닥에 우편물은 없다. 유수프는 계단통을 둘러본 후, 뭔가 불쾌하고 놀라운 일을 예상하는 듯이 불안한 얼굴로 오피스텔 안으로 들어간다.

"비상경보기 있어요?" 제시카가 불을 켜는데 유수프가 묻는다.

"아니." 제시카가 대답한다. 있기는 있는데, 딴 데 있어.

"그렇구나." 유수프가 자신의 신발을 가리키며 어떻게 하느냐고 묻는 듯한 표정으로 제시카를 바라본다.

"신고 있어도 돼." 제시카는 방으로 들어가서 외투를 입은 채로 소파에 풀썩 주저앉는다. 집에 오면 늘 하는 것처럼. 하지만 실제로는 오랜만에 앉은 탓인지 소파가 너무 푹신해서 놀란다.

유수프는 재빨리 오피스텔을 구석구석 살펴본다. 화장실을 들여다보고 안마당이 내다보이는 창밖을 살피기도 한다. 그리고 나서 팔짱을 낀 채 방 한가운데에 떡 버티고 선다.

"뭐 좀 마실래?" 제시카가 묻는다. 그녀는 항상 호텔 미니바처럼 냉장고에 탄산수와 맥주 등을 가득 채워놓는다.

"아뇨, 됐어요. 곧 갈 거니까."

"그래, 그럼." 제시카가 발로 신발을 벗는다. 집에 와서 편하다는 것을 보여주려는, 별 의미 없는 연극이다.

"저 문은 원래 저기 있었어요?" 유수프가 묻는다.

제시카는 얼굴이 화끈거린다. 하지만 이마를 찡그리며 웃는다. "아니, 어제 갑자기 나타났는데."

유수프는 흰색 문 앞에 서서 손잡이를 잡는다. "여기는 어디로 연결되는데요?"

"다른 쪽 계단통."

"헐, 입구가 두 개인 오피스텔은 헬싱키에서 여기밖에 없을걸요."

"그럴지도." 제시카는 심드렁하게 보이려고 애를 쓴다. 지금은 이런 행동이 최선이다. 승합차에 타고 있는 비밀경찰 요원들과 그녀가 속한 수사팀의 누군가가 이 아파트의 소유주가 누구인지 조사하기 시작할 것이다. 그들이 진실을 알아내는 생각만 해도 제시카는 가슴이 두근거린다. 그녀는 특이할 것 없는 평범한 삶이라는 외관을 조심스럽게 만들어놓았다. 매달 공무원 월급이 통장으로 들어오고, 1년에 한 번 스페인으로 휴가를 떠나며, 핀란드 복지제도의 지속 가능성에 관해서 동료들과 마찬가지로 희망과 우려를 가지고 있는 평범한 직장인의 모습을 애써 만들었다. 그런데 그녀가 300제곱미터에 달하는 아파트에 산다는 소문이 퍼지면, 그렇게 공들여 세운 외관이 무너지고 말 것이고, 다시 철저히 혼자가 될 것이다. 사람들이 부유한 그녀를 부담스러워해서가 아니라, 그녀가 그들에게, 동료일 뿐만 아니라 친한 친구이기도 했던 그들에게 거짓말을 했기 때문이다.

"안마당에서 다른 쪽 계단통으로 접근할 수 있어요?" 갑자기 유수프가 묻는다. 그가 세세한 부분까지 관심을 보이고 있어서 제시카는 미칠 지경이다. 평소에 둘이 함께 임무를 수행하면서 똑같은 관점에서 사물을 볼 때도 그가 치밀하다는 것은 알았는데, 지금은 훨씬 더 확실히 알겠다.

"응. 그리고 안마당으로 들어가는 유일한 길은 포르티코(대형 건물 입구에 기둥을 받쳐 만든 현관 지붕/옮긴이)를 통해서인데, 포르티코는 지금 잠겨 있고 승합차에서도 보여." 제시카가 말하면서 일어선다. "난 안전해. 믿어도 돼."

"좀 봐도 되죠?" 유수프가 묻더니 제시카가 대답도 하기 전에 문을 벌컥 연다. 그러고는 어두운 계단통으로 고개를 내민다.

"이봐, 고스트버스터, 나를 지켜주는 건 고마운데, 그만하고 가서 수사나 계속하시지."

"그래야죠." 유수프가 문을 닫고 무뚝뚝하게 말한다. "사실 경감님과 나는 좀 걱정이 돼요. 이번 사건도 그렇고, 경사님도 그렇고." 그가 제시카에게 천천히 다가온다. 제시카는 입술을 깨물면서 고개를 돌린다. 혼자서 모든 일을 감당하는 데에 익숙해져 있는데, 불청객이 불쑥불쑥 끼어든다. 갑자기 그녀의 세상이 대단히 가부장적인 곳으로 바뀌었다. 낯선 사람들이, 낯선 남자들이 그녀를 겁먹게 한다. 그녀가 아는 남자들이 그녀를 위해 문을 열어주고, 보살펴주고, 관심을 가져주고, 지켜봐준다. 현재로서는 이 둘을 분리하기가 힘들다. 모든 것이 너무나 억압적으로 느껴진다. 그녀의 모든 행동이 그녀를 제외한 다른 모든 사람들에 의해서 통제되고 있는 듯하다. 그러나 유수프와 에르네는 적이 아니다. 제시카는 잡념을 털어내려는 듯이 고개를 가볍게 가로 젓는다.

"고마워, 유수프. 범인을 꼭 잡자. 아무도 걱정할 필요가 없게. 누구에 대해서도. 적어도 나에 대해서라도."

유수프의 휴대전화가 울린다. 그는 액정 화면을 확인하더니 신호음을 끈다.

"집에 있어요. 오늘만이라도요, 경사님. 전 이제 레아 블롬크비스트의 남동생을 만나러 갑니다. 뭐라도 알아내면 보고할게요." 유수프가 제시카의 어깨를 부드럽게 툭 친다. 그러고는 전화를 받으면서, 계단통으로 나가, 문을 닫는다. 안녕, 자기야.

제시카에게 안도감이 밀려든다. 위험이 지나갔다. 아니 그 반대인가? 이제 시작인가?

제시카는 중문을 닫고 계단통에서 울리는 발걸음 소리를 듣는다. 유수프는 엘리베이터 대신 계단을 택했다. 무엇 하나도 운에 맡기지 않는 사람이다. 그때 개 짖는 날카로운 소리가 계단통을 타고 울려 퍼진다. 제시카는 개를 꼭 끌어안고 있는 아래층 여자가 어두운 계단통에서 흑인 남자와, 그것도 이번에는 단둘이서 마주치는 모습을 상상하니 저절로 웃음이 나온다.

제시카는 옷걸이에 외투를 걸고 주머니에서 휴대전화를 꺼낸다. 후부에게서 문자 메시지가 와 있다.

안녕, 형사님? 나쁜 놈들 무찌르느라고 바쁘신가? 아니면 오늘은 나를 위해 시간 좀 내어줄 수 있어?

제시카가 메시지를 읽는다. 그동안 후부가 자주 보냈던 똑같은 메시지, 똑같은 세 가지 질문이다. 답을 하면 빠른 만남과 섹스로 이어지곤 했다. 그런 만남은 제시카가 힘든 수사에서 한 걸음 물러서서, 정신없이 바쁜 일상과 수도 없이 목격하는 잔혹한 장면들을 잠시 잊을 수 있게 도와주었다. 이렇게 정기적으로 만나고 육체적으로 서로 명백하게 끌리는데도 이 남자에게 연애 감정이 들지 않는다는 사실이 거의 기적처럼 느껴진다. 그러나 여기에는 그만한 이유가 있다. 두 사람은 놀랄 정도로 서로 다르다. 후부는 제시카보다 몇 살 어린데, 그의 천하태평인 태도와 심한 감정 기복은 살인 사건을 전담하는 형사가 받아들이기에는 힘든 특성이다. 후부는 한 달에 두세 번 만나면 좋은 남자이다.

부리기에는 좋지만 모시기는 싫은. 이것이 바로 그들이 함께 할 수 없는 이유이다.

일하는 중. 원하면 밤에 와도 됨.

제시카는 문자를 보낸 뒤 화면에 보이는 말풍선을 잠깐 바라보다가 휴대전화를 끈다. 이제 차를 진하게 한 잔을 마시면서 이 마녀 사냥꾼들에 대해 알고 있는 모든 정보를 정리해볼 생각이다. 그리고 나서는 현장에서 들어오는 소식을 기다릴 것이다. 좋은 소식이든 나쁜 소식이든.

그녀는 외투 주머니에서 열쇠고리를 꺼내 들고 스타킹을 신은 발로 뒷문을 향해 걸어간다.

59

제시카가 경보기를 끄자 키패드에서 삐 소리가 난다. 문을 닫고 시스템을 **홈**으로 설정한 후, 아파트 안의 동작 감지기는 끄고 현관문에 달린 자성 판독기는 켜둔다. 이제는 경보기를 울리지 않고는 아무도 침입할 수 없다는 생각에 편히 잠을 잘 수 있을 것 같다.

제시카는 거실을 가로질러 가면서 긴 테이블을 흘끗 쳐다본 후 부엌으로 들어간다. 커피포트를 켜고 수납장에서 머그컵을 꺼낸다. 크롬 싱크대에는 똑같은 디자인의 흰색 머그컵이 잔뜩 들어 있는데, 컵 안에는 로즈힙 차의 분홍색 얼룩이 남아 있다. 제시카는 머그컵과 싱크대와 조리대를 둘러본다. 자신의 집 부엌과 코포넨의 집 부엌이 거의 똑같다는 사실이 그저 신기한 우연의 일치만은 아니라는 생각이 문득 든다. 그런데 그녀의 관심을 끌기 위해서 누군가가 이렇게까지 공을 들이고 신경을 쓴 이유를 도무지 모르겠다. 식기 세척기를 여니 고여 있는 물과 깊이 배인 기름 냄새가 확 풍긴다. 그녀는 더러운 머그컵들을 위쪽 선반에 놓는다. 딸그락대면서 컵을 모두 집어넣는다. 커피포트에서는 물 끓는 소리가 나기 시작한다.

제시카는 부엌 식탁에 앉아서 컴퓨터를 보고 있다. 두 손은 자판 위에 올려져 있고, 경찰청이 지급한 권총은 팔을 뻗으면 닿는 거리에 놓여 있다. 다시 날이 어두워졌다. 그녀는 화이트 보드를 찍은 사진을 불러낸다. 거기에는 사건과 관련 있는 사람들과 장소들을 찍은 사진들과 각종 메모가 어지럽게 붙어 있다. 제시카는 스케치북을 한 장 찢어서 수사팀이 고안한 마인드맵을 그리기 시작한다.

제시카는 오늘 아침에 에르네와 나눈 대화를 떠올린다. 정말로 살인 사건이 더 일어날까? 이미 시신을 모두 발견한 것은 아닐까?

사진에 집중한다. 기괴하게 웃고 있는 마리아 코포넨, 너무나 평화로운 레아 블롬크비스트. 로라 헬미넨의 사진은 그녀의 소셜미디어에 올라와 있는 사진을 복사한 것이 틀림없다. 가슴골이 다 드러나 보이는 노란색 탱크톱을 입고 스파클링 와인 잔을 든 채로 포즈를 취하고 있다. 헬미넨은 살아 있다. 그녀는 사진 속에서 했던 것들을 여전히 할 수 있다. 그러나 코포넨과 블롬크비스트는 그럴 수가 없다. 제시카가 새까만 머리카락의 아름다운 여자들의 얼굴을 관찰할수록, 자신도 그들 중의 한 명이라는 생각이 점점 더 강해진다. 모두 자매라고 해도 믿을 것 같다. 그 생각은 안도감과 불안감을 동시에 준다. 안도감을 느끼는 이유는 납치되어 지하실에서 고초를 겪은 헬미넨이 그림을 보면서 충분히 착각할 수 있었겠다는 생각이 들어서이다. 그 초상화 속의 여자가 제시카라고 확신할 근거가 없다. 그런데도 제시카는 그 생각을 하고 있으니 속이 울렁거린다. 자신이 원하지 않는 일에 말려든 느낌이 든다. 그녀의 정체성과 육신이 무작위로 형성된 위험 집단에 던져진 것만 같다.

제시카의 생각은 과거의 세기들로, 최근 역사에서 자의적으로 규정된 준거 집단들로 거슬러올라간다. 그 집단들은 진리의 이름으로 박해를 받았지만, 그 진리는 사실이 아니라고 판명되었다. 이단자, 이교도, 인간 이하의 것, 마녀, 남자 마법사. 국가와 국민은 선전을 통해서 표적을 만들었고, 그 표적들은 출신과 외모, 종교, 이념 때문에 끔찍하고 엄청나게 불공평한 운명을 짊어지게 되었다. 물론 집단 학살은 개인적인 폭력 사건과는 차원이 다른 규모로 행해진 범죄이지만, 미처 날뛰는 연쇄살인범이 인간 심리와 사회에 미치는 영향은 집단 학살에 버금간다. 사냥을 당하는 것은 불안감과 두려움을 야기하고, 자신의 정체를 숨기게 만든다. 도망치게 하고, 안전을 갈망하게 하며, 언젠가는 정상으로 돌아가기를 바라게 만든다.

제시카는 부엌 벽에 걸린 커다란 벽시계를 바라본다. 벽에 붙은, 열두 개의 점으로 이루어진 원의 중심에서, 석영으로 만든 시침과 분침이 반짝이고 있다. 5시 30분.

식탁에 놓인 휴대전화가 진동하기 시작한다.

"저 살아 있어요, 경감님." 제시카가 전화기에 대고 말한다. 그 순간 벽 속에서 뭔가가 펑 터지는 소리가 희미하게 들려서 깜짝 놀란다. 이 낡은 건물도 살아 있는 것이 분명하다.

"당연히 살아 있어야지." 에르네가 말한다. 목소리가 더 쉰 듯하다. "몇 가지 할 얘기가 있어……."

에르네가 목소리를 가다듬자, 제시카는 전화기를 귀에서 멀리 떼어 놓는다. 에르네의 기침 소리는 얼어붙은 바위를 도끼로 내려찍는 소리 같다.

"라스가 병원에 있는 감시 카메라를 모두 확인하고 있어. 구조대원이 간호사실에 자네 외투를 건네줬더라고. 유수프가 외투를 찾으러 갔던 그 간호사실에. 카메라가 미치지 않는 사각지대가 분명히 있는데, 유수프가 그 간호사한테 얘기했더니 자기는 한순간도 자리를 비우지 않았다고 하더래."

"간호사실에서 외투를 만진 사람은 없고요?"

"없는 것 같아."

"하지만 그 문구가 어느 시점엔가 쓰인 게 확실해요. 왜냐면 저는 쓰지 않았거든요."

"우린 자네가 그 문구를 직접 썼다면 기억을 할 거라는 가정에서 출발했어." 에르네가 말한다. 제시카는 그의 말이 모순된다는 점을 감지해내지 못한다. 에르네는 제시카가 직접 썼지만 기억을 하지 못할 수도 있다는 대안을 심각하게 고려한 뒤, 불가능하지는 않지만 그랬을 가능성이 희박하다고 생각해서, 그 가정은 배제한 것처럼 말한다. 제시카는 에르네가 사무실 문을 닫고 의자에 풀썩 주저앉아 수축된 기관지에서 공기를 억지로 빼내는 소리를 듣는다.

"누가 자네 아파트에 침입했을 수도 있지 않을까?"

제시카는 종아리가 따끔거리는 것을 느낀다. 에르네는 그녀가 작은 오피스텔에 살지 않는다는 사실을 알고 있지만, 그리고 그것을 아는 사람은 에르네뿐이지만, 제시카는 아직도 그와 이런 얘기를 하는 것이 어색하다.

"아시잖아요, 저희 집 경보기는 항상 켜져 있는 거. 밤낮으로. 게다가 전 수첩을 집에 두고 다니지 않아요. 사무실에 두거나 아니면 현장에 가지고 나가죠." 제시카가 말한다. 하지만 반드시 그렇지만은 않다는 것을 그녀도 잘 알고 있다.

"좋아. 하여튼 너무 성급하게 결론 내리지 말자고."

제시카는 상관의 말을 듣고 있지만, 그가 한 질문이 계속 머릿속을 맴돈다. 제시카는 누군가가 자신의 아파트에 침입했을 가능성에 대해서 이미 생각해본 적이 있었다. 누구라도 경보기를 작동시키지 않고는 자신의 집에 침입할 수 없었으리라는 점을 알면서도. 물론 예외는 있다. 벌써 몇 년째 일주일에 한 번씩 와서 청소를 해주는 아주머니는 예외이다. 그러나 그 아주머니가 마지막으로 다녀가고 거의 일주일이 다 되어가고, 아주머니의 방문은 보안 시스템에 기록이 된다.

"그리고 또다른 건요?" 제시카가 불안을 떨쳐버리기 위해서 화제를 돌린다.

"카이 레티넨과 토르스텐 카를스테트의 휴대전화가 어제 반타와 에스포에 있는 각자의 집에서 한 발짝도 움직이지 않았어."

"하지만 적어도 레티넨은 사본린나에 있었다는 게 확실하잖아요."

"토르스텐 카를스테트 소유의 차 안에 있었고. 카를스테트는 운전사 역할을 한 것 같아."

"망할 인간들이 휴대전화를 집에 놔두고 나왔군요."

"자기들이 무슨 짓을 하고 있는지 아는 거지. 아니면 대단히 용의주도해서 초보자들이 흔히 하는 실수를 피할 수 있었거나."

"그건 그렇고, 토르스텐 카를스테트가 어제 사본린나에 있었다는 사실을 입증할 만한 증거는 하나도 없어요?"

"응. 그러니까 레티넨에게 차를 빌려줬다고 주장할 수 있을 거야. 그리고 레티넨이 그 말이 사실이라고 우기면, 카를스테트를 걸고 넘어질 건 아무것도 없는 거지."

"사실일 수도 있죠."

"뭐가?"

"카를스테트가 레티넨에게 차를 빌려줬다는 거요. 카를스테트는 사본린나에 가지 않았을 수도 있죠."

"운전하는 사람이 있었어."

"운전면허증 있는 사람이 한둘이겠어요?"

"좋은 지적이야, 사가 노렌(덴마크와 스웨덴의 합작으로 제작된 드라마 「더 브리지」의 여주인공 경찰/옮긴이)."

"또다른 건요?" 제시카가 마리아 코포넨의 웃는 얼굴을 바라보면서 묻는다. 왠지 그 얼굴에서 눈을 뗄 수가 없다. 제시카는 착시를 해결하려는 듯이 사진을 물끄러미 바라본다. 도대체 뭐가 그렇게 재밌어요?

"토르스텐 카를스테트가 통화를 많이 해. 근데 문제가 될 만한 얘기는 안 해." 에르네가 다시 기침을 한다.

"빌어먹을."

"그런데 미케가 흥미로운 지적을 했어. 카를스테트가 그 일련의 사건에 대해서 한마디도 하지 않았다는 거야. 오늘 하루 종일 신문과 방송에서 떠들어댔는데도 말이야. 아무한테도 말하지 않았어. 아마도 십중팔구는 그 자신이, 아니면 적어도 그의 자동차는 어제 사본린나에 있었고, 그 차를 타고 간 카이 레티넨이 로저 코포넨의 강연을 들었을 가능성을 고려해보면, 상당히 주목해볼 만한 사실이지."

"카를스테트가 이 사건과 관련이 있다는 증거죠."

"카를스테트가 카이 레티넨에게도 전화를 걸었어. 20분 전에." 에르네가 말한다. 그가 책상에 놓인 서류를 넘기는 소리가 수화기 너머로 들린다. "카를스테트가 레티넨에게 혹시 차에 야구모자 놔두고 내렸냐고 물었어."

제시카는 한숨을 쉬며 이마를 비빈다. "그랬대요?"

"응, 그랬나봐. 통화는 짧게 끝났고 아주 일상적인 대화였어. 빌어먹을, 구체적인 단서를 확보할 수 있으면 좋을 텐데."

"일이 어떻게 풀려나가는지 두고 봐야죠." 제시카는 다른 전화가 들어오는 것을 알아차리고 액정 화면을 확인한다. 모르는 번호이다. "잠깐만요, 경감님. 전화가 들어오네요. 금방 전화할게요." 그렇게 말하고 전화를 끊는다. 그러고는 화면에서 깜박이는 낯선 전화번호를 노려본다. 일이 지금 풀리고 있는 건가? 전화를 받으면, 어젯밤에 코포넨의 집에서 들었던 범인의 목소리를 듣게 될까? 그녀는 명치가 욱신거리는 것을 느낀다.

"니에미입니다." 제시카가 말하고 숨을 죽인다. 바람 때문에 창틀이 덜거덕거리는 소리가 들린다.

"방금 한 남자가 계단통으로 들어갔습니다."

"네? 누구세요?" 제시카가 톡 쏘듯이 물으면서 일어선다. 테이블에 놓여 있는 권총을 집어든다.

"우올레비요, 비밀경찰. 당신 집 밖에 있는 차량에서 감시하고 있는."

"아, 네." 제시카가 권총을 들고 거실로 간다.

"서른 살쯤 돼 보이고 두꺼운 외투를 입은 남자가 현관문 앞에 잠깐 서 있다가 나이 든 신사가 나올 때 슬쩍 들어갔어요. 아래층 공동 현관문 열쇠를 갖고 있지 않은 것 같던데."

"그 남자가 내 집으로 가는지 어떻게 아세요?"

"몰랐죠. 공동 현관문 앞에서 초인종을 여러 번 누르던데. 초인종 안 울렸어요?"

제시카는 숨을 죽인다. 빌어먹을. 오피스텔에 벨이 울렸는지 아닌지 여기서는 알 수가 없다. 그리고 이런 긴급 사태에 대응할 거짓말을 생각해두지 못했다.

"글쎄요. 샤워를 하고 있었거든요."

"혹시 우리가 개입해야 하는 상황인지 알아야 하니까 끊지 말아줄래요?" 우올레비가 기계적으로 묻는다.

제시카는 거실 한가운데에 서서, 이제 어떻게 할지 고민한다. 여기서는 안전하지만, 비밀경찰이 잠재적인 침입자를 따라 오피스텔까지 온다면, 그녀가 그곳에 없다는 사실을 금방 알아차릴 것이다. 그러면 모든 것이 밝혀지게 된다.

"네, 그럼요." 제시카가 애써 자신 있게 말한다. 그러고는 전화기를 가슴에 대고 생각한다. 그녀는 무술도 배웠고 무장도 되어 있다. 오피스텔로 돌아가서 아래층 현관으로 들어온 남자가 그녀의 집 문을 두드리는지 문에 난 작은 구멍으로 내다보기만 하면 된다. 그뿐이다. 만일의 경우에 자신을 어떻게 방어해야 하는지는 알고 있다.

제시카는 서둘러서 현관으로 가서 문을 열고 나간 다음 그 문을 닫는다. 그러고는 어두운 계단통에 잠깐 서 있다. 소리가 울리는 공간이라서 열쇠 쨍그랑거리는 소리가 더 요란하게 들린다. 갑자기 열쇠 꾸러미가 손에서 미끄러져 바닥으로 떨어진다. 제시카는 열쇠를 주우려고 쭈그리고 앉아, 계단 위아래를 훑어본다. 어둠 속에 무엇이라도 숨어 있을 것 같다. 누구라도. 전등 스위치는 팔이 닿지 않는 곳에 있다. 아, 진짜. 경보기로 보호받는 궁전에 머물러 있었어야 했다. 어쩌면 이 모든 일이 함정인지 모른다. 전화한 남자가 비밀경찰이 아닐 수도 있다. 어쩌면…….

"여보세요?"

휴대전화에서 들리는 목소리에 제시카는 소스라치게 놀란다. 열쇠를 찾는 동안 등줄기를 타고 전율이 흐른다.

"여보세요? 니에미 경사, 거기 있습니까?"

제시카는 숨을 죽이고 열쇠를 잠금장치 속에 넣는다. 문이 열리자 오피스텔로 달려 들어간다.

그 순간, 현관문을 두드리는 소리가 들린다.

"네, 여기 있어요." 제시카가 전화기에 대고 숨죽여 말하면서 권총을 들어 현관문을 정조준한다.

"괜찮아요?" 우올레비가 묻는다. "필요하다면 1분 안에 달려갈게요. 하지만 거짓 경보에 출동해서 잠복근무를 망치고 싶지는 않군요."

"문 앞에 누가 있어요." 제시카가 속삭인다.

"당신은 무장한 상태입니까?"

"네."

"그 사람이 침입하려고 하고 있나요?"

"아뇨, 문을 두드리고 있어요."

"알았어요. 올라갈게요."

승합차의 옆문이 미끄러지듯이 열리는 소리가 수화기 너머로 들린다.

"아뇨! 잠깐만요." 제시카가 문을 향해 천천히 걸어가면서 말한다. 문을 두드리는 소리가 계속 들린다. 리듬이 있지만 끈질기게 계속되지는 않는다. "문에 밖을 내다볼 수 있는 구멍이 있어요." 그녀가 속삭인다.

"내 말 잘 들어요, 니에미 경사. 앞으로 30초 이내에 친구가 놀러 왔어요라는 말을 들리지 않으면, 올라가겠습니다."

"알았어요." 제시카가 속삭인 후, 휴대전화를 소파 팔걸이에 내려놓는다.

제시카는 숨을 죽이고, 현관문을 향해 스타킹을 신은 발의 발끝으로 걸어가서 허리를 굽히고 문에 난 작은 구멍으로 밖을 내다본다. 그때 술 취한 익숙한 목소리가 자신의 이름을 부르는 소리가 들린다.

후부.

60

유수프는 테이블에 올려놓은 두 손을 깍지 끼고서, 맞은편에 앉은 청년이 마음을 가라앉히기를 참을성 있게 기다린다. 티모 블롬크비스트는 숱이 많은 금발을 뒤로 쓸어 넘긴다.

"이해가 안 가요, 정말. 도대체 누가 그런 일을……? 레아 누나는 세상에서 가장 다정한 사람이었는데……."

"정말 유감이에요." 유수프가 말한다. 그러고는 고개를 숙이고 싸구려 카펫을 바라본다. 파란색 벨벳을 씌운 지나치게 푹신한 안락의자에 앉아 있으니 자꾸만 밑으로 빠져드는 기분이 든다. 예전에는 노동자 계층이 살았던 칼리오라는 동네에 있는 이 오피스텔형 아파트는 깔끔하지만 실내 장식이 멋이 없다. 진초록의 벽은 진한 빨강의 벽걸이와 충돌하고, 믿을 수 없을 정도로 촌스러운 카펫은 잃어버린 과거의 추억을 담고 있는 듯하다. 그 과거가 정확히 언제인지는 모르겠지만.

"유족을 만나보는 일을 미룰 수 없었어요. 수사에 꼭 필요해서. 이해하시죠?" 유수프가 녹음기를 테이블에 내려놓으면서 말한다.

"커피 마실 건데. 드릴까요?" 블롬크비스트가 멍한 표정으로 묻더니 자리에서 일어선다.

"아뇨, 전 괜찮습니다." 유수프는 어기적거리며 작은 부엌으로 향하는 청년을 바라본다. "누가 그런 짓을 했을지 혹시 짚이는 사람 있어요?"

"아뇨. 아까도 말했지만 레아 누나는 좋은 사람이었어요. 언제나 쾌활하고 친절하고……현실적이고. 누가 왜 그런 짓을 했는지는 도무지……." 블롬크비스트는 수돗물을 틀어서 모카 포트를 채운다.

"최근 들어 누나가 새로 만난 사람이 있나요? 친구라든가, 파트너라든가?"

"누나는……." 블롬크비스트가 멍한 눈으로 유수프를 보다가 코를 쓱 문지른다. 그러고는 모카 포트를 향해서 돌아선다. 커피 가루를 한 숟가락 떠서 필터에 넣는다. 숟가락을 든 손이 떨리고 있다. "누나는 지난 몇 년 동안 싱글이었어요. 누굴 만나지는 않은 걸로 알고 있어요. 혹시 만났다면 말을 안 한 거겠죠."

"누나와 친했어요?"

"다른 가족은 스페인에 살아서……."

"그 말은?"

"친했다고요. 자주 얘기를 나눴고요. 최근에는 좀 뜸했지만. 오늘 아침에 라야살로에 있는 누나네 집에서 만나기로 했었어요. 근데 초인종을 아무리 눌러도……."

"오늘은 무슨 이유로 만나기로 한 거예요?"

블롬크비스트가 놀란 표정을 짓는다. "네?"

"누가 먼저 만나자고 했어요? 당신? 아니면 레아 누나?"

"글쎄요, 기억이 안 나요. 무슨 일이 있어서 만나는 건 아니었어요. 한 달에 두세 번은 서로의 집에서 만나 커피도 마시고……."

"그랬군요. 뭐 이상하다 싶은 점 생각나는 거 없어요? 누나가 특별한 일을 하고 있다거나, 누굴 사귄다거나 하는 얘기는요?"

"2주 정도 얘기를 못 나눴어요. 오늘 만나기로 한 것도 어젯밤에 왓츠앱으로 정한 거고요."

충격을 받은 청년은 커피 테이블과 안락의자가 놓인 곳으로 천천히 돌아온다. 뜨거운 커피가 찰랑거리다가 넘쳐서 손가락에 닿지만, 눈치 채지 못한 것 같다.

"레아 씨는 직업이 연구원이었죠?" 유수프가 말한다.

"네. 대학에서 근무했어요."

"2년 전에 심리학부에서 박사 학위를 받았다던데?"

"네, 맞아요. 누난 상당히 구체적인 주제에 집중했어요. 우린 일 얘기는 거의 안 했어요. 해봤자 서로가 뭘 하는지 잘 이해를 못 했으니까요." 블롬크비스트가 슬픈 미소를 짓는다. "하지만⋯⋯여기 한 권 있는데⋯⋯." 그가 말하더니 커피를 재빨리 테이블에 내려놓는다. 그러고는 나무색의 책꽂이로 걸어가서 얇은 책을 한 권 꺼낸다.

"그게 뭐죠?"

"누나의 박사 논문이요."

블롬크비스트가 장정이 된 논문을 유수프에게 건넨다.

레아 블롬크비스트, 「톡소포자충증과 공격성」(2017)

유수프가 논문을 들춰본다. "무엇에 관한 내용이죠?"

"나도 모르죠." 블롬크비스트가 입술을 깨문다. 머지 않아 눈물을 흘릴 것 같다. "난 광고 회사에서 근무하거든요."

"이것 좀 빌려가도 될까요?"

유수프는 안락의자에서 일어선다. 블롬크비스트는 고개를 끄덕이고는 두 손에 얼굴을 묻는다. 유수프는 다가가서 어깨를 토닥여줄까 생각한다. 그런데 왠지 그러면 안 될 것 같다.

"고인의 명복을 빕니다." 유수프가 말하고는 문을 향해서 걸어간다.

61

제시카가 문을 연다. 거나하게 취한 청년이 헤벌쭉 웃으면서 문 앞에 서 있다.

"어쩐 일이야?" 제시카가 말하고는, 조금 전 모자 선반으로 급하게 밀어넣은 권총을 흘끗 쳐다본다.

"미안합니다, 형사님. 근처에서 술을 마시다가⋯⋯."

"오고 싶으면 밤에 오라고 했잖아⋯⋯." 제시카는 아직 전화가 연결되어 있다는 사실이 문득 떠오른다. 그녀는 빈 계단통을 살펴본 뒤 후부를 안으로 들이고 휴대전화를 집어든다.

"친구가 놀러 왔어요." 제시카는 후부가 젖은 외투를 벗어 외투 걸이에 거는 모습을 보면서 말한다.

알았다, 오바.

"감사합니다." 제시카가 말하고 전화를 끊는다.

"일?" 후부가 신발을 벗고 자기 집마냥 여유만만하게 거실로 들어가더니 소파에 털썩 주저앉는다.

"말했잖아, 일하고 있다고." 제시카는 수납장에서 유리컵을 꺼내 수돗물을 채운다.

"휴대전화를 잃어버렸어." 후부가 황당하다는 듯이 웃으면서 이야기한다.

"두 시간 전에 나한테 문자 보내지 않았어?"

"그러니까. 그런 다음에 가출했나봐⋯⋯. 아니면 누가 훔쳐갔거나.

278

모르겠어."

"어디에서 잃어버렸는데?" 제시카가 묻는다. 그러고는 컵에 담긴 물을 쭉 들이켠다.

"캄피에 있는 술집에서. 이상하고 무섭게 생긴 인간들이 많더라고. 최악이었어."

"그래서 온 거구나. 근데 나한테 말해봤자 신고 접수 안 되는 거 알지?"

후부가 싱긋 웃는다. "그냥 데이트를 좀 당겨서 할 수 있을까 해서 왔는데."

"그래도 지난번보다는 상태가 나아 보이네." 제시카가 작은 식탁 앞에 앉는다.

"미안. 그땐 엄청 취했었지."

"말해 뭐해."

"그래서, 어때?"

"뭐가?"

"있어도 돼?"

"할 일이 있다니까."

"해. 난 텔레비전이나 넷플릭스 보고 있으면 되지." 후부가 싱글벙글 웃는다. 정수리에 커다란 방울이 달려 있고, 빨간색과 파란색이 섞인 몬트리올 커네이디언스 아이스하키 팀의 비니를 쓰고 있다. 후드티 소매를 말아 올려서 가느다랗지만 근육질의 팔이 드러난다. 의도적으로 촌스러움을 추구한 문신이 팔마다 몇 개 새겨져 있다.

제시카는 컵을 식탁에 내려놓고 이마를 마사지한다. 지난 24시간이 너무 힘들었다. 그리고 앞으로도 계속 힘들 것이라는 사실을 잘 안다.

그녀를 공포에 떨게 하려는 시도가 아직 끝나지 않았다. 그녀의 몸과 마음이 휴식을 달라고, 현실에서 잠깐 탈출하게 해달라고 비명을 지른다. 그래서 후부가 여기 있는 것이다. 손을 뻗으면 닿는 거리에서 그녀의 탈출구가 그녀를 향해 손을 내밀고 있다. 15분. 치고 빠지면 된다. 하지만 그러면 안 될 것 같은 생각이 든다. 지난 24시간 동안 너무 많은 죽음을 봐서, 지금 당장 쾌락에 몸을 맡기는 것은 해서는 안 되는 일이라는 생각이 든다. "미안해." 제시가 뒷짐을 지고 서서 말한다. "그만 가줘. 할 일이 너무 많아."

후부는 슬픈 피에로처럼 과장되게 입꼬리를 축 늘어뜨린다. 그러나 잠시 후에는 두 손으로 손뼉을 치더니 소파에서 벌떡 일어서서 놀랄 정도로 활기차게 말한다. "흥! 딴 데가서 딴 여자랑 재밌게 놀아야지." 그러고는 문을 향해 터벅터벅 걸어간다. 이것이 바로 후부의 매력이다. 그는 자신감이 넘치고, 뻔뻔하다 싶을 정도까지 밀어부친다. 그러나 포기도 빠르고 일단 포기하면 징징거리지 않고 뒤끝도 없다. 거절당하는 것에 익숙하고, 대안을 찾는 것에도 익숙하다.

"근데 이해가 안 돼." 후부가 신발을 신다가 말고 말한다.

"뭐가?"

"왜 팅기는 거야? 내가 옆에 있으면 뭐 어때서?"

제시카는 인내심을 시험당하는 느낌이 든다. 후부도 별 수 없는 그런 사람인가 보다.

"가, 빨리."

"뭐가 무서워서 그래?"

"빨리 가라고! 젠장!"

후부가 웃으면서 고개를 끄덕인다. "알았어, 간다고. 하지만 기억해,

형사님. 스토리빌에 가서 한두 잔 기름칠을 하면, 난 천하무적 섹스 머신이 될 거야……. 당신만큼 예쁜 어떤 아가씨가 오늘 나랑 집에 가는 거지. 그때 가서 후회해도 소용없어. 독일 형사 드라마나 보면서 혼자 자위나 하세요, 형사님."

제시카도 웃는다. "알았어, 열심히 할게."

"마음 바뀌면 전화해." 후부가 마침내 진지한 표정으로 말한다. 그러고는 문을 열더니 갑자기 이마를 탁 친다. "맞다, 전화기 잃어버렸지. 네가 전화해도 못 받겠는데."

제시카가 식탁에서 펜을 들고, 오래된 신문의 한 귀퉁이를 찢어서 거기에 자신의 휴대전화 번호를 쓴다. 그러고는 현관문으로 걸어가서 두 손가락으로 후부의 코를 잡아 비틀고는, 신문지 조각을 그의 옷, 목 부분 안쪽으로 밀어넣는다.

"절대 포기하지 마."

후부는 계단통으로 사라진다. 제시카는 닫힌 문에 기대서서 숨을 깊이 들이마셨다가 내쉰다. 심장이 쿵쿵거린다. 생각을 가다듬어야 한다. 할 일이 있다.

그러나 지금은 몇 년 만에 처음으로, 옆의 계단통에 있는 아파트로 돌아가면 안 될 것 같은 느낌이 든다. 그 화려한 집이 이상하게 낯설고, 그녀가 통제하기에는 너무 큰 느낌이 든다. 컴퓨터를 가져와서 여기 이 오피스텔에서, 다들 그녀가 산다고 믿는 이곳에서 밤을 보내야겠다고 생각한다.

62

콜롬바노는 웨이터에게 메뉴판을 건네고는 고개를 숙이고 손목시계를 본다. 제시카는 그가 고개를 들고 자신을 바라봐주기를 참을성 있게 기다린다. 그녀가 원하는 것은 그것뿐이다. 항상 말이 필요한 것은 아니다. 아름다운 말이든, 그렇지 않은 말이든. 여러 해를 혼자 살아온 제시카는 남들에게 기대하는 바가 적을수록, 살기가 더 편안해진다는 사실을 오래 전에 배웠다. 콜롬바노가 손목시계에서 고개를 들더니 옆 테이블에 앉아 있는 커플에게로 고개를 돌린다. 오늘처럼 아름다운 날, 작은 신호 하나, 따뜻한 눈길 한번 주기가 그렇게 힘들까? 제시카는 가슴에 응어리가 맺히는 느낌이다.

지금까지 사나흘 밤 연속으로 제시카는 콜롬바노가 혼자 있고 싶어 하고, 숨 쉴 공간과 혼자 일할 공간을 필요로 하고 있다는 느낌을 강하게 받았다. 최근 몇 주는 믿을 수 없을 정도로 열정적인 상태로 흘러갔다. 제시카는 열정은 곧 식기 마련이고 우리 눈에 씌워져 있는 콩깍지가 벗겨져 상대방의 약점이 보일 날이 오리라는 사실을 알면서도, 콜롬바노와 함께하는 삶이 앞으로도 계속 그렇게 열정적이기를 바란다.

불과 며칠 전만 해도 콜롬바노의 유쾌한 웃음과 농담 같은 불평을 불러일으켰던 작은 일들이 이제는 유머를 가장한 가시 돋힌 말의 표적이 되었다. 제시카의 서툰 이탈리아어 문법과 계속해서 사진을 찍어대는 것, 음식을 먹으면서 뚫어지게 살펴보는 습관을 지적받았다. 제시카는 단 이틀 만에 호감에서 비호감으로, 어른에서 어린이로 전락한 기분이다. 처음에는 콜롬바노와 함께 있으면 그녀는 자신이 나이에 비해 성숙하다고 느꼈고, 그가 자신의 미모뿐만 아니라 재미있고 지적인 대화 상대라는 점에 매혹당했다고 상상했다. 그러나 이제 그는 다른 자극이 아무것도 없는 진공상태에서 서로를 바라보며 시간을 보내라는 벌을 받은 듯한 표정으로 그녀를 쳐다본다.

그러나 제시카는 콜롬바노의 변덕스러운 태도가 그녀를 사랑하지 않는다는 의미는 아니라고 생각한다. 엄마가 딱 저런 식이었는데 엄마는 제시카를 진심으로 사랑했다.

"무슨 일 있어요?" 제시카가 마침내 물어보고는 진홍색 원피스의 깊게 파인 목선을 흘긋 내려본다. 지나가던 노신사에게서 날아온 담뱃재가 다행히 흔적을 남기지 않고 떨어져 나갔다.

콜롬바노는 아직도 그녀를 보지 않는다. "그런 건 왜 물어?"

"그냥." 제시카는 어색하게 웃지만, 그녀의 미소는 콜롬바노의 눈에 새겨지지 않는다. 불확실성은 인간관계를 해치는 독약이다. 제시카는 이것을 경험으로 알고 있다. 고등학생 때 남학생들이 그녀를 따라다니며 추근댈수록 그녀는 더 흥미를 잃었다. 그녀는 입술을 깨물며 손을 뻗어 콜롬바노의 단단한 손을 만진다.

"들어봐, 제시카, 내 사랑." 콜롬바노가 천천히 제시카를 돌아보며 말한다. "알다시피 화요일부터 완전히 새로운 레퍼토리를 연주할 거야. 그중 한 곡은 바이올린 이중주인데, 연습을 많이 해야 돼."

"당연히 그래야죠." 제시카가 말한다. 웨이터가 와인 잔 두 개를 테이블에 내려놓고 와인 병의 코르크 마개를 딴 다음, 콜롬바노의 잔에 시음용으로 조금 따라준다. 콜롬바노는 와인의 색을 감상한 뒤, 잔을 흔들어 와인 향이 나도록 한 다음, 와인 잔 속으로 그 높은 코를 들이 밀어 향을 맡는다. 와인이 와인 잔 옆면에 남긴 레그(와인 잔 옆면에 생기는 와인이 흘러 내려간 기다란 흔적/옮긴이)를 신중히 관찰하고 나서, 와인을 마신다. 와인 맛이 그다지 인상적이지 않은 모양이다. 콜롬바노가 와인을 삼키더니 따를 가치가 없는 구정물이라는 의견을 웨이터에게 표정으로 확실히 알려준다.

"내가 얼마나 우리 공주님과 함께 시간을 보내고 싶어하는지 모를 거야. 하지만 그 곡들을 완벽하게 마스터해야 돼." 콜롬바노가 와인 잔을 든다. 웨이터가 어느새 와인을 따라놓았다. 콜롬바노가 말한 우리 공주님이라는 표현이 진심으로 느껴지지 않는다.

"잘될 거예요, 분명히." 제시카가 말한다. 그들은 잔을 부딪친다. 와인은 그런대로 마실 만하다. 덩치 큰 독일산 셰퍼드가 식당 앞을 지나가는데 견주는 보이지 않는다.

"나한테 뭐 물어보고 싶은 거 없어?"

콜롬바노가 뜬금없이 묻는다. 이제 그는 제시카를 뚫어져라 쳐다보고 있다.

"네?"

"물어볼 거 있으면 물어보라고." 콜롬바노의 미소에 약간의 악의가 있다. 남의 불행에 기뻐하고 있다는 느낌도 든다.

"물어볼 거 없는데⋯⋯."

"이제 연극은 그만하자. 솔직하게 말해줘, 응? 자기가 아파트 안을 몰래 뒤지고 다니는 거 여러 번 봤어. 알고 싶었던 거잖아. 내가 누군지, 우리가, 그러니까 자기와 내가 어떤 사이인지, 앞으로 어떤 사이가 될 수 있을지." 콜롬바노가 테이블 가운데를 한 손가락으로 누른다. 솔직하게 말하는데도 공격적이지는 않다. 공격적이기 위해서 꼭 필요한 오만함이 없기 때문이다. 그래서 콜롬바노의 말은 무심하게 들린다. 그리고 그 무심함이 제시카에게 더 큰 상처를 준다.

"몰래 뒤지고 다녔다뇨?"

"몰래 뒤지고 다니잖아. 그리고 그래도 괜찮아. 호기심은 죄가 아니니까. 자기한테는 중요한 일이기도 하고. 원래는 몇 주 전에 떠날 계획이었는데 아직 이러고 있으니까."

"정말이에요, 난……."

그때 콜롬바노가 손바닥으로 테이블을 쾅 내려치는 바람에 와인 잔에 든 와인이 춤을 춘다. "정말이에요, 정말이에요. 이래도 흥, 저래도 흥. 제발 그만 좀 해, 제시카."

제시카는 충격으로 몸이 얼어붙는 느낌이다. 어떤 반응을 보여야 할지 모르겠다. 콜롬바노를 바라본다. 그의 표정은 단호하고 엄숙하고 심지어 평온하기까지 하다. "세상은 위험한 곳이야." 콜롬바노가 말을 잇는다. "아주 냉혹한 곳이지. 알고 싶은 게 있으면 무슨 일이 있어도 알아내겠다는 용기를 가져야 돼. 생쥐처럼 돌아다니며 이것저것 들쑤시지만 말고."

제시카는 와인 잔의 손잡이 부분을 만지작거린다. 조금 전까지 그녀가 그렇게 갈망했던 콜롬바노의 눈길은 오만하고 권위적인 눈빛으로 변했다. 두 사람의 나이 차이가 그녀에게 불리하게 작용한다는 생각이 처음으로 든다. 둘 중 한 사람은 다른 사람에게서 계속 배우는 입장이 된 것 같다. 제시카는 바보가 된 기분인데, 콜롬바노의 말 중에서 일부는 맞다는 사실을 알고 있기 때문만은 아니다. 그녀가 오늘 밤 데이트에 너무 큰 기대를 걸었기 때문이기도 하다. 그녀는 마리나 리날디 매장에서 새 원피스를 샀고, 콜롬바노가 좋아할 헤어 스타일을 했으며,

새 향수를 목에 뿌렸다.

"와인 맛 어때?" 콜롬바노가 묻는다. 그가 갑자기 화제를 바꾸자, 제시카는 안도감과 실망감을 동시에 느낀다.

"좋아요."

콜롬바노가 웃음을 터뜨린다. "물론 그렇겠지."

제시카는 갑자기 가슴이 답답해진다. 콜롬바노는 벌써 고개를 돌려 테라스에 앉아 있는 손님들을 보고 있다.

"내일 우리 집에서 연습이 있어." 콜롬바노가 빈 와인 잔을 테이블에 내려놓으면서 말한다. "그러니까 차를 빌려서 본토를 탐험하고 싶으면……내일 출발하는 게 좋을 거야."

63

"**톡소포자충증이라.**" 제시카는 말하면서, 귀와 어깨로 휴대전화를 고정한 다음 두루마리 화장지 한 칸을 뜯는다. 그녀는 유수프와 라스무스, 부검의 시시 사르빌린나와 함께 전화로 원격 회의를 하고 있다. 유수프가 운전하는 차 소리, 라스무스가 신나게 키보드 치는 소리가 배경으로 들린다. 철제 시신 냉동고에 둘러싸인 부검실에서 핸즈프리 이어폰을 하고 초조하게 서성이는 사르빌린나의 모습이 그려진다.

"범행 동기가 피해자의 논문 주제와 관련이 있다고 생각해요?" 사르빌린나가 기계적으로 묻는다. 그 목소리를 들으니 제시카가 상상하는 모습이 확실한 것 같다.

"솔직히 말해서 우리도 몰라요. 하지만 레아 블롬크비스트가 오랫동안 그 주제를 연구했다면, 그 가능성을 배제할 순 없겠죠." 제시카가 변기에서 일어나 뚜껑을 닫지만, 다른 사람들이 들을 수 있으니 물은 나중에 내리기로 한다.

차 소리와 타이핑 소리에 깊은 한숨 소리가 더해진다. "레아 블롬크비스트는 의사도 아니면서 왜 그런 주제를……."

"제발요, 박사님. 다들 시간이 없으니까 불필요한……." 제시카는 아차 싶어서 말끝을 흐린다. 수십 초가 지나도 아무 반응이 없자 부검의가 전화를 끊은 것인지 확인한다. "여보세요, 박사님……."

"톡소포자충증은 기생충에 의한 감염병이에요." 사르빌린나는 제시카의 말을 끊으려고 기다렸던 것처럼 중간에 툭 치고 들어온다. "사실,

가장 일반적인 질병이죠. 고기를 제대로 익히지 않고 먹거나 고양이의 배설물을 통해서도 걸릴 수 있어요."

"젠장. 여기서 뭐 크게 얻을 건 없는 것 같은데요." 유수프가 불만스럽게 말한다.

제시카는 휴대전화를 귀에 댄 채 거울 앞에 선다. 거울 속에 욕조와 검은색 샤워 커튼이 보인다. 샤워기 물이 쏟아지는 모습, 자신이 욕조 바닥에 앉아 있고 젖은 머리가 얼굴에 달라붙은 모습이 상상이 된다. 그녀가 거칠게 숨을 쉰다. "근데 그게 공격성이랑 무슨 관련이 있죠?"

"솔직히 말해서 잘 모르겠어요. 논문을 읽어봐야겠네요." 사르빌린나가 말한다. 원격 회의 참석자들은 그녀의 말이 농담이 아님을 알고 있다.

"그게 공격성을 일으킬 수 있을까요?"

"그 감염증은 기본적으로 태아나 면역 체계가 손상된 사람들에게만 위협을 가한다고 알고 있어요. 예를 들면, 에이즈 환자 같은. 어릴 때 걸리면, 비정상적인 두뇌 활동을 야기할 수 있죠. 그런데 그건 다른 질병도 마찬가지예요."

제시카는 욕조로 다가가서 비닐 샤워 커튼을 옆으로 밀어젖힌다.

"네, 감사합니다, 박사님." 제시카가 말한다. 잠시 후 휴대전화 화면에서 부검의의 이름이 사라진다.

"얘기 들어보니까 이 주제가 사건과 깊은 관련이 있을 것 같지는 않은데." 회의를 시작한 이후 라스무스가 처음으로 입을 열었다.

제시카는 한숨을 쉰다. "뭐가 이 사건과 관련이 있을지는 아직 알 수 없지. 유수프, 어디야?"

"쿨로사리로 가는 중이에요. 이웃 주민들 참고인 진술서가 있대서요."

64

니나 루스카는 한 팔을 머리 위로 넘겨 어깨뼈 쪽을 향하게 굽히고 다른 손으로 팔꿈치를 잡고 누른다. 삼두근이 만족스럽게 펴진다. 그저께 있었던 시합 때문에 두 팔과 목이 아직도 뻣뻣하다. 그녀의 뺨이 매트에 눌리고 상대방의 팔목에 목이 눌린 것은 1년여 만의 일이다. 근육이 아프고 뻣뻣한 것 외에도, 동부 지역 경찰청 소속의 10년 후배 순경에게 졌다는 씁쓸한 현실에 좌절감을 느낀다. 져도 그냥 진 것이 아니라 대패였다.

"우리가 찾는 물질은 티오펜탈이 아니야." 미카엘이 회전의자를 돌려서 니나를 바라보며 말한다. 사무실에 몇 개 남지 않은 일반전화 중 한 수화기를 가슴에 대고 있다가 테이블에 내려놓는다.

"그게 무슨 말이야?"

"과학수사대 사람하고 통화했어. 우리가 찾는 건 티오펜탈 나트륨이야. 그게 몸에 들어가면 티오펜탈로 변한대."

"그건 또 뭐래?" 니나가 고개를 천천히 숙이면서 묻는다.

"다 써놨어. 잠깐만." 미카엘이 책상에서 메모장을 집어서 읽는다. "세 가지 약물……. 첫째, 티오펜탈 나트륨은 피해자가 정신을 잃게 만듦. 시간은 1분도 안 걸림……."

"이미 클로로포름 때문에 정신을 잃었잖아."

"맞아, 그랬지. 피해자들에게 두 가지 물질을 모두 사용한 이유를 백 퍼센트 확신할 수는 없지만, 과학수사대가 꽤 설득력 있는 이론을 제시했어."

"그게 뭔데?"

"클로로포름은 피해자의 호흡기관을 통해서 몸으로 들어갔지만, 다른 약물은 혈류로 직접 들어갔거든. 그러니까 피해자들을 쉽게 통제하기 위해서 먼저 클로로포름을 썼을 거라는 얘기지. 환자가 저항하면, 다른 약물을 주입하는 데 사용하는 캐뉼러(체내로 약물을 주입하거나 체액을 뽑아낼 때 꽂는 관/옮긴이)를 꽂기가 아주 어렵거든."

"그럴듯하네." 니나가 말한다. 미카엘이 책상 서랍에서 껌 한 통을 꺼낸다.

"그러니까 먼저 클로로포름으로 제압한 뒤에 티오펜탈 나트륨을 주입해서 정신을 잃은 상태를 확실하게 유지할 수 있도록 한 거야. 그런 다음에는 팬쿠……" 미카엘은 풍선껌을 연달아 불어서 터뜨리더니 고개를 숙이고 메모장을 들여다본다. "브롬화물 판쿠로늄. 호흡기를 마비시키는 근이완제. 그걸 주입하고 맨 마지막으로 염화칼륨을 주입해서 심장을 멈추게 한 거래."

"그리고 이 세 가지 약물을 캐뉼러를 사용해서 혈관으로 직접 주입했다는 거고?"

"응. 손등에 있는 멍든 자국이 그 증거야."

"그러려면 기술이 필요하겠는데. 장비도 필요하고. 조절기나 링거나 링거대 같은 거."

"그렇지. 그 약물들은 아무렇게나 투입된 게 아니라고 하더라고. 투여량을 정확히 측정해서 투여한 거였어. 마리아 코포넨과 레아 블롬크비스트의 혈액 속 약물들의 농도가 거의 똑같대. 그 말은 결국 피해자의 몸무게에 맞는 정확한 투여량을 계산했다는 거지. 아마 몸무게를

쟀을 거야. 범인은 캐뉼러를 삽입하는 방법뿐만 아니라 치명적인 효과를 낼 정확한 투여량을 계산하는 방법까지 잘 알고 있었어."

"자기가 말할래, 아니면 내가 말할까?"

"범인은 의사다?"

"아니면 간호사?"

"아니면 수의사."

니나와 미카엘은 사랑을 나누고 나서 각자의 생각에 빠져 아무 말 없이 서로를 바라볼 때가 가끔 있는데, 지금도 그때처럼 서로를 물끄러미 바라본다. 그러나 지금은 둘 다 수사 중인 사건에 대해서만 생각하고 있다.

"모두 아닐 수도 있겠네." 니나가 팔짱을 끼면서 묻는다. "그 기술을 익히기 위해 수년 동안이나 전문교육을 받아야 하는 건 아니니까. 정맥 주사 놓는 방법쯤이야 마법의 나라 인터넷에서 금방 찾을 수 있을걸."

"하지만 보건 전문가라면 그런 약물을 훨씬 더 쉽게 손에 넣을 수 있겠지."

"병원에서는 왜 그런 독극물을 쟁여놓는 건데?"

"이 약물들 중에서 그 자체로 독극물인 건 하나도 없어. 티오펜탈은 마취제로 사용되고, 브롬화물 판쿠로늄도 마찬가지야. 마취를 요하는 단순 처치에 주로 사용되지. 그 두 가지는 어느 병원에나 있어."

"염화칼륨은?"

"E508."

"그게 뭔데?"

"첨가제야. 동네 슈퍼마켓에서 파는 냉동 피자에도 들어 있어. 대용량으로 쓸 때나 치명적인 거지, 소량으로 사용하면 심지어 건강에 이로

울 수도 있어."

"와, 진짜 무섭네. 약물들을 추적하는 게 생각보다 쉽지 않겠어."

"아마 그럴 거야. 하지만 범인들이 반드시 암시장을 이용할 필요는 없다는 걸 알게 됐어. 클로로포름과 티오펜탈의 경우에는 병원들이 자세한 기록을 보관하고 있고, 관계된 다른 약물까지도."

"마리아 코포넨의 직장은 어때? 뉴로팜? 제약 회사라며……."

"거기는 제외시켜도 될 것 같아." 미카엘이 테이블에 놓여 있던 출력지 한 장을 니나에게 건넨다. "그 회사는 신경이완제, 다시 말해 향정신성의약품을 제조해서, 신경안정제를 만드는 다른 제약 회사에 납품해. 여기 그 명단이 있어."

니나는 출력지를 잠시 살펴보다가 실망해서 한숨을 쉰다.

"토르스텐 카를스테트와 카이 레티넨은 어때?" 니나가 일어서서 사진과 포스트잇과 종이가 어지럽게 붙어 있는 통제된 혼란의 벽으로 걸어간다. 두 남자의 사진에 붙어 있는 테이프를 더 꾹 누른다. "IT 기업가와 공사현장 감독. 둘 중 병원이나 약품 재고와 관련이 있는 사람이 있나?"

"그건 지금 당장 알아봐야겠다." 미카엘이 말하더니 일반전화기를 다시 집어든다. 그러나 번호를 누르기 전에 니나를 바라본다. 니나의 표정을 보니 사건에 대해서 생각하고 있는 것이 아니라는 사실을 분명히 알겠다. 니나는 자신의 일을 사랑한다. 수사에 몰두할 때는, 대학 입학시험에서 최고 점수를 받으려고 노력하는 고등학생 같은 표정을 짓는다. 생각에 잠긴, 결의에 찬 표정이다. 그러나 지금은 얼굴에 걱정과 근심이 서려 있다.

"제시카 생각해?" 미카엘이 수화기를 받침대에 내려놓으면서 묻는다.

니나가 고개를 끄덕이더니 뒷짐을 진 채로 게시판 앞에 선다.

"제시카는 제시카 스스로 지킬 수 있으니까 걱정하지 마." 미카엘이 말한다.

"그런 걱정은 안 해. 하지만……누군가가 너무 가까이 다가와 있어. 느낌이 좋지 않아."

"우리가 이 사건을 해결하면 되지 뭐."

"CCTV나 들여다보면서 살인 사건을 수사하는 건 진짜 편하게 수사하는 거라는 생각 해본 적 있어? 아무……반응을 보이지 않는 문제들을 해결하는 임무는 진짜 복 받은 임무라는 생각은? 문제들은 역동적인데, 우리는 그렇지 않은 문제들만 해결하고 있잖아."

"그런 생각을 해본 적은 없지만 무슨 말인지는 알겠어. 불행히도 이건 그런 종류의 사건이 아니야."

"아니지. 절대 아니지. 이건 항생제가 아무리 애를 써도 끄떡없이 계속 생존하면서 돌연변이가 되는 슈퍼 박테리아 같은 거야."

"우리가 항생제인가, 그럼?"

"와, 은유법을 다 알아?"

"이건 뭔지 알겠어?" 미카엘이 손가락을 구부려 외설적인 손짓을 해 보이면서 끈적하고 은근한 목소리로 묻는다.

"웃기지 마, 제발. 잔소리 말고 빨리 전화나 해봐." 말을 마친 니나는 복도로 사라진다.

65

자동차의 전조등 불빛에 눈이 부시자 경찰복을 입은 순경이 손을 들어 눈을 가린다. 유수프는 중앙 계기판에 놓인 담뱃갑을 향해 손을 뻗다가, 에르네가 생각나서 손길을 멈춘다. 에르네가 내는, 금속 솔로 플라스틱 파이프를 긁어대는 듯한 쇳소리가 귓가에 맴돈다. 오늘 하루 동안 담배를 너무 피워댄 것 같다.

유수프는 시동을 끄지 않고 차에 앉아 코포넨의 집과 앞마당을 둘러본다. 이웃집들과 맞은편에 있는 집들도 둘러본다. 오래된 집들도 있지만, 작게 나눈 부지에 새로 지은 건물들이 대부분이다. 대다수가 콘크리트와 유리로 지어진 고급 주택이다. 이 거리에 있는 주택들 가운데 100만 유로 이하로 거래되는 집은 한 채도 없다. 거실 앞에 탁 트인 해변이 펼쳐지는 코포넨의 저택은 몇백만 유로를 호가할 것이 틀림없다.

유수프는 높은 언덕의 경사면을 올려다본다. 언덕 꼭대기에 있는 노부인의 목조 주택이 무민의 집과 닮았다는 생각이 든다. 일본 만화에 나오는 친숙한 파란색 탑 모양의 집이 아니라, 토베 얀손이 직접 만든 축소모형 시골집 말이다. 유수프는 경찰 학교 다닐 때 탐페레 미술관에서 그것을 본 적이 있다. 햇살이 따사로웠던 어느 토요일에 당시 아홉 살이던 여동생 네자와 함께 미술관에 갔다. 이제 네자는 열여섯 살이고, 무민트롤에는 더 이상 관심이 없다. 솔직히 말해서 유수프는 네자가 무엇을 좋아하고 무엇을 꿈꾸며 사는지 알지 못한다. 여동생과

진지한 대화를 나눈 지 꽤 오래되었다. 유수프는 이제 예전에 알았던 방식으로는 네자를 알지 못한다. 어떻게 지내냐고 물었을 때 진심이 담긴 대답을 들은 지가, 대답하는 사람에 대한 진짜 정보를 담고 있는 대답을 마지막으로 들은 지가 언제였는지도 기억이 나지 않는다.

저기요. 유수프가 몽상에서 깨어난다. 파란색 방호복을 입은 순경이 어느새 차 문 옆에 다가와 있다. 유수프가 모르는 사람이다. 순경이 창문을 두드리자 유수프가 창문을 내린다.

"네?"

"저기……, 살인 사건 전담팀 형사입니까?"

"그런데요." 유수프가 경찰 배지를 잠시 들어 보인다.

"네. 그냥 누군가 해서……."

"흑인이 차를 타고 범죄 현장에 나타날 리는 없는데, 그쵸?" 유수프가 시동을 끄면서 말한다.

순경이 침을 꿀꺽 삼킨다. "아뇨, 난……." 변명을 하려다가 유수프의 웃는 모습을 보고 말을 멈춘다.

"괜히 한번 어깃장을 놓은 거예요. 신경 쓰지 마세요, 다 이해하니까. 이 주변에 별별 이상한 사람들이 다 돌아다니고 있으니." 유수프는 결국 담배를 집어들고 차에서 내린다. 강한 바람 때문에 다시 영하로 떨어진 대기가, 뼈가 시릴 정도로 차갑게 느껴진다.

"코이부아호입니다." 순경이 악수를 청하면서 말한다.

"페플 형사입니다." 유수프는 담배에 불을 붙인 후 담배를 쥔 손을 들어 질문하듯이 순경을 가리킨다. "코이부아호? 어제 현장에 맨 처음 출동한 순경님 아닌가요?"

"맞아요." 코이부아호가 느긋하게 장갑을 낀다. "니에미 경사님에게 현장을 보여줬죠. 경사님도 옵니까?"

"이 동네 주민들의 참고인 진술서 갖고 있겠네요?"

"갖고 있죠. 근데 아직 컴퓨터로 치지는 못했는데." 코이부아호가 방호복 가슴 주머니에서 접힌 종이 한 뭉치를 꺼낸다. "반경 몇백 미터 안에 있는 집은 다 찾아가봤어요. 하루 종일 아무도 없었던 집은 한 집뿐이고요. 어젯밤에 몇 명한테서 진술을 받았어요. 아들레르크레우츠 부인을 포함해서." 순경이 코를 문지르더니 길 건너 언덕의 목조 주택을 가리킨다. 무민하우스. 유수프와 제시카는 어젯밤에 바로 그 집의 2층에서 창문 밖을 내다봤었다.

유수프가 자신도 모르게 웃고 있다. "아들레르크레우츠 부인이라고요?"

코이부아호가 고개를 끄덕이더니 유수프가 내미는 담배를 받는다. 잠시 후 두 남자의 손끝에서 눈에 띄게 짧아진 담배가 희미한 불빛을 내며 타들어간다.

"특이 사항이 있어요?" 유수프가 담배 연기를 뻐끔뻐끔 내뿜으면서 묻는다. 매서운 추위에 담배 연기도 얼어붙는 것 같다.

"이상한 일을 목격한 사람은 아무도 없어요. 의심스러운 사람을 본 사람도 없고요. 어제 하루 동안 마리아 코포넨을 본 사람도 없고, 심지어 어제 아침에 로저 코포넨이 차를 몰고 나가는 모습을 본 사람도 없더라고요. 온 동네 사람들이 아주 푹 자고 있었나 봐요."

"그렇다고 그 사람들을 뭐라 할 수는 없죠." 유수프는 코이부아호가 건네주는 종이 뭉치를 받는다. 순경은 유수프보다 키는 작지만 두 배는 더 건장하다. 턱수염이 아주 꺼칠꺼칠하고 굵게 자라서 거기다 천 조각을 갖다대면 붙을 것 같다. 코이부아호는 나이가 유수프보다 열

살은 더 많은 것 같고, 훨씬 더 노련해 보인다. 그렇더라도 그는 여전히 순경이다. 유수프는 서장이나 수사관으로의 승진에 모두가 관심이 있는 것은 아니라는 점을 알지만, 순경인 경찰 동료들 상당수가 순찰차를 타고 돌아다니면서 벌금을 부과하고 술에 취한 사람들을 태우고 다니는 일을 꺼려하지 않는다는 사실이 아직도 놀랍기만 하다. 코이부아호의 눈에 씁쓸함이나 질투심은 조금도 보이지 않는다. 유수프가 이제까지의 그의 삶과 직장 생활에서 참고 견뎌야 했던, '그냥 하는 말'을 가장한 다양한 형태의 인종 차별이 코이부아호에게서는 전혀 느껴지지 않는다.

"고맙습니다. 읽어볼게요." 유수프가 던진 담배꽁초가 멋진 아치를 그리며 날아가 아들레르크레우츠 부인의 집 산울타리 밑에 떨어진다. "아, 그리고, 하루 종일 아무도 없었다던 집은 어느 집이죠?"

"거기 써놨어요. 12호." 코이부아호가 입가에 담배를 물고 웅얼거리더니 폴리스라인 너머 먼 곳을 가리킨다. "벽돌로 지은 오래된 저택이에요. 대문에는 본 번스도르프라고 적혀 있던데."

66

12호는 **몇백 미터** 떨어져 있지만, 유수프는 걸어가기로 작정한다. 따뜻한 차 안에 있을 때는 비니와 장갑이 필요 없다고 생각했는데, 매서운 바람을 5분 동안 맞고 보니, 가지고 오지 않은 것이 후회된다. 계기판과 앞유리 사이에 놓아둔 것이 실수였다.

빨간색과 검은색 체크무늬의 외투를 입은 뚱뚱한 남자가 맞은편에서 유수프 쪽으로 걸어온다. 그는 작은 개를 묶은 목줄을 손목에 감고 있다. 길 오른쪽에는 커다란 공터가 있고 뒤쪽에는 벽돌집이 있다. 남자가 개와 함께 지나가는데 유수프가 걸음을 멈추고 한 손을 든다.

"실례합니다." 유수프가 다시 경찰 배지를 꺼낸다. "경찰인데요."

남자가 개를 자기 쪽으로 잡아당기더니 얼굴을 찌푸리며 유수프가 들고 있는 배지를 잡는다. 그러고는 뚫어지게 한참을 확인한다. 아냐, 자식아, 위조한 거 아니라고.

"보통은 가던 길을 멈추고 이야기를 나누는 일 따위는 하지 않지만, 특별한 상황이니까 예외를 허락하죠." 남자가 말한다. 유수프는 그가 무엇을 가리켜서 특별한 상황이라고 하는 것인지 이해가 가지 않는다. 유수프가 경찰관이라는 점을 말하는 것인지, 그 거리에서 두 건의 살인 사건이 발생한 점을 말하는 것인지 모르겠다.

"정말 끔찍한 일이에요. 단서 좀 확보했어요?"

유수프는 배지를 주머니에 넣는다. "여기 사십니까?"

"가까운데 살죠." 고갯짓으로 자신이 온 방향을 가리키면서 남자가 말한다.

"소식은 들으셨고요?"

"쿨로사리는 작은 마을이에요. 옛날처럼 이웃들끼리 서로 알고 지내면서 오순도순 산다는 뜻은 아니지만. 요즘에는 이웃하고 인사도 잘 안 하고 사니까요. 하지만 코포넨 부부에 대해서는 다들 알고 있었어요. 그 집은 그 부부가 사기 전까지 빈집이었죠. 언제 샀더라? 2년 전이었나? 3년 전?"

"얼마나 오래 빈집으로 있었죠?"

"지어진 이후로 줄곧. 그 집을 설계한 건축가가 준공 직후에 이혼을 했다고 하더라고요. 그래서 그 집을 매물로 내놨죠. 바다가 내다보이는 경치에, 대저택이라……처음에는 충격적으로 높은 가격에 내놨어요. 아마 네 장 정도 요구했을걸요."

"400만이요?"

"아뇨, 4,000만." 남자가 싱긋 웃더니 개 목줄을 더 잡아당긴다. "물론 400만이죠. 그러다가 50만 정도 내렸고. 그다음에 또 내렸어요. 코포넨 부부는 아마 300만도 안 냈을 거예요. 하긴, 뭐, 내가 어떻게 알겠냐마는……."

"그렇군요." 유수프는 들은 내용을 메모해둘까 고민한다. 이 체크무늬 외투를 입은 남자는 끔찍한 인간이다. 자기는 세상에 모르는 일이 없다고 생각하는 모양이지만, 사실은 아는 것이 별로 없다. 유감스럽게도 사건과 관련된 흥미로운 정보가 없는 듯하다.

"제보 전화번호입니다. 뭐라도 기억나는 게 있으면 전화주세요. 어떤 거라도 좋습니다." 유수프는 그에게 명함을 건넨다. 주고 나니 이제 딱 한 장 남아 있다.

남자가 명함을 보더니 큰 소리로 웃어젖힌다. 유수프는 그가 웃는 이유를 모르겠다. 남자는 곧 다시 진지해지더니, 주머니에서 강아지 배변 봉투를 꺼내고, 유수프에게 당혹스러울 정도로 정중하게 작별 인사를 건넨다.

빌어먹을, 다들 미쳤군. 차라리 섬 전체를 봉쇄하지 그래?

67

본 번스도르프.

유수프가 초인종을 두세 번 누르지만 아무런 반응이 없다. 그는 장식이 화려한 대문 손잡이를 잡다가, 곳곳에 페인트칠이 벗겨진 진초록의 금속 대문이 잠겨 있지 않다는 사실을 알아차린다. 그 옆에는 차고문이 있고, 구식 보안 카메라가 한 대 달려 있다.

앞마당이 놀랄 정도로 넓고, 울타리를 따라서 측백나무가 촘촘히 서있다. 유수프는 포장된 진입로를 걸어가면서, 앞에 우뚝 솟아 있는 벽돌 주택을 관찰한다. 창틀은 흰색이고, 가파른 경사의 지붕에는 검은색 지붕널이 덮여 있으며, 높은 굴뚝이 한 개 있다. 낮은 높이의 계단이 현관문으로 이어진다. 헬싱키에서 흔히 볼 수 있는 주택은 아니며, 영국의 어느 시골 마을에 있을 법한 상류층의 주택처럼 보인다. 진입로 양옆으로 가지치기를 심하게 한 사과나무가 줄지어 서 있고, 그 뒤로는 자동차가 적어도 두 대는 들어갈 정도로 큰 차고가 있다. 타이어자국은 보이지 않지만, 눈이 얇게 덮인 것으로 보아 그저께 폭설이 내린 후로 진입로의 눈을 치운 것이 분명하다. 틀림없이 최근에 누군가가 집에 있었다. 위층을 환하게 밝히는 불빛을 보면 지금도 누가 있는 것 같다.

유수프가 몇 개 되지 않는 계단을 올라가 현관문 앞에 선다. 현관문의 위쪽은 반원 모양이고, 화려한 장식의 흰 벽돌이 현관문의 테를 두르고 있다. 문 가운데에는 주먹 크기의 철로 만든 사자 머리가 붙어 있고, 사자의 입 안에 문을 두드리는 손잡이가 있다. 초인종은 없다. 방문객이 대문에서 초인종을 이미 눌렀으니 그럴 만도 하다. 유수프는 사자의 이빨이 꽉 물고 있는 손잡이를 잡고 문을 세 번 두드린다. 그리고 기다린다. 대답이 없다.

그때 주머니에서 휴대전화의 진동이 느껴진다. 제시카에게서 문자 메시지가 왔다. **전화 바람**. 유수프는 메시지를 확인한 후 전화기를 턱에 대고 잠시 생각한다. 본 번스도르프와 그의 가족은 집에 없다. 독신일지도 모르지만. 내일 다시 오거나 다른 사람을 보내도 될 것 같다. 아니면 전화번호를 알아내 통화를 할 수도 있다. 이 집 사람들이 뭔가를 목격했을 것 같지는 않다. 코포넨의 집에서 꽤 멀리 떨어져 있고, 측백나무 군대가 떡 버티고 있어서 거리의 풍경도 잘 보이지 않을 것이다.

유수프는 두 손을 주머니에 찔러넣고 계단을 내려간다. 제시카의 번호를 불러내려는 순간, 아까는 보지 못했던 뭔가를 발견한다. 그는 전화기를 주머니에 다시 집어넣는다. 저게 뭐야? 마당에 무릎 높이의 돌들이 모여 서 있다. 마치 스톤헨지의 축소판 같다. 짧은 뿔이 달린 형체가 그 가운데에 서 있다. 유수프는 눈을 치운 진입로에서 마당으로 걸어 들어간다. 마당에는 살짝 얼은 눈이 20-30센티미터 두께로 쌓여 있다. 눈의 표면은 녹았다가 다시 언 상태이다. 걸을 때마다 사각거리는 소리가 나서 거대한 크렘 브륄레(차가운 크림 커스터드 위에 유리처럼 얇고 파삭한 캐러멜 토핑을 얹은 프랑스의 디저트/옮긴이)로 걸어 들어가는 느낌이다.

눈 속을 1분 정도 걸어간 유수프는 돌들 앞에 쭈그리고 앉는다. 가까이 가서 보니 그것은 1미터 높이의 조각상으로 장식된 분수였다. 조각상에는 굽은 뿔이 두 개 있는 염소의 머리가 달려 있다. 그 밑에 붙은 반라의 몸은 인간이다. 오른팔을 하늘로 높이 들고 오른손 집게손가락과 가운뎃손가락을 펴서 위로 향하게 들고 있다. 목에는 별 모양의 뭔가가 걸려 있다. 발 대신 발굽이 있다.

유수프는 조각상의 뿔을 잡고 흔들어본다. 조각상이 땅에 단단히 박혀 있어서 꿈쩍도 하지 않는다. 그는 염소의 음울한 눈과 목에 걸린 별 모양을 바라본다. 온몸에 차가운 전율이 흐른다. 그는 주위를 돌아본다. 조각상은 마당의 한가운데에 세워져 있다.

유수프는 제시카가 수사를 맡으면서 맞닥뜨린 모든 일을 생각한다. 에르네가 집에 있으라고 명령하지 않았다면 그녀가 지금 여기서 이 조각상을 보았을 것이다. 유수프는 침을 꿀꺽 삼키며 세상에 우연의 일치는 없다는 사실을 아프게 깨닫는다. 어떤 살인 사건에서도 우연의 일치란 없다. 이 지독히 기분 나쁜 퍼즐 같은 사건에서는 특히 더.

유수프가 쭈그리고 앉아 있는 마당을 비추는 빛이라고는, 하얀 담요처럼 덮인 눈이 반사하는 빛과 산울타리 바깥에서 집 안을 넘겨다보는 가로등 불빛뿐이다. 자신이 완전히 노출된 느낌이다. 그는 집의 창문과 집 안을 밝히는 불빛을 올려다본다. 그러다가 고개를 돌려 반수반인의 조각상을 바라본다. 돌로 조각된 그 악마의 죽은 눈이 그 집을 정면으로 바라보고 있다.

68

영원처럼 느껴지는 몇 분이 지난 후, 금속 대문에서 잠금장치가 철커덩 거리는 소리가 나더니, 순경 두 명이 경계심 가득한 표정으로 대문 안으로 들어선다. 유수프는 앞에 선 순경이 코이부아호임을 알아차린다. 코이부아호는 경기가 시작되기를 기다리는 미식축구의 공격 라인맨처럼 몸을 약간 앞으로 숙이고 걸어온다.

"무슨 상황입니까?" 코이부아호가 유수프에게 다가오며 묻는다. 다른 순경은 진입로에 잠깐 서 있더니 차고를 향해 조심스럽게 걸어간다.

"모르겠어요. 근데 이것 때문에 느낌이 좋지 않네요." 유수프가 일어선다. 너무 오래 쭈그리고 앉아 있어서인지 종아리가 아프고, 매서운 바람에 귀가 마비된 듯이 얼얼하다.

코이부아호가 돌 조각상을 바라본다. "그렇겠네요."

"아까 대문에서 초인종을 누르기만 했어요? 이 안에 들어와보지는 않고?" 코이부아호가 고개를 끄덕이자 유수프가 말을 잇는다. "그때 저 위층에 불이 켜져 있었어요?"

"아뇨. 도로에서는 집이 안 보이더라고요. 게다가 그땐 불을 켤 시각이 아니어서……."

"아, 그렇겠네요." 유수프는 손등으로 코를 쓱 문지른 뒤, 코이부아호에게 자신을 따라오라고 말한다. 두 사람은 눈을 밟으면서 집 앞쪽에 눈이 치워진 곳으로 걸어간다.

"최근에 누가 눈을 치웠네요." 코이부아호가 속삭인다.

"그러니까요."

주위를 둘러보던 유수프는 현관문 위에서 아까 대문에서 보았던 것과 비슷한 보안 카메라를 발견한다. 이 집에 누가 사는지는 모르겠지만, 그들에게는 집에 경찰을 들이지 않을 이유가 있는 것이다. 다른 순경은 아직도 차고를 살펴보고 있다.

"어떡하죠?" 코이부아호가 묻는다.

"글쎄요. 사탄 조각상이 문을 박차고 들어갈 근거는 못 되는데."

"그러게요."

"동료에게 여기 앞쪽으로 와서 지키고 있으라고 하세요. 우린 뒤로 돌아가보죠."

유수프는 걸음을 내디딜 때마다 얼어붙은 눈에서 나는 뽀드득 소리에 움찔하게 된다. 건물 앞면에는 창문이 많이 나 있는데, 하나같이 어둡고 커튼이 드리워져 있다. 마침내 그들은 건물 옆을 돌아서 뒷마당으로 들어간다. 뒷마당은 사과나무가 있는 앞마당보다 훨씬 더 수수하다.

"저거 봐요." 코이부아호가 속삭인다. "빌어먹을."

뿔이 달린 또다른 조각상이 마당 한가운데에 서 있다.

유수프는 잠시 여러 가지 대안을 생각해본다. 그들은 범죄를 의심할 상당한 근거가 없는데도 사유지를 침범했다. 반면에, 뿔 달린 조각상은 이 집에 사는 주민이 이 사건과 어떤 식으로든 관련이 있다는 점을 보여주는 정황증거가 된다. 일어난 모든 일을 고려해볼 때 의심의 여지가 없다.

유수프는 돌아서서 테라스 뒤에 있는 거실의 전면 유리창을 바라본다. 권총을 들고 조심스레 그곳을 향해서 걸어간다. 블라인드는 걷혀 있지만, 안이 잘 보이지 않는다. 커다란 방은 깜깜하다. 그런데 유리 안쪽에 거미줄 같은 패턴이 보인다. 누군가 유리를 박살내려고 한 듯하다. 유수프는 유리에 얼굴을 대고 두 손으로 눈가를 가린다. 흰 대리석 바닥에 검은 얼룩이 곳곳에 있다. 자세히 들여다보니 편평한 얼룩이 아니라, 울퉁불퉁한 입체적인 물건이다. 모양과 크기가 모두 다른.

돌멩이.

"코이부아호 순경님!" 유수프가 외친다. 순경의 군화가 눈을 밟고 바삐 걸어오는 소리가 들린다. 유수프는 라스무스가 로저 코포넨의 3부작에 나온 살인 사건을 정리해놓은 목록을 떠올린다. 차례대로 대라고 하면 자다가도 말할 수 있다.

1부
여자, 익사
여자, 독살
남자, 돌에 맞아 죽음

"손전등." 유수프는 치과 의사가 간호사에게 하듯이 손을 내밀면서 말한다.

코이부아호 순경이 장비가 달린 벨트에서 검은색 손전등을 떼어낸다. 강력한 불빛이 어두운 방을 훑고 지나간다. 바닥에는 돌멩이가 사방에 널려 있다. 벽난로 앞에 소파가 있고, 그 옆에는 초록색 안락의자가 있는데 그 주위에 돌멩이가 집중적으로 모여 있다. 손전등 불빛 속에서 뭔가 반짝이는데, 털이 많은 것으로 보아 사람의 정수리인 듯하다. 의자 등받이의 한쪽으로 고개가 내밀어져 있다.

"지원 인력 요청해요. 그리고 집 안으로 들어가야 하니까 문 따는 도구도." 유수프가 속삭이면서 문의 금속 손잡이를 잡는다. 문은 잠겨 있다. 창유리에는 도난 방지와 방탄 처리가 되어 있는 것이 분명하다. 유수프는 돌멩이가 창문에 만들어놓은 패턴을 보고 이런 결론에 도달한다.

코이부아호가 무전기를 잡는다.

69

에르네 믹손이 서류 뭉치를 가슴에 끌어안아 고정하고 있는 한 팔에 더 힘을 주지만, 스테이플러를 찍지 않은 종이들이 벌써 미끄러져 떨어지고 있다. 종이가 폭포수처럼 쏟아져 바닥으로 미끄러져 퍼지면서 주위가 아수라장이 된다.

"쿠라트!('제기랄'이라는 뜻의 에스토니아어/옮긴이) 빌어먹을!" 에르네가 큰 소리로 욕을 내뱉는다. 이렇게 혼란스러운 상황이 아니라면, 2개 국어를 자유자재로 구사하는 자신의 능력에 흐뭇한 미소를 지었을 것이다. 그는 바닥에 꿇어앉아 종이를 줍는다. 몸을 앞으로 숙일 때마다 폐에서 기운이 쭉 빠져나가는 것 같다. 혈액이 예전보다 더 빠르게 머리로 올라가는 느낌이다. 손끝에서는 모든 감각이 사라진다.

"잠깐만요. 제가 도와드릴게요." 미카엘이 빠른 걸음으로 복도를 걸어오면서 말한다. 남자 화장실에서 막 나오는 길이다.

"아냐!" 에르네가 미카엘을 밀어내며 말한다. "됐어, 미케."

"알겠어요, 알겠어요." 미카엘이 뒤로 물러서서 뒷짐을 진다.

에르네가 종이를 모두 모은 다음 바닥에 대고 툭툭 두드려서 대강 가지런히 하고는 종이 뭉치를 옆구리에 낀다.

"무슨 일 있어요?" 미카엘이 에르네에게 잠깐 숨 고를 시간을 준 뒤에 묻는다.

"있지. 니나와 라스, 회의실로 오라고 해. 지금 당장."

"경감님 혹시 열 나요?"

미카엘이 에르네가 쭈그리고 앉아 있던 바닥에 떨어진 체온계를 가리킨다.

에르네는 갑작스러운 한기에 몸이 떨린다. "아냐, 열은 무슨. 열 안 나. 주머니에 넣어두고 잊어버린 거야······."

"네." 미카엘이 말하고는 자리를 뜬다.

"**조금 전에 유수프한테서** 전화가 왔어." 라스무스가 문을 닫자 에르네가 말한다. "다섯 번째 시신이 발견됐어. 쿨로사리에 사는 남자 노인인데, 안락의자에 묶인 채 돌에 맞아 죽었어. 코포넨의 집에서 겨우 몇백 미터 떨어진 곳에서."

미카엘이 이마를 찌푸린다. "피해자 신원은요?"

"알베르트 본 번스도르프."

"잠깐, 아무 말도 하지 마세요. 귀족이죠, 맞죠?"

"정확해." 에르네가 한숨을 쉬고는, 삐져나오려고 하는 종이들을 한데 모으려고 애쓴다. 미카엘과 니나, 라스무스는 옆에 서 있다. 새로운 소식을 듣고 너무 착잡해진 나머지 앉을 생각도 하지 못한다.

"피해자에 대해서 더 아는 정보는요?" 니나가 묻는다.

"나이는 70세. 혼자 살았어. 존경받는 의사였고, 지금은 은퇴했어. 전공은 정신과. 범행 방식뿐만 아니라 마당에 서 있는 악마의 조각상을 보더라도 일련의 사건들과 관계가 있는 게 분명해 보이고."

"사진 있으면 보여주세요." 미카엘이 말한다. 에르네가 종이를 뒤적인다.

에르네는 플래시를 켜고 찍은 돌 조각상 사진 몇 장을 한데 모은 자료를 찾아낸다. 세 사람이 자세히 볼 수 있도록 자료를 그들에게 건넨다.

"바포메트(마녀들의 숭배 대상이던 염소의 모습을 한 악마/옮긴이)네요." 라스무스가 조용히 말한다.

"뭐?"

"추측한 대로예요. 제시카는 얼음 바다에서 봤던 형체가 하늘을 향해 한 손을 들고 있었다고 했어요. 주먹을 쥐고 있지는 않았죠. 여기이 조각상의 손처럼 하고 있었어요. 제시카가 자세히 볼 수는 없었죠. 그 형상이 워낙 멀리 있었고…….."

"잠깐만, 잠깐만……. 좀 천천히 얘기해봐, 라스. 세바메드라고?" 미카엘이 퉁명스럽게 말한다.

"바포메트요. 고대의 신들 중 하나죠. 흔히 생각하는 것과 달리, 사탄 숭배하고는 아무런 관련이 없어요. 하지만 이단이라는 점은 분명하니까, 아마도 본 번스도르프가 바포메트를 숭배한 벌을 받았다고 추정해볼 수 있겠네요."

방 안에 깊은 적막이 흐른다.

"조각상이 두 개 있었어. 하나는 앞마당에, 또 하나는 뒷마당에. 둘다 집을 향해 있었고." 에르네가 말한다.

테이블 구석에서 중얼거리는 소리가 들린다.

"살인자들이 갖다놨나……." 니나가 말문을 연다.

"유수프는 마당에 쌓인 눈과 흔적들을 볼 때, 조각상들이 적어도 며칠은 거기에 있었을 거라고 생각한대. 어쩌면 이틀 전 폭설이 내리기 전에 거기 세워진 것일지도 모른다고 하고."

"피해자가 사망한 지는 얼마나 됐죠?"

"정확한 사망 시각은 곧 알게 될 거야. 하지만 사후경직이 한참 진행된 상태라서 9시간에서 24시간 전으로 추정한다더군."

"그래서 조각상들을 쉽게 옮길 수 있었······."

라스무스가 가래침이라도 뱉을 것처럼 칵칵 소리를 내자, 미카엘이 말끝을 흐린다. 모두가 고개를 돌려 라스무스를 쳐다본다. 라스무스의 검은 스웨터 어깨에 비듬이 소복이 내려앉아 있다.

"아 진짜, 다들 제 얘기를 뭘로 들었어요?" 라스무스가 관자놀이를 비비면서 말한다.

에르네가 나나를 흘끗 보니, 그녀는 멋쩍게 웃고 있다. 이 얌전한 라스무스가 형사 생활을 시작하고 처음으로 자신도 의지와 성격이 있음을 보여주고 있다.

"얘기해봐, 라스." 에르네가 달래듯이 말한다. 모두의 시선이 라스무스에게로 향한다. "우리의 무지를 깨우쳐달라고."

"지금 여러분의 사고방식엔 위험한 결함이 있어요. 모르시겠어요? 살인자들이 그 바포메트를 본 번스도르프의 마당에 갖다둔 게 아니에요. 그 반대죠. 십중팔구는, 그 바포메트 조각상 때문에 본 번스도르프가 죽었을 거라고요."

"다들 좀 앉지." 에르네가 라스무스에게 고개를 끄덕인다. "계속해봐."

"염소 머리는 전통적으로 다산을 상징해요. 새로운 생명의 상징이죠. 염소 머리에 인간의 몸을 가진 바포메트는 다산의 신이고요. 제가 무슨 말을 하려는 건지 아시겠어요?"

"본 번스도르프가 이교도의 신을 숭배했기 때문에 죽었다는 거야?"

"그래야 종교재판관의 분노가 설명이 돼요. 예를 들어, 14세기에 프랑스에서 템플 기사단원들이 투옥된 이유가 뭔지 아세요? 당시의 왕이 템플 기사단이 바포메트를 숭배한다고 믿었기 때문이에요. 그래서 그들을 투옥해서 고문했고, 많은 사람들이 강압적인 분위기에서 자백을 했죠."

"템플 기사단이 정말로 사탄을 숭배했어?"

"아뇨, 말씀드렸잖아요, 바포메트는 사탄 숭배하고는 원래 아무런 관련이 없었다고. 하지만 바포메트와 관련이 있는 그 별 모양은 1960년대의 사탄 숭배의 맥락에서 따왔고, 염소 머리가 그 안에 그려졌죠. 그렇게 해서 사탄주의자의 상징이 생겨나게 된 거예요. 하지만 꼭 기억하세요, 사탄주의와 사탄 숭배는 다르다는 걸."

미카엘이 싱긋 웃는다. "어떻게 다른데?" 그는 곧 자기 혼자만 웃고 있다는 사실을 알아차린다.

"이름에서도 알 수 있듯이, 사탄 숭배는 사악한 세력, 다시 말해 사탄에 대한 믿음을 수반하죠. 반면에 사탄주의에서 사탄은 인간의 동물적인 측면, 그러니까 교회가 수세기 동안 뿌리를 뽑으려고 애써온 성과 쾌락에 대한 자연스러운 열망을 상징하고요. 사탄주의자들은 사탄의 존재를 실제로 믿는 게 아니라, 기독교적인 도덕성을 거부하고 비웃는 거예요."

갑자기 그 순간의 분위기와 어울리지 않는 웃음소리가 복도에서 들린다. 순경 여러 명이 복도를 지나가고 있다. 웃음소리가 사라지자 미카엘이 묻는다. "좋아, 그럼 그 정신과 의사가 골수 사탄주의자였고, 그래서 살해됐다는 거야?"

라스는 두 손에 얼굴을 묻고 한숨을 푹 쉰다. 마치 질문 수준이 너무 떨어져서 절망하는 듯하다. "사탄주의자가 아니라 바포메트의 지지자였다니까요. 무슨 이유에서인지는 몰라도, 범인들은 마리아 코포넨과 레아 블롬크비스트가 마녀라고 생각했어요. 그들은 종교재판관의 자리에 스스로 올라가 앉아서 이단자들을 처벌할 권한을 휘두른 거죠.

그래서 본 번스도르프도 같은 운명을 맞았던 거고요."

"근데 그 얘기에 비논리적인 면이 있어." 니나가 깔끔하게 손질한 자신의 손톱을 살펴보면서 말한다. "우리는 살인자들이 초자연적인 것을 믿는 사람들이라고 추정하고 있었잖아. 근데 당신은 지금 그들이 종교재판관이라는 듯이 얘기하네. 적어도 중세에는 그 종교재판관들이 초자연적인 행위를 했다고 의심되는 사람들을 죽이려고 하지 않았나? 그러니까 어느 쪽이야?"

"좋은 지적이야, 니나." 에르네가 새어 나오는 하품을 손으로 막으면서 말한다.

"본 번스도르프의 죽음이 책에서는 어떤 식으로 발생하죠?" 니나의 질문에 아무도 대답할 기미가 없자 미카엘이 묻는다.

"피해자는 본 번스도르프처럼 돌에 맞아 죽어요. 다른 방식으로 죽었다면 이야기가 완전히 달라지죠." 라스무스가 말한다.

"범인들의 시각에서 보면, 본 번스도르프는 사탄주의자로 추정되기 때문에 죽어 마땅했다고 치고, 그러면 마리아 코포넨과 레아 블롬크비스트는? 그 여자들도 사탄주의자였어? 아니면 단순히 외모 때문에 마녀로 낙인찍힌 건가?" 니나가 묻는다.

라스무스는 좌절한 표정을 짓는다. 아무리 설명을 해도 사람들이 알아듣지 못해서 실망한 표정이다. "흥미로운 질문이네요. 그건 우리가 지금까지 풀려고 애써온 가정이죠. 그 여자들의 유일한 공통점은 외모라는 가정."

"운이 없었다는 것도 공통점이지." 미카엘이 덧붙인다.

"하지만 이 모든 것을 뒷받침하는 세계관이나 철학이 있다면? 마리아와 레아가 살아 있었을 때 공통으로 갖고 있었던 뭔가가 있다면?

우리가 앞으로 달려가게 도울 수 있는?" 니나가 말한다.

"코포넨 부부와 절친했던 친구들과 얘기해봤는데, 그런 건 없었어." 에르네가 말한다.

니나가 손가락 마디를 뚝뚝 꺾는다. "질문을 제대로 하지 않았을 수도 있죠."

"그럴 수도." 숨을 깊이 내쉬니 에르네는 기운이 쑥 빠져나가고 폐가 텅 빈 느낌이 든다. "혹시 알아차린 사람 있어?"

"뭘요?"

에르네는 무표정한 얼굴로 앞을 바라본다. "레아 블롬크비스트는 공격성을 연구하던 신경심리학자였어. 알베르트 본 번스도르프는 은퇴한 정신과 의사였고. 그리고 마리아 코포넨은 향정신성의약품을 제조하는 제약 회사의 상품 개발 총책임자였지."

미카엘이 목을 긁으면서 말한다. "그렇게 말씀하시니까……."

"관련이 있다는 게 분명해 보이지만 아주 구체적이지는 않네요. 기껏해야 피해자들이 인간의 심리와 관계된 직업을 가진 사람들이었다는 정도로 분류할 수 있을 뿐이니까요."

"바로 그거야. 뭔가가 나올 것 같은데 딱 잡히지 않는다는 말이야. 실제로는 그 피해자들의 직업이 모두 달랐어. 서로 아무런 관련이 없는 직장에 다녔다고. 헬싱키 대학교, 뉴로팜 제약, 그리고 본 번스도르프의 개인 병원. 1968년부터 2009년까지 운영했더군."

"그러면 같은 고객이나 적을 공유하지는 않았겠네요."

"뉴로팜의 고객은 대규모 제약 회사들이었어요. 반면에……."

"빌어먹을." 에르네가 스트레스가 폭발한 듯 성질을 낸다. 그가 니나를 날카로운 눈초리로 쳐다보며 말한다. "본 번스도르프 사건은 일단

단독 사건으로 보고 접근해보자고. 자네 생각은 어때, 니나? 이 사건 어떤 거 같아?"

"예전 환자가 범인이에요."

"그렇지. 본 번스도르프가 진료한 모든 환자들의 명단을 확보해보자. 그리고 피해자들 사이에 어떤 관련이 있을지 의견들을 내봐. 예를 들어, 알베르트 본 번스도르프가 특정 심리 질환을 전공했는지 같은 것들?"

"알겠습니다."

"그리고 마지막으로, 코포넨의 동네 주민들을 전부 만나봤으니까, 참고인 조사 보고서 작성해봐. 주민들 명단과 코포넨 부부와의 관계 등등을 담아서."

"그건 제가 할게요." 미카엘이 말한다.

"다들 수고 좀 해줘. 난 제시카하고도 얘기해봐야겠어. 그리고 나서는 본 번스도르프 살인 사건에 관해 언론 보도자료를 내야 하고." 에르네가 담뱃갑을 꺼낸다. "다들 각자의 위치로, 친구들."

70

제시카는 밖에서 나는 소리에 잠이 깼다. 프랑스식 발코니에 드리워진 커튼이 한가롭게 흔들린다. 8월의 첫날 밤은 고통스러울 정도로 덥다.

거리에서는 술 취한 영국인 관광객들이 음정, 박자 무시하고 큰 소리로 노래를 부르고 있다. 한동안 골목이 떠나갈 듯 울리다가 모퉁이를 돌아 사라진다.

침대에서 일어나 앉은 제시카는 옆자리가 비어 있음을 알아차린다. 콜롬바노는 여름의 마지막 연주회가 끝나면 연주자들끼리 구시가지가 있는 북쪽 섬에 가서 회식을 할 계획이라면서, 기다리지 말라고 했다.

제시카가 산 미켈레 공동묘지에서 콜롬바노를 처음 만나고 3주 반이 흘렀다. 원래 계획대로라면 어제 헬싱키로 돌아갔어야 했다. 그러나 그녀는 아직도 여행을 시작했던 베네치아에 있고, 계획했던 수많은 도시와 해변을 가보지 못했다. 그러나 대신 다른 것을 얻었다. 한 남자를, 진짜 세상의 진짜 남자를 알게 되었다. 마치 다른 세상 사람처럼 놀라운 재능과 자신감을 가진 남자. 제시카는 거침없이 다가오는 콜롬바노가 좋았다. 그의 손길과 키스를 사랑하게 되었다. 그의 움직임에는 망설임이 없었다. 만져도 되는지 몰라 머뭇거리지 않았고, 그녀의 손을 잡으려고 사춘기 소년처럼 땀으로 축축해진 손을 쭈뼛거리며 내밀지도 않았다. 콜롬바노와 함께 있으면 제시카는 자신이 섹시하다고 느꼈고 안전하다고 생각했다.

그러나 화창한 하늘에 갑자기 몰아닥치는 천둥 소나기를 품은 구름처럼, 설명할 수 없는 어둠에 콜롬바노가 압도되는 때가 종종 있다. 그럴 때 그는 예측할 수 없고 충동적인 행동을 한다. 가볍게 제시카를 어루만지다가 갑자기 목 뒷덜미를 움켜잡고 손톱으로 꽉 누르기도 하고, 이러다가 턱이 빠질까 걱정될 정도로 그녀의 턱을 한 손으로 강하게 움켜쥐기도 한다. 콜롬바노는 미남이고 근육질의 멋진 몸매를 가졌다. 원한다면 어느 여자와도 사귈 수 있다. 그런 그가 제시카를 원한다. 바로 그런 이유로 콜롬바노의 기분이 급변할 때면 그들은 무엇이든 콜롬바노가 원하는 대로 한다. 제시카가 할 수 있는 일은 그것뿐이다. 그의 원초적이고 자유로운 욕망을 받아들이고 따르는 일밖에 없다. 제시카는 콜롬바노의 갈색 눈만 봐도 그의 마음을 읽을 수 있게되었다. 그 눈은 앞으로 무엇이 다가올지를 보여주지만 문제는 고요에서 최악의 폭풍우로 바뀌기 직전에야 보여준다는 점이다.

그를 만나기 전, 제시카의 마음에 가득 차 있던 자극과 흥분이 이제는 다른 것으로 바뀌었다. 사랑과 애착으로 변한 것이다. 처음에는 욕망을 일깨워준 것이 이제는 완전히 다른 본능에 호소하고 있다. 그녀는 콜롬바노를 기쁘게 하고 싶고, 예술가로서 피할 수 없는 좌절감과 스트레스를 솔직히 표현할 기회를 주고 싶다. 완벽을 추구하는 사람들은 하늘에서 달을 따기를 바라기 때문에 어쩔 수 없이 외롭게 살 운명임을 그녀는 알고 있다. 그녀는 콜롬바노의 분노 발작을 통해서 그를 보고 싶고, 예측 불가능한 그의 성격을 길들이고 싶다.

그리고 무엇보다도 그를 이해하고 싶다.

제시카가 일어서서 허리를 잡는다. 퇴윌랭카투에 있는 그녀의 집이 그리운 유일한 이유는, 마른 땀 냄새와 기름진 머리카락 냄새가 나지 않

317

는 깨끗한 침대, 두꺼운 스프링 매트리스가 있는 넓은 침대가 거기 있기 때문이다. 콜롬바노의 아파트에 있는 침대는 프레임이 철로 되어 있고 울퉁불퉁한 매트리스가 깔려 있으며 좁고 삐걱거린다. 그래서 그녀의 다친 척추를 쉬게 해주지 못한다.

제시카는 발코니 문을 향해 걸어가서, 커튼을 살짝 걷고, 좁은 운하와 맞은편에 있는 분홍색 건물의 창문들을 바라본다. 창문이 너무 가까이에 있어서 맞은편 건물 창문으로 종이비행기를 날려 보낼 수도 있을 것 같다. 제시카가 철제 난간을 잡으니 페인트가 벗겨져 꺼칠꺼칠한 느낌이 난다. 잠시 후 그녀는 콜롬바노의 삶을 담은 사진 액자들이 놓인 책상으로 걸어간다. 사진 한 장은 몇 주 전에 사라졌다. 남자와 여자가 웃으면서 카메라를 보고 있는 사진. 콜롬바노와 이제는 이름이 기억나지 않는 아름다운 갈색 머리의 여자가 같이 찍은 사진. 딱 한 번 유심히 봤는데 그날 밤에 사진이 사라졌다. 그 사실을 알아차렸을 때, 제시카는 콜롬바노가 자신을 배려해서 사진을 치웠다고, 새 연인 앞에서 과거를 자랑하고 싶지 않았던 것이라고 생각했다. 관계가 깊어지면, 그 여자가 누구이고 어떻게 죽었는지 얘기해주리라고 생각했다.

제시카는 가끔 집이 사무치게 그리울 때가 있는데, 이는 어느 특정 장소나 시간에 이르렀다고 해서 끝나지 않는, 향수에 대한 욕구이다. 그녀의 양부모가 사망한 후, 헬싱키에는 의지할 사람이 단 한 명도 남지 않았다. 가식적으로 웃는 변호사들과 은행가들, 예전 후견인들, 그리고 콜롬바노가 사는 건물 전체와 그 주변의 유서 깊은 건물들을 살 수 있을 만큼 엄청난 유산이 예치되어 있는 프라이빗 뱅크 유가증권 계정이 남아 있을 뿐이다.

물론 엄마의 여동생, 티나 이모가 있다. 이모는 이렇게 오랜 세월이 흘렀는데 갑자기 제시카의 삶에 끼어들려고 한다. 제시카는 엄마를 깎아내리는 습관이 있는 티나 이모를 보고 싶지 않다. 이모의 그런 습관은 어쩌면 언니에 대한 경쟁의식에서 비롯된 것인지도 모른다. 어쩌면 자신보다 못한 언니가 화려한 할리우드 배우가 될 수 있을 것이라고 믿고 싶지 않았던 것인지도 모른다.

제시카는 로스앤젤레스를 생각한다. 그 도시에 대한 기억은 영화와 텔레비전에서 본 것들의 영향을 강하게 받고 있다. 사고가 났을 때 그녀가 겨우 여섯 살이었으니까, 그럴 만도 하다. 하지만 그녀는 하늘을 향해 우뚝 솟은 야자수와 사막의 따뜻한 바람과 선크림 냄새가 나던 온화한 겨울을 기억한다. 웨스트 할리우드에서 서서히 붉게 물들어가던 저녁 노을과 샌타모니카에서 본 이글거리는 태양이 태평양 밑으로 쑥 빠져 들어가던 모습을 잊지 못한다. 엄마와 아빠가 싸우던 모습도 기억에 생생하다. 아빠의 관자놀이에 있는 정맥이 뚱뚱한 벌레처럼 꿈틀거리던 모습, 엄마가 얼마나 힘을 줘서 가죽 운전대를 잡고 있는지 손가락 마디가 하얗게 변해 있던 모습이 기억난다. 사고가 일어나기도 전에 모든 것이 끝났다고 느꼈다. 그녀는 동생의 손을 꼭 잡고 있었다. 두 남매는 부모가 소리치고 싸우는 것에 지쳐 있었다. 제시카보다 두 살 어린 남동생은 겁을 잔뜩 집어먹고 있었다. 마치 차가 언제라도 맞은편 차선으로 뛰어들 것임을 직감하고 있었던 것도 같다.

눈물이 제시카의 한쪽 뺨을 타고 흘러내린다. 그녀는 세상 어디에도 뿌리내릴 곳 없이 철저히 혼자라는 외로움을 견디다 못해 혼자서 유럽여행에 나섰다. 그녀가 어디에 있는지 아는 사람은 아무도 없었다. 열아홉 살의 나이에 제시카는 이제 누구에게도 책임감을 느낄 필요가 없는 사람이 되었다. 그녀는 누구의 소유물이 아니다. 심지어 콜롬바노의 소유물도 아니다. 그러나 지난 며칠간 그가 한 행동을 보면 그는 그렇게 생각하는 것 같다.

문이 열린다. 제시카는 소스라치게 놀라 책상에서 떨어진다. 콜롬바노는 그녀가 책상 앞에 있는 것을 좋아하지 않는다.

"제시카." 콜롬바노가 그녀를 부르더니 이탈리아어로 말하기 시작한다. 잔뜩 취했다. 그리고 혼자가 아니다.

"나 자는데 왜." 제시카가 쉰 목소리로 말하고는 재빨리 침대로 뛰어들어 시트 사이로 파고든다.

"그만 자." 콜롬바노가 말한다. 문 쪽에서 병 속에 든 액체가 출렁이는 소리가 들린다. "마테오를 만난 적이 있던가?"

콜롬바노가 침실 문 앞에 서 있다. 턱시도 셔츠를 입었고, 넥타이는 느슨하게 풀어헤쳤고, 상표가 없는 레드 와인 병을 들고 있다.

"뭐……라고요?" 제시카가 말을 더듬자, 콜롬바노가 부드럽게 웃음을 터뜨린다. 대머리에 콧수염이 있고 키는 콜롬바노보다 작지만 몸은 더 통통한 남자가 콜롬바노 뒤로 다가온다.

"차오(안녕하세요)." 낯선 남자가 말하더니, 무표정한 얼굴을 한 콜롬바노가 건네주는 술병을 받아 든다.

콜롬바노는 소맷동 단추를 풀더니 침대에 걸터앉는다. "공주님. 내가 자기한테 잘해주지? 그치?"

제시카는 가슴이 철렁한다. "나 잘래요, 콜로."

"여기 마테오는……, 내 형제야. 전통적인 의미에서가 아니라. 어머니가 같지는 않거든. 하지만……, 내가 이 세상에서 가장 사랑하는 친구라는 의미에서 형제라는 거야."

대머리 남자가 자랑스럽게 고개를 끄덕이더니, 담뱃갑을 톡톡 쳐서 담배를 한 대 꺼내 문다.

"부탁 하나만 들어줘."

"싫어요." 제시카가 말한다. 그리고는 콜롬바노가 손을 잡으려고 하자 홱 빼낸다.

"내 부탁이 뭔지도 모르잖아, 공주님."

"자겠어요. 내일 얘기해요."

"마테오는 우리가 사랑을 나누는 걸 보고 싶대." 콜롬바노가 셔츠 소매를 팔꿈치까지 걷어 올린다. 제시카는 고개를 돌려 창문을 바라본다. 콜롬바노의 형제이자 가장 친한 친구 마테오라고 소개된 남자가 책상에서 의자를 끌어내는 소리가 들린다. 합판 마루가 평평하지 않아서 의자 다리가 긁히는 소리가 난다.

제시카는 소리치고 비명을 지르고 싶다. 벽을 쾅쾅 치며 울부짖고 싶다. 그러나 눈 하나 깜짝할 수가 없다. 완전히 망연자실한 상태이다.

"싫어요." 제시카가 힘없이 말한다. 마음이 공허한 느낌이 든다. 콜롬바노의 마음속에서 어둠이 입을 벌리고 있다. 그녀가 치유해줄 수 있다고 생각했던, 영혼이 타버린 자리. 그러나 지금 그는 완전히 취했고, 무슨 말을 해도, 무슨 행동을 해도 소용이 없다.

콜롬바노가 제시카 옆에 눕는다. "마테오는 자기를 안 건드릴 거야. 내가 약속해. 자기가 내 말 잘 들으면."

"싫어요, 콜롬바노." 제시카가 속삭인다. 그러나 거친 손가락이 벌써 그녀의 목 뒤로 기어든다. 그의 숨결에서 레드 와인과 담배 냄새가 난다. 마테오가 라이터를 찰칵하고 켰다가 다시 닫는 소리가 들리더니, 담배 냄새와 연기가 방 안에 퍼진다. 콜롬바노의 혀가 제시카의 목을 핥는다. 그의 이가 그녀의 귓불을 살짝 깨문다. 아주 오래 전에 그렇게 했던 것처럼. 같은 일이 상황에 따라서 이렇게 다른 느낌일 수 있다니 놀랍기만 하다. 밤과 낮처럼, 천국과 지옥처럼. 콜롬바노의 손이 그녀의 다리 사이로 올라온다. 제시카의 눈은 천장을, 그곳에 벗겨져 있는 페인트를 노려본다.

제시카는 내일, 새벽에 떠나야겠다고 생각한다.

71

제시카는 감옥에 갇힌 죄수이다. 자유롭지 못하다. 그러나 내일 아침에는 일어나자마자 집에서 나가서, 아무 일도 없었다는 듯이 계속 살아갈 것이다. 직장으로, 경찰청 본부의 자기 자리로 돌아갈 것이고, 가고 싶은 곳은 어디든 갈 것이며, 그녀를 겁주려고 애쓰고 있는 뿔 달린 괴물들에 대해서는 조금도 신경을 쓰지 않을 것이다.

제시카는 오피스텔의 흰색 천장을 올려다본다. 후부가 지난 1월에 페인트칠을 해줬는데도 곳곳에 금이 가기 시작한 것이 보인다. 가구 제작자 연수를 받은 적이 있다고 자랑스럽게 떠벌리던 그 스키광은 페인트칠에 꼬박 이틀을 매달렸다. 그는 피자 그리고 제시카와의 잠자리를 수고비로 대신하겠다고 우겼지만, 제시카는 그가 일을 다 마쳤을 때 스토크만 백화점의 100유로 상품권을 기어이 그의 손에 쥐어주면서 회사의 경품 행사에서 땄다고 거짓말을 했다. 시간이 흐르면서, 후부의 노력은 득보다 실이 많았다는 점을 나무 바닥 곳곳에 묻어 있는 흰 페인트 점들을 보면서 깨달았다.

전화벨이 울린다. 에르네가 드디어 전화를 하기로 결심한 모양이다.

"뭐예요, 경감님! 네 번이나 전화했는데……."

에르네의 목소리에는 힘이 하나도 없다. "본 번스도르프 사건과 관련해서 기자 브리핑하느라고 못 받았어. 유수프와 통화했어?"

"네, 곧 여기로 올 거예요."

"새로운 소식이라도 있나?"

"제가 생각할 시간이 좀 있었잖아요, 경감님." 제시카가 소파에서 일어서면서 말한다. "피해자가 발견됐을 때 사후경직이 최고조에 달해 있었다면, 그 말은 그가 사망한 지……."

"9시간에서 24시간 정도됐다는 뜻이지. 근데 그게 왜?"

"로저 코포넨이요. 유수프가 피해자를 발견한 시각은 저녁 6시 30분이었어요. 코포넨은 아침 8시 16분에 쿨로사리 지하철역을 나섰고요."

"코포넨이 초인종을 누르고 들어가서 본 번스도르프를 돌로 쳐 죽였다는 거야?"

"누가 알아요? 화제가 정치 이야기로 흘러갔나 보죠."

"정치는 항상 위험하지."

"로저 코포넨은 살아 있고, 이 사건과 깊은 관련이 있어요. 얼음 위에서 핼러윈 가면 놀이를 한 사람이, 그 지하실에서 로라 헬미넨을 공포에 떨게 만든 사람이 코포넨이 아니라고 누가 자신 있게 말할 수 있겠어요?"

"자네 말이 맞아. 게다가 코포넨은 본 번스도르프를 당연히 알고 있었겠지. 한 동네에서 2년을 살았으니."

"어쩌면 그래서 본 번스도르프가 코포넨을 집 안으로 들였는지도 모르죠."

"코포넨 부부의 피살 소식이 아침 뉴스에 나왔는데도?"

"우리의 최신 시나리오에 따르면, 우리 존경하는 정신과 의사 선생님은 다산을 상징하는 염소 신을 믿었잖아요. 귀신이나 천사를 믿지 않을 이유가 있을까요? 아니면 죽은 작가의 사회나."

"죽은 시인의 사회야. 어쨌든 일리가 있군." 에르네의 얼굴을 볼 수는 없지만, 제시카는 그가 이마를 비비면서 골똘히 생각하는 모습이 보이는 것 같다. "자넨 어때? 다 괜찮아?"

제시카는 한숨을 쉬면서 창가로 걸어간다. 에르네가 밖으로 나가는 소리가 들린다. 바람 소리가 휴대전화의 스피커로 크게 들린다.

"이걸 물어보시는 건지 모르겠지만, 염소 머리를 한 사람이 퇴월랭카투에 나타나지는 않았어요."

"그래, 그걸 물어본 거야."

"지금 당장이라도 현장으로 복귀할 수 있어요."

"아냐, 안 돼." 에르네가 말한다. 담배에 불을 붙이는 소리가 들린다. 라이터 뚜껑이 탁 하고 닫히는 소리가 난다.

제시카가 눈을 감는다. "목소리가 별로 안 좋네요, 경감님?"

"목소리가 안 좋다고? 뭐야, 내가 지금 보이스 오브 핀란드 노래자랑에 나온 거야? 제시카 니에미는 좋은 점수를 줄 수 없다?"

"그냥 해본 말이에요. 나중에 다시 통화하시죠, 경감님." 제시카가 전화를 끊는다.

그녀는 노트북을 켜고 즐겨찾기를 해놓은 뉴스 사이트 두 개를 연다. 조회 수를 높이려는 낚시성 기사가 수도 없이 올라와 있다.

다음 마녀는……, 연쇄살인범이 다시 나타나다……,
단독! 쿨로사리에서 마녀들의 집회가?

이 사건들로부터 파생된 사회적 포르노그래피의 양이 정말 어마어마하다. 하지만 그것은 지난 24시간 동안 발생한 사건들에 대해서 아직도 일반 시민들에게 알려지지 않은 이야기가 많이 있다는 뜻이라고 생각해볼 수도 있다.

제시카는 메모장을 한 장 찢어서 거기에 대고 연필을 깎는다. 요즘에는 대다수의 수사관이 아이패드를 비롯한 각종 전자 도구들을 사용하지만, 제시카는 아직도 전통적인 수사 도구들을 신뢰한다. 조금 전 그녀는 유수프가 이메일로 보내준 논문을 출력했다. 그녀는 그 논문을 테이블에 놓고 맨 뒷장을 펴서 페이지 수를 확인한다.

230페이지. 환장하겠네, 정말.

초인종이 요란하게 울린다. 까마귀가 깍깍 우는 소리와 너무도 닮았다. 제시카는 비밀경찰들이 유수프를 알아볼지, 아니면 곧 그녀의 휴대전화가 울릴지 궁금하다. 그것도 아니면 유수프가 벌써 수갑이 채워진 채 차가운 아스팔트 바닥에 뺨을 대고 있을까?

제시카는 인터폰이 있는 곳을 향해서 걸어간다. "누구세요?"

"말레우스 말레피카룸, 마녀 사냥꾼이다."

제시카가 그 말을 이해하기도 전에 속삭이던 목소리가 갑자기 웃음을 터뜨린다.

"멍청이." 제시카는 버튼을 눌러 문을 연다.

유수프는 의자에 앉아서 초록색 플라스틱 파일을 테이블에 내려놓고 자신의 손바닥을 살펴본다. 피곤하고 정신이 딴 데 가 있는 것처럼 보인다.

"괜찮아?" 제시카가 유수프가 마실 커피와 자신이 마실 들장미 열매차가 든 컵 두 개를 테이블로 가져오면서 묻는다.

"아뇨. 이것 좀 봐요." 유수프가 파일을 펼치면서 말한다. 제시카는 사진 뭉치를 집어서 테이블에 쫙 펼쳐놓는다. 사진은 전부 머리부터 발끝까지 피범벅이 된 채로 안락의자에 앉아 있는 피해자의 모습을 담고 있다. 피해자의 얼굴은 형체를 알아볼 수 없을 정도로 뭉개져 있다.

"세상에." 제시카가 중얼거린다. 그렇게 말한 이유는 끔찍한 장면을 보았을 때는 그렇게 말해야 하기 때문이다. 솔직히 말해서, 돌에 맞아 죽은 남자의 사진은 그녀의 마음에 아무런 감정의 동요를 일으키지 못한다. 그 끔찍한 이미지들은 전날부터 시작된 범죄 행각에서뿐만 아니라 지난 수년간 살인 사건을 수사하면서 수도 없이 보아온 것들이다.

얼굴이 형체를 알아볼 수 없게 뭉개진 남자는 남색의 목욕 가운을 입고 있다. 돌멩이 몇 개가 어깨와 안락의자의 등받이 사이에 끼어 있다. 본 번스도르프의 머리가 움찔할 때 생긴 운동 에너지가 돌멩이를 바닥까지 내려보낼 만큼 강력하지는 않았던 것이다.

"저 돌멩이들은 어디서 난 거야? 마당?"

"마당에 눈이 덮여 있어서 확실히 말하기는 어려워요. 하지만 저런 돌멩이를 양동이째 퍼 담을 수 있는 곳은 알고 있는데."

"코포넨의 집 앞 해변. 얼음에 덮여 있지 않다면."

"빙고." 유수프가 의자에 등을 기댄다.

"어떻게 생각해? 로저 코포넨이 직접 이 사람을 돌로 쳐서 죽였을까?"

"저도 그 생각이 먼저 들었어요. 코포넨이 그날 아침 쿨로사리에서 목격됐으니까, 잠재적 용의자가 되는 거죠."

"아직도 이해가 가지 않는 건 그 이유야." 제시카가 차를 한 모금 천천히 마신다. "로저 코포넨의 궁극적인 목표가 뭘까? 언젠가는 잡히리라는 사실을 알고 있을 거 아냐. 죽은 척 일을 꾸미고 우리와 숨바꼭질을 한 뒤에, 홀연히 사라질 수는 없다는 점을 본인도 잘 알 텐데. 게다가 누구나 알아볼 수 있는 공인이잖아. 심지어 해외에서도."

"다른 선택지가 없을 수도 있죠. 마녀 사냥꾼들이 뭔가를 가지고 협박하고 있을 수도 있고."

"뭘 가지고? 그들은 그의 아내부터 죽이면서 시작했잖아. 누군가를 협박하려는 계획치고는 정말 말도 안 되는 전략이지. 최고의 패를 초반에 제거하고 시작한다?"

"돈은요? 코포넨은 백만장자잖아요."

"어떻게? 그 노인네를 돌로 쳐 죽이지 않으면, 100만 유로를 내야 한다고 협박해서?"

"글쎄요, 잘 모르겠네요."

"아무리 코포넨이 멍청하다고 해도 100만 유로보다는 아내의 목숨을 더 소중하게 생각하지 않을까?" 제시카가 말한다. 잠시 말을 멈추고 방금 자신이 한 말을 곱씹어본다. 돈을 가지면 비인간적으로 변하는 것처럼 말했다는 생각이 든다. 그녀는 이런 말을 자주 한다. 자신의 정체를 감추려고 하는 말이지만, 자꾸 하다 보니까 자신이 위선자인 듯한 느낌이 든다.

"아직 두 가지 가능성이 있어요. 코포넨이 마녀 사냥꾼 중 한 명이거나, 모든 상황을 통제하고 지시하는 다른 누군가가 있어서……."

"달리 말하자면, 코포넨이 관련되어 있다는 거로군. 자발적이든 비자발적이든."

"그렇지 않다면, 경찰에 연락을 했겠죠."

"그랬겠지." 제시카가 골똘히 생각하면서 말한다. "아내의 죽음에 복수하려는 계획이 아니라면."

"그럼 본 번스도르프가 마리아 코포넨을 죽였다고요?"

"그렇지. 그리고 코포넨이 어떤 식으로든 그 사실을 알게 된 거야. 그래서 그자의 집으로 쳐들어가서……."

제시카는 눈을 감는다. 유수프도 따라 하는 것 같다. 그들이 조용히 앉아서 각자의 생각을 정리하며 차를 마시는 동안 몇 분이 흐른다. 제시카는 피해자들의 이름과 사건이 발생한 장소와 생각나는 다른 세부 사항들을 메모장에 적는다. 그녀의 손은 놀랄 정도로 곧은 직선과 균형 있는 원과 직사각형으로 이루어진 지도를 그려낸다.

한참 후에 유수프가 입을 연다. "전 미카엘 형사님 주장이 끌리기 시작하네요."

제시카가 연필을 테이블에 내려놓는다. "그게 무슨 말이야?"

"카를스테트와 레티넨을 연행해야 한다는 생각이 든다고요."

"그건 우리가 걱정할 필요가 없어. 경감님이 결정하실 일이니까."

"그럼 결정을 못 하신 거네요."

"경감님이 결정을 못 하는 게 아니야, 유수프. 오히려 그 반대지. 경감님은 기다려보기로 결정한 거야. 감청하고 있으니까 뭐가 나오겠지 하고."

유수프는 보일락말락할 정도로 고개를 가로젓는다. 제시카와 의견이 다른 것이 분명하다. 또다시 침묵이 흐른다. 그들은 윤이 나는 나무 테이블 상판을 손가락으로 톡톡 두드리면서 사진들을 살펴본다. 유수프는 파일 아래쪽에서 서류 한 뭉치를 꺼낸다. 피해자들의 가족을 조사한 속기록과 보고서이다.

"거기서 뭐라도 건졌어요?" 유수프가 블롬크비스트의 논문을 고갯짓으로 가리키며 묻는다.

"내 말을 믿지 못할 수도 있지만……, 응, 건진 것 같아." 제시카는 표시해둔 페이지 중 한 페이지를 펼친다. "이 논문에서 모든 것은 고양이와 관련이 있어."

유수프가 싱긋 웃는다. "고양이요? 어우, 내가 왜 그 생각을 못했을까요?"

"이 연구에 따르면 중증 정신 질환 진단을 받은 어린이가 있는 가정과 고양이를 키우는 가정 사이에 놀랄 만한 상관관계가 있어."

"전 개를 더 좋아하는 사람이지만, 고양이가 사람을 미치게 만든다는 그런 얘기는 아니죠?"

"단순한 등식이야. 톡소플라스마 기생충은 고양이 분변에서 인간으로 옮겨지는데, 감염된 사람들은 조현병 같은 정신병에 걸릴 확률이 두 배로 높대."

"조현병이요?"

"응. 이 병을 바로 뉴로팜이 제조한 향정신성의약품으로 치료하지."

"관련성이 점점 더 커지고 있네요. 그래도 아직은 불확실해요. 알베르트 본 번스도르프가 조현병 환자들을 치료했어요?"

"아직은 몰라. 찾아봐야지."

"전 라스 형사님 이야기를 토대로, 본 번스도르프 살인 사건은 아주 분명한 사건이라고 생각하고 있었어요. 염소 조각상들을 보면……, 이단과 미신 숭배가 범행 동기였을 거라고 말이죠. 하지만 마리아 코포넨과 레아 블롬크비스트는 특이한 관심사나 믿음을 갖고 있진 않았던 것 같네요. 사본린나 경찰서장 산나 포르카 경감님도 마찬가지고. 그분은 잘못된 시각에 잘못된 장소에 있다가 참변을 당한 걸로 보이고요. 외모만 놓고 봐도 포르카 경감님은 다른 피해자들하고 공통분모가 없는 것 같고." 유수프는 파일 안쪽 주머니에서 사진을 더 꺼낸다. 이번에는 나무에 매달려 있는 새까맣게 탄 시신을 찍은 사진이다. "근데 이 사람은 누굴까요?"

"미스터 X."

"부검 감정서에 따르면, 남성이고 나이는 40세 정도로 추정된다는데."

"아직 실종 신고도 안 들어왔지?"

"이제 겨우 하루 지났는데요, 뭘. 게다가 이 문제의 인물이 혼자 산다면 들어오지 않을 수도 있겠죠."

"미스터 X는 잘못된 시간에 잘못된 장소에 있었던 것 같지는 않아. 사건 현장이 아주 외딴곳이라, 정말 억세게 운 없는 산딸기 채집꾼이 아니고서는 바로 그 시각에 그곳에 있을 수 없거든."

"그리고 가장 멍청해야 하고요. 이맘때엔 산딸기가 거의 안 나오는데."

"그러니까 말이야."

"미스터 X가 카를스테트의 포르쉐 카이엔 안에 계속 있었던 게 틀림없어요." 유수프가 말한다.

"아니면 로저 코포넨의 차 트렁크 속에 있었거나." 제시카가 대꾸한다. 그 말이 유수프를 심란하게 만드는 모양이다.

"미스터 X의 사인은 심정지야." 사르빌린나가 작성한 부검 감정서를 훑어보면서 제시카가 말한다. "이런 경우에는 고통을 유발하는 아드레날린이 다량 분비되어 심정지가 되는 경우가 많지. 게다가 폐에 그을린 자국이 있어. 그 말은 현장에 도착했을 때는 아직 살아 있었고, 산 채로 불태워졌다는 얘기지. 그리고 불에 타 죽고 난 다음에 이를 모두 뽑았고."

"이 모든 일이 그에게 갑자기 닥친 건지도 몰라요. 카를스테트와 레티넨과 함께 포르쉐를 타고 왔고, 셋이서 힘을 합해 코포넨을 제거할 거라고 생각했을 수도 있어요. 근데 갑자기 지휘자가 연주자들 자리를 바꾸게 한 거죠. 누가 알겠어요? 코포넨에게도 예상치 못한 일이었을 수 있어요."

제시카는 목을 스트레칭한다. "완전히 말도 안 되는 생각은 아니야. 코포넨은 포르카와 미스터 X가 나무에 묶여 화형당하는 광경을 어쩔 수 없이 봐야 했을 수도 있어. 협조하지 않으면 같은 운명을 맞을 거라고 협박당해서 하는 수 없이 이 일에 가담했을 수도 있다고."

"그자들이 코포넨을 꼭두각시로 만든 거네요. 그렇다면 그가 지하철역에서 CCTV 카메라를 피하지 않은 이유가 설명이 돼요. 너무 겁을 먹어서, 경찰이 자신의 휴대전화 위치를 추적할 수 있다는 사실조차 생각을 못했던 거죠."

"그건 아닐 거야. 카메라에 잡힌 코포넨의 얼굴이 아주 차분하거든. 손을 떨지도 않고 얼굴은 모나리자처럼 평온하고." 제시카는 클릭 몇 번으로 지하철역 플랫폼에서 찍은 동영상을 불러낸다.

"그러네요. 망할 자식이 자기 마누라가 죽었는데도 눈 하나 깜짝 안 하네. 그리고 아직까지는 추정일 뿐이지만 유바에서 두 사람이 살해되는 걸 근거리에서 지켜보고도 말이죠."

"근데 너무 큰 충격을 받으면 그렇게 행동하기도 해." 제시카가 퉁명스럽게 말한다. 그러고는 등을 뒤로 젖히고 두 팔을 머리 위로 들어 스트레칭을 한다.

"사무실로 들어갈 거야?" 잠시 후 제시카가 묻는다.

유수프가 하품을 하면서 말한다. "글쎄요. 갈까요?"

"그래. 가서 라스를 만나봐. 라스가 감청을 맡았거든. 토르스텐 카를스테트와 카이 레티넨에 대해 좀더 확실히 알아야겠어." 제시카는 자신의 의자를 테이블에서 밀어낸다.

유수프가 천천히 일어서더니, 소파에 널려 있는 제시카의 소지품을 바라본다. "경사님, 제 카드."

제시카가 침을 꿀꺽 삼킨다. "응?" 유수프가 무슨 얘기를 하는지 알지만, 유수프의 카드가 들어 있는 그녀의 지갑은 이 오피스텔에 없다. 옆에 있는 아파트 부엌 조리대 위에 있다. 빌어먹을.

"돌려받는 걸 잊고 있었어요."

"아……미안해, 유수프……." 제시카가 말한다. 급히 짜낸 거짓말이, 나오기 전부터 어설프게 느껴진다.

유수프가 싱긋 웃는다. "갖고 있으면서 괜히 그러는 거죠?"

"사무실에 두고 왔어. 미안. 사무실 책상에 놔둔 것 같아."

"아이고야. 기름도 넣고……, 간단히 뭐라도 먹을 생각이었는데."

제시카는 입을 꾹 다문다. 유수프를 잠깐만 밖에 나갔다 오게 할 수 있다면, 부리나케 뛰어가서 카드를 가지고 온 후, 외투 주머니에서 찾았다고 둘러댈 수 있을 텐데.

"어디 안 가면, 경사님 카드 좀 빌려줘요."

제시카는 다시 등골이 서늘해진다. "안 돼."

"네?"

"이상하게 들리겠지만……, 카드가 인식이 안 되더라고. 뭐가 문제인지 나도 모르겠어."

"인식이 안 된다고요?"

"응. 그래서 새 카드를 신청했어."

"그럼 현금 좀 있어요?"

"아니. 미안해."

유수프가 얼굴을 찌푸리더니 어깨를 으쓱하고는 의자 등받이에서 외투를 집어든다. 제시카는 자신이 급히 둘러댄 거짓말이 믿을 만한지 모르겠지만, 유수프가 거짓말이라고 의심할 이유도 없다는 생각이 든다. 벽 반대편에 그녀의 아파트가 또 있으리라고 누가 생각이나 하겠는가. 유수프는 천천히 문으로 걸어가서 신발을 신는다.

"그 안에 원래는 들어 있지 않던 것들이 있지는 않았어요?" 유수프가 묻는다.

"뭐 안에?"

"경사님 지갑에요." 유수프가 말한다. 논리적이고 합리적이며 큰 문제를 수반할 수 있는 질문이다.

제시카가 깊은 심호흡을 한 후 일어선다. "원래는 없던 게 그 안에 들어 있었으면 내가 말을 했겠지, 안 그래?"

"잘 살펴봤어요? 누가 경사님 메모장에 뭐라고 쓸 수 있다면……"

"당연하지." 제시카가 날카롭게 대꾸한다. 그녀의 어조가 오랫동안 하지 않았던 일을 수행한다. 유수프에게 누가 상관인지를 상기시킨다.

"알았어요. 갈게요." 유수프가 문을 열고 계단통으로 사라진다.

72

유수프는 차 문을 닫고, 길 건너에 있는 진회색의 토요타 승합차를 바라본다. 그 안에서 비밀경찰 요원들이 잠복근무를 하고 있다. 승합차에는 녹음 장비와 바깥 풍경을 360도로 담아낼 수 있는 초고성능 카메라들과, 그 화면을 볼 수 있는 작은 모니터가 설치되어 있다. 차 안에 요원 두 명이 앉아 있다. 24시간 감시 체제를 가동하기 위해서, 한 명은 모니터를 보고 다른 한 명은 휴식을 취한다. 잠복근무용 승합차에는 여러 날 동안 중단 없이 감시해야 할 경우를 대비해 물과 통조림이 충분히 갖추어져 있고, 이동식 화장실과 발전기까지 있다. 그러나 신나고 즐거운 일은 아니다. 처음에는 「차이나타운」 같은 영화에 나오는 것처럼 낭만적이고 스릴 넘치는 일로 느껴질지 몰라도, 얼마 지나지 않아서부터는 악취가 풍기고 밀실 공포증을 불러일으키는 생지옥으로 변한다.

유수프는 시동을 건다. 불쌍한 제시카. 이 사건으로 인해서 그녀가 통제력을 잃고 있다. 평소에는 대단히 신중하고 성실한 사람인데, 이제는 물건을 잃어버리고 다니기 시작했다. 휴대전화는 여기에서, 카드는 저기에서 잃어버리는 식이다. 덕분에 유수프는 마날라에서 피자 한 판을 포장해가는 꿈을 포기해야 한다.

그는 1-2미터 후진을 해 차를 돌린 다음 퇴월랭카투를 달려 헤스페리안푸이스토 공원을 향해 간다. 다시 눈발이 날리기 시작했고, 거리의 시민들은 머리를 보호하기 위해서 두꺼운 외투의 모자를 끌어당겨 쓰고 있다.

차의 블루투스에 연결되어 있는 휴대전화가 울리기 시작한다. 화면에 미카엘이라는 이름이 뜬 것을 보고 유수프는 한숨을 쉰다. 그는 미카엘을 좋아하지 않는다. 미카엘이 그에게 무슨 짓을 해서가 아니라, 둘이 너무 다르기 때문이다. 게다가 미카엘은 여자 꽁무니나 쫓아다니는 시건방진 자식이다. 니나가 그와의 관계를 지속한다면 그 대가를 반드시 치르게 될 것이다. 어떤 상황에서든 그녀가 그런 일을 겪을 필요는 없는데. 니나가 아깝다.

"어쩐 일이에요, 미케 형사님?"

"자네 말이 맞았어." 미카엘이 극적인 효과를 내기 위해서 잠깐 말을 멈춘다.

"무슨 말이요?"

"말레우스 말레피카룸. 그 문구가 공중에서 발견됐어. 이번에는 불타는 글자로."

유수프는 횡격막이 뜨거워지는 느낌을 받는다. "진짜요? 어디서요?"

"할티알라에 있는 들판."

"농담이죠?" 유수프가 말한다. 그가 가속 페달에서 발을 떼자, 차가 교차로를 향해 미끄러져 내려간다. "그러니까 헬리콥터에서 그걸 발견했다는 거네요?"

"믹손 경감님이 띄운 헬리콥터는 헬싱키 동쪽 상공을 선회하고 있었대. 근데 할티알라는 공항 쪽에 있기 때문에 몇 명이 그 불을 봤다는 거야. 소방서에 화재 신고가 여러 건 접수됐다고 하더라고. 현장에 소방차가 서너 대 출동했고. 항공사진에 불길이 그 문구를 쓰고 있는 모습이 잡혔더라고. 의심의 여지가 없어."

유수프가 손목시계를 확인한다. "제가 현장에 가볼게요."

"그래. 과학수사대는 벌써 출발했어."

"왜요?"

"거기서 여자의 시신이 발견됐어, 유수프."

차가 횡단보도 앞에 멈춰선다. 유수프는 눈을 감는다. 낮고 거칠고 쉰 목소리가 나온다. "코포넨의 책에 있던 대로예요? 돌에 깔려……."

"그런 것 같아. 자네가 꼭 가봐야 돼."

"주소 알려주세요." 유수프가 말한다. 전화를 끊고 침을 꿀꺽 삼켜 목에 걸린 듯한 기분이 드는 뭔가를 내려보내려고 애쓴다. 무슨 이유에서인지 지난 24시간 동안 발생한 범죄들이 자꾸만 동생 네자를 떠오르게 한다. 어떤 미치광이가 혹시라도 네자를 증오를 표출하기 위한 대상으로 삼는다면, 그가 여동생을 보호할 수 있을 것 같지가 않다.

유수프는 가속 페달을 밟아 횡단보도를 지난 다음 공원의 가로수 길 사이에 차를 세운다. 두 손으로 운전대를 꽉 잡고 있고, 손톱이 손바닥 살을 꽉 누르고 있다. 운전대에서 손을 떼고 나서야 그는 자신의 손이 떨리고 있음을 깨닫는다. 그는 기어를 중립에 놓고, 핸드 브레이크를 당겨 올린 후에 비상 깜박이를 켠다. 그러고는 시동은 그대로 켜놓은 채 차에서 내려 담배에 불을 붙인다.

뒤따라오던 자동차가 경적을 있는 힘껏 누르면서 지나간다.

73

파실라에 어둠이 내렸고, 공사장의 노란 불빛이 다시 한번 창가의 풍경을 장악하고 있다. 니나와 미카엘은 전화를 끊고 있는 라스무스의 양옆으로 다가간다.

"또 왜요?" 라스무스가 전화기를 책상에 내려놓으면서 묻는다.

"카를스테트와 레티넨 말인데. 할티알라 건과 관련해서 알리바이가 있어?"

"좀더 정확한 사망 시각이 나왔어요?"

"아니, 근데 그 문구는 조금 전에 불이 붙어서 타기 시작했어. 저녁 7시 15분부터 7시 30분 사이에 화재 신고가 여러 건 들어왔거든."

"둘 다 집에 있었어요." 라스무스가 마우스를 클릭한다. 니나는 컴퓨터에 뜨는 화면이 뭔지 도통 알 수가 없다. 감청 대상이 된 전화의 통화 내용을 듣고 내역을 기록하는 소프트웨어라는 정도만 알고 있다. 라스무스가 말을 잇는다. "근데 둘이서 흥미로운 대화를 나눴어요."

"틀어봐." 미카엘이 빈 의자를 끌어와서 앉는다. 니나는 주위를 둘러보지만, 그냥 서 있을 수밖에 없다.

라스무스가 통화 목록에서 한 개를 선택한다. "이거예요."

발신번호 : +3584002512585
통화시각 : 19:15:23
(신호 가는 소리)

토르스텐 카를스테트 : 여어.

카이 레티넨 : 어이.

(몇 초간 침묵이 흐름)

카를스테트 : 여보세요?

레티넨 : 여보세요?

(다시 긴 침묵)

카를스테트 : 거기 누구 있어요?

(침묵)

레티넨 : 없는 것 같은데.

(작게 킥킥 웃는 소리)

카를스테트 : 누가 있어. 확실해.

레티넨 : 그럼 나중에 얘기해. 다 좋아, 아름답고.

(신호 끊김)

"도대체 무슨 얘기야? 서로에게 하는 말이 잘 안 들렸나?" 니나가 말한다.

"서로한테 한 말이 아니에요, 형사님." 라스무스가 말한다.

그의 말뜻을 이해하자, 니나는 바보가 된 기분이 든다. "이 자식들이······이 자식들이 우리한테 말을 한 거네." 니나가 중얼거린다.

"바로 그거예요."

"정말 기가 막히는군." 미카엘이 퉁명스럽게 말하더니 껌을 손바닥에 뱉는다. "이 망할 자식들을 지금 당장 끌고 와야 된다니까."

"저도 같은 생각이 들기 시작하네요······." 라스무스가 말끝을 흐린다. 미카엘은 이미 자리에서 벌떡 일어나 에르네의 사무실로 향하고 있다. 니나가 뒤따라간다.

"잠깐만, 미케. 그렇게 흥분하지 말고……."

"경감님." 미카엘이 상관의 사무실 문을 밀어 젖히면서 말한다. 에르네는 바로 문 앞에서 외투를 입고 있다가 문에 이마를 부딪힐 뻔한다. 니나는 열린 문밖의 복도에 서 있다.

에르네는 외투의 지퍼를 끝까지 올린다. "노크 좀 하고 다녀, 미케."

"카를스테트하고 레티넨이요. 우리가 감청하는 걸 놈들이 다 알고 있어요. 둘이 통화하면서 우릴 가지고 놀았다니까요."

에르네가 미카엘을 쳐다본다. "우릴 가지고 놀았다고 놈들이 자백을 했어? 아니면 놈들을 살인 사건과 연결시켜줄 다른 뭔가가 있나?"

"왜 이러세요, 경감님. 그 망할 자식들이 자백을 하겠어요?"

에르네가 갑자기 주먹으로 문을 힘껏 쳐서 미카엘과 니나가 뛸 듯이 놀란다. "도대체 뭐가 문제야, 미케? 이 사건의 수사 책임자는 나야. 다들 집에 가서 지휘 계통의 개념을 복습하고 오라고 해야겠어?"

"제시카가 집에 있는 것도 그 때문이에요? 복습하느라고?" 미카엘의 목소리가 작아지기는 했지만 반항기는 여전하다.

"여기 운영 방식이 마음에 안 들면 당장 그만둬. 그 자리에 오고 싶어서 기다리는 사람들은 많으니까." 에르네가 미카엘에게 한 걸음 다가선다. 니나는 고개를 숙이다가 에르네의 반짝이는 눈빛을 본다. 아픈 남자의 얼굴에 쇠약한 기색이 전혀 보이지 않는다. 적어도 지금 이 순간만큼은.

"무슨 근거로 그만두라 마라 하는 거예요? 내가 내 머리를 갖고 생각이란 걸 하기 때문에 그래요?" 미카엘이 말한다.

에르네는 그를 한참 동안 노려보다가 니나를 돌아보고는 차갑게 웃는다. "두 잉꼬는 내가 아무것도 모른다고 생각하나 보지? 자네 둘을 떨어뜨려놓지 않은 건, 내가 관료주의를 싫어하는 낭만주의자이기 때문이었어. 하지만 인내심에도 한계가 있어."

에르네는 그들 곁을 지나 복도로 나간다. 니나는 두 뺨이 화끈거리는 것을 느낀다. 미카엘은 지친 표정으로 툴툴거리고 있다.

74

제시카가 벽시계를 바라본다. 벌써 9시가 다 되어간다. 그녀는 식탁에 앉아서 앞에 펼쳐놓은 포스터를 응시하고 있다. 용지 네 장을 셀로판 테이프로 붙여서 만든 것이다. 그녀는 여기에 지난 24시간 동안에 발생한 범죄들에 관한 모든 정보를 적어놓았다.

조금 전 유수프가 할티알라에서 발생한 살인 사건 피해자를 찍은 사진을 여러 장 보내왔다. 피해자의 나이는 30세, 흑발의 미모의 여성이다. 다른 피해자 세 명과 마찬가지로 검은색 이브닝드레스를 입고 있다. 세 명의 피해자 중 한 명인 로라 헬미넨만이 유일한 생존자이다.

사진 속의 아직 신원이 확인되지 않은 여자가 튼튼한 합판 한 장 위에 누워 있고 또다른 합판 한 장을 덮고 있다. 몸 위에 있는 합판에는 커다란 돌덩이들이 수도 없이 쌓여 있다. 여자는 그 무거운 돌들에 짓눌려 서서히 죽어갔다. 제시카는 그 현장 사진들과 자신이 인터넷에서 찾은 오래된 그림과, 로저 코포넨의 3부작 중 3부에 나오는 살인 사건을 비교해본다.

3부
여자, 압사(무거운 돌에 눌려 서서히)

할티알라 살인 사건과 코포넨의 책에 나온 사건은 위키피디아에 나온 "압사(처형)"라는 기사에 곁들여진 그림의 내용을 충실하게 재생하고 있다. 그 그림은 1690년대에 살렘에서 마녀 재판이 진행되는 동안 자일스 코리라는 농부가 무거운 돌에 눌려 압사당하는 모습을 담고 있다.

제시카는 과학수사대가 찍은 피해자의 확대 사진을 자세히 살펴본다. 여자는 고통스러워 보이지 않고, 평온해 보인다. 몸 위에 돌이 올려지는 동안 마취된 상태였음이 틀림없다. 그 생각을 하자 끔찍하면서도 안도감이 든다. 천천히 고통스럽게 죽는 것보다는, 그리고 죽음에 앞서 상상도 할 수 없는 공포를 느끼는 것보다는 이런 죽음이 낫다.

제시카는 천장을 올려다본다. 옆구리의 뻣뻣한 근육이 결린다. 지난 6개월간은 운동을 많이 게을리했다. 여섯 살 때 교통사고로 입은 척추 손상은 예전만큼 그녀를 자주 괴롭히지는 않지만, 맞춤형으로 설계된 재활 훈련을 계속 게을리한다면, 문제는 다시 생길 것이다. 그녀가 소파나 침대에서 일어나 첫걸음을 내디딜 때 아무런 감각이 느껴지지 않는 일이 종종 있다. 발꿈치가 바닥에 닿을 때도 아무 느낌이 나지 않고, 몸무게가 다리에 실리는 것도 느끼지 못한다. 팀에서 농구를 하다가, 누가 팔꿈치로 척골을 쳐도 아프지 않다. 통증은 나중에, 스트레스가 심할 때 비로소 나타난다. 제시카의 몸은 앞으로도 정상적으로 기능하기는 어려울 것이다. 그러나 꾸준한 운동 덕분에, 그녀는 경찰학교에 입학할 때 치르는 체력 테스트가 아이들 놀이로 느껴질 정도의 체력을 갖출 수 있게 되었다.

그러나 제시카의 건강 기록에는 척추 손상에 대한 언급이 전혀 없다. 사고는 없었다. 제시카가 본 헬렌스였던 적도 없었다. 그녀는 부모도, 벨 에어에서의 어린 시절도, 예쁜 눈으로 도움을 요청하던 남동생도 있었던 적이 없었다.

제시카는 남동생의 손이 자신의 손을 감싸는 것을 느낀다.

괜찮아, 토페. 다 잘될 거야.

75

거리의 악사가 불어대는 요란한 트럼본 소리가 제시카의 꿈속으로 밀려들어, 어지럽게 섞인 장면들을 그녀의 무의식에서 끌어낸다. 눈을 뜬 제시카는 자신이 콜롬바노의 품 안에 있다는 사실을 알아차린다. 밤새 그렇게 누워 있었다. 그가 꽉 끌어안고 있어서 옴짝달싹할 수가 없었다. 잠을 잘 수 없었던 그녀는 짠 눈물을 삼키면서, 그의 튼튼한 심장이 멈추기를, 술 냄새를 풍기는 더러운 몸뚱어리가 서서히 식어가기를, 그래서 자신이 드디어 탈출을 감행할 수 있기를 기도했다. 어느 순간에인가 무릎과 다리와 발가락에 극심한 통증이 느껴져서 마비된 상태로 가만히 누워 흐느끼자, 그가 그녀를 더욱 끌어당겨 땀에 젖은 그녀의 머리카락을 쓸어넘겼다. 결국 그녀는 항복했다. 그녀의 몸 전체가 무너졌기 때문이다. 그녀는 잠든 것과 깨어 있는 것 사이의 무기력하고 몽롱한 상태로 빠져들었다. 그녀가 프랑스식 발코니에서 자기 자신을 바라본다. 방 안의 아름답고 낭만적인 장면에 감탄하지만, 위로할 수 없을 정도로 슬픈 표정을 짓고 있는 그녀를 보고 혼란스러워하는 천사처럼 그곳에 서서 커튼 사이로 자신을 보고 있다.

"제시카."

세상에서 제일 끔찍한 목소리이다. 그녀는 가슴이 철렁한다. 마음속에서 극도의 혐오감이 솟아오른다. 아직도 남자들의 웃음소리가 들리고, 그녀의 맨살에 가해지던 강한 충격이 느껴진다. 그녀의 몸속에 들어온 콜롬바노는 그 어느 때보다 거칠고 무자비하다.

"제시카."

"왜, 자기야?" 그녀가 속삭인다. 그녀의 의지와는 상관없이 그 말이 저절로 나온다. 이제는 몇 광년 전의 이야기가 되어버린 과거에 속한 말들. 눈물이 뺨을 타고 흘러내린다. 허벅지에 묻은 정액이 끈적하게 느껴진다.

"화난 거 아니지?" 콜롬바노가 제시카를 잡은 손에 힘을 주면서, 어떻게 대답해야 하는지 힌트를 준다.

"그……그 남자 아직도 있어요?"

"마테오?" 콜롬바노가 싱긋 웃으면서 제시카의 뺨에 가볍게 입을 맞추더니 침대에서 일어나 내려간다. 이제 제시카는 자유지만, 움직일 수가 없다. "말했잖아, 마테오는 자기를 안 건드릴 거라고."

제시카가 훌쩍인다.

"그래서, 안 건드렸어요?"

제시카는 콜롬바노가 느릿느릿 화장실로 걸어가는 소리를 듣는다. 곧이어 소변을 보는 불쾌한 소리가 아파트 안을 가득 채우고, 콜롬바노는 방광을 비우면서 신음을 한다. 제시카는 눈을 감는다. 뭐라고 해야 할지 모르겠다. 기억을 할 수가 없다. 마테오가 그녀를 만지지 않았을 수도 있다. 그냥 보기만 했을 수도 있다. 하지만 궁극적으로는 큰 차이가 없다.

"그래, 그게 무슨 상관이겠어." 제시카가 멍하니 벽을 보면서 중얼거린다.

"마테오가 건드리기를 바랐어?" 콜롬바노가 변기 물을 내린다. "응?" 그가 침실로 돌아오면서 대답을 재촉한다. 배관 파이프에서 끽 하고 날카로운 소리가 나더니 물 내려가는 소리가 멈춘다.

"난······."

"그건 내 방식이 아냐. 난 나눠 갖는 거 안 좋아하거든. 누가 보는 건 상관없는데 나눠 갖는 건 안 돼. 그건 완전히 다른 문제거든." 콜롬바노가 침대에 앉자 침대의 매트리스가 푹 꺼지는 것이 느껴진다. "하지만 자기가 원하면 한 번쯤 예외를 허용할 수는 있어."

갑자기 숨쉬기가 힘들어진다. "안 돼요."

"안 돼요. 어젯밤에도 자기는 안 된다고 싫다고 했어. 그러고도 그 어느 때보다 열정적으로 사랑을 나눴지. 가끔은 못된 짓이 더 재밌어, 안 그래?" 웃음소리.

제시카는 배가 아프다.

"마테오한테 전화해서 당장 오라고 할게."

"그러지 말아요."

"솔직히 말할까? 난 내가 진정으로 사랑하는 건 마테오와 절대로 나눠 갖지 않아. 너는 그냥 심심풀이야, 제시카. 우리에게 미래는 없어. 너는 너무 미성숙해. 그냥 넌 애야, 애."

제시카가 흐느낀다. 콜롬바노가 그녀의 어깨를 만진다. "솔직함이 아프게 느껴질 수 있어, 제시카. 하지만 언젠가는 정직하게 말해준 나에게 고마워할 때가 올 거야. 거칠지만 정직하게 말해준 나에게."

"자긴······." 제시카가 입을 열지만 울음이 복받쳐 말이 흐느낌으로 바뀐다.

콜롬바노가 허리를 굽히고 그녀의 귀에 입술을 갖다댄다. 그러고는 부드럽게 속삭인다. "옛정을 생각해서 마지막으로 한 번만 더 할까? 그런 다음에 난 리허설에 갈 거야. 내가 돌아오기 전까지 짐을 다 챙겨서 떠나기를 바라. 계획했던 그 멋진 모험을 지금부터 시작하라고."

"갈 거예요." 제시카가 침대에서 일어나 앉는다. 몸속의 피가 모두 귀로 몰리는지 귀가 뜨겁게 느껴진다.

"알아, 갈 거라는 거. 하지만 작별 인사는 제대로 하고 가야지."

콜롬바노의 거친 손이 제시카의 팔을 잡자 그녀는 온몸을 비틀어 손을 떨쳐낸다. "건드리지 말아요!" 그녀는 떨리는 목소리로 소리치고는 벌떡 일어나 침대에서 내려온다. 콜롬바노는 재미있다는 듯이 그녀를 바라본다. 제시카는 그의 눈을 똑바로 볼 수가 없어서, 그의 건장한 몸을 장식하고 있는 거대한 문신을 노려본다.

"이리 와, 시간 없어. 리허설에 늦겠다." 콜롬바노가 얼굴에서 웃음을 지우고 정색한다. 제시카는 자신의 숨소리가 얕아지고 숨이 가빠짐을 느낀다. 밖에서는 사람들이 웅성거리는 소리와 운하에서 가볍게 움직이는 배들의 선체 밖에 달린 모터가 둥둥거리는 소리가 마구 섞여서 들린다. 제시카는 돌아서서 커튼을 홱 젖힌다. 도와달라고 소리치려는 순간 콜롬바노가 그녀의 머리채를 잡고 아파트 안으로 홱 잡아당긴다. 어찌나 세게 당기는지 두피가 뜯기는 느낌이다. 그녀의 뒤통수가 나무 마룻바닥에 쿵 하고 부딪치고, 콜롬바노가 두 손으로 그녀의 목을 감싼다. 콜롬바노의 길고 기름진 머리카락이 그녀의 얼굴을 간질이고, 땀 냄새와 술 냄새와 애프터셰이브 로션 냄새가 어우러진 악취가 코를 찌른다.

"인베르노." 콜롬바노가 중얼거린다. 하얀 이 사이로 침이 튀긴다.

겨울.

76

제시카는 휴대전화를 바라본다. 22시 22분, 소원을 빌 시각이다. 흥미롭게도 사람들이 이 시각에 시간을 확인할 확률이 꽤 높다. 물론 그것은 착각이고, 우리가 예를 들어 21시 19분보다는 22시 22분을 더 쉽게 기억한다는 사실을 토대로 한 오류이다. 그렇더라도 거센 겨울바람이 휘파람을 불고 낡은 창문을 흔들어대는 이 깜깜한 밤에는 특히 더 불길하게 느껴진다.

주전자에서 물이 끓고 있다. 오피스텔에는 커피포트가 없다. 그것은 제시카가 이 오피스텔에 살지 않기 때문이기도 하고, 없는 것이 자신이 만들어놓은 이야기, 즉 되는대로 가구를 들여놓고 가난하게 사는 독신 여성에 들어맞기 때문이다. 그리고 스테인리스 프라이팬에 끓이든 크림색 키친에이드 전기포트에 끓이든 물맛은 똑같다.

제시카는 식탁에 두고도 잊고 있었던 머그컵을 들어 차를 한 모금 마신다. 차가 차갑게 식어 있다. 식탁 위에는 용지 열일곱 장이 펼쳐져 있다. 일부는 작은 조각으로 찢어놓았고, 다른 것들은 풀로 붙여서 더 큰 포스터로 만들었다. 현장과 피해자들을 찍은 사진 밑에는 로저 코포넨의 책에서 발췌한 문장들을 적어놓았다. 살인 사건에 영감을 준 부분이라고 판단되는 문단이었다. 단서를 찾으려고 코포넨의 책을 샅샅이 뒤지는 데만 너무 집중한 나머지 다른 부분들을 놓치지는 않았을까? 제시카는 미카엘이 한 말이 생생하게 기억난다. 우린 그들이 알려주고 싶어하는 만큼만 알고 있는 거예요. 딱 그만큼만. 미카엘의 냉소적인 태도는 거슬릴 때가 많지만 그의 말이 옳은 경우도 많다.

제시카는 머그컵에 든 차를 다 마신다. 마지막 한 모금이 기도로 들어간다. 그녀는 손에 대고 기침을 하면서, 익사할 때 어떤 느낌일지 알 것 같다고 생각한다. 기도에 들어간 액체를 기침으로 토해낼 수 없고, 그 액체가 폐를 가득 채워 산소의 흐름을 막으면서 서서히 죽어가는 것이다.

제시카는 싱크대로 걸어가서 코를 풀고 머그컵에 뜨거운 물을 따른다. 이케아 수납장을 열고 티백을 넣어두는 유리 단지를 꺼낸다. 단지는 거의 비어 있고, 남은 티백 두 개는 유감스럽게도 바닐라향이다.

그 순간 휴대전화가 울린다. 제시카가 모르는 번호이다. 아까 전화한 잠복근무 중인 비밀경찰 요원의 번호도 아니다. 어쩌면 후부가 친구에게 전화기를 빌렸는지도 모른다. 정말 집념 하나는 최고이다.

"니에미입니다."

"여보세요?" 여자의 목소리는 망설이고 있고 겁을 먹은 듯하다.

"경찰 업무와 관련해서 전화주셨나요?"

"네, 맞아요." 이제는 말을 내뱉는다. 배경음으로 소의 방울 소리를 연상시키는 딸랑거리는 소리가 들린다. 그러고는 중얼거리는 소리가 들린다. 전화를 건 여자가 전화기를 손으로 덮고 다른 사람과 대화를 하고 있다. 몇 초 후에는 기침 소리도 들린다.

"미안해요. 내가……네, 맞아요, 경찰 업무와 관련해서 전화한 거."

"잘하셨어요. 무엇을 도와드릴까요?" 제시카는 말하면서 식탁 앞에 다시 앉는다. 한 층 아니면 두 층 아래 계단통에서 현관문 열리는 소리가 들린다.

"어……, 난 이르마 헬레라고 하는데요. 여기 코르케아부오렌카투에서 여자 의상실을 운영하고 있죠."

제시카의 눈이 식탁 위에 놓인 용지로 향한다. "어떤 의상을 만드세요?" 제시카가 다시 집중하며 묻는다.

"양장점이에요. 이브닝드레스랑……."

작은 개가 앙칼지게 짖는 소리가 계단통을 타고 울려퍼진다. "그리고요?"

"저기, 잠깐만요." 여자가 말하더니, 고개를 돌려 다른 사람과 이야기하는 듯한 소리가 들린다. 제시카는 조금 전에 들었던 딸랑거리는 소리에 대해서 생각한다. 그 소리는 손님이 상점 안으로 들어왔음을 알리기 위해서 문에 매달아놓은 초인종 방울 소리였을 것 같다.

"이렇게 늦게까지 영업하세요?"

"아뇨, 물론 아니죠, 벌써……. 근데 꼭 완성해야 할 드레스가 있어서……."

"지금 혼자 계세요?" 제시카가 묻는다. 자신도 질문하는 목적을 모르겠다.

"문을 잠그는 걸 깜박했지만……, 네, 이젠 혼자 있어요."

"네, 그렇군요." 제시카가 말하면서 눈앞을 가리는 머리카락 한 올을 뒤로 넘긴다. "제가 무엇을 도와드리면 될까요?"

"코포넨 피살 사건과 관련해서 제보를 할 수 있는 번호로 전화를 했더니……."

"네, 제보 전화 중 일부는 곧장 제 전화로 연결이 되죠. 제가 책임 수사관이거든요, 헬싱키 경찰청의 제시카 니에미 경사입니다." 제시카는 왠지 불안함을 느낀다. 여자가 전화한 이유를 알 것 같다. 피해자들이 입고 있던 이브닝드레스와 관련이 있을 것이다.

"저는 마리아 코포넨 부인과 아는 사이에요." 이르마 헬레는 오랫동안 침묵하다가 말을 잇는다. "부인은 우리 의상실의 단골 고객이었어요. 가끔씩 옷을 맞춰갔어요."

제시카는 허리를 꼿꼿하게 펴고 앉아서 펜을 집는다. 호기심이 폭발하고 있지만, 입을 굳게 다물고 집중해서 듣기로 한다.

"부인이……부인이 살해됐다는……얘기를 듣고 얼마나 놀랐는지 몰라요."

"그러셨을 거예요."

"네, 근데 내 딸이 전화를 했더라고요. 딸이 이따금씩 나를 도와주고 있어요. 여성복과 패션에 대해서 아는 게 많거든요. 섬유와 패션디자인을 전공하는 학생인데……."

"따님이 전화해서 뭐라고 했는데요?"

"오늘 아침에 학생들 사이에 쫙 퍼진 유튜브 동영상을 자기도 봤다고요."

제시카는 목을 긁어서 초조함을 억누른다. 이르마 헬레의 딸은 죽은 마리아 코포넨의 동영상을 본 것이다. 유튜브에서 거의 즉각적으로 그 동영상을 삭제했지만, 그럼에도 불구하고 그 동영상은 독자적인 삶을 살기 시작했다. 제시카는 최면을 거는 듯이 반복되는 그 소리가 들리는 것만 같다. 말레우스 말레피카룸. 말레우스 말레피카룸.

"딸은 그게 이상한 장난인 줄 알았대요. 코포넨 부인을 모르거든요. 하지만 부인이 입고 있던 드레스는 알아봤죠."

"그 드레스를 사장님이 만드셨어요?"

"네, 그럼요." 이르마 헬레가 말한다. 갑자기 심한 충격을 받은 목소리로 말을 잇는다. "오 하느님. 딸이 사진을 보내줬어요. 근데 얼굴은 가렸더라고요. 알고 보니까 부인이 사망한 다음에 찍힌 사진이라서 나한테는 그 얼굴을 보여주지 않으려고 딸이 지운 거더라고요."

"그렇군요." 제시카가 말한다. 그녀는 최대한 침착함을 유지하려고 애를 쓴다. 깊은 심호흡을 하고 떨리는 손을 식탁에 대고 꾹 누른다. 이 전화가 돌파구가 될 수도 있을 것 같다. 산나 포르카를 제외하고 모든 여성 피해자들이 똑같은 이브닝드레스를 입고 있었다. 구두도 똑같았다. 심지어 매니큐어 색깔도 똑같았다. 제시카는 전화기를 식탁에 내려놓고 스피커폰을 켠다. "말씀하세요, 사장님."

"코포넨 부인이 내가 디자인한 옷을 입고 있었던 게 우연의 일치일 수도 있겠지만……." 제시카는 이르마 헬레가 코를 훌쩍이는 소리를 듣는다. "한 달 전쯤 부인이 그 드레스를 맞추러 왔을 때……부인이 준 치수를 받고 나서 천도 같이 골랐어요."

"네, 그런데요?"

"부인은 그 드레스를 한 벌만 주문한 게 아니에요. 믿으실지 모르겠지만, 다섯 벌을 주문했어요."

제시카는 차가운 얼음물을 뒤집어쓴 듯이 소름이 쫙 끼친다. "이브닝드레스를 다섯 벌이나요?"

"똑같은 드레스를 다섯 벌이나요."

나머지 네 벌이 쿨로사리에 있는 마리아 코포넨의 집 붙박이장에 걸려 있지는 않으리라고 제시카는 확신한다.

"모두 다른 치수로요." 헬레가 말을 잇는다.

와 이건 뭐지? 믿어지지가 않는다.

제시카는 손가락으로 식탁을 톡톡 두드린다. "치수 적어놓은 종이 아직도 갖고 계세요?"

"네, 주문 대장에 있어요. 주문과 관련된 모든 정보를 거기에 적어두 거든요. 코포넨 부인은 다섯 개의 치수를 적은 메모지를 주면서 그대 로 만들어달라고 했어요. 이유를 말하진 않았지만, 결혼식 축하연이나 다른 파티에 필요한가 보다라고 생각했죠. 여자들이 단체로 옷을 똑 같이 맞춰 입는 그런 경우인가 보다 하고요."

"그래서 마리아 코포넨이 드레스 다섯 벌을 주문했다고요? 결제도 다 했고요?"

"네."

"오늘 밤 몇 시까지 의상실에 계실 거예요?" 제시카가 손목시계를 흘 끗 본다. 벌써 10시 30분이 다 되어간다. 누군가가 즉시 그곳에 가봐야 한다. 다들 시간이 안 된다고 하면, 제시카 자신이 갈 생각이다. 에르네 가 뭐라고 하든 말든.

"아마 자정까지는 있어야 할 것 같아……."

이때 수화기 저편에서 뭔가 정확히 알 수 없는 소리가 들리고, 헬레 가 말한다. "도대체 저 여자가 왜 저래?"

제시카가 긴장한다. "왜요?"

"저 여자가 또 문 앞에 와 있네요."

"어떤 여자가요?"

"아까 불쑥 들어왔던 여자가……오 하느님, 코포넨 부인하고 똑같 이 생겼네. 쌍둥인가?……잠깐만 기다려줘요."

전화기를 카운터에 내려놓는 소리가 들린다. "저기요! 잠깐만요!" 제 시카가 벌떡 일어서면서 외친다. "여보세요? 사장님?"

그러나 이르마 헬레는 벌써 전화기를 내려놓았다. 발걸음 소리와 노 크 소리가 들리더니 잠시 후에는 문에 붙은 방울이 딸랑거리는 소리가 들린다.

"문 열지 말아요." 제시카가 속삭인다. 그러고는 이마를 만지면서 창가로 걸어간다.

잠시 후, 전화기에서 말소리가 희미하게 들린다. 죄송하지만 오늘은 영업 끝났어요. 내일 아침 9시에 문 여니까 그때 오세요. 미안합니다. 내 말 안 들려요? 영업 끝났다고요. 이제 그만 가주······.

통화가 끊기고, 뚜뚜뚜 하는 세 번의 신호음이 오피스텔 안에 울려 퍼진다.

77

계단통이 쥐 죽은 듯이 조용하다. 제시카는 휴대전화를 귀에 댄 채 문을 열고, 보안 시스템 키패드 앞에 멈춰선다. 어젯밤에 급히 오피스텔로 돌아오느라고 경보기를 켜놓지 않았다는 사실을 깨닫는다.

"무슨 일이에요?"

제시카가 늦은 밤에 전화했는데도 유수프는 싫은 기색 없이 바로 본론으로 들어간다. 그녀의 목소리에서 긴박감과 긴장감을 감지했음이 틀림없다.

"조금 전에 이르마 헬레라는 여자한테서 전화를 받았어. 근데 그 여자가 지금 위험에 처한 것 같아. 순찰대를 불렀으니까 곧 거기 도착할 거야."

"그 여자가 누군데요?"

"의상실 사장. 피해자들의 이브닝드레스를 만든 사람. 모든 드레스를 그 여자가 만들었대."

"근데 왜 그 여자가 위험에 처했다고 생각하죠?"

"마리아 코포넨과 비슷하게 생긴 사람이 의상실에 침입하려고 했어." 제시카가 말하면서 거실을 가로질러 부엌으로 성큼성큼 걸어간다. 지갑은 어제 놓아둔 곳에 그대로 있다. 그 자리에 있지 않을 이유가 무엇이라는 말인가? 모든 것이 혼란스럽고 비현실적으로 느껴진다. 한 사람의 생명이 또 위태롭다.

"마리아 코포넨과 비슷하게 생긴 사람이라……." 유수프가 잠깐 침묵하다가 자신 없는 말투로 말을 잇는다. "여자라는 거죠?"

"맞아, 여자. 마리아 코포넨이 직접 드레스 다섯 벌을 주문했어. 그게 무슨 뜻이라고 생각해?"

"진짜 이상하네요."

"마리아 코포넨이 헬레에게 그 여자들의 드레스 치수를 다 알려줬어. 그러니까 마리아 코포넨은 피해자들 모두를 개인적으로 알고 있었던 거야, 틀림없이. 아니면 적어도 정확한 신체 치수를 알고 있었거나."

"우리도 조사했잖아요, 피해자들 사이의 관계. 하지만 지금까지 아무것도 발견하지 못했고요. 공통의 취미가 있었던 것도 아니고, 서로 통화를 하는 사이도 아니었고……. 심지어 페이스북 친구도 아니었어요. 그리고 로라 헬미넨은 그 여자들을 알기는커녕 이름도 들어본 적이 없다고 했고."

"그렇더라도 마리아 코포넨은 그 여자들의 신체 치수를 알고 있었어."

"그렇다고 그 여자들을 알고 있었다는 뜻은 아니죠. 다른 누가 치수를 알려줬을 수도 있고."

"다른 누구? 마리아와 로저 코포넨이 협력하고 있었을까? 지금 그런 일이 일어나고 있는 거야? 마리아와 로저가 합심해서 어느 변태 새끼가 가면 놀이 하는 것을 도와주고 있었던 걸까?"

"마리아 코포넨은 죽었어요, 경사님. 자신을 살해하는 일을 의도적으로 도왔을 것 같지는 않은데요."

"그 드레스들을 피해자들에게 전달해준 사람은 로저였을 거야."

한동안 두 사람은 말이 없다. 그러다가 제시카가 먼저 입을 연다. "어디야, 지금?"

"방금 차 돌려서 울란린나로 가고 있어요."

"나 좀 태워줘."

"뭐라고요?"

"나 좀 태우러 오라고. 같이 가자고."

"에이, 안 돼요."

"안 되긴. 갈 거야."

"경감님이 아시면 어떡하려고요?"

"경감님은 내가 알아서 설득할게."

"아, 진짜, 난 몰라요. 경사님이 진짜 표적이면 어쩌려고 그래요? 한 동안 현장을 떠나 있는 게 좋지 않겠어요?"

"집에 있으니까 진짜로 표적이 된 것 같은 기분이 들어."

"택시 타요. 제가 태우러 간 걸 경감님이 아시면 절 잡아먹으려고 하실 거니까."

"빌어먹을, 유수프. 그 똥차 끌고 빨리 나타나지 않으면……."

"경사님, 진짜 마녀 같다."

"도착 예상 시각은?"

"10분 후요."

"내려가 있을게."

"잠깐만요." 유수프가 경찰 무전기의 볼륨을 높인다.

무전을 할 때는 또박또박 분명하게 발음하기 때문에 제시카는 무전의 내용을 모두 알아듣는다. ……코르케아부오렌카투에 있는 의상실 전시창 밖에 있다. 의상실 바닥에 여자가 쓰러져 있는 것이 보인다. 움직임이 전혀 없다. 우리가 문을 두드려도 반응이 없다. 강제로 열고 들어갈 생각이다. 구급차는 이미 불렀다.

78

내가 분명히 지시했을 텐데, 제시카. 이렇게 명백한 불복종을 내가 그냥 넘어갈 것 같아?

에르네는 라이터 뚜껑을 닫고, 담배 한 모금을 최대한 길게 빨아들인 후 연기를 내뱉는다. 기도로 들어간 연기는 잠깐 기도 안을 돌아다니다가, 코털이 무성한 커다란 콧구멍을 통해서 나온다.

에르네는 경찰청 본부 밖에 있는 흡연 구역의 벽을 바라본다. 세월의 때와 매연 가스로 더러워져 있는데, 콘크리트 구조물 사이에 내린 눈조차도 그 더러움을 완화시켜줄 수가 없다. 경찰청 본부 건물은 대단히 크고 흉물스럽지만 그 안에서 일하는 상상력이 부족한 공무원들에게는 멋진 클럽하우스가 된다. 그 안에서 그들은 서로에 대한 편견과 편집증을 강화할 수 있다. 그 끔찍한 구조물은 동독의 어느 건물 같은 느낌을 준다. 세상에 대한 부정적이고 냉소적인 태도를 숨기려고도 하지 않는 동독의 비밀경찰이나 다른 전체주의 기관을 연상시킨다. 사실, 여권 신청을 위해서 경찰서를 방문하는 일반 시민에게는 건물이 너무 위압적이다. 건물뿐만 아니라 공무원들의 경직되고 관료주의적인 일 처리 방식도 그런 이미지를 만드는 데 한몫하고 있다. 어쨌든 이 소변 색깔의 흉물스러운 건물은, 아무 특징도 없는 빌딩들의 모습을 담은 엽서에서 영감을 얻은 한심한 설계자의 불안정한 마음에서 잉태된 것이 틀림없다.

삐. 37.9도. 미치겠네.

빌어먹을, 제시카.

담배가 거의 다 타들어가서 검지와 중지에 뜨거운 기운이 느껴진다. 약지는 매서운 바람 속에서 얼고 있다. 새끼손가락과 엄지는 서로 만나 손끝이 붙어 있다.

6개월이요. 지금 당장 치료를 시작한다면 말이죠.

오늘 하루 종일 에르네는 전화기만 쳐다보고 있었다. 의사는 오전 8시에서 저녁 8시 사이에 전화를 주겠다고 약속했다. 보통 이런 소식은 환자를 직접 만나서 전달하기 마련이지만, 에르네의 직장도 한가하지 않고 또 이번에는 이미 전달받은 나쁜 소식에 대한 추가적인 정보 전달에 지나지 않기 때문에 전화로 결과를 전해 듣기로 했다.

밤 8시 정각에 종양 전문의 파유넨 박사가 전화를 걸어와, 가슴 CT를 찍고 위내시경 검사를 하고 조직 검사를 한 결과, 의심이 사실임을 확인했다고 간결하게 말했다. 암이 전이되어 간과 뼈뿐만 아니라 식도까지 퍼졌다고 말했다.

제시카, 제시카.

전화를 끊고 난 후 에르네는 희한하게도 마음이 평화로워졌다. 세상 그 무엇보다도 두려워했던 일이 마침내 일어났다는 사실을 깨닫자마자 걱정이 사라졌다. 진이 다 빠졌고, 실망했고, 물론 충격을 받았지만, 한편으로는 자신이 곧 죽는다는 것을 알게 되자 마음이 편해졌다. 의문도 추측도 이제는 사라졌다. 이 모든 일이 곧 끝날 것이다.

에르네는 재떨이에 담배를 비벼끈 후, 또 한 개비를 꺼내 불을 붙인다.

제시카가 그의 지시대로 행동할 만한 분별력이 있으면 좋으련만.

79

미카엘이 종이봉투 두 개를 들고 들어온다. 기름기 많은 피타 빵과 버터, 마늘, 고수 잎 냄새가 회의실에 퍼진다.

니나가 알루미늄 호일 포장지를 뜯는다. "양고기는 라스……."

"나도 양고기 시켰거든." 미카엘이 라스무스의 눈앞에서 양고기 샌드위치를 홱 채간다. 니나는 샌드위치를 나눠 가지는 모습을 곁눈질로 지켜본다. 미케는 전형적인 의미의 악당이 아니다. 그의 건장한 체격과 말재간이라면 악당이 되고도 남겠지만. 반면에 머리숱이 줄어들고 있고, 군데군데 대머리가 된 부분도 있으며, 자세가 구부정한 라스무스는 너무 쉬운 표적이다. 때로는 그가 현관 매트 같은 취급을 받기를 바라는 듯이 보이기도 한다. 마치 그것이 자신의 유일한 존재 이유라도 되는 것처럼.

그러나 지금은 라스무스가 분통이 터지는 표정으로 미카엘을 쳐다본다. 그러고는 팔을 뻗어 다른 종이봉투를 집어들고 바스락거리며 봉투를 연다.

"제시가 드디어 탈출을 감행했어." 미카엘이 말하더니, 알루미늄 호일에 싸인 피타 빵을 두 손으로 들고 한 입을 크게 베어 문다.

"그걸 어떻게 알아?"

"경감님이 전화기에 대고 고함치는 소리를 들었어. 제시가 코르케아부오렌카투 현장으로 달려갔대."

"놀랍지도 않은데, 나는. 제시가 피해자와 통화 중일 때 사건이 발생했다잖아." 니나는 양고기 피타 샌드위치를 우걱우걱 먹고 있는 남자들을 바라본다.

"그게 우연이라고 생각해요?" 라스무스가 소매로 입을 닦으면서 묻는다. 미카엘이 그를 돌아본다. "제시카는 줄곧 사건의 중심에 있었어요. 그래서 경감님이 집에 가만히 있으라고 지시한 거고요. 비밀경찰까지 붙여놓고. 그런데도 살인 사건이 계속 제시카를 따라다니네요."

니나는 고개를 끄덕이고는 미카엘을 흘끗 쳐다본다. 라스무스의 말이 백번 옳다. 이 수사팀에서 처음부터 모든 상황을 가장 잘 파악하고 있던 사람은 라스무스였다. 다른 사람보다 기초작업을 더 튼튼히 했기 때문일 것이다.

"제시카가 무사해야 할 텐데." 니나가 팔짱을 낀 채로 말한다. 그녀는 언제나 제시카를 좋아했다. 성실하고, 주어진 상황에서 최선이라고 판단한 것을 이루기 위해서 최선을 다하는 모습이 마음에 들었다. 그동안 제시카와 친해지려고 노력도 해봤지만, 무슨 이유에서인지 제시카는 동료들과 어느 정도 거리를 두고 싶어했다. 그럴 때도 예의 바르게 처신해서 다른 사람의 감정을 상하게 하지 않았다.

"제시카가 얼마나 강한데." 미카엘이 고갯짓으로 화이트보드를 가리키며 말한다. 거기에는 라스무스가 조금 전에 붙여놓은 새로운 사진이 있다. "이르마 헬레인가 보네."

"네, 일곱 번째 희생자죠."

"피해자들은 다른 점도 상당히 많아." 니나가 게시판으로 걸어가면서 말한다.

"이를테면?" 미카엘이 묻는다.

"우선 피해자들 중 두 명은 아직도 신원 확인이 안 된 상태야. 두 명은 남자고. 그리고 세 명은 똑같은 드레스를 입고 있었어. 로라 헬미넨까지 포함하면 네 명. 공통분모가 없어."

"마리아 코포넨은 드레스를 다섯 벌 주문했어. 산나 포르카도 불에 태워지기 전에 그 드레스를 입지 않았을까? 그 문제를 조사해본 사람 있나?" 미카엘이 묻는다.

"확인해보는 게 좋겠다." 니나가 화이트보드에 그 질문을 쓴다. "그 다섯 벌의 치수는 이르마 헬레의 주문 대장에 적혀 있어. 그중 한 벌이 포르카의 치수에 맞게 제작됐는지 알아보면 되겠네."

"산나 포르카가 로저 코포넨을 헬싱키까지 태워주려고 나선 건 우연이었을 텐데?" 미카엘이 미심쩍다는 듯이 말한다.

"정말요? 그런 위험한 추측은 안 된다면서요? 아까 침 튀기며 주장하신 분이 형사님 아닌가요?" 라스무스가 대꾸하자 미카엘이 살기등등한 눈초리로 그를 노려본다. 라스가 당돌함이라는 새로운 자질을 개발해낸 모양이다. 니나가 만족스럽게 웃는다. 그녀는 미케를 사랑하지만, 가끔 누가 이렇게 그의 코를 납작하게 하면 그렇게 재미있을 수가 없다. 특히 전혀 예상하지 않았던 곳에서 화살이 날아오면 더욱 그렇다. "포르카 경감이 어떻게 이 일에 관여하게 되었다고 생각하세요? 제가 기억하기로는, 로저 코포넨을 헬싱키로 데려오기로 한 결정은 믹손 경감님이 즉흥적으로 내리셨거든요."

"그래서 자기가 내린 결정 때문에 지금 죄책감에 시달리고 계시지." 니나가 끼어들어 말한다.

"그러게요."

그러나 라스무스는 거기서 그치지 않는다. "기억하세요, 포르카 경감이 코포넨을 태우고 오고 있었어요. 현재 이 연쇄살인 사건에서 주요한 역할을 했으리라고 의심받는 남자를요. 한밤중에 사본린나에서 헬싱키까지 어떻게 올 건지, 누가 운전을 할 건지에 관해 코포넨이 어떤 식으로든 영향을 미칠 수 있었을 거란……."

"헉! 이게 뭐야!" 갑자기 미카엘이 소리친다. 벌떡 일어서더니 먹던 음식을 손바닥에 뱉는다. "뭐야 이거……? 이가 흔들려." 그는 뺨을 잠깐 문지르더니 먹다가 뱉은 샌드위치를 손가락으로 쿡쿡 찌른다.

"뭔데 그래?" 니나가 묻는다.

"이 안에 돌 같은 게 들어 있어." 미카엘이 집게손가락을 입 안에 넣더니 흰 뼛조각을 한 개 꺼내서 들어 보인다.

"와 진짜, 이게 뭐냐."

"이가 부러졌어요?" 라스무스가 놀라서 묻는다.

"아니……부러진 것 같지는 않아." 미카엘이 손가락으로 입 안 구석구석을 찔러본다. 잠시 침묵이 흐른다. 라스무스는 입맛이 딱 떨어진 표정으로 샌드위치를 옆으로 밀쳐낸다.

"제 샌드위치에도 들어 있어요." 라스무스가 손으로 입을 막으면서 말한다.

"뭐야? 뭔데 그래?" 니나가 자기 샌드위치를 들고 알루미늄 호일을 뜯는다. 라스무스가 헛구역질하는 소리를 내자 니나도 속이 매스꺼워진다.

미카엘이 두 손으로 뒷목을 잡고 서 있다. "숲에서 불에 타죽은 남자, 미스터 X의 치아야."

80

제시카는 **바닥에** 쓰러져 있는 여자 옆에 쭈그리고 앉아 있다. 의상실의 거대한 전면 유리창들은 비닐 시트로 가려져 있지만, 구급차의 파란색 경광등 불빛은 상점 안으로 뚫고 들어온다.

"단순 명료하네." 제시카가 말하고는 라텍스 장갑을 낀 손가락을 비빈다. 이르마 헬레는 배를 깔고 엎드려 있고, 두 팔은 옆으로 내리고 있다. 뒤통수에 피범벅이된 커다란 상처가 있다. 그리고 2미터쯤 떨어진 곳에 범행 도구일 가능성이 높은 물건이 떨어져 있다. 놋쇠로 된 커튼 봉인데, 한쪽 끝에 피가 잔뜩 묻어 있다.

"다른 사건들하고는 성격이 다른 것 같은데요. 코포넨의 책에는 없는 거잖아요." 유수프가 낮은 목소리로 말하더니 흰색 방호복을 입은 과학수사대원을 위해서 자리를 비켜준다. 작은 상점 안에는 행거마다 옷이 가득 걸려 있어서 돌아다니기가 쉽지 않다. 문은 닫혀 있지만 벽에도 귀가 있다는 듯이 그들은 작은 소리로 이야기를 나눈다. 누가 아는가? 진짜로 귀가 있을지. 이제는 그 어느 것도 불가능해 보이지 않는다.

"달리 말하면, 신중하게 계획되지 않은 최초의 살인 사건이고."

"하지만 먼저 일어난 살인 사건들과 밀접한 관계가 있다는 건 명백하고요."

"그렇지. 그리고 무엇보다도 이 사건의 범인은 여자야. 다른 피해자를 닮은 여자."

"이르마 헬레의 입을 막고 싶었던 것 같네요."

"근데 왜 지금까지 기다렸을까? 헬레가 오늘 더 일찍 제보를 할 수도 있었는데."

"여기서 말하는 제보가 뭘 말하는 거예요? 마리아 코포넨이 주문한 드레스의 치수?" 유수프가 카운터에 있는 데스크탑 컴퓨터를 향해 걸어가면서 묻는다.

"마리아 코포넨이 드레스를 다섯 벌 주문했다면, 지금까지 네 벌만 발견된 거고, 그 옷을 입을 한 명의 피해자가 더 있다고 추측해볼 수 있어." 제시카는 가게 안을 둘러본다. 뒤쪽에 커다란 재봉틀 두 대가 있는, 창고처럼 생긴 작업실로 들어가는 출입구가 보인다. "아까 통화할 때 헬레가 주문 대장이 있다고 했는데. 혹시 그런 노트 못 봤어?" 제시카가 묻는다.

"아뇨, 근데 펜은 많이 봤는데." 유수프가 말하더니, 자신의 휴대전화로 카운터를 촬영한다.

제시카는 한숨을 쉬며 휴대전화를 흘끗 본다. 에르네한테서 부재중 전화 두 통이 와 있다.

"뭐 또 무슨 일 있어요?"

"내가 지시를 어겼다고 경감님이 화가 많이 나셨어."

"집에 가서 근신하라고 하실 것 같은데요." 유수프가 말한다.

"안 그럴 거야. 적어도 이렇게 혼란스러운 상황에서는."

"안 그러기를 바라야죠. 이제 뭐 할까요?" 유수프가 뒷짐을 진 채 묻는다.

"사무실로 들어가자. 그리고 누가 더 죽어 나가기 전에 빨리 해결하자고."

유수프가 외투 지퍼를 올린다. "가는 길에 맥도날드 드라이브스루부터 들르고요. 현금 있어요?"

제시카가 후드티 후드를 끌어당겨 쓴다. "사실은 네 카드 찾았어. 내 외투 주머니에 있더라고."

81

에르네는 테이블 앞에 앉아서 꽉 쥔 두 주먹을 보고 있다. 밤 11시 15분, 수사팀은 다시 회의실에 모여 있다. 라스무스는 심각한 표정으로 앉아서 손가락 개수를 세고 있는 것 같다. 니나는 고개를 들고 지친 눈으로 천장에 달린 형광등을 바라보고 있다.

에르네 믹손은 수십 년간 경찰 생활을 하면서 끈질긴 노력에도 불구하고 해결되지 않는 사건들을 많이 보았다. 그러나 이 사건은 미제 사건 파일에 넣고 묻어버리기에는 사안이 너무 크다. 최악의 경우에는 그가 암으로 목숨을 잃고 난 후에도 수사가 오래도록 계속될 수도 있다. 불치병이 갑자기 무죄 평결처럼 느껴진다. 악이 힘을 발휘하지 못하는 좋은 곳으로 가는 차표처럼 느껴진다.

문이 열리고 미카엘이 방으로 들어온다.

"그래서?" 에르네가 묻는다. 니나와 라스무스는 아직도 얼굴이 창백하다.

"배달원은 잡았고 식당은 문을 닫으라고 지시했어요. 점장 말로는 주방에서 샌드위치를 만들어서 바로 배달원에게 전달했다고 하더라고요. 그리고 주방에서는 음식에 치아가 들어갔을 리 없다고 하고요."

"어느 단계에서……."

"어느 단계에서도요. 배달원이 무슨 말을 할지는 곧 들어볼 거고요." 미카엘이 자리에 앉는다. "치아는 어디 있죠?"

"사진 찍고 사르빌린나 박사에게 보냈어. 박사가 쓸 만한 정보를 찾아내야 할 텐데."

천장에 매달린 기다란 형광등이 두세 번 깜박거린다.

"정말 끔찍해요, 경감님." 미카엘이 손가락을 문지르면서 말한다. "이런 걸 얼마나 더 견뎌야 하죠?"

에르네가 눈썹을 치켜올린다. "그걸 왜 나한테 물어? 내가 자네 햄버거에 죽은 남자의 이를 넣은 것도 아닌데." 그가 날카롭게 맞받는다.

"햄버거가 아니라 피타 샌드위치요." 라스무스가 중얼거린다.

"뭐가 됐든." 에르네가 천둥같이 소리를 지르더니 주먹에 대고 두세 번 기침을 한다. 그러고는 흥분을 가라앉히고 쉰 목소리로 말을 잇는다. "자네들은 카를스테트와 레티넨을 연행하고 싶은 모양인데. 그렇다고 바뀔 게 있을 것 같지 않아."

"하지만 경감님, 귀중한 시간이 자꾸 흐르고 있다는 거 인정하셔야 해요." 니나가 생각에 잠긴 표정으로 말한다. 에르네에게 반항하거나 그를 무시하는 듯한 기색은 전혀 보이지 않는다. "그 사람들을 감청하고 감시하는 게 오늘 오전까지는 좋은 생각이었는지 모르지만, 그후에 일어난 일들을 감안하면 그런 식으로 해서는 얻어낼 게 아무것도 없다는 생각이 들어요."

"게다가 우리가 감청한다는 걸 놈들이 알고 있어요. 그건 의심의 여지 없이 분명해……."

"그래, 감청한 거 들어보니까 그렇더라고." 에르네가 라스무스의 말을 끊고 이야기한다. 그러고는 다시 주먹에 대고 기침을 한다. 기침할 때 기도에서 가래가 올라오고 거기서 피 맛이 난다.

"사람이 얼마나 더 죽어야 하죠?" 미카엘이 에르네에게 묻는다.

에르네는 테이블에 둘러앉은 세 형사를 바라보면서 깊은 허무감을 느낀다. 의사와의 통화는 모든 것을 부질없다고 느끼게 만들었는지도 모른다. 에르네는 눈을 감는다. 최악의 일은 자신이 죽는다는 사실을 아는 것이 아니라 언제 죽는지를 아는 것이라는 생각이 든다. 남은 생에 대해서 고통스러울 정도로 정확한 시간표를 받아보기 전까지는 자신의 죽음을 잊으려고 노력할 수 있다. 마감 기한. 그는 건강하게 살다가 어느 날 갑자기 세상을 떠나고 싶었는지도 모른다. 스키장에서 심장마비로, 혹은 자다가 조용히. 혹은 좋은 음악을 들으면서 자동차 사고로 떠나고 싶었는지도 모른다.

"그 얘기는 제시카와 유수프가 도착한 다음에 다시 하지." 에르네가 말하자, 다들 찬성의 말을 중얼거린다. 젊은 부하 직원들이 그의 노쇠함을 감지한 것이 분명하다. 예전 같았으면 그들이 그의 직접적인 지시를 비판하거나 무시하더라도 그는 못 들은 척하고 넘어갔을 것이다.

"라스무스." 에르네가 입 안에서 느껴지는 불쾌한 맛을 꿀꺽 삼키고 나서 말한다.

그때, 회의실 문이 열리더니 제시카가 먼저 들어오고 유수프가 뒤따라 들어온다.

에르네는 책임 수사관을 책망하는 눈초리로 쳐다보지만 그녀를 위해 준비한 훈계는 나중에 상황을 봐서 하기로 한다. "이리 와서 앉아. 라스가 설명할 거야."

라스무스는 안경을 단단히 눌러 코에 고정시키고 머뭇거리며 스웨터의 깃을 잡아당긴다. 오늘 하루 그는 어딘가에서 자신감을 많이 퍼담아왔지만, 혼날까봐 풀이 죽은 개처럼 주위를 두리번거리는 습관은 사라지지 않았다.

"사실 재봉사의 죽음이 종교의식 같은 살인은 아니지만, 다른 사건들과 관계가 있다는 점을 책에서도 확인할 수 있어요." 라스무스는 두꺼운 종이 뭉치 밑으로 손을 넣어 문고판 책을 한 권 꺼낸다. 책 곳곳에 다양한 색깔의 포스트잇이 붙어 있다. 그는 소리가 들리게 침을 꿀꺽 삼킨 뒤 큰 소리로 책을 읽는다.

그러나 기괴한 그림자는 조금 전 처음 생겨났던 곳으로 돌아갔다. 너무도 부드럽게 너무도 신속하게 사라져서 에스테르는 그것을 보았다는 사실조차 확신하지 못했다. 에스테르는 마지막 손님이 나가고 문을 잠갔기 때문에, 혼자라는 사실을 알고 있었다. 전에는 가게 안에 있는 것이 전혀 두렵지 않았고, 상상력이 생각을 조종하면서 마음대로 달려나가도록 내버려두지도 않았다. 뭔가가 바뀌었다. 어쩌면 그녀가 그날 보았던 것 때문인지도 몰랐다. 그것이 우연의 일치가 아니었다는 점을 그녀는 지금에야 깨달았다. 에스테르는 온몸에 소름이 쫙 끼친다. 그녀가 방금 깨달은 사실을 곱씹어볼 시간을 가지기도 전에, 유리문 밖을 내다보던 그녀는 원래 그 자리에 있지 않았던 것이 그곳에 있는 것을 본다. 한순간 윤곽선이 유리에 비친 그녀의 윤곽선과 겹친다. 그러다가 곧 그 형체가 움직이더니 따로 떨어져 나와 독립된 개체로 변신한다.

"다음 장에서 경찰은 에스테르가 자신의 가게에서 숨겨 있는 것을 발견하죠. 둔기로 머리를 가격당해 살해됐고요." 라스무스가 책을 덮으면서 말한다.
"왜 전에는 이 이야기 안 했어요? 그 재봉사가……."
라스무스가 갑자기 웃음을 터뜨리는 바람에 유수프는 말을 끝맺지 못한다.

"에스테르는 재봉사가 아니야. 두 사건 사이에 다른 유사성은 없어. 오직 범행 방식만 비슷하지. 머리를 가격한 거. 그건 가장 흔한 살인 수법이고."

"하지만 책에서는 에스테르가 뭔가를 봤다고 했잖아. 그 뭔가의 의미를 누군가에게 죽임을 당하기 직전에 깨달았고." 제시카가 말한다.

제시카의 목소리가 에르네를 깊은 집중의 상태에서 깨운다. "맞아. 그게 코포넨의 책에서는 살인의 동기가 되지. 하지만 오늘 일어난 일과는 유사성이 거의 없어. 책에서는 수석 종교재판관인 신부가 마녀라고 의심받는 여자와 키스하는 것을 에스테르가 목격하거든."

"그래서 신부가 에스테르를 죽이는 거예요?"

"응. 신부는 마녀 혐의를 받는 여자와의 관계가 알려지는 걸 용납할 수가 없어서 에스테르의 빵집으로 숨어 들어가 그녀를 죽였어."

"그럼 이르마 헬레는 성가대 선창자와 비밀 연애를 하고 있는 여성 성직자에 의해 살해된 건가?"

미카엘의 재담에 동료들이 싱긋 웃는다.

"이 살인이 자행된 이유는 딱 한 가지인 것 같아요. 책에서 빵집 주인 에스테르가 살해됐기 때문이에요." 라스무스가 마치 뭔가를 찾는 듯이 입 안에서 혀를 이리저리로 굴리면서 말한다.

"그럼 피해자 한 명은 아직 안 나온 거네?" 에르네가 갑자기 말한다.

"맞아요." 라스무스가 말을 잇는다. "칼에 찔려 살해된 사람이 아직 없어요."

에르네가 천천히 고개를 끄덕이고는, 두 팔꿈치를 테이블에 올려놓고 고개를 숙여 두 손으로 머리를 감싼다. "그러니까 지금 이 순간 한 남자는 가슴에 칼을 꽂고서 핀란드 어딘가에, 아마도 헬싱키 어딘가에 쓰러져 있으리라고 추정해볼 수 있겠군. 우리는 아직 그를 찾지 못한 거고."

"범죄가 아직 일어나지 않았을 수도 있죠." 라스무스가 맞받아치더니 고개를 숙이고 수첩에 뭔가를 적는다.

"라스가 하는 말 들으셨죠, 경감님?" 미카엘이 새 껌을 한 통 꺼내면서 말한다. "그 망할 자식들을 끌어다놓는 게 무고한 시민의 생명을 보호하는 일이 될 수 있어요."

에르네가 침착하게 대꾸한다. "그 망할 자식들한테서 다음 피해자에 대한 정보는 어떻게 끌어낼 계획이야? 흠씬 두들겨 패기라도 할 거야?"

"그렇게 해서 무고한 시민을 구할 수 있다면야, 기꺼이 해야죠."

"아, 그 얘기 잠깐 할까?" 에르네가 미카엘을 손가락으로 가리키면서 말을 잇는다. "무고한 시민. 피해자들이 정말로 무고한 시민이라고 확신할 수 있을까?"

니나가 얼굴을 찌푸린다. "다시 말해 마녀가 아니라고 확신할 수 있냐는 말씀이죠?"

"마리아 코포넨은 자신의 수의뿐만 아니라 다른 네 명의 것도 같이 주문했어. 그걸 보면 완전히 무고한 시민은 아닌 것 같단 말이지."

"저도 같은 생각이에요. 진짜 희한한 일이에요." 유수프가 손끝으로 다른 손의 생명선을 따라 그으면서 말한다. "하지만 저라면 마리아 코포넨이 다른 사람의 지시를 따르고 있었고, 자신이 주문한 검은 드레스가 어떤 용도였는지 전혀 알지 못했다는 가정에서 출발할 것 같아요."

"남편의 지시를 따랐던 거겠지, 물론." 미카엘이 끼어든다.

"아마도." 에르네가 일어선다. "로라 헬미넨을 한 번 더 만나봐야 할 것 같아. 어르고 달래보고 찔러도 보고 협박도 해보고……, 무슨 수를 써서라도 입을 열게 해봐. 헬미넨이 숨기고 있는 게 있다면, 그녀가 다른 피해자들과 연관이 있다면, 우리가 꼭 알아야 해."

"경감님 말씀이 맞아요." 두 손으로 턱을 괴고 있던 제시카가 손가락으로 턱을 톡톡 치면서 말한다. "마녀 사냥꾼들의 피해자들 사이의 연결고리가 무엇이든 간에 조금이라도 불법적인 면이 있다면, 로라 헬미넨이 거짓말을 할 이유가 되겠죠."

"그러니까 말이야."

"그건 유수프와 제가 맡을게요."

"조심해, 제시카. 오늘 오후 이후로 상황은 바뀐 게 없어. 헬미넨이 또 발작을 일으키지 않도록 신중하게 접근하라고." 에르네가 말한다.

"카를스테트와 레티넨은 어떻게 할까요?" 미카엘이 묻는다.

에르네가 고개를 돌려 부하 직원을 노려본다. 껌을 씹고 있는 미카엘은 덩치만 큰 순박한 젖소 같아 보인다. 어쩌면 그의 말이 맞는지도 모른다. 이제는 위험을 무릅쓰기 시작해야 한다. 우위를 선점하기 위한 싸움을 그만두는 것이 나을 듯하다.

"연행해. 단, 각자의 집에서 정확히 동시에 끌고 나와."

82

발신번호 : +3584002512585

통화시각 : 23:31:22

(신호 가는 소리)

토르스텐 카를스테트 : 여보세요.

(몇 초간 침묵)

카이 레티넨 : 무슨 일이 막 일어나려는 것 같지 않아?

카를스테트 : 자네가 질문을 다 하다니, 재밌군. 그래. 진짜로 그래 보여.

레티넨 : 그럼 슬슬 준비를 시작해야 할 것 같은데.

카를스테트 : 아직은 아무것도 안 보이는데……

레티넨 : 기다려보면 알아, 형제.

(긴 침묵)

카를스테트 : 한동안 통화 못 할 수도 있겠어.

레티넨 : 그래, 그럴 것 같군.

카를스테트 : 잘 지내, 형제.

레티넨 : 자네도.

83

유수프의 차가 살얼음이 낀 아스팔트의 싱크홀로 직진하는 순간 폭스바겐의 충격 흡수장치에서 펑 하는 소리가 크게 난다. 제시카는 백미러로 뒤따라오는 승합차를 주시하고 있다.

"엄마야……깜짝이야." 유수프가 투덜거린다.

"괜찮아. 우리의 베이비 시터들도 빠졌어."

유수프는 툇뢰 병원으로 달려가 출입문 바로 앞에 차를 세운다. 밖에서 담배를 피우던 간호사가 그들을 노려본다.

"경찰입니다." 유수프가 정중한 목소리로 말한다. 경찰 승합차가 뒤따라 와서 유수프의 차 뒤에 주차한다.

"응급 상황인가요?" 간호사가 코로 연기를 내뿜으면서 앙칼지게 묻는다. "응급 상황 아니면 다른 분들처럼 주차장에 주차하세요."

유수프가 간호사를 바라보다가 웃음을 터뜨리며 고개를 가로젓는다. "요즘 다들 왜 이렇게 날카로워졌죠?"

"세상이 지옥이 되어가니까." 제시카가 말한다. 그들은 나란히 걸어서 미닫이 출입문을 통과해 안으로 들어간다. 경찰복을 입은 순경들이 10미터 뒤에서 그들을 따라온다. 제시카와 유수프는 거대한 로비를 가로질러 걸어간다. 로비 바닥에는 방문객을 안내하기 위한 색색의 테이프가 붙어 있다.

"내 말 잘 들어, 유수프." 제시카가 엘리베이터 버튼을 누르면서 말한다. "로라 헬미넨은 엄청난 충격을 받은 상태야. 그 충격이 얼마나 큰

지, 아까는 조사하는 것조차 거의 불가능했지."

"근데요?"

제시카는 고개를 숙이고 신발 끝을 쳐다보면서 엘리베이터 문이 열리기를 기다린다. 엘리베이터는 비어 있고, 제시카와 유수프가 탄다. 두 사람의 경호를 위해서 파견된 순경들은 로비에 남는다. 에르네가 그들에게 헬미넨의 병실까지는 따라 올라가지 말라고 지시한 것이다.

"이르마 헬레는 여자에게 살해됐을 가능성이 높은 것 같아." 엘리베이터 문이 닫히자 제시카가 말을 잇는다. "키로 보나 외모로 보나 다른 피해자들을 닮은 여자에게. 로라 헬미넨도 포함해서."

"로라 헬미넨은 병원에 있었잖아요."

"그렇지. 그렇더라도 범인이 여자일 리가 없다는 뜻은 아니지."

유수프가 끙 하고 앓는 소리를 내더니 천천히 고개를 끄덕인다. "맞아요. 근데 우린 그 여자들이 오직 피해자 역할만 했다고 생각했네요."

제시카는 고개를 끄덕이고는 오른손 집게손가락의 찢어진 부분을 살펴본다. 방금 유수프가 한 말에서 마음에 걸리는 부분이 있다. 제시카가 고개를 들어 그를 쳐다본다. "잠깐만. 지금 뭐라고 했어?"

"경사님도 그렇게 생각하는 거 아니에요? 우리가 이제까지 범인들을 남자라고만 추정했다고? 가학적인 남성……."

"맞아. 의도하지 않고 한 말인 건 분명한데 표현 방식이 굉장히 기발해서." 제시카가 말한다. 엘리베이터는 멈추지 않고 6층으로 곧장 올라간다.

"제가 뭐랬는데요?"

"그 여자들이 피해자 역할만 했다고 했어."

"피해자 역할만 했다? 제가 무슨……."

"우린 이제까지 여성 피해자들을 어떤 식으로든 벌주고 싶어하는 남자들이 살인을 저질렀다고 생각했어. 하지만 그 반대로 여자들이 살인범일 수도 있지 않을까?"

엘리베이터에서 삐 소리가 나더니 기계적인 여성 목소리가 층수를 말한다. 그 목소리를 들으니 제시카는 유튜브 동영상에서 라틴어 문구를 반복해서 읊조리던 단조로운 목소리가 생각난다.

"하지만 마리아 코포넨이 그 드레스들을 주문했다는 사실이……."

"무슨 이유에서인지 우리는 로저 코포넨이 아내를 조종했다고 바로 추정해버렸어. 물론 그게 자연스러운 논리지. 자신이 살해당하는 일을 계획하는 사람은 없을 테니까."

엘리베이터 문이 열린다. 복도는 놀랄 정도로 조용하다.

"잠깐만요." 유수프가 좀더 부드러운 목소리로 말하더니 제시카의 코트 뒤를 잡는다. "로라 헬미넨이 피해자일 뿐만 아니라 범인일 수도 있다는 말이에요, 지금?"

제시카가 아무 말 없이 유수프를 쳐다본다. 그러더니 고개를 끄덕이고는 열없이 웃는다. "그래, 맞아. 그 말이야. 내가 미친 건가?"

"네. 경사님은 항상 제정신이 아니니까. 하지만 그렇다고 경사님 판단이 틀렸다는 뜻은 아니에요." 그들 뒤에서 엘리베이터 문이 닫힌다. 제시카는 한숨을 쉬고는 복도를 바라본다. 간호사실 앞 창구가 닫혀 있다. 간호사실 안에는 불이 환하게 켜져 있다. 더 내려가서 복도 끝에 있는 로라 헬미넨의 병실 밖에는 경호원이 앉아 있다. 아직도 테오가 경호를 하고 있다.

"좋아요, 경사님. 헬미넨이 우리에게 털어놓은 내용보다 더 많은 정보를 알고 있다고 칩시다. 그럼 모든 노력이 헛되지 않게 하려면 어떻게 접근해야 할까요?"

제시카가 유수프를 뚫어지게 쳐다본다. "누군가가 다른 누군가로 하여금 그 여자들을 납치해서, 약을 먹이고, 마취시켜서, 얼음물에 집어넣고, 익사시키도록 사주했을 거라는 생각은 너무 황당하고 설득력이 없어. 너무 황당해서 우린 그럴 수도 있겠다는 생각조차 하지 못한 거지. 근데 이젠 우리가 직접 시험을 해볼 때인 거 같아."

84

니나는 베스트엔드에 있는 대저택 앞에 차를 세운다. 그 집은 지어진 시대나 건축양식으로 보아 쿨로사리에 있는 코포넨의 저택과 비슷해 보인다. 니나는 코포넨의 집에 가본 적이 없다. 그녀와 미카엘은 이 일련의 사건들을 수사를 하면서 그 많은 사건 현장에 직접 가보지는 않았지만, 동료들이 가지고 왔거나 이메일로 보내준 사진을 수천 장까지는 아니더라도 수백 장은 보았다. 그래서 코포넨과 본 번스도르프의 집, 코르케아부오렌카투에 있는 의상실뿐만 아니라 사건 현장이 된 해변과 숲과 들판에도 익숙해졌다. 공통점이 하나도 없는 장소들이 핀란드 범죄 역사상 가장 소름끼치는 연쇄살인 사건을 통해서 하나로 엮이게 된 것이다.

"어떻게 생각해? 미스터 X의 치아가 어떻게 우리가 먹으려던 샌드위치 속에 들어가게 됐을까?"

"모르지. 하지만 이건 알아. 저 개자식이……." 미카엘이 대저택을 향해 고갯짓을 하면서 말한다. "……어젯밤 피해자의 입에서 이를 몽땅 뽑아낸 인간이라는 거."

니나는 앞 유리에 서린 김을 제거하기 위해서 공기 순환 모드 버튼을 누르지만, 금방 다시 김이 서린다.

"자기도 들어갈 거야?" 미카엘이 입고 있는 방탄 조끼의 끈이 잘 조여져 있는지 확인하면서 묻는다. 오늘 카를스테트와 레티넨을 검거하면서 무력을 사용하게 되리라고 보지는 않지만, 마녀 사냥꾼들을 상대하면서 쓸데없이 위험을 무릅쓰고 싶지는 않다.

"순경들하고 들어가." 니나가 그 집에서 눈을 떼지 않은 채로 말한다. 흰 시멘트 벽을 훑고 지나가는 파란색 경광등을 보니 빛의 예술 작품을 보는 듯하다. 거의 모든 창문마다 불이 환하게 켜져 있다.

"저 사람이야?" 니나가 2층 전면 유리창을 가리키며 묻는다. 흰색 추리닝 바지에 검은색 니트를 입은 남자가 그곳에 서 있다.

"빌어먹을." 미카엘이 껌 한 개를 입에 넣으면서 말한다. "맞아, 토르스텐."

토르스텐 카를스테트가 손을 들어 알은체를 한다.

"맙소사, 쟤 뭐 하는 거야?" 니나가 말한다.

미카엘이 끙 하고 앓는 소리를 낸다. "지옥에나 떨어져라, 새끼야." 그가 손목시계를 본다. 자정이다. 그의 휴대전화가 울린다. 그는 전화를 받아 한마디만 하고 전화를 끊는다. 반타에 있는 카이 레티넨의 집으로 출동한 수사팀도 진입 준비가 끝난 것이다. "쟤가 뭐 한 건지는 조금 있다가 직접 물어봐." 미카엘이 차 문을 연다.

차가운 산들바람이 니나의 얼굴에 닿는다. 곧 문이 닫히고 미카엘은 방호복을 입은 순경 네 명이 기다리는 곳으로 걸어간다. 니나는 그들이 마당을 가로지르는 모습을 지켜본다. 그들이 현관문 앞에 다다르자, 그중 한 명이 집 뒤로 돌아간다. 니나의 한쪽 다리가 가만히 있지를 못하고 저절로 들썩인다. 카를스테트가 도주할 것 같지는 않다. 그러나 그밖의 모든 가능성이 열려 있다. 이게 덫일 수도 있지 않을까? 더 큰 혼돈을 초래하기 위해서 자신의 집에서 자폭하려는 것은 아닐까?

카를스테트가 창문에서 사라지더니 잠시 후 현관문이 열린다. 카를스테트가 문간에 서 있는데, 니나가 보기에는 더없이 침착한 모습이다.

381

그가 잠시 사라지더니 빨간 파카를 입고 나타난다. 그들은 아무 마찰 없이 승합차를 향해 걸어온다. 순경들이 카를스테트를 뒷좌석에 태우자, 니나는 눈을 감고 안도의 한숨을 내쉰다.

문이 열리고 미카엘이 니나 옆에 탄다. 니나는 눈을 감고 있지만, 껌 씹는 소리는 자다가도 알아들을 수 있다.

"재수 없는 새끼." 미카엘이 외투의 지퍼를 내리면서 말한다. 니나는 무슨 말이냐는 표정으로 그를 바라본다. "표정만 봐도 놈이 범인이란 게 보인다니까."

"이마에 쓰여 있어? 범인이라고?"

"그럼. 큼지막하게. 게다가 토르스텐이란 이름을 가진 인간치고 제대로 된 인간이 있는 줄 알아?" 미카엘이 손을 내밀자 니나가 웃으면서 그 손을 잡는다. "걱정했어?" 미카엘이 묻는다.

"뭐야, 본인이 액션 영웅이라도 된 줄 아나봐? 마당에서 바비인형 갖고 노는 게 더 위험하겠던데."

"뭐야, 진짜. 안 보고 있었어? 우리 목숨이 얼마나 위태로웠는데. 카를스테트가 마늘로 날 죽이려고 했다고."

니나가 웃음을 터뜨리며 차에 시동을 건다. "반타에서도 여기만큼 극적이었을까?"

"아니, 거기는 레티넨이 임의동행에 순순히 응했대."

"그리고 여보세요, 얼간이 씨. 마늘은 마녀가 아니라 뱀파이어가 가까이 오지 못하게 막는 거랍니다." 앞에 있는 승합차 두 대가 출발하는 모습을 보면서 니나가 말한다.

"아, 맞다. 해리 포터를 다시 읽어야겠군."

85

일어나렴, 제시카.

오늘 아침 엄마는 그 어느 때보다도 아름답다.

왜, 엄마?

모험을 떠날 거거든.

엄마가 제시카의 머리를 어루만진다. 아침 햇살이 블라인드가 걷힌 창문으로 쏟아져 들어온다. 제시카가 베개에서 고개를 든다. 남동생은 벌써 일어나서 침대에 앉아 눈을 비비고 있다. 아빠는 걱정스러운 표정으로 문간에 서 있다. 화난 표정인 것도 같다. 요즘 들어 아빠가 저런 표정을 짓는 모습을 많이 본다.

토요일이잖아, 오늘.

엄마가 말하고 있다. 제시카는 엄마의 말뜻을 잘 모르겠다. 제시카 가족은 보통 토요일 오전에는 여행을 떠나지 않는다. 기껏해야 아빠와 수영장에서 노는 정도이다. 최근에 엄마는 집에 있는 시간보다 일하러 나가고 없는 시간이 더 많았다.

자, 빨리빨리 옷 입자.

엄마는 아직도 제시카의 머리를 어루만지고 있다. 엄마의 손가락이 귓불을 조물거리자, 따뜻한 기운이 제시카의 목으로 내려온다. 엄마는 웃고 있지만, 표정이 어딘가 이상하다. 엄마는 배우이다. 제시카는 엄마를 텔레비전에서 많이 보았다. 그녀는 엄마의 직업이 다른 사람인 척하는 것이라는 사실을 알게 되었다. 때로는 극장에서, 때로는 텔레비전이나 영화에서. 엄마가 연기를 너무 잘해서 텔레비전에서 엄마를 알아보지 못한 적도 가끔 있다.

언제인가 제시카가 엄마에게 슬퍼하는 연기는 어떻게 하느냐고 물은 적이 있다. 슬픈 일을 생각하면 돼. 엄마가 말했다.

엄마가 침대에서 일어나 문을 향해 걸어간다. 아빠 옆을 지나가지만 서로 쳐다보지 않는다. 마치 서로의 모습이 보이지 않는 듯이 행동한다. 이제 보니 문 앞에 여행 가방이 놓여 있다. 아빠가 팔짱을 낀 채로 걸어들어와 침대에 걸터앉는다.

제시카, 토페, 다 잘될 거야.

아빠가 슬픈 미소를 짓는데, 엄마의 웃음보다 훨씬 더 진짜 같다. 두 사람 중에 아빠가 더 뛰어난 배우인 것 같다.

너도 이리 와, 토페.

제시카의 남동생이 고스트버스터즈 티셔츠를 힘들게 입더니 제시카의 침대로 걸어온다.

아빠는 그들을 번갈아 바라본 후 둘을 와락 끌어안고 냄새를 맡는다.

아빠, 왜 울어?

아빠가 코를 훌쩍이더니 검은색 스웨터 소매로 코를 닦는다.

아빠가 잠깐 나가 살기로 했어.

왜?

그게 최선이라고 엄마랑 결정했어.

제시카는 가슴이 매우 답답해지는 것을 느끼면서 아빠의 팔목을 잡는다. 엄마와 아빠의 사이가 좋지 않다는 사실은 제시카도 알고 있다. 거대한 집 안이 너무나 오랫동안 너무나 조용했다. 전날 밤, 제시카와 토페는 늦게까지 깨어 있으면서 벽을 타고 들려오는 고함 소리와 물건 던지는 소리를 들었다. 그때 제시카는 생각했다. 드디어 침묵이 깨졌구나. 마침내 무슨 일인가 일어나고 있네. 그러나 지금 아빠가 집을 나간다는 말을 들은 제시카는, 눈을 감고서 집 안이 아직도 조용하면 얼마나 좋을까 생각한다. 모든 것이 이전과 같은 상태로 돌아갈 수 있다면 무슨 일이라도 할 수 있을 것 같다.

자, 가자, 얘들아. 공항에 가서 뭐라도 먹자.

여섯 살 아이의 기억은 선택적이다. 지금 아무리 기억을 되살려봐도 그 다음 몇 분간 무슨 일이 있었는지 도무지 기억이 나지 않는다. 차에서 엄마와 아빠가 주고받던 대화가, 뒷좌석까지 들리던 말들이 진짜였나? 아니면 제시카의 상상이 만들어낸 것일까? 기억의 빈틈을 메우기 위해서 만들어낸 말일까?

그러나 제시카가 생생하게 기억하는 순간들이 있다. 이를테면 제시카의 손을 잡던 남동생의 손길 같은 것.

그리고 백미러로 보았던 엄마의 검은 눈.

86

거울을 봐. 제시카는 세면대 위로 고개를 숙이고 황금색 틀로 장식된 거울에 비치는 자신의 모습을 바라본다. 검은 눈은 이마를 덮고 있는 검은색 머리카락 뒤에 숨어 잘 보이지 않는다. 따뜻한 물이 목을 타고 등으로 흘러내리다가 가슴에 두른 수건에 다다라서 멈춘다.

제시카는 열린 창가로 걸어간다. 무라노의 운하는 조용하다. 확실히 10월은 여름보다 관광객이 적다. 날씨만 놓고 보자면 가을이 베네치아를 방문하기에 가장 좋은 계절인데. 헬싱키에는 벌써 단풍이 들고, 철새들이 쐐기 모양으로 무리를 지어 하늘을 날고 있을 것이다.

오늘은 제시카가 베네치아에 첫발을 내디딘 지 4개월째 되는 날이다. 산 미켈레의 여름 풍경과 유럽을 여행하려던 계획은 로스앤젤레스만큼이나 멀게 느껴지지만, 또 어떻게 보면 시간이 참으로 빠르게 흘렀다. 제시카가 팔과 목에 끔찍한 타박상을 입고 사타구니에 피가 흐르는 채로 콜롬바노의 아파트에서 짐을 꾸렸던 그 비 오는 새벽 이후로, 시간이 어떻게, 얼마나 흘렀는지 잘 기억이 나지 않는다. 그때 그는 문간에 떡 버티고 서서 그녀를 막았고 그녀의 목에 거친 입술을 들이댔다. 제시카는 그가 키스 한 번으로 만족하기를 간절히 바랐다. 그것이 끝이기를, 무사히 그곳을 떠날 수 있기를 간절히 바랐다.

집으로 안전하게 돌아가, 제시카. 내가 한 말 잊지 마. 자기 얘기엔 누구도 귀 기울이지 않을 테니까, 아무에게도 하지 않는 게 좋을 거야.

포옹. 뺨에 느껴지던 문신한 가슴의 촉감. 몸에서 나던 악취. 그의 손길은 다정하고 부드러웠다. 마치 사랑을 나누며 밤을 지새운 연인을 대하는 것처럼. 망설임이나 후회는 보이지 않았다. 강간은 없었다. 그들은 잠깐 사귀다가 헤어졌을 뿐이다. 어떤 갈등도 없이, 어떤 극적인 장면도 없이. 때로는 인생이 그렇게 흘러가기도 했다.

이렇게 끝나서 유감이야.

콜롬바노가 싱긋 웃으며 제시카의 뺨을 톡 쳤다.

문이 닫히기 전 제시카가 마지막으로 본 것은 현관 앞 거치대에 놓여 있던 바이올린이었다. 그리고 좁은 계단통. 그곳의 벽지가 그렇게 흉하다는 사실은 그때 처음 알았다. 마치 녹슨 우물 뚜껑 같았다.

잠시 후 제시카와 그녀의 가방은 좁은 운하를 따라 나 있는 골목길에 서 있었다. 그녀는 너무 지쳐서 걸을 수가 없고, 큰 충격을 받아서 울음도 나오지 않았다. 그녀는 부둣가 바위에 걸터앉아 물 위로 내려뜨린 두 발을 까닥거리면서 운하 옆에 밧줄로 묶인 채로 정박해 있는 배들을 바라보았다. 엄청난 수치심이 그녀를 압도했다. 그리고 초연한 느낌도 들고, 지극한 외로움과 허무함도 느꼈다. 지난 몇 주간 너무 힘든 일을 겪다 보니, 기차와 비행기를 타고 헬싱키로 돌아가는 것이 도저히 불가능한 일처럼 느껴졌다. 진이 다 빠져서 미래를 생각할 수가 없었다. 좀더 나이가 들면, 무엇을 하고 싶은지도 생각할 수가 없었다. 티나 이모를 보고 싶지 않았다. 이모는 스스로 나와 자신 사이에 깊은 골을 만들어놓고는 또 그것을 메우려고 필사적으로 노력하고 있었다. 제시카는 그냥 가만히 있고 싶었다. 지금 여기에.

지금 여기에 있으려던 것이 어느새 석 달이 되었다. 가을 바다에서는 다른 냄새가 난다. 신선하고 솔직한 냄새. 제시카는 베네치아에 처음 도착했을 때 짐을 풀었던 호텔로 돌아왔다. 그녀는 완벽한 손님이다. 하루에 두세 끼를 호텔에서 먹고, 팁을 후하게 주며, 숙박비를 매주 정산한다. 7월 말에는 스탠더드 룸에서 주니어 스위트 룸으로 업그레이드했다. 제시카가 호텔 밖을 나간 경우는 몇 번 되지 않는다. 그때마다 그녀는 밤을 틈타 몇백 미터를 걷다가 호텔로 돌아오곤 한다. 그녀는 누군가의 눈에 띄는 것을 원하지 않는다. 어둠이 그녀의 추함과 역겨운 피부와 기름진 머리카락을 가려주기를 바란다. 미행을 당하고 있다는 이상한 느낌을 받은 적이 두세 번 있었다. 뒤따라오는 걸음 소리가 들리다가도 그녀가 걸음을 멈추면 따라서 멈춘다. 어깨 너머로 뒤돌아보면 그림자가 후다닥 사라지는 모습이 언뜻 보이기도 한다.

제시카는 호텔에서 안전함을 느낀다. 쓸데없이 관심을 보이는 사람이 없다. 아마도 그녀가 어느 억만장자의 첩인데 그 재산으로 먹고 살면서 집으로는 가지 않기로 한 모양이라고 생각하는 것 같다.

제시카는 커다란 침대에 누워 텔레비전을 보면서 하루하루를 보낸다. 어느 날은 신경통이 너무 심해져서 꼼짝하지 못하고 누워 있기도 한다. 그럴 때면 시트를 꽉 움켜쥐고 두 눈을 꼭 감고서, 콜롬바노를 처음 만났던 날 바포레토에서 느꼈던 크나큰 해방감을 떠올려보려고 애를 쓴다. 그러나 제시카는 소리 내어 울지 않는다. 세상에게 그런 만족감을 주지는 않을 작정이다. 통증 다음에는 극심한 우울감이 따라올 때가 많다. 어머니와 아버지, 남동생, 콜롬바노가 떠오른다. 그럴 때면 그녀의 잠재의식이 낸 상처 위에 소금이 뿌려지는 것 같은 고통이 뒤따른다. 괴로움과 통증은 항상 함께 다닌다. 그러나 항상 그 순서로 오지는 않는다.

제시카는 살이 쪘지만, 그런 것은 무의미하게 느껴진다. 방을 나갈 때면 반바지에 후드티를 대강 걸치고 립스틱을 쓱 한번 바른 후 머리를 뒤로 넘겨 하나로 묶는다. 아름답게 꾸미지 않으면 외출을 하지 않던 예전 자아의 그림자가 된 것 같다. 그녀는 외국에서, 처음에는 근사하고 아름다웠다가 이제는 몹시 형편없어진 도시에서, 서서히 죽어가는 괴물이다. 그녀는 혼자이고, 그래서 모두 포기할 준비가 되어 있다.

엄마와 아빠가 살아 있다면 이런 그녀를 보고 얼마나 바보라고 생각할까? 토페는 누나의 손을 다시 잡아줄까? 아니 만지기라도 할까?

어딘가에서 거리의 악사가 바이올린을 연주하는 소리가 들린다. 비발디의 사계. "겨울." 과연 겨울이 다가오고 있다.

제시카는 전날 밤 룸서비스로 주문한 음식이 담겨 있던 쟁반을 바라본다. 반쯤 먹다 남긴 꽃등심 스테이크와 눅눅해진 감자튀김. 그녀는 톱니 모양의 스테이크용 나이프의 나무 손잡이를 향해 손을 뻗는다. 축축한 머리카락에서 카펫으로 물이 뚝뚝 떨어진다. 밖에서 들려오는 음악이 아름답다. 선율은 세월이 흘러도 변함없이 아름답고 정교하다.

손에 힘이 풀리면서 나이프가 제시카의 발치로 떨어진다. 그녀는 나이프가 자신을 배신이라도 한 듯이 한동안 나이프를 노려본다. 밖에서는 바이올린의 선율이 계속 흐른다. 음조가 더 높아지고 박자가 갈수록 더 빨라진다.

제시카는 창문을 닫고 떨리는 두 손을 바라본다. 어쩌면 지금이 뭘 해야 할 때인지도 모른다. 연주회에 가서 새로운 눈으로 공연을 봐야 할 때인지도 모른다.

87

천장에 달린 형광등에서 나는 지지직 소리가 너무 커서, 조사받는 사람들 모두가 천장을 한 번씩 올려다보곤 한다. 니나는 그 소음이 심리학자들이 개발한, 인간의 정신을 파괴하는 좋은 방법이라서 일부러 형광등을 수리하지 않는 것은 아닌지 생각한다. 그럼에도 불구하고 토르스텐 카를스테트는 형광등에는 전혀 관심을 보이지 않는다. 사실 그는 더할 나위 없이 편안해 보인다. 주변의 암울한 환경에는 전혀 관심을 두지 않는다. 대신 고요한 눈으로 니나를 물끄러미 쳐다보고 있다. 나이는 쉰 살쯤 되어 보이고, 선탠을 한 구릿빛 피부를 자랑하고 있으며, 나이에 비해서 좋은 몸매를 가지고 있다. 숱이 많은 머리카락은 밝은 갈색이다.

니나는 버튼을 눌러서 녹음기를 켠다. 조사가 시작된 지 단 몇 분밖에 되지 않았지만, 이 방에서 영겁의 시간을 보낸 듯한 느낌이 든다.

"어젯밤에 어디 있었어요?"

"사본린나요." 카를스테트가 대답하더니, 주먹에 대고 기침을 한다.

"이유는요?"

"로저 코포넨의 독자와의 만남에 갔죠, 물론. 다 알면서."

"누구와 함께 갔죠?"

"카이츠. 카이 레티넨과 함께. 그것도 알면서."

"우리가 뭘 알고 있는지 잘 아는 것 같네요."

"난 모르죠. 하지만 당신들은 알잖아요. 그렇지 않으면 내가 여기 앉아 있지 않겠죠, 안 그래요?"

"당신이 왜 여기 와 있다고 생각해요?"

"조사를 원래 이렇게 해요? 무슨 말꼬리 잡기 장난을 하는 것도 아니고."

니나는 테이블에 놓인 녹음기를 흘끗 쳐다본다. 그러고 나서 카를스테트가 입고 있는 검은색 니트로 눈길을 옮긴다. 니트의 가슴 쪽에 승마 그림 로고가 붙어 있다.

"당신들 둘은 당신의 포르쉐 카이엔을 타고 사본린나로 갔어요, 그렇죠?"

"그래요, 맞아요. 근데 그게 죄가 됩니까? 지나치게 멋진 차를 운전한 죄?"

니나가 피곤한 듯이 웃는다. "그거 알아요? 당신 말이 맞아요, 토르스텐. 우린 그 일에 대해서 많이 알고 있어요. 괜찮다면 우리가 잘 모르는 일에 대해서 몇 가지 물어보고 싶은데."

"물어봐요."

"사본린나에서 당신은 차에서 내린 적이 없어요. 왜죠?"

"내리고 싶지 않았으니까."

"그래서 친구 카이 레티넨 혼자 들어가서 로저 코포넨의 강연을 들었군요. 당신은 한 시간 이상 차에 앉아 있고. 단지 내리고 싶지 않아서."

"맞아요."

"차 안에 또다른 사람이 있었나요?"

카를스테트가 묘하게 웃는다. "아뇨."

"휴대전화는 왜 집에 두고 갔죠?"

"가끔은 통신망에서 벗어나 있고 싶으니까."

"그건 그렇죠." 니나는 팔짱을 끼고 카를스테트를 바라보면서 말한다. 그녀는 이제까지 수백 명의 범법자를 조사했다. 그들 중에는 약삭빠르고 언변이 좋은 사람들이 있는가 하면, 어리석고 속이 빤히 들여다보이는 사람들도 있었다. 토르스텐 카를스테트는 어느 쪽에도 속하지 않는다. 니나는 이 두 남자를 너무 빨리 잡아들이는 것 같다고 했던 에르네의 생각에 수긍하기 시작한다.

카를스테트는 메탈 손목시계를 보며 시각을 확인하더니, 손목시계를 풀어 탁자 위에 내려놓는다. 손이 안정되고 침착하게 움직인다.

"니나 루스카 형사님." 니나가 목에 걸고 있는 신분증을 확인한 뒤에 카를스테트가 그녀를 부른다.

"네, 말씀하세요." 니나가 건조하게 말한다.

"카이츠와 내가 지방 여행을 다녀왔다는 점을 이상하게 보는 모양인데요. 로저 코포넨이 유바에서 살해됐기 때문에 특히 더."

니나는 남자를 찬찬히 뜯어본다. 카를스테트는 방금 자신이 한 말이 사실이 아니라는 점을 알고 있다. 게다가 경찰이 그 사실을 알고 있다는 점도 안다.

"하지만 우린 코포넨의 죽음과는 아무 관련이 없습니다." 카를스테트가 말을 잇는다. 역설적이게도 그는 지금 진실을 말하고 있다. 그들은 코포넨의 죽음과는 아무 관련이 없다. 왜냐하면 코포넨은 살아 있으니까. 그러나 산나 포르카와, 그녀와 함께 죽은 아직 신원이 밝혀지지 않은 남자의 죽음과는 많은 관련이 있다.

"산나 포르카라는 여성 경찰관의 죽음하고는요?"

"난 여성 경찰관에게 악감정이 전혀 없습니다, 니나 루스카 형사님."

니나는 그 대답을 듣지 못한 척하고 손끝에 침을 묻힌 후, 메모장의 페이지를 넘긴다. "『신비주의란 무엇인가』." 그녀가 말한다.

카를스테트가 웃으면서 다리를 꼰다. "훌륭한 작품이죠, 내 입으로 말하기는 좀 그렇지만."

"항상 마법에 관심이 있었군요."

"마법이요? 아뇨, 아뇨. 신비주의는 마법 그 이상의 것이에요. 훨씬 더 큰 지식을 담고 있죠. 신비주의는 비밀 지식을 담은 놀랄 정도로 매혹적인 세상이에요. 그 세상에서 마법은 작은 역할만을 담당하고 있죠. 책을 안 읽어보셨군요."

"네, 안 읽었어요. 하지만 그 책이 출간됐을 당시에 많은 비판을 받았다는 건 알고 있어요. 당신은 다양한 분야에서의 신비주의 현상을 서술하는 데만 그치지 않았더라고요. 논란이 있는 역사를 옹호하는, 상당히 도발적인 글도 썼던데. 예를 들어, 나치가 밀교의 가르침을 믿었더라면 제3제국이 그렇게 급작스럽게 붕괴되진 않았을 거라고 썼잖아요. 직접 인용해볼까요? '나치 독일의 가장 영향력 있는 인물들 중 한 명인 하인리히 힘러가 좀더 과감하게 신비주의를 탐험했어야 했다.'"

"지금 내가 나치 당원이냐고 묻는 겁니까?"

"솔직히 말해서 잠재적인 반유대주의에는 전혀 관심 없어요, 살인 사건과 관련이 있지 않는 한. 그럼에도 불구하고 이런 시시콜콜한 정보는 당신을 판단하는 데 도움이 되죠. 당신이 항상 관심 받기를 바라는 사람이라는 사실을 알 수 있게 해주거든요. 지금도 그렇잖아요. 이 테이블에 앉아서 당신은 나를 도발하려고 애를 쓰고 있잖아요. 기억에 남고 싶어서."

"오호, 니나 루스카 형사님이 직업학교에서 심리학 수업이라도 들으셨나?" 카를스테트는 테이블에 올려놓은 두 손을 맞잡는다.

니나는 싱긋 웃지만 그의 눈을 쳐다보지는 않는다. 너는 뭐 실업학교에서 천하의 재수 없는 놈이 되기 위한 수업이라도 들었니?

"로저 코포넨이나 마리아 코포넨과 개인적으로 아는 사이였나요?"

"로저 코포넨의 소설을 정말 좋아하죠."

"질문에 대답하세요."

"아뇨, 몰랐습니다."

그 순간 조사실 문이 열린다. 미카엘이 문간에 서 있다.

"니나, 잠깐만 나와볼래?"

니나는 펜으로 테이블을 톡톡 치면서 카를스테트를 노려본다. 그러다가 천천히 일어선다. 누가 휘파람을 불면 자신이 개처럼 달려간다는 인상을 카를스테트에게 주고 싶지 않다. "잠시 실례할게요, 토르스텐."

"기꺼이요, 니나 루스카 형사님." 카를스테트가 차분하게 말한다. 이 괴짜가 계속 그녀의 성과 이름을 붙여서 부른다는 사실이 니나를 불안하게 만든다. 물론 그게 그의 의도겠지만.

"**왜?**" 조사실 문이 닫히자 니나가 묻는다. 미카엘이 평소와 다른 모습이다. 니나는 그가 껌을 씹고 있지 않다는 사실을 알아차린다.

"카를스테트에게서 뭐 알아낸 거 있어?" 미카엘이 뒷짐을 진 채로 묻는다.

"아니, 아무것도. 경감님 생각이 옳았던 것 같아."

"빌어먹을."

"레티넨은 어때?" 니나는 미카엘의 어깨 너머로 레티넨이 있는 조사실의 닫힌 문을 바라보며 묻는다.

미카엘이 고개를 가로저으며 손을 내젓는다. "마찬가지야. 그렇게 태연할 수가 없어. 은근히 신경 쓰이게 말하고, 계속 조롱하듯 말하고 있어. 포기도 안 하고."

"뭐 또, 다른 거 있어? 아니면 조사실로 돌아갈까?"

"있어." 미카엘이 재빨리 말하더니, 니나에게 조사실 문에서 떨어져 가까이 오라고 손짓을 한다. "과학수사대의 왕 요원한테 전화가 왔는데, 피해자들의 의식을 잃게 만들었던 마취약 있잖아……티오펜탈과 펜쿠……왜, 그 두 번째 것. 무슨 얘기하는지 알지? 그리고 클로로포름하고 캐뉼러, 수액 주머니……. 헬싱키에 있는 개인 병원에서 우리의 제보 요청에 응해서 연락을 해왔어. 상당량의 재고를 도난당했다고 말이야."

"와, 대박." 니나가 말한다. 흥분해서 가슴이 두근거리기 시작한다. "그 병원 약품과 의료 물품을 누가 가져갔는지는 알고?"

"직원이 그리 많지 않은 것 같아. 스무 명 정도. 원장이 가능한 한 빨리 우릴 만나서 문제를 해결하고 싶대. 언론에서 기사화하면 병원 이미지가 나빠질 테니까 그 위험을 최소화하고 싶은 거겠지."

"우릴 만나고 싶다고? 이 야밤에?"

"응. 아직 사무실에 있다더라고."

"그럼 빨리 출발해야지."

"근데 이 작자들을 조사하는 중이잖아."

"병원 이름이 뭐야?"

"베트레 모르곤다그. 불레바르디에 있어."

"'더 나은 내일'? 그런 병원은 들어본 적이 없는데……."

"생긴 지 50년 가까이 된대. 이름만 봐서는 무슨 정신병원 같은데."

"지금 당장 가보는 게 낫겠다. 내가 차 가지고 갔다 올 테니까 자기가 이 미친놈들 좀 보고 있을래?"

미카엘이 싱긋 웃는다. "물론."

"좋아. 오늘밤에는 이 인간들 꼬리를 잡을 수 있을 것 같다는 예감
이 들어."

88

테오가 병실 문을 열자, 유수프는 태블릿 PC를 옆구리에 끼고 안으로 들어간다. 로라 헬미넨은 깨어 있고, 텔레비전이 켜져 있다. 그녀는 스마트폰에 타이핑을 하고 있다.

"안녕하세요, 로라." 병실 문이 닫히자 유수프가 말한다.

"또 오셨어요?" 로라가 퉁명스럽게 말한다. "기억나는 건 이미 다 말했는데……."

"사진 몇 장 보여주려고 왔어요."

"나 정말 피곤한데……."

"오래 안 걸려요, 로라." 유수프가 이해한다는 듯이 웃으면서 말한다. 의자를 침대 가까이 끌고와 앉아서 젊은 여자를 향해 태블릿 화면을 돌려준다. "이 사진들 한 번만 더 봐줄래요? 이 여자들 정말 몰라요? 한 명도?"

"전에 다 봤잖아요……."

"그후에 뭔가 생각났을 수도 있잖아요."

로라가 사진을 살펴보더니 고개를 가로젓는다. "모르겠어요……."

"잠깐만요. 이런……." 유수프가 혼잣말하듯 중얼거린다. "이 사진이 왜 여기 들어 있지?"

로라가 의심스러운 눈초리로 유수프를 쳐다본다. "어떤 거요?"

"내 동료 사진이요. 아까 여기 왔던 여형사. 당신을 얼음 바다에서 구해준 사람이요." 유수프가 고개를 가로저으며 말한다.

로라의 얼굴이 굳어진다.

"몇 시간 전에 그 형사를 보고 공포에 떨었잖아요. 기억나죠?"

"말했잖아요, 나 지금 피곤하다고."

"그럴 거예요. 오늘은 모두에게 상당히 힘든 날이었으니까. 특히 당신은 더 힘들었을 테고. 하지만 우리 경찰은 모든 의심을 심각하게 받아들이죠. 당신이 오늘 니에미 경사의 얼굴을 보고 너무나 강한 반응을 보였다는 사실 때문에 그 형사는 수사에서 제외됐어요."

유수프가 태평하게 하품을 한다.

"뭐라고요?" 로라가 되묻는다.

"다른 사람이 니에미 경사의 업무를 대신하고 있다고요."

"하지만……."

"하지만 뭐요?"

"형사님도 보면 알겠지만, 난 완전히 기진맥진한 상태였어요. 1초 전만 해도 그 형사를 몰라봤고……."

"걱정하지 말아요. 결정은 이미 내려진 거니까."

유수프가 일어서서 문을 향해 돌아선다.

"잠깐만요." 로라가 말한다. 이제는 충격을 받은 표정이다. "그 여자가 계속 수사를 맡아야 해요."

"그게 무슨 말이죠?"

"아까 내가 한 말 취소할게요. 난 그 여자 그림을 본 적이 없어요."

"무슨 뜻이죠? 정말로 니에미 경사를 그린 그림을 본 적이 없어요?"

"지하실에 있지도 않았어요." 로라가 말한다. 눈물이 두 뺨을 타고 흐르기 시작한다.

유수프는 외투 주머니에서 휴대전화를 꺼낸다. "들었어요, 경사님?"

문이 열리고, 제시카가 들어온다. "이번에는 소리 지르지 말아요." 그
녀가 문을 닫으면서 말한다.

로라가 두 형사를 번갈아 가며 쳐다본다.

"말해봐요, 로라. 지하실에 있지 않았다는 게 무슨 말이죠? 거기서
본 걸 아주 자세하게 묘사했잖아요. 나를 그린 그림을 포함해서." 제시
카가 침대로 다가가면서 말한다. 로라는 겁에 질린 얼굴로 주위를 두
리번거리더니 침대 옆에 있는 호출 버튼을 누르려고 한다. 그러나 제시
카가 호출 버튼의 줄을 잡아당겨 뺏는다.

"말해봐요. 얘기를 하지 않으면 더 많이 곤란해질 테니까."

"그들이 내 가족을 죽일 거랬어요."

"그들이 누구죠?"

"몰라요. 간단한 일이니까 시키는 대로 하랬어요……. 이야기를 지어
내라고요."

"왜 사실대로 말하지 않았어요, 로라? 당신이 우리한테 무슨 말을
하는지 그들은 모를 텐데. 우리 말을 아무도 엿들을 수 없잖아요."

"그렇지 않아요!" 헬미넨이 눈물이 그렁그렁한 채로 외친다.

"그게 무슨 뜻이죠?"

"당신 옆에 자기네 사람이 있으니까 모든 걸 알아낼 거라고 했어요."

"그게 무슨?" 제시카가 중얼거리면서 유수프를 흘끗 쳐다본다. 유수
프도 어리둥절한 표정이다. "내 옆에? 누구요? 경찰이래요?"

"몰라요……, 맹세해요, 정말 몰라요."

"내가 수사에서 제외되지 않는 게 왜 그렇게 당신에게 중요하죠?"

"당신이 해야 한다고 그들이 그랬으니까요."

"내가 뭘 해야 한다는 거죠?"

"사건 해결이요."

제시카가 침대 옆 협탁을 쾅 내려치자 그 위에 있던 쟁반이 바닥으로 떨어진다. 그녀가 집게손가락으로 로라를 가리킨다. "처음부터 끝까지 하나도 빼지 말고 다 말해요! 또 무슨 거짓말을 했죠?"

"내가 거짓말한 건 지하실 얘기뿐이에요. 그들이 거짓말을 하라고 시켰어요! 내가 기억하는 건 내가 우리 집에서 어딘가로 옮겨지고 있다는 것뿐이었어요. 그러고 나서 낯선 곳에서 정신이 들었는데, 복면을 한 남자가 나한테 지시를 내렸어요. 흥분하지 말고 침착하게 자기네들이 하라는 대로 하면 나를 살려주겠다고 했어요."

제시카는 침대 옆에 있는 빈 의자에 앉아서 두 손에 얼굴을 묻는다. "좋아요, 로라. 당신은 안전해요. 그들이 당신을 해칠 수 없어요." 그녀가 로라의 어깨를 어루만진 후, 유수프에게 고개를 끄덕인다. "가자."

"하나 더 있어요." 로라가 말한다.

"뭐죠?"

"내가 들은 얘긴데……."

"무슨 얘기를 들었어요, 로라?"

"당신이 본 건 눈 덮인 지붕에 찍혀 있던 메시지뿐이고, 가장 중요한 걸 보지 못했다고 했어요."

"창문에서 본 거요?"

"네."

"또다른 건요?"

"내가 진실을 말하면 내 가족은 죽은 목숨이라고……. 부모님과 남동생을 보호해줘요……."

"우리가 다 알아서 할게요." 제시카는 유수프를 지나쳐 문으로 간다.

"**여자들은 왜 그렇게 서로** 앙숙인가 몰라." 제시카와 유수프가 복도로 나오자 테오가 건조하게 웃으면서 말한다.

제시카가 테오를 사납게 노려본다. "당신이 해줄 일이 있어."

"지휘 계통을 다시 공부하시죠, 니에미 경사님. 나한테 지시를 내릴 수 있는 사람은……."

"지시 내용을 문서로 작성해서 필요한 도장 다 찍어서 팩스로 보낼게. 그거 기다리는 동안, 부탁 하나 들어줘." 제시카는 팔짱을 낀 채로 건장한 경비원에게로 다가간다. 상큼한 시트러스 향기가 난다. 예전에는 그 냄새를 좋아했지만 지금은 구역질이 난다.

"뭘 원해, 제시?"

"우선, 저 환자를 잘 감시해줘. 우린 저 여자 안 믿거든. 그리고 휴대전화를 압수해줘. 안전 문제 때문이라고 해. 그리고 그 휴대전화를 경찰청 라스무스 수시코스키 형사에게 보내줘. 다른 사람한테 시켜서 갖다주라고 해."

"당신들이 직접 받아가지 그래?"

"우리가 지금 바빠서 그래. 그리고 지금부터 15분 안에 헬미넨이 어디에 전화를 거는지 알고 싶기도 하고."

테오가 고른 이를 드러내며 활짝 웃는다. "좋아. 팩스는 안 보내도 돼. 하지만 내가 부탁 들어주는 거니까 나중에 같이 아이스크림 먹으러 가기. 오케이?" 그가 제시카를 물끄러미 바라보며 말한다.

"그래, 그러자. 와이프와 애들도 데리고 와."

제시카가 엘리베이터를 향해 돌아선다. 유수프가 머뭇거리는 그림자처럼 그녀를 따라 돌아선다.

89

초인종이 울리자, 니나는 나무로 된 문의 손잡이를 잡는다. 장식이 화려한 계단통은 화강암 같은 고급 석재가 깔려 있다. 반짝이는 돌바닥 표면에 난 흰 실핏줄들이 연한 갈색의 바탕 위에 복잡하게 얽혀 있다. 문과 엘리베이터 사이에 서 있는 웅장한 기둥 두 개가 로비의 천장을 더욱 높아 보이게 한다. 니나는 황동판에 새겨진 입주자 명단을 훑어본다. 병원은 첫 세 개 층을 쓰고 있는데, 원무과는 3층에 있다.

밑창이 부드러운 니나의 운동화는 빨간색의 단단한 카펫 위를 걸어도 소리가 전혀 나지 않는다. 그녀는 계단으로 3층까지 올라가서 오크나무로 된 문을 두드린다. 최근에 보안이 강화된 문으로 바꾸어 단 것이 분명하다. 지어진 지 100년은 되어 보이는 유겐트 스틸 양식의 이 화려한 건물의 다른 부분들과는 굉장히 대조적인 모습이다. 니나가 계단으로 올라가면서 보니, 베트레 모르곤다그 병원의 사무실 외에도 2층에 같은 이름을 가진 재단의 사무실이 있다.

잠시 후 문이 열린다. 깔끔하게 면도를 하고 놀랄 정도로 스트레스가 심해 보이는 마른 살가량의 남자가 문 앞에 서 있다. 분홍색 셔츠에 짙은 감색 넥타이를 매고 양복바지를 입고 있다. 하트 모양의 꽤 큰 점이 이마를 덮고 있다.

"니나 루스카 형사입니다." 니나가 말하면서 손목시계를 본다. 새벽 2시가 다 되어가는 시각인데, 병원장 다니엘 루오마는 아직도 사무실에 있다. "이렇게 늦은 시각인데도 만나주셔서 감사합니다."

"기다리면서 잠깐 잤어요." 남자가 악수를 청하면서 말한다. "다니엘 루오마입니다."

니나는 그와 악수를 한 후 안으로 들어간다. 복도에서는 톱질한 지 얼마 되지 않은 신선한 목재 냄새와 광택제 냄새가 난다.

"최근에 리모델링을 하셨나 봐요?" 니나가 루오마를 따라 복도를 걸으면서 묻는다. 천장에 달린 전등이 환한 불빛을 쏟아내고 있다.

"두 달 전에요. 마루와 문, 창틀을 다시 했어요. 여기 원무과 사무실하고 아래층의 진료실, 치료실 전부 다."

"그러니까 이 병원이 세워진 지가 꽤 된 거네요?"

"네, 1969년에 세워졌으니까요. 내년 가을이면 50주년이 되죠. 건물 전체가 베트레 모르곤다그 재단 거예요. 병원도 재단 소유이고."

그들은 한 사무실의 문밖에서 걸음을 멈춘다. 루오마가 니나에게 들어오라고 손짓한다. 니나는 깔끔한 원장실을 바라본다. 창밖으로 불레바르디의 풍경이 내려다보이고, 가로등 불빛 속에 눈이 내리고 있다. 니나가 원장실로 들어가 루오마의 책상 맞은편에 있는 가죽 소파에 앉는다.

"바로 본론으로 들어갈게요. 원장님은 약품과 그 약품을 투여하는데 필요한 의료 기기가 창고에서 사라졌다고 신고하셨는데요, 맞나요?" 니나가 두 눈을 비비면서 말한다. 죽을 만큼 피곤하지만, 계속 달려야 한다. 돌파구가 눈앞에 있다.

루오마는 집게손가락 손톱으로 턱을 긁적이면서 한참이나 말이 없다가 고개를 끄덕인다.

"그럼 재고 조사를 하다가 알게 되신 건가요?"

"오늘 경찰이……당신들이 연락했을 때 알게 됐어요. 내가 직접 재고 조사를 해봤죠."

"다른 직원을 믿지 못해서요?"

"솔직히 말씀드리면, 그런 일을 다른 사람에게 맡기면 그 사람이 누구든 간에 결과의 정확도를 100퍼센트 확신할 수는 없으니까요."

"그 말은 열여섯 명의 병원 직원들 중에서 누구라도 그것들을 가져 갈 수 있었을 거라는 뜻이네요?"

"열다섯 명이죠. 나를 빼야 하니까. 의료 용품이 사라진 걸 확인하고 신고했으니, 용의자 명단에서 빼도 되잖아요."

"원장님도 의사인가요?"

"그렇습니다. 정신 의학 전문의죠."

"직원들 명단 좀 주시겠어요?" 니나가 말한다. 잠시 후 그녀는 갓 출력한 명단을 손에 쥔다. 낯익은 이름은 하나도 보이지 않는다. 직원 이름과 생년월일 다음에 직함이 적혀 있다. 의사가 다섯 명, 간호사 여섯 명, 행정 직원이 다섯 명이다. 니나는 고개를 들고 루오마를 바라본다. 그는 생각에 잠긴 얼굴로 창밖을 보고 있다. 왼쪽 귓불이 조금 특이하게 생겼다. 예전에 찢어졌다가 그 위에 흉터가 생긴 것 같다.

"정신 의학…… 베트레 모르곤다그 병원은 정신병을 전문으로 치료하는 병원인가요?"

"아……모르셨군요." 루오마가 몸을 약간 앞으로 기울인다. "그렇습니다. 정신 질환자들의 치료가 전문입니다."

"정신 질환자들을 위한 개인 병원이라고요? 운영은 잘됩니까?" 니나가 직원들 명단을 계속 바라보면서 의심스럽다는 듯이 묻는다.

"불행히도 꽤 잘되고 있죠." 루오마가 천천히, 마치 최면을 거는 듯이 손가락을 구부린다. "조현병을 예로 들어볼까요? 핀란드 전체 인구 중에서 조현병 환자가 차지하는 비율이 대략 1퍼센트 정도 됩니다. 헬싱키에만도 수천 명이 있죠. 그 환자들 중에는, 그리고 환자 가족들 중에는 최상의 의료 서비스에 투자하려는 사람들이 상당히 많고요."

"1퍼센트요? 상당히 높은 수치네요."

"그러니까요. 영화가 생각나죠? 노먼 베이츠(영화 「사이코」에 나오는 살인마/옮긴이), 존 내시(조현병을 앓았던 수학 천재로 그의 이야기가 「뷰티풀 마인드」라는 영화로 제작되었다/옮긴이), 망상, 상상의 친구들……. 하지만 모든 환자들이 똑같이 심한 망상 증상을 겪는 건 아니에요. 우울감과 감정 기복 같은 경미한 증상만 겪는 환자들도 꽤 있죠."

"마취제로 쓰이는 약품과 의료 기기를 도난당하셨는데, 그것들을 무슨 용도로 사용하시나요?" 니나가 의자의 팔걸이를 꽉 붙잡으면서 묻는다. 최근에 리모델링을 했다는데 왜 방 안에서 눅눅하고 불쾌한 냄새가 나는지 모르겠다.

루오마가 잠깐 컴퓨터 화면을 바라보다가 니나를 보며 지친 표정으로 미소를 지어 보인다. "환자들 중에 마취가 필요한 경우가 간혹 있거든요."

"그렇군요." 니나가 기계적으로 손목시계를 쳐다본다. "직원들 중에서 누가 그 약품을 가져갔을지 혹시 짐작이 가는 사람이라도 있습니까?"

"아뇨." 루오마가 다시 니나를 무섭게 노려본다. 아니 니나를 보는 것이 아니라 니나의 마음을 꿰뚫어보는 것 같다.

"알겠습니다." 니나가 명단을 쥐고 일어서려고 한다.

"아뇨, 잠깐만 더 앉아 계세요." 루오마가 소파를 가리키며 차분하게 말한다.

니나는 아직 팔걸이에서 손을 떼지도 않았다. 그녀는 루오마를 쳐다보면서 다시 소파에 앉는다. "의심 가는 사람이 있나요?"

"아뇨. 직원이 약품을 훔쳐갔을 거라곤 생각하지 않아요."

"그러면 누굴까요?"

"형사님이 알아야 할 사실이 있어요." 루오마가 눈을 감는다. 갑자기 얼굴이 창백해진다. "형사님은 지금 로저 코포넨 작가의 사망 사건을 수사하고 있지만……."

"그런데요?"

"로저 코포넨 작가는 우리 병원의 가장 오래된 환자입니다. 그리고 내가 하는 말이 완전히 미친 것처럼 들리겠지만……, 오늘 난 우리 병원 앞에서 로저를 봤어요. 도로 건너편에 서 있더군요. 거의 확실합니다." 루오마가 말한다. 자기가 말해놓고 니나보다 자기가 더 놀란 표정이다.

90

고속도로를 달려온 유수프는 쿨로사리 출구로 나온다. 무리 지어 다니던 검은 구름이 달을 위해서 길을 터주었고, 강한 바람이 키 큰 나무들의 정수리를 흔들고 있다. 라디오에서는 핀란드 랩이 흘러나오고 있다.

제시카는 조금 전에 받은 문자 메시지를 바라본다. 모르는 번호이지만, 술에 취해 쓴 외설적인 내용과 왕자지 88이라는 별명은 보낸 사람의 정체에 대해서 아무런 의혹도 남기지 않는다.

"가장 중요한 것을 보지 못했다?' 도대체 그게 무슨 뜻일까요?" 오랜 침묵이 흐른 후 유수프가 말한다. 시속 60킬로미터 이상으로 달리면서 기어를 2단으로 내리자 기어가 날카로운 비명을 지른다.

"과학수사대가 침실로 올라갔어, 사진 찍으러." 제시카가 아이패드 화면을 들여다보면서 말한다. "특이한 건 없는 것 같은데."

"노부인이 그 문구를 발견하지 못했다면 어떻게 됐을까요?"

"헬리콥터가 스케이트 트랙 상공을 선회하다가 발견했겠지."

"근데 헬미넨을 납치한 놈들이 구체적으로 아들레르크레우츠 부인 집의 창문을 언급했다고요? 거기서 우리가 본 걸요? 코포넨의 집과, 그 옆집, 도로, 마당, 산울타리……."

"바다, 그 반대편에 있는 섬……."

"거기는 이 잡듯이 다 뒤졌는데."

"얼음 위에 다른 뭔가가 있었을까? 우리가 보지 못한 형체나 문구 같은 거?"

"그럼 헬리콥터에서 봤겠죠."

"빌어먹을. 코포넨의 집 밖에 아직도 순찰차 있어?"

"네. 불안하면 지원 병력을 요청할 수도 있어요."

"불안하기는 내가 왜 불안해." 제시카가 말한다. 차는 예전 이라크 대사관 건물을 지나 해변을 향해 달리고 있다.

"내 옆에 자기네 사람이 있다고 했다는데, 누굴까?" 제시카가 조용히 묻는다.

"그건 그냥 겁주기 전술이겠죠."

"근데 사실이면 어떡해? 생각해봐. 수첩에 내가 쓰지도 않은 글이 적혀 있었어. 피해자의 치아가 든 샌드위치가 경찰청에 배달됐고. 마녀사냥꾼들이 우리 안에 스파이를 심어놨을 수도 있지 않을까?"

"우우, 너무 무섭다." 유수프가 코포넨의 집과 아들레르크레우츠 부인의 집 사이에 차를 댄다. 경찰 승합차가 아직도 그곳에 서 있다. 유수프가 차 문을 연다. "자, 이제, 할머니 놀래키러 갑시다."

91

니나가 입을 떡 벌리고 다니엘 루오마를 바라본다. 톡 쏘는 자극적인 냄새가 콧속으로 들어온다. 그것이 뭔지는 모르겠지만 냄새가 갈수록 강해지고 있다. 아니면 그녀의 감각이 최고의 긴장 상태에 있거나.

"로저 코포넨을 봤다고요?" 니나가 고개를 약간 기울이며 묻는다.

"오늘 낮에 경찰로부터 의약품을 분실했을 경우 신고하라는 얘기를 듣자마자, 아 이건 코포넨 부부 살해 사건과 관련이 있는 거구나 하는 생각이 들더군요. 느낌이 딱 오더라고요. 그리고 나서 거리에 서 있는 코포넨을 봤는데……. 이게 가능한 일일까요?"

"코포넨은 왜 여기서 치료를 받았죠?" 이제까지 일어난 모든 상황을 고려해볼 때, 루오마의 질문은 사건과 무한한 관련이 있지만, 대답을 피하기 위해서 니나가 화제를 돌린다.

"1990년대 말에 로저는 장기간의 치료가 필요한 심각한 정신병에 걸렸습니다. 편집성 조현병 진단을 받은 거죠. 그는 편집성 망상을 경험했는데, 어떤 날에는 굉장히 심한 망상 증상을 보이기도 했지만, 다른 날에는 증상이 경미하거나 아예 나타나지 않기도 했죠."

"잠깐만요." 니나가 휴대전화를 꺼낸다. "녹음해도 되죠? 수사 목적으로만 쓸게요."

루오마가 어깨를 으쓱한다. "안 될 이유가 없죠."

니나가 녹음 기능을 켠다.

"처음부터 내가 로저의 주치의였어요. 보통 이런 질환은 중추신경계의 활동을 억제하기 위해 향정신성의약품으로 치료를 하죠. 그런데 향정신성의약품은 일상생활에 지장을 줄 만큼 다양하고 심각한 부작용을 일으킬 수 있어요. 그래서 베트레 모르곤다그가 설립된 이후로, 우린 조금 차별화된 치료 방법을 써왔죠. 약물을 가볍게 쓰면서 환자와의 지속적인 상호작용을 바탕으로 한 열린 대화 치료법에 초점을 맞추고 있어요."

"대화요? 심각한 망상에 시달리는 사람에게 대화가 정말 도움이 되나요?"

"상당한 효과를 발휘하는 것으로 입증됐죠."

"네." 니나가 귀를 쫑긋 세운다. 복도에서 무슨 소리가 나는 듯하다. 누군가가 입구에서 발을 닦고 있는 것 같다.

"로저 코포넨은 여러 면에서 대단히 특이한 사례였어요. 허심탄회한 대화를 통한 치료가 굉장히 긍정적인 효과를 내더군요. 조현병이 상당히 관리가 됐어요. 몇 달씩 혹은 몇 년씩 아무 증상도 보이지 않다가 아주 가끔 정신병 증상을 짧게 보이는 정도에 그쳤으니까."

"근데 왜……"

"코포넨은 비교적 정상적인 삶을 살았고 자신의 병을 비밀로 할 수 있었어요. 처음에는 가까운 사람들에게 숨길 수 있었고 나중에는 시민들한테도 숨길 수 있었죠. 하지만 증상이 나타날 땐 굉장히 심각했어요. 그동안 못 한 것까지 다 하겠다는 듯이, 아니 거기에 이자까지 쳐서 다 하겠다는 듯이 심각한 증상을 보였죠."

"정말 충격이네요."

"로저는 조현병 이외에도 해리성 정체 장애를 앓고 있었어요. 일반적으로는 다중 인격이라고 불리는 병인데, 그 말이 로저의 상태를 가장 정확히 설명해주는 용어죠. 로저가 정신과적 증상을 보일 땐 완전히 다른 사람이 되거든요."

나나는 마주 보고 앉은 남자를 바라본다. 그는 웬일인지 안도하는 표정이다. 갑자기 무거운 짐을 벗은 것처럼.

빌어먹을. 갑자기 모든 것이 이해가 된다. "로저 코포넨이 약품을 가져갔다고 생각하세요?"

"내 말을 믿어줬으면 해요. 로저가 진짜로 살해됐다면 내 말은 완전히 정신 나간 헛소리로 들리겠지만."

나나가 일어선다. "전화를 좀 해야 할 거 같은데, 혼자서 조용히 통화할 수 있는 데가 있을까요?"

"3층 전체가 비어 있어요. 복도 맨 끝에 회의실이 있고."

나나는 에르네의 번호를 누르면서 회의실을 향해 걸어간다. 사람은 한 명도 보이지 않는데 방마다 불은 환하게 켜져 있다.

에르네가 건조한 목소리로 전화를 받는다. "나나?"

"큰 걸 잡았어요, 경감님. 진짜 진짜 진짜 큰 걸요." 나나가 문을 닫으면서 말한다.

"그게 뭔데?"

"제가 지금 베트레 모르곤다그 병원장과 함께 있거든요. 피해자들 정신을 잃게 만든 마취제를 도난당한 병원 말이……."

나나는 돌아서서 긴 회의 테이블의 상석 뒤쪽 벽에 걸린 그림을 보고는 머리가 멍해진다. 에르네와 통화 중이라는 사실도 잠시 잊는다. 그녀가 작은 소리로 욕을 중얼거리고 에르네는 그 소리를 듣는다. "빌어먹을. 도대체……?"

"여보세요? 나나?"

니나는 귀에서 전화기를 내리고 머뭇거리면서 그림을 향해 걸어간다. 에르네가 무슨 일이냐고 묻는 소리가 전화기에서 들리자, 니나는 안심시키는 말을 중얼거린다.

가로 1미터, 세로 1.5미터 정도의 대형 그림을 담은 화려한 금도금 액자가 벽에 걸려 있다. 그림에는 검은 드레스를 입고 검은 머리의 아름다운 여성이 커피 테이블 앞에 앉아 있다.

"이럴 수가……."

그림 속의 여성은 마리아 코포넨인 것 같기도 하고, 레아 블롬크비스트, 로라 헬미넨, 제시카 니에미인 것 같기도 하다. 그러나 얼굴은 그 누구하고도 같지 않다. 서른 살쯤 되어 보이는 아름다운 여성의 얼굴이다. 강하고 이목구비가 뚜렷한 얼굴.

"경감님……지금 진짜 이상한 일이 벌어지고 있어요." 니나는 자신의 목소리가 떨리는 것을 느낀다. 묵직한 액자 아래쪽 끝에 붙어 있는 놋쇠 명판을 바라본다.

카밀라 아들레르크레우츠, 1969, 베트레 모르곤다그 재단 이사장.

92

바이올린의 선율이 잦아들고 고요가 찾아온다. 연주자들과 관객들 모두가 숨죽이고 있는 것처럼 보인다. 그러다가 한 사람이 박수를 치고, 또 한 사람이 박수를 치더니, 박수갈채가 들불처럼 번진다. 연주자들이 허리를 굽혀 인사를 한다. 콜롬바노가 박수갈채를 받는다. 그는 활을 든 손을 높이 들고 충성스러운 군대처럼 그의 뒤에 서 있는 관현악단을 돌아보며, 손짓으로 그들에게 인사를 지시한다. 콜롬바노는 보이지 않는 손길로 연주자들을 꼭두각시처럼 조종하는 신과 같다. 연주회는 관광객들을 위한 무난한 공연에 불과하지만, 관객들은 도취되어 휘파람을 불면서 브라보 브라비시모를 외친다. 콜롬바노는 주목받는 이 순간을 즐기는 듯이 보인다. 박수갈채가 이어지는 동안, 그의 얼굴에 퍼져가는 자부심과 만족감은 일부러 꾸며낸 표정일 수 없을 정도로 매우 생생하다.

제시카는 콜롬바노에게서 눈을 떼지 않는다.

날 봐요, 내 사랑.

제시카는 객석 중앙에 앉아 있는데, 관객 중에서 이 야단스러운 박수갈채에 참여하지 않는 유일한 사람일 것이다.

자기가 날 보고 있는 거 알아요.

콜롬바노는 군대를 이끌고 다시 한번 멋들어지게 인사를 하고, 바이올린을 쥐고 있는 손으로 활을 옮긴 뒤, 자유로워진 손을 가슴에 댄다.

날 봐요, 내 사랑.

드디어 그 일이 일어난다. 콜롬바노의 눈길이 얼굴의 바다를 두둥실 떠다니다가 창에 찔린 듯이 멈춰선다.

이제야 보는군요.

콜롬바노는 귀신을 본 것처럼 충격을 받은 표정이다. 그럼에도 그의 환한 웃음은 아주 천천히 사라진다. 마치 뭔가가 그로 하여금 지금 일어나고 있는 일을 완벽하게 이해하지 못하게 막고 있는 것처럼, 지금 그가 보고 있는 얼굴을 알아보지 못하게 막고 있는 것처럼. 잠시 후 그는 제시카에게서 어렵게 눈을 떼고서 다시 웃는다. 이번에는 슬픈 광대가 웃는 것처럼 귀를 향해 입꼬리를 억지로 끌어올린다. 콜롬바노는 빠른 걸음으로 무대를 내려와 연주회장 뒤쪽에 있는 연주자 대기실 문을 향해 성큼성큼 걸어가면서, 중간 열을 지나갈 때는 제시카를 흘끗 쳐다본다.

기다릴게요, 내 사랑.

관객들은 오늘 연주에 대해서 즐겁게 이야기하면서 연주회장을 빠져나간다. 베이지색 재킷에 청바지를 입은 금발의 중년 남자가 어깨 너머로 제시카를 돌아보더니 문밖으로 사라진다. 어쩐지 낯이 익지만 제시카는 그 생각을 금방 떨쳐버린다.

잠시 후 연주회장이 조용해진다. 광대뼈가 튀어나온 여자 직원이 객석에 흩어져 있는 팸플릿과 물병과 다른 쓰레기를 줍는다. 이 순간은 제시카가 이 연주회장에 처음 와서, 저항할 수 없을 정도로 매혹적이었던 남자의 연주를 들은 그날 저녁과 똑같이 흘러간다. 그때처럼 연주회장이 가득 찼다가 싹 비었다. 콜롬바노가 연주자 대기실로 사라졌고, 연주회장이 고요해졌다. 그때처럼 제시카의 귀에 들리는 소리라고는 자신의 심장 소리와, 빈 연주회장에 울려 퍼지는 청소하는 여직원의 발소리뿐이다.

"또 왔네요." 여자가 이탈리아어로 말한다. 제시카 뒤에 멈춰 서 있다.

"네, 또 왔어요." 제시카는 돌아보지 않고 대답한다. 오랫동안 아무 하고도 말을 하지 않아서인지 목이 바짝 타들어가는 느낌이다.

"콜롬바노와……사귀었던 아가씨 맞죠?" 여자가 천천히 제시카의 시야로 들어오면서 말한다.

"네, 맞아요." 제시카가 말한다. 제시카는 이 여자와 그녀의 질문과 빈 연주회장을 어떻게 이해해야 할지 모르겠다. 하지만 이번에는 상처받은 동물처럼 도망갈 생각이 없다. 도망가다가 자갈길에서 발이 걸려 넘어져서 콜롬바노에게 구조될 생각이 없다. 제시카는 이번에는 자신이 우세하다고 느낀다. 오늘 밤에는 자신이 있어야 할 장소에 있다는 사실을 확신한다. 수개월 만에 처음으로, 살아 있음을 느낀다.

여자는 이마로 흘러내린 머리카락을 뒤로 넘기더니 불안한 눈빛으로 연주회장 뒤편의 닫힌 문들을 돌아본다. 그러고는 커다란 쓰레기 봉투를 발밑으로 내린다. 그녀가 제시카를 걱정스럽게 쳐다본다. "어서 가요." 마침내 여자가 말한다. 무례한 명령이 아닌, 친절한 조언처럼 들린다.

"알겠어요." 제시카가 여자를 물끄러미 쳐다보며 말한다.

"내 말이 무슨……."

"갈 거예요. 떠날 거라고요. 드디어. 그래서 작별 인사하러 왔어요."

여자가 두 손을 모아 자신의 코와 입을 가린다.

타임아웃. 할 말 있으면 빨리해요.

"잘 들어요." 한참이나 말이 없던 여자가 이 말을 하더니 제시카에게 다가온다. 여자가 낮은 목소리로 속삭인다. "난 아가씨를 이해해요."

"그게 무슨 뜻이죠?"

여자가 슬픈 눈빛, 심지어 동정하는 눈빛으로 제시카를 바라본다. 제시카는 자신의 몰골이 말이 아니라는 것을 알고 있다. 입고 있는 검은색의 아름다운 이브닝드레스조차 그녀가 최근에 외모에 신경 쓸 여력이 없었다는 사실을 감추지 못한다. 여자는 살면서 많은 경험을 했고 따라서 이 모든 것이 콜롬바노 때문임을 아는 것이다. 제시카가 처음이 아니고 유일하지도 않음을 아는 것이다.

"내가 신경 쓸 일 아니라는 거 알아요." 여자가 말하더니 연주자 대기실 문을 흘끗 쳐다보고 나서 제시카와 세 칸 떨어진 자리에 앉는다. "근데 아가씨 건강이 너무 안 좋아 보여서……."

"맞아요. 아주머니가 신경 쓸 일은 아니에요."

제시카는 자신이 멀리서 이 장면을 보고 있는 듯한 느낌이 든다. 모든 것이 비현실적으로 느껴진다.

여자는 한숨을 쉬지만 물러설 기미를 보이지 않는다. "콜롬바노는……콜롬바노가 하는 일이 늘 이래요. 그러니까 내 말은……콜롬바노는 모든 것을 파괴하죠."

"정말요?" 제시카가 무심하게 되묻는다. 무릎이 아프다. 하지만 그것이 집중력을 해치게 내버려두지는 않을 것이다. 맞아요. 모든 것을 파괴하죠. 내가 그것도 모를 거라고 생각하세요?

이제 여자는 슬픈 표정을 짓고 있다. 자신이 말이 너무 많다는 사실을, 해서는 안 될 말을 하고 있다는 사실을 알지만, 멈출 수가 없는 모양이다. "당신은……이해하려고 온 거잖아요, 여기에. 다 잊어버려요.

콜롬바노를 이해할 수는 없어요. 콜롬바노는 문제가 있는 사람이에요. 아주 아주 큰 문제가."

그들은 한동안 아무 말 없이 앉아 있다. 제시카는 여자를 날카롭게 노려보고, 여자는 바닥을 내려다보면서 적절한 말을 찾고 있다.

"뭐죠? 콜롬바노한테 크게 당한 적 있어요?" 제시카가 아무런 감정도 내비치지 않은 채 말한다. 그녀는 오전 내내 거울을 보면서, 동정심과 연민, 두려움, 희망을 느껴보려고 노력해보았다. 그러나 그런 감정을 전혀 느낄 수가 없었다.

여자는 입술이 떨리는 것을 막으려는 듯이 입술을 꽉 깨문다. "아뇨. 하지만 콜롬바노를 잘 알아요."

"근데 그의 매력이 아주머니한테는 안 통했나 봐요?"

여자가 단호하게 고개를 가로젓는다. "뭘 오해하는 모양인데, 콜롬바노는 내 동생이에요."

그 순간 문이 열리고, 무거운 발소리가 연주회장에 울려 퍼진다. 여자는 벌떡 일어나서 못된 짓을 하다가 걸린 개처럼 종종걸음으로 사라진다.

93

니나 루스카는 전화를 끊는다. 카메라로 그 그림을 몇 장 찍은 후 서둘러 복도로 나온다. 카밀라 아들레르크레우츠라는 이름이 왠지 익숙하게 들린다. 수사를 하면서 들은 적이 있는 이름인 것도 같다. 하지만 아무리 머리를 짜내도 어디서 들은 이름인지 기억이 나지 않는다.

그녀는 루오마의 사무실로 성큼성큼 걸어가다가, 안에서 흘러나오는 말소리를 듣고 속도를 줄인다. 루오마가 여자와 이야기를 나누고 있다.

니나가 열려 있는 문을 노크한 뒤 문을 더 밀자, 두꺼운 외투를 입고 비니를 쓴 여자가 루오마 맞은편에 앉아 있는 모습이 보인다. 여자는 울고 있었던 것 같다. 루오마는 약간 충격을 받은 표정이다.

루오마가 서둘러 설명한다. "저기, 이분은 경찰청에서 오신 형사님, 성함이……."

"루스카. 니나 루스카요."

"맞다, 그렇죠. 여기는 내 아내, 엠마 루오마입니다."

"안녕하세요." 니나가 걱정스럽게 말하고, 직원들 명단으로 눈길을 돌린다. 명단은 조금 전 그녀가 두고 나간 그대로 책상에 놓여 있다. 니나는 여자가 코를 푸는 모습을 바라본다. 여자의 불그스레한 두 뺨은 주근깨로 덮여 있다.

"엠마도 여기서 의사로 일하죠." 루오마가 어색하게 말한다.

"카밀라 아들레르크레우츠는요? 그 여자도 의사인가요?"

"네, 하지만 아주 오래 전에 은퇴하셨죠. 15년 전쯤."

"그분도 로저 코포넨을 담당한 의사였나요?"

"네, 맞아요. 카밀라가 이 병원의 설립자거든요."

니나는 루오마가 이마를 비비는 것을 쳐다본다. 이 모든 일을 어떻게 이해해야 할지 모르겠다. "그만 가보겠습니다." 문을 향해 한 걸음 옮기던 그녀는 울고 있는 여자에게 관심을 보이지 않았다는 사실을 깨닫는다. "죄송한데, 혹시 저한테 하시고 싶은 말씀 있으세요?"

"이게 다 내 잘못인 것 같아요." 여자가 조용히 말한다.

"뭐가요?"

"로저가 그 약품에 손을 댄 거요."

"그게 무슨 말씀이죠?"

"로저는 정말 말로는 못 당해요."

"무슨 일이 있었는데요?" 니나가 책상으로 돌아가면서 묻는다. 지금 너무 많은 일들이 일어나고 있어서 정신이 하나도 없다.

엠마 루오마가 충혈된 눈으로 니나를 돌아본다. "얼마 전에, 로저가 나타나서 뭔가가 필요하다고 하더라고요. 조제실 문을 열어주고 잠시만 딴 데를 보고 있으라고 했어요."

"뭐가 필요하다고 하던가요?"

"난 로저가 진정제를 찾는 거라고 생각했어요. 로저는 술을 마신 다음엔 진정제를 복용하곤 했거든요. 로저는 필요한 약이 뭔지 알고 있었어요. 그리고 난 로저가 자기가 먹을 진정제 몇 알만 가져갈 거라고 믿었고요. 정말 꿈에도 생각 못 했어요, 그렇게……."

"이해가 안 가네요. 처방전을 써주시지 왜?"

"둘이 불륜 관계였으니까요." 다니엘 루오마가 갑자기 끼어든다. 그는 두 손에 얼굴을 묻고 한숨을 푹 쉬더니 좀더 안정된 목소리로 말을 잇는다. "그래요, 다 솔직하게 얘기하죠. 내 아내와 로저 코포넨이 바람을 피웠다는군요. 직업윤리 규정과 도덕적인 제약과 결혼 서약 같은 건 헌신짝처럼 내팽겨치고."

"다니엘……." 엠마가 숨죽여 흐느낀다.

"절반의 진실만 말하는 건 위험해, 엠마. 경찰한텐 정직해야 돼."

니나는 심호흡을 하면서 후덥지근한 공기를 폐로 들여보낸다. 엠마 루오마를 서로 데려가야 한다. 그녀를 철저하게 조사해볼 필요가 있다.

"로저가 어디 숨어 있는지 알아요." 엠마가 불쑥 말한다.

"네? 어디요?"

"라야살로에 은신처가 있어요. 별장인데, 자기 명의는 아니고. 거기서 글을 쓰죠. 여자들을 만나고."

"주소 알아요?"

"아뇨……, 하지만 몇 번 가봤어요."

"어디 있는지 길을 가르쳐줄 수 있어요?"

"물론이죠." 엠마가 책상 위로 팔을 뻗어 남편의 손을 잡으려고 하지만, 남편은 반응을 보이지 않는다. "당신 입으로 그랬잖아, 여보. 절반의 진실은 안 된다고."

부부는 눈물을 참는다.

"로저가 그 연쇄살인 사건과 관련이 있나요? 로저가 아내를 죽였어요?" 엠마가 묻는다.

니나는 대꾸하지 않는다. 이제 어떻게 해야 할지 고민하고 있다. "자, 가시죠. 그 집이 어디 있는지 보여주세요, 지금 당장." 그녀가 스카프를 두른다.

"지금이요?"

"네, 지금."

"알았어요." 엠마가 말하더니 옷소매로 눈물을 닦는다.

다니엘 루오마가 의자에서 일어선다. "나도 같이 갑시다."

"좋아요. 외투 챙기세요." 니나가 말하면서 휴대전화에서 에르네의 번호를 찾는다.

94

에르네는 두 팔을 옆구리에 딱 붙이고 복도를 천천히 걷고 있다. 그 모습이 날지 못하는 새처럼 보이게 하지만, 가슴이나 어깨 근육을 조금이라도 움직이면 폐에 날카로운 통증이 전달된다.

그는 두 개의 조사실 사이에서 걸음을 멈추고, 어느 방에서 누가 조사를 받고 있는지 생각해보다가, 한쪽 방의 문을 두드린다. 잠시 후 미카엘이 문을 연다. 야심한 시각이고 심각한 상황인데도 활력이 넘쳐 보인다. 미카엘이 문을 닫는다. 에르네는 문이 닫히기 전에 카이 레티넨의 모습을 잠깐 본다. 대머리에 홀쭉한 얼굴의 그는 에르네가 상상했던 대로 섬뜩한 분위기를 풍긴다.

"뭐 건진 거 있어?" 에르네가 묻는다.

"아뇨, 아직. 니나한테도 말했지만, 경감님 말씀이 옳았던 것 같아요. 감청하면서 좀더 지켜보는 게 나을 뻔했어요." 방음이 되는 문인데도 미카엘은 작은 목소리로 말한다.

"이미 지나간 일인데 뭐. 현재 상황을 최대한 활용해보자고. 그리고 니나가 불레바르디에서 뭐 하나 건진 것 같아." 에르네는 뒤를 돌아보며 듣고 있는 사람이 없음을 확인한다. "저 괴짜 자식 좀더 쥐어짜봐. 그리고 15분 후에 회의실에서 보자고." 그가 미카엘의 어깨를 툭툭 친다.

미카엘이 퉁명스럽게 말한다. "뭔가 불가사의하게 들리네요."

"그리고 미케." 에르네가 돌아선다. "카밀라 아들레르크레우츠라는 이름 들어본 적 있어?"

"네? 아들레르크레우츠? 번스도르프? 이제 로마노프만 찾으면 되겠네요."

"그래?"

"농담이죠. 누군데요?"

"곧 알게 되겠지." 말을 마친 에르네는 가던 길을 계속 간다. 성큼성큼 걷다가 사무실 앞에 이르자 속도를 줄인다. 그 사무실에는 여섯 명의 정보 요원이 각자의 자리에 앉아 있다.

에르네는 아이폰을 귀에 대고, 컴퓨터 화면을 열중해서 보고 있는 젊은 여자에게로 걸어간다. 그가 자료를 그녀의 책상에 놓는다. 니나가 찍어서 보낸 그림 사진이다.

"이 여자가 아직 살아 있는지, 어디 사는지 좀 알아봐줘."

"마녀처럼 보이는데요."

"그래서 알아봐달라는 거야."

95

라스무스 수시코스키는 깍지 낀 손에 턱을 괴고 화이트보드에 붙어 있는 사진들과 문자로 된 정보를 바라본다. 회의실은 조용하다. 미케의 껌 씹는 소리나, 니나의 한숨 쉬는 소리, 유수프의 휘파람 소리, 에르네의 거친 숨소리, 제시카가 손톱으로 탁자를 톡톡 치는 소리가 들리지 않는다. 마침내 혼자이다. 그는 항상 혼자 있을 때가 가장 행복했다. 법대에 다닐 때도 그는 책만 파고들었고, 친구들과 어울려 노는 일은 사교적인 성격을 타고난 사람들이나 하라고 내버려두었다. 그는 외로운 늑대이다. 소속감을 느낀 적이 한 번도 없다. 심지어 직장에서도.

라스무스는 자신이 여러 면에서 남들과 다르다는 사실을 알고 있다. 꼭 말을 해야 할 때 하지 못하는 내향적인 책벌레라는 점을 안다. 자신의 생각을 말로 표현하면 자신의 삶이 원하는 방향으로 나아갈 수 있는 바로 그 순간에 항상 말문이 막히곤 했다. 이것이 그의 인생에서 최대의 비극이다. 연애를 못 하기 때문에 이런 성격이 된 건지, 이런 성격 때문에 연애를 못 하게 된 건지, 스스로도 궁금할 때가 많다. 아마도 둘 다일 것이다.

노크 소리가 들린다.

"안녕하세요, 수시코스키 형사님."

리카 보드바르드가 회의실로 들어오는 모습을 보고, 라스무스는 가슴이 철렁 내려앉는다. 그 수사 지원 요원이 사건에 관해서 새로운 정보를 가지고 왔기 때문이 아니다. 지난 10월에 있었던 강력계 단합 대회를 겸한 크루즈 여행 때 칵테일을 몇 잔 마시고 대담해진 라스무스가 그녀에게 호감을 느끼고 접근했다가 단칼에 거절당한 역사가 있기 때문이다.

"네?" 그 한마디도 라스무스의 목에 걸려 제대로 나오지 않는다.

"수자원공사에서 보고서 왔어요."

"뭐 재밌는 거라도 있어요?" 라스무스가 안경을 벗는다. 관자놀이에서 땀이 난다. 두 눈을 비비자 방 안이 흐릿해진다. 그가 바라던 것이다. 이젠 그녀도 그를 볼 수 없을지 모른다.

"물 소비량이 2,500리터 정도로 급증한 가구를 찾아봤어요. 근데 그 지역의 오래된 아파트와 단독주택은 대개가 구식 계량기를 쓰고 있어서 찾기 힘들더라고요. 구식 계량기는 1년에 한두 번 검침하거든요. 월별 사용 정보를 클라우드에 직접 업로드하는 원격 조절 기능이 있는 계량기는……."

"그래서 찾았어요?"

"네. 카이탈라티에 있는 작은 주택이에요. 평소에는 물 소비량이 0에 가까웠는데, 닷새 전에는 대홍수가 났더라고요. 하루에 3,000-4,000리터를 썼어요."

"세상에나……."

"그리고 주택 등기가 누구 이름으로 되어 있는지 아세요? 마리아 코포넨이에요."

라스무스가 안경을 다시 쓴다. "말도 안 돼. 어떻게 그걸 놓쳤을까요?" 갑자기 가만히 앉아 있기가 힘들어진다. 그가 일어선다. "파이프가 터진 거라면 모를까."

"터져서 그날 바로 수리가 된 거라면 이해가 가지만……."

"······우리가 찾고 있는 욕조가 맞는 것 같군요. 의심의 여지가 없어요. 경찰 특공대를 보내야겠어요."

라스무스가 문을 열더니 갑자기 웃음을 터뜨린다.

"뭐가 그렇게 우스워요?"

"이제야 이 망할 자식들을 잡아들이겠네요. 그것도 미케 형사의 아이디어 덕분에. 빌어먹을."

96

승용차가 **헤르토니에미와** 라야살로를 잇는 다리를 건너는 동안, 니나
는 히터 온도를 높인다. 뒷좌석에 앉은 부부 사이에, 손에 잡힐 듯한
팽팽한 긴장감이 감돈다. 마치 지구온난화에도 불구하고 녹기를 거부
하는 거대한 빙산 같다. 니나는 백미러로 눈물이 그렁그렁한 여자를
바라본다. 정신과 의사가 조현병 환자와 성관계를 가졌다는 점도 놀
라운데, 자신의 직장에서 그 환자가 치명적인 약품을 훔치게 도와주기
까지 했다는 사실이 그녀로서는 도무지 믿기지가 않는다. 앞으로 무슨
일이 일어나든, 엠마 루오마의 의사 생활은 이제 끝났다. 결혼 생활은
예상하기 힘들다. 하지만 그 분야도 전망이 썩 좋아 보이지는 않는다.

니나는 휴대전화로 내비게이션을 확인한다. 승합차 두 대에 나누어
탄 중무장한 경찰 특공대원들을 라야살로에 있는 네스테 주유소에서
만나기로 했다. 그들은 거기서부터 코포넨의 은신처로 추정되는 곳까
지 엠마 루오마의 길 안내를 받으며 찾아갈 것이다. 그들은 더이상 위
험을 감수하지 않을 것이다. 이제부터는 정면돌파이다.

니나의 휴대전화 액정 화면에 에르네의 이름이 나타난다. 니나는 거
치대에서 전화기를 빼 든다. 루오마 부부가 뒷좌석에 앉아서 듣고 있
는데 스피커 기능을 켜고 통화하고 싶지는 않다. "네, 경감님, 약속 장
소에 거의 다 왔어요."

다가오는 특공대 승합차 한 대를 제외하고 도로는 텅 비어 있다.

"차에 탄 사람들이 내 말을 들을 수 있나?"

"아뇨."

"좋아. 새로운 정보가 있어. 수자원공사가 카이탈라티에서 물 소비량이 급증한 가구를 찾아냈어. 며칠 전에 수도꼭지를 틀고 물을 엄청 받았더라고. 일종의 별장인데, 주택 등기는 마리아 코포넨으로 돼 있고, 구글맵 거리뷰로 보니까, 건물 외관상으로는 우리가 찾는 집이 맞는 것 같아. 돌 분수가 있고, 1층에 좁은 창문이 있고. 시청에서 도면도 구해놨어. 집에 큰 지하실도 있고, 거기에 물이 있고."

"어우, 세상에."

"우리 착한 의사 선생님께서 자네를 데리고 가는 곳이 바로 그 집일 거야."

"그럴 것 같네요. 그래도 확인해야겠죠?"

"이렇게 해. 루오마 부부는 경호하는 순경 하나 붙여서 주유소에 남겨두고 와. 우리가 경찰 특공대와 함께 가서 카이탈라티의 그 주택을 급습해보자고. 거기서 아무것도 못 찾으면 상황을 다시 검토해보고. 진짜 범죄 현장이라면, 민간인을 끌어들이지 않는 편이 나아."

"알겠습니다."

니나가 다시 백미러를 쳐다본다. 의사들이 이제는 손을 잡고 있다. 용서는 강력한 힘을 가지고 있다. 특히 이런 대혼란의 시기에는. 다른 때라면 압도적인 영향력을 발휘했을 슬픔과 시련도 잡아먹을 만큼 무서운 혼돈의 시기에는.

97

에르네는 통화를 끝내고 방금 도착한 문자 메시지를 클릭해서 연다.
제시카한테서 온 메시지이다.

**이제까지 헬미넨이 거짓말을 한 거였어요. 확인할 게 있는데, 확인하고
전화할게요.**

라스무스는 회의실에서 노트북 컴퓨터를 펼쳐놓고 앉아 있다.

"아이고, 힘들다." 에르네가 라스무스 옆에 털썩 앉으면서 말한다.

"니나가 카이탈라티로 가고 있다는 거 미케도 알아?"

"아뇨, 아직. 아직도 이 방 저 방 다니면서 그 망할 자식들을 조사하
고 있어요. 뭐 새로운 거라도 나왔어요?"

에르네는 고개를 가로젓고 주머니에서 사탕을 꺼낸다. 그는 라스무
스가 www.battre-morgondag.fi를 쳐서 그 병원 웹사이트에
접속하는 모습을 지켜본다.

"외래 환자가 유독성 약품에 손을 댈 수 있다면 이 병원은 아주 심각
한 문제가 있는 거네요."

"그 여의사는 이번 일로 기소되겠지." 에르네는 눈을 감는다. 로저가
그 별장에 있기를, 그래서 이 엉키고 설킨 실타래가 풀리기 시작하기를
진심으로 바란다. 이 사건이 아무리 중대하다고 해도, 이 우주에서는
얼마나 작은 일에 지나지 않는가 하는 생각이 든다. 이 망할 자식들이

시작한 세상 파괴가 궁극적으로는 얼마나 사소한 일인가 하는 생각도 든다. 그들도 결국에는 모두 죽을 것이고, 망각의 늪으로 빠져들 것이다. 이 사건이 종결되면, 에르네는 패배를 인정하고 병가를 내고 떠날 것이다. 그리고 아마 다시는 돌아오지 못할 것이다.

에르네는 옆구리를 쿡 찌르는 손길을 느낀다. 라스무스가 작은 소리로 중얼거린다. "경감님……, 여기 좀 보세요."

"뭔데?" 에르네가 눈을 뜬다. 살짝 잠이 들 뻔했다. 병이 드니 기력이 약해질 대로 약해졌고, 피곤을 견뎌내는 능력도 떨어졌다. "뭔데 그래?" 그가 퉁명스럽게 다시 묻는다.

라스무스는 웹사이트의 **직원** 탭을 열었고, 거기에는 베트레 모르곤 다그의 직원들 사진이 올라와 있다. 그는 인자하게 웃고 있는 검은색 머리카락을 가진 여성의 사진을 집게손가락으로 가리킨다.

"엠마 루오마, 어디서 많이 본 얼굴 같지 않아요?"

에르네가 화면을 집중해서 자세히 들여다보자, 라스무스는 노트북을 그를 향해 돌린다.

"그렇게 말하니까……좀 낯익은 얼굴인 것도 같네. 지난 24시간 동안 저렇게 생긴 여자들을 꽤 많이 봤잖아." 에르네가 라스무스를 쳐다본다. "잠깐만……. 무슨 얘기를 하려는 거야?"

라스무스는 화면 속의 엠마 루오마와 눈싸움이라도 하듯이 그 사진을 노려본다. 그러다가 엄지손톱을 이 사이로 밀어넣는다. "거의 확신하는데……. 잠깐만요." 그가 일어서서 화이트보드를 향해 걸어간다. 거기에는 사진, 통화 정보, 회의 내용, 연락처가 뒤섞여 있다.

"누굴 찾는 거야?"

"아, 이럴 수가. 제 생각이 맞다면……아, 진짜, 이럴 수가……."

에르네가 긴장한 표정으로 지켜보는 가운데, 라스무스는 화이트보드에서 사진 한 장을 떼어낸다. 그러고는 비틀거리며 테이블로 돌아와 그 사진을 노트북 화면 속 엠마 루오마의 사진 옆에 댄다. 라스무스는 돌에 짓눌려 죽은 여자를 확대한 사진과 웹사이트에 나온 온화하게 웃고 있는 엠마 루오마의 사진을 비교한다.

에르네도 두 사진을 비교해본다. 처음에는 너무 황당해서 도무지 믿기지가 않는다. 이것은 대단히 중대한 문제이기 때문에 일련의 사건들을 역순으로 재구성해보아야 한다.

"엠마 루오마가 할티알라의 피해자, 미세스 X예요." 라스무스가 말한다.

역겨운 액취가 에르네의 코를 자극한다. 라스무스가 다시 땀을 흘리기 시작한 것이다.

"실종 신고 들어온 게 없는데." 에르네가 중얼거린다. 침묵. 그것이 무엇을 의미하는지 두 사람 모두 알고 있다. 충격에 마비된 상태로 몇십 초의 시간이 흐른다.

에르네는 두 손으로 휴대전화를 집어든다. 지금쯤 니나는 주유소에 도착했어야 하는데, 특공대 팀이 거기서 니나를 기다리고 있기 때문이다. 안전해야 할 텐데.

"왜냐하면……남편도 죽었으니까요." 라스무스가 충격에 사로잡혀 중얼거리더니, 테이블에 놓인 테이크아웃 봉지를 바라본다. 미스터 X의 이. 다니엘 루오마의 이.

"니나가 만난 커플은 의사가 아니었어요."

침묵이 흐르는 몇 초가 영원처럼 느껴진다. 니코레트 껌을 광고하는 팝업 창이 화면에 나타나자, 에르네는 갑자기 담배를 피우고 싶어진다.

"오 하느님." 에르네가 전화기를 귀에 댄 채 말한다. 그가 벌떡 일어
선다. "니나가 전화를 안 받아."

98

제시카가 끈질기게 문을 두드린다. 유수프는 그녀 뒤에 서 있다. 새벽 3시에 노부인을 깨우는 것이 미안하기는 하지만, 현재로서는 다른 방법이 없다.

제시카는 진초록색의 현관문과 흰색의 문틀을 바라본다. 최근에 페인트칠을 새로 한 듯이 보인다. 언덕 꼭대기에 있는 크고 화려한 목조주택은 다른 시대, 다른 장소의 건축물로 보인다. 쿨로사리에 있는 주택들 가운데 가장 오래된 주택일 것이다. 과거를 소환하는 추억. 작은 창문을 통해서 제시카는 현관 통로에 불이 들어오는 것을 본다. 잠시후에는 겁먹은 목소리가 들린다.

"누구세요?"

"경찰입니다. 니에미와 페플 형사요. 어젯밤에도 왔었는데요."

한동안 아무 일도 일어나지 않는 것처럼 보인다. 그러다가 문이 천천히 열리고, 노부인이 문 앞에 서서 놀람과 졸음이 섞인 표정으로 제시카를 본다. 파란색 잠옷 위에 하늘색 가운을 입고 있다.

"기억나네요, 당신." 노부인이 말하지만, 옆으로 비켜서지는 않는다. 찬바람이 곱슬곱슬한 앞머리를 흔들고 있다.

"아들레르크레우츠 부인, 들어가도 될까요? 중요한 문제라서요."

"무슨 일이죠?"

"들어가도 될까요?" 제시카가 최대한 차분하게 같은 말을 반복하면서 고갯짓으로 안쪽 통로를 가리킨다.

"세상에, 이 시각에 남의 집에 들어오겠다니." 노부인이 화난 목소리로 말하더니 제시카에게 들어오라고 손짓한다.

"주무시는데 깨워서 죄송하지만 긴급한 일이라서요."

"물론 그렇겠지." 아들레르크레우츠 부인이 말한다. 유수프도 따라 들어와서 현관문을 잡아당겨 닫는다.

제시카가 매트에서 발을 떼려는 순간, 아들레르크레우츠 부인이 그녀의 신발을 가리키며 손가락을 흔들어댄다. "신발 좀 벗어줄래요?"

"아……, 네, 물론이죠." 제시카가 얼굴을 찌푸리며 대답한다. 전날 밤에는 아들레르크레우츠 부인이 신발을 벗을 필요 없다는 듯이 손을 내저었었다.

"부인의 침실을 다시 한번 봐야겠는데요."

"이젠 거기서도 그 문구 안 보이는데."

"그래도 한 번만 더 보여주시겠어요?" 제시카는 한쪽 신발도 마저 벗어서 매트 위에 가지런히 놓는다. 축축하고 오래된 나무 냄새가 올라온다.

"전 여기서 기다릴게요." 유수프가 뒷짐을 진 채로 말한다. 그는 자신의 신발을 내려다본다. 신발끈을 풀었다가 다시 묶기가 귀찮은 것이다.

"알았어." 제시카가 말하고는 아들레르크레우츠 부인을 향해서 돌아선다. 부인은 약간 체념한 표정으로 잠옷 가운의 허리끈을 졸라맨다.

"아이고. 그럼, 올라가봅시다."

"수사에 진전은 좀 있어요?" 제시카와 함께 천천히 계단을 올라가면서 아들레르크레우츠 부인이 묻는다. 얼마나 여유롭게 올라가는지 제시카가 계단통에 걸린 사진들을 관찰할 수 있을 정도이다. 위층에 있는 것들과 마찬가지로 대부분이 흑백 단체 사진이다.

"너무 걱정하지 마세요. 저희가 꼭 해결할 거니까요." 제시카가 말한다. 자기가 왜 노부인에게 그런 헛된 약속을 하는지 알 수가 없다. 계단이 발밑에서 삐걱거리고, 터벅터벅 계단을 오르면서 노부인이 하품을 하는 소리도 들린다.

마침내 제시카는 복도 끝에 있는 열린 문에서 불빛이 쏟아져 나오는 장면을 본다.

"그러니까 코포넨의 집을 다시 보고 싶은 건가요?" 아들레르크레우츠 부인이 중얼거린다.

"침실 창문 앞에 잠깐만 서 있을게요. 그런 다음에는 다시 주무시게 해드릴게요." 침실을 향해서 비틀거리며 걸어가는 노부인을 따라가며 제시카가 말한다.

"좋아요, 그렇게 해요. 근데 침대 정돈을 못했는데. 이유야 알 거고."

제시카는 아들레르크레우츠 부인을 보며 웃어 보이고는 침실로 들어간다. 창가로 천천히 걸어가 창틀에 손을 올려놓는다.

가장 중요한 것을 보지 못했다고 했어요……

99

사무실의 흰색 벽이 에르네가 빨간색 무전기를 귀에 대고 앉아 있는 책상을 향해서 점점 더 다가오는 느낌이 든다. 무전기는 경찰 당국을 위해서 마련된 특별 통신망에 직접 연결되어 있다. 긴 안테나를 가진 무전기 모양이 90년대의 1세대 벽돌폰을 연상시킨다. 두 뺨으로 땀이 흐르는 것을 보면, 스트레스와 몸 안에서 곪고 있는 염증이 어우러져 다시 체온을 올리고 있음이 분명하다. 지금은 38도가 넘을 것 같다. 그렇더라도 무슨 상관이랴. 사형선고를 받고 나니 비로소 체온 재기를 멈출 수 있게 되었다.

"어떻게 할까요?" 무전기 저편에서 경찰 특공대 팀장이 낮은 목소리로 묻는다. 몇 분 전 에르네가 현장 급습 작전의 책임자로 임명한 니나는 약속 장소에 나타나지 않았고 전화도 받지 않는다. 에르네는 크레인에 에워싸인 채 잠들어 있는 공사장을 한동안 바라본다. 서너 시간만 지나면 저 공사장도 다시 깨어날 것이다. 에르네는 무전기를 꽉 잡고 라스무스를 돌아본다. 라스무스는 팔짱을 끼고 두 손은 겨드랑이 밑으로 숨긴 채 책상 맞은편에서 에르네를 보고 있다. 에르네는 특공팀에게 니나를 찾으라고 명령해야 한다. 그녀가 빨간색 슈코다를 타고 멀리 갔을 리가 없다.

"주소 있어?" 에르네가 묻는다. 자신의 목소리가 떨리고 있음을 알아차린다. 그가 경찰로 일하면서 이제까지 내린 결정 중에 가장 내리기 어려운 결정이다.

"네."

"계획대로 진행해. 실시간으로 나한테 보고하고."

"알겠습니다, 오버. 통신 끝."

에르네는 무전기를 테이블에 내려놓고 자신의 휴대전화를 집어든다.

"라스, 지금 당장 경찰관 실종 신고해. 투입할 수 있는 순찰조를 모두 투입해서 니나의 슈코다를 찾아보라고 해. 아마 라야살로에 있을 거야. 아까 통화할 때 약속 장소 근처라고 했거든."

"알겠습니다." 라스무스가 벌떡 일어선다. 에르네는 그가 그렇게 민첩하게 움직이는 모습을 처음 본다.

"그리고 라스, 미케 좀 오라고 해. 현장에 보내야겠어."

라스무스가 고개를 끄덕이더니 문밖으로 사라진다.

에르네는 다시 휴대전화를 귀에 대고 신호가 가는 소리를 듣는다. 받아라, 좀! 도대체 일이 어떻게 돌아가고 있는 거야, 제시카? 그는 쿵쾅거리는 심장을 달래기 위해서 가슴을 문지른다. 그는 유수프의 전화번호를 불러낸다. 받지 않는다.

뭔가 일이 심각하게 틀어진 것이 분명하다.

진정해. 이제 곧 누구라도 전화를 걸어올 거야. 제시카는 유수프와 함께 있어. 위험한 상황이 아니라고…….

이 전례 없는 연쇄살인 사건이 해결될 때까지 제시카를 집에 가두고 감시하기로 한 결정을 왜 좀더 단호하게 밀고 나가지 못했는지 후회가 된다.

제시카가 곧 전화할 거야. 아니면 유수프라도.

"경감님? 경찰관 실종 신고했어요. 순찰조에 출동 명령이 내려졌고요." 라스무스가 문간에 서서 말한다. "라야살로와 헤르토니에미를 잇는 다리에는 바리케이드가 설치되고 있고요."

"수고했어. 미케는?"

"어디에 있는지 안 보이던데요."

"찾아봐, 빌어먹을!" 에르네의 성난 말 끝에 기침 발작이 시작된다. 라스무스는 다시 복도로 사라진다.

에르네는 키보드 위에 손을 올려놓고 **베트레 모르곤다그 헬싱키**를 검색창에 입력한 후 나온 첫 번째 결과를 클릭한다. **직원** 탭을 열어 스크롤하면서 다니엘과 엠마 루오마의 사진을 살펴본다. 속에서 욕지기가 치밀어 오른다.

루오마 부부는 죽었다. 다니엘 루오마는 이틀 전에 토르스텐 카를스테트의 승용차 트렁크에 실려 사본린나로 옮겨졌다. 부검의가 확인해주었듯이 산 채로. 범인들은 산나 포르카의 차를 세우고, 산나와 다니엘에게 불을 지른다. 한편, 누군가가 다니엘의 DNA를 해변에 있는 코포넨의 집에 뿌려놓았다. 엠마는 아마도 남편과 동시에 납치되어 할티알라로 옮겨졌을 것이다. 그러고 나서 범인들이 누군지는 모르겠지만, 루오모 부부의 열쇠를 가지고 불레바르디에 있는 베트레 모르곤다그 사무실에 들어갔고, 경찰에 전화를 했고, 니나를 만났다. 그리고 지금……

모든 것이 엉망이 되었다.

에르네는 병원 **소개** 탭을 열고 병원의 역사를 간략하게 소개한 글을 읽는다.

정신 질환자 치료를 전문으로 하는 베트레 모르곤다그는……1969년에 설립된 동명의 재단에 의해 운영되고 있습니다.……정신과 의사이면서 재

단 설립자이자 이사장이신 카밀라 아들레르크레우츠 박사는……대체 의
학과 약물 없는 치료법……열린 대화의 모델…….

병원과 재단의 역사가 십여 장의 흑백사진에 담겨 있다. 맨 위의 사
진은 최초의 병원인 빌라 모르곤 병원의 모습을 담고 있다. 그다음에
는 1960년대에 찍은 재단 설립자의 사진이다. 얼굴은 초상화 속 얼굴
과 똑같고 배경만 다르다.

"목적지까지 남은 시간 6분." 무전기에서 목소리가 터져나온다.

에르네는 알았다고 대답한 후 두 손에 얼굴을 묻는다.

100

가장 중요한 것을 보지 못했다고 했어요…….

도대체 내가 여기서 뭘 봐야 하는데?

제시카는 입술을 깨물면서 집중하려고 노력한다. 지칠 대로 지쳐 있지만, 사건 해결에 도움이 된다면 새벽까지라도 이 빌어먹을 창문 밖을 내다보고 있을 작정이다. 코포넨의 집 지붕에 발자국으로 찍혀 있던 말레우스 말레피카룸은 영상의 기온과 그후에 쌓인 눈과 과학수사대의 발길이 지나간 뒤여서 이제는 희미한 흔적으로 남아 있다. 마치 누군가가 낙서를 박박 지우고 그 위에 페인트를 칠한 것과 비슷하다. 그녀는 도로와 주변의 집들과 코포넨의 커다란 저택을 바라본다. 얼어붙은 바다와 수백 미터 떨어진 곳에 드문드문 떠 있는 섬들. 도대체 내가 보지 못하고 있는 게 뭔데?

제시카는 코포넨의 집 밖에 있는 도로를 바라본다. 이틀 전 밤에 그 도로에서 흰 방호복을 입은 살인범을 추격했다. 산울타리. 얼음 위에서 뿔이 달린 형체가 한 손을 들고 그녀에게 인사하던 모습이 떠오른다.

제시카는 방 안의 불빛 때문에 밖이 선명하게 보이지 않는다는 사실을 깨닫는다. 바깥에 보이는 장면과 유리창에 비치는 아들레르크레우츠 부인의 침실 안의 장면이 섞여서 혼란스럽다. 침대, 거울, 책상, 의자. 페르시아산 카펫, 작은 샹들리에, 문간에 서 있는 아들레르크레우츠 부인. 그리고 제시카 자신.

"죄송하지만, 부인. 불 좀 꺼주시겠어요?" 제시카가 지나가는 말로 말하고, 창문에서 초점을 풀려고 애를 쓴다. 몇 초가 지나지만 아무 일도 일어나지 않는다.

"불 좀 꺼주시겠어요, 잠깐만?"

제시카는 유리창에 비친 노부인을 다시 한번 쳐다본다. 그리고 자신의 모습도 쳐다본다. 거울에 비친 모습은 흐릿하다. 지금은 존재하지 않는 제시카 본 헬렌스라는 여자를 살짝 닮은 것도 같다. 그녀의 눈은 검은색의 커다란 찻잔 받침 같고, 낯설고 어두운 곳으로 끌고 가는 깊은 우물 같다. 그녀는 머리 양쪽에 뿔이 솟아나는 모습을 본다. 그리고 무라노의 호텔 방 침대에 죽은 듯이 누워 있는 아가씨를 본다. 손끝부터 발끝까지 온몸의 세포가 불에 타는 듯한 느낌이다. 마치 활활 타오르는 불길 속에 누워 있는 것 같다. 그녀는 천장을, 치장용 벽토의 장식을 노려보면서, 자신과 자신의 인생을 저주한다. 그녀가 막대한 재산을 가졌다는 사실은 그 삶을 조금이라도 견딜 수 있는 것으로 만들어주지 못한다. 오히려 그 반대이다. 그녀의 손길이 닿으면 모든 것이 하찮게 변한다. 제시카는 룸서비스에 딸려온 스테이크 나이프가 손목에 닿는 것을 느낀다. 자신이 언제라도 이 모든 괴로움을 끝낼 수 있다는 사실이 위안이 된다. 필요한 것은 작은 행동뿐이다. 그러면 그녀는 수산물 시장의 악취가 나는 이 도시의 허름한 호텔 스위트룸에서 영원한 안식을 취할 수 있을 것이다.

제시카의 눈에 눈물이 차오른다. 슬픔이나 통한의 눈물이 아니라 두려움의 눈물이다.

이제야 그녀는 깨닫는다. 자신이 이 방에 다시 온 이유는 거울에 비친 자신의 모습을 보기 위해서였다. 꿈속에서 엄마가 말했던 것처럼 그

441

녀는 지금 거울을 보고 있다.

제시카가 천천히 돌아서면서 손을 권총집에 가져다댄다. 아들레르크레우츠 부인은 팔짱을 낀 채로 아직도 문간에 서 있다. 부인은 제시카를 보고 있지 않다. 만족스러운 표정으로 침실을 둘러보고 있다. 그러더니 눈을 감고 오래된 집에서 나는 나무와 타르 냄새를 맡는다.

제시카의 휴대전화가 울리지만 그녀는 전화를 받지 않는다. 지금은 두 손 모두 자유로워야 한다는 사실을 알고 있다. 여기를 빠져나가야 한다. 유수프는 아직도 아래층에 있다.

제시카가 침을 꿀꺽 삼키고 노부인에게로 한 걸음 다가간다. "이제 내려가죠."

"넌 정말 네 엄마와 똑같구나." 아들레르크레우츠 부인이 다정하게 웃는다.

제시카는 온몸에 소름이 돋는다. 한순간 심장이 멎는 듯하더니 미친 듯이 쿵쾅거리기 시작한다. "뭐라고요?" 그녀가 권총집을 열면서 웅얼거린다.

노부인은 더 이상 약해 보이지도, 졸려 보이지도 않는다. "너도 갖고 있다고."

"지금 무슨 말씀을 하시는 거죠?"

"네 두뇌 말이야. 독특하거든. 그 뇌 때문에 지금의 네가 된 거란다."

"그만 가보겠습니다. 유수프!" 제시카가 쉰 목소리로 외치지만 아래층에서는 아무런 반응이 없다. "유수프!" 제시카가 이번에는 좀더 크게 외치고 나서 아들레르크레우츠 부인에게로 다가간다.

그때 어딘가에서 걸음 소리가 들린다. 그러나 계단통이 아니라 더 가까운 곳에서 들린다. 문이 삐걱거린다.

"테레사는 아팠단다." 아들레르크레우츠 부인의 말을 들으며 제시카는 권총을 쥔다.

"유수프!"

"그래도 테레사는 변함없이 내가 사랑하는 학생이었지." 노부인이 작은 소리로 웃는다.

"도대체 무슨 얘기를 하는 거예요?" 제시카의 목소리가 떨리고 있다. 그녀는 아들레르크레우츠 부인을 향해 총을 겨눈다. 내가 사랑하는 학생. 복도와 계단통에 걸려 있는 사진들이 제시카의 의식 속으로 뛰어든다. 제시카는 권총을 쥔 손에 힘을 준다. "가요, 어서!"

그와 동시에 두 형체가 문간에 나타난다. 어두운 복도에 서 있지만 구부러진 뿔이 머리 양쪽에 솟아 있는 것이 보인다. 제시카의 입술에서 울음소리가 새어나온다. 그녀가 창가로 뒷걸음치자 손을 뻗은 채로 들고 있는 권총이 흔들린다.

"유수프!"

"유수프는 안 올 거다." 아들레르크레우츠 부인이 말하는 순간, 한 남자가 그 옆을 지나 방 안으로 들어온다. "그리고 그 권총……내려놓는 게 좋을 거야. 작동이 안 되게 손봐놨거든."

제시카는 공포감이 온몸을 휘감는 것을 느낀다. 웅웅거리는 소리가 귀가 찢어질 듯이 울려퍼지고, 눈앞이 흐려진다. 그리고 통증이 찾아온다. 그녀는 천천히 다가오는 뿔 달린 괴물의 다리를 향해서 권총을 겨누지만 방아쇠가 당겨지지 않는다. 공이에 뭔가가 들어 있다. 뭐야, 이거? 미케가 점검해준 건데. 권총이 그녀의 발치로 떨어진다. 덩치 큰 남자의 팔이 제시카를 끌어안고 그녀의 얼굴에 젖은 수건을 덮는다. 제시카는 있는 힘껏 발버둥을 쳐보지만 그럴수록 더 깊은 곳으로 빠져 들어가는 듯하다. 햇빛이 조금도 들어올 수 없는 탁한 연못 속으로.

모든 게 잘될 거야, 아가.

101

에르네는 침묵하는 휴대전화를 쳐다보면서, 두 손으로 뒷목을 잡고 깍지를 낀다. 니나의 목숨이 위태로운데, 지금 당장 헬싱키 경찰의 절반을 투입해서 그녀를 찾아본다고 해도 좋지 않은 결과가 나올 것 같은 예감이 든다. 곧 그는 니나가 살인범 두 명과 함께 차를 타고 이동하도록 지시한 이유를 미카엘에게 설명해야 할 것이다. 살인범을 태우고 이동하라는 지시를 그는 지난 48시간 안에 두 번이나 내렸다. 그리고 도대체 제시카는 어디 있는 것일까? 문자 메시지 하나 보낸 이후로는 도통 소식이 없다.

"목적지까지 2분 남았습니다." 책상에 놓인 무전기에서 흘러나오는 목소리가 말한다.

"알았다, 오버." 에르네는 침을 몇 번 삼킨다.

라스무스가 문간에 나타난다. 걱정스러운 표정이 이제는 어리둥절한 표정으로 바뀌어 있다.

"무슨 일이야?"

"미케 형사님을 찾을 수가 없어요."

"무슨 말이야, 찾을 수가 없다니?"

"형사님이……경찰청을 빠져나갔습니다."

에르네가 안경을 고쳐 쓴다. "도대체 무슨 얘기를 하는 거야?"

라스무스가 몇 걸음 걸어들어와서 에르네의 사무실 가운데에 뒷짐을 지고 선다. 목소리가 약간 떨린다. "나갔다고 들었어요. 미케 형사님이 수갑을 찬 카를스테트와 레티넨과 함께 떠났답니다. 엘리베이터를 타고 아래층으로 내려가서 건물 밖으로 나갔다고 하네요. 셋 다 외투를 입고⋯⋯."

"미케가 한밤중에 주요 용의자들을 데리고 어딜 갔다는 거야?"

"나나 형사님이 위험에 처했다는 얘기를 들은 거 아닐까요? 그래서 나나 형사님을 찾으러 간 건지도 모르죠."

"용의자들을 데리고? 그건 말이 안 되지. 게다가 나나 소식을 어디서 들었겠어? 자네가 얘기했어?"

"아뇨, 미케 형사님을 보지도 못했다니까요. ⋯⋯나나 형사님이 직접 전화한 거 아닐까요?"

"진짜 이상한 일이군. 미케한테 전화해보지 뭐."

라스무스가 고개를 가로젓는다. "제가 벌써 해봤어요."

문에서 노크 소리가 나더니, 리카 보드바르드가 펜을 입에 물고 문 안으로 고개를 들이민다. "말씀하신 정보 가져왔어요, 경감님." 그녀가 라스무스에게 종이를 내민다. 라스무스가 종이를 받아들고는 그것을 읽으면서 에르네에게로 걸어가다가 얼굴을 찌푸리며 멈춰선다.

"카밀라 아들레르크레우츠? 재단 이사장이요?"

"보드바르드한테 조사해보라고 했거든. 뭐라고 적혀 있는데?" 에르네가 일어서서 허리를 굽히고 온몸의 체중을 실어 두 손으로 책상을 짚는다.

보드바르드는 복도로 사라지고, 라스무스가 종이를 에르네에게 건넨다.

"주소지가 쿨로사리예요. 코포넨의 집 바로 맞은편 집인데요."

"잠깐만⋯⋯." 에르네가 의자에 풀썩 주저앉아 마우스를 잡는다. 재단의 역사를 소개한 글에 나온 사진들을 불러낸다. 오래되고 화려한 목조 주택 사진을 찾는다. 빌라 모르곤.

에르네가 화면을 라스무스에게로 돌린다. "이 집이 제시카와 유수프가 들어가서 코포넨의 집 지붕에 남겨진 글귀를 봤던 그 집일까?"

"주소는 일치하는데요."

"근데……." 에르네가 다시 일어선다. 회색 스웨터를 집어들어 입더니 짙은 회색 외투를 껴입는다. "조금 전에 미케에게 아들레르크레우츠라는 이름을 들어본 적이 있냐고 물었어. 한 번도 들어본 적 없다고 하더라고."

무전기에서 신호가 울려퍼진다. 에르네가 무전기를 집어들고 가슴까지 들어올린다. **본부 응답하라.**

"하지만 미케 형사님은 유수프한테서 이웃 주민들 명단을 받았잖아요." 라스무스가 중얼거린다.

"깜박 잊었나 보지."

"아니면……."

본부 응답하라.

"깜박했을 거야. 그러기를 바라야지." 에르네가 말하더니 무전기를 입에 가져다댄다. "여기는 본부."

102

제시카가 눈을 떠보니 어두운 실내에서 불꽃이 깜박이는 것이 보인다. 콧속이 축축한 느낌이고 연료의 독한 냄새가 난다. 장작이 타들어 가면서 내는 타닥타닥 소리를 빼고는 방 안이 쥐 죽은 듯 고요하다.

제시카는 눈꺼풀이 무겁다. 그러나 어디 아픈 곳은 없다. 수련 잎 위에서 쉬고 있는 나비처럼 몸이 가볍다. 몇 미터 떨어진 곳에는 빨간색의 커다란 담요가 바닥에 깔려 있고, 그 아래에 있는 뭔가를 덮고 있다.

"제시카 본 헬렌스." 제시카 뒤에서 여자 목소리가 말한다.

제시카의 의지와는 반대로 대답이 나온다. "네?"

"환영한다, 제시카."

제시카의 눈에는 아무도 보이지 않는다. 고개를 돌려 찾아보려 하지만 머리가 나무로 된 목 지지대에 묶여 있어 고개를 돌릴 수가 없다.

데 프리모, 프라트리부스 에트 소로리부스(첫 번째, 형제자매들).

손을 구부리던 제시카는 두 팔목이 벨트에 묶여 있다는 사실을 깨닫는다.

한편, 반라의 사람들이 나타난다. 그들은 제시카를 지나서 그녀가 묶여 있는 의자의 양옆으로 걸어간다. 넷, 다섯, 여섯, 모두 여덟 명이다. 검은 망토를 입고 망토에 달린 모자를 써서 얼굴을 가리고 있다. 맨발로 돌바닥 위를 걸어 다니자 바스락거리는 소리가 난다.

제시카는 자신이 검은색 이브닝드레스를 입고 있다는 사실을 알아차린다. 하이힐은 발 옆에 놓여 있다. 정신이 들기 시작한다. 호흡이 얕아지고, 들숨과 날숨이 목에서 턱턱 걸린다. "이게 무슨 짓이에요?"

"얌전히 있으렴, 제시카." 여자 목소리가 말한다.

제시카는 벌거벗은 날씬한 몸을 노려본다. 축 늘어진 가슴에는 굵은 파란색 정맥이 어지럽게 뻗어 있다.

여자가 노쇠한 손을 들어 망토 모자를 뒤로 밀어서 벗는다. 두건을 벗고 드러난 여자의 얼굴이 인자하게 웃고 있다. 조금 전 침실에서 그랬던 것처럼.

"우리 소개를 제대로 못 했구나. 내 이름은 카밀라 아들레르크레우츠란다." 노부인이 제시카가 앉아 있는 의자로 한 걸음 다가온다. 다른 사람들은 그대로 서 있다. 제시카는 눈을 돌려 벌거벗은 사람들을 둘러본다. 남자와 여자가 섞여 있다. "궁금한 게 많겠구나."

제시카의 혀가 무겁게 느껴지고, 입안에서 이상한 쇳내가 난다. 제시카는 눈을 감는다. 모든 것이 혼란스럽다. 생각을 명료하게 정리할 수가 없다.

"여기를 나가고 싶어요." 제시카가 부드럽게 말한다. "경감님을 보고 싶어요."

"우리에게는 시간이 많지 않단다. 특히 내 시간은 얼마 안 남았지." 카밀라 아들레르크레우츠가 말하더니 옆으로 비켜서서 제시카가 방 안을 둘러볼 수 있게 해준다. 검은색 머리카락을 가진 아름다운 여성을 그린 초상화가 맞은편 벽에 걸려 있다. "보이니? 너를 그린 거라고 해도 다들 믿을 거다."

아들레르크레우츠의 말이 맞다. 충격적일 만큼 닮았다.

"하지만 저 인물은 네가 아니란다, 제시카. 나란다." 아들레르크레우츠의 목소리에서 따뜻함이 많이 사라졌다.

"여기를 나가고 싶어요." 제시카가 속삭인다.

"나가고 싶겠지. 그런데 문제는 네가 정말로 원하는 게 뭔지 잘 모른다는 거다, 제시카. 그런 건 딱 네 엄마를 **빼닮았**구나." 카밀라 아들레르크레우츠가 제시카를 향해 몇 걸음 걸어오더니 힘들게 무릎을 꿇고 앉는다. "네 엄마는 아름답고 예의 바른 여자였지만, 우리에게 등을 돌린 고집 센 년이기도 했지."

"무슨 말을 하는 건지 모르겠네요." 제시카가 말한다. 자신의 호흡이 빨라지고 얕아졌다는 사실을 깨닫는다.

"물론 모르겠지. 아가. 네가 어떻게 알겠니? 하지만 너는 네 엄마처럼 비범한 머리와 마음을 갖고 있단다. 진부함과 평범함을 거부하는 두뇌와, 사회가 강제하는 진실을 거부하는 용기를 갖고 있지." 카밀라 아들레르크레우츠가 동작을 크게 하며 손을 들어 이마를 만진다. 움직임이 유연하다. 주름진 노쇠한 손을 들어 백발의 머리를 어루만진다.

"엄마요?"

"그래. 넌 아직도 엄마를 보지? 잠 못 드는 늦은 밤에? 우린……나와 여기 내 자매들과 형제들은……. 지난 이틀간 우리가 한 행동들을 보고 참으로 비정하다고 생각할지 모르지만, 사실 우리가 바라는 건 더 나은 내일뿐이란다. 그것이 우리가 추구하는 이념이지. 더 나은 내일. 지금 네 앞에 서 있는 형제자매들은 죽는 날까지 이 이념을 수호하고 실천하기로 맹세한 사람들이란다."

"도대체 그게……." 제시카가 더듬거린다.

"여기서부턴 **형제님**이 하실래요?"

카밀라 아들레르크레우츠는 눈을 감는다. 오른쪽 맨 끝에 서 있는 남자가 모자로 손을 가져가더니 천천히 두건을 벗고 자신의 얼굴을

드러낸다. 제시카는 그를 직접 본 적은 없지만, 그가 누군지 금방 알아
차린다.

　로저 코포넨의 눈동자가 접시만큼 크고, 얼굴은 벌겋게 달아올라 있
다. 꼭 금방이라도 폭발할 것만 같다.

103

에르네는 남자의 말을 듣고 있지만 받아들이고 싶지는 않다. "다시 말해보라."

"목표물이 비어 있습니다."

그 말이 에르네의 귓가에 울려퍼진다. 무전기 송화구에서는 마른침 냄새가 난다. 에르네는 심장이 쿵쾅거리는 것을 느낀다. "욕조는 어떤가?"

"욕조는 없습니다. 지하실에는 잡다한 쓰레기가 가득합니다."

"그게 도대체……."

"처음 본 순간, 저희가 찾는 집이 아니라는 생각이 들었습니다."

"그럴 리가 없어." 에르네가 맥이 풀린 소리로 말한다.

"주변을 살펴보겠습니다." 무전기 너머에서 남자의 목소리가 말한다.

"알았다, 오버."

에르네는 무전기를 테이블에 내려놓는다. 심장이 병아리의 심장처럼 빨리 뛰고 있다. 테이블에 놓인 일반전화가 다시 울린다. 내부 전화. 휴대전화에도 또다른 번호가 뜬다. 경찰위원회의 륀크비스트이다. "도대체 무슨 일이 벌어지고 있는 거야?" 에르네가 중얼거린다. 너무 혼란스러워서 어떤 전화도 받을 수가 없다.

"저는 알 것 같아요." 라스무스가 찌푸린 얼굴로 말한다. 그는 자신의 휴대전화에 몰두해 있다.

"뭘 그렇게 보고 있어?"

"새로운 동영상이 올라왔어요. ……이번에는 인스타그램이에요." 라스무스가 휴대전화를 쥐고 에르네에게 걸어온다.

"그게 도대체 뭔데?"

동영상에서는, 어둠침침한 병실 침대에 검은색 머리카락의 아름다운 여성이 누워 있다.

"저 여자가……."

"로라 헬미넨이에요."

화면 하단 댓글창에 새 댓글들이 계속 올라오고 있다.

"실시간 방송이야?" 에르네가 숨죽인 목소리로 묻는다. 그의 사무실에서 울리는 전화벨 소리가 멀리서 들리는 듯하다.

"네……말레우스말레피카룸에서……."

"누가 헬미넨의 병실에서 라이브 스트리밍으로 내보내고 있군. 문 앞에 세워둔 경호원은 뭐하는 거야?" 그 순간 에르네는 제시카가 보낸 문자 메시지가 기억난다. 이제까지 헬미넨이 거짓말을 한 거였어요.

에르네는 동영상 밑에 나온 숫자를 가리킨다. "저건……저 숫자는 뭐야?"

"현재 이 동영상을 보고 있는 사람들의 수요."

"와, 이게……?"

현재 수만 명이 동영상을 보고 있다. #말레우스말레피카룸. 수백 개의 댓글이 달려 있는데, 대부분은 영어로 적혀 있다.

"댓글들은 동영상 초반에 그녀가 한 말에 대한 반응이에요."

"앞으로 돌려……."

그런데 그 순간 짙은색 양복을 입은 근육질의 남자가 화면 하단에 나타난다. 그가 침대 옆에서 걸음을 멈춘다.

"저 사람이 경호원인……."

"쉬, 들어보죠."

미안한데, 당신 휴대전화를 압수해야겠어요.

왜죠?

지시가 내려와서. 어디 있죠?

저기요. 선반 위에.

여자가 카메라를 가리키자, 경호원이 돌아선다.

"테오……." 에르네가 중얼거린다. 수사를 하면서 테오와 마주친 적
이 몇 번 있다. 제시카는 그를 자만심이 가득 찬 망할 자식이라고 생각
하지만, 에르네가 보기에는 유능한 친구이다. 테오가 침착하게 휴대전
화를 향해 몇 걸음 걸어간다.

"뭐야, 저게?" 라스무스가 중얼거린다.

에르네는 그의 말뜻을 금방 알아차린다. 로라가 침대에 누워 있지
않다. 어느새 일어나서 살금살금 테오 뒤를 따라가고 있다. 그녀의 헝
클어진 검은색 머리카락이 눈을 덮고 있다. "지금 뭐하는……."

에르네는 손을 들어 입을 막는다.

순식간에 일이 벌어진다. 테오가 휴대전화를 향해 손을 뻗는 순간
갑자기 움직임이 멈춘다. 자신만만하던 그의 얼굴이 어리둥절한 표정
으로 바뀌고, 곧 그의 목에서 검붉은 액체가 뿜어나오기 시작한다.

그리고 이제 동영상 화면에 서 있는 사람은 로라 헬미넨뿐이다. 그녀
가 화면을 보면서 냉혹하게 웃고 있다.

말레우스 말레피카룸.

104

한동안 방 안이 너무 조용해서 횃불에서 불꽃이 타닥타닥 타들어가는 소리가 다시 들린다. 연료 냄새를 맡으니 어린 시절이, 열기에 아스팔트가 녹아내리던 모습이 떠오른다.

"마테르 피토니삼(어머니 마녀여)." 로저 코포넨이 카밀라 아들레르크레우츠에게 허리를 굽혀 절을 하면서 말한다. 그러고는 놀란 눈을 제시카에게로 돌린다. "모든 일에는 목적이 있어, 제시카. 1초 전에 우리는 현대 사회의 타락을 염려하는 간결하고도 심오한 선언서를 인터넷에 올렸어." 그는 종이에 적힌 글을 읽는 사람처럼 억양 없이 말한다.

제시카는 다시 몸이 축 늘어지는 것을 느낀다. 마치 유독성 약물이 온몸을 돌아다니고 있는 듯하다. "당신이……당신 아내를 죽였어?" 그녀가 묻는다. 그리고 침을 꿀꺽 삼킨다. 목 안에도 감각이 없다.

"마리아는 자신의 운명을 스스로 결정했어. 마리아의 행동은 정신의 자유와 더 나은 내일에 대한 저항을 상징했지. 난 그에 대해 아무런 말도 할 수 없었어. 그런 일이 일어나리라는 사실도 알지 못했지. 알았다면 그 일을 막기 위해서 내가 할 수 있는 일은 다해봤을 거야. 어찌 됐든 아내였으니까……. 하지만 돌이켜 생각해보면 모든 것이 완벽하고 분명하다는 걸 알 수 있지."

제시카는 자신을 묶고 있는 것에서 벗어나려고 몸을 비틀어본다. 팔다리 근육에 최대한 힘을 줘보지만, 나무 의자에 단단히 묶여 있다.

"제시카, 이 모든 것이 이미 쓰여 있었단다. 로저의 책에서처럼. 처음부터 그렇게 분명하고 단순한 일이었어." 카밀라 아들레르크레우츠가 말한다.

"하지만……왜요?" 제시카가 묻는다. 감각을 마비시키는 약물의 힘을 물리치고 두려움이 고개를 내민다. 그녀는 한 줄기 눈물이 뺨을 타고 흐르는 것을 느낀다.

"이 모든 일이 네게는 좀 당혹스럽게 느껴질 수도 있겠구나, 제시카……." 카밀라가 로저 코포넨 뒤에 일렬로 서 있는 사람들을 가리키면서 말한다. "우리가 이루고자 하는 것이 뭔지 굳이 알려고 할 필요는 없단다. 우리의 가르침을 제대로 이해하려면 여러 해에 걸쳐 열심히 공부를 해야 하거든. 로저는 현대 사회의 제약과 타락상을 혐오했고, 거기에서 영감을 얻어 너무나 매혹적인 이야기들을 쓰게 되었단다. 우리의 이념과 관습이 스며들어 있는 이야기들을 말이야. 그리고 전 세계 수천만 명의 독자가 그 이야기들을 읽었고 자기도 모르게 우리의 사고방식에 열린 마음을 갖게 되었단다. 이런 상황을 이용하지 않는 것은 어리석은 일 아니겠니? 로저의 작품 덕분에, 우리에게는 수십 명의 새로운 신봉자가 생겼고, 그래서 학습 과정을 강화할 필요가 생겼단다. 우리가 이야기를 나누는 지금 이 순간에도 얼마나 많은 사람들이 더 나은 내일 운동에 대해 토론하고 있는지 아니? 말레우스 말레피카룸. 마녀들의 망치가 지금 서구 세계의 수백만 가정에서 최고의 관심사가 되었단다. 요즘엔 선교 사업이 놀랄 정도로 수월하게 진행되는구나. 필요한 것은, 이 모든 도구를 마음대로 어떻게 휘두를 것인가를 아는 것뿐이고."

"하지만……."

"오늘날 우리가 사는 세속의 세상은, 열린 마음이라는 재능을 신으로부터 부여받은 사람들의 입을 막으려고 애를 쓰고 있단다. 그리고 다들 알다시피, 비판적이고 창의적으로 생각하는 능력과 나무 대신 숲을 보는 능력은 조직화된 사회에 위협이 되고 있지. 사회는 이런 능력을 가진 개인을 미치광이로 낙인찍고 싶어한단다. 그들을 위해 병명을 만들어내고, 그들의 사고를 느리게 하는 약물을 주입하지. 나는 그들이 병실에 갇혀 시들어가거나 집에서 가족들에게 무시당하며 살게 내버려두지 않았어. 그들의 잠재력이 발현될 수 있게 하려고 평생을 노력했지. 나는 아픈 사람들을 치료한 게 아니란다, 제시카. 물론 내 역할을 했고 사회가 포용하는 용어들을 썼지. 하지만 그건 오로지 평화롭게 내 일을 하기 위해서 그렇게 한 거란다. 나는 아픈 사람들을 치료한 게 아니야. 왜냐하면 지금 나를 둘러싸고 있는 이 사람들은 결코 아픈 사람들이 아니니까. 이 사람들은 편협한 엘리트들이 넘쳐나는 이 혼돈스러운 지옥에서 유일한 희망의 빛이니까.”

제시카는 눈물이 묻은 입가에서 짠맛을 느낀다. 노부인의 앙상한 손이 그 눈물을 닦아주자, 제시카는 숨이 멎는 느낌이 든다. 등이 따갑고 다리 근육의 신경종말에서 번개가 치듯 찌릿찌릿한 느낌이 든다. 활활 타는 횃불 불빛 속에 번쩍이는 것이 보인다. 칼이다.

“내가 일곱 번째 피해자인가요? 마지막 마녀?” 제시카가 속삭인다.

“네가?” 카밀라 아들레르크레우츠가 즐거운 표정으로 되묻는다. “우리가 왜 이런 일을 벌였는지 아직도 이해하지 못하는 거니?”

제시카는 숨쉬기가 점점 더 힘들어진다. 콧속에는 점액이 가득하고, 목 안에는 거대한 덩어리가 걸려 있는 느낌이다.

“이제까지 내가 구한 영혼이 수십 명이란다, 제시카. 그들의 정신이 서서히 독살되는 것을 막았지. 내 환자들 중에서 단 한 명의 삶도 소위 그 분야 전문가라는 사람이 만들어낸 진단명 때문에 방해받고 고통받지 않도록 내가 보살펴주었단다. 정신병자라고 낙인찍혀 마땅한 사람이란 이 세상에 한 명도 없으니까. 나에게 등을 돌린 사람들조차도. 상상해보렴! 내가 없었다면 엄청나게 많은 약을 투여당하고 족쇄에 채워진 채로 살았을 이 불쌍한 영혼들이 내 덕분에 자유롭게 전공과 직업을 선택할 수 있게 되었단다. 권력이 있는 자리, 영향력을 행사하는 자리에 오를 수 있게 되었고. 내 아이들은 단순하고 지루한 일에 만족하지 않지. 내 아이들은 세상 어디에나 있다. 땅, 바다, 하늘, 어디에나."

"내 어머니는……." 제시카가 입을 열지만, 목에 걸린 덩어리 때문에 목소리가 나오지 않는다.

"루오마 부부는 베트레 모르곤다그에서 수십 년을 근무한 최고의 의사들이었단다. 하지만 통제력을 잃었고, 제약 산업에 영혼을 팔더구나. 알베르트 본 번스도르프도 마찬가지였고. 알베르트는 비범한 두뇌 기능을 위해 진단과 치료, 약물요법이 필요하다고 믿는 사람들과 어울렸고. '다중 인격', '질환', '병', '망상', '정신병'……이런 용어들은 다름을 공격하는 말들이란다." 카밀라 아들레르크레우츠는 잠깐 생각을 정리하는 것처럼 보인다. 잠시 후에는 뭔가 재미있는 일이 생각난 것처럼 즐거운 웃음을 터뜨린다.

"블롬크비스트, 그 깍쟁이 아가씨는 말할 것도 없고." 아들레르크레우츠가 여전히 웃으면서 말을 잇는다. "최근 몇 년 사이에 나온 가장 터무니없는 연구들 중 하나가 그 젊은 아가씨의 논문이었지. 비주류 두뇌 기능은 질환일 뿐만 아니라 말도 안 되는 어떤 기생충에 의해서 야기되는 거라고 주장했더구나."

"하지만……."

"넌 아직도 시스템이 어떻게 작동하는지 이해하지 못했구나, 제시카. 물론 그렇겠지, 이해할 필요가 없었으니까. 내가 영향력을 행사하지 않았다면 네가 지금 너의 자리까지 올 수 있었을 거라고 생각하니? 경찰 입사를 위한 신원 조회를 통과할 수 있었을 거라고 생각해? 이제 경찰로 자리 잡고 승진도 했으니, 우리가 목표를 이루고 사회가 무지의 소산으로 만들어놓은 잘못을 바로잡는 걸 도와줄 수 있을 것 같은데, 어떠니? 난 네가 성장하는 모습을 지켜보았단다. 그래서 네 엄마는 할 수 없었던, 혹은 하지 않으려고 했던 일을 너는 할 수 있다는 사실을 나는 알고 있지."

"뭐라고요?" 제시카가 중얼거리더니 울음을 터뜨린다.

카밀라 아들레르크레우츠가 고개를 숙이는데, 한동안 기도를 하는 것처럼 보인다. 잠시 후에는 일어서서 한 손을 높이 쳐든다.

"데테고."

반원형으로 둘러서 있던 벌거벗은 사람들이 차례로 두건을 벗는다. 이마에 불타듯 선명한 점이 있는, 면도를 깨끗하게 한 남자. 토르스텐 카를스테트. 카이 레티넨. 누군지 모르겠는 아름다운 검은색 머리카락을 가진 여자. 아마도 어젯밤에 이르마 헬레의 상점 창문을 두드리고 그녀를 살해한 여자일 것 같다. 그리고 마지막으로…….

"미안해, 제시카." 미카엘이 팔짱을 낀 채로 말한다.

제시카는 숨을 쉴 수가 없다. 당신 옆에 자기네 사람이 있으니까 모든 걸 알아낼 거라고 했어요. 제시카는 바보가 된 느낌이다. 갑자기 모든 것이 너무나 분명해진다. 수도 계량기, 권총, 수첩. 미케가 에르네에게 카를스테트와 레티넨을 연행하라고 압력을 넣던 일. 그저께 밤에 호텔 방에서 두 시간 동안 함께 있고 나서 제시카에게 드라이브를 가자고 했던 일. 쿨로사리 살인 사건으로 순찰조에게 출동 명령이 내려질 때, 제시카가 현장에 가장 먼저 도착하게 하기 위해서였던 것이다.

"도와줘요, 미케." 제시카는 부드럽게 말하지만, 충격은 서서히 분노로 바뀐다. 입 밖으로 나온 말이 아무 의미도 없게 느껴진다. "날 여기서 빼내달라고, 이 망할 자식아!" 그녀가 소리친다.

미카엘은 눈도 깜짝하지 않고 제시카를 바라본다. "제시카, 내 친구. 우리의 여행은 여기서 끝나지만 너의 여행은 계속될 거야."

"도대체 왜 그래요, 미케? 정신 나갔어요? 당신이 죽였⋯⋯."

"진정하렴, 제시카." 카밀라가 온화하게 웃으면서 말한다. "넌 대다수의 사람들과 똑같이 생각하는 함정에 빠져들고 있구나. 그들의 편협한 세계관을 받아들이고 있고. 그들에게는 우리가 악당이지만, 수많은 다른 사람들에게는 우리가 영웅이란다. 우리의 운동은 네가 상상하는 것보다 훨씬 더 광범위하단다. 두 팔 벌려 우리를 환영하는 형제들이 전 세계에 얼마나 많은 줄 아니? 그리고 오래 지나지 않아서 훨씬 더 많아질 거고. 로저의 책이 불티나게 팔리고 있고, 우리가 인터넷에 올린 성명서가 벌써 수십만 건의 조회 수를 기록하고 있는 걸 보면 알 수 있지."

"완전 미쳤군요."

"저런, 또 그런다, 제시카. 이 모든 일, 이렇게 치밀하게 준비하고 노력해서 만든 보물 지도의 목적은 우리의 메시지와 지식을 널리 전파하기 위한 것이란다."

카밀라 아들레르크레우츠가 돌아서서 빨간색 담요가 깔려 있는 곳으로 걸어간다. 횃불의 불빛 속에 드러난 그녀의 피부는, 구부린 철사틀에 걸쭉한 종이 반죽을 입힌 것처럼 비현실적으로 보인다. 망토를 벗은 그녀가 담요 위에 무릎을 굽혀서 앉고는 검은 손톱으로 담요를 잡고 홱 들춘다. 그러자 벌거벗은 두 사람이 나타난다.

제시카는 공포의 비명을 지른다.

"칼은 너를 위한 것이 아니란다, 제시카." 카밀라 아들레르크레우츠가 말하더니 힘들게 일어선다. "너의 운명은 죽는 것이 아니라, 우리 모두가 죽은 후에도 계속 살아가는 것이거든."

"유수프! 니나!" 제시카가 소리치지만 둘 다 대답이 없다. 둘 다 의식을 잃고 눈을 감은 채로 차가운 돌바닥에 누워 있다.

"마리아가 아름다운 드레스를 다섯 벌 주문했단다, 제시카. 네 엄마가 첫 번째 시상식에서 입었던 것과 똑같은 드레스로. 물론 마리아는 옆집 할머니가 그 드레스로 뭘 하려는 건지 몰랐지만, 날 도와주었지."

"니나, 눈 떠요! 유수프……" 제시카가 말끝을 흐린다. 불러봤자 소용없다는 생각이 든다.

갑자기 머리 위에서 뭔지 모를 쿵 하는 소리가 들린다. 미카엘이 천장 기둥을 올려다본다. "그들이 왔습니다."

천장에서 들리는 쿵쾅 소리가 더 커진다.

"서둘러야 합니다, 마테르 피토니삼." 방 안의 누군가가 말하지만, 카밀라 아들레르크레우츠는 서두르는 기색 하나 없이 침착해 보인다.

제시카는 경찰이 이곳을 찾아낼 수 있도록 소리를 질러서 알리고 싶다. 이곳은 그 큰 목조 주택의 지하실임이 분명하다. 그러나 소리가 목에 걸려 나오지 않는다. 반원형으로 서 있는 벌거벗은 사람들 중에 도망치려는 기색을 보이는 사람은 한 명도 없다.

제시카의 눈앞에서 칼이 번쩍인다. 이번에는 카밀라 아들레르크레우츠가 쥐고 있다.

"우리 중 일부는 남을 거고, 일부는 떠날 거다. 하지만 너는 남아서 계속 살아가야 한다. 왜냐하면 너 제시카 본 헬렌스는 네 엄마와 마찬가지로 마테르 피토니삼이니까."

제시카 뒤에 서 있는 사람들이 노래를 부르기 시작한다. 제시카가 어디서 들어본 듯한 멜로디이다. 그리고 칼로 사람의 살을 찌르는 소리가 가까이에서 들린다. 눈물이 제시카의 두 뺨을 타고 흘러내린다. 열기가 온몸으로 퍼진다. 그녀는 눈을 꼭 감는다.

그날 아침 엄마가 불렀던 노래이다.

레스피케 인 스페쿨로 레스플렌덴트, 제시카(거울을 보렴, 제시카).

105

제시카는 눈을 뜨지만 방금 연주회장으로 들어온 남자를 돌아보지는 않는다. 달콤한 애프터셰이브 향이 날 때까지 기다린다.

"제시카." 콜롬바노가 말한다. 약간 빈정거리는 말투이다. 아마도 놀라고 혼란스러운 마음을 숨기고 싶은 모양이다.

제시카가 그를 돌아본다. 콜롬바노는 카키색 바지 주머니에 두 손을 깊숙이 찔러넣고, 흰 셔츠는 배꼽 가까이까지 단추를 푼 채로 서서 그녀를 내려보고 있다.

"베네치아로 돌아왔네." 그가 말한다. 그의 누나는 살그머니 문 사이로 빠져나가 문을 닫는다. 이제는 둘뿐이다.

"떠나지 않았어요." 제시카는 자신의 목소리가 떨리고 있음을 알아차린다.

콜롬바노가 싱긋 웃는다. "뭐라고?"

"계속 무라노에 있었다고요."

콜롬바노는 제시카가 완전히 정신이 나갔다고 생각한다는 듯이 고개를 절레절레한다. 어쩌면 진짜로 미친 것인지 모른다. 여러 달을 호텔 방에서 꼼짝하지 않고 누워서 지냈기 때문이 아니라, 다시 돌아왔기 때문에.

"제시카, 우리가 그렇게 끝난 건 유감이야."

"이젠 당신 말 안 믿어요."

"아, 제시카, 널 좀 봐……. 솔직히 말해서 몰골이 말이 아니야. 그 아름답고 옷 잘 입는 아가씨는 어디 가고 이렇게……뚱뚱하고 볼품없는 트롤이 된 거야?"

"그러니까 이젠 당신의 공주가 아니라는 거예요? 당신 친구들과 나누고 싶은 여자가 아니라는 건가요?"

콜롬바노가 유쾌하게 웃음을 터뜨린다. "내가 언제 자기를 다른 친구와 나눴다고 그래."

"그래요, 나누진 않았죠. 당신이 나를 강간하는 장면을 친구는 그냥 구경만 했으니까."

"뭔 개소리야. 일어나, 어서. 여기를 나가자."

"키아라의 죽음이 사고가 아니었다는 거 알고 있어요."

"도대체 무슨 소리를 하는 거야?"

"더 이상 견딜 수가 없어서 자살했다는 거 알고 있다고요. 왜냐면 당신은 방 안에 있는 산소를 몽땅 빨아들이는 나르시스트니까. 당신은 다른 사람이 자신을 매력적이고 중요한 사람이라고 느끼게 만드는 능력이 있어요. 하지만 그들에게서 자존심과 자긍심을 모두 빼앗고 절벽에서 밀어버리는 더 큰 능력도 갖고 있죠."

"입 닥쳐."

"하지만 당신에게 알려주고 싶었어요." 제시카가 말한다. 여러 달 만에 처음으로 눈에 눈물이 맺힌다. 이 말을 하는 동안, 몇 달간 몸과 마음을 꼼짝도 하지 못하게 했던 무감각한 상태에서 풀려나는 느낌이 든다. "난 당신을 꿰뚫어보고 있다는 걸. 당신을 경멸한다는 걸. 그리고 당신 누나도 당신을 경멸한다는 걸."

콜롬바노가 껄껄 웃는다. "왜 이렇게 건방져졌지?"

"계속 그렇게 웃어요. 그게 다 연기라는 거 당신도 알고 나도 아니까."

"네가 알기는 뭘 알아, 이 더러운 창녀야." 콜롬바노가 제시카의 팔을 꽉 잡고 일으켜 세운다. "내 생각을 말해줄까? 너는 나를 아직도 너무 사랑해서 떠날 수가 없었던 거야. 그래서 참다 못해 나를 찾아온 거지, 약 한 번 놔달라고 간청하는 약쟁이처럼. 내 말이 맞지? 너는 싫어한다고 생각하지만, 사실은 엄청 좋아하는 걸 더 얻으려고 찾아온 거라고."

마지막 말은 제시카의 귀에 바싹 대고 외쳐서 침이 그녀의 목에 튄다. 제시카는 그의 눈을 바라보며 마음속에서 공포심이 커져가고 있다는 것을 느낀다. 콜롬바노의 강력한 손이 그녀의 가녀린 손목을 꽉 잡고 있다. 그녀는 자신의 의지로 여기 와서 이 가학적인 남자의 손아귀에 자신을 맡겨버렸다. 이 연주회장 안에는 두 사람밖에 없다. 아무도 그녀를 구하러 오지 않을 것이다.

"따라와." 콜롬바노가 제시카의 손목을 끌고 객석 사이를 걸어 문으로 향한다. 제시카의 한쪽 무릎이 의자에 쾅 하고 부딪히고, 의자가 넘어진다. 그녀는 자유로운 손으로 작은 핸드백을 꽉 쥔다.

"싫어!" 제시카가 외친다. 그 소리가 빈 연주회장 안에 쩌렁쩌렁 울려 퍼진다.

콜롬바노가 그녀의 손목을 잡은 손에 더욱 강하게 힘을 주자, 제시카는 손목에 피가 통하지 않아서 손가락이 찌릿찌릿하게 아프다. 그는 그녀를 잡아끌고 높은 기둥들 옆을 지나서 작은 방으로 들어간다. 그러고는 그 방을 가로질러 반대편에 있는 문으로 간다.

"이거 놔!"

"그냥 이야기만 하려고 온 척 하지 마⋯⋯."

콜롬바노가 문을 열고 제시카를 힘껏 밀치자, 그녀의 얼굴부터 바닥으로 떨어진다. 제시카는 방 안을 흘끗 둘러본다. 사무실인데, 벽마다 오래된 콘서트 포스터가 덕지덕지 붙어 있다. 방 한가운데에는 컴퓨터가 놓인 책상과 낡은 소파가 있고, 반대편 벽에는 밖으로 나가는 문이 있다.

제시카는 콜롬바노의 손에서 나는 바스락거리는 소리와 쨍그랑거리는 소리를 듣는다. 잠시 후에는 자신의 목에서 가죽 벨트가 느껴진다.

"넌 나랑 섹스하려고 나타난 거잖아! 내 콘서트를 망치려고……내 집중력을 흐트러뜨리려고."

제시카는 숨을 쉬려고 애를 쓴다. 손을 더듬어 목에 단단히 매인 가죽 벨트를 잡는다. 콜롬바노가 그녀의 검은색 원피스를 들추고 그녀의 엉덩이 사이로 손가락을 깊숙이 집어넣는다. 제시카는 비명을 지르면서 바닥에 떨어져 있는 핸드백을 향해 손을 뻗는다. 그녀는 가방끈과 가방 밖으로 튀어나온 나무 손잡이를 잡는다.

"넌 내 설명을 들을 가치도 없지만, 어쨌든……넌 그냥 묘지에서 만난 여자애였어. 네가 유일한 여자라고 생각해? 웃기지 마. 뻔하고 약해빠진 주제에. 게다가 멍청하고! 혼자서 쫄래쫄래 따라와서 귀찮게 하고, 바보 같은 질문이나 하고. 내가 미안하냐고? 왜 미안해, 내가. 이 멍청한 년아. 너 자신을 봐. 돼지 같은 년! 스무 살의 매춘부……. 따끔하게 버릇을 고쳐줘야겠다는 생각이 없었다면, 널 건드리지도 않았을 거……."

콜롬바노의 말이 갑작스러운 쿵 소리와 함께 멈춘다. 한동안 사방이 쥐 죽은 듯이 고요하다. 갑자기 그가 고함을 치면서 일어난다. 목을 죄고 있던 벨트가 풀리면서 제시카는 몸을 돌린다.

콜롬바노가 멍한 표정으로 몇 걸음을 뒷걸음질치더니 고개를 숙여

자신은 볼 수 없는 곳을 보려고 애를 쓰고, 쇄골 아래에 꽂힌 스테이크 나이프의 손잡이를 쳐다본다. 두 번의 칼에 찔린, 더 위쪽의 양쪽 목젖에 난 상처에서 피가 솟구치고 있다. 한순간 그에게 뿔이 솟은 것처럼 보인다. 그가 비틀거리며 앞으로 걸어오자, 뒤쪽 벽에 붙은 오페라 「파우스트」의 포스터가 보인다.

"도대체 이게……?" 콜롬바노가 쉰 목소리로 말하면서 나이프 손잡이를 잡는다. 손가락 사이로 피가 뚝뚝 떨어진다. 그와 제시카는 충격을 받은 표정으로 서로를 바라본다. 마치 전혀 예상하지 못했던 시간과 장소에서 처음 만난 사람들처럼 서로를 보고 있다. 그는 칼날을 3센티미터쯤 빼내면서 고통으로 얼굴을 찡그린다.

"이 더러운 매춘부!"

콜롬바노의 눈에서 계산력과 결단력이 사라졌다. 남은 것은 순전히 분노뿐이다. 그가 몇 걸음 다가와 있는 힘을 다해 제시카에게 달려든다. 제시카는 그의 피가 자신의 얼굴에 뚝뚝 떨어지고 있음을, 그의 강력하고 거친 손이 자신의 목을 잡고 있음을 느낀다. 그의 짐승 같은 포효가 귓전에서 천둥같이 울려퍼진다. 제시카는 이제야 자신이 이 저주받은 곳으로 돌아온 이유를, 이 괴물을 다시 마주하기를 원했던 이유를 깨닫는다. 지난 몇 달간 호텔 방에서 스스로 할 수 없었던 일을 콜롬바노가 해줄 것이라고 믿었기 때문이다. 곧 모든 일이 끝날 것이다.

그러나 그때 콜롬바노의 손길이 미끄러져 내려간다.

제시카가 눈을 뜬다. 그녀 위에 있던, 온 힘으로 그녀를 압도하던 남자가 사라진다.

올레트코 쿤노사?

들어본 적 없는 목소리가 제시카에게 핀란드어로 말한다. **괜찮아?**

콜롬바노가 신음하는 소리가 희미하게 들린다. 낯선 남자가 그녀에게 다가온다. 제시카는 그곳에 누워서 숨을 헐떡이다가 피범벅인 얼굴을 닦으며 일어나 앉는다. 가죽 벨트는 바닥에 있는데 아직도 그 벨트가 자신의 목을 조르는 것 같다.

콜롬바노는 몇 미터 떨어진 곳에 가슴에 칼을 꽂고 쓰러져 있다. 쌕쌕거리며 죽어가는 그의 옆에는 마흔 살가량의 남자가 서 있다. 아까 연주회 때 눈이 마주쳤던 남자이다. 그가 작은 조각상을 꽉 쥐고 있다. 아마도 그것으로 콜롬바노의 뒤통수를 가격한 모양이다.

"누……누구세요?" 제시카가 묻는다. 자신이 내뱉은 핀란드어가 너무나 낯설게 느껴진다. 오랜만에 핀란드어를 말한 것 같다.

"제시카, 내 말 잘 들어." 남자가 이마에서 피를 닦으면서 말한다. "이건 정당방위였어."

남자가 침착하게 말한다. 그리고 제시카는 그의 말투에 지방 사투리가 살짝 섞여 있음을 알아차린다.

"그가 죽을……."

"몰라. 모른다고, 빌어먹을……."

그 순간, 콜롬바노의 몸이 축 늘어지고 두 손이 생명을 잃고 옆으로 툭 떨어진다. 제시카는 조용히 눈물을 흘린다.

"여기에서 나가야 돼." 남자가 불안한 눈으로 주위를 둘러본다. 그는 조금 전 자신이 들어온 문으로 걸어가서 연주회장이 비어 있는 것을 확인한다. 그런 다음 그 문을 잠그고 밖으로 나가는 문을 향해 걸어간다. 문을 빼꼼히 열고 고개를 내밀어 밖을 살핀 다음 제시카에게로 돌아온다.

"어물쩡거리고 있다가 베네치아 경찰한테 조사받고 싶은 건 아니겠

지? 나도 아니야. 이 난장판은 그대로 두고 가자고. 헬싱키로 돌아가
자는 말이야."

"누구……도대체 누구세요?"

"널 집으로 데려가려고 왔어. 다들 네 걱정을 하고 있어."

"다들이라니, 누가요?"

"네 이모."

"하지만……."

"제시카." 남자가 제시카의 어깨를 꽉 잡는다. 그에게서 눅눅한 담배
냄새와 희미한 위스키 냄새가 난다. 단단하고 울퉁불퉁한 얼굴이지만
표정은 부드럽다. "저기 세면대에 가서 세수하고 저 문으로 나가." 그
가 단호하게 말한다. "저기로 나가면 작은 운하로 갈 수 있어. 방금 내
다봤을 땐 길에 아무도 없었지만, 나가기 전에 한 번 더 확인해. 아무
도 널 보면 안 돼, 어떤 상황에서도."

"하지만 왜……?" 제시카가 머뭇거린다. 남자는 우려스러운 얼굴로
쓰러져 있는 콜롬바노를 쳐다본다. 바이올리니스트는 눈을 뜨고 영원
을 바라보고 있다.

"여기는 내가 정리할게. 무라노의 호텔로 돌아가서 나를 기다리고 있
어. 최대한 빨리 따라갈게. 그런 다음 둘이 떠나는 거야. 걱정하지 마,
모든 일이 다 잘될 거야."

제시카가 남자를 보면서 흐느끼기 시작한다. 남자의 말투에는 지
방 사투리가 아니라 외국어 억양이 있음을 이제야 깨닫는다. "누구예
요, 당신?"

"에르네." 남자가 가슴 주머니에서 경찰 배지를 꺼내 보여준다. "날
믿어도 돼."

106

에르네 믹손은 콘크리트 바닥에 누워 있는 시신 옆에 무릎을 구부리고 앉아서 이마에 난 땀을 닦는다. 벽에 걸린 횃불의 불길이 천장이 낮은 이 방을 데우고 있다. 에르네는 오한에 떨고 있지만, 그 열기 때문에 셔츠가 등에 달라붙어 있다. 지금 겨드랑이 밑에 체온계를 넣고 잰다면 몇 도가 나올지 상상도 하고 싶지 않다.

경찰 특공대 한 명이 에르네에게 걸어온다. "지하도 입구를 치우는데 시간이 좀 걸릴 것 같습니다."

"그들은 이젠 지하도에 없을 거야."

"네, 없더라고요." 특공대원이 대꾸하더니, 짧은 무전에 대답하고 나서, 반대편 벽을 향해 걸어간다. 그 벽 한가운데에 높이가 1미터 가까이 되는 커다란 구멍이 뚫려 있다. 젊은 시절의 카밀라 아들레르크레우츠를 그린 커다란 유화 초상화가 그 구멍 옆의 벽에 기대 세워져 있다.

에르네는 눈을 감고 역겨운 화약 냄새를 맡는다. 수십 명의 경찰관과 구조대원과 과학수사대원의 말소리와, 계단을 느릿느릿 내려가는 발소리를 듣는다.

"경감님."

에르네는 라스무스의 목소리를 듣고도 잠자코 있다.

"경감님." 라스무스가 다시 그를 부른다.

"왜?"

라스무스가 갈색 파카 주머니에 두 손을 찔러넣은 채 방으로 들어온다. "구급차는 출발했어요."

에르네가 한숨을 쉬고는 눈을 뜬다. "이번에는 제시카한테 경호원을 제대로 붙였어?"

"네."

"잘했어."

라스무스가 고개를 숙이고 신발 끝을 바라본다. "제 생각에는…… 그러니까……놈들이 제시카를 죽이고 싶었다면 기회가 있을 때 죽였 겠죠."

에르네가 천천히 일어서서 라스무스를 바라본다. 추측 따윈 집어치 우라고 하고 싶지만, 마음속 깊은 곳에서는 라스무스의 말이 맞다는 사실을 알고 있다. 아들레르크레우츠가 그렇게 수고를 해가면서 제시 카를 덫으로 끌어들이더니, 털끝 하나 건드리지 않고 풀어주기로 결정 한 데에는 무슨 이유가 있을 것이다. 제시카는 현재 일어나고 있는 일 을 이해하고 있음이 틀림없다. 에르네는 너무 충격을 받아서 그 문제 에 대해서 생각해보지 못했다. 조만간 따로 이야기할 시간이 있을 것이 다. 그와 제시카 단 둘이서.

"시청에서 자료를 어렵게 구했어요."

"지하도?"

"네. 공식 기록이 없고, 1990년대에 작성된 청사진과 건축 허가증만 있더라고요. 시에는 그 지하도가 실제로 건설됐다는 기록이 없어요. 건 축 일시도, 건축 업자도 없고요."

"그래서 처음부터 그걸 찾아볼 생각을 못 한 거로군."

"청사진에 따르면, 지하도가 다리 밑으로 해서 쿨로사리의 방공호까 지 연결되어 있어요. 특공대가 확인했는데 모두들 사라지고 없었고요.

차가 대기하고 있었던 게 틀림없어요."

"CCTV는?"

"없어요." 라스무스가 뒤통수를 긁으면서 말한다.

"다리 밑이라……." 에르네가 중얼거린다. "그러면 로라 헬미넨이 코포넨의 집 근처에서 얼음 위로 툭 튀어 올라온 게 설명이 되네."

"그리고 마리아 코포넨을 죽인 놈이 흔적도 없이 사라진 것도요." 라스무스가 주머니에서 아주 작은 단지를 꺼낸다. 에르네는 자기 관리에 거의 신경을 쓰지 않던 부하 직원이 립밤을 손끝으로 푹 찍어서 마른 입술에 조심스레 바르는 모습을 믿어지지 않는다는 표정으로 지켜본다. "찬바람에 자꾸만 터서요."

에르네는 아무 대꾸도 하지 않고 다른 시신을 향해서 몇 걸음을 걷는다. 첫 번째 시신과 마찬가지로 칼에 찔려 피범벅이 된 가슴의 상처는 있지만 칼은 보이지 않는다.

"바깥에서 다른 소식은 없어?"

"베트레 모르곤다그, 더 나은 내일 운동이 소셜미디어에서 광풍을 일으키고 있어요. 헬미넨이 자기 병실에서 찍은 동영상을 인스타그램 측에서 삭제했지만, 이미 인터넷에서 널리 퍼지고 있고요. 로저 코포넨의 유튜브 계정에 업로드된 성명서는 오늘 전 세계에서 가장 많은 조회수를 기록한 동영상 중 하나예요."

"거기 뭐라고 적혀 있는데?"

"굉장히 길어요."

"요점만 말하자면."

"한마디로 무정부주의를 주창하는 거예요. 전통적인 의미에서의 무정부주의는 아니지만. 실은 무정부주의를 가장한 위선이죠."

"그게 무슨 뜻이야?"

라스무스가 보기 드문 표정을, 분노와 혐오의 표정을 짓고 있다.

"분명한 건……." 라스무스가 잠깐 침묵한 후에 말을 잇는다. "카밀라 아들레르크레우츠가 이 사람들을 이용해왔다는 사실이에요. 정신적으로 비전형적인 생각을 하는 사람들에게 자신은 그들이 잘되기만을 바라고 돕는 거라고 믿게 만들어서 그들을 조종했죠. 상당수는 아주 오래 전부터 계속."

"그것도 아무나 붙잡고 그렇게 한 게 아니고." 에르네가 한숨을 쉰다.

"바로 그거예요. 힘 있는 자리에 있는 사람들만 포섭했죠. 아들레르크레우츠가 자신의 사이비 철학을 가지고 이들을 이용하고 있는 거예요. 약물과 표준 치료로 이들을 돕지 않고, 이들을 노예처럼 부려서 이른바 '세계 질서'를 바꾸려고 하고 있어요. 이렇게 이용당하지 않았다면 이 사람들이 치료에 얼마나 많은 돈을 들였겠어요."

"그 돈이 다 그 할망구 주머니에 들어갔군." 에르네가 말한다. 그는 두 번째 시신 옆에 쭈그리고 앉아서 낮은 목소리로 말한다. "로저 코포넨이 처음부터 이 일에 관여했다면, 그 책도 이런 계획을 염두에 두고 썼을까?"

라스무스가 조용히 대답한다. "그건 아닐 거예요. 만일 그랬다면, 그 엄청난 성공을 처음부터 예측하고 글을 썼다는 얘긴데, 그건 말이 안 되잖아요."

에르네는 고개를 끄덕이고 나서 주머니에서 담뱃갑을 꺼낸다.

"아니면 그냥 성공하기를 바랐을 수는 있지."

에르네는 담뱃갑에서 담배 한 대를 꺼내 입에 물고 불은 붙이지 않는다. 그는 바닥에 나란히 누운 남자 시신 두 구를 바라본다. 그러고

보니 로저 코포넨과 미카엘 카리니에미의 얼굴에는 굉장히 기이한 부분이 있었다는 생각이 든다. 뭔가 불가해한 메시지가 얼굴에 쓰여 있었던 것 같다. 마치 그들이 그 안에 큰 비밀을 항상 숨기고 있었던 것처럼.

107

제시카가 눈을 뜬다. 눈꺼풀이 무겁다. 돛단배 그림과, 목재로 된 벽장, 휠체어를 타고 드나들 수 있는 화장실의 넓은 문, 그리고 천장에서 내려오는 줄에 매달린 작은 텔레비전이 보인다. 자신이 병실에 누워 있고, 유수프와 니나도 옆 병실에서 회복 중이라는 사실을 그녀는 알고 있다. 오늘 아침 그녀가 깨어나자마자 에르네가 알려주었다.

"제시카?"

제시카가 고개를 돌리니, 하나로 단단히 묶어 올린 머리에, 머리카락 몇 가닥이 이마로 내려와 있는 낯익은 얼굴이 밝은 햇빛을 배경으로 어둡게 보인다.

"티나 이모?"

주름진 손이 제시카의 손을 꼭 잡는다. 여윈 뺨 위로 한줄기 눈물이 흘러내린다.

"이렇게 오랜 세월이 흐른 후에라도 널 만나다니, 너무 좋구나……."

제시카는 이모의 얼굴을 찬찬히 뜯어본다. 머리를 붉은색으로 염색했고, 주름 제거 수술을 여러 차례 받은 것 같은데, 제시카가 기억하는 옛날 모습보다 훨씬 더 늙어 보인다. 그 콧대 높고 당당하던 모습은 온데간데없고 노쇠하고 우울한 분위기의 노파가 거기 서 있다.

"내가 네 생각을 얼마나 많이 했는지 넌 모를 거다, 제시카."

"원하는 게 뭐예요?" 제시카가 창가로 고개를 돌린다. 병실 안에 침묵이 흐른다. 티나는 그 대답은 준비해오지 않은 것이 분명하다. 어쩌면 대답을 생각해내려고 했지만 생각이 나지 않았을지도 모른다.

"내가 원하는 건 네가 나를 적으로 생각하지 않는 거란다." 마침내 티나가 말하고는 핸드백에서 레이스 달린 손수건을 꺼내서 눈물을 닦는다.

제시카는 고개를 가로젓는다. 이렇게 오랜 세월이 흐른 후에 이모가 왜 자신을 찾아왔는지 도무지 이해가 가지 않는다. 마지막으로 얼굴을 본 이후로 너무도 오랜 시간이 지나서, 이모의 얼굴을 보지 않은 채로 목소리만 들었다면 이모인 줄도 몰랐을 것이다.

"적이라고 생각 안 해요. 하지만 친구라고 생각하지도 않죠." 제시카는 목 안이 답답하다. 마음에 있는 말을 하기가 놀랄 정도로 힘들다.

"하지만……." 티나가 속삭이자, 제시카는 손을 내젓는다.

"엄만 이모를 믿지 않았어요." 제시카는 자신의 목소리도 작아졌음을 느낀다.

둘 다 말이 없다.

"네 엄마는 아팠단다." 티나가 먼저 입을 연다. 이모의 목소리가 떨린다. "네 엄마는 세상에서 가장 아름답고 재능 있는 사람이었지만, 한편으로는 아주아주 많이 아팠어."

제시카는 고개를 돌리고 눈을 감는다. 이 말을 전에 들어본 적이 있는데, 어디서 들었는지 기억이 나지 않는다. "그게 무슨 뜻이죠?"

한순간 티나는 뒤로 물러서서 마음에 있는 말을 하지 않으려는 것처럼 보인다. 앞으로 30년은 더 가슴에 비밀을 꽁꽁 묻어둘 생각인 것 같다. 그러나 깊은 한숨을 쉬더니 더듬거리며 말을 하기 시작한다.

"네 엄마는 정신병을 앓았단다. 아주 젊은 나이에 편집성 조현병 진단을 받았지." 티나가 말한다. 조심스레 미소를 짓는 것으로 보아 마음이 놓이기 시작하나 보다. 항상 처음이 가장 힘드니까. "하지만 약물치료 덕분에 비교적 정상적인 생활이 가능했고, 배우로서 활동도 할 수 있었지. 정신병이 있었음에도가 아니라 정신병이 있었기 때문에 뛰어난 배우가 될 수 있었다고 말해도 될 것 같구나. 하지만 본 헬렌스와 같은 스웨덴인과 핀란드인의 피가 섞인 상류층 귀족 가문에서는, 딸이 정신병을 앓고 있다는 사실이 외부에 알려지는 건 도저히 있을 수 없는 일이었단다. 1970년대엔 그랬지. 그 일을 비밀로 하기 위해서, 테레사는 카밀라 아들레르크레우츠가 운영하는, 청소년 전문 신경정신과 개인 병원에 다니게 되었지."

"하지만……." 제시카가 중얼거린다. 명치에서부터 가슴까지 답답함이 퍼진다.

"경미한 편집증과 갑작스러운 분노 발작을 제외하면, 언니는 일상생활을 아주 잘 해나갔단다. 그런데 스무 살에 연극학교에 지원하고 합격하는 바람에 부모님을 경악하게 만들었지. 그리고 얼마 지나지 않아서 배우 생활을 시작했고, 너도 잘 알다시피 핀란드에서 타의 추종을 불허하는 대배우가 되었단다. 배우로서 왕성하게 활동하다가 헬싱키 시립 극장에서 무대감독으로 일하던 네 아버지를 만났고. 얼마 지나지 않아서 네가 태어났고, 2년 후에는 토페가 태어났지. 그러고 나서 너희 가족은 미국으로 이민을 갔고." 티나가 자신의 플라스틱 머그컵에 담긴 물을 한 모금 마신다. 뼈만 앙상한 목에 난 주름이 꼭 칠면조의 육수(칠면조, 닭 따위의 목 부분에 늘어져 있는 붉은 피부/옮긴이) 같다.

"왜 지금 그런 이야기를 하죠?"

"네 아버지는 미국에 가고 싶어하지 않았단다. 헬싱키에서 사는 게 가장 현명한 방법이라고 생각했거든. 너와 토페를 위해서라도 말이야.

그땐 네 부모가 엄청난 유산을 상속받았기 때문에 한쪽이 경제적으로 성공을 거두는 것이 큰 의미가 없기도 했고."

"엄마는 자신의 꿈을 찾아 간 거예요."

"그게 주된 이유는 아니었어. 네 엄마는 여기 사는 게 두려워서 떠난 거야."

"뭘 두려워했는데요?"

"카밀라 아들레르크레우츠." 티나는 잠시 말을 멈춘다. 복도에서 카트가 쨍그랑거리며 지나가는 소리가 들린다. "아들레르크레우츠는 테레사가 하는 주장을 망상이라고 말하며 일축해버렸지. 모든 사람들이 누구 말을 믿었겠니? 조현병 환자의 말을 믿었을까, 아니면 존경받는 정신과 의사의 말을 믿었을까?"

"하지만……엄마가 무슨 주장을 했는데요?"

티나가 제시카를 물끄러미 바라보더니, 아주 믿기 힘든 이야기를 꺼내야 한다는 듯 끙 하고 앓는 소리를 낸다.

"아들레르크레우츠가 어린이들과 청소년들을 세뇌할 목적으로 주술을 행했다고 주장했어. 또 침수하는 것이 포함된 주술 의식에 환자들을 강제로 참여하도록 시켰다고도 했고. 신체적으로는 물론이고 정신적으로 더 심각하게 학대당했다고도 부모님에게 말했지. 그리고 아들레르크레우츠가 환자들에게 행한 일이 진짜로 효과가 있었다고 했어. 환자들이 아들레르크레우츠의 지시대로 움직이는 것처럼 보였다고 하더구나."

"엄마만 빼고요?"

"그래. 자기가 치료를 받을 때 실제로는 무슨 일이 일어나는지 부모님에게 계속 얘기하고 완강하게 치료를 거부한 걸 보면."

티나는 소리를 내지 않고 울음을 터뜨린다. 햇빛이 비치는 창문 쪽으로 고개를 돌리고 코를 닦고는 마음을 가다듬는다.

"성년이 된 테레사 언니는 이제 상담을 그만 받겠다고 선언했어. 하지만 아들레르크레우츠의 무리가 네 엄마를 가만히 내버려두지 않았단다. 언니는 사람들이 밤에 자신을 미행한다고, 이상한 전화가 자꾸만 걸려온다고 말했어. 돌아오지 않으면 끔찍한 대가를 치를 각오를 하라고 협박한다고 말이야."

"망상에 사로잡힌 사람들이 흔히 하는 말인데."

"그러니까 말이다. 네 외할머니, 외할아버지가 언니의 말을 심각하게 받아들이지 않았다는 이유로 네가 그분들을 비난할지 어떨지는 모르겠지만, 어찌 되었든 그런 이유로 네 엄마는 떠나고 싶어했어. 가능한 한 멀리."

"자신이 그 집단에서 왜 그렇게 중요한 존재였는지 엄마가 말한 적이 있어요?"

"테레사 언니의 말에 따르면, 아들레르크레우츠는 그 종교 집단의 차기 지도자로 언니를 선택했고 자신의 대를 잇게 하려고 했단다. 언니에게서 독특한 매력을 본 거지. 언니의 섬세함과 카리스마와 사람들의 마음을 쥐고 흔드는 능력 같은 걸 알아본 거겠지. 나중에 언니를 영향력 있는 영화배우로 만들어준 그런 특질들 말이야. 네 엄마는 허비하기에는 너무나 아까운 잠재력을 많이 갖고 있었단다. 아들레르크레우츠는 그런 네 엄마를 자기 집단의 귀중한 자산으로, 훌륭한 선전 도구로 생각했을 거야."

제시카는 멍하니 앞을 바라본다. 충격과 분노와 슬픔이 쓰나미처럼 밀려오지만, 그 어떤 감정도 마음속에 뿌리내리지는 못한다. 마침내 그녀가 속삭여 묻는다. "아빠는……, 아빠도 알았어요?"

"언니는 네 아빠에게 진실을 알리고 싶어하지 않았어. 물론 네 아빠도 세월이 흐르면서 네 엄마에게 불안정한 측면이 있다는 건 알게 됐겠지. 하지만 무엇 때문에 갑자기 감정 기복이 심해지고, 때때로 뭔가를 균형 있게 바라보는 시각을 잃는지에 대해선 전혀 몰랐을 거야. 그러니까 참고 살았지."

"저와 토페를 위해서요?"

"물론이지! 하지만 난 네 아빠도 엄마를 사랑했다고 확신한단다." 티나가 말한다. 그러고는 컵의 물을 모두 마신다. "성공……스포트라이트를 받고 레드 카펫 위를 걷는 삶……그런 것들이 네 부모의 삶을 더 힘들게 했는지 더 편하게 했는지는 난 잘 모르겠다. 하지만 그후 몇 년이 지나자 더는 어떻게 할 수 없을 정도로 둘 사이의 골이 깊어졌고, 결국 네 아버지는 떠나기로 결심했지."

그순간 제시카는 심장이 멎는 것 같고 갑자기 목이 타들어가는 것 같다. "그날 아침에……."

"사고 전날 밤, 로스앤젤레스에 있는 네 아빠한테서 전화가 왔더라. 여러 해 동안 둘에게서 소식이 전혀 없었기 때문에 전화를 받고 깜짝 놀랐지. 네 엄마가 본 헬렌스 가문 사람들 모두를 악당으로 만들려고 최선을 다했거든. 하지만 가정생활이 점점 더 힘들어지자 네 아빠는 다른 데에 문제가 있다는 걸 깨닫게 된 거야. 그날 전화해서 네 아빠가 그러더라. 결혼 생활은 파탄 난 지 꽤 됐고, 자기는 다른 여자를 사랑하게 됐다고. 팰로앨토로 가서 그 여자와 함께 살 거라고. 네 엄마는 그때 새로운 영화를 찍을 준비를 하고 있었고, 네 아빠는 너희들을 본인이 키우고 싶어했는데, 네 엄마가 완강히 반대했지. 어쨌든 네 아빠가 전화해서 나한테 로스앤젤레스로 와서 언니와 애들을 보살펴달라고 간청을 했단다."

"그래서 로스앤젤레스로 오셨어요?"

"물론 갔지. 내 언닌데. 하지만 불행히도 너무 늦게 도착했어……."

"사고가 난 다음에 오셨군요." 제시카가 말하고는 창밖을 내다본다. 한파로 유리창에 아름다운 별이 생겨 있었다.

"사고가 났을 때, 난 아직 하늘에 있었어……정확히 말해서 네바다 상공을 날고 있었지." 티나는 눈물을 닦는다. "벨 에어 출입문 앞에 있는 택시 뒷좌석에 앉아서 두 시간 동안 대기할 때 그 소식을 들었다. 경찰이 와서 상황을 설명하고 나를 병원으로 데리고 갔지. 의사는 네가 소생 가능성이 없다고 했어, 제시카……. 온갖 기계에 둘러싸여 누워 있는 네가 얼마나 작아 보이던지, 아직도 기억에 생생하구나."

"거기에 계셨군요……."

"의사들이 너를 살리기 위해 애쓰던 4주 동안 매일 갔어. 네 외할머니와 외할아버지도 오셨지. 그분들한테는 정말 힘든 시간이었다. 그렇게 오랫동안 큰 딸네 가족과 소원하게 지내다가 갑자기 영원한 이별을 해야 했으니 힘드셨을 수밖에. 관계를 회복할 기회를 갖지 못한 채 그렇게 끝나버렸으니까. 하지만 그분들은 아들레르크레우츠의 치료법에 대해 언니가 한 말을 믿지 않은 것에 관해선 자책하지 않으셨어. 진실을 모르셨으니까."

"그럼 이모는 엄마 말을 믿으셨어요?" 제시카는 질문을 던지고는 다시 창문으로 고개를 돌린다. 햇빛이 그 어느 때보다도 밝게 비치고 있다.

"내 말을 들어봐, 제시카." 티나가 말한다. "난 너와 함께 살고 싶었지만 그럴 수가 없었단다."

"아이를 좋아하지 않아서요?"

"난 너무 어려서 입양을 할 수가 없었고, 네 외할머니는 유방암에 걸려서 투병 생활을 하고 계셨거든. 네 고모가 유일한 대안이었다. 네 고모는 본 헬렌스 가 사람들을 좋아하진 않았지만, 너를 위해서는 그게 최선의 선택이었어. 니에미 가 사람들은 좋은 사람들이거든."

"좋은 사람들이죠. 근데 그거 아세요, 이모? 난 그후로 내가 저주받았다는 생각을 하지 않고 넘어간 날이 내 인생에서 단 하루도 없었어요. 스무 살이 되기도 전에 동생을 잃고 친부모, 양부모를 다 잃은 사람이 또 있을까요? 난 진짜 마녀인가 봐요." 제시카는 눈물을 참을 수가 없다. "돈이 있으면 살기가 쉬워진다고 생각하세요?"

"그게 그렇지 않다는 걸 알고 있는 사람이 있다면, 그 사람이 바로 나란다, 제시." 티나가 제시카의 머리를 쓰다듬는다. 놀랍게도 제시카는 이모의 손길에도 흠칫 놀라지 않는다. "넌 기억 못 하겠지만, 니에미 가 사람들이 널 입양한 이후에도 너와 연락하며 지내려고 애를 썼다. 언젠가는 네가 우리에 대한 섭섭한 마음을 다 풀고 같이 아이스크림도 먹으러 가고, 놀이공원에도 가고……, 그렇게 재밌게 지낼 수 있을 거라고 생각했지."

"그리고 이모부가 돌아가셨을 때, 이모는 슬픔에 빠져 힘드셨을 텐데도 베네치아로 사람을 보내 나를 찾으러 다니게 하셨죠."

"다들 네 걱정을 했거든. 그렇게 할 수밖에 없었어."

"오늘은 여긴 왜 오셨어요?"

"네가 진실을 모른 채로 서른 해를 살았으니까. 네 부모의 죽음에 대해서 온갖 상상을 하면서 말이야. 넌 네 엄마가 우리를 증오했다는 걸 알고 있었잖니. 엄마에게서 수십 가지의 이유를 들었겠지. 하지만 그중 대다수는 네 엄마의 상상력의 소산이었어. 이제는 너도 진실을 알았을 거다. 우리가 네 엄마의 말을 믿어주지 않았기 때문에 네 엄마가 우리를 증오했다는 걸. 우린 네 엄마가 편집성 조현병 환자라고 생각했고, 그건 사실이었어. 그래서 카밀라 아들레르크레우츠가 무슨 짓을 했는지 네 엄마가 그렇게 말했는데도 우리는 믿지 않았단다."

티나가 바닥에서 회색 핸드백을 집어들고, 접은 종이 한 장을 꺼낸다. 제시카는 그 종이를 잠깐 쳐다보다가 의심스럽다는 듯이 받아서 펼친다.

캘리포니아 주에서 발생한 자동차 충돌 사고 보고서
장소 : 로스앤젤레스, 링컨 대로 4280
북위 33˚ 58´ 41.1˝, 서경 118˚ 26´ 08.9˝
시각 : 1993년 4월 5일 오전 7시 45분

사방이 고요하다. 기계의 윙윙거림은 멈췄고, 복도를 울리는 발자국 소리도 들리지 않는다. 제시카는 자신이 항상 알고 있었지만 믿고 싶어하지 않았다는 것을 깨닫는다. 뭔가를 멀리 밀어내면 눈에 보이지는 않게 되지만, 진짜로 사라지지는 않는다는 것을. 제시카는 자신의 손을 더욱 꽉 잡는 남동생의 손길을 느낀다. 엄마가 백미러로 제시카를 보고 있다. 엄마의 눈이 이제는 슬퍼 보이지 않는다. 희망에 차 있다. 엄마의 짙은 눈썹이 위로 올라간다. 입은 미소를 짓고 있다. 슬픔은 사라지고 눈이 웃고 있다. 곧 모든 것이 잘될 거야, 아가. 창밖을 내다보던 아빠는 차가 중앙선을 넘어갈 때 몽상에서 깨어난다. 아빠는 엄마를 돌아보며 고함을 지르고 운전대를 잡으려고 한다.

우리는 곧 다시 행복해질 거야.

고요가 계속된다. 끝도 없이 이어지는 고요, 하얀색이고 뜨거운 아스팔트와 배기 가스 냄새가 나는 고요. 공허함이 이 병실까지 제시카를 쫓아온다. 이곳에서는 그 모든 것이 다시 의미를 찾는다.

108

저는 오늘 에르네 믹손 경감님의 부탁을 받고 이 자리에 섰습니다. 경감님이 부탁하셨을 때 저는 영광이라고, 경감님이 원하시든 원하지 않으시든 추도사를 읽을 생각이었다고 경감님께 말씀드렸습니다.

우린 모두 경감님을 사랑했습니다. 그 사랑을 표현하기 위해서 긴 연설을 하거나 수천 개의 아름다운 단어를 나열하지는 않겠습니다. 왜냐하면 경감님이 저기 어딘가에 앉아서 시계를 보고 계시니까요. 경감님의 그런 모습을 보면, 말을 하는 사람이 누구라도 발등에 불이 떨어진 느낌을 받기 마련이죠. 그러니까 저는 짧고 간단하게 말하고 끝내겠습니다.

에르네 경감님과 마지막으로 함께한 수사는 범인들 가운데 한 명이 유명한 작가였던 사건이었습니다. 그래서 이런 이야기를 하면 좀 끔찍해 보일지도 모르겠지만, 저는 오늘 여러분께 글쓰기에 대해서 말씀드리고 싶습니다.

저는 우리 모두가 각자의 삶을 써내는 작가라고 생각합니다. 하루하루를 살아냄으로써 자신의 이야기를 쓰고 있죠. 보고 듣고 경험함으로써, 실수하고 또 그 실수를 통해서 교훈을 얻음으로써 말이죠. 어떤 이들의 이야기는 감탄과 질투심을 불러일으키죠. 반면에 또다른 사람들의 이야기는 연민이나 반감을 불러일으키기도 합니다. 문학적 취향은 무한히 다양하고, 다른 사람들이 자신의 삶에 대해서 글을 쓰는 방식을 비판하는 일을 업으로 삼는 비평가들도 무한히 많습니다. 저는 항상 제 책이 베스트셀러가 될 필요는 없다고 생각합니다. 비평가들은 제 책을 그들이 원하는 대로 읽고 해석하겠죠. 그렇게 하라죠, 뭐. 어쨌든 저는 제 이야기가 수십 명, 수백 명, 수천 명의 독자들에게 다가갈 필요는 없다고 생각합니다. 제한된 수의 독자가 더 좋습니다. 저를 잘 알지 못하는 독자들이 제 책을 보고 지루하다거나 보잘것없다고 생각하는 것은 원하지 않거든요. 그래서 이 문제에서는, 다른 많은 문제들에서와 마찬가지로, 질이 양보다 더 중요한 것 같습니다. 저는 제 책을 펼치는 사람들은 누구나 그 안에 어떤 이야기가 적혀 있든 상관없이 작가를 존중하고 존경해주기를 바랍니다. 특별한 내용이 없는 부분이 나오더라도 계속 읽겠다고 말해주기를 바랍니다. 제 이야기에 집중하는 독자를 원합니다. 충실한 독자를요.

에르네 경감님은 제 인생의 독자이자 편집자이자 비평가이셨습니다. 모든 일에 관해서 우리가 항상 같은 의견을 가졌던 것은 아니지만, 저는 경감님이 제 이야기를 존중해주신다는 사실을 알고 있었습니다. 저의 두서없고 변덕스러운 성향에도 불구하고, 경감님은 항상 제 이야기가 어디로 흘러가는지 알고 계신 것 같았습니다. 그리고 편안한 표정으로 제 이야기를 읽어주시는 모습만으로도, 저는 온갖 우여곡절 속에서도 제가 괜찮아질 것이라고 생각하고 안심할 수 있었습니다. 구두점을 잘못 찍는 실수를 연거푸 저지르더라도 말이죠.

경감님이 가시고 나니 글을 쓰기가 힘들어졌습니다. 하지만 그렇기 때문에 계속 쓰는 일이 더 중요하겠죠. 우리 이야기는 계속될 것이고, 경감님의 이야기는 그 속에 살아 있을 겁니다. 그동안 고마웠습니다, 에르네 경감님. 그리고 즐거운 여행하세요.

"말문이 막힌다." 에르네의 말을 들으며 제시카는 종이를 테이블에 내려놓는다. 둘 다 눈물을 닦는다. 에르네의 말은 힘겹게 나온다. 한 마디 한마디에 대단히 공을 들이고 있는 것이 느껴진다.

제시카는 코를 풀고 나서, 휠체어 팔걸이에 앙상한 손을 평화롭게 올려놓은 여윈 남자를 바라보며 미소를 짓는다.

"글 좀 쓰는구나, 제시카."

제시카는 저도 모르게 소리 내어 웃고는 눈을 가린 머리카락을 향해 입김을 분다. "그 말을 들어도 행복하지 않아요, 지금은."

"읽어줘서 고마워."

마음이 뭉클해진 제시카가 에르네의 손을 잡는다. "왠지 경감님이 들으셔야 한다는 생각이 들었어요. 다른 사람들은 모두 들을 거니까 요. 경감님이 뭐 하나라도 놓치면 안 되잖아요. 게다가 경감님에 관한 얘긴데."

에르네가 숨을 쌕쌕거리며 기침을 하면서도, 미소를 지으며 손을 내 젓는다. "에이, 누가 오겠어?"

"물론 다들 오죠. 왜 갑자기 쫄고 그래요." 제시카가 에르네의 손을 톡톡 친다. 주전자에서 물이 끓고 있다. 거실 스피커에서 프랭크 시나 트라의 "플라이 미 투 더 문"이 흘러나온다. 에르네가 제일 좋아하는 노래이다.

"차 드실래요?"

"아냐, 됐어. 가서 좀 쉬어야겠어."

"정말요? 샌드위치는 어때요?" 제시카가 말한다. 그녀의 목소리에서 당황한 기색이 느껴진다. 그녀는 이 순간이 끝나기를 원하지 않는다. 에르네는 놀랄 정도로 차분하고 확신에 차 있다. 준비가 된 것이다. 에르네는 주변의 세상과 화해한 듯하다. 수백만 년을 이어온 이 우주에서 자신이 왜소하고 미약한 존재임을 받아들인 것처럼 보인다.

"가서 좀 누워야겠어."

"그러세요……. 제가 도와드릴게요."

"제시카……." 에르네가 제시카의 손목을 부드럽게 잡더니 그녀를 의자에 천천히 다시 앉힌다. 한동안 두 사람은 가만히 앉아 있다. 에르네가 제시카의 눈을 물끄러미 바라본다. "고마워, 제시카."

제시카의 목소리가 떨린다. "좀 쉬세요. 내일은 아드님들이 올 거예요."

에르네가 힘없이 미소를 짓는다. "이제야 다들 오는군, 작별 인사를 하러……. 못 본 지 엄청 오래된 것 같네."

에르네는 고개를 숙이고 자신의 손을 내려다본다. 길 건너 공원에서 참새들이 즐겁게 짹짹거리는 소리가 들린다. 공원의 나무에서는 파릇파릇 신록이 나타나기 시작했다. 봄이 한창이다.

"지난 몇 주간 이 집에 머물게 해줘서 고마워." 에르네가 말하면서 미소를 짓는다. 그러고는 평온한 눈빛으로 커다란 부엌을 둘러보더니 눈을 감는다. 감고 있는 눈꺼풀이 너무나 무거워 보인다. 눈을 다시 뜨려면 엄청난 노력이 필요할 것 같다.

제시카는 침을 꿀꺽 삼키고 테이블에 놓인 추도사를 바라본다. 다음 번에 읽을 때는 에르네는 듣지 못할 것이다.

"그 친구 좋아해?" 에르네가 갑자기 묻는다.

"누구요? 후부? 아마도요. 재밌거든요. 단순하고."

"재밌는 건 좋은 거야."

"하지만 그것만으로는 충분하지 않다?"

에르네는 웃으면서 고개를 가로젓는다. "한 가지만 약속해줘, 제시."

"뭘요?"

"뒤돌아보지 마. 항상 앞만 봐……."

"삶은 항상 앞에 놓여 있으니까."

"그렇지."

짧은 삐 소리가 나더니, 에르네가 겨드랑이에서 체온계를 힘겹게 꺼낸다.

"열나요?"

행복한 미소가 에르네의 얼굴에 퍼진다. "36.5도."

"환상적이네요. 자, 가시죠. 침대에 누울 수 있게 도와드릴게요." 제시카가 에르네의 뺨을 꼬집으며 말한다. "내일은 또 새로운 하루가 시작될 테니까."

109

제시카.

제시카가 눈을 뜬다. 거실이 깜깜하다. 타이머 때문에 텔레비전이 꺼져 있다. 케이블 박스에 있는 시계는 새벽 3시 30분을 가리킨다. 밖에서는 바람이 거세게 불고 있다. 창문이 계속 덜그럭거린다.

누군가가 또 제시카를 불렀다. 에르네의 목소리였다. 건강한 에르네의 목소리. 급속히 악화되는 고통스러운 질병에 쓰러진 나약한 모습의 에르네가 아니라. 제시카는 에르네의 묘지에 민들레 꽃다발을 올려놓았다.

제시카.

남자 목소리인지 여자 목소리인지 이제는 잘 모르겠다. 제시카가 갑자기 일어선다. 샤워를 하고 둘렀던 수건이 바닥으로 떨어진다. 한 걸음을 걷는다. 그리고 또 한 걸음. 팔다리가 가볍다. 아픈 데가 하나도 없다. 나무 마룻바닥 위를 미끄러져 가는 느낌이다. 발바닥과 마룻바닥 사이에 마찰이 없어, 공중으로 둥둥 뜨는 느낌이다.

이리 오렴, 아가야.

남자와 여자 모두가 말한다. 에르네와, 니나, 유수프, 티나 이모, 아빠, 엄마가 함께 말하는 것 같다.

제시카가 긴 테이블을 향해 걸어간다. 사람들이 등을 똑바로 펴고 꼿꼿하게 앉아 있다. 검은색의 아름다운 이브닝드레스가 테이블 가운데에 펼쳐져 있다. 다림질을 해서 깨끗한, 다섯 번째 드레스. 그 옆에는 반짝반짝 윤이 나는 아름다운 하이힐 한 켤레가 놓여 있다. 세상에서 가장 아름다운 신발이다.

제시카는 둥둥 떠가듯이 움직이다가 멈추고 거울을 돌아본다. 뭔가 이상하다. 그녀를 보고 있는 거울에 반사된 모습이 그녀보다 약간 늦게 그녀의 움직임을 따라하는 것 같다. 정확한 복사본이 아니라, 제시카가 대표하는 현실에 자연스럽게 반응하는 것처럼.

레스피케 인 스페쿨로 레스플렌덴트(거울을 보렴).

나예요.

알지, 물론, 아가야.

제시카는 곁눈질로 테이블 상석에 앉아 있는 검은색 이브닝드레스를 입은 여자를 본다. 두꺼운 책을 읽고 있다. 그 옆에는 카밀라가 앉아 있다. 노쇠한 아들레르크레우츠 부인이 아니라 젊은 날의 카밀라가. 그녀의 존재가 가진 힘이 거울까지 미치고 있다.

내가 한 일을 기억하렴, 제시카. 내가 너와 네 친구들을 구해주었다는 사실을 기억하렴. 그것은 내가 원하기만 하면 언제라도 거둘 수 있는 선물이라는 것을.

제시카가 고개를 끄덕인다. 카밀라는 보일 듯 말 듯 미소를 짓더니 고개를 돌린다.

갑자기 어린아이가 부모를 사랑하는 마음 같은 강한 감정이 거센 파도처럼 제시카에게 몰려온다. 부모님을 기쁘게 해드리고 싶다. 엄마가 자신을 자랑스러워하기를 바란다.

여자가 일어선다. 제시카의 엄마처럼 보이지만, 움직임이 뻣뻣하고 기계적이다. 줄을 헝클어뜨린 미숙한 인형 조종사의 손아귀에서 움직이는 꼭두각시 같다.

제시카는 눈을 감는다. 잠시 후 다시 눈을 뜨니 엄마가 그녀 뒤에 나타나 있다. 엄마의 얼굴은 전혀 아름답지 않다. 알아볼 수 없을 정도로 심하게 훼손되어 있다. 함몰된 머리에서 흐르는 피가 한쪽 눈 위로, 그리고 턱으로 줄줄 흘러내린다.

제시카의 눈에 눈물이 맺힌다.

왜 우니, 아가?

엄마가 무슨 짓을 했는지 알아, 엄마. 그날 아침, 승용차에서.

널 울리려던 것은 아니었단다, 아가야.

엄마의 차가운 손이 제시카의 어깨를 만진다.

아니야. 엄마가 그렇게 해서 우는 게 아니야.

그럼, 왜?

엄마를 이해하기 때문이지.

110

나는 거울을 보고 있다.

감사의 말

경찰대학 강사인 마르코 레토란타 경사

나의 편집자, 페트라 마이소넨

탐미의 주민들

가족과 친구들

엘리나 알백 에이전시의 엘리나, 니콜, 토마스, 줄리아

버클리의 미셸 베가

벨베크의 욘 엘레크

HG 리터러리의 르헤아 뤼온스

거울 속의 사람

옮긴이의 말

이제 30대 중반이 된 젊은 핀란드 작가 막스 세크는 다섯 권의 소설
로 전 세계의 스릴러 독자들을 사로잡았다. 2016년부터 핀란드 방위
군 소속 군인 다니엘 쿠이스마를 주인공으로 한 『함무라비의 천사들
(*Hammurabin enkelit*)』, 『메피스토의 손길(*Mefiston kosketus*)』, 『하데스
의 부름(*Haadeksen kutsu*)』 3부작을 해마다 한 편씩 발표하더니, 2019
년에는 헬싱키 경찰청 소속 형사 제시카 니에미 시리즈 1편 『모방 독
자』를, 2020년에는 2편 『악의 그물(*Pahan verkko*)』을 발표했고, 현재 3
편을 집필 중이라고 한다. 모든 작품이 핀란드에서 큰 성공을 거두
었지만, 그중에서도 『모방 독자』는 전 세계 38개국에 판권이 팔렸고,
영역본으로 미국에서 출간되어 「뉴욕 타임스(*New York Times*)」 베스
트셀러에 오르기도 했다. 영화 제작자이자 시나리오 작가로도 활동
한 바 있는 경력 덕분인지, 그의 작품은 눈에 보이는 듯이 생생한 장
면 묘사와 치밀하고 탄탄한 플롯, 현실감 있고 매력적인 등장인물
묘사로, 노르딕 누아르의 신세대 주자로 평가받고 있다.

막스 세크는 핀란드의 한 언론 매체와의 인터뷰에서 독자들이 『모
방 독자』를 꼭 읽어야 하는 10가지 이유를 제시했다. 첫째, 진짜로
오싹한 이야기이고, 둘째, 매우 영화 같은 이야기여서, 책의 장면들
이 독자들의 머릿속에 영화처럼 펼쳐지기 때문이고, 셋째, 누구나 비
밀이 있다는 것을 보여주고, 넷째, 중세의 마녀사냥에 대해 배우게

되며, 다섯째, 작가의 고향에 대해 알게 되고, 여섯째, 핀란드의 문화를 알게 되며, 일곱째, 경찰의 살인 사건 수사방식에 대해 알게 되고, 여덟째, 사건들이 빠른 속도로 전개되고 흥미진진하며, 아홉째, 적어도 두 번 이상 깜짝 놀라게 될 것이고, 열째, 이탈리아 베네치아에서 일어난 과거의 일에 대한 회상 장면이 있기 때문이라고 했다. 자기 작품의 장점을 이렇게 적확하게 짚는 작가의 모습이 참 신선하게 와 닿는다.

번역을 맡고 나서 읽어본 『모방 독자』는 한마디로 "대박"이었다. 스릴러 소설의 미덕을 모두 갖추고 있었다. 흥미로운 이야기, 매혹적인 등장인물, 눈앞에 생생하게 그려지는 장면들, 반전에 반전을 거듭하며 독자를 쥐락펴락하는 작가의 글솜씨. 『마녀 사냥꾼』은 등장인물 한 사람이 주인공이 되어 그의 관점에서 사건을 설명하는, 짧은 장들로 구성되어 있는데, 장이 끝날 때마다 작가가 던지는 반전의 폭탄이 정말 압권이다.

『모방 독자』를 읽는 동안에는 이 책에만 온통 정신이 팔려 다른 일을 제대로 할 수 없었다. 읽은 내용이 너무 놀랍고, 다음에 펼쳐질 일이 너무 궁금해서, 일상의 집안일을 하면서도 마음은 『모방 독자』에 가 있었다. 독자로서 읽은 『모방 독자』가 근래에 보기 드물게 가슴을 콩당거리게 하는 매력적인 작품이었기 때문에, 번역을 시작하자니 걱정이 앞섰다. 스릴 넘치고 흥미진진한 멋진 작품인데, 내 번역본을 읽는 독자들도 내가 영역본을 읽을 때 그랬듯이 침을 꼴딱꼴딱 삼켜가며 재밌게 읽을 수 있게 잘 할 수 있을까? 결국 나는 작가에 묻어가기로 했다. 최대한 원본(여기서는 크리스티안 런던의 영역본)에 가깝게 번역하려고 노력했다. 문장의 길이, 표현 모두 최대한 원본대로 번역하면서, 대화문에서는 좀더 우리말과 우리 정서에 가깝게 자연스럽게 표현하려고 애썼다. 그러나 독자들 앞에 내놓으려니 두려움이 크다. 부디 독자들이 술술 읽어 넘어갈 수 있기를 기도하는 마음이다.

2021년 가을
한정아